第十卷

日 记

目 录

二次赴朝日记 …………………………………………（ 1 ）
赴越日记 …………………………………………………（155）
长征路寻访日记 …………………………………………（265）
石油战线巡礼 ……………………………………………（401）

二次赴朝日记

（一九五二年六月四日至一九五三年一月八日）

我第一次入朝，是中国人民志愿军出国后的一九五〇年十二月至次年三月。这次入朝只记了些访问笔记，未记日记。这里的日记系二次入朝的记事。自一九五二年六月至一九五三年的一月。

一九五二年

六月四日

夜十一时由京乘车赴朝。秋华送别。她在人们面前似乎很不好意思向我招手，可终于向我招了招手，然后跑去了。

我坐在车窗前，凉风吹着，我一直想了几个小时，我竭力使自己了解这一次行动的意义，增加我这次行动的力量。我想着，我这是带着许许多多人们的愿望，真挚而热诚的瞩望去的，我是去参加作战，用我的笔参加作战去的。我兴奋而又严肃。很晚才睡了一下。

六月五日

下午二时到达沈阳。趁空和谷世范同去看了电影高尔基的《我的童年》，又引起自己对这位非凡的作家的景慕。夜深，至东北招待所，房间异常漂亮，真使人想住下去，但我知道此行是带了多少人的愿望，仍决定第二天走。

六月六日

遇蔡顺利部长所率的政工实习团。早晨到后勤办手续，他们很费心地帮我考虑如何走。有两个女同志拿出小本子让我给她们签字。于是使我想到，今后应如何去帮助她们。"她的成长"这个标题忽然闪到我脑子里。

晚和叶部长等一起出发。

六月七日

晨抵安东,住锦江山,与蔡部长所率实习团又相遇。锦江山风景宜人,绿树鸟鸣,与远方游玩了一趟,登上一块高石,遥望南岸朝鲜,虽然高射炮不断,但儿童们自由快乐地游玩,使人更易了解朝鲜战争的意义。

天色微阴,蔡部长决定提前出发。十时,汽车开动。到郊外野餐,他又动员了一回。坐上车继续走,看到一个岔路,插了一个牌子:"由此路开往朝鲜。"不断地看见小孩子,望见我们的汽车,就扬起小手。其中一个五岁左右的小孩,也立在门口向我们扬手。大家很感动。十二点五十分跨过鸭绿江。水平而静。

过江后,即不断地看见穿白衣的朝鲜人,赤脚在田里插秧除草,小孩子在水里摸鱼,在学校的门口玩,妇女顶着东西,在路上行走。一路水明山幽,稻田水光倒映着山影,树林茂密,村头的垂柳,房舍的东方风味,引人入胜。

中午,在一户农家休息。小孩的腿上有伤,房东女人说,是美国"边机"打的。接着她告诉我们,这里昨天打下了一架美机。朝鲜人刚一接触,是不容易看到他们的热情的,可是只消相处一会儿,就可以看到他们的热情了。老妈妈的两个儿子参加了人民军,大儿子牺牲了,还有一个活着。老妈妈垂着一只膀子,在我们跟前静静地坐着。她摸了摸干枯的眼睛,并没有掉眼泪。在这静静的目光中掩藏着一种看不见的,但是可以感觉到的抵抗灾难的强大力量。

我和远方在房里休息,房东的姑娘穿着一件粉红上衣,一条黑裤子,坐在我们身边,语言不通,她拿了铅笔和小本子和我们笔谈。她告诉我们她是平壤特别市的人民学校的教员。她看我嫌炕热,把她家的被子给我铺上。还掏出一个身份证一类的东西给我们看,她二十二岁。她几乎不愿向我们谈什么灾难方面的事情。后来甚至不愿离开我们了,给我们写了她的地址,叫我们回来到她那里去。临走时,她又帮我们拿东西送行。我想和她握手,但没有握。

下午四时,汽车又开动了。目的地只离我们有六十里。山路更窄，但公路修得很好，两边的树几乎要接在一起。在绿阴下大家谈笑。这一车人都是干部，有一两个年轻人特别活跃。一个政治干部，他特别爱发议论，惟恐别人对当前的现实不懂或了解得不正确。在村子里时，他给房东一些罐头和饼干，又给大家解释，在北京下饭馆，一次多找了六百元，他马上送还了掌柜，当时整个屋子里的客人都用惊奇钦佩的眼光看他。他说：花六百元就买了个好影响。现在不一定所有的人都了解我们，很需要让他们每个人都有这样的切身体验。和他开玩笑的对手说："那么，你给我一千元，叫我对你有个好影响吧，这是应该的，并不是用钱买的！"说得大家都笑了。他的对手是个天真的人，老爱在他的周围发现可笑的东西。他本来已经哈欠不断，但他一看到人们打盹的可笑的样子，马上自己哈哈地笑起来了，笑得也不困了。

　　黄昏，到了目的地，志愿军总部。房子都东倒西歪，屋里散乱。可是街上却有些热闹。还有中国和平理发馆、中华料理食堂等。朝鲜女人也穿得很整齐地在街上走。这里的工厂遭到部分的破坏，变压器、铁轮子在一边扔着，矿石的斗子在空中的高架线上停着。

　　晚上，我们住在一个大矿洞里。洞子里还流着水，岩石上潮得也向下滴水。但挨着一边，却钉起了木板房间，亮着电灯，还有很大的饭堂。吃过饭，小屋子挤满了人，蔡部长、叶部长、邱参谋长（邱蔚同志），还有王洁清。我上去和邱握手，大家就闲扯起来。邱问我第几次来，我说第二次来，他说，变化可太大了。接着，他就谈起这次战争的残酷性，说有的阵地落了几千发炮弹。战士修工事的木头，一支支接起来，可以到四川成都。现在战士一天不停地打着洞，敌我阵地最近处只有一百多米，双方阵前的尸体都没有办法弄下来。战士在洞里也没有灯，下来时是被担架抬着，看不见东西。我问起杨成武司令员，他说，杨司令员害了失眠症。见电灯一亮，脸就变了颜色。我问怎么得的失眠症，他讲，杨司令在上次战役中，打得很紧，最后一个团战斗力只剩一百多人，只好几个团编在一起，后备力量也只剩下两个营，杨讲，没有我的命令谁也不准用。他彻夜不眠，有时叫：邱蔚同志，我们要研究！那时陈仿仁不断来电话："不行呀！"这样好几个团编在一起，守一个主要阵地，才克服了危机，从这以后杨就失眠了。

以后又扯起了许多人的情形。谈起了谁在"三反"中如何等情形。蔡问:你怎么样?邱说:也没啥。以后邱谈起换班时,要求学习的事,又说:我什么时候当过参谋长呢,我干不了这个事。蔡说:参谋长还不是打仗吗?……他还是说老马不能拉火车。

叶部长是一个可爱的人,遇到可笑的事情,他就爽朗地笑一阵。不知为什么他爱拍腿,好像不断有蚊子爬上他的膝盖,拍了以后也毫不觉得疼。

王洁清,过去我听说过没见过,人称八大怪之一。谈起话毫无拘束,不知会说到哪里。他嘲笑中国妇女封建,说:她们不看我,我也不看她们。你看,她既不看我,我何必看她呢!……还说,你们做保卫工作的,就是心眼多,等等。

不知不觉又到了十二点。他们性格的直爽明朗,又给了我一个鲜明的印象。

六月九日

到宣传部。同卓部长、李部长谈了谈。李在去年谈话很少看我,今年却有很大不同,蒙他特别优待,把眼光投到我脸上。他有一个习惯,就是自己说了一句话,就马上笑一阵,这个笑,似乎是这些都好像不该说,而他说出了,他笑一阵来企求别人的原谅。

已订好初步计划,准备先到63军,然后到人民军,再到平壤,最后到后勤等单位。

晚上,也许由于过度疲劳,睡觉中,旧病复发,脑子奇痛。

六月十日

看《钢铁是怎样炼成的》大半日。住在一个矿工家里。老头子是个老矿工,现在病着。一个儿子还在矿上,还有老头子的几个小儿子和女儿。一家人夜里盖着一条破被滚在炕上,也有的赤着身子躺着。吃的是高粱面和绿树叶子混在一块的饼子。他们的日子多苦啊。

六月十一日

早晨,房东老太太一发现我起来(她像是专注意这件事),就给我端来一大盆热水。她一整天都赤着脚在山坡上劳动,一边还这样照看我。人民多么好,多么善良勤劳,可是美国野兽却要毁灭他们。

六月十二日

翻过山去参加政治工作会议。看到路扬和廖鼎琳,我和廖几乎拥抱起来了。虽然他是我的上级,但我们有亲密的友情。他朴素、老实、肯干,就是文化低些。西征绥远时,我的衣服少,他曾把他的粗布褂子给我。西征绥远,是我的工作经历中满意的一段。

今天听甘泗淇副政委的报告。他批判了严重的官僚主义,提出反对政治工作的空喊主义,要给战士以尽可能好的物质生活与精神生活。在物质生活上,他提出物质是决定精神的,战士每天守坑道直不起腰,见不到阳光,连烟也抽不上。而在精神生活上,领导只是不断地冷冷地批评。政治工作不合乎人情,不给人以温暖和安慰。今后一定要使战士快乐,使战士们乐于抗美援朝,乐于视死如归。他并且说:古来用字,多么气魄,如归,比如明天咱们的李部长要回去了,有什么可怕呢。说到这里,大家哄然大笑以后,他又谈第二个问题,就是建设支部工作。他叙述"三反"中有许多重大收获,为过去的政治工作所少见。许多领导干部的歪风,连上级也无法整的,这次都让支部整出来了。他盛赞支部的伟大力量,这力量可以克服一切。他说今后他不多抓,就抓这一个环节。整个讲话的精神,就是反对政治工作中脱离群众,脱离实际的倾向,贯彻爱党的观念。他讲话爱笑,两个鬓角深入,脑袋上只有一小撮头发。

讲话中陈赓将军不断地插话。甚至有时抢着讲起来,不知谁是主讲。他的鬓发也秃了,可是面色赤红,胡子浓黑,十分健康,扣子解开,露着怀。他像一匹没有受过拘束的骏马。说话热烈、尖刻、俏皮,他的补充把内容强调得非常明确肯定,不容怀疑,而且丰富多彩。他的话,总使听众大笑。当甘主任讲到后勤某首长处理一件恋爱事件异常过分时,陈赓立刻插话说:"就他一个人长着鸡巴,别人都没有长着鸡巴!"使得会场上大笑不止。虽然如此,但透过这一切,使人深感他的嫉恶如仇和维护真理的热烈精神。这个人一直到他胡子变白,也变不了这个性格。

晚上看过电影与黎娜同归。她,很热情,有着女同志可贵的东西。

六月十三日

见普金。他是我少年时抗大的同学,一块上前线的,他的恋爱史和愿望都给我讲过。现在他是志愿军新华分社的社长了。他几次三番让我给他的记者们介绍经验。

在他那里喝了一点酒,就过山去找苑星。在山坳坳里听见朝鲜小孩子念书的声音,乍看看不见,仔细寻找,三三两两,有在大石头后边的,有在布篷子外边的。他们拿着油印的课本,赤着脚在那里读、背诵。小女孩子也是这样。我又到一个小石洞里,她们穿着很脏的小白裙子,坐在地下,小胶皮鞋子放在一边,用整整齐齐的声音念着。我叫她们唱歌,她们就唱。她们会唱五六个中国歌。正中墙壁上,中间是朝鲜的国徽,一边是斯大林的像,一边是毛主席的像。这都是用血换来的呀!

放学了,我和她们一起走。她们回去吃点菜饼子,就又来学习,她们度着艰苦的日子!

到了志愿军司令部作战处,和几个军及兵团的作战处长都见到了。

和苑星谈了约两小时,他对我很客气。他曾在189师当参谋长,他说他和师长蔡长元有两次几乎被炸弹炸伤。他是一个很聪明的人,在北平郊外和傅作义军队谈判中他谈得很好。他现在是志愿军司令部作战处长。

晚上看20军文工团演出。在一个地下的石洞里,舞台用红丝绸幕布搭成,给人以很愉快的感觉。演出十一个小节目。还有几个战士的节目,具有浓厚的战斗色彩与生活色彩,很受大家欢迎。有一个剧描写战士打石头,把石头拟人化,宣称谁也动不了他,志愿军战士要想动他不过是妄想。有两个志愿军战士想了很多办法都弄不动他,最后终于战胜了他。这剧有相当的艺术性。另外,有一个炊事员自编自唱的炊事员四季调,传达了他们愉快的心情。另外,还有对唱快板《化学炮与昆明造》,把炮与炮弹人格化,也传达了炮兵战士的心情。还有《小小军工厂》表达了战士打铁制造工具,解决困难的决心。我几乎目不转睛看着我们战士的演出。文工团员们那么年轻,在激烈的火线上为战士服务,使我感动。他们战斗的风貌也给我以鼓舞。

全场都热烈赞美他们的节目,20军的主任坐在我们身边,乐得只是说:都很仓促!

夜与曹欣科长同归,并托曹把上面几个剧本给《解放军文艺》寄去。

六月十四日

上午,新华社记者编辑与《志愿军报》的人员召开座谈会,请我报告写作经验。我现在简直好像成了大人物,都对我这么尊重和客气,弄得我自己在人前很不自在。

我跟他们谈了真和假、细心和大胆、集中和提炼等几个问题,虽是我不成熟的艺术思想,但却是我的体验。

但他们又提出很多问题,主要是要我告诉他们一个什么秘诀。

下午,到作战处找林副处长谈,他很负责地把作战过程告诉了我。他是一个很年轻的作战处长,颇有朝气。

晚上六时,乘吉普车奔自己的老家——63军。在幽幽青山中行进。自己有名了,人家对自己的企望大了,派专车送。自己的创作,不知是否能和这些汽油、司机的劳动、大家的企望相称。

这一夜过了几道敌机封锁区。防空哨在黑夜中宛如战斗,枪声不绝。汽车灯光中能看到他们坚定的身影,小白旗很有力量地一指,汽车才能通过。

一路汽车特多。司机的眼最尖,夜色中不知他们凭什么一下就发现了熟悉的伙伴,一边亲热地招呼着,一边停下车,或者拉住手,或者互相亲热地踢对方一脚。然后送给对方一支烟,就又各自驾着车背道驰去了。每遇到对面有车来,汽车的大眼睛亮一亮,好像打招呼一样,然后变成黄色合上,显得亲热而有礼貌,引起我极大的兴致。

过栗里时,敌机封锁得紧,两辆车都开到桥上各不相让,车拥挤起来。山上是敌机打着的火,被飞机又扫了两梭子弹。后来终于未遇到什么危险才开过去。

给我们开车的司机姓朴,是朝鲜族。他曾在四野工作,后回朝鲜。曾驾坦克打到釜山。

车未到新溪,天已大亮,才三时半。司机着急,就发了疯地开起来。

天越来越亮,太阳也快出来了,地形也不好,于是决定隐蔽。汽车拐入一个小村庄。这座小庄傍山,树木浓密,鸟声悦耳,朝鲜女人到井边汲水。几个朝鲜老人抱着小孩子在那儿抽烟,看见我们的吉普开来,都满脸堆着笑意。汽车隐蔽到他们这里,本来是有危险的,可是他们却这样乐意地笑着,使我感动。把车隐蔽好,一说找房子,一个男人马上就顺手指着他的房子。一个中年女人背着小孩,拿着瓢走来,给我们淘米做饭。她的孩子又黄又瘦,两只小手抱着母亲的背,嘴窝里眼窝里就有一疙瘩蝇子。哭的时候,母亲就伸过手去扫他一下。不一会儿,给我们做熟了饭,她就又去舂米。另一个强壮的中年妇人赤着很脏的脚坐在那里去拐磨。这是新近在村里借的麦子。

我在树阴下睡了一会儿之后,就和他们坐在一起扯谈。由老朴翻译。了解到:朝鲜人去年春天地没有种上,有时夜里去种(黄昏后和黎明前),造成了饥荒。几个月没饭吃,幸得志愿军救济。一个老太婆吃树叶脸肿得很大,快要死了,得到了粮食,她说:如果不是志愿军,我早就死了。现在苏联又救济了一些麦子,和麸子、树叶拌着吃。他们说:小鼻子(日本鬼子)在时,连现在的生活都不如,能吃上豆饼就是好的。可见朝鲜人的命运太悲惨了。

下午五时,继续出发到达仙女洞。路经市边里,此处我上次经过,已炸得没有一处房子。这次遍地青草,已掩盖了焦土的痕迹,但坑坑洼洼是掩饰不住的。

路上遇到老上级王道邦同志,他坐小吉普迎面而来,是他先发现了我,他叫:"老魏!"车停下来,我向他敬礼,他招呼我到他那里去。他现在任 65 军政委。

折进一座清幽的山沟,就是 19 兵团部。介绍信也未用,吴志远在这里当管理处长,他亲热地拉住了我。说他住到这里五个月了。他用电话通知了李志民政委说我来了。

房子只有一半突出在地面,上面都是松树,真是"空山不见人,但闻人语响"的境界。给我安插在一座小洞里,四处都是木板,放了一张行军床,通讯员搭了一个铺。扯了一阵闲话,睡下,盘算明日的工作。

夜里，林中有几声黄莺的啼声传来。

<h3 style="text-align:center">六月十六日</h3>

早晨，吴来叫我一块去吃饭。爬过绿阴中曲折的山径，到了伙房。看到了杨得志司令员、李志民政委。我以为是和科长、处长一起吃，不想兵团首长都在。我向他们敬了礼，他们看样子很高兴，很欢迎我。这两个首长是我过去所尊重的。杨是一个有战士风度的将军，李则像慈爱的母亲，给过我许多有益的教诲和温暖。杨、李的爱人也都在座。另有一个副参谋长、一个作战处处长、一个机要科长，围了一桌。杨让我坐到他们身边，他很结实健康。李留了分头，显得比过去还年轻些。杨说："你又来搜集材料写文章吧？"他们表扬了我过去写的东西，并说："你比当团政委贡献大！"饭后，他们俩带我去一起洗澡，我嫌拘束，他们说这有什么，一定要我去。还亲自打电话，让通讯员把我的衣服送来。

我们在一个池子里洗了澡。李先给杨擦背，接着杨又给李擦背，这两人的友情真让人羡慕。

洗过澡，杨要理发，我就和李先谈。李的屋子里铺了地板，很清洁幽静，床上挂了蚊帐，一边放着暖水瓶、洗脸具，一边架上放上一些文件和书籍，墙上贴了毛主席的像。

他十分和蔼可亲地给我介绍了入朝作战的情形。送来电报时，他就戴上花镜来看，沉思，签字。

吃午饭时，李下午有事，杨就叫我下午二时来到作战室看地图。并让人先交代一下，免得不准我进去。

回来休息了一个小时，已两点半，赶快跑去，已误了十分钟，杨果然已坐在那里看电报。我说迟到了，杨说"我也刚来"。杨看了报告，把地图的幔子拉开，我方的红旗和敌方的蓝旗，从东海岸弯弯曲曲地摆到西海岸，两条线几乎纠结在一起。这是光明与黑暗势不两立的两道防线。他指给我看，敌我兵力的布置，还有火力配系图。由西到东，敌人是美陆战一师，英轮班师，美45师、伪一师等。我过去所在的63军正面对着最顽强的敌人。

杨又指给我看我军的纵深，他说："这道防线，敌人要想突破是困难的,定要他付出极大的代价!"

看了地图,杨就招呼我到他房里去,这时,39军报告说,我某阵地被敌占领后,战士们还在敌人脚下的坑道里进行着顽强战斗。这真是战争的奇观!杨立即指示用炮火打击山上的敌人。

他的房子几乎和李的一样,只是桌子的位置不同。墙上也挂着毛主席像,不过,另有一张敌人的武器装备统计表是李所没有的。

杨给我谈了五次战役和五次战役以后的情形。饭后又给我谈了作战经验,还谈了一点他的历史。他说他的身体非常健康,小时吃奶吃到四岁,小孩打架,打不过他。他是一个贫农的儿子,当过两年雇工,当过半年修公路的工人,挑石灰能挑一百六十斤,来回数十里,一天挑好几趟。湘西暴动时,他和三十六个工人一起参加红军,他和他的亲哥哥在一个连里,哥哥当班长。师长是朱总司令,林彪当连长。在井冈山,一次他站过八个小时的哨。由战士、班长、排长、连长、团长、师长、军区司令、纵队司令一直到现职。长征时他当团长强渡大渡河,抗战时东渡黄河,他担任先锋打平型关。抗日战争是晋冀鲁豫军区司令,解放战争参加邯郸战役,活捉马法五。他说他的特点:一个是由战士逐级干上来,除了两个月的指导员外,全部是军事干部;一个是始终未脱离战斗。只有在红军大学学了几个月,另外在西安住了一年,其他时间全部是参加了战争。他谈他的生活很有规律,早晨起床很早,每次吃饭都是两碗,也不多吃,也不少吃。结婚是在三十岁后。

谈到十一点多,他的爱人回来了。志愿军司令部又不断地打电话,我就告辞了。临走时,他又赞美了毛主席领导的正确,说如果不是毛主席,革命不知还要有多少年。一次他给李政委说,如果不是毛主席,你能坐上这个吉普车?谈起过去的艰苦,他认为现在的困难算不了什么。

对杨的认识深了一层,可惜谈的经验多、生活少,睡在床上总结了一下。

六月十七日

上午开"三反"公审大会,公审××等二人,我未去参加。用了一个上午的时间写了一个提纲,交给李政委。见到政治部兰部长等人。

与参谋李敬三谈话。

九兵团作战处金处长来,喝了好几杯酒,微醉。卧在山坡上休息了很长时间,夜看《钢铁是怎样炼成的》。

六月十八日

到李政委处,他找理发员来理发,见了我就让我先理,然后他才理了理。上午,他又让我扯了些苏联的事情,谈话就耽搁了。

下午才正式谈。

李给我念了许多他写的七言诗,也谈了他对朝鲜人民这场灾难的同情。这些与战士都是相同的。可惜他谈话太抽象,还不容易使我抓住东西。

六月十九日

上午继续与李政委谈。他与杨的关系,是政治委员与司令员关系的模范。他认为杨的品质极为优良,对政治委员和政治工作的尊重,是军事指挥员的模范。

六月二十日

与作战处副处长于真同志谈杨的情况。晚上与参谋同志谈杨的情况。都赞美杨,说到他对干部的培养。最后我征求他们的意见,我此行应当写些什么。有一个参谋说得很好,他说,如果你过去给了战士以荣誉感,并使祖国人民很好地支援了他们,你现在需要告诉他们:祖国的人民,你们好好地建设吧,敌人我们是可以顶住的!用战斗来保卫建设,用建设去鼓舞战斗,你要把这讲透彻。

他还提出建议,说要和国内个人建立通讯联系,使前后方的关系更密切起来,我应该写封信告诉给后方。

六月二十一日

昨夜看杨、李的自传。读至夜深。起床就开饭了,饭后又继续读,并摘要记之。这两个优秀的布尔什维克,代表了两种类型,一个工农出身,一个是贫苦的知识分子,共同走着一条奋斗的道路。从中获益不少。

下午与杨谈。他让我看他已经用过十八年的手枪,一支花口撸子。还有他从一九三〇年起记录作战经验的一个小本子,上面画了图,记载了上百次战斗。从这里就可看出他是一个有毅力的人。

　　接着,又谈到他的性格,他总结的经验。他说,他个性极强,但他能与一切人团结好,是因为他的诚恳爽直。又谈了果断性问题,他认为指挥员要考虑细密,但不能显露太多,所有的行动都带有冒险性。又以沓岗、板家窝的战斗为例,说明决心问题。那次战斗伤亡两千余人,收获不大,敌增援时,毅然撤走,因为不撤走,再有两千人的伤亡也无收获。二者比较,就应毅然撤走。他又说到指挥稳的问题。当下属劲头太足时,问题不是去鼓动他,而是去防止他的行动造成错误。他还谈了指挥员应该有一股子硬劲,没有一股硬劲,是不能够当指挥员的。另外,他谈李政委时还特别高兴地说,李在军事上很少干涉他。有些政治委员本身外行,但又乱干涉,弄得指挥员执行吧,不对,不执行吧,又是政委的意思,弄得很难办。政委应该掌握大的方面,让指挥员大胆地去干。杨的兴致很高,所谈内容对我写军事指挥员与政治委员之间的关系有不少益处。此外,他还说到指挥员的大胆,板家窝战役后,有些人并不赞成打石家庄,但他经过分析毅然向上级提了意见。

　　晚九时半回去休息。

六月二十二日

　　在吴志远同志处谈了苏联的情形。看了报纸。刘副部长又写了一篇。李蕤也有一篇。刘的文章语言较前明朗些。

　　看杨司令员的几份报告,其特点是具体,能从战士的切身实际考虑,这也可说是这位将军的特点。

　　晚上吃饭时,向杨、李祝酒致谢。这次他们实在对我很好,很重视我。我内心很感激,并愿从此后和他们关系密切些。

　　晚上到政治部,见李希庚、胡可、路坎等同志,闲谈到夜深。还有两个文工团员也来找我,这是为景慕我而来的。我现在真宛如名人一样。出名是什么呢,也许是不太舒服的事吧,在自己面前,畏怯扭捏的眼光,同尊敬的眼光一样多起来了。唉!……路扬同志打电话让我去。

六月二十三日

同希庚同志扯谈。希庚同志是知识分子类型,忠心耿耿,忙忙碌碌,对别人总是要求过高,嫌人做得不多,了解得不正确。

他谈了对我此次行动的意见,提的几个意见都是很好的。

下午睡起,文工团的同志来邀我看他们的两个节目。他们演了一个讽刺敌人谈判丑态的相声,一个"棉衣裳"的大鼓,他们都这样重视我的意见,使我自己感到无法应付今后的情况。

晚上启程赴63军,过市边里,本来八时半即到,但因迷途至夜十二时才到。路扬同志表示欢迎。

六月二十四日

早晨刮了脸,迎接娘家人。本该十分愉快,因自己过去对有的同志批评过火了,心中不免内疚。但同志们见我仍十分热情。见到了张德斌、贾纯青、李西恒、李际亨、王毅等许多人。

晚上又同张德斌扯了许久。谈到朝鲜反特的情况及部队情况,他谈部队还很复杂,反动地主的儿子和国民党反动派的特务还有些潜伏,都是在"三反"基础上搞出来的。可见我们常轻估此点。我很想将来写入小说,以引起警惕。在我们的国家里,特别是年轻人对这一点认识不足。

后来又谈到干部情况,张说现在没有闹情绪的啦,人的思想都提高啦,什么级不级,待遇不待遇,没有闹这个的啦,并说现在干部能力虽弱,但工作水平也有所提高。

晚上临睡前,听炮声激烈,板门店的探照灯,彻夜照射过来。

今天晚饭,娘家人对我们表示欢迎,我举杯为63军取得新的胜利祝酒。

在炮声中睡熟。

六月二十五日

早饭后,一大批人和巴金、李蕤,还有总政政工实习团的同志,一起去参加187师的英模会。在这里,我们看到了两个月来突出的英雄人物,听了他们的报告。又看到了老战友周树青,他现在是师政治部主任。

他们招待我们吃了馄饨,英模倒没得吃,心里感觉不舒服。

晚上乘车到司令部,军长、政委又设宴招待。军长傅崇碧同志还向我敬酒,为我的贡献干杯。晚上参观了敌人的跳雷、地雷、照明雷,还进行了演习。又参观了战士创造的迫击炮送手榴弹、宣传弹、地雷探测器、挖土车,还有胡琴、刀、锯等等,桌案上也是两种力量的斗争。华东参观的干部约数十人,由作战科科长及参谋做解说员。

晚上舞会。女同志邀我跳,我不会,心中极为恐慌。跳第一场时,像走了几十里,满头大汗。没有办法,我只有和她们在跳时扯谈。

贺晋年司令员虽是老头子,却跳得很好。他戴着一副眼镜,从他那稍眯的眼来看,老练而足智多谋,一副绝不受任何欺骗的样子。

跳舞跳得极为畅快,以后回国后,一定要学习。

六月二十六日

听说昨夜三时炮声激烈,可看见炮弹的闪光,可惜自己早已入睡,什么也不知道。

今晨继续去187师参加英模会。新战士中有一个起雷英雄,名姚显儒,充满了求战热情。其兄参加了解放战争,其弟在抗美援朝中牺牲,其父仍鼓励他立功。还有一个周吉小,陕北口音,蛮有老战士的风度。

晚上,听说他们有转移阵地的消息,决心提前赶往阵地。与巴金、王楠扯谈。

六月二十七日

上午,听李乘风谈阵地防御战的政治工作,分析问题颇好。

今天,敌机轰炸得厉害,听说是炸通往开城的桥。前面山头上炸起紫黑色的浓烟,升入天际如乌云。

六时半,和巴金、李蕤等同赴189师,见到王致和主任。他永远谦逊得像小学生,招待我们格外热情。

六月二十八日

早晨到蔡师长、李克忠政委处,朱彪同志也见到了。华东实习团,还有华北梅彬等都在座,把主人麻烦得不轻。

李政委身体很弱,背已有些驼,虽面带笑容,但颇有难以支持之状。蔡则仍很年轻,朱也体弱,眼有红丝。

上午,与李政委谈了些徐信的事情,可惜谈得不具体。

下午五时半,到566团,路经开城外围,城中有两小山起伏。沿途哨兵向我们敬礼。我们沿开城至板门店公路走,公路两侧就不是中立区。爬上一座高山,就看到坑道工事。见团长张光有,政委展化南。两人都是圆胖脸,朴素容貌。一下来了这么多客人,已使他们应接不暇。

我们来到一营三连。山上交通壕沟纵横,很易使人迷路。我们进入坑道内,两侧有小窝,住了一个六〇炮班。里面都支了蚊帐,在门口,有许多小人书。

雨。与教导员、指导员贾成校谈了一般情况。教导员三十岁了,是一个很漂亮的青年。

明天拟看阵地。

六月二十九日

昨夜大雨使洞子灌了水,李蕤的两只鞋像船一样漂起来。文工团的孙加林起来向外淘水,我把通讯员也喊醒去淘水。一会儿,战士们过来给我们挖排水沟。战士们的墙报和书也都打湿了。我们既懒,又无经验。

晨,到营部。钻过曲曲折折的黑洞,看见副教导员王良才。从电话里得知阵地前发现敌二十余人,并有坦克,正在放烟幕。参谋命令打。忽然副教导员又接到电话:说有两个小战士为报名打坦克争起来了,一个人原是反坦克组的,一个不是,但后一个说:我不是我就不能打吗?……隔一会儿参谋又接到电话,说已经打住了两个敌人。参谋又指示,不要让他们抬回去。

我们的军队永远是可爱的争先恐后的洪流。

副教导员,唐县人,年轻,眼睛大大的,很有神。他充满朝气,给我滔滔不绝地讲起他们的英雄故事。说到一个叫张国礼的小青年,梦见立功去见毛主席,后来他捉到一个俘虏。

接着,他领我们到观察所去看,从指挥所洞子的另一端往上爬,爬到顶,有一个小棚子,旁边树枝上挂着望远镜。他指给我们看哪是敌方阵地,哪是我方阵地。雨雾灰茫茫的,只能看到对面浅浅的山影。敌炮稀疏地打到我军阵地上。

政委来了,带着我们去看159高地。这是今年四月我军夺取的阵地,现在又往前挤了。通讯员领我们到连部。弯曲的交通壕有一人深,有的里面积了水,翻了一个山头,来到了一块平地。山坡上的小矮松树丛都被烧成了黑的,但平地上的稻田还都种得很好。问起通讯员,说在山头上还能看见老百姓种地。到八连阵地,连长徐春带着一个通讯员毕易革(山东人,年轻而漂亮)出发了。他带我们走了一大截交通壕,到了川里,一条小河涨了水,没有桥过不去。要走桥的话,又远又有敌炮封锁。这时连长问怎么办,我主张走桥,因我不想涉水,弄得满身是泥。李蕤说:反正一个是自然的障碍,一个是炮火的障碍,我们宁可选择前者。巴金也主张这样。这时通讯员早已勇敢地跳到河里,河水快没了他的大腿,但他又转了几下,找到了一个稍浅处。我要背李蕤过,他顽强地一蹿一蹿的,我真不习惯他这么顽强。我又去背巴金,结果孙加林把他背起了。

过了河,又过了一座小山,沿着交通壕向前走。这正是前些时激战的地方。连长讲拉开距离容易对付封锁。到了159高地,看到草烧黑得很多。这是紧密炮火封锁之地,不宜停留,李蕤等还未上来。我等了一刻,真怕他们走错,连喊几声也未见上来。我怕炮打来就往前走了几步。他们上来了,我感到自己还是做得不够,应该更多地想到别人。

到九连坑道,开始进去很低,几乎要蹲着进去,进去一截,向旁边一拐,才在黑影里看见有一个小炕。徐连长抓起电话给什么人讲:"你吃了饭么?吃了,你吃什么了?刚才给你们送饭的和我们一同来,我刚到便吃了,呵,吃了早晨的了?"他哈哈笑一阵,他与他的同志打趣。这分明是我们同志亲热的表示,骂一句,打趣一番,谈得很愉快。他们的感情常是靠这些来交流。副连长见连长来了,随手从口袋里掏出一团白丝巾,大概是用敌人降落伞做的,说:我送你一块手巾!连长接过说:哈,你这小子还送我礼,好,我不客气。说着也就接过放到衣袋里。

接着,我们钻到外边观察所,看了敌人阵地,和鼻子前我们的阵地。凡是我们的阵地,山头多是黄土,这显示敌人的炮火还是比我们强。又去看了炮阵地、单人掩体等等。连长指着前面两个较小的山说,上级本来没有要坚守,但考虑到如果不守,就不能巩固159高地。那里也曾出现一个英雄,他一个人坚守了三面。……敌炮不断地射击着那两个小山。

在洞里,我们都向战士们道了辛苦。他们在洞里靠边坐着。有一个小战士还对我说:告诉人民,请他们放心吧,我们没有什么困难。我真爱他。我抓了抓他的手掌,粗拉拉的,不像一个年轻人的手,这都是修工事修的。前面有两个战士,守住一个小油灯挖工事,一镐一镐地敲着石头,火星在冒。从这里我才知道,这些铁镐是怎么由一尺多长变成几寸长的。

回来,又经敌炮火封锁区。房子多被打坍了,但老百姓均喜形于色。有披蓑衣种稻者,有向前眺望者,有妇人做饭者,均从容之甚,深感朝鲜人之胆大。

到连部,连里的同志一定留我们吃饭,还拿出了缴获的美国烟。连长极爽快,给我们谈起他拼刺刀的事。他说拼了以后,他害了几天的眼,他刺死两个敌人。入朝后,还打死敌坦克手一名,坦克手死前身上着了火,钻进坦克,坦克也着了火。

我和巴金、李蕤等同志计划明日事。

六月三十日

晨,雨。丁克同志热情地帮助我们召开战士座谈会。事先挑选好的六个战士来了。一个是热情饱满梦见毛主席的新战士,一个是外号叫"三面山"的河南籍战士,两个曾负伤归国的战士,其中一个是中学生出身善编快板的欧阳忠。会议开到下午二时。战士们都毫不胆怯地谈了他们的心情。他们的觉悟确实是高的。

我到邻近一个班里,见战士们在看书,有两个战士在嘀嘀咕咕地写家信。我看了看其中一个的家信,家信上说他们实行了土地改革(四川),分得了土地,移住在地主的正房,得到了代耕,自己十八岁的妻子也当了妇女会的干部,父母不满意的情绪也改变了;全家更加团结。我问他高兴不高兴,他羞怯地说高兴。据说战士接到这样的来信占全部来信中的百分之九十。这真是抗美援朝战争中可喜的现象,战士们从他们的父母妻子那里获得了鼓励与支持,怎么会士气不高呢!

临走前,我又看了看战士们的铁匠炉(每排一个),又看了阵地。

我们正指手画脚地看板门店的气球,挨了几炮。

晚六时回师。和刘梦麟、肖炳华、张涛扯了很长时间。他们让我扯苏联和祖国建设,可见这是大家的心情。

和姚显儒住在一个房子里,他是189师的起雷英雄。

惜无时间,未及谈。

七月一日

到开城看板门店。见到摄影记者孟庆彪——这位永远带点孩子气的同志。他很热情。王健同志帮我交涉,给了我一个黄条子。九时半到板门店,看见了双方谈判的帐篷和那些险恶的家伙。那些家伙摇头摆脑,戴着令人憎恶的深绿色眼镜。相距五六米,帐篷分两个门,分别站着人民军和美军的哨兵。我方的上着刺刀,敌方的带着手枪,戴着红白两色英文字的钢盔,叉着八字步傻瓜似的一动不动。最滑稽的是宪兵联合办公室,敌我两个兵,相离两公尺而坐,我们的战士器宇轩昂,敌人却低着头。从这里也可看出敌我不同的士气,看出战争的正义属于哪一边。

帐篷外停着敌人的直升机,两边分别摆着敌我的吉普车。一个敌人举着望远镜乱看,孟庆彪就给他照了个相。会议结束,哈利逊上飞机时,孟庆彪说:"我照个哈利逊逃出会场的相!"说着勇敢地冲到敌人近前,给他来了个特写。

见到了名记者阿兰。阿兰漂亮、潇洒、自然,显出是一个老练的战士。在各国的记者群中坐着,引起我对他的注意。

这座帐篷已有一年了,哈利逊一直满不在乎地吹口哨,脸歪在一边。

会议结束后,我看了帐篷内的情形。谈判桌上分别摆着朝鲜和"联合国"旗。

回来途中,听工作人员介绍今天谈判的情形。

到开城停下来,看了这座被毁的秀丽古城。朝鲜市场上还很热闹。

中午回来,和李克忠同志谈徐信的情况。晚上看文艺骨干的演出,其中有一个知识分子战士的朗诵诗。四处炮声隆隆,可是晚会开得很热闹。

夜,离开189师,李克忠同志很热情地送我。

敌机活跃,不时有轰炸声。

七月二日

晨,见到187师政委张迈君同志。这个温和的书生风度的政治委员,很热情地招呼我,还请我喝了酒。饭后,他谈了在政治工作上的体会,还有徐信的材料。张迈君对政治工作是很有经验的。晚饭后打了一阵扑克,听祖国的广播,感到亲切。扯谈,总是离不开祖国的建设,什么时候建设社会主义,等等。

敌机不断地在附近投弹。

七月三日

晨,二时半起床,和张政委乘车往前方指挥所去。雾气很大,打湿了衣服,脸皮也觉得潮润。站在山上看,山谷中一片白汽,山头只露出黑点,如海中岛屿。

在前线指挥部见到徐信同志。已略显苍老,头发不白,而鬓角微秃,额上皱纹深陷,眼睛里因红丝而显得深奥。他是个在深沉思考中度着日子的人。

指挥所设在望海山的背后,是一座极陡的陡坡,坡上的树已经被炮弹烧黄了叶子,张政委说草也是才长出来的。但是炮弹很难打中指挥所。不是打在山顶,就是打在山下。洞前另辟了一条小路。坐在这里的树丛中,面对着前面的山峰、远山和白云。

徐一边洗脸,一边说,他昨晚出来解手,头一晕,四肢瘫软,坐倒在地上,好半响才起来,被哨兵架到屋子里,又晕了一阵,脑子就跳着疼起来。显然,这是他用脑过度的缘故。

徐虽同我是老相识,但对我并没有说很多话,像仍然埋在沉思中。他喊警卫员叫团的一个参谋来,先问了那个参谋的历史,接着他就给参谋布置后一天出击的事情。他说得极有条理,完全是考虑成熟的话。从交代任务中,我知道他是为对付敌人而想的对策。前几日他们曾举行了一次攻歼战,歼灭双叶山敌五十余人,在占领敌阵地时,还抓到了六个俘虏,但却遭到敌人炮火的猛袭,我伤亡百余人,俘虏也被砸到炮火中。为了对付敌人的这种炮火反击,他想了两个办法,一个是压制敌人的火炮,一个是加强各处的佯动,以分散敌之炮火。他对这参谋布置的任务,就是要 599 团以佯动攻面前的地堡。指定他们攻两个或三个,打死几个敌人,抓两三个俘虏。但伤亡决不能超过敌人,起码是一比一,烈士、伤员一个也不能丢,谈完后,他让参谋复诵一遍,复诵后,那个参谋说:"争取不丢一个伤员。"他打断他的话:"不是争取,而是一定,一定不能丢!"

参谋走了以后,徐指着地图,给张和我讲明了战斗部署。刚结束,他又喊作战科的参谋交代到另一团的任务。徐让他去检查攻击部队的信心,不是空喊的信心,而是真实的信心,不是干部的信心,而是战士的信心。徐又要他检查技术战术的装备,指出胜利的关键是速决。并要求他在战斗后,吃过早饭回来,马上总结。

徐一直让参谋把主要关节都弄清了以后,才示意他走。当他发现那位参谋稍有犹豫,又说:"你不很乐意去吧?"那参谋声言没有,他才说:"是的,你不应该有一种思想,说自己是侦察参谋,今天当作战参谋使用。"

吃早饭,徐把友邻的参谋、连长都找来一个桌上吃饭。

饭后,他又找两位教导大队队长和侦察连连长来汇报挖工事的情况。都交代得十分肯定明确。我已经有些疲劳,但他还像在沉思中。中午,我劝他睡一会儿,自己休息了两小时。

下午起来,与张到山头上去观察阵地。

吃了晚饭,张政委正提议打扑克,徐又说,我们听听×参谋的汇报吧,他是检查另一团的准备工作回来的。在听中间,他把帽子摘下来,摸着将要光秃的头顶,用指头轻轻地搔着,像要从那里搔出什么东西。听了一阵,就抬起头来说"你说的有矛盾",又追问到底是为什么。自己弄了一片纸记录着。

汇报完了,他说:你去吧。参谋走了以后,他瞅着政委说:部署有毛病,没有重点,××太笨!政委说:参谋们下去总是看人家的缺点,好显示自己对人家的帮助。

徐决定打电话,再去贯彻他的精神。他不允许在执行这个任务中,有和他的精神抵触以至游离的地方。

他走了,我想听听他究竟布置什么,就跟着走去,看见他在房子里,正对着他的那片纸思考,一会儿又拿着笔补充着什么。我怕扰乱他,就假装看报纸。他看着我说:今天最恼火的就是压制敌人火炮的斗争。——敌人想把我赶走是不可能的,我想歼灭敌人一个营是困难的,可是敌人想歼灭我一个完整班也是困难的。

张政委来了,我们谈起指挥员精力集中的问题。他说,是的,在作战里头,指挥员也同他的客人扯谈,可是这是敷衍你的。他并不是真正跟你谈。

说着,他忽然笑起来:"美国鬼子这么凶,现在白天也不敢在山上随便走,他们撅着屁股爬,哈……撅着屁股爬!"

今天,敌人向我一个班的阵地进攻,被我打伤打死不少。参谋报告,说敌正抬死尸。徐马上站起说:不要叫他们抬!参谋说敌人放了烟幕。徐说:放了烟幕,就不好办了么?朝烟幕里打!你一定告诉他们。参谋们答应着走了,他又说:"告诉他们,一个也不能叫敌人抬走。抬走一个就要他们负责!"

一会儿有人报告,说某部今天被炸伤两个人。他就说:他们是否挖了工事?参谋说挖了工事。他说:挖了工事为什么伤了?参谋说挖得浅。他又为部队的管理松懈,埋怨他们的干部,说:你马上打一个电话,叫他们今晚七时一定写报告来!参谋有些犹豫,显然以为七时是来不及的,但他说:不行,一定七时以前写来,不然还有什么教育意义?

整个一天,我没有和徐信同志谈什么,但他的工作,给了我深刻的印象。

整个一天敌机不断。

准备明天到561团去。

七月四日

凌晨二时起床。和通讯科科长李景湖及团里的通讯股股长等几个人,正准备起身,敌人一阵炮火急袭这个山头,在洞中也感觉颇为沉重。决定天明再走,一会儿又是一阵炮火。

天亮后,我们跨过了炮火封锁区,在草丛里看到有很大的未爆炸的炮弹,弹体有两尺多长,很粗,足有八英寸。前面有一个村子被炸起火,火势已弱,灰烟升天。不知房子里是否有烧死的人,但附近的老百姓有的整装下地,有的做饭,仍然安谧之至。

因大家走得急,流着大汗。

过一座山,山上净是敌人撒的宣传品,我拿起撕了几张,又拿起一张看,上面写着"反共抗俄",不知号召人到何处去抗。

到团部,附近有炮弹坑,是刚才打的。

团长、政委他们还正在睡,未起床。

这里的空气和师部不同,不像那里严肃,也不像徐那样用脑筋。不过团长的脑子很活,他准备在次要方向用步行机大谈假情况,虚张声势,迷惑敌人。并说昨天打落了敌机,并让我看美国飞行员的表和金戒指以及他的手册。

饭后,我提出去看九连,这个明天就要出发攻击的连队。我和团政委一块去了。路上沿着山坡走,敌炮不断地打,政委却好像散步一般大大咧咧的。路上经过一片稻田,田里水光照人,稻子种得很好。朝鲜人就在被炮火震坏的房子里做饭,志愿军都称赞朝鲜人民的勇敢和坚忍,好像放上千斤重担他也是那样,放上万斤重担他也是那样。据不少人谈,孩子被炸死了,母亲就把他埋起,又去修路、种田,哭也不哭。多坚忍呀!多日来的印象,勾起我的诗情,想以"插秧啊"为题写一首诗,有些诗句已在脑中缠绕。

到达九连的洞里,看战士们正在缝手榴弹袋子,因他们一个人要背十四个手榴弹,一个反坦克雷,还有飞雷。他们把夹被拆了,缝成背心的样子,装上弹试一试。这些战士都是二十四岁以下的青年,我真想摸一摸他们。我让他们抽烟,他们不抽,说不会,实际是怕把我的烟抽完了。他们缝着还唱着,有个别新战士比较沉默,但总的都很愉快。特别是经过战斗的老战士还不断说笑话。有一个战斗组长学首长腔调:今天开一个大会,很有意义,××同志立了功,咱们大家欢迎他讲话。班长的声音,像在抖动着,也许是责任,也许有对战争的恐惧。我在这时刻想不起怎样来问,我只是在想,这些人在明天晚上,也许已经不能回来了,他们或者当了英雄或者战死,可是他们也许想胜利想得多些。最后,我又参加了他们的战斗方案讨论,他们差不多按照排长的话复诵了一遍。有许多人说:如果班长不在了,我来代理,死打硬拼!……这些原是徐信的话。讨论告一段落,我鼓励了他们,问他们有什么困难和需要,大家都说没有,说:祖国人民太好了,我们要什么给什么,捐了飞机和大炮,天上飞的也有了。……都说祖国太伟大了,流露出感激的心情。一个战士还说,因为光荣也就不觉得苦了,立国际功嘛。自然又谈到毛主席,那个战士又说,为毛主席增光,一切胜利都是和毛主席分不开的。我就说起一个战士梦见毛主席的事,他们说做这样梦的人不少。一个战士说,他没梦见毛主席,但梦见过立功,他们班的人都抓了十个俘虏,开庆功会给他们庆功,说他被鼓掌声惊醒了。

下午四时,到营部吃饭。营长外号牛子,他胖,有些憨直。听说在铁原阻击时,他和教导员各带了几个通讯员和卫生员守住阵地,叫他下还不下来。饭后我和政委返回。敌机在转,炮不断地打,很近的路走了五十分钟,他还是大大咧咧的。

回来后,华东参观团的同志也回来了。他们很称赞前线战士的艰辛,大胆,敌炮弹落到附近,瞪眼瞧瞧又接着挖工事。又说前线战士对干部异常爱护,甚至说:首长,我服从你的领导,可是在这里你得服从我。团政委说,一次他要走汽车路回来,战士一定要他走小路回来,还执拗地说:要打到你,谁负责呢?有一次,一个司令员到前沿阵地看地形回来,因为太胖总是走不快,慢腾腾的,恰恰又走到一段炮火封锁区,战士没有办法,就从口袋里掏出两个蒜瓣把鼻子堵起来,司令员问:这是干什么?他说:毒气,毒气!快跑!说过便一溜烟跑了,后边都跟他跑,过了封锁区,他才取下蒜瓣。司令员说:怎么没闻见什么味呀?他就说:首长,对不起,那一段太危险,不用这个办法,我实在没有别的办法。司令员说:你可把我累坏了。政委的故事,引得大家大笑。大家都称赞战士太好了。

晚上睡觉前,看苏联画报,有几处是自己到过的地方,但感觉颇为不同,更感觉那里的幸福和战争贩子的可恨。记了一段日记睡觉。

向政委提出,跟团长到前沿指挥所去。他说最好不要去。心里又想明天早晨起来跟团长一块去。

几日来,因自己工作太急,感到责任重大,怕写不出东西,脑子已不十分清醒,眼也睁不开。叫别人看了一下,说眼睛红了。

我需要清醒,沉着一点。不然工作成绩也许更坏。

七月五日

晨四时醒来,本来还困得很,但脑子里一斗争就起来了。穿好衣服走到外面,跟团长说:我们一块去。他说:还是不要去吧。我说:没关系,哪里就碰到我呢。他说:工事不好,要防万一。我说:我自己负责。他说:我还负不了责哩。我还说要去,他就带几分命令的口气说:"你不要去!"我就这样留下了。自己想,不去是很大的损失。

饭后,新的计划没想好,只有写日记。直写了三个小时,才睡午睡。醒来以后,想起执行任务的战士们就要出击了,他们现在在做什么? 自己感觉没有参加是很大的损失。

晚上,我一边看报告,一边等着攻击开始的时间。慢慢地到了九点三十分,听见阵地后一阵炮弹出膛的声音,忙出去一看,只见火光闪闪,照亮天空,是我们的炮火开始射击了。接着,前后左右的炮兵阵地,像打闪一样全都开始了急袭,炮弹嘶嘶地从头顶上掠过,只是听不见炮弹的落音。天又落下小雨,我想我的战士们现在该是如何紧张地在运动着呀! 我到了作战室,参谋长方淑玉同志说,九连已经进了三道铁丝网,敌人尚未发觉。我兴奋地走出来站到山头上看,只见前面敌人一线山头,都不时闪着红光。敌人接连打起了一个个照明弹,悬在半空。敌人的探照灯,更把山头照得雪亮。有些炮弹像是空中炸雷,在离地面一丈的空中放出血红的火团。敌人的炮除了某一角外,全被压制住了。这是出乎指挥员意料之外的。接着,敌机出动了,在头上哼哼着,各处炮点的闪光本来目标很大,但是敌机一遇到下面高射炮和高射机枪射出的一串串火花,就转移到别处去了。前面打得很激烈,它就到最后面去转,把炸弹不知扔到了什么地方。

又回到作战室,方淑玉同志还抓着电话机。他告诉我部队已经撤回了,歼灭了敌人。我心里兴奋得把纸烟掏出来给每人一支,庆祝他们的胜利。

显然,对敌人炮火的压制是成功的。这是徐信同志用脑子的结果。

虽然无大情况,大家还是兴奋地坐到很晚才睡去。

七月六日

晨,蒙眬中听见团长陶河同志谈话。知道他回来了,我起来见了他,并不像很疲劳的样子。他认为打得不好脸上无光,因撤出战斗太快没有缴获。他翻来覆去地谈,可听出他深深地遗憾。他甚至因此怨他的下级,说战士见了武器都不拿,连长扛了一支重机枪又扔了。政委也觉得没大劲,特别是连排的干部大部分阵亡了,因他们是阵前指挥。这已是过时的方式,不知他们为什么还采用。

吃过饭,陶河还要到九连去检查。他已经两天没睡了,大家劝他休息,他还是要去。我和他同去,一路上他和副团长还是谈的这个问题:没有缴获。

到了九连,战士都已睡了。没地方睡的在外面谈,其中一个光着膀子,其余几个,脸色发黄,裤子被剐得一片一片的,两脚是泥,裤腿都湿了。我们先找几个战士谈了谈,其中有一个伤员,有一种痛苦的表情,叫他休息,他还说不要紧,尽量在坚持。从谈话中得知,他们副指导员嫌前面上得慢,打了枪,骂了几句,一排就落到敌人绊脚索中间,有了些伤亡。三排又上去同二排一起打了一阵,故增加了些伤亡。战斗开始的动作是迅速的,可是后来撤退仓促,敌人的武器也没有拿下来。我到过的二、三班,三班只回来了一个小江苏。那个自动报名抗美援朝的老战士,是个麻子,手指有些抖,负伤了。还有那几个站着唱歌的青年团员,也许不在了。二班还回来得多些,但是伤了五个。那个给战士绑飞雷的班长,口头语爱带"方面",他负了伤。我正想去看他,他和他的副班长来了,因为担架要抬他们到后方去。他面孔没有什么变化,脸色稍黄,眉头稍锁,不让自己露出痛苦的表情。他的右臂上中了卡宾枪子弹。副班长被炮弹炸伤,他也竭力忍受着,但却显出痛苦的神情,像病人的样子。我给了他一支烟,他还客气。我问:副班长是怎么伤的,是不是咱们的炮弹皮炸伤的?一个战士接过来说:大概是咱们的炮弹皮子炸伤的。班长张绪坤瞪了一眼说:怎么是我们的炮弹皮子炸伤的呢?……这些战士确实是惟恐我们的党受到一点损害。我正想找话说,忽然听见他叫:"沈廷贵!"沈廷贵是一个小鬼,四川人,坐在交通壕里。班长坐在壕沿上,就吩咐说:"我和副班长都负伤了,我顶多一个星期就回来,你是个青年团员,在家里要好好工作,首先弄好团结,让负轻伤的同志少做点事,自己多做点;再一个,给大家解释,不要散漫,不要说打了仗了,就吊儿郎当。"最后又说:"如果不弄好,等正副班长回来,就不好了。"末尾又叮嘱把他的裤子等给包起来,把鞋拿出来换上。以后他又去取党的介绍信,给指导员汇报思想情况。据说他以前对战士很好,曾有战士母亲之称。他是在兰州被解放的。什么时候都记挂着工作,这就是战士共产党员的形象。

接着,又开了两个座谈会。坐在我面前的几个人,裤子都被刮破了,有些疲劳。二排只剩了六个人,很没有精神,这是新战士遭受了战火以后的样子,衣服也穿得不整齐。但老战士就不同,声音还是那样清爽洪亮。团长、副团长在那里分析着事情的原因。

最后,我又到了二班,他们见我亲热了些,给我讲战斗经过。我让他们讲昨天到了工事掩蔽时的心情。他们说有的睡了觉,有的睡不着,只是想怎样抓俘虏,怎样炸铁丝网,遇到敌人多了怎么办,敌人少了怎么捉,俘虏不走怎么喊话,等等。我又问他们是否恐慌,其中一个说不恐慌,其他则说开始时恐慌,后来不恐慌了。

谈得很热烈。他们有的还唱着歌,一点也不沮丧。是他们因为自己活着而欢乐吗,还是对死满不在乎呢?一个叫高圣文的战士说了两段快板。和战士一块吃饭,大家吃得很饱很香。

晚上到连部问了一下,共伤亡九十二名,加上侦察连的伤亡,共有一百名。这个战斗,组织是好的,只是不该使用这个一年来都没有打仗的九连。

黄昏,从运输排调来的战士,还有从其他处调来的干部,坐满了连部门口,热热闹闹、吵吵嚷嚷的。指导员忙着编队,队编成后,大家就背着枪和背包漫不经心地唱着歌子走去了。

战士的英雄气质是这样的高,甚至比慷慨悲歌都高出一步。这正是中国人民视死如归的伟大气概。

今天见到了钱光海,他曾在国民党部队中当过号目,一赢赢七八个金镏子,后被我解放,因幻想腐化生活,又不能赌博就开了小差。他穿着解放军衣服大摇大摆地走到静海,见这里很热闹想进去看看,被警察逮捕。他大骂,被关到天津监狱,后又被编入敌92军,在上下店被我军解放。后来,在战斗中因误会他打了副指导员,被逼供,罚了苦工,到牢里才弄清楚。以后,给我背行李,在长安岭吐了血。因此,我一见他非常高兴,两只手握住他的手。他现在当对空联络员,教导员对他仍有怀疑,又放入九连当战士。我极力给他证明,然而年轻的教导员仍将信将疑。有些政工人员思想总有点"左"。

我想住到班里,教导员又把我拉回。让我住到另一个小洞里,还派了一个通讯员陪着我,又把我和群众隔离了。

今天的主要收获,是体会了战士的英雄气概。

七月七日

早晨,罗金友营长回来,他的一条腿,被铁丝网剐出一条条红印。

坡上面有一个脸色苍白的青年战士,四川口音。他在前天的攻击中迷失方向,曾摸到敌炮阵地,在稻田的小水沟里躺了一天。也许是经受了过分的惊吓,声音都变了。但他却背了三支枪回来。

饭后,正准备到九连,霍然一炮正打中了山坡下的一座朝鲜人的小屋。通讯员急问:老乡被打中了吗?接着一个朝鲜人从屋子里跑出来。敌人的炮又接连不断地落到我们山上,每隔一分半钟打一发,共打了十二发,臭了九发。我想,也许这是美国工人的暗中支援。此事虽小,却使我更深刻地认识了美国的工人。

在我和年轻的副教导员同坐时,他谈起九连的副指导员。说他坐担架下来时,还唱歌,兴奋愉快,不像负伤人的样子。他经过自己的阵地洞口时,还说:"你们不要当我昏迷了,我知道这就是我住的屋子!"副教导员怕惊动他,没说话,他就喊:"副教导员!我没有关系,保险过不了一个星期就回来。"他平常很羡慕559团的两个英雄,一个是爬行九昼夜归来的伤员张渭良,一个是被堵住了洞口从容牺牲的副连长李江海。李江海在被挖出来后,人们看到他率领的一个班,都穿得整整齐齐的,在炕上身子正正地躺着,像班里晚上睡觉一样。他自己在桌前坐着,面前摆着他的遗书。遗书的字开始很清晰,最后几个字有些模糊。人们判断,在死之前,他一定对全班都进行了热烈动人的号召,而后从容死去。它告诉人们什么是视死如归。

这就是我们的阵地不可战胜的力量啊!

和副教导员同去九连。九连已经恢复起来了,新的干部又忙碌着,又开起了战评会。有一个叫李江州的战士,他说自己打死了十一个敌人,声言有人证明。这人很有些个人英雄主义的色彩。指导员说,他是五次战役后逃跑被抓回来的战士。

午睡,睡了三四个钟头。时间不够,没有到九连去。下午参加了他们的营党委会,主要是布置交接工作,对兄弟部队要如何热情。不要把好东西、好吃的带走,把坏的留下。还要把潮湿的粮食晒一晒,把用坏的桌椅修理好。叫人家老大哥。我觉得有一股无产阶级的思想在会场上流动。

开完会,我要去最前沿的七连,教导员立刻气喘吁吁地赶来,建议我到八连。后来我还说要去,他就说要向团里打电话请示,我估计不行,也就算了。睡在我旁边的通讯员到七连去了,又来了一个东北青年,那样温和,我真想搂搂他,可爱的青年战士。

七月八日

早起补昨天日记。饭后到九连,找了陈泽、会说快板的战士高圣文等五人,从十时谈到下午三时,了解了战士的心情。回来已甚为疲倦,休息中又计划今后的工作。

阵地正处在换防中,有些紊乱。

准备明晨到八连。

近来吃饭也不少,吃得也不坏,只是身体消瘦很多。用手一摸身上满是骨头。手表带扣到最后一个眼,在北京时紧得很,现在也松了,手指头也细了。

七月九日

今晨随教导员到八连去看。这个阵地原来是该营的前沿阵地,向前推进后,成为该营的二线。我们沿着一条小沟走着,走不远,就进到炮火封锁区,弹坑大的小的在田里触目皆是,但朝鲜人还在安静地生产。大的炸弹坑直径有一丈五到两丈,里面灌满了水。教导员说走快点,这地方封锁得紧。这地方正是我们的炮兵阵地,阵地后简直像绝壁似的。爬过了山头,又过了一个山坡才到了机枪连阵地。指导员迎接我们,我回头一看,刚过来的山坡,炮弹坑和炸弹坑密得真像是麻子脸一样。都是圆圆的黄色土坑。周围呈草绿色的,是去年的弹坑。周围呈灰褐色的,是近期的弹坑。草被烧得变了颜色。正说话间,嗵的一声,离得很近,吓了我一跳,原是我们炮阵地发射的炮弹。发射了几发以后,就看见那个山头上升起黑褐色的浓烟,隔了一会儿才响。敌人的炮也接连地打着,想打我们的炮兵阵地。

他们正开支委会。在炮打得紧时,主人说到洞里坐吧,而谁也没有动,我当然也没有动。在英雄的部队里,谁也不愿叫别人看着自己胆小。

指导员先让我看阵地,他们的洞口极深,进出都不方便,里面曲曲折折,黑得很。爬了一阵,顺梯子下去一层,又是一条坑道。再往前走,听见里面"咚咚"响,一个战士正拖着一筐土往外拉,拐过弯,一盏油灯,一个战士正在那里拿着小镐挖。我喊:"同志,辛苦了!"拿烟给了他们每人一支。从东海岸到西海岸的坑道,就是他们一镐一镐挖出来的。以后又看了他们的机枪掩体,射程只能射到前面的山梁,还不够方便。

下来,到了机枪一班的洞里,人们都在睡,他们昨晚到供给处送东西去了。我事先找好的几个人,一个是一班班长,他是和杜根德等四人守阵地立功的机枪射手。人很聪明,二十四岁,能很清楚地回答问题。他分配战士任务,显得很干脆。他家里有一个老婆,他在村里是民兵。他回答问题很正确,使人不好更深地追问他。还有一个是新战士何加友,他是挖工事立功的,四川人,也是一个民兵。他话说得不太好,只说干什么都得卖力气。还有一个是学习组长,是个高小学生,谈话清楚,他是感觉在家里没什么前途才出来的,会编快板。我们在一起谈了几个小时,没有得到什么更深刻的东西。

三时许,到连部看了他们的工事,教导员正和指导员谈连队工作,谈完后一起回来。

回来时我们走的汽车路,路上敌人向我们打了几发送行炮。我们卧倒一次。回来后,洞前面乱嚷嚷的一群人抢着看画报,忽然一株松树的树头吱的一声歪倒下来。通讯员说,这是昨晚敌人的炮弹片打中了的缘故。大家都很不在乎。

师里告诉我跟团主任一块转移。跟我来的通讯员谷世范吃苦耐劳精神很差,别人背大行李,他提一个小包。跟他谈过几次,还不改,这次又是这样,弄得我气呼呼的。

到团里见到陶河等同志,陶极和蔼亲热地注视我,我说到新地方再见。陶说:"到那地方你可以自由,可是在这里你要受管制!"

临走,他们派出两个通讯员护送。到后勤,见昨晚敌机轰炸后的弹坑极大,有两三米深。一会儿炮弹又打到附近。汽车前来接我,感到自己一个人的活动,消耗的人力、物力太大。

到常鹤洞,和周树青同志一起坐车到西海岸,路上扯了些闲话,他说故事的本领真好。

到时天已快亮了。

七月十日

早晨,副参谋长周峰同志的说话声把我吵醒,我就起来了。正洗脸,刘崙来了。他稍许消瘦些,但却很精神。饭后看了他的画。晚饭后,和周、刘去散步。这是一个地形复杂的山谷。人家也不少。朝鲜女人穿得很脏,背后汗污,显然是背小孩子背的。她们正赤着脚锄地,一片和平气氛。刘崙边走边赞叹他所看到的画面:"喂,你看这多好!"他又说:"没有战争不知和平的可爱,这里没有炮声了,看着这些村庄真可爱!""呵,这个色彩,多明朗!""呵,明天我要留在这里画!"他四十岁的人了,倒蛮有精神。真是干什么说什么,如果是一个参谋,他会看出这个山头,那个避弹面,而画家他所看到的是色调。

回来坐在院里,又天南海北地扯起来。扯起老战友周振恒的四件宝:骑的马是三条腿儿,驳壳枪是没有子儿,警卫员爱打盹儿,自己的老婆是小脚子儿。没有想到这个人还能给自己编出这一套。

又扯了罗金友、陶河、王震、潘永堤、徐成功等等的故事。他谈陶河爱简单,很有意思,简单得一张通知都看不完,只看一半。

七月十一日

早晨散步,见朝鲜小孩出早操,在栗子树下、土洞边游玩,旁边是敌人的飞机残片,破碎的机关炮,是个好画面。

一路走,一路想。想起阵地上的那种精神,实在令人感动。战士们在残酷战争面前视死如归,快快乐乐,实在是太伟大了。哪怕今天下午就死了,就离开他所亲爱的、留恋的人们,而现在他仍然是满不在乎的,快乐的。人生的意义到底是什么?是为人民光荣地英雄地生活,哪怕生活得并不长久。是灿烂的火光,而不是欲明未灭的火星。

自己走着,想着,见刘嵩在那里写生,正画两个朝鲜妇女推磨。那里有战士修防空洞。

七月十二日

到云峰里,走错了路,在深山的灌木丛里,路真难走。今日敌机大批向北出动,一定有激烈空战,到云峰里,老乡似不太亲热,这地方我军没有来过。周树青对我很热情。我们住隔壁,晚上闲谈。

七月十三日

白天与周谈五次战役。他的谈话很具体生动,很知道我需要什么。他的气质很和平,很能团结人。

晚上,我们到小学校玩,一个女教员正指导孩子们跳舞。孩子们穿得破旧,脸也很黄,多数赤脚在草地上跳,只有个别穿鞋的。女教员穿着有花边的粉红色的裙子,虽然没有风琴,但她用歌声代替了琴声。我和周树青同志呆呆地看着,触动了我的诗兴。我马上想起去年入朝时,我在某地看到学校空荡荡的大屋里,只有一架破风琴,空无一人。当时是怎样地刺痛了我。而今天这里又有了歌舞,虽然没有风琴。我想写一个"草坪上",或题名"栗子树下"的诗。与我在阵地上想写的"插秧呵"来表现同一个主题:朝鲜人的顽强。

七月十四日

与周谈邓世军同志的事,他牺牲了。我将这个带着农民色彩的英雄记录了下来。

周在晚饭时让我喝酒,不想白兰地的劲头很大,竟使我喝醉了。

七月十五日

周上午去司令部开常委会。我在家看报。晚又和周谈持久战的思想问题。以后他又谈起想写一篇关于毛泽东的好战士的文章。许多战士都为毛主席的名字所鼓舞,愿意做个毛泽东的好战士。可是他对写作没有信心。他帮助我把工作计划修正了一下。

七月十六日

与击落两架敌机的宋长福和捉到六十三个英国俘虏的功臣刘光子谈话。刘沉默寡言,在旧社会曾被压迫得气成了哑巴,直到十二岁以后才会说话。谈到苦处时他流了泪。宋长福在谈话中称呼老乡为大伯大娘,非常自然。

我们直谈了五个小时。下午约王副科长谈中朝关系,他看我太疲劳,劝我休息。我的确已累得很。晚上又和他谈,但谈话时,他像向上级做工作报告一样,只给了我几个数目字。根据情况我很快结束了。

七月十七日

上午,和文工队的郝瑞颖、郭金标二人谈部队英雄事迹。下午与赵勇、曾明道谈,可惜他们都没和功臣直接谈过,所以听来不很动人。他们自己也有些不好意思。

和文工队几个女同志谈她们的进步过程。她们开始怯生,我也想不起更多的问题来问。虽然她们并没有什么突出的事迹,但我站在祖国人民的立场上,对她们一点一滴的工作还是感动的,感激的。她们不够典型,思想还不够坚强。但年纪很轻,都是十七八岁,愿她们继续进步吧。

下午,和刘纪斌科长谈徐信师长的材料,不知道他为什么谈得吞吞吐吐。最后,我把了解的材料告诉了他,并鼓励他写作。

黄昏,和周、刘到小学校,几个教员都是青年,听说我是作家,马上用另外的眼光看我,弄得我有些不自然起来。他们还说,他们的文学和文化人士牺牲得太多了,我安慰了他们。

七月十八日

早晨,准备到司令部去,刘崙来了,他打算回国,我就乘机写了几封信。

马早已经拉来了,真把人等得不耐烦了。

下午二时,到了司令部,见到徐师长。

我发现他正在写报告:对美陆战一师作战的体会。我发现他一边招待我,一边好像想事情。正谈时,他又忽然打了一个电话。我问了他近几天的工作计划,他都有安排,我感觉到搜集他的材料,确实很难插进脚去。我说:你一定要把我俩的谈话放进你的日程里去。

见到柳青,这个青年作战科科长。

徐的稿子写完了。我们才闲谈。我劝他写些文艺稿子。以后我们就扯了几个零碎的心理问题。我问他看见战士与干部伤亡时自己的心情。他说,有几种情形:一种是战斗取得胜利,一些干部战士牺牲了,自己对他们是怀着感激的心情,因为他们的血换来了胜利。他并且说,有许多烈士比起现在活着的英雄来,所经历的要更为艰险。第二种是虽取得胜利但伤亡极大,自己内心会受到深重的责备,心里是非常难过的。因为自己指挥不当使他们多流了血,感觉对不起他们和他们的父母妻子。三是因自己大意而致伤亡的干部,自己则感到惋惜,也感觉到平时对他们的教育不够,没有嘱咐到他们。四是对因怕死而致阵亡的人,自己则感到愤恨。并且他举出一个例子,在大同战役时,他看到一个营长带了一个突击队去反击一个重要阵地,那个营长自己拿了一把小铁锹,一边走一边自己挖坑,他当时想,这样的人能不能攻击成功呢? 他马上叫他回来。这时来了一阵炮,他不趴下还乱跑,就被打死了,自己感到非常的愤恨。

另外,在九连战前,我举出二班长、三班长,以及沉默和唱歌的战士的表现。他说,在战场上战士的主要心理,是想怎样完成自己的任务,怎样抓俘虏。那种沉默的和颤抖的,多是缺乏战斗经验,心里慌张。那种唱歌的是有战斗经验的,这种人爱打仗,以为自己立功的机会到了。我又谈起负伤不下火线的一般心理,他说这种负伤不下火线的人,是最优秀的战士。其心理一般是:英雄的心理,显得自己更顽强,一种是完成任务的责任心,怕阵地上人少;一种是别人劝他下来,引起他的感激,要更好地打。他也赞美战士的觉悟高,我特别感觉他第一个问题解释得好。

七月十九日

早晨,与徐谈入朝情况。

他们今天开师党委会,布置今后工作。各团团长政委都来了。干部间一片愉快的气氛,非常融洽。师长、政委在干部间走动着,同大家握手,还招呼大家打扑克,他们站在一边鼓动,说笑。559团团长周土豹子的声音最响,在上级面前满不在乎,其他的则很规矩,这显然是比较强的团长。团政委刘波、王紫健等则稍显苍老消瘦,这是干部们在前线辛苦操劳的颜色。周树青主任在那边聚精会神地下棋。等了好几个钟头才开会。

张政委身体颀长而健美,他先布置工作。他首先强调这是战备练军,要大家认识这一点,其次提到反对和平麻痹,等等。他的政治工作经验丰富,领导有敏锐的预见。徐最后发表意见,他的声调明朗肯定。张政委对此次行军接交作了讲评,指出哪团好,哪团坏,毫不含糊。

党委会开完,徐又招呼下午召开前次攻击座谈会的事,我回去休息了。

下午,我赶到树林子里去,座谈会已经开始。徐坐在凳子上,摸着头。参谋们在记录。罗金友也来了,战士们拘束地坐在一排长凳上。靠近徐信的那个战士更拘束。他讲:我没抓到俘虏,感到极对不起祖国,对不起上级。令人感动得心灵震响着,战士们看着自己面前摆的烟,不好意思抽。本来是讲战斗经验,但战士们不管需要不需要把自己的情况都讲了,徐也耐心听着。讲完后,徐站起来,他开始总结,他的脑子是快的。他首先讲到这次战斗的优点,接着就讲起战斗的缺点。他不大讲究方式地说:"罗金友同志,你的后撤太早了,这是不对的,你应该最后撤下来。"罗金友马上显出局促不安的沉重的表情。徐又鼓励了战士们一番。会议散了,他叫住罗金友问:"你认为我讲得怎么样,你今后一定要注意。"罗金友很难堪,不知说什么。吃饭时,罗的心里还在斗争着。大概徐也发现了这一点,故意叫他:"罗金友,你要多吃点,你不是爱吃面条吗?快吃!"我为减少罗的负担,讲些别的话。饭后我给罗烟,他也不自然。战争,对于勇士,牺牲、吃苦都不算什么,只是在打不好受到严厉批评时是难过的。徐虽然熟知指挥员的心理,打不好,你不批评,他也是难过的。但按他的习惯是不能不讲的,这是他的责任。

晚饭后,我怕时间误了可惜,就去找柳青谈。几个小参谋全在,他们希望我能写些小说。

又接到一信,这是杨淑清来的。信是热情的,完全是一个天真的、无忧无虑孩子的信。她竟向我要一枝什么松树枝和野花,还要我和一个朝鲜女孩子照的相,真不知道为什么。

七月二十日

今天早晨起得很早,与徐谈到吃饭后,他又给参谋团介绍坚守经验。从谈话中可以体会到他的负责、积极与思想能力。

正谈中,十二架敌机来了,来得突然,低空盘旋,丢下了炸弹和汽油弹。徐招呼大家进洞,他却不进洞,爬到山头上去看,比所有的人都显得镇静。我们藏到洞里,我马上想到,我要去看徐信干什么,这是我的工作呀!我出去一看,徐信回来了。我说:我猜你一定去打电话要各团注意防空。他说:我刚给他们打电话叫他们打!狗日的飞这么低,还行?他要制服敌人而不能被敌人制服的性格显示出来了。他曾跟我说过,部队没打好,失利是自己最难过的,说明在敌人的面前栽了跟头,这是很耻辱的。我了解了他的责任心,还未充分了解到他这一点。等一会儿飞机又炸起来了,他往房子里跑,我犹疑了一下,也跟他走进房子。只见他正拿着耳机,面带怒容地说:"你问他们打了没有?什么,如果低飞就打,敌人飞得这么低,什么如果!"他又给各团打电话,电话不通,他喊:"马上找王科长来,为什么不通?"电话通了。他又找直属队的各科长来,说:"明天敌人一定还要炸,限今晚一定挖好防空洞,不挖好不行!你听清了没有?"接着,他又在后面叮了一句:"伤亡了,你负责!"

他的负责、积极和勇敢,使我感动,觉得他可爱起来。我们本来晚饭后谈,但我觉得他工作一天,实在很累,心有不安。但他说可以谈,我们又继续谈起来。

七月二十一日

早四时,听见徐说话,我也马上起来。在山上转了一趟,朝鲜的早晨是可爱的,我的胶皮鞋上沾满了露水。我们又谈了一早,昨天徐派出去调查轰炸情形的人回来了,他听取汇报。然后又给各团长打电话,问防空洞挖了没有。我发现他每布置一个工作就及时检查,他总要找出部队的缺点,这几乎成了他的习惯。

又听到他报告作战经验,特别对涟川阻击,看来他是满意的。

晚上,他说:咱们今晚不要谈了吧。我说再搜集部队一些情况。他的工作虽有一些事务,但确实是及格的。

晚饭后,我去散步。站在山冈上,听到一阵胡琴声非常美,走近一看，一位年轻的译电员正在拉胡琴。他脸黑黑的，裤管挽到膝盖上，他沉静，细手指很灵活，拉得很好听。另一个吹口琴，还有一个敲着马蹄铁奏乐。

晚，记日记。跟我来的通讯员谷世范最近工作好了，等着我睡。战士们在挖防空洞，铁锹声不断响着。

七月二十二日

四时起床，比徐起得不晚。起来后到山上散步。昨天我睡得很晚，又想了一下自己的工作问题。我的主题更加明确了一步。现在美帝国主义是我们民族的最凶恶的敌人，也是东方民族及全世界凶恶的敌人，抗美援朝对我们的民族和全世界有着巨大的意义。我国的优秀儿女在战争中表现了非凡的勇气，不少人献出了自己的生命，同时也取得了宝贵的经验。这种勇气和这种经验，对提高民族的自尊心、自信心，对全世界人民，特别对东方民族是一个伟大的实际的鼓励。而其经验，则对保卫和平的事业和未来的世界战争有很好的参考价值。我应当写一本书，这书符合于这个战争本身所具有的意义。这本书，应该使我国的青年及东方的青年，以至于世界人民在反对美帝维护和平（及防止未来的战争）中取得斗争的信心和活生生的榜样，取得经验。这就有助于当前及将来的斗争。我如果能完成，也就是我对世界和平事业的贡献，对人民的贡献、对党的贡献。为了这样，就必须真实地反映出我军在劣势装备下，如何以英勇无畏的品质和智慧战胜了凶恶的敌人，并成长和壮大。同时也写出敌人凶恶残暴与腐朽的本质。为此又必须熟悉一年多以来各方面的丰富生动的斗争过程和创造这些业绩的人。在方法上，则要把这种过程，这种人集中化和典型化。

这样，我就必须在这里呆一年的时间，而用另一年时间去完成书的写作。我在想着给陈部长写信的词句而睡熟了。

七月二十三日

今日与徐谈坚守防御的情况。对他革命的好战品质，征服敌人的渴望有较深刻的印象。

七月二十四日

晨，起身后见徐正埋头修改总结。

上午,他说要开会,我就趁空定自己的采访计划。下午与徐谈。

晚,给188师张英辉师长打电话,准备到他们那里去。他极热情,称赞我,而后他又与徐通电话。两个人真是无话不谈。不过在电话上,是没有办法你打我一拳、我踢你一脚的。只听张不断称赞徐,说自己成了老油条啦。徐听说李克忠要回国,马上就说:"他也没告我一声,这王八蛋,我非骂他不可!……"在电话中还谈到杨得志司令员要调到志愿军总部任副司令员了。

七月二十五日

今日与徐谈过去的战斗,收获不大,因过去太久了,都忘记了。

最近他们派人回国接老婆。徐显出对其儿子的爱,因儿子有病,他嘱不要他老婆来。还声言儿子如果死了,他要找她打官司。参谋长非常活泼,大谈起什么"抗日牌"的、"解放牌"的,不如"抗美援朝牌"的,给张政委的老婆,取名为"粽子牌"的。

张政委坚决不主张自己的老婆来,徐则告别人让她来。

晚上,我给陈部长写一信,要求呆一年时间。另又给秘书罗纪权一信,要他将我的稿费捐一百万元(旧币)给抗美援朝总会。

七月二十六日

今日早晨,与徐谈,我提出支持他工作的动力,一谈谈到保卫祖国和世界和平上去,谈得枯燥,而事后自己一想,给这样的同志谈话是不该正面问这个问题的。

上午,到协理员处交党费。回来与柳青谈了几个小时。

下午,又与徐谈对祖国的感情,没有收获。

午睡起后,大雨,起来去解手,看见修防空洞的战士满身是泥,正疯了似的把草连泥块铲起放到防空洞上做伪装,衣服像贴在身上,干得很起劲,真使我惊讶这种劳动热情。徐说:你看可爱不可爱!我已经告诉他们停止,他们还不停止,又告诉了指导员,才使他们停下来。背着家伙和伪装圈摇摇摆摆回去了。

晚上,考虑自己的创作问题。

七月二十七日

上午,与作战科刘副科长谈话,他谈不出什么显得很窘,就和他谈一些绘图的知识。下午与徐谈几个简单的问题。晚饭后,准备到

188 师去参加庆功会。徐见我的通讯员病了，又派了一个同志来照顾我，还亲自送我上路，又送了我两条烟。我乘吉普走了，多日来忙于谈话，一路看看周围景色，显然心情舒散些，道上遇一朝鲜七十老翁，他坐了一段我们的吉普，警卫员让他把赤脚和一只包布的脚放在自己身边。老者说："快把朝鲜解放了你们好回去！"他的第二句话是："我一辈子也没坐过吉普车！"警卫员对他的热情直爽很有兴致。

天黑后到师部，见到师长张英辉、政委李真、副政委陈英等同志。他们很热情地招待我，称赞我。谈到写作问题上来，他们对此很有兴趣。谈了很长的时间，我劝他们写。从周围人们的言谈中可以看到，人们都希望我能写出一点长的东西，都认为我写军队的东西有条件。可是我自己还不知该怎么办。我一直埋头搜集材料，倒很像个散文家的样子。

七月二十八日

又见到巴金、李蕤等同志。上午举行庆功会开幕式，在国歌声中看到英雄，看见张英辉同志干瘦的铁颜，异常英武地立在毛主席的像下。这时的国歌声常使我的心情激动，容易下泪。

他们一定叫我讲话，我就把苏联的情形介绍了一点。最生动的发言要算王永章，这位打坦克的特功排长，叙述了他回国见毛主席的情景，毛主席用右手握着他的右手，用左手拍着他的肩说："好！好！"王永章咽喉里像憋了一个大疙瘩说不出话了。毛主席又对他讲："我们是不怕帝国主义的，全国人民要很好地支援你们！"他说他永远忘不了这句话。

下午，去参加他们的小组会，我们的战士都不太会说话，无特殊收获。冒雨回来，军文工团一位女同志，从举动中看出对王永章很有好感，两人走在前头，保持一定的距离，但可以看出谈得很亲密。

晚会，完全是战士演出，节目却很精彩，可以感受到战士浓厚的可爱的感情和创造才能。也感到文学工作者没有深刻的体验是不行的。好的文学艺术，必须是在这些基础上的加工。

晚与巴金同屋。扯了些闲话。我应有计划地从他们那里获得教益。

七月二十九日

上午参加庆功会,听了许多报告,特别听了铁原阻击中,王永章排八勇士的跳崖事迹。另外,还有一个担架员和炊事员的报告,都很动人。晚上看《攻克柏林》。

七月三十日

继续听功臣报告。一个叫郭恩志的青年连长,报告很好,我倒找到了一个革命好战分子的典型。我该继续了解他们。

还有一个五十九岁的老头,长长的白胡子,在里面坐着,他是兽医,很想了解,惜无机会。

晚上看朝鲜北延白郡女性同盟及小学生演戏,他们是为功臣庆功来的。特别是那些小孩子真可爱极了,虽然他们赤着脚,他们的衣服是旧的,虽然他们缺乏营养,但他们那天真的姿态,歪着小脑袋,是极美丽的。这些小孩,最小的不过五岁,和我的大女儿一样大。其中有一个孤儿,也在里面跳着,他在空隙里跳下台来,坐在师长张英辉的身边。孩子们永远让人爱,他们可爱的姿态,逗得人甘愿为他们去流血,永永久久吸引着人们的感情!

晚上与巴金扯谈,他也很兴奋,我说你们多帮助我们这些人吧。我们扯了很多,最后我提出了性格问题。这是我最感头疼的问题,没有性格人写不活,可是性格是多么难写。他说,靠日常的观察和储蓄。

十一时睡了。

八月一日

上午与郭恩志谈话。这个人实在聪明得很,可是外号却叫傻郭,是一个革命好战分子的典型。谈起战斗时他瞪起眼睛,狠得厉害。可是对母亲却是一个孝子,对同志是特别能让步。他的性格实在是鲜明得很。他一练兵就生病,一打仗病就自然好了,连他也不知道原因是什么。

敌机来袭,将西边开功臣会的村子打着了火。晚上听说伤亡了老人、孩子十一人,其中老人是四个,小孩是七个。妈的,可能有特务!

晚上与张师长扯谈。我与他是一团的老战友。他在家很穷,扛小活,在毛主席召开的群众大会上入了伍,当过电话员、警卫员、上士、卫生员。从一九三〇年入伍,已有二十二年的战斗历史。言语间流露出他落后了。他说话的声音真响,灌满整整一屋子。

八月二日

今天,巴金、李蕤和我共同和翟国灵谈话。他是跳崖八勇士之一。从狼牙山五勇士到八勇士表现了我们军队的特质。他是获鹿人,个性很温和,身材很拔挺。谈完后,我又与段德臣,一个政策纪律模范连的指导员谈。

下午闲谈,天南地北,海阔天空。后打扑克,张师长在打牌中,吆吆喝喝也和作战似的,就这样!

晚上与李、巴等谈写作。

黄昏,政委和师长在逗房东的孩子。我们门前是一小片平地,有一口泉水井,井边有一棵小枣树。师长拿了一枝小树枝追打一个小女孩,小女孩往树上爬,越爬越高,爬到政委够不到时,就摘下小青枣掷师长,师长还击。小女孩十分机灵,在被击中时就装哭,她下边的枝杈上也有一个与她仿佛的女孩,穿着蓝裙,树根处还有一个二三岁的小孩子。当时忽然感到这是一幅多好的画面,可惜我并非画家,不能将它画下,但愿将它的美丽永远存入我的记忆中!

八月三日

今天与张师长谈五次战役等情况。中午老兽医来了,他的小银胡分在两边,银发露在军帽下,裤子口袋里露出手枪的穗子。师长让他坐下,他又抒发起感情来了,说到他小时候扛长工,干了六个年头,三十而立,才找到了毛主席的队伍,才到了自己的家。他还说:别人觉得我年纪大,我觉着自己还年轻。如果我活一百六十岁,我现在还可以入青年团呢,我还想看看社会主义、共产主义社会呢。他还说,他参加这次大会,回去要好好宣传功臣的事迹。有这么多的功臣,别说一个美国,就是八个美国也不怕。

八月四日

今天到政治部去,和功臣陈三谈了以后,又和563团宣教股股长杨顺德同志谈了"老模范"的故事。这人的革命品质实在令人赞叹!自己和他比实在有些惭愧。今天敌机活跃,一天不断。晚又和老兽医扯谈。他幽默而有风趣,话说得没个完。我们在栗子树下,直谈到天黑,李蕤同志还是惟恐不详地询问着。

政治部主任叫弃里三。我问他名字的来历。他说是针对着自己参加革命时的毛病而起的,就是决心弃掉自己的乡里,"三"是表示什么呢,是表示自己思想问题最严重的第三阶段。

政治部在小山的一侧,山顶有条小公路,我们三人踏月而归。因一天紧张工作,胸中窒闷,一路高歌,为近年来少有的现象。自己的嗓音太难听,多年已不唱歌了。

沿途见院落中志愿军战士与小孩玩耍,朝鲜妇女顶物赶牛而归,有的牛在山坡吃草。

八月五日

上午与一科米参谋谈张师长情况,米长了个孩子脸,谈得不错。

下午巴金、李蕤与李真政委谈他的革命史。我与陈英同志谈杨、李情况,更加深了对他们的认识。特别李与杨的关系一事,令人感怀至深。李志民在我脑中的形象逐渐形成。

八月六日

昨晚被一种声音惊醒。原来,巴金在被窝里念朝文,一边用电筒照着。这老先生真不得了,是一个有毅力的人!我整日睡眠比他多,他有空就抓紧学朝文和俄文。

今天与张师长谈他的战斗历史。特别谈到百团大战袭击三甲村的战斗,使我很感兴趣。

晚上和巴金、李蕤到被炸的村子去看。顺山径和稻田埂走了三里多路,赶到那个村子一看,有几间房子被炸毁了,全是被汽油弹烧的。附近一棵大树,枝叶都烧成了黄的,叶子卷着。附近半块地的庄稼也都烤黄了。一个五十岁的朝鲜老头,在那里搜索什么,把枯树枝拖到一边。李蕤给了他一支烟,他蹲在那里抽着,也不说话。这种神色,我看见过,就是那种朝鲜人惯有的坚忍的神色。李蕤、巴金瞅着他。以后又看了我们吃过饭的地方,那地方落了三颗炸弹,炸出的水泥飞溅到近处地上。小学校的标语牌也歪倒了。小学校的房子,整个被震坍到地上,房檐前那两株木槿花还有一株露在外面。我们一个人摘了一朵,我摘了两朵,准备送给我的朋友,告诉他们这花是哪里的。旁边另一所房子，像一个不能支持的人要坐倒在那里似的。这原来是一所学校啊。

一路归来，谈生活方式问题。巴金的生活方式也是值得参考的，他是一个比较自然的观察者，而我则是一个人为的挖掘者。

晚上听敌台广播，知道志愿军司令部驻地金矿被炸，这几天的空战是激烈的。怪不得每天那么多敌机飞往北方。

八月七日

今天上午去执行李蕤同志的计划，看附近的朝鲜孤儿院。可是到了那里，孤儿院早已搬了。就临时改变计划，和该村的中学教师们谈谈。屋里铺着席子，中间摆了两张小桌，桌上有两个罐头盒子插着野花，一瓶是野百合，一瓶是红蓼和其他小花。他们围着桌坐着，一个戴近视镜的青年拿着红蓝铅笔像在改卷子，有的看苏联画报。一边墙上是金日成、斯大林和毛泽东的像。

他们的生活是困苦的，每人每月只有十八公斤粮，家里每口人九公斤，每月一千八百元朝币。扣去粮钱一百多元，只能吃点稀的。据说县长也和他们的生活差不多。这个学校原有三百多人，朝鲜战争爆发后，差不多全部参了军。教员多是从军队中回来的，学生现只有二十六人。谈到朝鲜开始向南推进时，他们扬眉吐气起来，以后遭受挫折，看到美国飞机，即认为胜利不可能了。自中国人民志愿军出国直到今天，他们认为敌人这么长时间没过来，现在是过不来了。

我们在屋里谈话，外面的学生们在树下唧唧喳喳地不知说什么。里面有一个女学生穿着西式黑裙，光着腿，穿着红皮鞋，胳膊腿都黑得很。还有一个穿着很厚的春秋季才穿的灰褂子。他们在外边似乎在听我们讲什么。

朝鲜人正处在困苦中。

晚上又和张谈话。谈了抗日战争中的几个战斗，都是几个很好的战例。可以了解到他确实是一个很勇敢、沉着、机警的指挥员。天黑时，谈到他的苦恼，不能学习，文化低，谈话中流露出想学文化的强烈的愿望。

晚上，李蕤劝我多写些小的、战斗的文章，我接受了他的忠告。

好的长的东西要瓜熟蒂落。

我俩又住到一个屋了,本来要谈十五分钟,结果谈了两个钟头。

八月八日

自踏上朝鲜的土地已经两个月了。在63军也一个半月了。

上午本来应与张师长谈,因他们开会讨论干部调整未果。只听张师长在外间屋里高声说,往学校送那样的人,是自己骗自己,不行,应该送中等的,他反对送差干部的做法。可以看到他在原则性上还是很好的。当讨论到有些干部(如郭恩志)文化低,不能担任营参谋长的时候,他就低头不语。下午张谈解放战争中他经过的战斗,但谈得太简略了,也许他真忘了。晚上本来该继续谈,因打扑克耽误了。

今天有一个参谋长因不负责任,砍伐了老百姓山上的树,引起政委尖锐的批评。张的声音更大,说:你这是不负责任,早讲过不准剃光头,你不知道吗?

晚饭时,某同志不断探询我在北京的待遇和生活,流露了对和平生活的向往。其他人也谈起类似换班的话。可见人们是很想祖国的。

在这两个月中间,计:志愿军政治部一周,兵团一周,前线十天,187师政治部一周,司令部十天。188师十三天。工作是紧张的。

其收获是:

1.对徐信同志的材料有比较完全的印象。

2.对前线阵地有一点浅薄的印象。

3.对郭恩志这个连的指挥员有一点印象。对写连级指挥员有帮助。

4.对老模范这个人物有了印象。

5.罗金友的材料甚好,但对其个性了解还不完整。

6.邓世军的材料比较富有个性。

7.余长福打飞机的情况还详细可用。

其缺点是:

1.对坚守防御的材料搜集太少。过去多,现在少。

2.听得多,看得少。

3. 上层多，下层少。

4. 方式生硬。

5. 战斗方面的多，其他方面的少。

6. 事迹多，人物个性少。

总的缺点是，间接得来的多，直接经验的少。当然过去对上层了解不够，这次给以弥补，这也是好的。根据这种情形，还应到前方阵地再去一个月才好。

八月九日

昨天夜里，副师长徐成功和各团参谋长开会回来，给张捎回来杨、李的一封信，是答复他要求文化学习的。信上说因为战争需要不能离职学习，要党委指定一个同志来进行帮助。暗示某同志，语文由他帮助，可是他并无充分的热情。

上午他们开会，我理发。李蕤今天写文章。他对自己要求很高，故常唉声叹气。

下午和李政委谈铁原阻击，谈得活灵活现。很有帮助。

晚上本预定要走，怕过分仓促，故又留下。

八月十日

按每天早晨的习惯，在美丽的清晨中散步。

上午与张谈开城之战，中途，副师长又来让他布置侦察任务，谈了一个多小时。我就退到小屋里看他桌子上的照片。照片是他几个孩子的，用镜框装着，其中一个小孩很大，我问他这小孩怎么这么大，他说是以前的。他把这些统统摆在桌子上，表现了宽大的胸怀。

我们正要走时，他忽然接到电话，562团遭受了空袭，副团长负伤了，参谋长和华东实习团的一个团长牺牲了，保卫股长也负伤了，共牺牲五个，伤了八个。张把电话机一放，脸朝外看，手指上的烟卷冒着烟。沉重的感情也把我们压住。昨天那个低个子的参谋长，临走不让警卫员扛行李，自己扛上就很快走了，还同我握握手，谁知不过十多小时后就牺牲了。我转回来，这消息的确给人以震动，李、陈的脸也都不好看，在房檐下站着。接着张师长赶过来，他们共同研究了处理的办法和今后的防空。张很快明确地总结了大家意见，分一二三讲出来。李蕤好像受到了震动，我因困极了，睡了一觉，战争有许多地方要碰运气。

吃晚饭时,他们买了酒杀了母鸡为我送行。为毛主席干杯。席上和饭后谈起对死者的感情。张说他看的死人不下一万,已牵动不了什么,当时感到悲痛,过去就忘了。……就是563团副团长张××在上下店的牺牲,很疼,而又不安。因事先怕打不进去,就告诉张说:"我们团是大功团,这是大功后的第一仗。如打好了还好,如打不好,对部队的情绪是很不利的。"这样一讲,张到前沿去了,没多长时间就牺牲了。这使得张英辉同志有自责的感情。本来不是要他到前沿,而只是说一说,却因此而牺牲了。所以自己对某营退下来更恼火,要枪毙那个营长。副师长说,他在战斗里,牺牲得越多,牙咬得越紧,打得越猛。李政委说,长期的军人生活,即使自己的母亲死了也掉不出眼泪。陈则说,他在革命前,母亲死了也没掉眼泪,等棺材一盖,一想见不到了,才哭了。

晚上又和李政委谈五次战役。

天黑以后,大家又扯谈。说指挥员最重要的是决心,决心要狠要硬,犹豫就是死亡。徐谈了张的特点是:直爽、热情、战斗经验丰富、决心果断、快、狠。

八月十一日

今天,人们特别注意防空,张师长也搬到离村子稍远的地方去。上午结束了我们的访问。

下午正式与徐成功副师长谈张的情况。他言语中流露出对张的倾慕之意,并说过去他嫌张不条理化而有所争执,现在感到是自己的不对。可以看得出,他现在是把张作为自己的榜样尊重着。张发表意见之后,他很少反驳。徐呢,寡言,坚毅,重视战斗的狠,重视训练的纪律性,对吊儿郎当的非正规表现,是不可容忍的。一天早晨,参谋给他报告一天的部队问题和工作,不是立正姿势站着,他就把头歪在一边。

大家对张尊重,只是有时偶尔同他开玩笑。下午打鸡毛球,张说:"老魏,你来换我吧。"别人趁机就说:"呵,该回去了,再回去晚了,军管会主任就不答应了。"张马上感觉到不好意思,我也说:"我这几天也看出了门道。"张更不好意思,好像小孩似的忸怩。夜晚,听广播,本来很晚了,可是他还陪着我们,虽然大家早已忘了"军管会主任"的问题。

八月十二日

上午与李政委结束了五次战役情况的谈话。他很能谈,谈话很形象,叫文艺工作者有一种内心的喜爱。下午与陈副政委谈,他送给我和李蕤每人一只朝鲜铜碗作为纪念。他忸怩了很久,左推右推,才给我们谈坚守防御,谈了不很久,归国代表们就由团里回来了。他们七八个人,嗓子已快哑了。今天是设宴招待他们的。可是在会中我和李蕤倒成了目标,喝人参酒,喝得有些醉。

喝完酒,我们和他们几个首长又打了一场扑克,总是我的分数少。张则打得很好,那次"赶毛驴"也是这样,证明他的决心很坚强。打就是打,不打就是不打,所以"赶毛驴"的分数极少。

张偶然打错了一张牌,发觉不对又拿回来,李政委说不行,他则把牌紧紧握住,收到胸口前面,像小孩子似的撒起娇来,耍赖,晃着膀子,好像小孩子一定要吃一块糖果一样,流露出他的纯真。

晚上,他们让我们都留下了字。临走时一直送到村外汽车边,非常热情地同我们握手,别了,别了。政委因为割了脚上的鸡眼,拐着脚送我们。与归国代表同车到187师,同车还有打坦克的特功排长王永章,还有两个女的。有一个女文工团员说到她回到内蒙古时,蒙古族人对志愿军很热情,很有觉悟,要代表把羊带回送给志愿军。

八月十三日

上午与王永章谈,印象甚为深刻。王个性比较强……

归国代表李淑英,在电话中接到她母亲死了的消息,在众人面前,还强看着书。王永章说:哭吧,哭吧,出去,哭一阵!弄得李出去也不是,不出去也不是,泪下来了。她的自制力是极强的。

下午,看了《人民文学》上一些文章。

八月十四日

上午与李蕤同志一起解答文工队所提出的一些问题。下午与文工队座谈,向他们谈了一些意见。

晚上下棋,李、周二人是棋迷,拉着我下到十一点半,回来和李一睡下,李又扯了他的老家,一直谈到夜二时。明天要早起,李太不知节制了。

八月十五日

本来想多睡一会儿,早五时就被吵醒了。因为院里是小伙房,警卫员也都起身了。我也就起来了,浑身无力,后悔睡得太晚了。

房东小女孩穿起朝鲜的小绿裙子,下面仍然赤着脚,叫人觉得怪美。

送我的牲口来晚了,派的引路的饲养员也不能去了,我只好查看地图免得走错。

周主任听说这种情况,忙起来,穿着小裤衩、背心,瘦猴似的,给我画路线图。他对我的友情,使我真切地感到温暖,我对他更加难忘了。

李蕤也挣扎起身,困得什么似的,还要送我。

马背用树叶伪装了。

炊事员给我们炒了饭。

一路走来,走过一条小山径,不断地看到一丛丛的野花,其中有一种是很香的。像是丁香,香气很浓。有人说叫"假梧桐"。绿色的林莽里,有两个战士沉静得像妇女一样坐在那儿劈条子。又走一截,经过两间房子,有一个朝鲜妇女,背着一个背架,白衣白裙,赤着脚站在垃圾堆里,大概她负载的东西刚刚倒下正在休息。她的头发黑极了,脸虽在烈日之下,可是白得很,泛着一层红,看去真像仙女一样的美丽。……太阳晒得热极了,两旁都是稻田,他们劝我骑马,我也不骑,只是看着周围盛夏的美景。白云,绿树,稻田,草地,蝉鸣。慢慢走了十五里,我们在一条小河边浓阴下休憩。我在发热的飘着水草的溪水里洗了脸,把头发也洗了,坐在辎重营的大车上歇着。一会儿看见几个战士杭唷杭唷地拉着砍伐的大树走过去,隔一会儿又空着手走回来,敞着怀,有一个身体特别健壮的战士穿着一条白灯笼裤,光着膀子,圆圆的肩膀厚极了,闪着汗光,皮肤又黑又红像红铜一样的好看。真美丽极了。我们休息了一会儿,又继续走,走了半公里。一个小村,那浓阴真诱人,栗子树上青色的果实又肥又大,毛茸茸的,偶尔落到地上。用脚一踩,还是毛茸茸的。今日

的美感,整个沁入我的心灵。忽然灵感激动了我,我想起了《栗子树下》最后结尾的诗句:

栗子树呵,你沉默不语,
可你却被这琴声微微惊动,
你那毛茸茸的圆球,
像古代英雄冠上的盔缨。……

下了一个小山,有两条岔路,草丛里黄黄的路,美的路。饲养员很会说朝鲜话,可以跟朝鲜人聊半晌。他找了两个小孩给我们带路,他俩赤着脚拉着手领着我们,小脚掌走在发热的路上、草上。不知怎的我对赤着的脚总感到特别的美,即使他脏一些。

谁知路走错了,图上标的石隅,却走到了石手里。在那里又碰见一个朝鲜小孩,让他带路,他戴着一个草帽,我拍了拍他的胸脯。

他送了我们五里地,回去了。我们到了连峰。看见男女都收拾得很讲究,女的上衣洗得很白,下身束着各色裙子,头发都仔细梳过。老头子也穿得很干净,自自然然地走路,腰里的烟口袋悠打着。这天他们是庆祝"八一五"啊。他们要去喝酒、庆祝,心里很想去看看。……远远看见绿丛里摆的桌子,桌旁围着层层的男女。

一路上都隐约有房舍,听见说话声,正如古诗所写的"空山不见人,但闻人语响"。

到了蜀洞,见不到一个军人。有一个朝鲜老人领着才找到了。路上,经过老人的家宅,我看见有一棵大梨树,果实累累,极像祖国的沙梨,实在爱人。正想忍渴走过,老者连忙走到树下,揪了六个,双手捧着给了我们。这是多么美的画面,多么叫人感激的情谊。我真愿将它画下。我忙抽出了三支大生产纸烟给了老者,老者鞠躬。朝鲜的老人,有极高的文化教养与令人起敬的风度。

见到了团长周成河。他粗体大膀,胸脯敞开,赤脚,含着内在的野性。外号叫"土豹子"。隐约流出一种魄力。

因为我们比较生,开始找不出什么话说。

下了大雨。他们说副团长张润臣(张黑子)到连里参加民主会晕倒在路上了,警卫员忙去接他。雨很大,屋里的电线不断爆炸。

一会儿雨小些,副团长回来了,披着雨衣强挣扎着走,团长喊他,他也没听见。

团长也下去刚回来,政委刘波还未回来,这团的工作看来是紧张的。这使人想起徐信。屋子里挂着两面锦旗,团长说:"这是政治委员同志弄的,他喜欢这一套。"我看出他和徐信的口吻一样,真是一级学一级——军队的微妙关系。

黄昏时,刘波政委回来了,团长周成河很热情地招呼刘吃饭。从这些小事上看出,他对政委的尊重。

晚上听谁喊:"嘿,小蛤蟆跳到我靴子里来了!"真是山上宿舍的风味。

晚上八时休息。

今天是很疲劳的,但给我的美感是无尽的。和周住一个屋。

八月十六日

上午睡了四个小时。与张副团长扯了一会儿,他对我有些生疏。

下午与刘波政委谈。又到政治处转了一趟。都住在夹峰中的山腰间,绿阴蔽日。政治处的办公室门前还有一个亭式的门。

晚上聚在一起扯谈,谈到一个军务股长和一个女学生通信,要人家买一本电影刊物,说上面有自己的稿子,并劝女方也向该电影杂志投稿。最后还说,以后去信如没有自己的私章就是假的。女的来信说:我很奇怪,志愿军都是我最可爱的人,谁来信不一样。还有一个十七岁的小通讯员给一个女的寄信要恋爱。女的说:看你像个老练的干部,不知你才十九岁,我比你还大两岁,真叫人感到可笑。

团长、政委很愤怒,要给予处罚。

八月十七日

早起和周谈。饭间大家爱给张主任开玩笑,因为他还没有结婚。

饭后到一营。见到教导员康振洲同志,因为他在我当副政委的教导队学习过,以老上级相待。但多少有些拘束。我问起以前教导队那些学员的情形,他说只剩了他和561团的李若鹏。我从这里了解到战争的残酷,我也就不再问下去。

这个营我过去呆过一个多月,可是现在已人物全非了。

午睡后到机炮连。

机炮连在小山冈上稠密的树丛里。连部搭在小松树下,屋子里不大整齐,电话机在一个柱子上放着。战士们散在山坡上,他们正在改选党、团支部。我热得什么似的,把军衣脱了放在一边的树上。

我看着战士们,我又看到他们了。

无后坐力炮和火箭炮都在队前摆着,我没见过无后坐力炮,就到跟前去看,副教导员把炮衣拉开,黑油油乌亮,真让人喜欢!上面写着一九五一年造。这是祖国造。他比另一门美国造的好看得多。有一个眼睛红红的河南战士也来到这门炮旁边,因为我们在谈论他的炮。

指导员很年轻,帽檐下还微微露出一缕黑发,鹰钩鼻子,名叫宿炳和。副指导员更年轻漂亮,二十三岁,身材挺拔,一样的鞋袜衣服,他却穿得格外整齐,很有点老通讯员的样子。副教导员介绍他是过去营里的号目,司号员。

他们开完会,我们就扯谈起来。我首先问起李江海同志牺牲的情形,因为这个连就是李江海同志所在的连队,是过去的模范支部。副指导员热情地说,他们俩是最要好的,在一块无话不谈,跟连长、指导员倒谈得很少。连长、指导员爱严肃,常批评他俩乱打乱闹。当我问起他听说李牺牲后的心情时,他说:我们俩用东西都不分……虽没有下泪,但声音是哽咽的。

晚饭吃高粱米,菜也不甚佳。营里打来电话:你们要好好招待,他是我的老首长……其实我和他们在一块吃,觉得非常舒服自由,非常愉快,我吃了两大碗。

八月十八日

早晨四时起床。在连部睡懒觉是不可能的。我这人一定要这样逼才行。昨晚八时睡觉。他们把最好的床,编的软软的条子床让给我,自己支一块门板儿。我躺在蚊帐里。房子除后山接房檐外,其余都是切的半截山坡,南面没有修,好像一个棚子。房外面有两株松树,我的床头外有一株松树,虽然夜色深浓,但也看得见这些树干。空气十分新鲜清凉,使人十分愉快。睡在这样的地方,身体一定会健康的。

　　上午与张德明谈。又与打飞机的几个人谈了谈,可惜打飞机的人谈得很不精彩。可见想收集材料有多困难。

　　副指导员对指导员很尊重,极像一个才任新职的干部,零碎事情他处理得很周到。有时还帮助收拾碗筷。说话处处带请示的语气。

　　谈完打飞机,很困倦,睡到下午三时。这种松懈现象是因为我对采访方式的动摇。我不敢相信这种方式能有多大的收获。下了一天的雨,躺在床上,雨飘进来,于是就把蚊帐放下遮雨,在雨声哗哗中睡了很久。

　　饭后,我利用空隙到战士演出队去,因为他们快要分散了。

　　战士们马上热情地演出了。因为外面下雨,他们都打了赤脚,和我在一起挤着,只剩下几平方尺大的一小片地方。节目有快板、坠子、四川的金钱板等。我注视着他们黑红的脸和赤脚,觉得那么那么美,美得迷人。我若是个女的,真愿嫁给他们。我也不知道为什么,那么喜欢他们皮肤的颜色。有一个电话员,脸儿圆圆的,说快板时脸仰着,天真得像父母面前的小孩子。指挥员呵,你们是幸福的,你们有着这样可爱的战士,你们有着这些金子也不能换的宝贵的财产。如果说你们是战士的父亲,你们拥有多少优秀的可爱的儿子!他们演奏完了,我又提议,让他们每人都来一两句家乡戏曲。一位身材粗壮的河南新战士,另外,有一个修工事的模范和一个班长,班长是过去的解放战士,立刻来了一段河南曲剧。这是我小时候听过的,令人入迷的宽大和谐的声音。我要是一个音乐家,我会把这些音符纳入我的乐曲中。那位脸黑黑的战士,拉着弦子,头微微偏着,他的姿态就是一篇朴素的诗!此外山东人、东北人、四川人、西康人……都来了一段。熄灯号吹过了,我表扬了他们。这时,通讯员和副指导员张德明接我来了,我跟他们回去。张德明没带雨衣,在灯光下,我见他淋了一身的雨点。兄弟!我感谢您!

八月十九日

　　睡在这里,完全像睡在森林野莽中。听着雨声,风声,多好啊!

　　早晨,屋子正中出现一汪水。屋门口很高,为什么会进来这么多水啊。原来,墙角里有一个泉眼,在开始修建这座草舍时没有注意,快修成时才发现了。通讯员们只得把水淘出去。这真是志愿军生活中的趣事!

按照计划,今天与几个打坦克的功臣谈话。这个连曾经在一天之内打坏敌人五辆坦克。其中有我第一天碰着的红着眼睛的河南战士,还有一个也是河南战士。谈得很生动有味,了解了他们可贵的求战的心情。

他们练兵学技术,是按兵器分类集中的。张德明挎起手枪带着重机枪走了,各营的火箭炮和无后坐力炮由各连副排长或副指导员带着来了。战士们在小树林里坐着。

下午去看打靶。这是我第一次坐得这么近看打火箭筒。战士瞄着二百五十米远的小旗射击。这种武器在射击时前后都冒出一溜烟火,炮筒的后坐力把战士推出好远。这都是祖国造的武器。六发炮弹没有一发打中,只有几炮打在附近。他们都是第一次打,没打的人,请求要打。

又到一个小山洼里看无后坐力炮射击,一个副排长黑黑的脸,黑眉毛,双眼皮,帮着战士瞄准时,他的黑脸贴在黑油油的炮身上,多美的形象。

晚上到班里转,只因自己不是战士出身,彼此生疏,很难一下接近。到一个熟悉的班里,那个红眼的战士正接待我,一声哨响喊他去背木头去了。又到一个班里,一个湖南战士正在那里砍树枝搭炕。另一个往炮架子上绑树条。搭讪了几句,看他很拘束。又到一个班,看见一个年轻的战士(后来知道他叫刘生春),正在那里吹他怎么俏皮的故事。因为他资格老,又是班长,别人也不管他,尽他吹。我虽然去了,他吹的兴致一点也不减。

八月二十日

今天说要听归国代表作报告。战士们都全副武装,自动地穿得很庄重,戴了纪念章(平时不舍得戴),背上伪装盔。会场设在一个山洼密林中。前面搭了一个小土台,周围布置着标语,挂着祖国人民赠给的锦旗。由贾震仓同志报告,他嗓音很大,一直讲了七个小时,后来声音都哑了。我面前的战士,瞪着眼睛静静地听着,不断地鼓掌。尤其听到毛主席对王永章的嘱咐时，都热烈地鼓起掌来。报告完后，是自由讲话。有两个战士（一个是那个红眼睛的河南战士）虽然讲得干巴一些，但能听出战士的心声。营长一定要拉我去营里吃饭。这位营长个子不高，黑黑的，今天也穿了新衣。他走路敏捷灵活，走得很快。吃饭时，到另一处作报告的赵慧先也回来了。她脸上有两个酒窝，老是笑，在北京曾到过我处。她嗓子也哑了。她说那边会后有五六个讲话的，一个原来落后的战士讲着还哭起来了。讲到祖国人民，眼里的泪滚着。营长本来很热情地照顾大家，一见有女的来了，忙躲到一边去了。吃饭时，他怎也不肯到女同志这个桌，勉强拉过来，他脸一直朝一边看。他是多么地害臊啊。赵慧先不断给我拿饼，弄得我也不好意思，但我感谢女同志的热情。

晚上回来，副指导员布置讨论，参谋长布置明天练兵的编组，营长召集班排长开会，搅到一块儿去了。

不管怎样，我争取时间去听讨论。到一个班，讨论尚未开始，正在胡吹乱唱。一个年轻战士，上次我让他唱河南曲子，他说不会，现在乱唱一气。等到发现我时，又不唱了。我催他们讨论，他们都讲：祖国进步很快，自己感觉落后了，特别是觉得战绩不大，对不起祖国人民。这就是战士的伟大之处！他们在前线出生入死，还觉得战绩不多，贡献不大，对不起祖国人民！

八月二十一日

早晨来了一大卷报纸，忙抢着去看，感觉分外亲切。看着祖国，真是一片欣欣向荣，心里不由得一阵高兴。每看到报纸就给人以力量。特别看到各方面的突飞猛进，觉着祖国正在飞跑，人人都在竞赛。不要说停步不前，就是走慢一些，你也就落后了。我也觉得，我们这些人，是不是能保持作家的称号！从报纸上仿佛能听到祖国的步伐，我应该把我的这种感觉写在通讯中。

上午去看战士操练火箭筒的取炮放炮动作。战士很卖力气在那里练，班长很和蔼地在那里教，练一阵还研究一会儿，真像个友爱的大家庭。那个笨战士，直出汗。

有一个副班长，名叫刘文贤。他是个见面熟，一见就说起他的历史，邓世军当连长他就在他的连当兵。他说他打仗并不胆小等等。又问我是什么干部。后来一个班长告诉我,他打仗不行,一打仗就病。班长说,打了那么多的仗,一个功也没有立过,你问他立过功吗?可见他是受到鄙弃的。

我和这个班长谈了很长时间,他说西康战士很勇敢。他班里有两个西康战士,一定要到前边去看,很有股蛮气。那时炮打得很凶,问他来干什么,他说,来看看。

收操了。我在班里喝了两碗水,看见战士们躺在炕上,很累,人还睁着眼睛微笑,非常幸福和谐。

晚上又到各班去串。那个俏皮的班长,好像要把所学的东西都吹出来。我听不下去,走了。又到我熟悉的班里,听到了战士的心声,我好像吃了顿美餐一样的满足。

八月二十二日

师里通知我23日回师,我到营里打算住一天,一来认识认识营长,另外也和康振洲谈谈。

今天大家吃高粱饭,又给我烙了几张饼,我吃了一张半。要了一把战士用敌机残片做的小勺,准备送给我的朋友。指导员送我很远,送我到河边。

到营里,人们正围着听留声机,非常有兴致,给清静的山谷增添了欢快的气氛。原来营长不在,到师里开会去了,听徐作三个月的防空总结,他抓得真够紧呀。

康教导员也要到团里开教育准备会。我只有看新出的《解放军文艺》《中国青年》,上面有立云评价我们的小说《长空怒风》。

下午到木匠组去看。五六个人正在丁丁当当地忙个不停,有的做枪架,有的做黑板,有的做刨子。有一个西康战士,他粗壮得很,只穿着一个裤衩。我和文化教员坐在一边看着,想同他们扯扯。拉锯声,钉钉子声,刨木声,弄得听不清。他们在家都是木匠,因为是工人,土改时都是村农会的负责人,是带头参军的,觉悟都很高。开始集中时,都怕耽误了练武不愿集中,说清了道理,都来了。从天亮干到天黑,一点不休息,盖了屋子,又给大家做腰鼓。我问他们将来干什么,他们声音爽朗地说,抗美援朝胜利,把美帝国主义打垮,还去当木匠,给工人修工厂。我又问:大家都走,叫你们留在朝鲜帮助老百姓修房子,怎么样?他们说:那也很好呀!咱们抗美援朝本来为了帮助朝鲜人嘛。他们工作得很起劲。我问木匠是不是善于瞄准,确实他们瞄准很好。

据文化教员说,他们战斗热情很高,在阵地上曾想将铁匠炉立起来,但没调查出谁曾是铁匠,因为都怕打不上仗。

开饭了,我们才回去。

饭后,我又利用时间到一连去了一趟。因为过去在冀东作战,我曾跟这个连一个月。这次去看看熟人,了解了解材料。谁知到那里只找到三个熟人,两个当班长,一个是排长。由此可以看到四年之间已有多大变化。我们谈了谈,实际上他们已经记不得我,而我也记不得他们了。谈了些过去的情形。那边战士集合一起听留声机,大家静静地坐着。

黄昏回营。营长开会回来,说敌骑一师和另外一个师又入朝,可能在秋季组织攻势。

八月二十三日

本来今日早走,天下起小雨,就决定和营长杨茂祥谈一个上午,下午再走。杨也是一个好战分子,谈得很满意。谁知下午雨又大了,时间在犹豫中过去。后来决定不走,可是团里却转来师部电话说英模们今晚走,如果有汽车不走,明日走浪费汽油不好,就决定走。

今天走时骑的一匹黑马,饲养员老黄说是邓世军英雄的马,它被邓在北大流缴获后一直为邓所用,直到邓死时才到了一营。可惜马太老了,一路磕磕碰碰的。

一路风雨,时大时小,雨烟满山野,雨点打得我眼都睁不开,慢慢我的胸前也湿透了。因背后未湿,还不觉得太冷,我让朱长福同志给我折了一根小棍,赶着乌骓马紧走。回头望,老黄和朱长福二同志紧紧在后跟着。我怕走得太快把他们累坏,朱长福又紧催我。有时一阵大雨袭来,夹着风声,庄稼和树叶一阵哗哗响,马在这时也不禁紧紧放快脚步,好像战马听到枪声一样。

慢慢自己的座下也都湿了,水流在袜筒里,两条裤腿也全湿了。我是奔驰在朝鲜的风雨中呀!

对黑暗的袭来,我是感觉讨厌的,因为我的眼睛不好,我怕在荒野风雨中迷失了道路。可是渐渐灰蒙蒙的夜色降落了,很想走进一个村庄,问问老百姓还有多少里。远远看见黑糊糊一片像是村庄,走近看又不是。天黑时,到了一个村庄,屋门口坐着几个朝鲜老百姓,一问还有十里。指示我们下小公路,抄到一条小路上,小路就在深草丛中。这十里路走了很长时间,朱长福喊:注意,下坡了,过水沟了。我感觉像是走进一座什么神秘的魔窟中似的。忽然一根树枝碰在我的头上,枝叶上的水又淋我一头。马也一惊。

看见灯光了。到了。听到了热情的呼唤。朱长福走到徐师长的门前说:"魏巍同志回来了。"原来徐不在,他去训练队训练干部,要一个月。他总是抓得这么紧。他是多辛苦!

我下了马,到了我原先住的小屋。周身只背上是干的,其余全湿了。马褡子里的衣服也湿了,我正愁没法,张政委来了。他赶忙招呼人把他的衣服鞋子给我拿了一套,又找人打水给我洗脸,吩咐人把他的鸭绒被给我拿来。几个警卫员忙着拿这拿那。联络员车成龙给我铺好了铺,多好的孩子,长了一头茂盛的黑发。我摸了摸他的黑发。政委又招呼给我做热面汤,我说不饿,他说不是饿不饿的问题,现在的雨不比前些天的雨,这是秋雨!也是咱部队的传统。我洗过脸,他一看这屋子门窗的纸都破了,又让小车把他的屋子给腾出来。我在精神上感到十分温暖。

我换了衣服,热面汤就来了。我招呼老黄、朱长福都吃了,又给了老黄一件大衣。

这一晚,我整个被革命同志间的温暖感动着,很晚很晚才睡。这是我们所以能够战胜敌人的力量!我必须用同样的热情去对待人。我躺在鸭绒被中,听着外面的雨声。

八月二十四日

早起,看胡征同志的《红土乡记事》,写得真好,真好。把群众的革命热情、革命精神写得甚为真切,特别写出了劳动人民的品质,语言也颇佳。

上午,睡了一会儿,说要走。忽然,雨又下大了,军里又通知不走。补写了几天的日记。

朱长福同志跟我工作将近一个月,他在我们刚到时征求我的意见,我说我很满意。他特别给我补了袜子和衬衣,使我感动。他们做的是勤务工作,但这是崇高的母亲的工作!我想给他件纪念品,手头又没有。他说什么也不要,就要我一张相片。他说:"你的脾气太好啦!"

与张扯了半日。饭后又扯了陈赓将军的逸事,他是干部摆龙门阵的主人翁,他好像小说中福将一流的人物。大家谈他,从中也看出对这位饶有风趣的将军的热爱。传说他在延安时,和许多女同志住得很近。人们将要出来散步时,他把澡盆搬到当院,脱得精光洗澡。人们一露头就回去了,在屋子里憋着,不能散步。他还在外面喊:"这有什么,你们出来散你们的步嘛!"入朝前会餐时,女同志闻其名而不敢与他坐在一起。而他则说:"不要紧,现在的陈赓不是过去的陈赓了。现在是屁股上贴膏药——后补啦(指候补中央委员)!"还传说,他与杨、杨、耿在一个师工作时,没有肉吃馋得厉害。有一天夜里,他拿出一块钢洋叫通讯员买猪肉,炖了一大锅,大家一块吃,叫警卫员也一块吃。并问:"你们知道这是谁请的客?"警卫员说:"不是你请的客吗?"陈赓说:"不是!你摸摸你那块钢洋还有没有了?"警卫员一摸没有了。在晋东南时,他留了两撇很怪的小日本胡,中间也没有,只有两小撇。他走到刘司令员处:"刘司令员,你看看我这胡子怎么样?"谁知邓政委在,邓说:"陈赓同志,你自己去照照镜子,看什么样子!"他才扭头溜了。因为他怕邓,也怕彭,别人他都不怕。入朝开高干会,有位小姑娘翻译很漂亮伶俐,成为全场的议论中心。他在正开会时,给高岗写了一个条子:"高主席,我缺一个翻译。"谁知这条子在桌上摆着,让彭看见了,瞪了他一眼,他无趣地扭过头去。还传说,他到北京,保卫局都对他有意见,因为他乱跑。可是他说:不要紧,什么人在我面前一站,我就看透他是什么人!……他是这样开朗,豪爽,落拓不羁!胸怀宽广!可是仅仅是这样,人们不会这么热爱他。还是因为他经过了真实的考验,在做地下工作被捕后,有着威武不屈、富贵不淫的英雄气概和对党无限的忠诚。敌人曾千方百计诱惑未果。这种人物的性格是确实可爱的。

晚上听广播,在张政委新盖的小木房里。夜深雨大,谈起祖国繁荣。小金线蛙在屋中跳,政委不断用电棒打着,感觉甚为有趣。

大雨,大雨……风……

八月二十五日

雨又下了半日,下午放晴,火烧云。军部通知会议改到月底,我拟改变计划,先去炮兵团,可是又接到电话,仍定在明天走。

看了一天报纸杂志。读了金日成将军的传略,金日成自然是朝鲜人民优秀的儿子,一个勇敢的战士。

晚上,他们欢送我们,喝白兰地,微醉。

黄昏,去看本村炸坏的房子。房子坍倒了,炸弹坑灌满水。有的屋子虽然未完全倒下,但也半伏在地上,只有某一角还顽强地支撑着,像一个佝偻的老人。门窗架子被挤扁。有的房子中了火箭炮弹成了一团灰。我回忆着,那个半倒伏的房子,是我们第一次来,在房檐下吃第一顿饭的地方。那个完全炸倒的房子,是我到作战科路过的地方。曾记得路过此处时,一个穿红色衣服的年轻姑娘在用脚蹬铡铡草,老年人当下手。可是现在呢,听朱长福讲,两个老人炸死了,只留下一个小孩。他的姐姐下半年就要出嫁,不知是不是这一家?

八月二十六日至九月二十二日

已经近一个月没有记日记了。简单地补记一下。

二十六日上午,天仍小雨。冒小雨乘车奔军部,张迈君政委道上遇见我又送了一段。他穿了件美国雨衣,是此次对我最热情的一人。和英雄同乘车到军司令部。见张德彬、郑希贤、李际亨等同志在亲热地打扑克,互开玩笑。称郑希贤为"奠科长",暗指他怕老婆,被扯掉了一个耳朵,故"郑"变成"奠"了。彼此相互攻击对方怕老婆。李西恒同志回来了,将北京来的七八封信给我。其中有一封信,一张相片。同志们互相传看。秋华也来了信谈了孩子的情形。还有其他读者的信。第二天,我几乎用了一整天的时间复信。从二十八日至二日开了四天英模会。会场在不远的山坡上,布置得很堂皇。又听了郭恩志等十几个同志的典型报告,与他们合影。本来想留下几个英雄座谈,会议中间说敌人准备登陆,马上停止整训。开会的人也都急着回去,就作罢了。在最后一天会餐时,和英雄们在一起，郭恩志、王玉祥、赵玉礼等都喝醉了。陈三骂郭恩志丢了188师的人。但我是了解这种心情的，心里痛快，一喝也就喝多了，这是很自然的。直到第二天我们吃早饭时，还看到郭恩志盖着一个大衣，在破草房里酣睡未醒。

会议中间接到一个电报，叫我为《解放军文艺》组织稿件，说刊物稿件不多。我当即给在朝作家各去了一个电报，并组织李蕤写稿。四日搬到政治部去。在一个小棚子里住了一晚。夜，大雨，把李蕤的被子全打湿了，弄得他一夜未好好睡。第二天，搬到一个小屋里，朱曦、丁国材同志去看我，我们扯了一夜。扯的是关于离婚的事。丁国材今年二十六岁，其妻已三十二岁，过去思想搞通了，不和他的"老爱人"离婚了，现在心里又别扭起来了。大家又谈到路坎离婚时的惨状。谈话无结果而散。

从五日起开始构思，想写一篇报道持久防御战，标志着目前战局特点的东西。构思约一日写下提纲。九月十一日成篇。题目《磨死他》后改为《挤垮它》。应当可以反映目前的战场情形，但长而欠精。李蕤同志看后，又着手修改。因自己总嫌时间耽误过多，怕赶不上前方战斗，心安不下来。用十三、十四、十五日三天时间修改，勉强潦草完成。此时，又接到丘岗同志一信，让我写一篇鼓舞祖国人民建设的文章。再次指出，不要贪写大东西，误了小的。自己当即欣然接受。因搜集材料欠丰富，苦思二日无所获，又放弃。给英模大会纪念册撰文，初稿甚为粗糙，后经李蕤帮助，始在十九日完成。尚可。二十一日应支部决定，为军直排以上干部作访苏报告。报告五小时，归来时已疲乏，倒头睡去。二十二日始离军部。

整个这段写作，一般说还算是比较快的。比过去好像还熟练些，语言也流畅些，通俗些。但自己总觉得劳动的苦重！写作中，敌机日夜袭扰，特别是夜间，在附近投弹，讨厌之至。

参加舞会两次，跳舞有些门了。

将稿子拿走。

二十二日，我要到朝鲜人民军去，李蕤同志也将离此到47军。我用了整一个上午，与李交谈彼此的意见。李提出：我平易近人，热情，积极，责任心高，没有盛气凌人的样子，是可贵的。缺点是个性强，有时突然来一股火气。我也诚恳地给他提了意见。

在这一段生活中,我感受较深刻的地方,就是同院的房东。她有三十多岁,两个小孩,一个八九岁,一个三岁,还有一个小叔子。丈夫被飞机炸死了。她一天的生活真难过呀,得不到一点安慰,做着苦重的劳动。天还不亮,我就听到她的捣米声沉重地响着。把刚成熟的棒子掰下来,把刚成熟的谷子掐下来,赤着脚,用脚掌在木盆里踩谷穗。又烧火做饭,又顶水,她要计划一切,操劳一切。就是这样,两个不懂事的孩子,整天哭闹。她走出门去,孩子跟着哭出门去追她,她跨进门来,孩子又哭进门来。小叔子的头上长了一个拳头一样的大疮,整天疼得咬着牙齿。那孩子虽不哭,但疼得实在难受,还要看管这两个孩子。两个孩子,那么冷还光个屁股。女孩很胖,但身上很脏,没有人去调理她们。她真是整个朝鲜民族受难的象征。帝国主义侵略者给予朝鲜人民的苦难,不只是血肉模糊的尸体,还有对于人心的伤害。朝鲜大嫂的苦难,深深地刺痛了我。唉,有时她操劳回来,小女儿哭得没法,她的心软了,就把盖着胸的短上衣扯开,小女儿就从她的腋下钻过来吃奶,一手还捂着另一个奶,像一般吃奶的可爱的孩子一样。但是,她母亲的幸福呢?

有一天,我看孩子的疮实在疼得难受,我把他领到卫生所开了刀,开刀以后,孩子才像有了些生气。

邻家的年轻姑娘是可爱的,她十八岁,说话有些翘舌,更显得可爱。她忙了一天还要去开会,有时我写东西到深夜,听到她回来的足音。白天她收拾得特别漂亮,衣服洗得整洁,屋子也是因为有她的缘故,收拾得全村第一。可是脚上却是一双志愿军的大鞋,那鞋破了,又那么大,踢里趿拉的。年轻的姑娘穿这么一双鞋,实在叫人心里难受。

想写一诗,"赠阿姊嬷尼"。

西恒送我上汽车。……

一路不断看到拉木头的汽车向海岸走。我们几乎走到海州。到达延安附近,有563团二营的两个通讯员等我们。到了营部,见到了营长、教导员、参谋长。营长、教导员如此年轻,真使我惊讶。如果不介绍,我还以为他们是通讯员呢!营长孙臣亮称赞了我的文章,说对他的鼓励很大。言谈中很钦佩他们的师长,称师长为老头子。谈到他们的战绩时则说,他们没打什么仗,听说敌人登陆,决心要在这里打一打。这里是一堆求战的旺盛的火。

与教导员同居一屋。

九月二十三日

早晨到外面转了转。营部住的这地方,是一座朝鲜的家祠,瓦房建筑很美。院外,汽车路边,全是茴香、波斯菊,粉红的、蓝的、黄的,正在盛开。

饭后与教导员同去人民军 26 旅团部。到了飞凤山下一座小房里,这就是旅团长住的地方。可是我们只见到有两个朝鲜女同志在家。一个穿军衣,从肩章上看是个军官。另一个穿着绿衬衫,在裤子里煞着,高高的个儿,因上衣没有领子更显得颈项很长,剪发,脸色红黑,与联络员说话时,总想发笑而又竭力忍着,有一种朴素的美。她一手扶着小门,一只赤脚在门槛上蹬着。她告诉我们,旅团长和大队长以上的干部全开会去了。联络员说她是旅团长的警卫员。

我为了节省时间,马上改变了计划。先看飞凤山的阵地,然后再到人民军三大队。见到志愿军的姜记者,同行总是亲密,很快就谈了许多话。他本来想到三大队去的,又托词不去了,我怀疑是因为我去的缘故。

路上经过被轰炸的延安城。汽车路上,朝鲜男男女女来往不绝,全是赶集的。我和李向明及另一通讯员赶了一个集。在一个小森林中,卖物者席地而坐,卖些杂物和朝鲜的吃食。颇有新鲜之感。朝鲜淳厚的乡俗,坐在那儿卖东西也显得如此文雅,叫人爱慕。

晚上到达人民军。礼节周到的作风马上印入脑际。见到政治大队长、参谋长。晚上吃饭很晚,都是辣椒,颇合口味。

九月二十四日至九月二十九日

又是一个多月没有记日记了。让我追忆记下一点吧。

自九月二十四日至二十九日到达延安半岛人民军中。在大队部住了两天,中间冒雨去山上看了一次,和他们谈了一下各自的历史。了解了他们战争前的快乐生活和战争中的遭遇。第二天,又去看了一下他们战士的驻地。坑道塌了,战士穿着薄薄的衣服,坐在坑道中。坑道上搭了几块板子,上面盖着几块铁皮。他们是多么冷。在电话室里访问了两个小孩。其中一个小孩,母亲被杀,他曾和父亲同去乱尸中找母亲,看到了母亲的尸体之后参军。两日后,车龙石大队长归来,人很热情,是东北籍的朝鲜人,他说自己有两个祖国。很爽直,很快就同我谈了他个人的私事。第三天,他派了两个战士把我送到三中队。在一个月夜,再次通过延安到达一座山下。年轻的中队长和政治中队长迎接了我们。他们善良的面孔使我想起一些熟人来。第二天就到了海边,又见到一个活泼的排长。坑道口竖着一个牌子,上面贴了些标语、画片。坑道里很整洁,木板壁,木板炕,门口放些军事书,里面铺得非常整齐,一个枕头,一个白被单。到山上已看见海,在海边看了机枪工事。战士们修着工事,有人唱着歌,看来士气是高的。回来又去吃饭,他们吃饭前在鲜花下唱歌,然后排队进入饭堂,随口令脱帽坐到餐桌旁。吃得虽不好,桌上还放着一瓶花。饭后和他们在树阴下开了个座谈会。最后我鼓励了他们,看样子,他们十分感动。他们心底里深藏着对中国人民的深厚友谊。在暮色深浓中返回连部。第二天早晨未起床,敌机即来轰炸。这天看到他们的支部委员长和民青副委员长,特别是后者给我以极可爱的印象。在座谈中向我提了许多问题,知道他们的政治觉悟是很高的。吃饭时,第一次喝了朝鲜酒。晚上归来。二十九日白天又和几个战士谈话。谈话中,敌机轰炸,轰炸中那边几个志愿军战士喊:"打死他!打死他!"去一看,是打死了一条毒蛇。

晚在月亮光中与他们分手,临走时送给他们大衣及裤子一条(他们有人没裤子穿)。又是两个战士送我们。深夜到达563团二营。和教导员同居一室。

在人民军中虽只六天,但印象是深刻的。他们艰苦的斗争生活和觉悟,使我难忘。在这期间最大的收获,是我脑中的人民军形象具体了。我十分爱他们,像爱我们的战士。

九月三十日

早晨一起床,敌机就来炸,炸的是四连。电话也不通,营参谋长、教导员都去了。不一会儿,杨顺德同志来了,他是从土里钻出来的。指导员负重伤,他臂上有指导员的血。但他精神很好。饭后谈起搜集材料的事,他不慌不忙的很健谈。他感情极丰富,说话也很生动。我想趁空去团里过国庆,同他多谈谈。我们俩就一路走了。路上遇见两个朝鲜人,一男一女,男的头缠绷带,慢慢地走。一见杨,非常亲切,大家马上坐下来,女的掏出笔来交谈。原来他们是刚才在一个洞里被炸的。中朝人民友谊的深厚,到处可见。

走了将近四十里,才到团部。见到刘砚田政委,又见到人民军车大队长。车非常爱漂亮,穿了一件汽车司机的蓝制服。大家谈了一阵。

十月一日

早晨和战士们一块听广播。战士们说,听到里面喊毛主席万岁,真想随里面的人一块喊。晚上又听广播,是国庆大狂欢。为完成丘岗同志给我的任务,思索了两天,即开始写作,至十日完成。题目《前进吧,祖国》。此稿颇费力气,天天饭后即写作。房东有一个小姑娘,穿黄褂黑裙,没牙,能唱中国歌。一张嘴就唱:"嗨啦啦啦……"真可爱。有时送我几个枣。

在这期间,天天与他们团长、政委夫妇一块吃饭,有如家人。同政委老婆谈了后方妇女的情形。在分别之际,政委与其妻十分缠绵。我心亦极为同情。团长马兆民的妻子要在次日黎明离去,而他还在埋头写第二天开会的提纲。他是一个格外聪慧的人,有"小诸葛"之称。

晚上和他们分手。去坐了一坐,我以"春宵一刻值千金"为由,要赶快离开,他们还再三挽留。……军里汽车来接我们了,一夜车上寒冷,已是深秋。凌晨一时到达。安管理员赶忙起身,还给我留了一暖瓶水,使人深感温暖。

十三日,起来刮了脸,见到祖国人民慰问团,很亲热。认识了几个印象很深的人物。辛树之,是五十九岁的农学院长,老学者,挂着一根拐杖。他谈起中国人过去被人欺压,幸有毛主席领导,到现在才抬了头。谈起民族自信心的增长,充满了爱国主义的感情。

十一月一日

为了继续体验第一线的生活,到了40军。这是第一次到该军来。

昨晚在月光中与团长孟灼华、耿政委同乘吉普车赴355团。下了汽车路,拐进一个小山沟,在一个斜坡上的树影里,我进了他们的小土房。在团长的外间屋里,给我安置了一个行军床。我因和他们生疏,一时没有谈什么,只劝他们不要客气。

据师里介绍,团长是一个师范学生,当过小学教员,忠厚直爽,但脾气有些暴躁。政委则是一个过分严肃的人,是要求别人过高过苛的人。政委新婚。团长的老婆死了,还未再婚。据说这个军营干部均未结婚,团级干部结婚也是个别的。团长患失眠症,每晚卫生员要给他打针,服安眠药片。他今年已三十七岁了,完全像个老农民,一点也没有学生气味。他也自称老粗。在师里,我和他初识,副师长问:"你打算怎么个打法?"他在上级面前非常谦逊,他不说自己而说"他们"认为这样打好些。好像因为年龄关系,已经显出脑筋不太好使。

晚上睡觉时,我问他什么时候开始失眠,他说是打海南岛以前练兵时。

这是一个极可尊敬的人,很快就可看出他是这个团的核心。一听说他回来了,副团长很快来了。副团长是个青年人,实际是长得很年轻,也三十岁了。他极为亲密地和团长交谈,谈的事情没有什么重要,但可以看出感情的亲密。

早晨六时即开团干部会,研究情况与任务。政委作了传达,然后进行分工。团长掌握情况,副团长掌握训练,主任掌握动员及后勤,政委也掌握动员。会开了一个早晨。饭后又参加了他们的办公。由各个参谋报告了近几日来的情况及需处理的问题。参谋们用怯生生的眼光看我。会议上反映,近日来因敌人不露头,杀伤的敌人很少。

他们的任务就是要夺取面前的无名高地。这个无名高地是敌人英联邦师,澳大利亚的一个连。从面上看来,是敌完整防卫体系中的一个阵地。两边有两道沟,仅仅因为与纵深阵地连得不紧而被副师长夏克选中。但整块阵地是被一个椅子形的阵地维护着。攻取这一阵地,恰似从敌人怀里把一块肉挖出来。应该说是比较难攻的,但这也证明了他们作战的积极性。

下午,我和政委参加了政治处的动员准备会议。干事和股长都很年轻。主任二十九岁,他所制定的计划,证明是有政治工作的经验。他提到以欢迎祖国人民慰问团作为一个有力的口号。他说动员的力量来自四面八方也提得很好。一些年轻的干事,都提得颇有道理。从政治工作来看,我军的政治工作,已发展到很高的程度,不仅仅是一般的动员,而且深入到解决每一个人的顾虑,和保证战术技术的提高。在干事们的发言中,感到这些青年的纯洁可爱。

关于政治工作的力量,不仅是一般号召,而是深入地根据具体对象解决顾虑,不仅解决愿意打,而且能解决怎样打得好。这些方面,应在将来的写作中给以体现。

我在思考究竟到哪个阵地为宜。

晚上,团长在灯下准备次日的会议发言。卫生员又来给他打针。在一个小凳上,酒精灯冒着小小的火焰。

此处炮声不激烈,没有我上次进入阵地时的紧张。

十一月二日

一早,还未起床,王东保副军长、中南军区组织部刘部长及副师长都来了。王是一个老干部,有慷慨爽直与干脆的军人风度,新从南京军事学院毕业。刘是一个大胖子。我赶快起床。团长听说他们来了,忙跳出去迎接,他是对上级极为尊敬的。早饭给特别做了一点,让我和他们一起吃。下午还杀了一只母鸡。我们都感到不过意,独副师长以主人自居,大叫鸡汤好吃。他还命团长,"去找你们理发员给我理发"。显然,是一个年轻将军的风度。晚上人散,独剩他二人,很亲密地交谈起来。一会儿谈情况,打法,一会儿又说,你为什么不买个衬衣穿呢,为什么还穿这个粗布衬衣?穿,就一定穿好的,至少里面要穿好的,粗布多磨得慌。以后又谈自己想做个绒上衣,我忽然想起他们政委也是爱谈表、笔等,使我一下想起许多事情。我们的干部不是不好,但还有不少干部精神境界有些不广阔。钢笔、手枪,衣被等等成为谈话内容。这些东西当然也是应当改善的。

整个一天举行了一次会议,有营长及准备参战的四六连排以上干部。我很想从任务的动员中看清楚他们的表情,但很难。

他们的内心,真如爱伦堡所说,中国人从表面上看,你不知道他是高兴或者不高兴。

孟、耿都讲了话，最后副师长又指示了一番，介绍了357团的歼敌经验，在分析问题上水平还算不错。但和徐相比，总感精神的高度集中不足。

可以看出，这么些人都谈这个任务，但负担最重的是团长。

晚上在月下独步。黄黄的，红红的，带点血色的月亮，很不令人愉快的月亮，在山头挂起。消灭战争制造者，永远使得这样的月亮不再升起，不要让人们看到。这里一家老百姓也没有，高粱穗收了，高粱秆还凌乱地长着，一座被震得将要倒塌的茅屋，多难看！

十一月三日

四时半起床。满月当空。团长忙着找人帮我们背行李。出去后浓雾满谷。约走二里许，天才亮了些。团长在前面领路，我和刘、王相随而行。爬小山时，刘因体胖气喘吁吁，王开他的玩笑说："这可比跳舞费劲呀！"刘说："你刺激人。"实则刘很爱跳舞。一路走来，走到马安里附近，见一大炸弹坑，满坑的水，有的战士在里面洗脸洗衣。听说有的阵地也是这种情况，战士们本来要到很远的地方取水，这样反倒方便了。再走一阵，炮弹坑愈来愈多。某一处，团长指给我们说，原来这里还有二三十家人，现在被飞机炸得只剩了一家。我看到山崖上，妇女在场里用扇车扇稻子。还有一处，仅剩的几家人，靠山边搭了一些小窝棚。有一对像是母女两个，相倚而坐，在那里望我们。

这是敌炮打得最少的时间，我们走得很累。王确是一个老兵，到弹坑密集处，即走得快些，而且等前边走远，才走。刘部长却早走到我们前头去了。王又开他的玩笑："你看胖子刚才走不动，现在走得多快！"

谷世范今天又把我气坏了。他并没有背自己的行李，而只是背着我的行李。我马上问他，他还辩驳说：我到那儿一窝就睡了。这人懒得够呛，真没法改了。"宁肯受罪，不愿受累。"

我们顺着一个山坡上去，就到了155.7高地。猛一进坑道，什么也看不见，满身大汗。坑道里因为执行任务，有师的侦察排，团的侦察排，还有四六连小组长以上的干部，是准备察看地形熟悉地形的。介绍了许多干部，一时也认不清楚。

炮打到山顶上像擂小鼓，超过了我以前看的坑道。两边都是木头支着，里面有一个个的房间。甬道边还有一个汽油桶做的小炭火炉子，红艳艳的火烧着开水。

这里因为首长的到来，还另外做了饭。一个炒鸡蛋，一个炒豆腐，一个炒山药丝，一个卤咸萝卜条。他们是很费力气弄来的。把团长忙坏了。首长长，首长短，找这找那。吃饭时，他却坐在离着桌子远远的地方。我饿了，吃了很多。

饭后，他们休息去了。我很想到外面看看。由一个通讯员领着上了楼梯，真所谓楼上楼下，上去又是一层坑道，到处都是战士。一侧有小洞。东拐西拐又往上走，看见一小点亮光。出口处支了一个炮对镜的架子。他们赶快让开说，首长来了。我上去坐在一个小凳上，对着炮对镜，看见了对面的无名高地。上面的工事我却看不见。只见一道郁郁葱葱的山峰。他们讲，上午因阳光关系，敌人看我们清楚，我们看不清。下午我又去看，果然看清楚了。看见无名高地的两侧是两道沟，一边是六号沟，一边是四号沟。都是我们取的名字。六号沟的沟口有一株叶子黄黄的大杨树，再往里看又有几株这样的树。四号沟比这沟还宽一些。一侧有一个小青山，上面长的是小松树。整个无名高地，果然像在怀抱中。主峰上是一个大圆圈，像是一个很大的工事。向左伸下一个短腿，向右伸下一个长腿，上面都是黄黄的地堡，大小共有二十多个。两侧山上也有类似的地堡，纵深的山像是更高些，上面有交通壕，还有几辆坦克，其中一辆上面还支着架子，露着蓝天。

下来以后，看见团长给侦察连布置任务，让他们捉一个俘虏。侦察连副连长是一个极有精神的人，穿了一套褪色的衣服。团长说：你们能捉一个俘虏吗？他说：不成问题！一定能捉一个。副师长说：光有决心是不行的，要有办法才行。洞里黑，也看不见他的脸孔，只觉得很年轻。他们把我安置住在一个地方，两边两个床，中间还有一个子弹箱垒起的小桌。上面挂着一个油灯。我想休息一下，看见坑道里有一个战士，正趴在凳子上写字，我问他写什么，他说写应战书。原来二班向他们挑战，我一看上面写着不怕牺牲流血，坚决保证捉到俘虏。战士的求战情绪，的确是很可爱的。

天黑的时候，我出去解手，看见下去侦察的战士们，肩上背着枪顺着交通沟出发了,一个个很有精神。侦察连副连长站在洞口边说:胆子放大一点!有的战士边走边应:放心吧!我看了看副连长,满脸都是信心。我问:是你们的人下去吗?他说:是呀,等一会儿我也下去。

有人给我介绍他外号叫"彪子",是个一身是胆的人。二次战役,曾经抓住过几个俘虏。坑道里有人打扑克,有人吹口琴,吹的是舞曲,可惜坑道窄跳不起舞来。

沸腾的万花筒似的生活呀,我要在这里呆一个月。我究竟应当怎样深入呢?我思索着:第一,这是很宝贵的时间,我应当抓住,这是战争,我不应当胡混,我应当不怕疲劳、不怕危险地去生活,拥抱生活。第二,我应当首先熟悉一下,先把人弄得很熟,争取首先认识他们。

我到连部去了一下,这里特别忙乱。文书与文化教员在那里抄写什么。连长指导员都在,随便扯谈了一下他们的生活和敌人的情况。他们说开始到这阵地时,很不习惯,头痛、憋闷得慌。渐渐惯了,不是觉得日子很长,而是觉得很快,完全是"洞中不知日早晚了",不知不觉就是一天。见到通讯员打饭来,才问:"天又快黑了吗?"白天黑夜是颠倒过的,战士白天除警戒以外,全都睡觉;夜里加修工事,输送弹药、给养,向山上扛木头……干部也是晚上一二点钟睡,白天开饭时起。敌人的炮弹把这山头的土炸得翻过来又翻过去。他们还给我说,洞里漏下的水,是炸的一个大弹坑,里面存的雨水渗下来了。我才知道洞里流出水的缘故。这真是一种奇特的生活。

晚上,我找连长谈连里的情况,介绍了几个干部。但一下怎么也记不住,我也困极了,就结束了谈话,睡下。虽然周围都是木板,但老鼠的活动却极为激烈,到处乱叫。

我脑子里在盘算,怎么才能和他们打成一片。

睡前,老团长又来看了我们一下。他能在这样疲累的状况下来看我们,使人了解到他是一个懂得人情世故的军人。

临睡前,我和王副军长又到观察哨上去了一次,在一片朦胧的月色下,能看到敌方阵地。据说往日有探照灯,但今天没有。我探出半截身子去看,想看看自己的阵地是什么形状。钻到洞里,连自己的阵地是什么样子反倒闹不清了。王副军长劝我不要尽看,他最后把我拖下来。我想,战争就是撞运气,敌人怎么能那么巧地打住我呢,假若真是那样,那是命该如此。

和观察员谈观察哨的情况。他是个很聪明的人,谈了敌炮的规律。

前面敌阵地上响起很脆的轻机枪声,可能是与我们出动的侦察部队遭遇了。但他们说不是,敌人因为恐慌,每晚都是这样。

这一天仅从现象来看也是丰富多彩的生活。

这一天坑道的人真多,军的侦察参谋和摄影记者也来了,他们是来拍摄敌人的阵地。

十一月四日

团长的脸今天已显得消瘦了。他昨晚只睡了两个小时,说电话很多,不是这里要就是那里要。他还提着个手提电灯跑来跑去。战士在他的后面悄悄说:这就是咱们的老团长。老团长十分像一个年高而有威望的当家的,我发现他很喜欢年轻人。他见到一个专线电话员就说:"小马,你现在干什么?""专线电话员。""你能行吗?""将就着干呗。"显得十分亲密。

昨晚一个通讯员向营里报告情况,因为首长都在座,脸红红的,胖胖的手握着耳机,报告得十分清楚。他说敌人前后两班出来二十六个,还有十几个向前沿来。他特别强调说,数字是完全精确的,是经一个个数过的。

敌人像提高了警惕。团长马上估计说,是敌人怕我夜间攻击,临时增加的兵力。

军炮兵室主任也来了,炮兵团的一个干部也来了,他们正和团长研究。

据团长告诉我,昨晚出去的侦察部队,在小青山上,同五名敌人遭遇,敌人跑了。我方怕炮火袭击也回来了,侦察未成。

今天刘部长、王副军长召开一个支委、小组长的联席会,我也参加了。大家的脸孔都看不清,挤在一个连部的小洞子里。谈了敌人步兵炮火的规律,阵地管理,阵地联合支部的情况。从扯谈中,知道敌人的步兵,基本上已被我压在地下,不敢动。交通壕也修深了,而且也有了半坑道的工事,夜晚才敢出来动一动。敌人的炮火几乎是例行公事,这是雇佣兵的特点。大家竞相发言,每一个问题都谈得非常仔细。

在会议中,以二排副孙广义发言最多,这个年轻人,满口术语,能分析情况,是个脑子清醒的人。

关于党的领导,内容也谈得丰富。在带领新战士方面,在克服不良倾向上,在揭破敌欺骗宣传上,党都表现了强大的力量。

开完饭,团长说副军长去参加炮兵的研究。军炮办公室的主任,很像一个熟人的样子,高个,年长,富有经验。他先分析这地方与357团所打三点不同,然后提出进攻此处不能摆开架子,要施行偷袭。他的分析极合我的心意。他提出,就是炮兵摧毁侧方火力点比较困难。副军长也发了言。团长在他们发言时,精神高度集中,好像期待着一种闪光的思想,得到更多的支援。他的担子的确很重。最后谈到侦察,敌人也不还击。这些个敌人伪装得很好,工事很低,比美国人似更灵巧些。

今晚又派出侦察排,分两道沟进行摸敌。从四号沟进去的,要求到达梧村,看看梧村是否有敌人。

大家谈了一阵,又回到侦察上。

晚上,我和王闲扯,王不断赞美中国人聪明、勇敢、有为,他连说:"中国有前途!"他谈到军事学院毕业生的测验中,是友人最满意的。伏龙芝学院的毕业生,满分的只有三五人,不及格者有三分之一。但在我们四百多人中,满分的有十五六名,不及格的只有十五六名,其他的都及格。他说的话,很使我满意。到处都可看到中国民族自信心的生长。

据侦察干部说,美俘与英俘很不同。抓到的英俘很不愿意说,但说了情况以后,还可以签字,也说得比较确实;而美国人一问就说,说得净是不确实的。由此亦可看到美国人道德之一斑。

晚上,我看到战士们又忙着背面粉向前边阵地上送。一趟又一趟。我十分想到上面去看看,他们不允许。我只有到观察所去看。今天有两个巨大的探照灯,在敌人的纵深阵地上,射出两道白光。红月亮刚挪到山头上。天色很暗。敌方无声息。极静。

写日记。

忽听外面一个人进来说:"哈哈,我的好好营长在哪里呢?"原来是老团长跟一个战士开玩笑:"杨得禄,你来干什么?……"我知道这是一个很活泼的战士。我招呼这个战士坐下,他毫不怯生地就跟我吹起来。言语之间,很像一个干部的口吻。他说他们昨晚下去,可惜敌人跑了。他嘲笑敌人把哨位不设在山头,而设在山头后的山腰处。他说:我们刚往下一压,敌人就跑了,根据这种情况,我考虑,下次不截他们的后路捉不到。听他的口吻,我也不好意思问他是什么干部。我和他闲扯起来,他谈雨季中的坑道生活很有意思。那是很艰苦的。坑道中全是水,有膝盖深,整天往外抬水,往里背木头。干部也不能休息,视察什么地方有危险,就马上顶。晚上睡觉,顶上支雨布,雨水流满,倒在桶里拿出去。衣服一天湿在身上,有时干脆脱了个光屁股往外挑水。哪一处没漏,就挤得一塌糊涂。

又谈起老团长,原来他当过指导员,那时就有个外号叫"老汉"。每次到团里开会,人们就找他说:"团长,你有了糖也不让我吃!""呵,祖国慰劳我一点糖,你们都算计我。去吧,在我屋里,横竖我不给你们当通讯员,我不给你拿!"

确实是一个老家长,遇见不能完成工作的人就叫来骂一顿。过后,也就完事,大家也不记恨他,好像应该挨骂,过后也就忘了。

我临睡前又到团长那里去看,他刚躺下,又马上坐起来。我赶快扶他躺下。来了电话,侦察排刚进四号沟,就出现了好几股敌人在那里修工事,人过不去。团长马上给营长打电话,吩咐迫击炮打个六七发,来杀伤敌人。争取夜一时能够再下去。

组织一个战斗是多么的难啊。

本想把日记写完睡觉,但疲乏已极,即睡倒。

十一月五日

本想早点起,趁拂晓观察敌人阵地,但起得晚了,也没人领,就自己到主峰上去。因不熟悉,不便贸然乱闯,下来找通讯员带,结果营长又不让去了。到小五号去看也未看成,阳光耀眼。不管怎样,今天总算沿交通壕走了二百米,看到山头上都是炮弹炸的弹坑,把土都打暄了,青草很少。因为快到打炮时间,赶快走回。

团长今天到了小一号去了,这里显得清静。

只有回来补日记,一下记了四个小时,可见补日记是多么讨厌的事。

一边记日记,一边听战士在那里扯谈。这些战士真是心地纯洁,心里什么事也没有,扯扯没什么扯了,就唱一阵,几乎把会的歌都唱一遍。扯谈时,扯着他们朴素而真挚的幻想,如:"我将来回了国,我的津贴费什么也不买,我买一个口琴,一支钢笔。"唱了以后,没可唱的了,不由得又谈起很遗憾的事情:"他妈的,英国鬼子他要跑,他要不跑该多好呢!""排长,快去问问吧,今天咱们还下去吗!"这都是他们的心声啊。

战士们真聪明,听过的广播,看过的电影都能唱了。

营长叫他们回去的命令传来,一个个又都呼呼嚷嚷地走了。

战士们某些地方像纯真的小孩一样,好像俘虏在那里给他摆着,好像他去收割庄稼一样。我就问:"你有把握捉到吗?""有!""他不出来你怎么办?""到他家门口去。"这么有信心,有意思。

记完日记到营部,团长看地形回来了,他告诉我,今晨357团方面又以两个班的兵力向敌阵突袭,一下歼敌两个班,我伤亡两人。上级看到这种有利形势,准备继续向该处开刀。这里的任务推迟执行。团长精神上比以前轻松。一听说王副军长送了扑克,就马上催营长找扑克。找来打时,他不断地向营长嚷:"申怀亮!你不要偷牌,你是惯于偷牌的!"而他则发明了抢牌。在打牌时,还骂:"打住你这个狗日的!"显然他活跃多了。本来确定三点半走,却一直打到四点多。他走后,正是敌炮最激烈时,今日炮打得特别多。我出去解手,也叫他们制止了一会儿。等我出去时,炮声甚为密集,嗖嗖从头上穿过。

回来后与左、申二营长还有通讯员又打扑克。小马,真聪明俏皮,偷看牌,一张口一嘴小白牙,真年轻可爱。好多通讯员都当了我的参谋,这是这里最活跃的时刻。玩牌时乱嚷:"唉,一个大的也没有,净是儿童团。""唉,只是机枪架,没有机枪身。"

我们的炮打住敌人两名。文书打电话回营报告。

打扑克后,申怀亮营长问我能不能看到毛主席,他感叹地说,真盼望能见见他,什么时候才能见见他,想了多年还是没有见。深深流露了对领袖的向往。

我回来休息时（又搬到和政指白绍山同屋），本来很困，他与我扯连队情况，有的听清了，有的未听清，自己为什么这样困呢！只记得这里有一个文化教员，是地主家庭，情绪低落，在人家准备庆祝国庆时，他睡大觉，并且把话匣子的把儿给拿了去，使大家乐不成。这是值得引起警惕的。

今晚有寒流由东北来。

十一月六日

今日起来得早些，企图看主峰上面的阵地。恰巧，守二号阵地的副连长来了，小伙子不像他们连长对我那么担心，他慷慨地领我出了第一层坑道口，太阳还没有露头。我们顺交通壕钻着，我拼命地吸新鲜空气。一出口就看到了两个迫击炮阵地，像半口锅似的扣在那里，八一迫击炮在那里面支着。细看，旁边有一个小门，不用说是通到坑道里。小木门还关着，有二尺多高，他们打炮时就从这里钻出来。向左前方一望，是山的左腿。再那边是五连的阵地，山峰的背坡灰蒙蒙的。早晨做饭的炊烟微微冒着。前面就是一条沟，沟那边就是敌阵，也有几处冒着烟，副连长指给我那个比较高的山头是高旺山。这是指挥员们很眼馋的阵地。还有一个我们取名叫"飞机山"，因为那里落过被我击落的敌机。顺着交通沟又往前走，比较清楚地看见自己山峰上满是炸弹坑，炮弹坑，这里不像背坡，背坡还有些小树茬子和枯了的草，这里都是黄黄的一片。起伏不平，奇形怪状。看见了100高地和无名高地的侧影。他怕敌炮开火，就领我转回来。看见有一两个战士在捡柴火，这是他们每天的经常工作。除了送弹药外，就捡柴，直到天明时还不休息。

本来还要到小五号去看，因太阳出来反光，就又折回来。副连长又指给我看后面的九华里，那里烟气较浓，是我上次上阵地时敌机最活跃的地方。现在敌机的活动消沉多了。那边山坡上，太阳一照有一个发亮的东西，就是我们打下的那架敌机。

坑道里，因为任务推迟，显得清静多了。"高彪子"又来了，这个圆圆脸一笑还露着金牙的副连长，往铺上一坐又吵吵起来："我看就是干掉那个山腿！"我趁空和他闲扯，问他怎么有这个外号，他说是过去跟的一个团长起的。人们说他跟老美摔过跤，手上还有被老美咬破的印子。安东人。

因为自己睡眠不足，就又困起来，这是近年来产生的弱点，莫非是自己的精力真不足吗？

回来休息了一会儿，和政指扯了一下三排的情况，就开饭了，这天早晨吃的是饺子，自己真感觉对不起这顿饭。

晚上连长按我预定计划，领我到一号阵地去。天刚擦黑，顺交通壕走，敌人这时不断在前面打炮和打机枪。连长告我每天如此，敌人怕我小部队趁天黑下去。我边走边看，到了后四号阵地钻进小坑道，这里坑道很低，直不起腰。一进去，热气熏得眼镜也看不见了，耳边却听到许多亲热的声音。有人给端水，有人给我拿烟。我们的战士真是亲热得很，他们对我这样一个所谓"首长"（这个部队叫首长叫得真亲热）流露出深深的感谢。他们说："听说首长们来了，知道你们要来看我们……"我一看，这条小坑道，上面挂着棉鞋、小包袱，嘀里嘟噜的真像农家的屋檐上的棒子种一样。我和他们都握了手，有的战士还不好意思握手。然后又继续顺交通沟走，这一下都看不见了。交通沟曲曲弯弯，深一脚浅一脚，连长还说，不要用手扶，小心长虫咬了。我们走了很久，谷世范跟我跟得很近，听到他喘息的声音，我知道这不是由于累，而是由于胆怯，或者就是紧张。走了很远，足有一千多米。我们是沿着主峰的山坡向它的右腿走。这个山竟这样大。终于看见一个黑山头。我们就进了坑道，这坑道口比较科学，是在一个深的交通沟中。

一进去，坑道很低，积土也很薄，显然是前期的战斗坑道，需要弯着腰走。里面的热气很大，门口就是伙房，灶里烧着炭火。两边是小窝窝，挤满了人，是挖坑道下班的，唧唧喳喳，一下听不清说什么。我坐下稍休息了一下，就先同大家见面，表示慰问之意。有的战士在和我握手时，低声地说：哎，我们又没打什么仗，实在对不起祖国人民……他们感到很抱歉，伟大的士兵的良心到处可见。侦察排的一个班也在这里，我在这亲热的人群中也坐了一会儿。又回到坑道后部。坑道这样低，两个人就挤得没办法通过。

连长走时，还盼咐了排长几句。我知道他交代营长的话："如发生问题（即我被炮打住等等），就要你负责。"这是一句似是而非的话。我觉得好笑，我被炮打住，请问他负什么责呢。排长是一个二十六岁的青年,白胖脸,他说他文化很低,出国时是个战士,工作没经验。从他的脸上很快可以看出,他一边和我谈话,一边心不在焉地听。一听炮声响得多了(炮声在这里果然比后边沉重,震得洞子瓮声瓮气地响),他马上像战马发现了什么征候,不自觉地竖起耳朵,说:"首长,请你在这里休息,我到外面去看一看!"一看他的脸色,就不像一个普通排长,他大概是这一小块阵地(三四十人)的最高指挥员。

这里碰见了一个机枪班长姚崇林,他是这里的党员小组长,已将近三十岁了。他是个解放兵,很快可以看出是个有社会经验的人。我说要出去看看,他先说外面看不见,没出月亮,又说敌人正封锁。一看我不听,又说:你坐一坐,我看月亮出来叫你。排长到外面转了一趟,提了个手提电灯回来了,经过我一再请求,才让我去外面看了看,看到了沟下边一条发光的小河和敌人的探照灯,又叫我回来休息。回来时,我又参观了他们坑道里的铜铃,这是用山炮弹的弹壳做的,里面有个铁东西,一条细铁丝系在铃上,通到坑道口外的哨兵那里。一拉就是发生了情况。

姚崇林要我在他的铺上睡,皮褥子,把被子也给我,一定叫我休息。我和对面的炮兵班长又扯了一阵,才睡了。在睡梦中,听见姚崇林又去督促挖工事,他说自己不能马上睡,今天侦察排下去了,一定要等他们回来把机枪撤回才能睡,排长也是这样,他们是多么辛苦啊。

睡梦中,觉得他们睡了,一个战士坐在我脚边猛力擦重机枪身,我睁眼看了看他们,又睡去了。

感觉到在最前沿接近战士的幸福。

敌炮打得很多,洞子不断沉闷地响着。

不知什么时候,有人又来叫姚崇林,好像要交代什么事情,姚呓呓怔怔地说:"你让七班长替我看看吧!"……我知道他困极了,但等了一会儿,他还是起来了。

十一月七日

早晨起来,洗了脸,不想今天,他们给我弄的饭这么好。油饼油多得好像从水里捞出来似的,还做了三个菜,心里很觉得不过意。

排长还不好意思跟我吃,我强迫着他才跟我吃。

吃过饭概括了解了一下他们排的情况。大家都不愿下阵地,且都希望敌人来攻,或是能到河沟里去攻敌或打伏击。

外面下了雪,下得很大。我出去一看,地上已落了一层。

我又吵着出去看,排长不让,我说:"现在你不让出去,天晴了你让我去吗?"他考虑了一下觉得还是现在好,就去了。结果被我骗了。

可是他又骗了我!把我领到一个不重要的地方(侧方)。一出来他又犹豫了一阵,我催他,才顺交通沟走了一段,然后掀开了几根木棍,跳到一个"暗打火"里。他把草袋子扯开,我才露出头去看,更清楚地看见了六号沟,沟下一片荒草,有一人深,山头蒙着雾气。看了一会儿,我们才又回来。这是战士们经常站岗的地方呀。他们的岗位,危险而光荣的岗位就在这里。

回来,朱排长不在,我又想到下面正挖的二层坑道里去看。一出去,看见敌正打炮,我停了一下,就回来了。但我又接着走出去,我想这有多么远呢,马上出了交通壕跑了一截,下了坡,就到了坑道里。不久,排长就追来了,他们——我的阶级的亲兄弟,他们对我是多么地爱护。如果在以前,前方部队专看你是否胆小,而今天却证实了部队阶级觉悟的提高。

今天坑道里没有挖,只是架顶柱和运土,架顶柱是姚崇林的主意,这样可以一步一步巩固,也不因木头在外招致空军的目标。排长是极为虚心的人,脑子来得慢,而姚恰恰成了他的"参谋长"。

两个青年小伙子推着木箱,木轮做的小推土车,一人牵绳拉,一人推,推起来都是快跑。

回来休息时,听说炊事员老段很活跃,是个乐观派,就找他谈。他正蒸馒头,我听他唱河南梆子,就喊他老乡,他就来了。一来就嘴里噙着两支烟向灯上对火,对着就塞给我一支。我说我有。他说:"你有是你的,我这烟是我的。"给了我烟,马上就倒在铺上和我扯起来:"哎,我这是个老落后啦!""怎么老落后呢?""入朝一年多了,连个俘虏也没抓到还不落后?"我问起他家的情形。他说他是河南商丘的,一听说李承晚进攻北朝鲜,标语贴得满墙是,就知道战争爆发了。我说:"你为什么要参军呢?"他说:"我也受过国民党的压迫呀,他们抓我当兵,弄得我坐牢。解放后,饭碗刚上嘴边,谁愿再让人踢了!"我说:"你家有什么人?"他说:"家里有一个媳妇,一个九岁的孩子,媳妇也不知道是成了党员了,还是妇女主任,还跟我挑战哩。挑就挑,谁怕谁!"我说:"你参军时,你老婆愿意吗?"他说:"第一次我们开会,说动员抗美援朝。我说:我行不行,行了我算上一个。人家说:怎么不行?我说:不是说不要麻子吗?人家说:麻子怎么能不要?我说:要,敢情好啦!谁知跟老婆一说,老婆说:你去当兵,想把我们娘儿俩饿死呀?我说:房是房,地是地,怎么摆弄摆弄还不够你娘儿俩吃的!她说:我不会怎么办?我说:还有政府照顾。她又说:如果不照顾怎么办?我说:你对政府一点不了解,以前那政府你吃的什么,现在你吃的什么?她又说:你去当兵,你去我也去,你当男兵我当女兵,我也不在这个家。我看没法,就让大娘动员了她,才说通了点。大娘说:年轻人,你光把他拉到家做啥,叫他到外头欢乐二年吧,抗美援朝,光荣也难得。大娘说通了后,她又说:你去你就去,可得一个月给我打一封信!我一看她答应了,也就不跟她争,我说一定做到。我到了区里,半个月她去看了我三趟,又给我说:到了队伍上,你们几个还能在一起吗?我说:在不在一起怎么?她说:在一起,要有个三长两短的我好知道。我说:别说丧气话,有个好歹的,你还改嫁?……临走,她送我,我说:你回去吧,一定给你写信。我走了,到了东北,一下车,有好多小伙子骑着骏骡子大马,戴着花怪高兴的,这时候倒哭了,真没出息!还有一个十五岁的小孩,他跟队长说:队长,我眼看快娶媳妇了,我回去娶了再来行不行?弄得大家都笑了。队长安慰他说:你才十五岁,着什么急,再等几年也不晚。……"

我看了看他的脸,果然有几颗麻子,真是直爽热情。

"到了部队,在炮兵连一年,以后到这儿,连长看我身体棒,就说:你身体怪好,你下伙房连挑文件箱子。我开始不愿,他说:你先做吧,以后我再换你。我就去做了。开始真扫兴,做的馒头,不是酸就是煳,人家有意见。……以后慢慢摸着门。来到阵地上光想打枪抓俘虏,一次我要求去抓俘虏,排长说:不行。我说:我算不算个兵?队长说:你是兵,你不是这个兵,你改善好伙食就能立功。我说:好,我一星期叫他们吃两次饺子。有时我又催问说:我要不要立功呀?

队长说：敌人来你光堵住后洞口，就立功。有一次我看别人打机枪打得哇哇叫，我说：我打一打。我接过来一打，就叫个小疙瘩给卡住了……反正什么时候战斗，我得打一打。"

说到这里还问我："排长对我是什么意见，我征求了多次，也不知道是不好意思呢，或是什么，老不说。"

说没说完，他忽然站起，说："你坐坐，我看看该揭锅了。"

他现在做三四十人的饭，给他添人，他不愿意。他一忙完就给大家说起《响马传》，说薛仁贵征东等等小说，不然就唱。

在他蒸馒头时，又爹呀娘呀跟另一个年轻战士笑骂。

这的确是很令人喜欢的人物。

晚饭又做了四个菜，恨不得把油都让我喝了。我说了几次都不管用。和姜日盛排长、班长一块吃。我吃了三张饼。

天一晚排长就催我回主峰，三番五次催，显然，我在这里他的负担太大。可是他不知道我的工作呀，亲爱的排长！

天黑敌人又打了一阵炮，正说话，有人报告说一个战士被炮打伤了。我急忙过去一看，他的脖子被炮烟熏黑了，手也负了伤，连卫生员正在给他洗去泥土。伤很严重，头震得有些昏。大家挤得透不过气，班长给他端着灯，先后上了消毒药，包扎上。大家纷纷劝他到主峰休息两天，他活动活动手指说："你们看这很轻，不用下去。"这个战士不是一个头等的战士而只像一个中等的战士，他的口气里并不那么坚决。但是负伤不下火线，已成为我军的风气，谁也不能说下去，可见我军的道德水平之高。最后那战士还说："我下去，我们班的人那么少……"这战士本来不该他的岗，他早吃了饭，要换别人去吃，才赶上去的。最后，副班长给他打好背包，让他下去了。

排长还是提着灯，在坑道里来回走，一会儿又到外面去看。

一会儿十二班的一个战士报告，在下边河沟里，好像是一个人跌倒，有枪碰到石头上的声音。马上空气紧张了些。侦察三班长马上对十二班长说："这下好了，送上家门口了，今天该完成任务了，你们一打，我们马上就反击，从上往下压最好压，打了五〇式，上去就摁倒！"别的侦察员也说不成问题。听听还没有响动，一个侦察员就说："我去听听。"挂上梭子袋，拿着枪就下去了。

我和侦察员们扯了好半天。这些兵和普通战士的确不同，活泼大胆,在首长面前不拘束,爱说话,不像战士那么规矩、拘谨。

我又到了十班,班长宋治起,看见我去了,亲热地拉我进去,说:"我看你就像看见了祖国似的。"我想叫他说说战斗的情况,他像很惭愧,说没有打什么仗。他二十五六岁了,却像三十多岁,一看就知道是在旧社会里饱受苦难的人。他放过猪,当过长工,每年冬天穿不上一条棉裤,是在解放后参军的。人很温和、谦逊、诚实。他给我打了开水,他本来是可以让别人打的,可是他自己去了,回来给我捧了一碗(事先刷了碗),又舀了一碗端出去,一问,是端给外面的战士小刘喝的。一会儿他又去看,我说:"你刚出去检查,怎么又出去?"他说小刘年纪太小了,今年才十六,一个人站岗害怕,得不断给他去壮壮胆。这个班长给我以深刻印象。

小刘与一个四十岁的战士(做了二十多年木匠)是两兄弟,在一个战斗组。我本来想了解一下他们的兄弟关系,可惜他说不出口。

我睡了。和战士并膀儿躺在一起,看着窗台上一盏幽暗的小汽油灯,随着炮火的震动微微摇晃。

我睡熟了。

这是十一月七日。这是十月革命节呀,可是忘记了。直到晚上记日记才想起来。去年今日,我在莫斯科旅馆的堂皇居室中,今日在这小黑洞洞中。联起一想多有意思!

十一月八日

五时就醒了,起床。

又做了那么四个菜,我心真不忍,只勉强吃了一张饼。炊事员老段同志不一会儿就起来了,我在蒙眬中也知道他在工作。

匆匆洗过脸吃了一点,就和排长、谷世范顺交通沟往主峰走。昨天的雪已经化了,今天山坡上又铺上白霜。一边走,我一边回头看敌阵和沟里的小河。这是很长的一道大山,山上是一片片枯草和凌乱的弹坑。

路上有两发炮弹打到我们附近,没有响。

吸了些新鲜空气,很痛快。

回来,又给做了四个菜,找指导员来吃,吃着吃着,激起我一个多日来的感想。我们文艺工作者的贡献实在太小,而我们浪费的人力有多少啊！工人、农民、司务长、炊事员、汽车司机，还有许多照顾我们的通讯员，到处像花一样捧着我们，吃吃好的，用用好的，打仗时还为我们担心。我们一个人一生可以做的事情太少了，如果像鲁迅一样，他一生写出了多少作品啊，而我们竟然也称起"作家"，一生究竟能写几篇有用的东西！比起劳动人民对我们的抚养，实在太不相称，实在叫人惭愧！

今天，副连长梁青山和高彪子在我屋里，两个人都说：唉，一天完不成任务，蹲在这里，算干什么哩！高彪子说："我的计划，咱们就搞无名山那个山腿。我亲自带一个班插上去，截断他的主峰，找一挺机枪掩护。我往下压，你往上攻，保险成功。"梁青山说："行，我也是这样想，赶快向上提吧。"高彪子又说："这上级真怪，他光在手心里攥着你不放！"说了一阵，又说到最近的伤亡。高彪子说起某一只"鹰"多么好，多么能干，可惜牺牲了。说到痛心处就流下泪来。然后站起身说："走，跟我去听话匣子！"这些人多么单纯可爱！

今日发现报上载有斯大林同志《社会主义经济问题》的文章，以整日的时间精细阅读。我以共产党员的责任心来读。老头子这么大年纪，还这样劳动。斯大林同志，祝你永远长寿！写最后几行，我好像看见了他的笑脸一样。

晚上，通讯员赵小义很热情地说："首长，你听留声机吧！"说着就搬来给我听。同志们太好了。

九时出去解手，看见357团方向又和敌人打响了，炮声隆隆。探照灯射出一道白光，好像天边划了一条白带，曳光弹的红光一个跟一个飞。炮火迎着月光，一闪一亮，机枪稠密地响着，板门店的探照灯孤独地射向天空。对面的敌人一声也不响，大概是他们最恐慌的时候。偶尔响起机枪声。敌人的士气显然已被我们压住了。

补日记至夜深。

十一月九日

今日起床稍晚，几个通讯员给我打饭打菜，而谷世范则不见，我追问他，他说插不进手。不知什么时候才插进手。

今天刮胡子。胡子已长得令人不能容忍。实际一计算时日，还不过十天呢。

饭后,独对着一盏小油灯,抽着烟,计划自己的工作。回头一想,自己假若写小说的时候,缺的东西还如此之多。自己真不知如何才能完成。独自在生活的大海里摸索,失去上级和同伴的帮助,便觉孤单。

　　回来见副连长梁青山在听留声机。这些片子虽然已经在阵地上被磨得如此破旧,但这些演员们可爱的声音,仍为战士们服务。我每当面对祖国的这些歌手,这些人才,不禁油然而生一种敬慕之意,更加觉得祖国的可爱。我自己的爱国主义思想,也在暗暗地生长着。在遇到我们纯朴的人民之时,在遇到我们的英雄和普通战士之时,在遇到天才的作家、艺术家、聪明的演员之时,在遇见孩子之时,在遇见祖国无数可爱的事物之时,这种思想,恐怕也正在大多数的人们的心里生长着吧。

　　战士们对唱片中的《纺棉花》《妇女自由歌》以及其他都很感兴趣。战士不大喜欢悲的东西,但却喜爱缠绵的东西。

　　高彪子又来了。他的笑容使他的金牙齿又放光了。梁青山显然也对他很敬慕,同他故意开玩笑,给他喝了一杯水,又递给他一杯,给了他一支烟,接着又给了他一支,显示出浓厚的友爱。高彪子用膀子扛了扛副连长说:"我们俩到一块儿工作吧。"我想利用这机会跟他谈谈,就把他拉到我自己的房里。

　　我怕他拘束,没有记笔记。

　　我问起他参军的情形。他说:"我过去是受压迫的呀!"他的父亲是在伪满压榨下饿死的,母亲是在国民党统治时饿死的。他小时候,冬天只披着一个小包袱皮,夜间盖着一个麻包。他一跺脚出来要报仇。一九四六年参军,现在家里只有一个小兄弟上学。别的什么人也没有。他说:"我家里没有什么人了,我什么人也不挂念。"

　　他告诉我他什么也不怕,他的勇敢的形成有几个原因。一个是旧社会(帝国主义)给了自己这些苦难,自己对它有刻骨的仇恨。即使现在在坑道里,在作战时,还是时时想起母亲被迫害的情形。第二,是党对自己的培养。他说:"我是一个穷孩子,知道什么?党对我的培养太大了,如果不是党的培养,我能当副连长吗?自己过去披包袱皮过冬,现在吃的什么,穿的什么,再苦,我也不怕。把我摆在什么地方,我也能活。给我什么难吃的,我也能吃,我也能生存。

我只是想，怎样才能报答人民呢。第三，是其他同志做了英雄对自己的激励。我也是个青年人，我为什么就不能够做呢。我原来当通讯员，后来感觉个子也大了，身子也不灵巧了，就决心下连去当侦察员。团长很不舍得我去，但我执意要去。当个英雄是多光荣呢！第四，是战友的牺牲。我出国当侦察排长，我的排有四十八个人，现在只剩了五六个。一出国第一次战役就打掉了我一个班，把我痛得……我当时哭了。我为什么会哭呢！平时我们打打闹闹的，你给我一拳，我给你一脚，弄来的东西大家抢着吃。现在一吃饭，自己一个人坐在那里，也没有人来争了，来抢了。自己把饭碗往那里一放就哭了。如果有任务，就忘了。如果自己坐在那里就想起这些事，想起他们每一个人的脸，每一个人的样子，就觉得冷冷落落，在很长的时间里，自己精神上感觉缺些什么，玩玩也觉得没有什么意思。上级也来安慰我，说：马上给你调人。可是培养一个人是多难呢，就好像扶持一个小孩子一样。一执行任务，完不成，就想自己以前那批人。……一想，这批人不是那批人了。后来又热闹了，师里又调我，我也不愿离开。侦察连长说：你在我们连当副连长还不是一样吗？为什么一定要走？……"

当谈起这一段时，他眼睛里充满了泪光，用手摸眼睛，好像风迷了眼一样。

以后，我又问起他们完成的任务，他们连共歼敌二百多人，活捉数十名。打邸平里时，反复冲锋不能奏效，伤亡很大，他自己爬上去，看好了工事，告诉首长不能继续攻击。他们在突破临津江时，还进行过探冰，在冰上爬过去。

显然说过去的战斗滋味不大，故没有继续谈下去。

晚饭又吃饺子，更加使我不安。

饭后又到山上看敌阵。今天看得很清楚，因西斜的阳光正照敌阵。山头上一辆坦克，炮口指向我方。如果是徐信看见这种情形该当如何呢。生长吧，年轻的师长，他将会在朝鲜干出出色的事情来的。

小马，青年团员的小马，漂亮而伶俐的小马，把炮对镜给我往上起了起，我看到了我将要去的二号阵地。上面打得不像样子。在距坑道口四十五米处有一个很大的弹坑，炸弹起码是五百磅的。就在这个只有很少乱叶子和树茬子的阵地下,隐伏着不可逾越的力量。

下来同小马坐在观察所扯谈。他这么活泼,当一个人坐在我面前时,一下羞怯拘束起来了。恰恰我问的又是他羞怯的题目。他是一九五○年春天结婚,秋天参军的。我问:"你给她去信了吗?""给她去什么信,老落后。""她给你来信了吗?""来了。""说些什么?""她还会说什么,跟我一样傻乎乎的。""到底对你说些什么?""她说:你要我多照顾父母,这还用你说吗?"他的妻比他大四岁,是一个屯里的,是他姐姐介绍的,村妇会主任。我问他参军前两人说了些什么,她说:你走了家里怎么办?我说:怎么办?政府照顾。参军来了,她来送,人那么多,她也没有说什么话。

从谈话的语句里,流露了他对妻子的爱怜。小伙子,一脱离了我,没几分钟,就揪住一个三四十岁战士的耳朵:"你说,什么东西怕揪耳朵?""兔子。是不是?""不是,毛驴也怕。"又活泼起来了。

到处是生活的美!

和副连长同往二号去。这是与敌对峙最近的山腿。今天我要到最前沿。天色朦胧中顺交通壕走,足有一千米的距离。他回头告我哪里是最暴露的,要姿势低些。在黑影里,我看见一个站岗的战士。进了洞,我同战士握手道辛苦,他们的手掌都是粗拉拉的。

进了洞口,这里比一号干净些。拐弯抹角往里走。其中还有一段是石头的,更低,石壁向下渗水。副连长说是前天下的雪化了。

拐到一个最漂亮的小斗室里,刚刚能立起来,中间一个小桌,两边两个床。上面顶着木头,墙壁上、顶上都钉了雨布,白里子向外,乍一看像是帐子一样。靠桌墙壁上挂着一个大罐头盒子做的油灯,灯很亮。棚上的木头被灯火熏黑了。桌上摆了一部祖国造的电话机,黑色的电话线在棚上扭着。电话员坐在那里。

一会儿副排长陈广义来了,我让他们俩给我介绍全排情况。八班是一个很活泼的小鬼班,由一个三十三岁的老班长领导着;一个壮年班,由一个性子急躁的青年班长领导着。小鬼班长是个品质极为优美的人。他和哥哥是一同参军的,真是无巧不成书,他的哥哥是机炮连的八班长。我感觉到在这里我又找到我的人物了,很使我痛快和满意。

谈到十二时,饿了,电话员小罗亲自下手给我们擀面条。据说他当年开过馆子。跟战士在一起,显得特别亲热热闹。这里是被单纯的美充满着,没有那么多虚伪和雕饰。

我们吃了饭,小马和小罗也吃了。

饭后,已凌晨一时。外头月亮估计已出来,我们就沿交通沟到最前沿去。最前沿,一溜暗打火。交通沟白天打坏很多,战士们刚刚又整起。在一个凹口里,我向敌方望去,敌阵是这样的近,正对着敌100阵地。右前方是无名高地,中间有一道沟。小河在月色中发亮,听到了小河的水声。沟里一片片黑糊糊的野草,据说有一人深。对于八号沟,猛一看像是一片白蒙蒙的烟,细看才看出是一道沟。我刚站到这里之前,敌重机枪打了一阵子。副连长说他先去看看,他看好了,才让我站在这里。这时肃然无声,一点动静都没有。我站在那里好好地看了看。

一会儿,一个四川的青年战士来报告,说敌山根下有动静,像摆弄铁丝网。八班长在战壕里吹口琴,铁丝网一响,他就吹一声,铁丝网就不响了。战争正在奇妙地进行。

回来,他们劝我休息,我实在困了。副连长把祖国人民慰问的东西拿出来,一件一件赞赏。他宣布:手帕他要保存,不用;日记本他也要保存,不用;牙具袋他也要保存,不用。说来说去都不用,都要留作纪念。

听说其他战士也同样如此。有人把毛主席像寄回家中,有人把缸子用布套包了起来。副连长把被褥牙具全让给了我,还把敌人降落伞绸布,给我铺在枕头上。

我睡了。我舒适地睡在距美帝国主义侵略军不过四百米的地方。

十一月十日

睡梦中听见不知谁说:"我刚抓住了一个俘虏,又让狗日的跑了,把我急醒了。"……阵地,在梦中,在渴望战斗的梦中。

又听见电话员在电话里说:"你今天吃什么呀,我吃的粉条,油炸咸鱼,还有……你呢,你吃了吗?你吃的什么,呸!我不信?你哄我!你来这里吃吧!……"我在睡梦里想起几年前也曾听到过这样的声音。这是电话员独守孤灯,整夜独坐,寂寞心情的写照。也是电话员的生活方式。这些单纯的青年怎么忍受得了这样的生活呢，还不是为了一个崇高的目的吗？

九时起床，十时吃饭。饭后记日记至晚饭。下午二时，大家都起来了。我由副连长陪着，到八班去看了一下。八班长王俊峰不在，副连长把他找来。一会儿，来了，坑道狭小，他蹲在了我的面前。他身体魁梧，胖脸，有些麻子，两手粗大。粗看并不漂亮，但可以看出是多么善良。我称赞他辛苦，说他的工作搞得好，他把头低一低，再抬起来，也说不出什么。我说：你的身体还很健康吧？他说他上阵地以来增加了好几斤。这里的战士，真是一心一意站在自己的岗位上。

副班长阎传义几乎和他的体格相等，脸上也有几个浅麻子，不过一下很难看出来。

我让他们领我到前沿看了看，这是看得最清楚的一次。在黑暗里向外望，下面的这一条沟并不宽，是一片片荒了的稻田，一片片的深草。小河清清楚楚，那边还有一泓清水。沟里还有几株松树，发青。沟里一些田地是很不平的，最狭窄处只有二百米。虽光线较暗，但看得还是很清，看见了敌地堡枪眼。我像馋猫见了小鱼一样，舍不得离开。左看右看，忽见一颗烟幕弹落在敌左侧阵地，接着我们的迫击炮单发，正落在敌交通壕里。我们的迫击炮从上空飞过时，有"速速"的声音，刚听得见。接着敌炮嗖嗖地过来了。我们看了一阵就回来了。他们三个人陪我回来，还叫我先进去，好像主人让客人先进门一样。这真是客气，也是可贵的友爱。

决定晚上与八班长王俊峰谈。

回来吃饺子，真叫我不安，要副连长陪我吃，他也不吃。真叫我生气。

天晚了，电话员小骆要到连主峰去，我忽然想起墨水未带来。谷世范要去，我心中犹豫了一下，想锻炼锻炼他，又怕因拿一瓶墨水使他遭受伤亡。最后还是让他去了，但现在想起来，还是以不让他去为好。

正在等王俊峰来，主峰上营长的电话来了，副连长在电话里说："他在这里，就是我们没有青菜，把主峰上的白菜拿来些吧。"我就知道是说我。接着说了一句"汉戛基"（朝语）就开始说电话的密语。

这密语净是符号,赶快拿来密语表来翻,翻了一会儿,才知道是"六〇炮二十发目标七号山"……军事上的东西确也很有意思。接着高彪子旧棉衣上套了一件新军衣赶来了。我说:"我在哪里,怎么你也来哪里。"他头上冒着汗,脸上很紧张,说:"我们下去执行任务。"副连长给了他一支烟,他吸着,说:"叫我们到八号沟口那里去打伏击,我亲自带着去。现在可以下去了吧。"我说:"不慌,你先擦擦汗。"我递给他手帕,他说:"我这人不客气,首长要我擦,我就擦!"擦了又递给我。高彪子又对副连长说:"他只要下来,不管多少,我都要弄他一个。如果敌一个排我们就打,如果两个排以上,我们就放过从屁股兜,咱们两面夹!"副连长听后很赞成,说:"好。"高彪子把怀一拉开,向屁股后挂的一支五一手枪一拍说:"你看我准备得怎么样?"我还没有猜中什么意思,马上副连长说:"你准备和敌人摔跤吗?"他笑了笑向身边拿着一支冲锋枪的通讯员说:"我上去一抱,绊倒他,你就拉腿!"通讯员说:"你放心,摁不住他还行!"副连长说,我马上去给你布置火力。有我这几支破机枪保险你吃不了亏!……副连长一走,高彪子用眼一扫这座很干净的隐蔽部说:"当个步兵连副连长多滋!"谈话中断了,他忽然说:"首长,我要弄个照相机给你!"真是一个纯洁的青年。接着又说起他过去缴过多少漂亮的照相机,都叫上级要去了。他还缴过小卧车上的小收音机,口袋一装可方便,行军背着它,唱了一星期,叫上级发现了,团长要去了,又让师首长见了,给师长要去了。

　　正说话,无线电话员叫我去听步行机里美国鬼子说话。他把音量调节器弄好,把耳机递给我,就听见美国鬼子的呼号说话,可惜我不懂英语,也不知在说什么。这声音这么响,就像在身边。电话员说,这就是附近敌人在联络。我借机会学了一些步行机的知识。又看了看他们司令部发下的密语表。可见军队需要多么广泛的知识。第一次见,很是新鲜。不知这些密语,是出自哪个参谋之手。其中在某某情况下的呼号,正是"祖国""祖国",很启发自己的灵感。如果将来写小说,这些该多么生动呢!

　　回到自己房子里,副连长一边核对密语的号码是否有错误,一边抬起头告诉我,说高彪子已经去了,十点钟上来。我们在他们回来后即下去,进行偷爆,以配合其他部队的攻击。哪个部队出击他也不知道。我问,高彪子现在已经该到了吧?副连长说,用不了几分钟就到了。……我想像着在黑暗中流动的高彪子们。

八班准备下去偷爆,我到了八班。他们正在整理服装,把棉衣棉裤脱下,有的在装子弹。有些战士,可以看得出来是老战士,把身上收拾得干净利落,子弹袋束在腰间,手榴弹四个很齐节,贴在后腰,跳一跳一点响声都没有。壁上点着一盏小灯,靠墙还竖着两个四尺长的爆破筒,像戏上的齐眉棍。一会儿副连长来了,他坐在当中,给大家动员。他已不像在我的面前那样温和了,在说某些字时,是咬着牙齿的。显示出异常的坚决强硬。他说明了怎么去爆破,不许拉绳子,要用手拉环子。又说,下去打敌人,就准备敌人打你。他还举出可能出现的几种情况和处置方法。一、如果遭遇敌人,就要猛扑上去。二、如果敌人伏击,也要猛扑上去。冲锋枪一甩,手榴弹一打,就扑,谁也不能在这种情况下往回跑。他还指出,如果有了伤亡,只要有一个人,就不能丢掉伤员同志、烈士同志。这些字眼他都说得十分肯定,几乎都是咬着牙。听的人都静静地瞅着副连长,谁也不说话。灯光和阴影描画着一个个的脸。战士们现在究竟心里在想什么?动员后,副连长问:"听清了没有?"大家用很大的声音齐声说:"听见了!"这就是战斗的精神呀!

一会儿,命令又变了,是侦察敌人而不是爆破,副班长阎传义传达,他的声音也像那些指挥员的声音一样,说到"坚决打掉他"等句子充满了力量。班长补充说,大家口袋里不要装什么东西。他划分了小组,又让他组的两个人留下来,说到怎样才能不咳嗽,要噙根草棍或小石子。

我在想,他们几个钟头之后就出去了,可能会遇见各种情况,也有可能牺牲,这个他们也是知道的,可是他们并不颓丧。战士们的岗位为什么说是最光荣的呢,他们比任何人牺牲的机会都多些,即便这些小战斗也是一样。外面有机关枪声,不知高彪子打上了没有。

等到我回来休息时,高彪子他们已回来了,他们没有打上。一会儿又告诉,这个任务也不去了。

与王俊峰谈话,说他弟兄二人的情况。他在七岁就给人放猪,哥哥是九岁放猪。这一对兄弟,受过艰苦生活的磨炼。又谈了他们班的情况。他还是这么温和,他的毅力,他的沉着勇敢,都隐在他这张和蔼的脸孔里。

十一月十一日

今天八时起床。二排副陈广义来了,扯了一大阵。他能说会道,是冀中的聪明青年。军事术语说得蛮熟。你问他一件事情,他本来可以直截了当地回答,但必须要分析一下,说给你听。虽然不像那样从"一"说到"十",也差不多。听他讲了些侦察员的生活,怎么样闹地位、待遇,怎么样不在乎。你规定不准怎样,到时他给你又溜出去了,简直讨厌得不行。所以部队住城市,把他们搁在城外。学习练兵,根本不入脑筋。有时跟上级讲:以前我们班的战士,在这个团里当营级干部的有四个,准团级的还有一个,我现在还是副连长,人家见了我还叫我老首长,你说我怎么说呢!我革命不为升官发财,可是待遇得给我解决一下。有的说:我的战士都背上"二斤半"了,我还背着个大脑袋冲锋枪。……可是他们对任务的执行是坚决的,除此以外,一概不鸟。

他还谈起从主峰到一号阵地,交通沟常出现一种二尺长的毒蛇,这种蛇闻到人的气味就把身子缩成一个圆疙瘩,猛力一弹去咬人,咬了人以后,可以看得到紫色血顺血管向上流,流到哪里,哪里红肿溃烂。我笑着说:那不成了美帝国主义的帮凶了吗!

他说的这种蛇,确实是有的,我也听说过。在我睡觉的雨布后面,除了挖坑道小镐的响声,还有一种唧唧的叫声,不像老鼠,不知道是不是这种蛇的叫声。

昨天敌机炸黄鸡山及122.7阵地。

今天一整天天阴,昨晚下雨,交通沟存了水。

和副排长谈话后记日记至晚饭。

饭后又到八班去。今天吃饺子,大家都乐呵呵地去包。独谷世范坐到那里抽烟,我忍不住又批评了他。他很不满意。我为了教育他,跟他谈了二十分钟。为了怕误时间,我又过了交通沟到八班。王俊峰在揉面。小罗,一个四川孩子,坐在那里擀皮。他是在东北时学会的。他坐在炕上,两只穿布袜的脚对着,在那里擀,他说话有些结巴,别人听不懂,他就着急,什么也不说。别人还爱开他的玩笑。

我约了情绪最饱满的新战士扯谈。一个是小田,一个是小骆,一个是于成。谈了他们的出身情形。小田是工人,干过七年的皮鞋匠。今年才二十二岁。非常活泼可爱,比农民出身的洒脱些。于成和小骆二人是翻身农民,他们在谈到保卫土地的情感时,使我有了一个深刻的了解。在朝鲜战争发生时,农村地主的气焰又起来了,他们是在这种情况下来到部队的。这告诉我,在今后描写农民出身的战士时,与土地问题应是密切联系的。实际上这是反封建与反帝斗争的交织。了解了这点,对今后小说写到农民入伍部分会较合乎客观的实际。

谈到他们班长的情况,他们多少拘束些,未谈得很好。他们快该上岗了,我就让他们回去了。他们今晚还要修交通沟,今天炮打坏的不多,但有些泥泞。

一条新坑道快与我住的地方连接起来了。能听见那边挖坑道的小镐的声音。

通讯员小马明天要去学习了。我要他来坐坐,他这几天给我打饭打水,我很感谢他。他也因我对他的亲热,很满意,他说:不是首长在这里我要说这句话,以前旧社会哪有首长对我们这么好的呢。他不知道我多爱他们,我摸着他们粗粗的臂膀和粗粗的手,真爱他们极了。

坑道口常常坐着一个病号,叫黄生,他一天哼哼唧唧地说他吃不下饭,据说右倾情绪极严重,看来真讨厌,懦夫真不如死了为好。当勇士死又算得了什么呢,而这个样子,人人都不大谈他、理他。我耐着心问了他的经历,他说他给家去了五十一封信还是没有回信,唉! 这个人……

十一月十二日

今晨,睡梦中听到有人说,敌人由于恐慌,昨晚打了两个多小时的照明弹。

今天利用战士睡觉时间读了斯大林同志的《社会主义经济问题》,在敌人的炮火下读这样的著作,也很有点意思,至少说明,敌人的炮火并不能扫荡共产主义。

主峰上打电话,说敌人今天打炮多,必须引起警惕,还说是否有毒气弹,要注意防毒。说话间,敌炮已开始在头顶上响,今天炮重,震动得桌上的蜡烛不断地跳舞。耳朵也嗡嗡地响。顶上掉下一些土。副连长很有经验地说:"这是105!如果是八英寸的炮弹就会将灯震灭。"接着他又仰起头大声地喊:"打到洞口了吗?叫五班下来!"五班的同志们睡得正香,当时还不愿意起。只听五班长叫:"洞口打塌了,快起!快起!打住你们谁负责?"几个战士才揉着眼下来擦枪。一会儿八班的洞口里落进了一颗炮弹,没有响。八班长王俊峰把它抱出去扔了。

接着,他又找着望远镜到山洞口观察情况。不一会儿他回来报告,炮是敌坦克打的。那几辆坦克呜噜呜噜开一阵打一阵。这场炮击,直打到五点钟才停。查线的电话员小骆回来说,主峰后面伙房的交通沟也打平了。

晚上我原来计划和七班的小鬼们谈话,进来了一个长着黑髭的年长的军人,他有一双通晓世故的眼睛和一副经过风霜的赤红的脸膛。这就是小鬼班长唐殿君。他说因为自己上了年纪,反倒很喜欢"小嘎儿",他曾经要求上级给他调个小嘎儿,不想一下把他调在小嘎儿窝里,使他特别愉快。整天哄他们,吓他们,说笑话,吹故事,关心他们。

我很高兴,因为我早有兴趣要描写他们。这将被确定为革命大家庭最生动的体现,写入我的小说中。

一会儿八班长来了,他客气地不愿意坐下,扶着门,端着一个小油灯,请示排长说打塌的洞口,晚上修看不见,明天拂晓修是否可以?排长同意。我本来要继续和七班长谈,发现他很不安,他是惦着那些小嘎儿们。我出外解手时,看见后面的山坡很亮,这是敌人迫击炮打的照明弹。接着东边响起密集的排炮,还有机枪声,好像在进行小战斗。敌炮像进行拦阻射击。今天探照灯照得雪亮,对面敌炮的炮口处小火蛋一亮一亮,接着炮弹带着火光从我们头上飞过去。战士说,这是敌人的自动推进炮,要我赶快下来。

过于困倦,本来还准备想些什么事情,不想因为困也就睡着了。睡梦中听见说,八班长负伤了。到醒来时,八班长已经被送走了,使我感到非常遗憾和歉疚。

十一月十三日

早起,出外呼吸新鲜空气。电话员到洞口看着我。昨天卫生员是这样,他们都是这样。无非是怕这位"首长"遇到什么。这是多深的爱护! 可是假若真有一个炮弹飞过来,不是多伤一个人吗!

无线电话员的生活也很有意思。他们曾在电波中与窃听我电话的敌人遭遇过。一次,敌人听到我某班长去主峰取电池,就插进来说:班长在那里等哩,你们去接他们吧! 实际上,班长已回来了。就说:你不要费心啦。一次敌人呼我们,我就说:"你是中国人吗?"他说:"是。"我又问:"你爱祖国吗?""爱。"我就说:"那你为什么给帝国主义当走狗呢?"他无话可说,就说明天九点钟见。可是按规定是不准在电话中和敌人乱扯的。

副连长回来,我问起八班长临走说什么,他说:"说我们八班没有完成任务,我自己也没完成任务,也没有打上!"这是战士们多可贵的战争的责任心。

今天到八班去,袁俊康提着一口袋热腾腾的馒头来了,战士苏贵成劝我在这里吃,我也就在这里吃起来。馒头蒸得很好,花生米略有辣味也不错,比给我一个人专做的菜还可口。战士们吃饭很客气。一块儿吃过饭后,他们对我好像更亲热了。

我找到年轻的新战士刘东海,想了解一下八班长王俊峰负伤的情况。因为王俊峰是同他谈话时负伤的。那时刘东海在洞口外面上岗,由于刘东海比较胆小,第二天又要下去执行任务,他不放心,就去同刘东海谈话去了。刘东海说,班长给他讲:明天要去执行任务了,你怎么样,你敢不敢去? 刘说:敢。班长又说:好,咱俩一块儿去爆破,把铁丝网给它炸开,行吧? 刘又说:行。下面班长又给他讲怎么摸敌人,敌人打枪的时候,要弯下腰。正在这时,敌人的子弹打过来了。班长把头往下一低,不想被击中。可是他当时并不慌,立刻打开急救包,捂住脸,一边说:我带花了。刘东海赶快喊卫生员出来给他包好,他又说:我去休养以后,你要征求全班对我有什么意见,把意见给我记在小本上。我休养回来你告诉我,我好克服。接着班长自己走回洞里,卫生员给他上了药,他又对副排长很难过地说:这次上阵地没有打上仗,快执行任务了,我又负了伤。我觉得没有完成任务,很对不起上级。我自己天天教育战士小心,结果我自己倒被打中了。这是我的缺点。……担架来了,他又对担架员说:这交通沟抬人太不好抬,哪里不好走,你们就不客气地说,我下来走,等好走的地方你们再抬。出了洞,他一直走出交通沟好远,才上了担架……

听了刘东海的话,一个革命战士的良心把我深深感动了。王俊峰啊,你有着多么美丽的灵魂!在这个星光照着的前沿阵地上,你那颗耿耿的忠心,在放射着夺目的光辉。为了帮助一个胆小的战士,你负伤了。昨天你还在这里,现在你大概是到了后方了吧。我知道你心里是难过的。同志,我了解你,我祝福你。

接着,我和刘东海谈起他们班长平时的情形。他说,班长和他平时谈话很多。第一次见面,班长问他:"你是哪里人?"他回说,河南人。又问:"什么县?"他说,禹城县。又问:"禹城县? 什么村?"他就说,××营子。接着班长就说:"哦,那地方我住过。你家里还有什么人?"他说,父母,哥哥……班长立刻说:"哦,我在你家里住过,我好像见过你,你的父母我都知道。"听到这里,我不由得扛了一下身边的五班长笑起来。他怎么会知道刘东海的家呢,这分明是一个有经验的人去用爱——革命的爱去靠近一个没出过门的小鬼,使他在外不觉得孤单。这是生活中美丽的谎言之一,我很喜欢这种充满着爱的美丽的谎言。

刘东海说,王俊峰还给他讲了许多英雄故事。如某战士身下压着五颗手榴弹和敌人同归于尽的故事。很明显,这是他有意用这些故事激发新战士的勇气。然而由于被教育者过于年轻和幼稚,还不能领会班长的苦心。

今天,我仔细地瞅了瞅五班长程纪材,这是一个性如烈火的人物。他二十三岁,湖北老苏区人。他的脸被打红的机枪枪身烫坏了,今天刚把绷带解下来,脸上还是红一块白一块的。他见我并不拘束。他说他父亲是老红军,红军北撤时,没有跟上,被国民党抓住丢在长江里了。他的哥哥也是老红军,牺牲了。他是遗腹子,等到长大,国民党仍然整天来抓。一天夜里,母亲含着眼泪说:"孩子,你在家死了也是死,还不如到外面去干革命,就是死了也有价值,娘也算不白养你一场。你在家死了,像你父亲似的连个尸身都见不着。

你去吧,有一天革命胜利了,娘也许还能见到你。"母亲说着,哭了,妻子比他小三岁,也哭了。妻子给他拿出了一双鞋,他就这样参加了游击队。先给一个政委当通讯员,没有枪,背着一把大砍刀,人小,跟不上队,苦得很,一想母亲的话,就又有了力量。政委曾想让他回家,他死活不肯,说是死也死在部队上。果然革命胜利了,他又回去见到六十多岁的母亲。他一心想让老婆进步,就把她带出来。还让老婆帮助老百姓修堤筑坝。老婆有点受不了,他就教训她、骂她。老婆说:"我吃不了这个苦。"说着就往外走。他就抓起刺刀鞘打她,正好被政委看见,一把抓住他,训斥说:"你的脾气怪,我的脾气比你还怪,我想杀人,行吗? 你政治上比她觉悟高些,可是你们是平等的! 你怎么能打人呢?"听到这里,我们都哈哈地笑起来。

人总是有优点也有缺点。一方面程纪材有高度的革命积极性,另一面由于主观性过强,总嫌别人干得不多。比如挖工事,他本人确实很卖力,挖得很多,但别人干不了那么多,他就很不满意,这样也就产生了他同周围人的矛盾。

晚上,在无线电话组那里,和哨兵苏永光扯谈。他害羞,腼腆极了,抱着一支自动枪也不看我。但我要出去解手,他就以保护者的姿态跟着我。他今年才十六岁,去年参军时才十五岁。我问:

"你这么小参军,人家要你吗?"

"我没说真岁数儿。"他答。

"那你为什么一定要来呢?"

"保家卫国……"还是很害羞。

"有这么多人还不行吗,要你这个小嘎儿来?"

"多一个人是一个人的力量。"

有人插嘴:"别看他小,已经打住两个敌人了!"

我又问:"你怎么打住的?"

"早晨打住的。"他说。

副排长急了,插嘴说:"小苏,你就不会说得生动点儿? 比如说你怎么发现的,怎么观察的,怎么打的……"

小苏仍然慢声细气儿地说:"一个敌人在交通沟里走,我就把他打倒了;第二天,又一个敌人在交通沟里走,我又把他打倒了。"

我笑着问:"打住第一个敌人,你感觉怎么样?"

"高兴。"

"怎么高兴?像吃糖一样高兴吗?"

"比吃糖还高兴。"

他回答得总是这么简单朴素,叫人发笑。

"怎么会比吃糖还高兴呢?"我故意逗他。

"因为敌人少了一个。"

他年轻而白嫩的脸,红红的,简直不敢抬起来看我们。

"这孩子就是老实!"副连长梁青山叹口气说。

十一月十四日

这个洞子里存在着几种不同的生活方式:1.战士们整夜站岗,静听着对面黑黝黝的山冈和河沟里的风吹草动,一直到天亮。吃过早饭,睡到下午二时。起床后唱一阵歌子,擦擦枪,吃了晚饭又上岗。2.炮班整夜掏坑道。3.副连长和排副查查岗,后半夜没有事睡一会儿。4.班长一整夜查岗,给战士有时端碗开水。5.炊事班天一黑就睡,凌晨二时起床做饭。6.无线电话员晚饭后联络一下就睡,一早起床。7.我,晚十一时或凌晨一时睡眠,晨八时或九时起床,十时吃饭,然后记日记,直到战士起床进行访问。

今天,在小鬼班进行座谈。副连长把两个洞子的人招在一起,很快发现,这样的方式太呆板了。

这些孩子,在家多半是放牛、放猪、拾柴的。有一个小李是水手,小肖是讨饭的。在谈到出身时小肖并不直爽,显然他认为讨饭是丢人的事。小徐是孤儿,在谈到旧社会地主压迫剥削时,在黑影里自己捂住脸,显然受到极大的创痛。我怕伤了孩子的心,未详细问他。王恩先的父母死去时把他给了别人,现在他要求把姓改过来,恢复姓李。

在全部小鬼中,以小水手为最活跃,以小孤儿为最深沉,以讨吃的小肖为最懒散。据说,他上岗打瞌睡,屡教不改。讨吃的孩子虽饱受旧社会的伤痛,但缺少劳动锻炼,因此显得疏懒。我过去在骑兵团工作时,也遇到过这样的人,诉苦时痛哭流涕,平时吊儿郎当,甚至说谎骗人。

今天以小鬼班长唐殿君谈得最有意思。他参军时父母都不愿意。他动员父母说:"你老人家不要不乐意。生儿养女,无非是为了孩子孝顺,不愁后事。以前旧社会时候,我巴巴结结一天,还不能给您老人家弄来吃的。现在地有了,就是我在外头牺牲了,也像是在你们身边。你们睁睁眼瞅瞅这地,这地就是我呀!……"他的话使我心灵震动,一句话说透了解放战争的本质。而抗美援朝不是反帝反封建斗争的继续吗?当然又加了一层保卫世界和平、保卫自身的社会主义建设。"这地就是我呀!"一句地地道道农民的话,是作家不易创造出来的。

我们一起吃了饭,小鬼们上岗去了。小苏把子弹袋在腰里煞得紧紧的,又穿上大衣,拿起了自动步枪。他不大喜欢自动步枪,很羡慕别人带的木把冲锋枪。假若他要有支冲锋枪,他就会更加高兴了。

排副陈广义是个老兵,见多识广。我让他谈谈工人出身的战士与农民出身的战士有何不同。他说,工人出身的战士团结好,斗争精神强,思想不常波动,作战顽强,比农民出身的胆子要大,也不迷信。比如在东北解放战争中,用大车拉烈士的遗体,一车拉四五十,像秋秸垛似的,横一个竖一个,用大绳捆上。工人出身的战士往车前面一坐,满不在乎。而农民出身的战士则往往不敢接近。他还举出,不久前五班副牺牲在暗打火里,八班的战士就不愿在那里站岗。问他们为什么,他们就说那里冷,其实那里怎么会冷呢!他还说,一个工人出身的战士出去解手,碰上敌人摸上来了,要是农民出身的战士,很可能跑回来报告;而他却往墙角里一蹲,等敌人摸过来,突然扑过去把枪夺到手,然后向后面的敌人猛扫。他还说,工人出身的往往不小气,不保守,有东西大家用,而农民出身的战士,东西却看得金贵。此外,工人出身的战士比较讲卫生,农民出身的战士就差些了。

他的谈话,虽然不能说全面,但还是很有道理的。例如法捷耶夫的《毁灭》,对矿工的描写与对农民的描写就有差异。这是作家对生活的研究,需要注意的。

我们谈话的这个坑道,被雨季和炸弹弄得歪歪扭扭,很不像样。谈完话,他就送我回来了。

十一月十五日

下午,越过交通沟到了八班。与小罗、于生等一起吃了饭。吃的是馒头和花生米。他们老认为,应该给我单独弄吃的,还安排电话员小骆给我做饭,却不知道我同战士一起吃更有乐趣,也更安逸。

今天我的目的是向敌人打几枪。入朝以后,我一枪也没打过,总觉得说不过去,有点别扭。我的行动是向敌人示威,自然这只具有象征意味。这表明魏某人来了,他来到过这个阵地。

谢谢几个战士没有坚决阻拦我。麻子副班长阎传义,给我选好地势,把美造自动步枪给我装上子弹,然后,用棍子把枪眼捅开。我进入暗打火里,瞄准了敌 158.77 阵地的一个地堡。西斜的阳光正好照着那个山头,在阳光与阴影的结合部有一个圆馒头似的东西。我学战士的样儿把帽檐儿一歪,瞄好了,一连开了两枪。为了凑够中国习惯的数目,又打了一枪,一共三枪。他们催我下来,我才下来了。心里果然痛快。

很快,副连长和电话员都知道了,好像是件大事。

主峰打电话来,叫去领象棋和扑克。不一会儿领来了,大家都很高兴。饭后我们开始打扑克。我和卫生员联手,排副和副连长联手,直打到午夜零点。开始我们处境不利,后来形势突然变化,大获全胜。

这时,有几缕隐隐的诗思透入心中。我把扑克让给小骆,自己靠着墙,坐在皮褥子上含烟沉思,想为这阵地写几首诗。

十一月十六日

早晨,被敌炮震醒。因为它正打中洞顶,声音显得沉重。洞口又震塌了一些。

起床后,与无线电话员闲谈。他说,初上阵地时,为了迎击敌人的秋季攻势,紧张得很,人人都去背木头加固工事。来回六十里,有时一天背两趟。路上和交通沟里全是人,就像赶集的一样。团长、政委也都上山亲手伐木。可见阵地能这样坚固,是流了很多汗水的。

由此又谈到团长,他说师范学生出身的孟团长,特别喜欢青年人。常常一见面就开玩笑:"你娶老婆了吗? 有对象没有? 没有,好好干,将来给你找一个。"如果路上遇到哪个战士不给他敬礼,他就叫住你:"为什么不给我敬礼,嗯?敬了礼再走。"所以战士们也很喜欢他。

今天,再次到小鬼班去。小鬼朱正堂引着我,通讯员小徐跟在后面。小徐有些胆怯,呼吸的声音有点儿不对。他的父亲是被国民党打死的,母亲做小生意赶火车,从火车上掉下来摔死了。他的三个兄弟都送给了地主富农。他问我:是否可以把三个兄弟要回来?我说:当然可以。他说:给人家写了文书了呀!我说:地主的政权都打倒了,文书还算得什么!

外面天很黑,沟里很滑,我们摸摸索索地到了小鬼班。

小嘎儿们正蹲在灯下数子弹,老班长聚精会神地登记。我们在这里打了一场扑克。晚上十点钟,他们就上岗去了。

外面下起了小雨。小徐和"小王"坐在我的身边。这两个孩子过去都是孤儿。"小王"要求恢复姓李以前,还只能叫他"小王",他把脸靠在我的肩胛上,我抚摩着他嫩滑的小脸,望着他的黑眼睛……

"唉!"忽然,班长唐殿君长叹一声,"离开祖国两年了!也不知道祖国变成什么样儿了……"我说:"你想祖国了吗?"他说:"唉!比自己的家还想得慌。"我问他想祖国的什么哩,他说:"两年不见了,都说祖国变了,也不知道变成啥模样了,自己也说不清想她哪一点。"

这是他内心情感的自然流露。

我问小嘎子们想不想,他们说:我们刚出国,还想什么!当然,他们想的是建功立业,那种十分辉煌的东西!

十一月十七日

今天我是被歌声惊醒的。是排副和无线电话员王尚民在那里唱歌。

早晨到洞外活动。雾很大,连后面的主峰和山下麻子脸般的谷底都看不见了。

我想,何不乘此时机到上面看看。于是,谁也没有通知,就沿着交通壕到了一个暗打火。"谁?"一个战士惊喊了一声。他拿着一把小锹守在洞口,看清是我,点了点头。我向敌阵一看,还是满山满谷的大雾,只能隐约看见谷底小河的闪光。交通沟外的山坡上,只有稀稀疏疏的十几株树,叶子都已落净。有的枝丫被炮火打得歪在地上。

我不禁又想打枪。此刻没人管我,这个好机会不可失去。于是,我端起枪来朝地堡和河岸有响动的地方开始射击。大约打了十发子弹,然后把枪交还那个战士。

排副叫我吃饭来了。过了几分钟,敌人就打过来一阵排炮。我说敌人报复了,战士说,这是常事,每次打过冷枪后都是如此。

饭后,无线电话员苗长盛从主峰回来。一进屋就说:"今天到团部看了一场电影,看的是《白毛女》,大家都流泪了,我也流泪了,没有不哭的。我家里和白毛女差不多。"可见《白毛女》是一部伟大的现实主义作品。

今天,写了首求战曲《连长,你听我说》,反映战士的心情。

晚上同两个青年战士谈话。一个叫杨克清,过去拉黄包车,曾被美国兵殴打过。这个耻辱,至今仍刻在他的心上。他说,他在战场上打倒敌人时,尝到了难以名状的胜利者的欢乐。现在他很想成为青年团员。另一个战士叫胡登煌,对自己的母亲改嫁很不满,认为留下他弟兄二人受了苦。我向他解释了社会原因,要他谅解自己的母亲。

今天,炊事员何喜纯来了。他是河南人,原来是个青年农民,特别爱说爱笑。不一会儿,把他的秘密全告诉了我,现在的心情和自己的缺点,也全告诉了我。我很喜欢他。这样的人物写出来怎么会概念化呢!概念化把劳动人民的优秀素质窒息了。我爱生活,生活的美使我陶醉。

晚十时,八班八个战士下去撒宣传品。他们抱着宣传品与"和平信箱"下阵地去了。

十一月十八日

今天,外面很冷。

由炊事员何喜纯引起,副连长给我讲了战士王连喜的故事。这个青年的性格,更加引起我的喜欢。把这些战士优美的性格展开,不就是宽阔的灿烂的画幅吗！中国人民的优美品质是同这些不同的性格结合在一起的。

我应该给"最可爱的人"这个称号做出相应的详细的注解。

昨天下去撒传单的战士回来说，排副看见草丛中有一块白花花的，上去一摸，是一个死者。再一摸，腰里有我们的梭子兜儿，兜里还有一个梭子，只掏出半截儿。死者手边，有一个手榴弹，手榴弹兜里也有一个。很明显，这是我们的烈士。排副说，这是上次打伏击牺牲的六班副。曾下去三次没有找到他，因当时草很深，他穿的新军衣又和草色难以分辨。他的名字叫蔡燕顺，是全连最勇敢的青年。在观音山战斗中，曾掩护全连撤退立过大功。这次下去打伏击，因为同敌人突然遭遇，在掩护别人时牺牲了。排副决定下一次带上担架去抬他。

哨兵报告，八号沟下面的草哗哗响，可能是敌人来捡我们的宣传品了。

十一月十九日

在三排的阵地上已经蹲了十天。准备明天回主峰，但依然有留恋之心。

副连长梁青山，为了给我送行，告诉下午吃饺子，还准备了几个菜。我也准备给战士讲讲话，因下午他们准备去抬烈士遗体，未能集合成。又去小鬼班打了一次扑克，"小王"这孩子居然很能用脑筋，把我们整得不轻。

十一月二十日

晨五时起床。天还没有亮。副连长给我打开话匣子，放了两个唱片。不一会儿七班的小徐、八班的孙启贤，还有其他班的代表都来为我送行。五班的杨凤岐，结结巴巴说了几句感谢"首长"看望他们的话，并表示"一定要多杀敌人"。我也鼓励了他们几句。出洞时，我同地线电话组和炊事员都握了手。外面天色已亮，他们挤在洞口送我。不想敌炮也来为我送行，我怕有伤亡，劝他们回去，他们仍坚持在交通沟里送了我一截才回去。

回到主峰，就像回到了大后方。这里坑道也宽了。

迫击炮连七班长林长清，见了我很亲热。他是工人出身，伴着他的迫击炮已经七年之久。南下打安阳时,中了地雷,全班大部伤亡,他是从土里被刨出来的。提起这事,他就流着泪说:"多好的炮手呀!都是我手把手培养的。"至今他还怕见"安阳"这两个字,见了就难过。这次上阵地,两个月来,他的这门炮消灭敌人一百余名。他一见我,叫了一声"首长",似有所求,又不好意思开口。我说:你说吧。他说:他想托我买一本《太阳照在桑干河上》,给全班人读。我答应买一本送他。可见战士很关心革命文化。

下午,林长清来叫我,说要打炮了。我沿着高高的土梯走上了观察所。这里在山顶上开了一个大天窗似的口子,炮对镜伸出洞口。林长清说发现了两个敌人,我从炮对镜里望去,果然在对面敌纵深阵地上,黄色的交通沟里有两个两寸多长的小黑人,似乎在修工事。我说:怎么不用炮打呢?他说:迫击炮打不到。我说:怎么不用山炮?他说:上级规定,十个人以上的目标才能动用山炮。我叹了气,真是便宜了他们。

在观察所,林长清还向我提起,国内造的炮弹,在引信头处,有一个锡制的堵塞,每次打炮时,就把堵塞拔出来扔了,炮手们都觉得很可惜。如果把它换成木塞子,那对国家建设就要有利得多。听了他的话使人很感动,处处都表现了战士对祖国命运的关心。

我坐在子弹箱上,同一个年轻的炮兵观测员谈话。小伙子学生出身,高中毕业。他说看过我的作品,自己也写点散文。我问他我们炮兵的技术水平如何。他说,如果大家都在睡觉,发现情况,六分钟可以开炮,命中率百分之七十五到九十,在技术上并不逊色于敌人,只是在器材上还欠完善。虽然我们的重炮少些,射程近些,但我们在技术上善于集中,所以适当地弥补了这一缺陷。

十一月二十一日

整个白天,敌机集中轰炸前二号,但多数炸弹落到沟里去了。敌侦察机也很活跃。昨天,敌机轰炸了一号,炮向一号打得也很多。一个电话员给连长讲,敌人明天早晨可能进攻。连长当时没多说什么。我仔细一想,也觉得情况异常,确实敌有进攻的征候。

十一月二十二日

正在睡梦中,国内参观团的张政委把我喊醒。他说:你不是要看打仗吗？仗已经打过了。我以为他在开玩笑,结果是真的。他说,凌晨敌人打了一千发以上的炮弹,他是被惊醒后才起来的。敌人正在进攻一号,现在电话还联络不上。

　　我看表针正指向五时,指导员的铺已经空了,他们竟没有叫我。很快了解到,敌人是在凌晨二时半开始进攻的,那时我刚入睡半个小时。

　　我到外面解手,天还黑洞洞的,枪炮声沉寂下来,显然战斗已经结束。我来到连部,看见指挥室里坐着几个人,通讯员端着灯在门口等候。连长两只手都拿着耳机在打电话。从电话中得知,我伤亡七名,其中阵亡三名,都是十二班的战士。他们反击了敌人两次,才将敌人击退。在阵地上捉住了一名负伤的美军,已经把他抬回洞里。

　　不一会儿,又接到指导员从一号打回来的电话,报告说,今日凌晨,敌人约一个连的兵力,分三路开始进攻。开始前,敌以机枪长时间连续射击,借以掩护他们的行动,我们竟习以为常没有发觉。待发觉时,敌人已经爬到我们后边的交通沟,并占领了山顶。经过我两次反击,才将敌人打退。缴获了敌人三支步枪,三副担架。最后敌人弃尸两具逃跑。报告中还说到,战士尹海云同敌人牺牲在一起,他的枪已摔断,手脚也被炸断,估计是与敌摔跤时,拉响手榴弹与敌同归于尽。我不禁想起,不久前这些同志都同我握过手呀,想不到他们已经成为烈士了。排长姜国盛也负了轻伤,我立刻接过电话,安慰了他。

　　不一会儿,营长从黄鸡山赶来。他对未给敌人足够的炮火杀伤感到遗憾。人们对胜利不圆满常常是不满意的。估计到敌人明天还要来拉死尸,准备大干一场。

　　正说话间,把那个受伤的美俘抬来了。坑道里人们呼呼隆隆地朝外跑。我也跟着走出去。狭窄的坑道被堵塞了,人们都想争先看到这位"来客"。我挤过去,看见这位高鼻子的美国兵躺在担架上,头上缠着绷带,嘴呼哧呼哧地喘气,吐着血沫。他的脸上又是血,又是泥,血已经凝成紫色。战士好奇地敲敲他的胸脯,说是穿着铁片。我上去一敲当当响,果然穿的是避弹衣。有人还想看看他穿的是什么鞋,掀开被子,原来穿的是说红不红的粗糙的皮鞋。这个俘虏听见人们议论他,伸了伸胳膊,表情很滑稽,也许他在庆幸自己还活着吧。可惜周围没人会英语,无法同他对话。我在想,他的确应该庆幸,假若不是遇到这样富有人道精神的军队,不把他抬回来,不给他盖上被子,恐怕早就把他冻僵了。

晚饭后,到指挥室,看见营长正在与迫击炮连长、山炮排排副、机炮连副连长等一群"炮官"们挤坐在一起,商讨炮火拦阻方案,准备晚上敌人来抢死尸时给以更严重的打击。

十一月二十三日

昨天营长告诉前一号,把敌尸再往我阵地上拉一拉,拉到三五米的距离,用机枪看守,谁叫敌人抢走谁负责。我很满意他的这个指示,这对敌人是一个精神的打击,因为敌人在前沿会很清楚地看到,而且也是很妙的钓鱼的诱饵。这晚我等了很久没有睡,我要看看这个就要来到的会打得更圆满的战斗。

在观察所,我看着,敌机轰炸二号。他们劝我下去,我也没有下。随着爆炸声,紫灰色又夹着土褐色的浓烟,像烂棉花似的,一卷一卷地升起,这一卷还没落下,敌机又冲下来,整整丢了八颗。我想起我在那儿呆了十多天,和我相处在一起的人们。那些小小的油灯该震灭了吧,他们会在洞里微微地震撼着吧。假若我在那里多好呢,我在今晚可以看到战斗了。

我下来在电话里问,他们说炸得并不碍事,只有一个洞口炸坏了点。

我估计晚上,敌人定会攻击,营长也让他们注意。指导员在今晨战斗一结束,就带一个班去了。早晨,我看他的被窝还没有叠起,晚上回来了,我问起一号战斗的情形,看起来由于长时间没有触发战斗,多少是有些麻痹的。敌人开始打了一阵机枪,接着是炮火急袭,急袭过后,我们的人刚出洞口,敌人已经有几个爬到山头上来了。我们有的战士还认为炮火打这么急,是谁还站到山头上愣充大胆呢。敌人攻击的时间是二时半,巧妙地利用了机枪掩盖他们的脚步声。因敌天天打机枪,我们不注意了。估计敌到了我前沿,他们才开始炮袭。

昨晚上,崔喜德(白天负伤的)下来了。我查看了他的伤口,伤口不重,我去安慰他。拉着他的手跟他谈,他是出洞后,被敌人扔到沟里的手榴弹打伤的。因为伤口疼,他显得有些不安,我拉他下来吃了几个饺子。我劝他吃,他在灯光的暗影里,眼红红的像是很激动地说:我明天要回去。我说:你休息两天吧,为什么要回去呢?他说:我们班里的人也不多。我看他不安,就让他睡去了。

昨天晚上,因为等候战斗的到来,我显得颇有精神。我告诉别人,有情况了一定要告诉我。后来到指挥室看了一看,见营长已经睡了,小油灯,只剩豆粒大,要灭不灭的,昏昏沉沉的,非常静。全洞的人,除了坐班的通讯员小辛(辛殿学)以外,都睡了。我也就睡了。

今天十时才起,一问,敌人昨天并没大动静,只摸到一号附近,一发觉有人,就又跑回去了。我游动组为了引敌人上来,没有开枪。

今天,画家罗工柳同志来了,引起我一种敬佩之情。因为他在出国的作家团体中,是坚持性最大的一个。我见了他,不由得对他亲热起来,称赞了他。这也是我们民族的优秀儿女呀!

问了他一些情况。

接到友人一信,谈到他找到两个满意的女朋友,他让一位朋友挑选一个,某人则让他先挑一个,这真是革命友情的佳话。

今天整天敌机骚扰,又在黄鸡山投弹数枚。

天黑以后,我出去解手,忽听敌人的炮火急袭又开始了,像是开始攻击。我赶快回来去告营长,营长问一号,说还没有看见什么动静。我静静等待着,又到观察所看,我以为敌一定要来,等了很久又没有来。我只有在黑洞的观察所里学一点测敌炮位的常识。

晚上,和罗工柳、指导员、林长清谈得很晚,到了十二点多。我本拟明晨离开,执行原计划,但心中犹豫不定,想再看一次战斗,他们一劝,我决定再呆一天。

看了几张报纸。

十一月二十四日

早晨一问,昨夜敌向黄鸡山侦察了一下,未敢轻动。但情况显示无名山高地和100敌人增加了两个排。

山炮连副排长提着个小油灯紧张地走到我屋里说,敌人汽车运输紧张,一夜没断汽车响,不知道为什么,刚才左看右看,才发现无名山高地左首的山坳里有三堆很大的东西,用苫布盖着。他急得不行,说要打,化学炮连也要打,他们请示营长,营长批准了。他们决定到前面,带一部无线电报话机去指挥。说着连忙去了。我到观察所去看,他们经常封锁的那条公路,有六七个人在那儿走,穿着大衣,个子很高。观察员说,要不是炮转了方向,是多好的目标! 还说刚才一个是小军官,走过这里,士兵不走了,都停下了,他脱下大衣让后边的人拿着,猛跑,后边的人才跟上来。我又看了一阵,又是一个人过来,这人没有跑,好像很沉着的样子,但走走看看,看来精神是紧张的。观察员数着一个、两个、三个,过去了二十一个,真太可惜了。他们交班时,把这些都登记上去,非常认真,因为这是他们的职责呀!

  天黑了,我看不清,走下了这很窄小的土梯(有时得屁股先出,像《水浒传》沂岭的老虎一样)。一下梯,就看见洞口无线电在联络,山炮排副拿着有线电话和炮位联络,很热闹。只听电话员喊:"101号,101号,请讲!""请回答!""请复诵!""大米开始了!""大米等候,黄豆开始了!"他传过来偏差,由排副再告诉他们修正。可是大米(山炮)究竟命中了没有呢,正要问,敌人干扰了,又讲不通,真把电话员急坏了,他只有瞅敌空讲一句。可是对方讲话不干脆,说些次要话,等说重要话时,敌人又破坏了。只有瞅空进行。我在静静看着,电话员拿着耳机在灯影里喊。排副喊打炮时,可以隐隐听到炮弹出口声。"大米发射了。"后来只有黄豆发射。

  天黑了,只见化学炮连长(像个伙夫)回来了,说射了二十多发,中了十七发,那三堆东西有两堆都打起了火。另一堆没起火,估计是粮食或洋灰。我去打听消息时,他们已经回来松心地打起扑克了。

  昨晚林长清领我到主峰的顶上转了一趟。交通沟里都是被炮火翻起的虚土,走到顶上,坑坑洼洼,也都是虚土。我亲自用脚踩了踩这被炮火打了一年多的虚土,交通沟都是千修万补的,很不整齐。我转了半圈,觉得我快要离开了,还该多走走,又要他领我转了另外半圈。转完后又站在前沿掩体上面看了看山下的陡坡,和在黑影里的暗火力巢。和站岗的战士并排在那里走了一会儿。一会儿又见一个战士出来把虚土铲出去。天上有月亮,照着战士们站在交通壕里的身影。

自己很满意自己的这种行动。

上午听了姜国盛和几个战士的座谈。从座谈中得知,十班长不大好,这次余汗南(广东的)和一个老木匠出身的广西人,起了很大作用,在反击中将手榴弹打到敌群里,把敌人打退。他们还讲一个战士不敢出去,老木匠说:你不去我打死你。他才去了。看来还有不够坚强的,但他今后会锻炼得好些。我鼓励了他们。营长对他们的总结是好的。指出他们发觉敌人慢,信号没发好,姜指挥乱跑,没掌握突击力。他责问姜,姜承认。

因为明天走,晚九时就休息了。

但盼晚上能有事,还没有决心离开。

十一月二十五日

昨夜临睡前,征求政指对我的意见。他给我提了两点:1.下边反映大家很担心首长的安全,可是不让首长去,首长要去;2.首长艰苦朴素,大家还说首长勇敢。有人说,也许这样的人有经验吧,不然毛主席派出他来怎么会放心呢,看首长是经过锻炼的人!哈哈!哈哈!人总是爱听好话呀,特别说我勇敢是让我高兴的。我懂得人家这样说我,并没有把我当做普通一兵来要求!

三时醒来,通讯员说外面下起小雨。还说敌炮从十二时就打,直到现在还打。我想情况一定到来了,就想起来,但又太困,想了一个办法,才挣起来。到观察所去看,炮火果然打得激烈,却打的是217高地。看风雨洒洒,天沉黑得很,又回来躺在铺上休息。

天发白时雨才住了。

收拾好行李,喝了豆浆,大家送我出洞。我和他们握了手,离开我呆了二十余日的阵地——155.7高地。这时敌炮又打,给我送行。我们很紧张地在交通沟里猛走。本想和伙房的人郑重告别,也只有草草告别了事,乍一脱离工事,觉得敌人炮猛,炮弹嘶嘶怪叫。谷世范也不说行李重了,只是快走。送我们的小辛在前头,在交通沟外走。又看到那家怪沉着的朝鲜人。

也许经过一个时期锻炼的缘故,心却并没有紧张起来。

一气走过黄浦洞,到了马成里山下。在绑扎所看了看,小洞、太平室、小卫生员……

一路尽是弹坑,坑,坑。沿途不断看到战士扛木头上山和到前边去的人。

终于又到了团部。因行李重把小辛他们累坏了,自己也累得很。团参谋长慰问了一番。

晚上,招待我在黝黑的树身支起的小洞里,在汽油桶里滑稽地洗了澡,理了发。他们为我服务太多,而我为他们服务太少,这是我每次的感想。

晚上在主任处扯谈。鱼,猴子,道士,香蕉树,棉花树,仙人掌,吃桐油拉肚子,不知扯到什么地方去了。

九时休息。整天想在外面,怕在洞里。

十一月二十六日

晨六时起床,喝豆浆吃油条,这生活不错。和副团长、主任乱谈。早晨散步一小时,爬了一个山。看了被炸毁的紫霞洞小村。引起一缕诗思。想以捣衣声为题写一点。回来又看到桑葚冻在树上,引起一点凄凉感。马上涌出一首小诗,但觉得太悲凉了,没有记下。

晚上和他们签字留念。

夜赴炮团。他们在月光下送我。

十一月二十七日

昨天晚上,补日记到十二时,很疲劳,故今晨八时才起。昨天的日记也粗略之至。近年来精力似嫌不够充沛,往往感觉疲劳,难道年龄真是大了吗?真是笑话!

昨天临走时,又是炮声送行,打在前面的要路口。因为给他们签字留念,炮团的司机把小车开到伤员的临时待避洞里等了半小时,车开到河边,正是两道山谷的交叉处,有很深的雾,仔细一闻,是火药味,原来是刚才炮弹爆炸处。车子穿过后,才觉得太平了些。

一路走来,我看见战士扛木头在道边休息,有一个战士说:"歇歇吧?"这是一个有趣的战士。一路走来,发现有了房子,虽然是歪歪斜斜的,也感到温暖和惊奇。好像没有房子像是正常现象似的。

山上也渐渐看到有些树了。猜想这里驻了部队,果然已经到了。

走进一条小沟，接我们的通讯员引我们上了一个山坡，看到一座小房。娄参谋长——一个河北人，迎我进去，一会儿主任也来了。他们说，团长、政委都到军里开党委会去了。主任是沧州附近的人，说话同河南口音差不多，人很热情。一见我就滔滔不绝地说起炮兵的情形，并说他最近作了总结，分析了炮兵政治工作的特点。一看就知这人很热衷于政治工作，而且不断称赞自己的炮兵部队。我也向他们说了我此次活动的愿望。他答应为我组织座谈，并在明天就和我谈。……睡时，他又给我安置在与他们相似的一座小屋里，也许可以说是隐蔽部。炕是已经烧热了的。我趴在炕上，在烛边写日记，感觉到幸福和温暖。

敌炮不断在前面响，可是我睡得很得意。有时会忽然忘了是在前线。

今日起床后，看了看近处的地形，这个地形的选择，一看就知道是个很好的死角。到山上一看是个鱼脊山，狭长，很窄。一溜坟头。朝鲜的坟地多是这样。

吃早饭，与主任、参谋长还有协理员、教练员、股长在一起。他们多有些拘束。我感到"名人"真不好，给人以拘束。

饭后和主任谈。他拿出糖、烟招待。他的谈话，好像给我作汇报，完全按照他的总结，没有昨晚谈得活泼。我只得那样去听。慢慢有些疲倦。

他打算召集二十余人的座谈会，包括营连干部和炮手，并要他们到我处。我很感不安。决定明天就开。

晚饭后，为了克服前一时期的缺点，先和大家见面，目的是拉近距离。到政治处，干事全来了，差不多都是二十出头的青年，自己心里很喜欢，还和一个教书匠出身的宣教干事开了玩笑，以求气氛活泼起来。幸有人提出叫我谈谈苏联情况，慢慢更活跃了。然后他们又要我签字，我给他们写了"打碎战争贩子的骨头""扫清人类前进的障碍""开辟幸福的道路""让炮声给人类带来和平""祖国在后，炮口向前"等。有的青年还让我写两个，很热情。我在他们不舍得用的、祖国人民赠的纪念册上留了字。我在他们纪念册前页上写有"对祖国对党负责""我最亲爱的母亲——祖国，为了你我们到了为正义而战的战场——朝鲜，今后……"等等的决心。虽然句子平凡，却力求表达感人的决心。我并要求他们给我谈一谈。今天晚上的见面,是十分叫人愉快的。是他们,是群众,不断给我以力量,使我向前,向前!在疲倦时,在不愿坚持时,在想回国时。

早些睡眠,精力充沛迎接明天的工作吧,老魏同志。

十一月二十八日

昨晚因睡得太早,反倒睡不熟,炕也有些烫人。计划了一下今天的会怎么开为好。又想了一下将来的作品问题,故事仍勾连不起来。就又想标题,原来自己想用"志愿军"为名,后来想用"火与火"也好,这可以标出这两种力量的斗争。又以《祖国,你催我向前》为题构思了一首歌词。在十二时睡熟。

三时醒了,闻炮声激烈。

八时起。听说参加座谈会的人来了。一个营长,一个副教导员,两个连长,三个政指。其中有一个连长名陈希荣,虽是平静的座谈会,也可以看出他的性格,他屁股坐到那儿老像受委屈,光想动。我老用微笑看他,以便使他能较安心说下去。他们今天的谈话,特别是关于炮兵对炮的感情一节,内容甚为丰富,也使我最感兴趣。在炮兵入朝以来的成长过程上,也使我很惊讶,过去我们的炮兵的确水平很低,而今天已达到很高的程度。我们在政治上的优越,的确是一个强有力的决定因素。在谈到他们作战情况时,好像唱戏一样热闹。大声喊着各种口令:"为我们的母亲——祖国开炮!咣!"确有炮兵的气魄,很可以增加我将来作品的色彩。这使我感悟到:了解多方面的生活,会增加作品许多画幅,会减少作品的枯燥。毛主席指示要分析一切生动的斗争形式,怕是这个意思,宽与深会有连带的关系。

晚上,我提出让他们谈战斗经过,他们怕回去过晚,有些不安心,就结束了会议。留下的政指一个劲儿要我谈写作经验,他对这有很深的兴趣。从写作谈到他对今天战士奋不顾身惊奇不解。他说:"你说这是什么原因呢?一个电话员在刚打过的炮弹坑里接电线,炮弹刚炸,炮弹坑里还冒着烟,可是他就在那里接线。这是干部的监督吗?不是。一个人单独出去执行任务,并没有什么人看着他,他就是那样,他非去接不可。什么战斗任务不叫去,还闹情绪。

你说这是什么作用呢？是政治觉悟吧,可是具体来说,是什么给的作用呢？是个人荣誉吧,个人荣誉难道有这样强的力量吗？——我真想不透!"可是他自己本身就是一个模范人物。我问："那么,你为什么这么够格呢？"他说："是呀,我总想把任务完成得好一些。……"今天,战士的觉悟,确实叫人惊讶。不,不仅是战士,全国人民都是如此。那么,这真是一个奇异的问题,他的这个问题正是我在将来的作品中应该阐述与具体分析的问题,他曾带着一个战士挖工事,体重减轻了许多,脖子也细了,累得拉稀。可是你问他,他说："不累呀,我没有拉稀呀!"——我们的祖国,最光明、最灿烂、最令人振奋的日子到来了! 到来了! 谁再感觉不到这点,那真是"蒙洞古里"(朝语:糊涂)呀!

战士天天在我门口盖房子。我来后,已经盖成了一座。

敌炮不断轰击前面的九华里。

十一月二十九日

今天七时起床。起床后到坡下去看,这里山上树还不少,山下是收过耕过的稻田,已不像从前给人以荒凉之感。顺山坡走了几步,就看见一个十三四岁的小女孩和一个更小的孩子在那里蹲着,大孩子着海军服在那里演算草,我走近想说话,一想我不会朝鲜话呀,想了半天想了一句"当心吉比"? 好久没见朝鲜人,想亲热些。孩子是漂亮而可爱的,特别是他那双明澈的眼睛。

一会儿谷世范找我,说这里的文化教员找我签字。我回去一看是个女同志,因开饭了,她把本子留下,饭后又添了一本,名字写着"沈季昂",也是个女同志(译电员)。她们的本子都包着玻璃纸,表现了女同志的特性。

今晨开会时,到的都是各营的观测员、电话员、炮手和一个司机。其中有一个观察排长名叫张林的,二十二岁的青年,诗写得还很不错,不过他不愿摊开他的感情。是我在追问中得到的。其他两个炮手都很老实,端坐在那里动也不动,真像一门炮。有一个观测员较急躁,多少影响我谈的情绪,其他方面收获不大。他们还要来回走六十里路,我真感抱歉。

晚上七时回来。一会儿文化教员雪鸿来了,她十分拘谨,说完我写年轻人的文章外,很难找出话说。我想和她扯几句,也觉拘束得很,就给她写了"在火炮发射中,我看见,有你的青春的光芒"。她临走时紧张得把凳子踢倒,砸住了我的脚,而后又推门进来,她又忘了手电。

这也难怪,一些男同志还拘束呢,难道我今天真成了什么伟大的人物了吗?我自己感到很不舒服。

十一月三十日

早晨与主任计划到前边看炮阵地的事。又为白天走好晚上走好,计划了半天。要是前方同志,这还有什么值得计划的呢?

饭后本和政治处座谈,他们有事,故乘隙和主任顺山沟到主峰上去游玩,拿了个望远镜去看前方阵地。因天气阴,只能看到灰蒙蒙云气中的山峦。近处的山,在森林中,有浅色的圆坑,那是敌人打过来的炮弹坑。山上是残破的交通沟。栗子树叶落得有一两寸厚。凉风习习,颇为爽快。呆了半日,才往山下走。

溪边,朝鲜老妈妈和战士在一起洗衣,她洗的也是战士的军服。她边洗边和战士乐呵呵地扯谈,她真像母亲一样,说着音乐一般的语言。不知说什么说得那么有趣,打着手势,还把她苍白的头靠在战士身上。她大概是那个女孩子的祖母。这老妈妈使我多么留恋她。她多么善良,好心肠,这样的人就该让她有好的生活呀!

又看了他们的大礼堂,舞台后有一缕叮叮作响的泉水。这里吃的就是这个水。它是顺着一个成凹形的树干流下来的。

和主任谈起军民关系。他说他们已动员前边的老百姓搬家,这几乎是每个人的心意。上级规定,饿死一个要负责,死、伤都要负责,死者负责掩埋,伤者负责治疗,和我军伤员一样待遇。现在老百姓给我们做豆腐,以此给他们一部分粮食。

看了几张报,晚上和干事们座谈。他们了解情况似不充分。晚上罗工柳来了。他精神愉快,商量好明晨五时半离此到炮阵地去。

十二月一日

晨五时起,主任也早起来送我们。政治处的人全来了,实在叫我们感谢。车走时已六时多了,走了一个多钟头,才听通讯员说到了。晨风吹着,很愉快,我很喜欢这样的风来吹我。

这地方原是187师的后方,有一处我仿佛走过。路上敌一架轰炸机出现了,我们看见高射炮连发,我们也没理会这大笨东西。

快到时,炮弹坑出现了,过了几个山头通讯员叫停下,忽听一声炮,打在左前侧山头,接着一片锣鼓声,指导员来接我们来了。我说这是怎么搞的呢,敌一边打炮,你们一边打锣鼓,我还以为你们准备什么过年的节目呢,原来是来欢迎我们。接着又一声炮,我们沉着地走到战士的队列前,我喊了一句:"同志们,辛苦了!谢谢同志们。"我们走过去了,还听见他们敲锣鼓,我怕他们有伤亡,叫他们散去。进了一个小隐蔽部,正中有一个炭火炉子。我们坐下,小通讯员余炎斌喜滋滋地从我面前经过,满脸喜气,一个小金牙,我一拉他的手,他就劈头说:

"毛主席健康吧!"

我为他突来的问话而感到深厚感情的冲击。我说:"很健康!"心里有一种说不清的滋味。

他又问:"祖国的父母身体健康吧!"

他连问了我这两句。

他十分活泼,从我们身边走,故意忍住笑,一走过就哼起来唱起来。我说:这小鬼真高兴呀。指导员说:昨天听说你们来了,他一夜没怎么睡,起来好几次。还问:祖国的作家来了我要和他说什么?一时把我感动得什么似的,战士是多么纯洁富于感情!

我想和大家见见面,慰问一番。和指导员谈了一会儿,教导员也来了,他像很抱歉。接着我们就去看战士。他们都在学文化。我们把十二个班全看了,不管他们怎么拘谨不敢伸出手来,我和这些炮手们全握了手。又看了他们住的坑道。坑道较浅,但很整洁,墙壁都用炮弹箱板子镶了。接着,又到炮阵地去。山谷里有一个小村,名店村,刚才炮弹又落到那地方去了。这里老百姓不断有伤亡,九月份被炮打伤六名,亡了一名。我们往山上爬着,就看到几个新炮弹坑,背坡上有几个很潦草的隐蔽部。一个老妈妈孤单单地在那里坐着拣粮食里的什么不洁的东西,怀里放着簸箕。再走两步,有一小堆新土,很小的一堆,一问原来是一座新坟。原来是被炮打死的一个二十七八岁的朝鲜媳妇啊,她辛勤的两手停止操作了,她将不再等她在人民军中的丈夫而到别的地方去了。

走过新坟,山上草还很深,不远就是炮兵阵地,人民复仇的阵地。人们拨开伪装的干树枝叶,才看清这里将山坡劈开了,露出一个大梢门似的洞口,里面由很粗的落叶松的树干支撑着。果然有比步兵更大的气派。我们进去,听到喊敬礼,我们答礼并和炮手握手。这是一门三八野炮,两个大铁轮子,架着一个很长的炮身,炮身是绿漆漆的,有些地方有些疤痕。我扶着它的车轮,情不自禁地说:"它走了多少路啊!"这是座半坑道式的工事,整个被炮占去了,一侧有一个小洞,可以睡两个人,又一侧是放置炮弹的地方。有五六发明晃晃的上了信管的炮弹,在那儿并排放着。墙的一边贴着射表,后侧的壁上设有自做的标灯。柱子上贴着标语:

敌打我打,谁硬谁胜;打败美英,保卫开城。

还有"杀敌立功""为祖国开炮!"的字样,白纸写着红字。壁上的小台子里放着小油壶。旁边放着一本一本的识字课本。炮手站在他们各自的位子上。为了当场给我们看,炮车长站在炮的右侧立刻发出"准备"的口令,二炮手说了声"好",炮车长喊了装填,三炮手就把明晃晃的炮弹,左手护着信管装到炮膛里去,完全和"预备——放"的"放"字同时,嗡的一声,坑道顶震得哗哗地落下土来,一开炮栓,冒出极浓的灰黑的烟。副排长在耳机里问,打得怎样,观测员在耳机里传过来说打近了,接着又打了一发。最后接连发急速射,我看得清清楚楚,第二发炮弹正送进冒出浓烟的炮膛里。

大炮的射击,使人振奋。洞子里充满了浓烟和瓦斯的气味。

打的结果是第一发正命中敌堡,其余各发则打在附近。如果不是观测员让修正,是全部可以命中的。

我们和炮手分别。炮手们又把干树枝盖住了坑道口。

附近是炮弹坑与炸弹坑。

指导员领我们向回走,天下着小雨,他告诉我们几天以前这里打下了一架敌机,驾驶员也捉到了。

回到连部休息了一下,教导员也回来了。给我们做了饺子,小余给我喜滋滋地端来。指导员可能是怕不够吃,为了陪我们,一个饺子分几口吃,夹菜只吃一小点。

晚上,我们在坑道里转了一下,战士们想让我们签字。小余扭扭捏捏还不敢说,只在一边端着蜡烛。我主动地给他写了一个。

一会儿，文化教员给我们拿来了许多信，都是折着三角，拆开一看是给我和罗工柳同志的。上面写着"祖国的画家、作家同志，你们不避艰苦危险来看我们，我们说不出的高兴，见了你们就好像看到了毛主席，看到了祖国的父母一样"。指导员也说，他白天走过战士的房门口，也听见里面这么说。劳动人民出身的战士们，他们的感情多么地真挚，使我体会得越来越深刻。他们不像某些知识分子那样，懂得许多真理，却不能完全做到；而这些人懂得一点就变成了战斗力。

　和工柳计划了明天的工作，休息。我睡的床，是连长陈希荣的。今天教导员给我很详细地谈了这位乐观主义的典型人物，是我今天很大的收获。

　教导员使我感到很亲切，整整陪了我们一天。可惜我没时间了解他。他是一个木工出身。

十二月二日

　昨晚后半夜感到寒冷。早晨听通讯员说下了大雪。我们起得较早。

　我出去一看，雪下了两寸厚，山岭变白了，山下的被炮弹烧得乌黑的林地也变白了，那位二十八岁的朝鲜妇女的新坟也被盖住了，被炸毁的房子也盖住了，一切炮弹的伤痕都盖住了。但是我知道哪一块是战火打黑的土地，那里有被打塌的房屋，那里是二十八岁朝鲜妇女的新坟！

　小余用炮弹箱给我们打洗脸水，警卫员的洗脸水，他也去打，牺牲了文化课。好像我们在这里一天，他就是兴奋的、高兴的。

　你对谁感情深，他的一举一动都进入你的灵魂中，这就是有生命的艺术形象。因此，可以说形象是主观感情与客观事物的融合凝结。我永远记得这个小金牙发光的、有酒窝的、十八岁的、湖北省的、还没有成为青年团员的、但一定会成为青年团员的小余子。

　他今天还穿着单裤，我越催他穿棉裤他越不穿。

　早饭后，在连部洞里召开了以六班为主体的座谈会。谈了他们的经历。直开到下午二时。其中谈到连长时，大家不由得扑哧一笑，才开始介绍他的情形。我相信我寻找多日的乐观主义的典型，已经找到了，可惜未能直接交谈。

　　会议结束，我们预计和店村——这个炮弹下的小村子的老乡谈话。他，四十多岁，只穿着薄薄的坎肩，脚下是志愿军的解放鞋。我问到他本村在炮下伤亡者的时候，他回答说，在炮火下种地危险是知道的，但是种地和作战一样。他的回话，使我的心微微震动。这些不屈服的人，是多么叫人尊敬。临送出他，他和我们握了手，这个穿着薄薄衣服的朝鲜人，又走在雪地里。我望着他走下坡去。雪在落，我看着对面的店村。这个村子的九十多口人，已在敌炮下伤亡了一小半，里面大半又是孩子们。

　　愿朝鲜的苦难和英勇，永远点燃着我心中的火焰，没有这种火焰，我的作品也不能写成！

　　又吃了饺子。我们马上就要走了。我们和这块阵地的别离，在小余的脸上看得最明显。他已不像昨天那么有精神了，我知道他的内心，他是为我们的离开而伤神。小卫生员也来了（他叫刘文海），棉衣上套着黄色的单军衣，脸红红的，和我过去见过的马玉祥长得一样。他是在敌炮下抢救了七个朝鲜老百姓的青年。可是他还不是青年团员，我问为什么，指导员说，他个性太强！咳，下层往往是这样掌握，使我想到自己假若现在还没有入党，不知是否能成个共产党员。……他让我题字，我翻看了他的小本，这个小本不是日记，而是最感动他的散文的片断，共五六节。第一节写的是与可爱的妈妈、小妹的分别。第二节写的是在江边看到小孩给出国志愿军跳舞而引起他的保卫祖国的感情。第三节写的他看到被炮弹摧残的愤恨，感到朝鲜的妈妈也是他的妈妈，他应该让朝鲜的妈妈不要受苦。第四节写的是朝鲜妈妈给他酸菜吃，给他缝衣服所引起的感情，并问朝鲜老妈妈"你为什么这么喜欢我谈笑呢？"最后就是记他抢救的事情。……他朴素的语言和歪歪扭扭的字，是多么真挚，简直就是优美的诗，表达了战士们一般的感情。

　　我记得他，这个卫生员。

　　汽车来了。我们走时，又敲起锣鼓，在雪地里，我们和战士们又握手告别。在分别前政指杨晋枝赠了他和连长的照片。为了报答他的盛情，给他买一本《论毛泽东思想》的书。

　　小余，分别了，我握着他的两只手，他还争着要送我们。

我们按计划到九连去。这是部中卡,由于司机的粗心,几乎在炮弹坑里翻了车。一路上还看到有搬家的老百姓,是炮团的汽车在帮老百姓搬运。

沿着贴山边的公路,白雪月光下走到了一处壁立的山峰,旁边是一条较宽的临津江汊子。……正是这里。我们顺江边走到一处洞口,出来几个人迎我们。一个是教导员,一个是指导员,一个是文教。这是一个石洞,很大的口子,里面是弹药和打过的炮弹壳。中间一盆火(也是炮弹箱)。他们很热情地说,就等着欢迎我们打炮哩!我们很兴奋。又回到原来那座壁立的山峰。月光下他指给我们:这儿有一门,那儿又一门。我一看,指的是山坡上很乱的树枝叶。教导员又说:这里落了一百多发炮弹。我们走着,忽听一阵锣鼓声,知道这又是欢迎我们了。这里乱树枝叶已分到两边,露出一个很大的口子,里面透出灯光。这个口子,比野炮的口子更大。我们跳了下去,灯光里一时也看不清。"我们的作家、画家来了!"锣鼓一停,我和他们都握了手,站在别人身后和黑影里的,我也都握了手。这里炮大,洞也大,青石凿成。据说这洞敌八英寸炮弹打上,也只是一个白印。洞里设置和野炮阵地类似,不同的是挂了一块木板,上面贴着五六张战士用各种不同颜色写的决心书。炮后还有一道沟,里面有水。坑道向一边一拐,是放炮弹处。一边散乱地丢着锣鼓、胡琴。工柳同志的兴致上来了,给大家照相,又照了一个推炮的姿势。然后正式把炮推向前去,一人喊"一二"炮前进一步。将架尾一分,放在沟里,像一个巨人蹬紧了两只腿。我又招呼他们慢打,把炮又看了一遍。这是二次战役缴获美军的。骡马炮变成了近代化。十时发射。炮手各就各位。先打了一发单射,随后是三发急速射。在射击中,炮将灯震灭,火光一闪,地下飞起灰尘,瓦斯刺鼻,在火光中,看到三炮手装填炮弹的雄姿。炮口吐出火舌。三发急速射后,我们离开了那里,炮手们高喊:"欢迎作家同志对我们的关心!用战斗的胜利回答他们,祝作家同志身体健康!"这声音给我一种强大的力量,我也不知不觉地声音大了起来,高声叫道:"谢谢同志们!祝同志们身体健康! 祝同志们成功!"还有一个炮手说:"一定实现你们的希望!"我们在精神十分振奋下离开了工事。今天使人兴奋得很。战士的炮声,应该震醒我,更加认识当一个祖国人民作家的光荣,永远和战士们在一起,和战士们的炮声在一起。

虽然文化教员告诫这里敌炮落得多,但是由于兴奋不慌不忙起来。

顺江走,在勉强可走下人的山径上走。跌下去就要滚到江里。文化教员小心招呼我们。月色江水,清明之至。

又走了五百米,才到了他们的小隐蔽部。睡在观测班的房子里,一摸被子上结了冰团,原来是洞上向下滴水。已十二时了。估计夜间更冷,遂将一切都盖上。

十二月三日

八时起床,夜间很冷。工柳说,观测班给咱们腾了房子,不定睡在多冷的地方呢!我马上感到他比我锻炼得好。认真说来,这算得什么。

饭后,按计划去慰问战士们。由一班到炊事班走了一遍。

见了这些高大的炮兵们,他们都在学文化。慰问了他们,时间已很晚了,文教对我们很热心,战斗也勇敢,是个知识青年,但他的话实在使我索然乏味,一点生动的东西也说不出来。为了不辜负他的好心,让他说下去。

说完,又和三个驭手变炮手的同志谈,因为他们体现了炮兵的成长。他们大概是农民出身的缘故吧,在改装时,还非常眷恋他们那不会说话的"战友",而一下扭不过来。即使他的马曾是调皮的。和他们谈了这一段感情。

又到老百姓那里看了看。那个矮小的屋子,里面摆满杂乱物件。一个小孩,我握着她的小手,她还认生,穿着小棉袄、小胶鞋又跑去了。我到朝鲜人的另一屋子,他们正吃饭,老伯伯马上端过火盆来,他们真热情。

团主任电话,让我们再留一天,说他们政委回来了,因时间关系,我们没答应。汽车沿着九华里的废墟走去,这里是有名的炮弹窝和炸弹窝,可得感谢大雪,冻得这些懒虫们没有射击我们,在夜间赶到119师师部。

十二月四日

晨,迎着冷风小吉普向40军开去,汽车飞快,冻得脸如刀割。到时忙了韩秘书一大阵。本来计划在此停三天,找狙击手(击中敌一百个以上的)谈谈,可是李副政委没答应。我本来也不习惯找人来,这样一说,计划遂作罢。

与罗同见温军长。我要求和他谈谈前几次战役情况,他说他不会谈。可见生人不如熟人好。温今天给我谈起63军,说该军作战积极性高,有朝气,并没有敌在阵地上跳舞的情况,我心中对他十分尊敬。

和王副军长、刘部长扯谈很久。因为他们的热情,使我第一次在40军打开了话匣子。

晚上补数日来日记。

今天天气虽晴朗,但很冷,山坡上的雪有些化了,但有些圆圆的白点,这是冬季炮弹坑的形象。松树上的雪已被风吹落下一些,还有一些,像大杨花树,风一吹来,洒落着雪粉,飘人一身。这是我看到的朝鲜第二个冬天。

近日来,前线沉寂。

十二月五日

今天我们准备走,韩秘书下午来了,吞吞吐吐地说,小车去修理了,回不来,走不走不一定。我看出他是想让我们明天走,又不好意思说。我们催他快修。

今天约好的潘迪同志和报社社长来了,和潘迪谈了他的创作与工作矛盾问题,还有诗的创作问题。自己觉得约他们来谈有点架子大,实在应该去找人家才对。

晚上与工柳同到田涛、杨桦处,未见,回来和朝鲜小孩玩了一阵。小孩子穿得单薄得可怜,父亲被敌杀害,他戴着一顶去年的志愿军帽,上衣小衫上结着带子,上面露脖子,下面露肚皮,怎么会不冷。我问他干什么,他说正在玩呢,他已会说了不少中国话。白天我看到他被一个志愿军逗哭了。现在的美真是和国内差不多。

晚上杨桦来谈,自己和他说话,不能集中精神,这是我忽然感觉到的,难道我真目中无人了吗?警惕吧!

今天将国内一个团小组美好的照片赠与严柏林,一个二十二岁的共产党员。我并且附了一封信,他已经射杀了满一百名的美国野兽。

十二月六日

日间杨桦、田涛来扯谈,并在朝鲜草舍边摄影留念。工柳给我照了一个抱着朝鲜孩子的相。我抱着这些穿着薄薄衣服的、戴着志愿军帽子的孩子,他的小腿还乱跷呢,还张着嘴装老虎来吓我呢!孩子们,等到你们长大,等到战争的风暴像雾烟一样地过去,等到你们穿着美丽的衣服,长成美丽的少年少女时,我也记得你们今天的苦难。

晚上出发赴志愿军政治部。让我们和一个胥干事坐一辆中卡。可是这个中卡一来,我看到上面净是灰尘、垃圾,我们问:"就是这辆车吗?"司机说:"就是这辆破车!"还说:"走这么远,还走得到。"我一听就知道他情绪不对。我让谷世范把车扫了扫放行李。他又说:"行李不要乱摆,等我把汽油桶放好,你们再摆。"俨然像对才进城的乡巴佬。五时开始走,他又埋怨:"你看,要走就走出一百多里啦。"遇见飞机,他停下来,谷世范一催他,"你坐你的车吧,同志。"别人也说,由他开吧,谁也别乱说。走了不远就听谷世范说好险,接着就听对面一个司机和他理论起来,他差点撞翻了那辆车子,如果那辆车子不猛刹一下的话。那个车头在一边歪着,吵了一阵各自开走了。不远,只听"吭"的一声,撞车了,那边汽车上下来了几个人:"出来是叫你撞车的?"他说:"你为什么不闭灯!""不闭灯你就看不见?"总之,他除了不闭灯外,找不到别的理由,我劝干事下去劝解,我的怒火已经烧起,真是一个流氓。我大声说:"没什么可说的,向人家道歉!"他还和人吵,干事给人说好的,对方说,他不该不讲理,并要他打条子回去好交代。我下去看,果然车的一侧碰了个大口,把小灯都碰扁了。我看事情解决不了,只有劝胥干事给打条子。那天的条子是一个抄写员写的,也是个令人讨厌的家伙,一上车,就和司机拉拢,得以坐到司机旁的优越位置。他竟然还吩咐我的警卫员专听防空枪。现在胥干事让他写条子,一个人给他打着电棒,直写了半点钟。人家又要手章,谁也没带,这时爱出风头的谷世范拿出自己的手章,在那里精心地打了好几个。还是回来说主角吧,主角闹了这件事还安坐在驾驶室里,满不在乎,听见对方吵,还插几句。这时不由得我怒火上升,大发雷霆。因这时都是客人,谁也不好意思开口,我就说:"你要检讨!"他说检讨吧,还想顶嘴,我说:"你必须检讨!你不要以为出来没有上级,我是总政治部的,我就要管。"对付调皮的人,必须以强大的魄力把他压倒。他显得老实许多。一会儿,汽车又开起来,开了不多远,拐过一个山脚,我只见谷世范的身子一歪,我的身子也歪下去,我知道不好,但也来不及想别的,就翻了车。人们倒出去,我被汽油桶压住了脚,身子在雪里躺着,腿抽不出来。先出去的来拉我,我觉得压得不重,反倒不慌不忙,是哪个人把汽油桶抬起,我才起来了。我起来后谷世范还被压着、叫嚷着。这时司机慌了,问压得怎么样,我没有说什么。

我到汽车路上一看,车翻在三尺高的土岸下,车的一面贴地一面朝天,朝天的花胶皮轮子也不动了。

这时,从后面来了几辆车,一见这车翻了,就停下,帮助拉,拉了几次也未拉上来。将中卡又挂到树上才拉出来。直到拉出来,那几个司机才离开把车开走。那几个司机的团结精神叫人可敬。

不料,车行不远,因刚才摔的关系,发生故障了。司机这里扒扒,那里摸摸,也不知毛病在哪里。想让别的车拉拉带带,就去招呼人家的车,但人家不理,一辆一辆地过去了。我说:你现在才知道团结一致了吧。直修了几个小时,中间飞机又轰炸了一阵,还是没修好。这时,音乐家杨桦同志也下手去修,使我也觉得杨桦可爱起来。四个小时过去了,后边这时来了一辆车。一看见我们的车就停下了,下来一个青年司机,他问了情况,就极为慷慨地说:我帮助你们拉。还多方安慰,不要紧。铁绳拉断了,他招呼助手又拿出铁绳来拉。拉了一截子还是不行,又拉了一截。他又动员我们在后推:"同志们,咱们帮助推推吧!"到一个上坡,怎么也推不上去拉不上去,这时他说:"不要急,我知道这玩意儿最急人,我等会儿看见一辆重车,帮助你们动员他来拉。"一过来车,他就来动员,可是人家一辆辆过去了。幸亏后来过来一辆重车,他说:"你们放心,我截也把他截下来。"可是那辆车怎么也不愿拉,说拉了就赶不到地方,他就扒到车上,那人还是开,我们后边站着人,他也硬开,一直把他拉了好远。实在没办法,才跳下来说:"好小子! 他就不知道什么叫团结。"这时我就建议还是检查一下毛病到底在哪儿。这时他就和司机把车箱盖打开，一边还安慰司机说："这跟人不同，人有病会说，他不会说，你难得知道他的病是什么。"试验了电不行，他又安慰："不慌，不行咱们再找别的办法。"又试验了一些办法，把输油的零件拿出来烧，他就呆在上边。我对这位工人留下很深的印象，问起他的名字叫孙耀先，是汽车三团六连的六班长。这完全是一个共产党员的形象。问起他的出身是一个工人，在汽车学校学习过。不知我们的这位司机对他的感觉怎样。

修理一个多钟头还不行，这时，他给我们说："附近楠亭里有招待所，我把你们拉去，明天给你们交涉人修车，交涉不成，我明天还来帮你们修。"饭后，我们决定把车隐蔽在附近，他就把我们拉到楠亭里。在月色朦胧中，我看到孙耀先年轻的脸和中等身材，我们全体同志都对他油然而生十分的敬意。他又帮我们找到了招待所。在招待所里有一位招待员无论如何也不起床，我们只得在一个冷洞子里休息。

孙耀先同志，给了我写工人出身战士很重要的形象。

十二月七日

睡了三小时，起身后，胥干事已交涉好吃饭的问题。马虎吃了一点。此处为朝鲜闻名的矿山，据说沟两边都有很好的建筑，经过几度轰炸，特别经过五月八日百余架敌机的轰炸，已一无所存，只剩下几支烟筒。到街上一看，还有些卖苹果、卖栗子等什物的小摊，多由妇女看管。小孩们乘小划子从高坡上向下滑冰，勇敢、乐观，我也和小孩厮混滑了一趟。工柳为小孩照相，我劝他画一幅画。附近，听说弹药库、医院等全在此处，还有朝鲜的中学和小学。看后，大家即决定在此处住下。归来时，胥干事和杨桦同志已和二兵站的参谋机关、政治处接了头，站长还是一个老干部。我们爬了一座高山，才到了他们甚为堂皇的大石洞里，里面还有电灯。我们商量后即欣然在此处住下。定了一个十日计划。

十二月八日

今天由政治处和参谋处的几个同志介绍情况。晚上他们还组织了一个小小欢迎会，我进行了慰问并朗诵了诗。这里有一个老乔干事，简直滑稽得要命，过去是个理发员出身。

十二月九日

今天兵站临时决定排除蝴蝶弹（绊脚雷）。昨天敌机在十里外的公路上撒了很多，朱股长通知我们今天去看。我们沿着高山上的公路走着，过了那座像马鞍形的山，听到公路旁的一个隐蔽部里闹嚷嚷的，进去一看，原来正上文化课。那位教员很有经验，教得很有趣。他领大家念："尊重的尊""热爱祖国的爱""啊，是你呀！"战士跟他复诵，盯着书本，整个身子却晃动着。听着他们的声音，看着他们的姿态，想着这一群虽然穿着军衣，但却是广大祖国山南海北的放牛放猪的孩子。不知怎的，我几乎滴下泪来，让文化属于他们吧，党啊，是你给了他们这一切。又行数里，猛听一声爆炸，到了要去的地点了。我们被引着看了公路边的蝴蝶形弹，弹体有如带双翅的小甜瓜，连系着绷簧。满田都是。中间一个像小缸那么粗的母弹，被炸开两半，里面还有槅子，它是在天空炸后分裂出来的，计划在躲炸弹的人向路两边隐蔽时，绊响杀伤我们的。可是战士们却像家常便饭似的排除他们，上面套着绳子，一拉就响。我们看着拉了一个。杨桦给他们照了相。战士对照相很感兴致，还要求在拴绳时照一个。

下午经过高射阵地，看了高射机枪，战士们在旁边学文化。

十二月十日

今天开始了解医院情况。与两个女同志，一个叫刘玉梅的见习干事和一个被称为"假小子"的怀柔的李静珊谈了一天。了解了女同志的一些生活，但是她们害臊得厉害，所以收获不算理想。

晚饭后到医院，我们正赶上转运伤员到后方去，都是重伤员。其中一个头部负伤，当女护士把他们抬出来时，我看见他的眼睛已经发灰了。他睁开眼睛，看见周围的人，就问："那些穿军衣的是谁呀？"护士以为他是38军的，就随口指着我说："他们是38军的，和你一个部队。"他即说："38军是我的老大哥！老大哥！老大哥！"他叫着，伸出一只断了的手臂："来，你们和我握握手！"我上去和他握了手以后，护士连忙把臂帮他放在被里。他又看见罗工柳，又说："老大哥，你也和我握握手。"他的臂又伸出来："同志，他们给我立了功啦。"停了一会儿，忽然又像嘱咐他的战士似的说："我回去好好休养，你们好好地完成党给你们的任务！嗯？"泪水把我的眼睛蒙住了。护士不要他说话,他又说:"同志,你们缺什么不缺?缺了你就说话,嗯,我到祖国去,给你们捎一个话去……"他被抬上车了,这个同志,看来是快要牺牲了。

接着又一些伤员,被抬上一辆敞篷车。一看车上还有许多面粉,又没有铺的,就喊:这还不把人颠死吗?我们看得也起了火,我就说起批评的话,教导员还强词夺理地说:比上次战役还强多了。

我怒火不熄,到了洞子里,我又把这事情提出,工柳等一起帮腔。姓崔的院长说了很多困难,如没有大车拉炭、洞子夏季漏雨等等,令人甚为懊恼。

晚上参观了病房,看了伤病员。体验到战争的残酷。他们在战争中是最痛苦的人。洞子里有电灯,伤员铺着皮褥子,有炭火点,洞子很宽敞,还叫人感觉不错。又参观了药房,都用白布蒙壁,壁上还整整齐齐挂着护士服。以后又看了手术室,更加漂亮,都完全用白布蒙起,好像进入雪洞。里面很宽敞,装着电灯、电炉,水桶用电气烧水(这是余义海的作品),一边还有一根绳,搭了一溜橡皮手套。很令人舒适和愉快。此后又看了医生的房子,也很漂亮,桌上一面大镜,是我入朝从未见的,桌上放着《内科学》《战伤治疗选集》等许多洋装书。桌上还有几张彩色画片,一个女医生和那个男医生正在谈笑。我们在那里和他们谈了一阵,工柳今天特别高兴,给丁凡女医生画了一张像。

某家送子参军时,母亲取出其丈夫的血衣,扯下一块给她的儿子,嘱咐他到朝鲜讨还血债。

志愿军在朝鲜国土上种树五百余万株,助民春耕,修堤筑坝,都应写入将来的小说中,最后结尾时应提到这树长得很大了。

十二月十一日

饭后下山,今天和余义海、郑秀英,还有一个朝鲜的小女孩谈。余义海问一句,说一句,很不善谈,但他做电气工人十四年所养成的工人阶级的品质,是相当突出的。他的棉军衣上套了一件紫白的旧军衣,虽是三十八岁的人,但看来却显得年轻,脸红而宽。他什么时候都为别人着想,他什么时候见到一个什么东西,就琢磨它,改造它适合于人的享用。我们特别参观了他的床铺,床头上放着一个箱子,一打开,里面装着电线、雷管、钳子、一双银筷子(他想截开做两双)、铁丝、铁片、螺丝铁刀、书等。床下有自造的一个电炉子,还有一大盘电线。他给我以工人出身的战士形象。看来和二连的八班长王俊峰,及炮一连连长(大车工人)出身的陈希荣有不同的优秀特点。生活本身确实丰富多彩,使我将来描写他们时不致雷同。

郑秀英和几个女同志开始谈话时很羞怯,使我不能更透彻地了解。她虽然工作积极和抢救勇敢,但尚未入团,因为她跟男同志的关系,在群众中威信不高。那位戴眼镜的政治主任也十分正经地摇头说:"这人不好,思想意识不好。"我问究竟有什么不好呢,他也说不出。因为她不能对待所有的男同志都是分毫不差的十六两。可是男同志能做到这样吗?……可见我们中国人的意识中,封建的东西还是很严重的,这应在将来的作品中给予指责。郑秀英不算很漂亮,她军帽下有一抹黑发,遮住半个额头,下巴尖尖的,脸色红润,两个大眼睛,长长的睫毛,很细很细的眉毛,看来是美丽的。特别当她向下看故意不瞧人时,是美丽的。她也许是泼辣大胆的,听说她现在正和一个护士班长闹关系,对方想介绍她入团,亦不可得。

晚上在余义海制造的用灯烧热的澡堂里洗了澡。他是为所有同志谋幸福的人。我的几个电池没有电了,他也给充上了。我摔坏的电棒玻璃,几分钟他就安上了。

晚上又和一个朝鲜的孤女(她弟弟被炸死)谈。当她谈到她去找弟弟,只找到弟弟的血迹与衣服的破片时,使人心碎。工柳的脸型都有些变化。灾难的朝鲜,无尽的仇恨! 我说要带她到北京,她说就去。我说叫她上前线,她说只要有命令,今天就去。

十二月十二日于楠亭里

饭后,下山。到院部见到余义海,他今天脱去了那件发白的旧单衣,戴上了一个单帽。昨天赶大车的同志出发时,他把自己的棉帽给了他。

和工柳、杨桦、田涛等同志到电气工人那里去。电线昨天又被炸坏,停电了,一连两天来都是这样。可见平壤仍天天在轰炸中。

沿积雪的路一路走来,余义海给我们介绍,不断地叙说,哪里原来是发电所,哪里是楼房,哪里是热闹的商店,可是现在都成了一片废墟。余义海为大家修的压水的龙头又被炸毁,他不得不给它再安上一个辘轳把。爬过一座山,看见两条轻便的矿山铁道,也被积雪盖住了,铁道通过山洞伸到前边,这是朝鲜有名的金矿。不远,就看到一座庞大的铁架子,房子没有了,铁架子长了厚厚的红锈。旁边一个大水池,壁上都是机关炮的弹痕。

从山腰往下看,听人讲,原来是多好的地方。虽是一道窄窄的山沟,却有两条很漂亮的公路,路两侧都是树木,山上都是楼房。这里是有过鸟儿歌唱的美丽的早晨,存在过工人快乐的家庭,可是,现在,只是一片被白雪掩盖的废墟。

谁见了我们,谁就给我们介绍它的过去,可以想像人们的心境。

发电所原来在外面,现在已经搬到洞子里去了。外面有几个大的高架线,上面有大瓷瓶,洞口有铁丝连着,写着"危险电气"的字样。我们进去一看,里边摆的都是机器,有两个电气工人,一老一少,正在那里打电话。

我们进去好半天,才看清楚。同朝鲜工人谈了一会儿。他们每月一千四百元朝币,每月三十斤粮,家属、小孩十斤。余义海安慰他,他说:"慢慢地,没关系!"他们现在正在苦日子中。

看了此处,通讯员把我硬拉到执法连休息了一阵。他们几乎不让我们说话,把他们怀念祖国的心情说了很多。

回来时,听到近处高崖上一个朝鲜中学的钟声和学生们的念书声。这钟声,正像朝鲜人民一样淳朴,一样宽厚,一样坚强地响着,激动着我的诗思。

下午回到院部,看了看病房,38军的几个伤员听说我是记者,要我给他们军的一所登报批评。

晚饭中,听说近处一执法连通讯员和村女(十七岁)结婚,因畏惧责罚而双双服毒自杀。男的已死,女的吃汞后即逃亲戚家,今天才发觉,恐已无法挽救。此事令人痛心。朝鲜老百姓由于对双方同情,愤恨村女母亲的情夫要报告而至于此,从中亦可看出中朝关系的深厚。

暮归。

十二月十三日于楠亭里

今日参观军械库。……临参观完时,装卸连的一个战士向教导员报告说,刚才一个同志被大炮弹把两个指头砸劈了。教导员问:"现在他在哪里?"那战士说:"现在又去推'轱辘马'了。"教导员说:"怎么不让他下去休息?"那战士说:"他不下去。"战士们在这里的精神,竟像在前线一样,我虽没有见到这位战士,但却了解了这里的精神。

参观完毕,又去看了其他设施。歇后又去看工人——朝鲜原来的矿工挖山洞。他们把导火索像瓜藤一样盘在石壁上,一放一百二十多炮。向里压的空气和向外震动的气浪冲击着。我们在里面时间不长,就觉得瓦斯和灰尘呛得难受。

我们和三个工人(劳动党员)席地坐在碎石上谈话。他们穿着很薄的破棉衣,像是志愿军的旧棉衣。他们比矿上的工人待遇还好些。问起被炸坏的工厂,他们说没法说啦。他们在解放前,连住处都没有,工作时间从天亮到天黑,还吃不上;解放后,新修了许多房子,还有工人福利,但工厂被炸毁了。现在的生活虽然困难,但比日本时期还强些,那时山上的松树干都是白的,把树皮吃光了。现在怎么也比那时强。他们对将来很有信心,认为有以苏联为首的人民民主国家的支援,修复会快得很。他们的希望,就是"祖国的统一"。认为只有彻底把美国人打出去,才能过好日子,对暂时的和平不感兴趣。这是朝鲜人中最坚决的那部分人的要求。我说了一句"可罗斯米达",他们笑了。

临归来,又到一家小朋友家看了看,两个木板搭成的小棚。他们正在吃饭,里面坐了一个嘻嘻哈哈的司机。一个小朋友给我说了许多中国话,真让我高兴。

晚上听广播,恰巧广播我的《前进吧,祖国》,感到力量不足,恐怕不能满足人们的要求。这是压缩后广播的。这次如果真的写不出什么,那该让人如何失望。

十二月十四日于楠亭里

今日到高射营。营部在金矿的一个洞里,里面不知多么好,也许这是厂长的办公室。在和平的年月里,这里边到处攀着翠绿的葡萄藤。

这个营确实是不错的。他们在五月八日的战斗中击落敌机七架,击伤敌机十多架。稍谈后,即由文教带领到一连的高炮阵地。三里路都是残破的机器,还可辨认出一座水泥工厂的土门。阵地上,晒了许多衣服,显然是由胜利所引起的。高炮阵地上,炮筒长长的颈子,探射着天空。有几个战士正在炮盘边擦炮弹,有人在炮基上擦炮。有几个口音是四川的,这些新战士,已经掌握了这样的武器。他们没有防空洞,都是简单的小房子,一天就守在这里,不能离开他们的炮。这是和步兵不同的地方。

和副连长谈了一下,就顺着他们修的简便公路到四班阵地。阵地是在积雪的山头上,开了一个长圆形的阵地,一个很长的长匣子,装着预备炮身。阵地上插了一面小红旗。一问,这是他们学文化争得的旗子。这个班立了三等功。访问了他们八号的战斗情形,又让他们操作了一下。他们的动作很熟练。特别我看见三炮手直视着瞄准镜的眼睛,是那么动人。一炮手管方向,二炮手管瞄准发火,三炮手管距离,四炮手管航路,五炮手管装弹药,六、七炮手管传递弹药。

炮身的旋转,甚为有趣。

在和他们座谈时,又接触到战士的良心。

三时许开饭,吃了他们的油糕,弄得战士们不够吃了。

落小雨。暮色中,傍着高炮阵地的公路上,响起不绝的汽车马达声。天黑下来,公路上的汽车灯一串串迎面而来。雨中赶回营部,谈了战术思想的发展过程,使我很满足。

十二月十五日于楠亭里

今日访高机连的一等功臣丁诚与三等功臣张庆忠。开始丁未到,张太拘束,以后丁来才好了些。我们的同志实在太老实,与三百架敌机的斗争都毫不畏缩,而对于几个"手无缚鸡之力"的耍笔杆的人,却感到如此难于应付。

到朝鲜族的几个女护士那里坐了一会儿,就回来了。晚上到参谋处去转了一会儿。这个洞在我们住的洞子下,罗工柳说,拍白毛女的片子到这里拍多好。这洞子距我们的洞子还要下去约十米,而且下面还有一层。风声呼呼,据说可通到七院三队。有一处特别宽敞,地下修了地板,顶上有不规则的深沟。

和年轻的参谋们谈了谈,有一个参谋姓龙,是东北一个很聪明的青年,和我谈了和洪水作斗争的故事。这是在我将来的小说中所需要的,听来颇有趣。

总之,今天的工作,精力不够集中,今后应避免类似的情形。这不是游山玩景,这是严肃的工作。

十二月十六日于楠亭里

今日无预定活动计划。上午参加了一个公审会,一个地主出身的"会计"谋害了一个人民军的副营长,判决书说他骗财害命,据我看是阶级异己分子破坏朝中友谊的罪行。

石洞内,人很多。空气很坏,我们即出来转。恰好参谋处战勤股的房子里,挤了一群地方妇女,她们要选楠亭里妇女委员长。我们几个推门进去,约有三十多个妇女。有一个小女人,很活泼,穿着薄薄的黑衣服,她在那里唱着,我们进去了,她也不害臊,一直唱完,才蹲下身子,大家唧唧喳喳笑一阵。她们让我们进去,我们到里面坐下了。外面很多年轻的,里面有中年妇女,还有一两个老婆子。里委员长长着一点黑胡,上身穿着破呢子衣坐在那里。面委员长红红黑黑的脸,穿着中国援助的蓝色新棉衣,是一个农民妇女的容貌。她看见我们来了,提议在正式开会前,举行半小时的娱乐会,另要大家推选一个临时主席。停了半小时,主席如人所料地落在那个穿黑衣的小女人的身上。她用两只纤小的手搓搓脸,说:"我先唱,我唱了,点着谁的名字谁唱。"马上就唱了一支短歌。她的歌是柔美动人的。可以看出朝鲜女人开朗的性格,不像中国女人那么忸怩。唱完了,马上指了一个年轻的束白裙的妇女唱。这个妇女方脸,很白,嗓音很宽,可是她顶得太高了,顶不上去,有些嘎哑,惹得她自己笑了,掩着嘴,大家也笑了。稍停一下,她又唱下去。唱完又点了一个中年妇女的名,这位妇女快四十岁了,也许是我们在乡间常见的愉快的大嫂那样的人吧,她唱了一曲《多拉基》,唱时,不由得肩膀耸动着,好像要跳起来的样子。她唱完,就真的跳了一阵,虽然她的身体已经不十分灵活了。她又叫了一个十五六岁的女孩子,这孩子是一个高中生,上衣穿的是黑制服,下身是很肥的长裤没有束裙。她上来向我们很可爱的可以算是鞠躬,也可以算作点头地行了礼。虽然比较害羞,把脸背着我们,脸向外,很好听地唱了一个《祖国进行曲》。会场上一个五六岁的小孩向我看,戴了一个尖尖的帽子,翻着眼看看这个,看看那个。——朝鲜民族虽然贫穷困苦,他们可爱的姿态,深深印入我的脑中。

正式开会了,提了几个候选人的名单。候选人站到大家面前。有的说,有小孩子没法做;有的说,忙不过来;一个老太婆说"我什么也不知道"。这时把里委员长激怒了,很老练地站起来,训了她们一顿。他讲的道理很精彩。最后由面委员长着急地指定下来了,说:"有什么办法呢,你们说我官僚,我就官僚。"虽然如此,但还是可以看出朝鲜民主主义人民共和国的民主生活,在三八线那边的火线上响着炮声,而民主制度还在这边放出歌声。

会后,我们留下了几个妇女座谈,因为时间短不能多谈。但是面委员长钟喜顺这个女人的遭遇,给我以难忘的印象。她家三十口人,现在只剩她一人。她说,全郡的妇女干部,现在都成了寡妇。朝鲜人所遭到的悲惨情况,是历史上少见的。美国大资本家为了高额利润,夺去了这里的一切。

十二月十七日

早晨,因无固定计划,我又去找钟喜顺,她还在村女盟委员长那里,和她约好,吃了饭谈。

饭后,把她找到政治处,我看见她上身穿着我们祖国给他们的蓝棉衣(里面还套着农民的粗布褂子和很破的黑裙子),下身穿的是很薄的绒线裤。这哪里会不冷。

她很讲礼貌,先去见了见王主任。

我问了她许多话,她的表情淳朴而真挚,她原来和她的丈夫不和,而现在想起这一切,却后悔当时为什么要那样。

在谈话中,我发觉她很不安心,她在惦念着她的工作,我几番提示,才谈下去,并留她吃了晚饭。这是故意留她吃晚饭的,因为她的生活是多么苦啊,我把炒得发黄的油饼放到她碗里。别人也这样做。她多少有些怯生,我知道一个劳动妇女,绝不止吃这么少,又硬让她吃了一个包子。金干事(朝鲜族)又送她一个本子。这多切合她的心,她也像我们的战士一样,对学文化产生了甜头,一有点空,拔出笔来就写。晚上我们走时，政治处主任、干部处处长王瑞同志和政治处全体同志都下山来送。钟喜顺也送了我们，还给我们一个条子，诉说了对我们的感情。

天未黑，汽车即开动，这个司机大概是艺高人胆大，令人有乘风破浪之感。

栗里、三登是敌机重点封锁的地方，过了一道大桥，看见了很高的铁架子，知道三登到了。飞机扔弹的地方还有很远。

夜到后勤一分部，见一个大石洞，正在开会，里面电灯辉煌。管理科科长热情招待我们，安排了住处，又见了分部孔部长。他的屋子里还烧着一个小电炉，有两把软椅，是打坏了的汽车上面的。

十二月十八日 三登附近

今天志愿军后勤部李雪三主任传达少奇同志报告，我和罗要求去听。与孔乘车同往。孔戴了一顶狐皮帽，短皮上衣，像工程师那样。

在一座石洞边见到李主任。他已是长期军事生活中养成的那种风度，严肃、郑重，轻微地点头。

从报告中听了许多许多的事情。

这个洞是个自然洞，很大，顶上的钟乳石好像冰溜子似的向下垂着，很好看。

晚上跳舞。

十二月十九日 三登附近

今天与孔同吃早饭，他给我们吹他本位主义的故事。×××军抓物资比任何军都多，而他是最"主动"的一个。他特别能抓，一打胜仗就把他找去。受批评时他说，这是首长们决定的，我不过是积极的执行者而已，可是事实上他是发挥者。

今日十二时后与他谈后勤工作状况，可是他却谈得不很生动。

今日看到十二月十三日的《人民日报》，我的《前进吧，祖国》发表，不知道费了多少人的气力，而表现形式则是我个人所作。

这里的测量参谋（孙）才二十一岁，是鞍钢的机械制造工人。十三岁就做工。圆红脸，聪明，很可爱。他对地名、山脉、河流、小房、石碑，如手上指纹般熟悉。为了更精确地测定分部道路，他用米达尺（绳）在朝鲜的土地上，一尺一尺地量了几百里。那时正是敌机轰炸的时候。

十二月二十日于麻田洞

上午又和孔庆隆部长谈。收获仍不大。和杨桦同志计划工作日程，拟下午即到工兵营呆四天，然后再赴医院过年。……下午三时吃饭，吃的是小圆糖馅饼，好像点心。吃了很多。至四时出发，正巧大雪飞舞，我真是一员福将。

登吉普冒雪飞驰。大雪如白雾看不到周围的山了。至三登，已看不见什么房屋，最显眼的就是两根大烟囱和高铁架及煤斗子。煤斗子在上空悬着，已不知有多少时间了，是美帝的炸弹让它停在这里。沿途稀稀落落，触动我的诗思。

走了一时许，才到了麻田洞。如果不是那面有人讲话，真难找到。

到了工兵营的营部，只见到了教导员。

房子里放着一个火盆，杨桦眼尖，看出了是一个细菌弹的弹体，弹尾像腿立在地上，好像就是特制的火盆一样。

敌人近日来又扔起细菌弹。有苍蝇、蜘蛛等等。

我们浑身是雪，脱下帽来，雪花盖了一层，让我觉得很美。这是顶美丽的雪冠呀。如果我这样描写我的女主人公，这样从门外进来够多好呢。

和教导员粗略谈了他家的情况。外面大雪未停。

十二月二十一日

今晨，到了新地方，未敢睡懒觉。

饭后，教导员陪我们二人踏雪奔七连。雪厚半尺许，穿着祖国造的毛皮靴，踏雪真好。四外一望，一片银白世界。山上松林一片乌黑，松树托着雪团，像一片片棉花树，幽静奇美。路上先后遇见两个朝鲜女同志。一是教员，一是女工作人员，不由得激起灵感。一边走，我一边在心中低唱：

迎面走来一个满身雪花的姑娘……
她没有戴帽子，雪花在她的头巾上镶了美丽的花冠，

她没有束裙子,雪花把她的棉外套镶得像她的白衣一样,
只是她的脸像一盆鲜艳的炭火,
她的小靴子踏着雪吱吱地响,
她赶路到哪里去啊
这个满身雪花的姑娘。

走近了,这个姑娘,我好像在哪里见过,让我想一想……
此外再度描写雪林之美,和姑娘在风雪中的姿态。
以下将朝鲜妇女的命运,劳动和斗争,将63军驻地一女夜间敲门回家的事情写入。
最后写这个姑娘走到一家农舍,这个披着雪花的姑娘。
完全浸入诗思中。但因近年来写诗不多,故无妙句涌出。又不断沉在朝鲜雪后的山林之美中。
到了七连。
毕竟是工兵住处,房舍修整甚为完美,连厕所都很讲究。还有一个房间写着文化宫三字,里面有许多书籍,还有战士敲的锣鼓。
到五班(功臣班)去看,果然与步兵不同。洋锹和十字镐一个接一个挂在墙上。铁锤和钎子也在桌上摆得很整齐。
工兵战士有更浓厚的劳动农民的气息,显得过于老实了。经过很多动员,就是谈不出思想感情上的问题,只是在分工、技术上打圈子,公式化,党八股将战士与干部害得好苦,更将我害得好苦。费了极大气力,才挖出一点工兵的感情。
饭后归来。和一等功臣连长薛其德谈。咳,真难,简直如在坚石上打眼,几乎无结果。
谈到定时弹,教导员说近处还有两个,一个距公路三十米,一个五十米。已经十天了。因弹体钻到地下未排除,我问为什么不排除,他说十天没响也许不响了。我又追问,他又说,响也炸不坏路,我说:你保护的是车和人呀!手榴弹的杀伤半径还有二十来米。他又说:烤也不能烤,拉又拉不出,炸又炸不掉,你说怎么办?我不客气地暗示,这种战术思想是消极的。

十二月二十二日

早晨睡梦中,听到有人站在床头上跟教导员说话。教导员向他

交代去取定时炸弹。他说："教导员你放心吧,我去。"我听他的声音是坚决的而略带颤抖的声音。教导员显得缺乏一个军队干部的魄力,说："那么先取哪一个呢,先起外面那一个吧,先把它挖开可别乱捅!"他的犹豫不定,使得参谋说："我先去看看吧。"我睁开眼来看那参谋,也没看清楚。

八时起床。到外面散步,工兵的劳动习惯多好,雪中打靶的一条小径,扫得真干净。战士们正在那里跳舞,小孩围着看。

十时,团长、政委来了。两人都很高大,他们能够来看我们,使得我们心里很感动。两个人都穿着红色的马靴。政委边固,团长王风阶。政委比团长面貌老,但话却说得多,而团长则是庄重整洁的军人风度。虽然政委抢着和我们说话,团长也毫不觉得政委抢了先,仍态度从容,心理平和。有时在团长说话时,政委还纠正他,但两人仍显得很和谐。

政委给我们谈了很多。他首先埋怨文艺工作者对工兵平凡的劳动不感兴趣,因而使工兵未能得到应有的荣誉。接着,又要求我写如下的一个主题:即战士的婚姻问题。他说他们部队战士结婚和订婚的约占半数,但每连都发生了六七件女方来信要求解除婚约及离婚的事。他要求我写一个东西来教育妇女。教导员也给我拿出来一封法院的来信,代为征求一个战士是否愿和其未婚妻解除婚约。战士看了很生气,写了一封回信表示同意,但写了又后悔了。这问题确实很复杂。一方面,妇女本身可能有受压迫和婚姻不合理的情形,但也确实存在着妇女觉悟不高的情形。这是战士的切身利益。无疑,应当保卫!

以后,我们又谈了一些中国封建意识的存留问题,这是在吃饭中一件事引起的。有两个女同志,很想看我们,但又不敢进来,我说"不要害臊,进来吧",给她伸过手去,她俩忸怩得很。政委给我说,他为了和封建意识作战,首先批评跟他去检查工作的女同志,不跟连长握手。女的下连,他也嘱咐几件事,其中一件,就是要和战士通信,可是女的到了连里,给战士开座谈会,一会儿走一个,一会儿走一个,慢慢走得剩了一个,像怕被老虎吃掉一样地溜跑了。听到这里,大家哈哈大笑。后来,通信总是通了,可是来信是"第七班",而回信也是三个同去的女同志共同的签名。政委在营干集中的时候,强迫女的教跳舞,脸都红着往外跑,团长、政委就说:"回来,我管不了你们!"这样逐渐才好了些。

由此可见,一个女同志是多么难。

教导员也说:要不是政委,过去谁给女同志说一句话?她们来了,谁也不理。

晚上,和团长、政委谈了一会儿与洪水作斗争及工兵的心理。他们在九时才走的。

他们真是热情,他们俩都很想写作。我给他们鼓了气,并约定他们在明年三月寄给《解放军文艺》。

晚上,飞机来了三四批,对附近轰炸甚烈,栗里的确是敌机封锁的重点。

今天去取的定时弹没有了,并不是上面炸下面未炸,而是未炸,竟成了笑话。

十二月二十三日

今日晨,与团里两个女同志扯谈。一个是十九岁的收音员刘昭琳,一个是文教刘为莲。刘昭琳,湖北人,一九四九年入伍,是青年团员。脸孔红得鲜明,眼睛又黑又亮,从眼睛看来是一个聪明人。另一个则不很健康。我特别问了她们是如何战胜封建意识的惯性来进行锻炼的。从她们谈话中得知,她们在开始下连前是有些害怕的。为了教歌子,关起门来练习打拍子,因为教歌子不能不在战士的面前呀。直至下了连队,正如政委所谈过的那样,那里的人群正在谈笑,一去便鸦雀无声了。跟战士们在一块吃饭,战士们给她们另外打一小盘菜。后来说一定在一块吃,开始还有人陪着,人越来越少,最后只剩下几个女的。干部更严重,她们一来,有的躲出去,有几个在那里还搭讪几句。如果是一个人在那里,则早早就跑了。她们本身也是这样,特别对干部,则坚决避免一个人与干部谈话。这真是多么奇特。我问她们是否因此而感觉懊恼,她们认为是这样。特别是到了团里,自己一个人坐在那里,只有看看书,什么话也插不进去,孤寂得很。她们看了苏联电影《女拖拉机手》时说:你看人家多好。在女同志之间也是这样,尽力表现自己的正派。如果哪一个与男同志多谈了话,则将遭到所有女同志的不齿。即使同你说话,也是为了敷衍。在这种情况下,面对男子群中无数个张三李四,一个女同志要保持的关系完全都是四两,即使超过半两也不行。可是女同志也真有这种本领,竟然真能够做到这样,不知背地里费了多少心血。

后来,她们在"艰苦奋斗"中,与战士们熟悉了,能够达到一个班战士与她们在一起而不跑了,而且乐于在一起了。但是如果一两个还是不行,写信签名也必须是全班。但是和干部,特别是与营的干部简直毫无改善,她们认为与营干在一起嫌疑最大,故用百倍的努力来争取清白。孔老夫子造成我国人民之间的男女关系,是如何地奇特而令人不解。这些东西,在我印象中近年来是如此之深,使我感觉不能不在文艺作品中与工作中坚决地斗争。

据为莲同志谈,她在和战士同志的接触中,战士躲避别人而不躲避她,原因是她头发剪得短,而被误会成男同志之故。这一点在我未来的小说中,可以加到我的女主人公身上。

这个题目谈过之后,我又启发她们谈了自己的婚姻观,借以了解一些我所不熟悉的东西。据云:各人有各人的想法,不愿找年龄大的,就是过去所谓"不愿找个爹"。我特别问了她们愿不愿与战士结婚,愿不愿与战斗英雄结婚,而她们说要看各种条件,意思是还想找个投合学生气味的人。很明显还不愿! 即是说,在理智上,甚至在感情上,我可以敬佩他,但在结婚上却不可能。让我也在将来的小说中,记下并且纠正这一点吧。

随后又谈了一些她们斗争的故事。女同志就是这样,她们是互相不听对方的谈话的,而只愿自己发表,这大概是"三个妇女一篮子野雀"的主要原因。

她们的斗争事迹,这些平凡的事迹,是让人感激的。她们曾经同样"参工"和战士们一起背木头、背石头,架桥时向木笼里填石头。她们俩都能背动一百多斤而并不觉得如何累。和男同志一样,穿着裤衩在水里干。中午,铺点草赤着小脚丫子睡午睡。天气热得石头发烧,她们的光脚丫也就踩在石头上。人家唱,也随着唱。心里要强得很,光怕战士说不能吃苦。现在她们俩都有妇女病,来了疼得很,但是她们心里并不觉得是牺牲了自己的青春,而是竭力忍受着尽力不告诉别人。个别哭哭喊喊的,还遭到大家的白眼。她们在这些锻炼中,都是说说笑笑的感到很愉快。现在她们是来检查文化学习的,为了战士们多识一个字而奔跑着,奔跑着,祖国优秀儿女们。我在将来的作品中表现她们,这是无疑的了。

刘昭琳是老火车司机的女儿。

她们有时想想妈,挺坦白,写信写上父母亲,而父亲只是形式。

一直谈了数小时,感到有些累,而她们似无倦意。教导员说,九连战士很希望我们去,我们义不容辞地在临走之前赶到那里。战士们敲着锣鼓。我给战士们讲了话。杨桦拉了小提琴,战士们给我们跳了工兵舞,给了一些生活的鲜明印象。特别其中有一个战士简直是"小炮弹",脸圆,满面红光,脖子粗而短,腰粗,腿也短。很有些像喜剧中的角色,善于表情,他将要成为我一个角色的形象。如果我会画,真想把他画下来。

乘摩托车到另一个连去。第一次乘摩托车,搂住通讯员的腰,下午三时开始奔驰。沿途看见一些炸弹坑。于晚上到达了三登芳华里桥边。指导员、副连长率领几个排长欢迎我们。主人给我们腾出一所大屋。炭火、白桌布、四盒前门烟、一大盘苹果,真如招待嘉宾。干部动作拘束,不苟言笑。完全是我们朴素的战士在他的父母那里,接受的标准的中国式传统。吃饭时,他们只吃一小口。我一边吃一边思索着中国生活方式的问题。我们一方面要保持好的传统,一方面要去掉过于拘谨的部分。

不知怎的,很累人,定好了次日计划,在热炕上睡去了。热炕炙人之至。同志们的热情,真使我感到像从去世祖母那里得到的抚爱。

十二月二十四日

按照计划,早晨到十几个班里,去看望战士,同战士们握手。看到战士们都在那里学文化,屋顶上做伪装用的松枝,都结着白色的冰花。架向山顶的电线,像一条白绒绳飞上天空。

看了他们的铁舟,回返。

又是四个菜,八个人也吃不完。同志们是多么老实。

饭后,干部座谈。大家都像文秀士,斯文得很。中国的礼节把我的小座谈会给封杀了,凭我怎样突围也突不出。一个个老实可爱的农民的面孔,彬彬有礼的姿态,把我压得喘不过来气。头疼。未谈出多少材料,对我有如苦刑。

我只得宣布会议结束,睡了一会儿。

晚上找功臣来,谈了数小时。因谈得活泼,情况大有改善。略有收获。会后签字甚久。

工兵啊工兵,你真有特殊的性格!你完全向我展示了中国人民的淳朴老实。你虽然名为兵,但却一点也没有兵的不羁和火爆!同志们,唉,同志们。

十二月二十五日

分部接我们的汽车并未按照预定时间到来,害得我们等了一天。早晨他们用酒菜来招待我们。我按照我的不知节制的性格,喝到欲醉的程度。给战士们签字占了两小时。战士们拿出了祖国人民慰问他们的最珍贵的本子。

下午出去和几个朝鲜小孩玩。又到了一家朝鲜老百姓的屋里坐了一会儿,因为彼此不懂话,小弟要求他的姐姐们唱歌。杨桦也唱了一支。他的姐姐,害臊不唱,阿妈妮又下了命令,才唱了。汽车到了,指导员和副连长率领着班以上干部来送。一直送到芳华里桥边才罢。我说了一些鼓励的话。我看着他们,这些可爱的战士,我很有些自豪感,这是我的战士呀,这是我的军队呀!

穿越过三登,在很高的铁路桥梁下穿过。这座高的桥梁,也少不了是我将来小说中的一笔。

车在陡坡上停下。山坡上有几间房子,一进去,里面又是一排排小房,电灯辉煌。见到了院长、政委。他们正忙着开会,说会议多得要命。我说了一句打趣的话:"现在有条件了,要在五次战役想开还没法开呢!"政委不知我是打趣,又说:"是呀,那时是散得简直没法开会。"我将来在小说中也要讽刺一下"开会迷"们。

十二月二十六日

今日早晨一道和干部们去吃饭。也许是基地医院讲卫生吧,吃菜是每人一盘。在临去吃饭的时候,医务院长,头戴大蒲公英般的狐皮帽,穿着红牛皮靴,身上很干净,而他边走还边慨叹地说:"像志愿军这样打扮的,恐怕在北京街上很难找。"可见这位医生出身的人,是如何地看重干净。

饭后,政委给我们找了一些材料,还派宣传干事李涛来领我们到重伤队。路上爬了一个并不算大的山,可是因为穿得很笨,走不动。在山顶上歇了很大一会儿。我仔细端详了一下朝鲜的冬景。我已经两度朝鲜的冬天,不知将来我能不能写得更真切。

下了山坡,碰见了顶着物件的朝鲜老妇人,冻得哈哈的。

你就看见散散落落的平顶房子,这是医院建设的病室。李涛领我们到了一个"朝鲜洞木"(朝语同志)——那些女孩子的住室。有五六个朝鲜女孩一般的高,好像是用米尺量过似的。听李涛讲,这些同志很好,建房时能顶二百斤重的大石头,真是骇人!据说她们的工作比从中国来的朝鲜族为好,而朝鲜族又胜过汉族的同志。我问这是什么缘故,李涛告诉我:"是仇恨。"这话是确切的。我相信,仇恨——对敌人的仇恨,使得她们这样。仇恨,是勇敢与忘我的核心。

到了智陵里。这里房舍还较完整。虽有炸弹声,但日光和煦,鸡犬和鸣,朝鲜人在安乐生活,有些后方气氛。

和教导员魏冠华谈了一会儿。晚上去看伤员。我走进了二队的一个苏醒室。一般臭味和药的气味。这洋灰洞有小电灯,床铺分在两边。伤员在上面躺着。有一个头部负伤的伤员,他在那里喊:"站在这里的是谁呀!他们都是什么人呀?"队长故意迎合他说话:"不要嚷了,好同志,他们来看你来了!"他又嚷:"有我们班的人没有?我很想我们班的人呀!"杨桦同志说:"是他。"意思是指我们在楠亭里见过的那个伤势很重的伤员,要到祖国给我们买表。听声音真的是他。他大声喊医生,队长说:"你找医生做什么?"他说:"医生呀,你们用担架把我抬出去吧,我不在这里,我要到前方去!"队长说:"你在前方服从命令,你在这里听我的话吗?"他温柔地答应:"听。"可是呆了一会儿,他又喊:"指导员呀!你交给我什么任务,我保证给你完成!你们别看我这个样子,我打仗可有两下子!"别人又顺着他的口气说:"知道你打仗很好,你不是还立功了吗?""立功不立功有什么,不是为祖国吗,你们说对不对?"一会儿,他又喊:"把我抬出去吧!把我抬出去吧。"可见他是多么痛苦啊。那面,又一个伤员接着说:"指导员在哪里,指导员!指导员,我要向你作一个深刻检讨！……我那天实在是疼昏了,我说了一些糊涂话。我是个共产党员,我说了一些没有立场的话,我还说,什么立场不立场！指导员,请你原谅我吧,我是疼昏了。指导员哪,找我们指导员来,我要作一个深刻的检讨！"他在电灯光下躺着,头不能动,头上打着绷带,他眼眶里满满的两眶滚动的泪水。我解劝他:"那是你疼昏了,以后改正就是了。"他还是照样反复着:"我难受好多天了,我不作检讨,我成了什么人啦！"我后来告诉他:"你对我作了检讨,也就等于给你们指导员作了检讨。你以后注意就是了。"他这才像小孩子一样,说:"这样我的心里才痛快了些。"他又喊护士来,一个朝鲜的小女孩子,给他擦了眼泪。我被这战士的伟大的心灵,这个四川战士感动得眼睛湿润了。又一个47军的伤员,记得也在楠亭里见过。他留着很长的黑发,指导员鼓励他说:"你看你样子不同了,你好多了。"他的瞳子散发着极为愉快的光芒,说:"天哪,天哪,医生把我救活了呀！"他简直像唱歌一样地说着。

我们又穿过了一些房间,护士们在开会,评选模范。朝鲜的女护士也竟然能说中国话了,虽然说得很蹩脚。她们都说到中国护士对她们学习上的帮助。

看完了,又到祖国手术队去看,见两个人正在看书。火炉边放着一点饭,一个女同志说,刚才她正要回来吃,热好了,她又走了。

看过二队,我们又转过一个山脚到三队。轻伤员在围着火打扑克。重伤室有几个严重的伤员,一个是炮弹炸断了前臂的,他在喊着"疼呀,疼呀",显然因为他过度的痛楚,说:"我要吃饺子你们不给我吃！"还责备一个同志态度不好。后来杨桦跑到他面前,他说:"你是医生吗？"杨桦说:"我们是从祖国来的。"这一说不打紧,那伤员(杨永富)哇地哭了！"祖国人民哪,你们来看我们啦！我没有困难呀！什么也没有！我对不起祖国呀,我打得不好呀,打下来,我没有守住呀！"这一下我们着慌了,忙安慰他,他还是哭:"有贡献,有贡献,我有什么贡献呢,不行,医生,我要走,我要走！"护理员问:"你要到哪里去？""到前线守阵地去呗！祖国人民哪,你们对我太好了,我没打好呀！"护士用手绢给他擦泪,他也不让擦。一会儿他的枕头上湿了一大片。好容易过了感情的高峰:"同志,你过来,你坐下,我睡这么宽的地方干什么呢？"他把自己的身子挪了挪。护士给他擦了泪。他黑黑的面孔,对着我,我想把他的断臂盖上,他也不让盖,就对我讲起他的战斗故事。他有个副班长,东北人,积蓄了五年买了一个表,也让炮弹炸飞了。

另一个伤员,呼吸不出,医生给他做了气管切开的手术,才把炮弹皮吐出来。他十分痛楚,还不断咳嗽,可是他咬紧牙忍受着,一点也不说什么。他有多强的忍受力。

那些值夜班的护士们,给伤员取着大小便器,端着开水,想安慰,又不会说中国话,只得用声音来安慰战士们。真是不到医院不知我军的战斗意志,不到医院不知护士工作的伟大。这样臭脏,而她们能够如此安于工作,如此辛苦,真是可敬。

晚九时始归,被这种医院气味熏得真难受。看了伤员的痛苦,也觉得难受。受伤的比牺牲的要痛苦得多。

十二月二十七日

夜间有轰炸声,及转送伤员的汽车声,颇有战地后方气氛。

听教导员说,昨夜送来一大批伤员。还有一辆坐了九个伤员的汽车在松街里被炸,牺牲数名。他们也去抢救了。

吃过饭后,即和杨桦同志到一队。见到阿拉古(蒙古人)队长。一会儿从那边来了一个护士,阿队长就介绍说:这就是你们要访问的于桂芝。她长得很像我的老婆。脸一红,头一低,和我握了手要走。我说:你干什么?她说去找钉子钉好门窗。她的棉衣穿得比别人要脏,由此也可见她的工作。她被称为"铁打的姑娘"。

我们转了几个房子,就到她看护的三病室。她给伤员端水,换了药,又马上拿起扫把扫地。别人都穿了皮靴,而她为了方便,穿了一双长筒的瘦溜溜的黑胶鞋。擦了放碗的板子,又去整炉子。我说:你也不跟伤员扯扯。她把身子靠在炕上,也不坐下。回答我的问话。

我们中午去看施行手术。手术室的一边是洗手室,一边是石膏室。一个武汉来的医生,担任主角,医院的医生担任助手。一个女护士长,有四十岁,不说话只是忙着。光准备工作足有一小时。洗手洗了半个钟头,要用肥皂反复地搓,两胳膊白沫。医师只穿了灰毛衣,把袖子挽得高高的。消毒盒子里,煮着器械。一开始,护士走来走去,脚步静静的,说话也悄悄的。医师和助手戴起了橡皮手套,穿上了护士穿的白衣,戴上了有个小红十字的帽子。开始施行麻醉时,病人含糊地跟护士喊一、二、三、四……麻药发出刺鼻的气味。患者全身铺上了白布,只肚子露出一块。"器械拿来!"医生一说,护士长把患者双脚端着摆上了一个小桌,消毒箱打开,拿出了几十把大小剪子和镊子、小刀、钩子等等。医师立刻变得像指挥员一样,变得像另一个人。他声音虽然不高,但沉着、坚定、明确。等开了口检查以后,发现病患在另一处,立即吩咐改变姿势。然后,他又端详起开刀处,两手向上一伸,稍一沉吟,就下了刀。其他的医务人员却用一种敬慕的眼光,看着这位显然较他们高明的医师。

护士们屏息凝视着,想在这上面学一些知识。时间一长,管麻醉的护士已经有些困倦,打起盹了。两小时后,我们困得很,就回来休息。那气味熏得我很疲劳,心头作呕。后来吃了饭才好些。两个文工团员很热情,一个叫史介绵,一个姓韩。史很活泼,很想在这里跟我们学点东西,但文工团要她们回去。临走她还敬一个礼:"你看我像个军人吗?"说过以后,跳着去了。

我们吃过饭去散步,看见于桂芝又在坡上劈柴。她是一点也不闲着。我们散步到山沟里,看见一个煤窑,外面都是黑土,里头搭着架子,是刚开口的煤层,煤发着亮光。这就是护士们常来为伤员取煤的地方,于桂芝满身污黑,大概也与此有关。

回来,我们转了几个病室。转到医护办公室,手术队的两个女护士正在交班。交谈了一会儿,她们都为伤员的精神所感动。

我们又转到手术室,手术刚刚作完。医师这时才脱下衣服,松心地吸着纸烟,又变成温和的知识分子风度和人交谈。护士把斑斑血痕的铺布取下洗着。他们都还没有吃饭呢,我不由得对他们也抱着一种敬意。据他们说,在做手术时,一点不觉饿,有一次持续一天半,也是这样。精神是紧张而集中的,在病情不明,血管出血时,是着急的;结束后,是松心愉快的,有如作战一样。

晚上和护士长冯亮谈护士情形,收获不大。十一时休息并计划今后几天日程。

今天在重伤室,又领略了另一个伤员的感情。他反复称赞祖国人民支援得好,转盘枪和手雷的效率大,敌人如何挂彩。他是第一次参加战斗,他说:"我就不相信有什么敌人打不倒!"很有自豪感,口口声声:打帝国主义,我打死了几个帝国主义!……当我走出病房时,还深切感觉,我们这个民族,在今天,在党的领导下,变得多么令人不可思议的坚强,这样的民族是不可战胜的。我逐渐地、一天比一天更深地认识了我们的民族。这个民族要永远存在在世界上,繁荣在世界上,在兄弟民族中一天天地放射着异彩!她的潜力是无穷的。

十二月二十八日

早晨走到于桂芝看护的三号病房。她正在给一个负了伤的电话员洗脸,她连他的手臂都仔细地洗过,洗了一盆黑污的泥水。洗后又去给大家打豆浆。喝了豆浆,她又去扫地,这个全身黑黑的姑娘就是如此工作。

写日记两小时半,一个上午过去了。下午二时开了一个五个人的座谈会,其中有于桂芝、邵淑清两个女同志,谈五次战役前的困难情况。主要谈了一个女护士在艰苦环境中因累致死的情形,颇为动人。这件事启示我,在将来的小说结构中,我要写一个工农出身的女同志的坚强和知识青年女性在她的影响下进步的情形,而后来这个女同志的牺牲更给她的进步以决定性的影响。

在开始谈话时,我和杨桦用了许多方法使会议得以活跃地进行。开始她们很害臊不大发言,而且挤挤挨挨在一起,留给我和杨桦很大的地方。于桂芝和邵淑清都戴着单帽,把头发塞到帽檐里。因为整炉子使她们的头发脏得不愿拿出来。我们所看到的郑桂英也是这样,这大概是女看护员的一般装束。

晚饭后,我们又到二队去看,看了二队朴光顺的房子,没有遇见她。她的病房里增加了两个美国俘虏(一黑一白),杨桦会说几句英语,被他们给纠缠住了。这两个家伙,竟然谈到冷啦,问什么时候送他们回去啦,他不愿打仗啦。我们的战士在护士看护之下,都有一种感谢的心情,而他们则要这要那,真是没有心肝的。那个黑人也是整天出洋相乱叫乱闹。他们还相信艾森豪威尔会停止朝鲜战争。

看到了朝鲜女护士白孝玉,一个脸胖胖的女孩子。我们和一个负伤的侦察参谋谈了话。

晚上回来又开未完的会议。因冯志来使会议显得不热烈，冯志头偏着，故意不看女同志，而于桂芝也头向外偏着，真是奇怪。他走以后，又使得会议活泼起来。不知何故。

于桂芝的侧面像，真像秋华，真像，真像，连神态也一样。而性格则不相同。

十二月二十九日

昨日天真冷，今日又奇暖，朝鲜天气真是三寒四暖。

早饭时与志愿手术队医生扯谈他们赴朝情形，他们也是争先恐后地报名，特别是护士争着要来。要几个人，会来好几百。都挤到卫生局局长那里听候对自己"命运"的判决。在欢送会上，一些老人发表了慷慨激昂的演说。这是祖国面貌改变的另一方面。毛主席所号召的思想改造，使这最难改动的角落也为之转变。祖国的进步实在使人惊叹。

和杨桦同到二队，白孝玉正在扫地。一会儿又给伤员一勺一勺喂饭。另外一个伤员刚行过手术，在麻醉状态中大喊："美国鬼子呀，我吃了你的亏呀！我……"白孝玉忙把饭碗放下，去安慰那个人。然后又回来喂。

我昨天看到的一个侦察参谋和另一个排长（他因伤痛而眼光昏暗），一定叫白孝玉给我拿他面前的苹果吃，好像吆喝他的家人或他的妻子一样。我推说不吃，他就说"你嫌我们脏呀，还不吃"，又说"你不吃，我心里不痛快呀"。我只得和杨桦各吃了一个。是白孝玉给我们洗过的。

门口坐着一个伤员，是截了肢的汽车司机，他截肢处在膝盖以上，神色并不沮丧，胸前挂着军功章，谈到他将来回到祖国还想开车。谈他截肢时，医生如何踌躇，而他则劝医生："截吧，我还可以做工作，不要为难。"别人劝他回屋，他说："我坐在这里凉爽凉爽。"另外，他还说双拐如挂得好，比两条腿走得还快。说截肢后，负伤的头十天还净梦见在连里和同志们打打闹闹着玩，还有两条腿。

在朴光顺的病室里，一个痛楚的伤员正唱歌，他唱的完全是出于自编："美国鬼子呀！我要……"好像美国鬼子就在他对面。唱累了，又哼起来。

女护士给另一个四川战士（762野炮的一炮手）喂豆浆，一勺一勺的。那个伤员已脸色微红，眼光明澈，异常平静，并略有笑容，这是最优秀战士的状貌。

我和杨桦打算与朴、白二护士谈。张队长叫了白几遍，她迟迟未来。后来来了，显得兴致不高。且说话费劲，只能说中朝协和语。她圆圆的胖脸只是往大衣的领口里低。她是一个支书的女儿。父亲参加人民军后，母又继父为支书，因为她的母亲是劳动党模范党员。最近其母还来信说，一九五二年快到了，你要计划好新的年份里怎样做。看看说不出别的，只得放弃计划。杨桦搜集民歌，再三动员，唱了一个。唱完，她起身跟指导员说："我走吧。"指导员要她再坐一会儿，吃过饭走，她不肯。我猜她是惦着伤员，指导员还是不让，急得她要哭了。我说："你回去干什么，是否要开会？"她说："不是，我还有工作呢，有三个才开过刀。"指导员说："有人护理呀，已交给别的人了。"她还是不肯，显然她不放心，伤病员是如何系着她的心！我看这情形，才提议让她回去。她敬了礼马上出去，我很想看看她的情形，就推门出去，见她小跑似的走着，走几步还小跑一下，已经走出好远了。我跟在她后面，到了她的病房，我看见她一进去，就忙跑到严重的伤员那里，这时有几个伤员问："小白，你到哪去了呀！"这亲近之情，简直像儿子对母亲的感情，真像一个老鸟回窝一样。她一个个地问着，她一来，看出伤病员像增加了许多安慰。她用极其温柔的声音俯在伤员的脸上问："吃饭了没有？"因为她要吃饭，又给伤员说："我去吃饭了，晚上还是我值班！""唉，怎么白天值班，晚上还是你值班呢，不会把你累坏吗？"伤员也在担心她。

她出去后，一个伤员说："她真耐心呀，不知道累，给她立功吧。"

有一个伤员刚行过手术，取出的炮弹皮还在怀里放着。我说："你还保存它做什么？""我要好好保留，我伤好了回来再还给他们。"显得异常仇恨。

晚上，开五个朝鲜女护士的座谈会，只是语言不通又拘束，几无结果而散。她们个子都很低，穿着厚厚的棉军衣，真像一个个的小炮弹。一个姓沈的女孩子，脸胖胖的只是笑，她在战争前两年就参加了游击队。我问她愿不愿到中国，她说朝鲜解放后去看看。我开玩笑地说："现在去看看好不好？"她说："不去，祖国现在战争呀。"问起她们去年的困难,她们都说不困难,只是话不懂,困难。我问:"别的没有困难吗?""没有。"我问:"嫌脏臭吗?""嫌什么脏臭呢!"可见朝鲜人,是有着比我们更焦急的心境,更沉重的担子。他们似乎没有我们松心,虽然我们也担着这个担子。

有一个姓安的女孩子十七岁,她唱得真美极了,叫她留在这里唱一唱,她不愿,可见朝鲜人也不太开放。

今天本是专访朝鲜护士,但收获不太大。只是白孝玉给了我很深刻的印象。她不是任务观点,完全是一种坚实的感情。

十二月三十日

晨,起得晚。下午和晚间与手术队的几个女护士谈话,颇有收获。她们过去是被人称为小姐的,而现在如果有人这样称呼,她们会感到是一种侮辱。曾几何时,不这样称呼,是她们所不满意的呀,变化得多快。

热情,爱笑,是现在她们的特点。

十二月三十一日

今天和于桂芝谈话。这位姑娘是一个苦命人,她跟一般的战士相同,时时想着以前的苦,觉得现在并没有怎么苦,比以前强得多。从心底里感觉如果不是共产党、毛主席,不知会落到什么地步。她是这样地老实,话也不爱多谈,这是在她姑姑严格管教下和苦命的生活中养成的。一直到今天,还是只会苦干而不擅言谈。不知怎的我对她有一种衷心的同情。谈完后,我要她一张相片,她答应只有一张也送给我。我问她要什么书,她说考虑一下再答复我。

她的形象将保持在我的脑中。谈过话后,她站起身来。她的绿色的袜子破了两个洞,又套上那双单薄的黑胶鞋走了。这时我听说施行手术取弹片,我去看看。一看又见到于桂芝,已经穿上护士衣,戴上口罩,悄悄地站在手术台的旁边。她什么时候愿意休息一下呢。

昨天我和肖作信等人谈过话后,我一看也是这样,她到了手术室里,她要桂芝去吃饭,而桂芝(穿着白护士衣,细细的身材,显得美丽)不肯。她就抱着桂芝去解她的护士衣,解下一半,桂芝又穿上了。都是祖国优秀的女儿!而桂芝不同的是,她完全是朴素的化身。

夜，大雪。我和杨桦串了几个病房，给伤员拜年。归来，我和杨桦想检讨一年来的工作，因为太疲劳了，不能再多想了。

一九五三年

一月一日

晨起，雪停，昨夜雪下得很厚。和杨桦去给工作人员拜年。有两个男护士，衣服很脏，在那里洗。他们是很艰苦的。今天虽说过年，但过年的气氛不大，可能是忙于天天如此的工作之故。

饭后和彭医生谈话。可以相信，他是个诚实的人，他讲了他参加手术队的真实经过。他，上海某医学院的学生，毕业后在重庆某医院，抗战中也曾被国民党征调做过战地手术工作。但那时他纯粹为了应付和混文凭。他的家庭是三代基督徒，祖父是一个牧师，从小很害怕共产党。一方面不满国民党的腐败，一方面又害怕共产党的"恐怖"。解放时，听说不杀害知识分子，所以没有到台湾。政委去后，开始自己课也不想听，但共产党的行动感动了他。例如他岳母的儿子因参加革命被杀，岳母生活十分困难，而医院正在扩大，十分需要技术人才的时候，牺牲了公家一部分工作，把他调到岳母所在的武汉，这事给了他很大的感动，逐渐地看到新中国的可爱，激发了爱国思想，在护士们报名热潮的影响下，他也报了名。

这位医师谦逊、和蔼，有时给他的下级开个玩笑，对大家争论的问题，不轻易发表自己的意见。

正在谈着，这些护士女孩子们来了，头上、小靴子上，挂着一圈白雪。她们蹦蹦跳跳，把屋子吵闹得什么似的，医生分给她们一个人一块糖。她们就又簇拥着到别的什么地方去了。

教导员来给我们拜年，并说罗克贤、李泰顺、袁刚都来了，这是一号我们计划的座谈会。这样的采访，是我今后应竭力避免的，因为这很不合理。她们几个就是踏着雪来的。罗克贤是一个十八岁的女孩子，瘦小得很，脸又黄，你真很难想像在那样艰难的环境里照顾过一百八十多名伤员。这个曾经是小地主家庭出身的女儿，显然是十分脆弱的,现在竟然转变到这样,真是不易。她很聪明,说着带湖南音的普通话,十分快,使你的听觉有点赶不上,而且她说得十分有趣生动。可惜我问起她开始不愿做这个工作的情形,她不愿多说,在这一点上,也是不如桂芝这样人的地方。

谈过话后,我们到大队部会餐。我向功臣们敬酒,而她们向我敬得更多。我是一个酒闹儿,但又没有酒鬼的酒量,因此喝得晕晕的。会上大家要李泰顺唱个朝鲜歌,她扭扭捏捏,怎么也不肯唱,只是红着脸,眨着黑黑的眼睛。晚上和她谈,我以为一定谈不出,但结果她用朝鲜式的中国话,直谈了四个钟头。罗克贤微笑地看着她。我和杨桦怀着极大兴趣,目不转睛地看着她,她竟能说这么多的中国话!语法上的颠倒,太叫人感兴趣了。例如说,在飞机场呆了几天,就说"在飞机场三天的干哪"!她的形象也深入到我的脑中。

最后我还征求了她对中国女同志的意见,她直爽地提出了三点:1.不是全部同志都工作得那么有劲,还有闹个人问题的。2.小圈子。3.看人好一切都好,坏一切都坏。她提出以后引起我深深的思索。她们的全心全意为祖国(甚至全班分不出高下)和团结一致确实是很好的。我问起她的婚姻问题,她说:"现在不是谈幸福生活的时候。"谈起困难就说:"一切困难的没有。"她的形象也进入到我的心中。我在给她签字中写道:"我尊敬优秀的朝鲜女儿。"

罗克贤自从祖国回来后,受到了祖国人民的热爱与荣誉,感到自己贡献太小,这次回朝鲜是带着心甘情愿的献身精神,这种心情,我是了解了。

一月二日

又继续和罗、李谈了两小时,和袁刚长谈了一小时,和袁谈得太少,院部急着来慰问伤员,我们一同离开。给他们功臣同志合了一个影。临别时,于桂芝也不说什么,她是含着深厚的内在真情。我握了握她的为无数伤员操劳过的、现在变得粗糙的手。

小吉普车过了松街里。公路紧挨着铁路,路侧有几间歪斜的小空房子,据说这里曾经是一条繁华的大街,现在成了这样。这是敌机轰炸最厉害的地区。政委说,过去罗克贤等就在此处接伤员,伤员没地方放,就搁在这路边的小房里,和火车道的桥洞子里。那时伤员该多受苦啊。

席忠排除定时弹也在此处。

天黑时,又穿过黑岭车站到了内科队。闷了一天的火车从山洞里爬出来,像深呼吸似的冒着黑烟,还叫着,附近是散散落落的物资和搬运人员。

我们准备爬山。政委说,这里有"户外电梯"——电力操纵的轱辘马,可装五六个人,和缆车差不多。山地异常陡。我们坐上,沿着山涧悬崖边,徐徐地上去了。约有三四百米,才到了洞口,洞口修了一个门,门搭彩坊,写着"庆祝新年"的字样。再往里即电灯辉煌,电炉通红,人们吵吵嚷嚷。原来这里是一个大自然洞,成螺旋形,他们根据自然地形,用木柱和木板搭成了六层高的楼房。里面有药房,有门诊(还给老百姓看),有办公室,都分成单间,井然有序,用白布将板壁蒙上。我们沿梯直到第六层,上面都是休养的伤员,只是空气差些,我们向伤员问了好。最后又到下一层看,过了一个小桥(夏天有流水),小桥还有栏杆,颇有公园小桥味道。凭栏下望,又有一大洞。政委说,下面有多深多远,还不知道,端蜡烛去探过几次,到里面灯就灭了,点不着。过了桥,下面是一个剧场,党员们正在开会。临时将我一军,我讲了几句话,他们很欢迎,还呼口号回答我们。

我仔细看了一下钟乳石,有的宛如流水状,有的如海中珊瑚,颇为可观。

临行前和一个陆教授谈了话。我很想了解他的情形,但时间不够了。只知道他在入朝时,因为先得到了消息而保守秘密,才捷足先登报名来的。来到这里还抬过担架,这真是一个大的转变。

这里还遇到一个百分之百的老乡,一个女孩子名叫"王豫民"。她曾在明新中学上学,离我少年读书的地方不远。因时间关系,惜未深谈。

晚归去时,发现炸弹将来路炸了几个坑,我们在洞里一点也不知道。穿过三登又回到分部,见到孔庆隆部长。他告诉了我一个重要的消息,这消息使我想起在朝鲜的行留问题。

一月三日

今晚分部请朝鲜客人吃饭,会前双方各来了一套公式,从报纸上抄下来的文件,什么"新年之际""我以什么名义"等等,好像小孩学大人说话,与深厚的中朝友谊实不相称。宴席则甚丰盛,听说朝鲜人没有过年,饭也不够吃,不知见到如此丰盛宴席有何感想。

晚上跳舞,我和杨还找两个朝鲜妇女跳了一次。其中有遂安郡的妇女委员长,她和自己的丈夫感情最好。这是楠亭里那个面妇女委员长告诉我们的。

成川郡的党委员长是一个老头,从谈话中得知他参加过南昌起义,不知现在为何还当县委书记。

跳舞不熟悉,跳得也不痛快。看到青年们跳得那么好,感觉自己的青春已经过去了。

一月四日

和几个参谋在一起照相留念。

下午和三登面委书记谈了一些他过去参加地下工作的情形,也谈到他的生活。他说饭是吃不饱的,但是不能向外人说。又谈了一下男女关系。他说上级并无指示,还问我:朝女和汉人结婚是否可以?

看了《解放军文艺》十一月号,发表了我的《挤垮他》一文。柳杞同志给我改的一些字句,都令我十分满意,看着看着不由得笑出声来。朋友究竟是朋友,可知他下了苦心。真真叫我满意。

一月五日

上午与席忠谈话。他是工人出身,又是一个老兵。显然是一个愉快活泼的人,他很愉快,说最近才把生字突击完,就看了我的《前进吧,祖国》,他称赞我写出了他们的思想。

可惜因时间关系,不能多了解他。

我想把他的事迹和陈希荣写在一起。

在我的计划中,访问平壤是不可少的。

下午一时半,小吉普载着我们几个,还有金干事(他给我们担任翻译),一起出发去我国驻平壤大使馆。这是白天行车,一路沿着铁路走。至石岭车站,江东车站,都是大弹坑,道路坑洼不平。断了的桥梁,倒了的车厢,歪斜的房屋,白雪盖着的瓦砾堆,一路不断。朝鲜人往来,抱着膀子,顶着东西,十分寒冷。一些穿红绿衣裙的朝鲜女人,给这山间增加一些彩色。还看到了一些人民军。过了大同江,水还未结冰,宽阔清澈。渐渐房子多了些,这是到了平壤市郊。"平壤!"司机用手一指,我们向西方一望,有很美的高压线,非常稠密。在低垂的云层之下,看到了耸立在山坡上的仅剩骨架的金日成大学。

三时四十五分到达大使馆。他们问:"是从开城来的吗?"我们说不是。这里修的是洋平房,进去一看,地毯、沙发、桌布、烟灰缸等,如到北京。我们坐在沙发上却感到拘束起来。

晚上见到一位熟人,不由得惊呼了一声,他说:"喂什么,当了大作家,就不认识我了?"一看,就知道是老战友李石,不知他竟在这里。山南海北谈了很久,谈到访问平壤,他说须经国内批准,还须经朝外务省同意。我瞪眼了。还是金干事想了一个办法。

一月六日

为行动方便拟在大站住。李石把一些干部请来,我们认识了,在一起喝了酒。

今日看了《五千年来的中朝关系》一书,现在看这种不是用科学观点写的著作,不感兴趣,心里别扭,只随便看了些史料。这两个民族真是血肉关系啊。

一月七日

今日和李石同志同去平壤。开始只看到路侧被炸弹震得歪斜的小屋,还有一些小摊子。行十余里,才到达了市街。这残破的城市,居然行人很多,两侧是朝鲜商店及标明"中华料理"的一些饭馆。楼房只剩下一些空架,断瓦颓垣中,是一些低矮的土屋。在这种废墟间,电线杆上的广播音乐和广播员的口语广播,震我心魄。这里还有人活着,平壤城没有死,这是一座战斗的城!汽车登上牡丹峰,山上有松树和一座漂亮的小楼,还有一个亭子,名"乙密台",是隶书字体。中间有警报机,向东西南北四个方向,伸出了四个大喇叭筒。台子的一角中了弹,向下塌落。往下看是结了冰的大同江。往那小峰一望,有一座小亭,右手一望又一个小亭。李石告我,在和平时,此乃青年男女栖息谈情之所,今日则已寥寥数人,令人凄凉愤恨。幸福生活被破坏,是多么悲惨。

向西一望，整个平壤的被伤害情况历历在目。纵然某几处，还保持着市街的面容，但屋舍楼房不少是断壁，有的只剩一片瓦砾。烟囱虽然不少，也都没有冒烟。虽然如此，但山下依然有机器声，汽车亦不断行驶。

下山峰之处，看到纪念八一五解放，为苏联红军建立的烈士塔，台上有五星，被飞机打得都是窟窿眼。附近亦有不少炸弹坑，但塔依然屹立。

下山之后，游览了市街，看了大同门、练光亭，都有中国风味。练光亭虽中一弹仍安立如故，地板有被燃烧弹燃烧的痕迹。在游市街中看到，整个的市街夷为平地，扔着许多破汽车的车架，有的堆成堆。回来时又到市场转了一趟，米、鱼、猪肉还有多拉基菜。

访友人金路丁未遇。

下午三时返回。整个的印象，幸福生活之被破坏是如何的可怕！我必须在小说中详细描述，以此惊醒我们在幸福中的人们！

朝鲜人的前天固然较我们的昨天更为不幸，而他们的昨天，和我们的今天则颇为相似。但他们的这种幸福却被破坏了。这比死于疆场更可怕得多！痛心得多！

晚到后勤 22 大站。准备访问平壤。

一月八日

今天有两个干事陪同到宣传省。文化宣传省的大楼在牡丹峰下一个高地上。这个四层大楼是全市楼的最高处。附近的楼房全被炸塌，只剩下它顽强屹立。一进大门（只是两根石柱而已）就是一个大炸弹坑，填了一半，汽车从上面通过。再朝里去全是弹坑，汽车左弯右拐才到达楼前。楼四周也全是炸弹坑，有一个紧挨楼房。墙上全是剥落的一块一块弹痕。大楼顶的正中，也许打算写个什么名字吧，但没有题，上面有一块特大的弹痕。近处看，是一幅人民军呼喊的招贴画和一张墙报。我们见了副相，屋子里虽有火炉，没有一点暖气，差不多等于形式。往沙发上一望，下面的弹簧顶着屁股。他们天天坐在这里，天天坐在炸弹之下，这就是他们的岗位。他们没有什么地方可去，他们也不愿离开这里，这就是他们的战斗的位置。想到这里不由得升起一种对他们的敬意。

他打了电话,把我们介绍给文化局,文化局长接待了我们,在地下室,也是一张沙发,不知两年来,怎么一下就坏成这样。为了谈话方便,我坐上局长的转椅,一坐几乎跌倒。桌上只有一支铅笔和一些粗劣纸张,一支蘸水钢笔也不大好写。他们的生活有多么困难。给他们一支烟,他们抽了;给他们第二支时,他们便显得难为情。他们的脸都是沉重严肃的表情。

　　他们给介绍了一个叫姜英子的女消防队员与我们谈话。这孩子胸前戴着奖章、勋章,后脑上戴了一顶无檐军帽,脸孔红润。她留在这座楼上,在烟与火之中,担任警报员,立在炸弹最密集之地。她说,敌机投弹时,她整个身子被震起落下数次。的确是一个英雄。可是在回答我们的问话时,却不断低下头去。微笑,显得非常温柔。谈话后,她领我们到这楼上去看,一踏上楼梯,原来是很宽敞漂亮的楼梯,门窗却没有了,空空落落,地面都是瓦砾。三层上一颗炸弹穿孔而过,下面一层将要坍落而又未坍落,露着钢筋。冷风呼呼地吹。当初是多么温暖的地方!这里有一座像礼堂的宽敞的大厅,当年又有过多少欢笑和温柔的故事!在那楼梯上,我仿佛看见亲朋们、情人们互别时互约时的微笑。……在楼顶上一看,楼房的一角塌落了但却被粗乱的钢筋连结着,一处侧塌。姜英子说,这里死伤了二十余人。往下一看,弹坑如蜂窝,再下面靠近江边,原来是美丽的楼房,而今一无所有。冷风吹着,姜英子穿着单薄的服装(我知道这是专为接见我们穿的),手都冻紫了。这位青年,她指给我们,楼顶上的最高处挂着一个警钟,轰炸中她就站在那里。现在还有一个同伴,在那儿同她招呼。

　　我想像着姜英子的情形,她原是一个普通的中学生,仇恨竟把她变得如此勇敢!这楼对我印象太深了,我是否可以写一个"钟声"的散文?临别时,她还拉着我的手,让我转告她对中国人民的敬意。局长叫我们谈过话回去,下午看歌剧《李舜臣》的演出,很显然他有苦衷,不能拉住我们吃饭。我们看到了这种情形,就离开了。但杨桦不小心一下把车开到炸弹坑里,玻璃也碎了,他的腿也磕了一大块,显然证明了弹坑之多。杨桦很抱歉,他说有两个小孩经过。到了鸭绿江饭馆,里面还有一个朝鲜女人,给我们端水端饭,据说她的丈夫被炸死了。今天朝鲜人的遭遇,多么叫人痛心!

晚上看《李舜臣》,也同时看了地下剧场,堂皇之至。朝鲜的官员们还穿了他们的新衣到这里看,这衣服也许是他们仅有的。我看见他们一个人向另外一个要烟,我给了他一支。唉……

赴越日记

（一九六五年七月九日至十月十三日）

一九六五年六月,美帝国主义派飞机轰炸越南北方。越南战争升级。奉周总理之命,由作家协会派出巴金与我作为第一批中国作家访问越南。我有幸亲眼目睹了越南以人民战争的宏伟声势所进行的卓越的反轰炸斗争。这就是当时的日记。

一九六五年

七月九日

经过一个礼拜的学习和准备,于今晨六时半起床,开始了这次抗美援越的行动。送行者有白羽、李季、北屏、曹禺、虞棘、胡奇等同志。

对这次行动,我精神上是早有准备的。党的信赖,使我感到光荣和愉快。因此,我毅然决然抛下写了一半的抗美援朝的长篇,服从当前最重要的斗争。我决心比任何一次战争都要表现得更好,我决心把我的一切都献给这场关系世界革命的重要战争。

秋华同志在整整一周来,为我作了无微不至的准备。

我这次行动有以下三点是最重要的:第一是勇敢和能吃苦;第二是不犯大国沙文主义的错误;第三是能够写出些较好的东西。另外,还要照顾巴金同志。

飞机在武汉及南宁停了两次,于下午五时到达河内。在飞机上我看见了红河三角洲富饶的田野。

在飞机场迎接的是保定江、怀青、裴辉繁等越南作家及我大使馆参赞杜展潮等同志。住河内统一旅馆。

七月十日

上午到越南对外文委拜访,下午由作家协会主席邓台梅接见,晚上他和对外文委副主任范洪设宴招待。巴金和我都祝了酒。我谈到越南战争的伟大意义和中国人民援越的决心。

七月十一日

到大使馆见朱其文大使。

下午参观了革命博物馆,看到过去法帝统治时期,美萩省卖人肉,每公斤五元的照片,印象极深。

七月十二日

上午与越方谈日程,下午到越南《军队文艺》社,会见部队作家。看到他们深入昆戈岛画的速写很好。他们的宣传部副部长范洪居劝我们不要到永灵去,因而发生了反复争论。他们是出于好意的。

晚看十七度线的越南片。

七月十三日

由越南史学家陈辉燎陪我们看了河内文物史迹。看了还剑湖和西湖。景色很好,但战争环境,没有看景色的心情。

下午参观河内东十公里的越中友谊农业社,看到越南妇女多穿棕色上衣,黑色裤子,身上又是汗又是泥的在劳动。帝国主义侵略了他们八十多年,造成他们很穷困,就是今天仍不让他们平静地生存下去。

晚看越南人民反轰炸的影片。英勇的姿态印入心中。

七月十四日

上午文化部副部长春常同志介绍越南作家情况。做法很对头。

下午见越南诗人春耀同志。应我的请求他读了一首爱人为丈夫准备行囊的诗。他说,战斗的人们需要"心灵的后方"。

五时,越南诗人和党中央书记处书记素友来,并设宴招待。人很精干潇洒。主动谈到反修问题。谈到今天危害最大的不是帝国主义的文艺而是修正主义的文艺;谈到日本、中国、朝鲜、越南、印尼,好像一个排球队,中国人是打中锋的。还谈到有些人一千句好话顶不上一根毛竹。都谈得很好。

他同意我们到永灵去。这个问题已经算是最后地解决了。

七月十五日

上下午均由劳动党中央宣传部一位处长介绍越南政治情况,他的名字叫黎春同。着重谈他们的抗美决心和加快建设速度的问题。

下午五时,参加中国支援越南的展览会。并看了百货公司。晚看潮剧《石生》。写了一位勇敢但失之于忠厚的勇士。有许多好人,的确是失之于忠厚的。歌剧朴实优雅,与中国民间戏剧相近。

午会见翻译我的《生与死》的清兰同志,赠他英雄笔一支。

七月十六日

上午冒雨去河内街上做"抗战鞋"。越南工人给我们当场量了鞋样,用不了两小时,就把几双鞋做出来了。这是越南革命者的创造。据说是游击战士们击落敌机和击毁汽车,废物利用做的。能穿十几年。河内至今仍有许多人穿这种鞋。胡主席出国也穿这种鞋。我们在鞋店等了一会儿,看到有好几个人民军的战士来做这种鞋。还有一个大尉,一见面就同我们谈起来。他今年已经三十九岁,上级说他年纪大了,不让他到南方去,但他终于争取到了,很兴奋,可以看到他们高涨的士气。

上午会见了三个人民军的干部,一个是四月四日同伙伴击落四架敌机的飞行员陈亨(少校),高颧骨,显出一副坚毅的姿态。一个是高射炮的上尉黎光宝。这些都是过去的穷孩子,对敌怀着刻骨的仇恨,这是他们克敌制胜的根源。这方面与我们的战士相同。

下午与部队作家阮凯会面,谈昆戈岛情况。一同吃饭。他在部队当过通讯员,说文艺作家的基本问题不是词句问题,而是感情问题,看法是很正确的。

晚阮公欢——一个六十三岁的老作家来访。裴辉繁陪着他。他过去因写《垃圾堆》受过批判。

今天穿着抗战鞋,很舒服,很跟脚。这是革命鞋。穿革命鞋,应该走革命的路。不怕艰苦,争取胜利。应该写篇诗才对。

七月十七日

今天整日与顺同志谈话。这是一个老革命,四十九岁,是南部党的领导人之一。抗法战争时被囚于昆仑岛五年,这次又被囚于该岛八年,今年三月始被党营救出狱。头发已斑白,但目光炯炯,讲话深沉有力,善于分析概括,又很谦逊,只谈整个概况,不谈本人经历。越南的阶级复仇分子与美帝国主义者所制造的人间地狱,残酷已达极点。但越南英雄们最后终于使暴徒匍匐在自己的足下,承认自己的失败。被关在牢中的一千人,除一部分人动摇叛变外,折磨得最后只剩下五个人。顺同志就是其中之一。

吃午饭时,顺同志谈到,他受到中国英雄刘胡兰的鼓舞,他曾想如何以刘胡兰的英雄气概来战胜敌人的一切折磨。共产党人表现了人间真正的正气。

晚看潮剧《灵文与金人》,歌与舞均好,但与今天的战斗气氛似不适合。文艺武器也许还没有全部动员起来。裴辉繁同志陪我们同看。

七月十八日

早六时半,听顺同志继续谈,谈到伙伴牺牲时,他心中甚为难过。

十时,赴越中友协。黄国越会长接见。

下午等清兰同志,未来。

晚看越南大戏院反美歌舞。

今天被电扇吹感冒了。

七月十九日

武秀南同志来。一九五五年他访问北京时,我和李季等同志接待过他。他送来两粒菠萝弹的弹丸,是在一个英雄的越南孩子阮伯玉牺牲的地方,由被烈士救活的两个孩子之一捡来送给他的。令人心痛。我送他英雄笔一支。

下午劳动青年团中央接见。由阮胡同志(书记)介绍了团员和青年的情况。团中央常务委员负责出版社的潘氏福同志,以极友爱的眼光看我,表扬了我的作品。最后团中央送我们漆画、文具,以及翻译成越文的我的作品《生与死》《什么是青年的幸福》和《路标》等。

清兰中午来,送我菠萝弹壳一枚及其他手工艺品。

晚文联举行小型联欢会,欢送巴金和我到前方。因天气奇热,在院里举行。朗诵了素友一首诗,第一次欣赏他们的吟唱。还有两位名歌手唱了几支歌,奏了独弦琴。这种乐器有一种奇异的缠绵力量,简直如爱人俯在你的肩头倾诉。最后还献给我们每人一枝红花。上前线是平常事,他们却把我们当做英雄一样欢送。心中甚感不安。但同时也深深感谢他们的友谊。

七月二十日

今天五时就起来,准备迎接胡主席的接见。六时四十分赴大使馆,由朱大使陪同我们到主席府。高大的常绿树和槟榔树,使这热带的园林显得清幽。米黄色的大楼对面,有一座小小的藤萝架,在藤萝架下,设了一个长方形的桌子,铺有洁白的台布,上面放了两盘饼干,两盒烟,简单朴素。我们稍候了一时,巴金同志说来了,就看到胡主席由黄国越同志陪同在林阴路上出现。他步伐敏捷,丝毫没有平常老人慢腾腾的样子。同志们迎上去,还没有说话,胡主席就用汉语说:"你们好!"他带些广东口音。胡主席穿着棕色衬衣和一条宽大的裤子,抗战鞋。据说,他虽然住在主席府里,但住的却是过去一所普通的平房,一所仆役住的房子。大使作了介绍,我们同胡主席亲切地握手。大使安排座位,胡主席却打着手势说,随便坐,不要听他的。我们坐下。他又用中国话问:"你们都看了什么?"巴金回答,工会代表团下去了,我们还没有下去。他接着说:"要看真实的东西。下面总是光让你们看好的,对我们也是这样。我下去就不通知他们。"他又说:"过去俄罗斯加特琳娜第二,下去视察坐马车,别人陪她看假的,有些房子很好,实际上是用纸板做的。过去在南京,蒋介石让外国人看楼房,后面就是破烂的小屋。"他问巴金,多少岁了,巴回答六十一岁,胡主席说:"还年轻嘛!"又问我多少岁,我回答四十六岁了,他说:"更年轻了!"又问张天民同志,也同样这样说。他说,巴金写的《贤良桥畔》,很好。不是客气,的确很有感情。又问我:"我看你的名字,第二字上面加了一个山字,为什么要让山压住?"我说:"没有东西压着,怎么闹翻身呀?"胡主席没听清我的话,说:"你是不是怕老婆呀!"大家笑起来。他又问张天民同志都到了什么地方,张回答,到了清华等地看见工人情绪很好,一边生产,一边战斗,并不害怕飞机。胡主席兴奋地说:"过去抗日时,我在昆明、西安都看过轰炸,汉奸活跃得很厉害,打信号枪。一响了警报,就只等飞机来。现在我们是飞机不来就生产,来了就打。"我说:"社会不同了!"他同意说:"是社会不同了。"巴金说,打飞机打得很好。胡主席说:"最多时两天就打下五十多架,最近敌人小心了,改变了战术。"我又说:"南方打得很好,游击战达到了新的高峰。"他说:"我们接受抗法战争的经验,又学了中国的经验,有发展。"大使说:"不只是发展,而是有很大发展。有许多创造。"胡主席说:"美国人的据点布置很严密,也打进去了,有些地方还不止打进去一次。"我说这是伟大创造。胡主席说:"我们还有一个女副总指挥。"巴金说:"听说她叫阮氏定,这人很了不起。"胡主席说:"这人过去是槟榔省的省委书记。她发动对敌斗争,事先调查一个地方有几条街,然后发动老弱妇孺,分配他们到这些街道游行示威和敌人讲理,敌人一看是老弱妇孺,没有办法开枪。"我们说:"越南打得好,许多作家都想来。"他说:"有多少都欢迎,你们可以背上大米、盐巴到前面去。"他又说:"对其他国家的人,要求外宾招待,中国,朝鲜,不要这样,让他们吃饱,可以比越南同志的生活多少高一点。我们到中国去也一样,菜不要剩下,我对同去的人说,菜要通通吃光,不能剩下。"他又强调一句:"通通吃光!"接着又问:"中国近来有什么小说,有哪些女作家?"巴金做了回答。说前几年出了《红岩》,胡主席说他已经看过了。又介绍了茹志鹃和菡子,说她们也要到越南来。时间已过去一小时,我们起身告辞。同胡主席一同留影。胡主席满面红光,脸也比照片稍胖,眼色深沉,可以察觉到他的辛劳。我们同东方的这位共产主义的著名领袖的会面,留下了深刻的印象。他是一个谦逊、简朴的人。他对越南的英勇斗争,感到满意。

晚参加"七·二十"日内瓦会议纪念大会。天气奇热。我们在巴亭会堂衣服尽湿。黄国越发表了讲话。并看了一个描写南方斗争的话剧,很不错。

<h3 style="text-align:center">七月二十一日</h3>

上午补写日记。很热。

下午才整顿行装。晚五时许,对外文委主任怀青、武秀南、裴辉繁等都来送行。送我们两人每人一顶绿色的铜盆帽,套着伪装网,一位叫英诗的女诗人还为我们到前方去专门写了一首送行的诗。这是一个有文化的民族,一切行为都显示是有文化教养的。但她却使我很不安,感动得我心眼直忽悠。他们简直像是欢送出征的英雄。摄影师还让我们把铜盆帽戴上,同大家攀着手臂照了相。裴辉繁同我紧紧地拥抱。

同行者共九人:我和巴金,两位翻译陈庭宪、陈辉欢,部队作家何茂涯,管理生活的六十一岁的阮得胜,还有警卫丁文利,两位司机同志。乘两辆嘎斯69,上面插了椰子叶做伪装,一路飞驰,椰子叶发出飒飒声。在河内时的闷热之气为之一扫,顿时觉得十分畅快。

这条公路名一号公路,是柏油路,两旁都是稻田和槟榔、香蕉与常绿树簇拥的村庄。远处天空电光在黑云间闪烁不停,好像那边就是战场一般。

路上过了两个渡口,都很顺利。一个是宁平渡口,有山水庙,越南英雄贾文姜抗法战争曾攻夺此山,在被围时跳入江中,是两座桂林式的小山。借着闪电的光看到江桥有一孔被炸坏了。第二个渡口是清化的勒桥。两处都未碰见敌机。只是听说晚九时敌机窜近南定。我们过南定时,两旁的纺织厂,织布车间发出潮水一般的声音。

车快到咸龙桥时,我们已可看到青年突击队的男女青年们在填平弹坑。我们下车步行。咸龙桥位于玉山和74高地之间,马江在这里穿过龙嘴入海,水流甚急。该桥是中国同志帮助修建的。铁桥两边是公路桥,已被炸毁,钢筋石块滚到铁路上,已被搬开。我们缓步走过这座英雄的桥。

夜二时进入清化。夜很静,叫门叫了很久,才听到一个越南姑娘的应声。

七月二十二日

早晨,省行政委员会和省军区政委先后来看我们。谈起他们在十八、十九日击落敌机活捉美国中校的事,很兴奋,很有信心。政委不断强调他们人民战争路线所取得的胜利。清化省从四月三日到现在打下的敌机已经有七十八架了。

近午,他们把我们拉到距清化十二公里的一个百户人家的小村防空。和他们商谈采访计划。布置我们和先进人物见面,并到高射炮阵地去看。

院落周围是龙骨篱笆、香蕉和椰子,鸡冠花的叶和花都像木刻画似的。午睡时还听见鹅、鸭嘎嘎地叫,并听到布谷鸟的欢鸣。这种鸣声,我在炮火纷飞的朝鲜夜晚,也听到过,如今又在越南战斗的土地上听到它,特别引起人的诗思。凶恶的敌人,残酷的轰炸,压不倒人民,也压不倒布谷的欢唱。

农村里,多是草舍,也盖起了一些新瓦房,据说一个劳动日能得到两三公斤的粮食。生活大大改善了,可以理解到他们为什么会英勇无畏的战斗。

一个名叫合的十七岁的长发姑娘招待我们,一刻也不停地端茶倒水,给人很深的感动。

夜间,防空警报,飞机来了两次,我们起来了两次。越南同志很担心我们的安全,叫我们守在防空洞口,还埋怨我们起身迟了。

七月二十三日

为了防空,五时就把我们喊起来,匆匆吃过早饭,又把我们拉到昨天的乡村里去。

今天整日同省军区的政治主任阮林同志谈话,介绍清化军民反轰炸的战斗。

夜晚有两位人民军高射连的战士和我们见面,谈了他们的战斗。因明日早晨三时半要起床去看阵地,潦草地结束了。

七月二十四日

晨四时即出发去看阵地,天还不亮,因有警报,黑着灯开了一程。由阮林和两位高射战士引我们爬上咸龙桥附近一个高地。马江在脚下流过。看玉山和74高地还模模糊糊的。在晨光里,集合起不到二十个战士,巴金讲了话,我也说了几句。天色明亮,正要看阵地,何茂涯同志就催我们下来。我只得在后拖延着草草看了,这里有四挺高射机枪,几处简单的工事,两座小棚,几个水桶,一片炸弹残骸。战士们因我们的到来显得很高兴。

女民兵队长阮氏嫦,也陪我们到阵地来了。她是个子很高的姑娘,二十一岁,昨晚十时在乘夜犁田,十一时被汽车接来。我一见她就称她是山东姑娘。她长得很漂亮,把一个长辫扎得短短的。穿着蓝色碎花白衣,长长的黑裤。她总把自己一个手指的指甲放在白白的牙齿上微笑。高射连的战士都同她说话。一个姓翟的排长送我们下山时,她还说:"方同志问你的好呢!"那位排长腼腆地笑着,说:"我也问她好。"她又说:"除了问好儿,还捎什么信儿吧!"原来那位排长同方同志已经在近来的战斗中有了新的关系了。

下山后到了江岸高射炮阵地。我们向每个班问好,战士们的饭菜刚摆好,敌机十二架从几个方向出现,指导员立即鼓动战士们用胜利回答我们的访问。我们立即跳下战壕,我用望远镜看着敌机,可惜的是他们盘旋了几周,向别的方向走了,没有打上。否则我们又看到一场生动的空战了。战士们也以没有亲自打给我们看感到遗憾(现在敌机不来,他们心痒痒得难受)。可是却把何茂涯和阮林同志急坏了,他们为我们担心。而我们自己却以有这样的好机会而满意。

指导员有十八年军龄,他在这里指挥战斗。

七时许,我们又回到原来的村庄。

阮氏嫦在饭前同我们闲谈着,阮林同志同她开着玩笑,说她还没结婚,是因为个子长得太高还没有找着合适的。阮氏嫦羞得用拳头捶着他。这位姑娘纯洁、活泼、天真。她领导的女民兵队总是模范,省军区总号召男民兵向她们学习,大家说南山岸小区简直成了女岸小区了。

下午她向我们介绍了他乡民兵保卫军舰的战斗。民兵居然能保卫军舰,也是一个奇迹,体现了人民战争的力量。尤其吴寿蘭老人一家四个儿子都参加了战斗,二子负伤,一子牺牲,令人特别感动。

谈论间,另一个高炉女民兵阮氏芳定来了,她是从医院里来的。手指断了两个,头发被烧焦,刚长出不足一寸,她觉得难看,用一块纱布包着,像一个尼姑。我握着她缺两个手指的手,心里有些痛楚,我摸了摸她的伤痕。她一来,就攀着阮氏嫦的脖子抱起来了,两人亲得没法说了。这真是战斗友谊。革命的战斗把人紧紧连在一起。人们叫她俩是"工农联盟"。

阮氏嫦谈自己谈得很少,阮氏芳定同我们谈时,她到一边睡觉去了。

阮氏芳定谈她如何从畏惧变得勇敢,谈得异常真实。战争迅速催促了她的成长,她自己也说这场斗争是她最好的学校。

整个下午在落雨。阮得胜给我们从城里搞了饭来。他夜间不睡觉,给我们听警报,白天又睡不着,六十一岁了,腰多少有些弯,却这样为我们操劳。

六时许,我们先回城携了雨衣,然后到南山岸小区进行"闪电"式的访问。到了阮氏嫦、黎氏蓉、吴寿蔺家。越南人民觉悟很高。我称赞了阮家有这样的好女儿。阮母说:"这是党的培养。她不光是我的女儿,也是党的女儿,国家的女儿。"黎氏蓉的父亲是教员,他说:"我不悲伤,我很自豪,因为我为国家献出了自己的女儿。"尤其吴寿蔺家,还是一个极贫户。我们冒着雨低着头才钻进了他家的茅屋。这么多人屋子也坐不开,只好站着。可惜吴寿蔺不在家,去给社里喂猪。直到儿子死时,他还在喂猪呢!别人怕他小儿子死去,悲伤过度,送葬时找人搀他,他拒绝,说:"我虽然悲伤,但能顶得住,不要人扶!"

还看了那天民兵保卫军舰的阵地。天黑了,大家只用电棒照着看了看。

整个访问都是在雨中。

归来时看到越南的青年突击队正背着背包、雨布,在雨地中行进。

一直轻轻哼着歌儿的嫦同志与我们分手。

今晚还见了一个名叫吴氏选的青年姑娘,她只有四十二公斤重,但却背下了一个七十七公斤的伤员。修正主义记者访问时死不相信,气得吴氏选当场背给他看。她想:"你们这些人光看到越南人个子小,我要叫你们知道反对美帝的意志是坚强的!"

晚上,消息说,越南打下敌机已满四百架,我和巴金同志同越南同志碰杯。

七月二十五日

凌晨七时,醒来,看见窗上亮光闪闪,随即听见广播声。我跂上鞋扶窗一看,北天上挂着两颗照明弹。有两声爆炸声。主人赶快叫我们到防空洞口。飞机走了,又迷糊了一会儿,还未入睡就起来了。

五时许,出发到海岸上的一个村庄广荣乡去。下着小雨。汽车沿着一条两侧是椰子树的马路行驶,远望尽是碧绿的稻田,也有桂林式的小山。越南是多么富庶的地方。这个国家将来统一了,该是多么地好啊!可是这个国家,却受到法国人八十多年的统治,随后又受到美帝国主义带来的灾难,难怪人民斗争得这么英勇!

我们先冒雨在岑山脚下望了一望,海岸上摆着几只竹筏,静悄悄的。波涛滚滚,海岸沙滩上有民兵修的矮矮的土墙,这是他们防止敌特登陆的战斗堡垒!

据说岑山上有一座独脚神庙。一个神,半个脸,半边身,一条腿,因时间关系未去看。这也真是美帝当前的象征了。这位独脚鬼被淹没在人民战争的大海里。

我们到了广荣乡,沿着小路埂向村里走去,两边是香蕉和葵树。我们先看了看民兵击落的一架敌机的残骸。它在村边距一座房子几公尺的地方钻进地里,露出的一半,烧成了零乱的一堆。据说两个翅膀在落地时折断,飞到附近的葵林里,现在只剩了半截翅膀。零乱的发动机,也被人零碎分割了。同行者纷纷找取碎片作为纪念。巴金在上面踏了一脚,我也踏了一脚。几公尺外的两座农舍被燃起火,据说它落地时腾飞的火焰有一百多公尺高。两座农舍被烧毁了,这家农民四口人被烧伤,一个老太太抬到医院去时死了。一个五十四岁的农民,抱着一个被烧伤的孩子面露忧戚地站在那里。我安慰了他几句。

这地方很像根据地,我们一来群众很快就挤满了,还有两个穿着紧身棕色衣服的女民兵。乡长、合作社主任、军队派来的所谓"增强干部"都来了,纷纷向我们叙说飞机被击落的情况。随后在一家比较干净的房舍里座谈,由击落敌机的一个青年射手向我们介绍那天的战斗。他像我国的许多战士一样不擅说话,人倒是很漂亮、聪明,总是带着微笑。介绍了没有几句,完了。

"实在没有什么好说的,就是这样。"他微笑着,带着几分歉意微笑着。

情况就是这样,他在田埂上的工事里,在一个木架上架着机枪,等了半个小时,就看见四架敌机,在寻找一个跳伞被捉的飞贼。其中一架离开队形,沿海岸搜索,飞得只有二百米高,沿途遭到民兵的射击,等到了上空就有些摇摇晃晃的,这时他打了五个三发就看到它起火,摇晃得更厉害,他接着又打了几发,那架敌机就栽下来了。

乡民兵队长又向我们作了详细报告,他脑子有些慢,使我们听得很吃力。会做不会说,纯朴的人民往往都是这样。

这天,我们两个简直像是新娘子似的,到处都有人们围着,尤其是孩子们挤在我们身边。我讲了几句话。讲话中,有一个七十六岁的白发老翁手拄拐杖,抖抖颤颤地走过来,坐在我们身边。我问他:"老伯伯,你说是帝国主义厉害还是人民厉害?"老人说:"还是人民厉害。美国鬼子擦破一点皮,他们就受不了,乱叫唤,他们就凭着武器。"呆了一会儿,他又自动插嘴说:"法帝国主义被我们打出去了,美帝国主义早晚也要被我们赶出去。"我称赞了他的话,老人很兴奋,拄着拐杖,走来走去,驱赶着吵嚷的孩子们,不让扰乱我们。但孩子们都不听他,还是照旧吵嚷着。

午饭时,雨未停,苍蝇很多,我们匆匆地吃过,主人又系上蚊帐让我们休息。下午,我们还未起床,屋子里又坐满了人。一个有十个孩子的老人守着我们,话很少,但却守着我们不走。我们了解到过去这是一个很穷的村庄,村民多没有土地,多到岑山去伺候殖民老爷们。现在生活好了些,但还不够高。

下午由一个民兵干部给我们介绍活捉飞贼中校和一个中尉的情况。原定亲自参加的民兵因开会没有来。

五时许,我们去访问了一个"白头军"的家庭,白头军实际就是我们过去解放区的"老头队"。老夫妇盖了一所很漂亮的新房,过去都是手无寸土的贫农。老婆婆是一九四八年的党员。有三个儿子一个女儿。三个儿子,一个是军队干部,一个是司机,一个在边疆。他们说生活比过去强多了,我问他们现在的情况,他们谈夜里下地看不清,干活吃力,白天又不好睡。老人总要起老人的作用,这地方还有特务登陆,除了干活,还要去海岸上巡逻。就是觉得很累,也要起些带头作用。越南人觉悟很高,虽是村民,讲话也很得体。老太太还托我们向毛主席向中国人民问好,感谢中国人民对他们的支持。他们说一定要争取祖国的统一。……还有另一个邻居的老人也来看我们。

六时许,我们结束了访问。

回到招待所,晚上我们又同芳定谈话。她是一个温柔恬静的女孩子,脸上时时流露着温柔的微笑。她在炸弹落下时,本来可以移动一个地方,但一架敌机正好俯冲得很低,她想即使自己牺牲也要开枪,她就是在这种情况下,手指刚一拉火,炸弹下来,她的左手手指就同枪筒一起被炸断了。谈话中,她还让我们看她的腿,星星点点都是疤痕,至今还有许多弹片没有取出来,医生说要等她身体复原后,才施行手术。

这一个女孩子,被敌人炸得遍体鳞伤,实在使人心疼,我看到她被削去的手指,像是被削去枝条的椿树,就不由得更激起对美帝的仇恨。但是这一个温柔,并且某些地方看来柔弱的女孩子,开头还有些害怕,几天之内,就变成顶天立地的英雄形象。战争不仅不能毁灭人民,而且催促人们迅速地进步,在几天之内,就走了一个人在几十年的进步过程。

七月二十六日

我们早饭后照例到了那个村庄。今天由团省委副书记介绍青年准备运动。下午妇联会长阮氏春记同志介绍"三承担"。刚刚谈了不久,吴寿蔺老夫妇(吴寿蔺六十四岁,妻六十二岁)来了,一个人抱着两个椰子,来看我们。老人说,那天我们到他家他不在,他去喂猪去了,很对不起,椰子是自己家种的,不是买的,送给我们表示敬意。这大热天,两夫妇跑了这么远,使我非常感动。老太太看来今天特别修饰了一下,黑色的头巾扎着头发,棕色的小褂里还有一个裹肚。寿蔺老人头发苍白,留着平头。老人的情绪过于兴奋,我们的谈话被打断了。老人先述说我们去的那天晚上,敌机丢下炸弹,有两个离他喂猪的地方不远,没有炸。接着,叙述他的大儿子在抗法战争时参加部队,参加过奠边府战役,现在在西北军区。他的大媳妇也工作,对老人很孝顺。他的二儿子是工人,和他的老五(女)在碾米厂工作。那天轰炸碾米厂,事后去看没有事。他的三儿子过去在太原工业区工作,现在回家搞农业生产了。

谈到这里,被妻打断。让他讲下去,他问:

"我谈到第几个了?"

"第四个了。"

然后他又接着谈第四个吴寿达。第四个是民兵连长,那天怕社里稻子霉了,正给社里晒稻子。

他们两口子谈得最详细的是这次牺牲的"六儿"。他是全家最受宠爱的。谈到六儿,老太太说:"还是我来说吧,有些事他不知道。"我们那天在他家里看过六儿的照片,的确是一个很漂亮很可爱的孩子。圆圆的脸,大大的眼睛,显得非常聪颖。他在供销社当售货员,晚上还要给民校教书。这次在军舰上负伤,他的两个哥哥心疼他,叫他下去,他就向哥哥作揖。直到三次负伤后牺牲。

老头子那天给社里喂猪,听说儿子负伤,一直未脱离自己的岗位,他怕炸弹落到猪圈里,没人开栅门。听说儿子牺牲,他忍着没有哭,怕影响打仗人的情绪。送葬时别人扶他,他说:我不哭,我走得了,你们不要扶!

老人此次全家四子上军舰,一个牺牲,两个负伤。老四的未婚妻黄氏在这次也牺牲了,如果加上她,全家牺牲两人,负伤两人。这个贫农的家庭,在低矮的茅屋里的这个家庭,就对这次战斗作出了这样的贡献!当他谈到这些时,我老是想到那天雨夜,我们看到的他那所茅屋,我们是弓着身才进去的,因为我们进去的人多,屋子里没有坐的地方,主人为了找座位,面上带着抱歉和不安的表情。就是这样的地方,居住着这一个对革命对祖国无限忠诚的贫农家庭!

问到这个家庭的过去,老人刚说了几句,老太太就阻止他:"过去的事情了,还讲那些干什么!"老头子刚又讲了几句,老太太又打断他:"你给同志们讲这些有什么用!三天三夜也说不完。"

老人两口子,过去是一直给人做苦工的。孩子多,生活一直很艰难,盖起那几间茅屋,是煞费苦心,白手起家。八月革命后,才分得了土地,生活好了些,还是不行,直到合作社后才好得多了。可是由于孩子们多在外面担负社会工作,上半天干活,下半天工作,一天只能记半个工分,生活还是赶不上别人。

"家里虽穷,可是很和睦,家里从来不吵嘴。将来统一了,就会更好了。"老人说。

由于老太太几次打断老人的话,老人看来很尊重老伴,不多说了。

最后寿蔺老人从手上脱下一个用飞机残骸做的戒指,套在我的手指上。

晚上,飞机又在附近投照明弹,越南同志说像是在南边的夹渡口。我们远远望见从天空飞下一溜火星,大概又是在扫射机关炮弹吧。省委来的同志说,今天又炸了荣市和广平。

晚七时半,省委几个同志接见。谈到反修时,他们说要彻底革命。有的人微笑表示同意,但不正面作答。有一个凯同志,是一位汉学家,曾经参加过最后一次乡试。

晚上,还开了一个小晚会,几位文艺工作者(河内的电影演员)下去生活回来,给我们演了几个小节目。一个是妻子不让丈夫参加猎机组,一个是婆婆不让儿媳出去打飞机。这恐怕都是当前生活提出的问题。他们到下面去做小型演出活动,方向是很正确的。

在演出中,警报不断传来,屋子里的电灯被装成暗蓝色。人们看不清,用电棒照着看。

地下的歌声在进行。

七月二十七日

上午,清化省妇联会长阮氏春记给我们介绍"三承担"运动。她是一个四十左右、脸庞黄瘦的妇女。一九四九年参加人民军做护士,三年后做妇女工作。她很谦逊,也很会说话。总说叫我们"参考"。她讲了许多妇女英勇斗争的事迹。她还谈到清化是封建意识比较浓厚的省份。女人到地里干各种重活,回来还要小心服侍丈夫,丈夫却在家杀狗,吃肉,喝酒,有时还打老婆。还有人出去学了知识,回家要同妻子离婚。因妇女过重的劳动而早日衰老。但是反轰炸"三承担"以来,许多妇女当了干部、掌了权,战争也促使这种封建意识发生变化。中午我们留她一起吃饭,饭后她戴上斗笠,推起蓝色的"统一牌"自行车,顶起大大的太阳走了。

下午,本来预定到咸龙桥高炉参观访问,因飞机多未能实现。我们同芳定又谈了几句,想了解她的思想基础。她谈到三月间,看了美帝和反动派的种种暴行,尤其对妇女的暴行,受到极大震动,哭了几天几夜。她说,她觉得杀的不是别人,觉得正是自己。她那天记的日记完全被泪水打湿了。手绢湿透,最后就不揩了,让它尽情地流。……

她最后还给我们看了一幅那几天伙伴给她拍的照片。她满脸忧虑,这是一个多么可爱且忧国忧民的青年。这幅照片,完全可以说明,为什么她会产生那样的英雄行为。这幅照片,使我铭记不忘。

芳定同志曾说她爱打排球。我说:怎么也看不出来你像个运动员?她说:到了排球场,你就知道了。她还爱看革命小说《钢铁是怎样炼成的》《海鸥》《青春之歌》等等,从中她都受到了教育。

听说她晚上要走了,我真舍不得离开她。

六时许,我们回招待所,路上遇到一次敌机。回到招待所,天还没黑,东边天上已投下了照明弹。天没黑,它丢照明弹干什么?巴金同志回答说:它有嘛!

七月二十八日

早晨临出发,阮氏芳定要走,她说祝叔叔身体好。又说:"我向你保证,养好身体,争取早日回到高炉,继续参加战斗。"我说:"我真舍不得离开你。"芳定眼眶立时涌满眼泪,我让她留下通讯地址时,我重握住她被打残的手,抚摩着她的伤痕,分手了。

我这几日老看她戴着铜盆帽,她嫌头发难看,我因天热常劝她摘掉帽子,她摘去帽子,很像个男孩子,并且老使人想起卓娅的塑像。

到了东英乡,陈庭宪同志告诉我,昨晚芳定对他说,她的爱人寨同志(一个海军战士)二月七日在广平轰炸中牺牲了。后来她又说:"不是爱人,是最亲密的朋友。你别对魏叔叔说。""为什么?""因为我们没有订婚呀!"这也可能是她加倍仇恨敌人的原因。

记得我曾问她同寨同志是怎样认识的,她只说:因为我打下两只鸟,送了他一只,别人就开起玩笑来了。前天她才告诉我,她在战壕里负伤时,寨同志曾冲下来救她,被一串炸弹拦住了,很可能她感念这位在战斗中结识的朋友,而感情还不成熟。

她前几天还推说,是她到74高地去索取战士的衣服下来洗时,才认识寨同志的。

战争考验了人,也锤炼了人们的友谊。

今天本来要参观咸龙高炉和南山岸小区,因飞机不断袭扰,主人始终不放心我们的安全,这两个节目就吹了。今天飞机最多时来了十一架,炸了附近什么地方。

据说,昨天此地打伤两架击落一架。今天在整个越南北方,每天都有三四架、七八架飞机落地。越南北方,已成为全民的靶场。

下午七时半,我们又开始了新的行程,向义安省荣市进发。芳定又来送别,我再一次祝她健康,她探出身似乎想亲我的样子,临时又考虑到不合适,抑制住了。

车行不远,至步桥,因为前面一辆载重卡车舵轮断了,车被阻达一小时。我们停留在被炸坏的一所房子跟前,陈庭宪同志叹息说:"多少血汗啊!"是的,这种心情就是越南人民奋不顾身的原因。我说,南方的胜利,正所谓唾手可得,好像一个非常香甜的果子,只要再探一探手就可摘下了。敌人的轰炸,正是要迫使越南人民放弃胜利。然而越南人民是不会放弃胜利的,任何胜利都需要付出代价,越南人民不惜这种代价。

今天,巴金同志与越南同志闲谈,他们很关心中国解放台湾,认为中国若解放台湾即可减轻这个战场的负担。这可能是苏联修正主义从中挑动。

天气炎热。车走得一慢就觉得闷热。沿途不断看到有民兵的防空站,在树枝上放着红黄两色灯,红灯表示没有敌机,可以放心行进。在将近演洲时,在一个防空站前稍停。几个庄稼人在这里守候着,他们是附近村庄的民兵,还有两个女民兵在长凳上睡着。旁边有一棵有好几围粗的英雄树。树根长得像铁青色的岩石,这树总有几百年了吧,它是这么雄伟,那盏红灯就放在树根上,照耀着行人的去路。

今晚渡过两个渡口,一个夹渡口,一个黄梅渡口,都很顺利。过黄梅渡口时,听到黄梅河里飘来一阵阵的越南妇女划船的号子声。声音嘹亮悠扬,像是越南同志朗诵诗的声调,可惜听不懂词的内容,但那种歌声,在这战斗的土地上,却十分引人,给人心里增添着温暖而有力的东西,就像炮火声中布谷的鸣唱。这些漂在黑黝黝的江水里的究竟是什么船呀,它们是载人摆渡,还是载筑路材料。这些妇女唱得多么好听,多么富有诗意,这些穿着棕色短衣、黑色长裤的长发妇女们。

黄梅桥已炸毁,又修起的一座座长桥也炸坏了,我们从渡船上过江,水手们又唱起了吟诗一般的号子。

今天路上,还看到不少的青年突击队员,其中不少是女的,他们背着行李、担架,有的姑娘还顶着东西。他们都是到广平前线去的最优秀的青年,为了自己的祖国,不惜一切报名参加。他们担负的是最沉重的劳动,而过的却是同战士无甚差别的军事共产主义生活,每月只拿五块的零用钱。有些人已经是几十元工资的工人,但他们却放弃了这一切,到最前线上,与敌机搏斗的战场上去了。我带着极其感动的心情,祝福着他们在火热的战斗中成长。未来的一切都是属于他们的。

路上还遇到不少用自行车运东西的人。这是他们在抗战中的发明。

夜二时半,赶到演洲县演盛乡宿营。

七月二十九日

我们睡至八时才起。起来在村里转了转。这里农家都有较宽敞的院子和一个后园,种有香蕉、甘蔗,一片木麻黄,像绿色的青烟,槟榔树有如高高的旗杆,非常叫人喜欢。但这里据说土质差些,不能全吃稻米,还要吃些红薯和玉米。粮食不够。

房东是一个沉默的老头,不大说话,但对我们很热情,下午给我们送来一大盘红薯。我在他们分地主的十二条腿的杉木桌上记了日记。

今天三架F105D型飞机俯冲轰炸附近的蓬桥。现在敌机很畏惧高射火力,飞得很高,十次有九次炸不准确。

下午休息时,警卫员同志说,上次他陪军事代表团,汽车被堵住,他动员群众推车,他们开始不愿去,后来听说是中国同志,才去了。

我们同行,与越南同志的关系很好。中午和下午,他们都杀鸡给我们吃,中午是陈庭宪同志做饭,下午是班同志做饭。

晚七时半又启程,不远过禁河渡口。这里桥板白日拆去,晚上架上,以便对付敌机。在朝鲜也采用过这种方法欺骗敌人。我们到渡口时,桥板还未放好,警卫来同志叫我们到离桥稍远处等待,他为了担心我们的安全,都有些瘦了。

只三十五分钟,很早就到了荣市,见灯火辉煌,给人增添了喜悦的感情。何茂涯同志说,二十天前在这里,电厂被炸,现在又修起来了。自行车在街上来往奔驰,穿白衣的姑娘一路走来,说说笑笑,还有唱歌的。苏联的记者茹科夫到了这里,写过一篇《死城》登在《真理报》上。我问是否有这事,他们证实说有,并补充说,茹科夫在前边一个地方,还叫一个战士坐下,步枪懒散地靠在肩头,装出愁容满面的样子来拍一张照片。当时战士愤慨地说,我们战士没有这种姿态,你要看就到高射阵地上,在敌机飞来的时候去看。

将来写文章时,应当联系到这件事。茹科夫完全可以拍一张自己的照片去发表嘛。司机铺了一张席子在天主堂前的广场上,我们坐下说说笑笑,等候着找有关的接待人员。机关搬到乡下去了,很不好找,等我们住下,已经十二时了。

我们住的是兴太乡东进村。

不一会儿敌机又来袭扰,天空交织着探照灯光,高射炮火发出隆隆的响声,敌机又逃遁了。

七月三十日

天亮前,巴金同志在梦境中发出哭喊声。我以为是什么噩梦袭扰他,赶快叫醒,问他,他说是为看了一本什么书而生气。早晨洗脸时,我再次问他,他说是参加什么国际会议,美国人说他轰炸越南是合理的,他很气愤,要同他们讲理。

他平时也流露过这话:你对越南并没有宣战,为什么要来轰炸越南?

早晨,才看清楚我们住的地方,像是一处古庙,两侧石柱上还刻着对联:"浙江派系同流守,蔡岭根基古月堂。"还有一联:"巽水亥山清贵脉,亚风欧雨栋梁材。"不知是什么意思。周围有几簇在漓江岸看见过的凤尾竹,有香蕉和椰树。风景很清幽可爱。中午敌机七架又来袭扰了两次,被一阵高射炮火轰跑了。对敌人的飞机,组织很好的高射火力,配合以民兵的火力,是可以将它击败的。敌人用以恐吓别人的空中优势,并不可怕,在抗战初期,敌机所以那样疯狂,主要是没有高射武器,并且没有积极组织对空射击。将来敌机再轰炸我国，就决不会那样了。将来写东西，应把这一点讲清楚。

下午天阴，天气变得稍为凉爽了一些。

七月三十一日

上午，因义安省委仍未来人，很闲，想做诗，写《布谷》未成。在朝鲜时，炮火中的布谷声，特别引起我深切的感受。这次在越南听到满野的布谷声，再次引起了我的诗思。可以作为具有信心的象征。

下午，省里来了一个防空指挥所的干部阮维珠，给我们介绍义安省反轰炸情况。晚上省委委员阮洋坛和阮德桂（省报副主编）来看我们。在此处的工作计划，已替我们做好了。

今天很愉快的一件事，就是到近处运河里游泳，顺流而下，游了很远，又上岸在林地漫步。许多干活归来的越南农民围着我看。他们称我为"膘卦"（胖子），我说：你们在看我的"胖"吧。他们说：不，我们是来看中国朋友，因为我们还是第一次看到中国人哩！

八月一日

晨四时起床，匆匆吃过早饭，到荣市略停，即到荣市行政委员会所疏散的乡村，见到市长阮怀风和几个副市长。市长很像个农民出身的，开始见我们拘束，也不说话，中午时就慢慢活泼起来，说起笑话。副市长管农业的阮春科，还在吃饭前送我们一首诗。整个上午，由一个面孔白皙、眉毛乌黑的政治干部阮成德介绍反轰炸情况。市长还找人把一尾从池塘里捞起的十多斤重的大鲤鱼捉来叫我们看。

午饭未完，敌机来袭，高射炮火与敌机展开一场激战。敌人一连三天轰炸荣市的武装部机关和师范学院，丢了好几个炸弹，升起浓密的黑烟。天空里也开放着高射炮的烟朵。敌机投了几个炸弹，即侧着身子逃去。

中午炎热，在妇联主任比较凉爽的屋子里休息了一会儿。下午与榨油厂自卫队的一个干部和一个工人谈话，他们的重机枪曾击落一架敌机。那位机枪射手是个复员军人，二十五岁，长得一头浓密的黑发，很是英俊。

十九岁的胡氏理，一件褪了色的棕色上衣，紧紧地箍着她青春的身体。炎热的太阳下,汗水和泥土,使她的肤色和衣服的颜色都接近泥土色。宽大的黑裤下是一双赤脚。她整个都像泥土一样的朴素。她总是害羞地微笑着不知说什么才好。她是一个团员,因为战斗表现得英勇,最近当了民兵的副队长。她说,她并不觉得敌机可怕。她已经同高炮阵地的战士们,在炸弹的烈火中协同作战十多次了。由于她的害羞,市长和别的同志都在旁边开玩笑,弄得她更加说不下去了。

我们在树丛里一张桌子边进行了这场谈话。

晚饭,吃了那个大鲤鱼。三张桌子都坐满了人,很热闹。

晚饭后,市长穿着没有袖子的棕色衣服,像一个农民推着一辆自行车,向我们告别,说他要下去了。几天之后才回来。这真是全世界最朴素的市长了。越南同志从上到下的艰苦朴素的作风,很值得我们学习。

在暮色中,我们到车站附近去看一架坠落的敌机残骸(F8u2)。这架敌机是越南北方击落的第三百架。它一头扎下来斜着身子钻入泥土四公尺深,在地面上只露出翘起的一个尾巴。至今,发动机等部分还深深地埋在地里,越南人曾想把这架敌机挖出来。上面搭了一个木架,想用机械力量把它提起。周围挖了一个大坑,积了很深一汪水,飞机尾巴露出水面。据说驾驶这架敌机的是一个中校,身子被摔烂了,座舱里找到一个头,十多米的地方找到一只手,另一个很远的地方,找到他一条腿。我们正在察看,有人捡周围飞机的碎片留作纪念。这时,带领我们参观的副秘书长陈玉同志说:"这就是他的坟墓!"我走近他身边,他的脚踏着一个土堆,那位中校的零碎的肢体和脑袋就埋在这堆土里。我恶心地向那个土堆吐了一口。这些嘴里嚼着口香糖把炸弹、凝固汽油弹、火箭和化学毒药扔到别人国土上的家伙,倒是真正得到了应得的下场!

越南人民是多么勤劳、朴素和善良!他们正在建设自己美好的家园。在他们着棕色衣服的身上,整日分不清泥水和汗水,他们正不顾一切地在法国殖民者所榨得干瘪的土地上,建设工厂,耕耘土地。每一间房屋,每一个螺丝钉来得都是多不容易。他们省吃俭用,把一切好吃的好用的东西省下来,换来机器建设基础工业。而这些坏蛋,却在他们喝完牛奶、咖啡之后,横行在别人的天空,使这一切都变成瓦砾,这怎能不激起人们强烈的愤怒!他们以为凭他们几件现代化的武器可以使人俯首听命,却没有想到,他们不仅在南方,而且也在北方遇到了真正的对手。一些白发老人、孩子和在人前连话都不大声说的害羞的姑娘,都霎时间成了对付帝国主义的真正的英雄。就是这些平平常常的人们,使美帝国主义的各型飞机像大风中的无花果一般纷纷落地!当他们起飞的时候,已经早有无数农民的步枪从战壕里仰起了枪口。它们的命运只是一条,这就是彻底失败!

我们经过荣市,又是灯火通明。街上一片欢愉的闹声。人们像风一样骑着自行车回来了,后面坐着他们披着长发的妻子。卖鲜茶和土烟的小贩,也在街道两边点着小油灯,迎着顾客。这些小灯,每走不远就有一盏,点缀着夜市的景色,并且给人以温暖可爱的感情。市郊的百货公司也挤满了人。小饭馆更是喧闹,有的把桌子一直摆到院子里,大家围着一盏油灯,像家人般地团聚着,吃着说着。

巴金同志在百货公司买了两个手电筒,原来说没有了,后来说中国人才拿出来了。

晚上,初三四的月亮,陈庭宪同志陪我到运河里游泳,我们先跑到上面向下漂,两岸凤尾竹、香蕉林,形成美丽的月色,我仰面朝天,顺水而下,感到愉快。夜间游泳还是第一次。

八月二日

今天四时即起床,硬塞了些东西吃,五时许就动身往兴勇乡——越南的红村。这里是印度支那共产党义安省的第一个支部。到现在一九三〇和一九三一年的党员还有十数人。抗法战争也是老根据地。工作一直很好。今天接待我们的有乡党委书记、乡长、副乡长和一个六十多岁白胡子的老党员。上午由乡党委书记介绍了这里的战斗情况,这里是敌机轰炸的重点之一,在六月十日至七月中旬,投下了三十个炸弹,还有许多导弹,由于防备工作周密,只炸死了五个人。

老党员接着给我们谈他的革命经历。他个高,白髯,眼睛比一般老人显得明亮,很有神。谈起他被捕欺骗敌人时,不断哈哈大笑。敌机来袭,有的出去防空,有的看飞机,老人坐在椅子上神色不动。

中午主人招待吃菠萝蜜。切开一个,黄澄澄的放满了直径一尺半的两个大铜盘,十多个人都没有吃完。菠萝蜜的核,有如鸟卵,或者像刚剥下的鸡胗,很好看。可惜这东西太甜,而且带有浓烈的酒味,我吃了两枚就放下了。敌机又来狂炸,南面炮阵地附近一片浓烟腾上半空。向空中怒吼的高射炮也开放出一簇簇的烟朵。人家站在树丛里看,一片吵嚷,说有两架敌机中弹起火,宪同志兴奋得不得了,可惜我却没有看见。轰炸后,乡党书记说轰炸的正是本乡中心,匆匆向我们告辞走了。

今天敌机特别频繁,共来了七次。北面的飞机场又接连被炸了两次,黑烟经久不散。中午为了贪享凉爽,他们把凉席铺在小树丛中,公安怀同志还把他的皮包给我当枕头。只迷糊了一会儿,敌机来又起来看。房东老太太说:"你怕不怕飞机?"我打手势回答,一打高射炮敌机就跑。接着我问:"老大娘,你怕不怕""我不太怕。"她说,又接着纠正,"我不怕!你看敌机刚炸时,我还在屋里干活呢!"

下午,一个乡村医生名叫双同志的给我们讲他的投稿活动。他的事迹不错,却有些表现自己。而另一个叫惠的女同志,在没与我们谈话之前,早已紧张万分。我们把她招呼在身边,"我说什么好呢?"她害羞地低着头说。别人更利用这机会给她开玩笑,她甚至一扭身子把头歪到后面去了。何茂涯同志说:"看,又是一个胡氏理。"就是这样的人,今天在成吨炸弹的烈火中变成了英雄。就是这样的人,使美国飞贼惊恐不安,成为他们可怕的对手。

她终于很吃力地把她协同部队打飞机,运炮弹,成为高射炮兵亲密助手的事迹讲完了。当我又问她自己的心情,她又为难了,转过头去问双同志:"我该谈些什么呀?"

一些越南同志看到她如此害羞,又提出要她唱歌,因为她说到曾经在轰炸后给战士们唱歌。我没料到,她竟低头笑了一阵,说:为了给中国朋友留个纪念,唱一支歌颂一个奠边府英雄战士的歌。她的歌给她的心情做了最好的注解。我也就不再追问了。

她的脸有些黄,比一般越南女同志脸盘略大。美丽的大眼睛,布满了红丝,从这里就可看到她白天战斗、夜间生产,是如何辛苦了。她在阵地上,被炸弹的硝烟熏得很黑,战士们常帮助她擦去脸上的泥土和烟尘。

我真不愿和这些可爱的青年分离。

晚饭后,乡党委书记回来了。他说,今天飞机在这个乡投了三十个炸弹,人畜却无一伤亡,只不过翻起了一些土块。我问炸弹距目标多远,他说有好几百米。只有一发导弹较近。晚上,刚一回到住地,就听到外面一个越南同志用中国话热情而大声地叫:"魏巍老了没有?老了没有?"

说着在昏暗的油灯光中进来一个身材高大的军人,握着我的手,又说:"你老了没有?"

但我一见面却不认识他。以为他过去见过我,又不好动问。他接着介绍,他是第四军区的司令南龙。其余几个军人,是政治局副主任,一个独臂的参谋处长以及其他两个参谋,还有两位中国海司的干部。南龙不等我答话,一连串地说下去。原来他是来给我们"两个专家,两个文家"举行庆祝"八一"的宴会的。他说:"'八一'不单是你们的节日,也是我们的节日,因为解放军是国际的军队。"他过去在抗法战争时当团长,就同中国同志在一起。"你们的首长就是我的首长,你们的下级也是我的下级。武元甲、韦国清都是我的司令。"我向他们道辛苦,他说不要客气。我说他们打飞机打得好,他说,胜利不在打下四百架飞机,而在政治上的胜利。越南是个小国,能够不怕敌人,挺身战斗,把敌人打得没有办法,这是马列主义路线的胜利。还说,苏联比中国的技术高,科学进步,但他们害怕敌人,中国和越南不怕,这就是马列主义对帝国主义、修正主义的胜利!

他的话一下子就说进我的心坎,这里没有丝毫的外交辞令,真是心碰心的战友。我真高兴极了,真比吃了什么好吃的都痛快。在宴会上他还说,陈赓因为他们有了水壶不要竹筒而批评他们"小资产阶级,讲漂亮"。他说批评了,还是很痛快。真是只有思想相同,才是最亲密的战友。

我在宴会上也表达了自己的感情。那位矮小的独臂的精悍的春同志(司令部二处处长)还讲了《战士和祖国》在他们的军队中起的作用,并背诵了一段我的《年轻人,让你的青春更美丽吧》一文中的话。我感谢了他的鼓励。

宴会后,送了我们一瓶桑葚酒和几盒罐头,还有越南国防部各负责人的名片。

月落,我送了他们很远才回。南龙要我们代他问候韦国清同志。直到睡下,我还久久想起这位热情洋溢的、旗帜鲜明的同志。

八月三日

消息:昨天此地击落两架敌机,已经证实。

早晨六时,荣市发电厂的五个越南同志就骑着车子来了。这个厂多次遭敌机轰炸,曾炸中一次,但荣市至今,仍然灯火通明。

党委委员李回质(一个聪明,大眼睛,三十岁左右的人)介绍情况后,身体强健结实的小伙子范庭诞,介绍他如何驾驶汽车在炸弹烈火中飞驰。他在路上运送伤员,曾两天没有吃饭,给他写报功单,他拒绝了。接着聪明健谈的黄玉足,谈了他离开南方后十一年来对家乡的思念,对解放南方的渴望。他给我们看了别人从家乡辗转捎来的父母和妻儿的照片。不要说他,连我的心都疼了。敌轰炸北方以来,他曾要求到南方去未得允许。第三个是一个老工人,五十九岁,留着平头,穿着粗斜纹布工人服,一双工人的手。他曾在电线的高架上,在上是飞机下是高射炮的烟火中接线。他说,旧社会受够了苦,非常感谢党和政府的照顾,他明年就到退休的年龄,但他不愿退休。假若让他退休,他会吃不下饭,他愿为祖国献出最后一滴血。最后,二十三岁的青年团支书说,在全城弥漫着烟火,只能凭飞机俯冲声来射击敌机时,他如何做思想工作。他是一个干部子弟,中午我让他去游泳时,他说在厂里,飞机一天不断,日夜不能休息,"我还是休息休息吧!"可见他是多么劳苦啊!他还介绍了两个死在工作岗位上的青年,其中一个关好机器刚下楼时被烈焰烧死,她一手紧紧抓住楼梯,全身焦黑,但尸体不倒。她的名字叫黎氏美槐。她是一个孩子的母亲,也是人人热爱的和蔼的青年。

今天在谈话中,黄玉足还谈到苏联记者写荣市是死城,激起了他们的愤怒。工厂被炸后,很快就恢复了。范春耀还谈到他们厂里曾讨论过我写的《生与死》,并希望我再写一些。我答应道:反正我保证不会写出死城,写死城的作者是对越南人民的污蔑,给越南人泄气。这不是死城,这是一座战斗的城,因为在炸弹下站着的是无数英勇战斗的人们。他也保证说:我们一定让荣市灯火通明,照亮每一条大街小巷。在月色中他们归去。

针对《死城》,我想写一篇《战斗的城》。

八月四日

本来要到轰炸最猛烈的边水港和发电厂,他们估计战斗可能过于激烈,改变计划。今晨三时半出发上路。早晨抵达南坛县南莲乡金莲村,胡主席的故乡。

这里一片朴素和雅静。木槿树围成的院墙,门外是一片稻田,像是绿波荡漾的湖水,有五六株秀丽的槟榔,一株白干的榕树,三间简朴的草房。作为休息室,外面有两个长方形的石凳,其中一个上面摆了一块马江江底黑色的岩石,据说比铁块还要坚硬。屋里只放着一张长方形的桌子和几把椅子,一张胡主席的照片。我们坐在石凳上休息了一会儿,由胡主席的表侄,一个穿着朴素的人带我们参观。他开开一把古老的铁锁(像中国乡村的那种旧式铁锁),推开篱笆门,我们怀着虔敬的心情进了院子。一座七间的茅屋,屋檐下挂着竹子编成的遮阳的竹帘。据说,胡主席原来家里很穷,父亲是乡村的穷秀才,是考中了榜眼之后,大家凑钱给他修的。此后,胡主席被捕,生活困难又卖掉了。直到解放后,才将原来的材料买回来,重新按照原来的式样建筑起来。

我们进屋,里面只有一张旧式的像中国条几一样的桌子,上面放了一张胡主席父亲壮年时的照片。两旁壁上一面挂了一张他哥哥的照片,一面挂着他姐姐的照片。他的全家包括胡主席在内都因闹革命没有结婚。他的哥哥和姐姐已经去世了。

屋子里陈设极其简单,只有几张床,厨房里只有一盏油灯、一个米罐和一个极小的洗手的铜盆。给我们的印象,一切都是简单朴素的。

我们在乡政府休息了一阵,因天气炎热不能入睡,起来写日记。下午三时许,由胡主席的表侄介绍胡主席离家五十二年后两次回县回乡的情况。谈得细微生动。胡主席带回三包香茶、一袋糖果(一斤半)给他的邻里们。

胡主席从少年时代起,就离开家乡和亲人去寻找真理,奔走革命,五十二年后才回来。直到解放,仍然那样简朴。而且一直过着独身生活，放弃了一个普通人的幸福。他的全部生命都献给了自己的人民。直到解放后，乡里人仍然不知道国家的主席就是那位音讯杳然的少年，这是一个朴素谦逊的伟大的革命战士和领袖，也是中国人民最亲密的朋友。越南人民的思想作风是同中国最相近的，今天南北方的斗争更可以看到他运用人民战争路线的伟大力量。下午六时，我们再一次瞻仰了胡主席故居和他少年时钓鱼的谷井（池塘），并且带着虔敬的心情离开这里。

六时半，天还未黑，我积极鼓动上路。天刚黑，走过芝江铁桥不远，敌机就在后面投了照明弹，接着又在前面投了。本来距离很远，但警卫、丁文利二同志一定要我们下车隐蔽，现在经常发生这种因关心我们安全而引起的矛盾。丁是个好同志，南方人，十七岁参军，二十二岁集结北上，到现在已经十一年了，还没找到老婆。他对中国印象好，说中国对他们帮助大。他对姑娘和孩子有着明显的热情，最近还抱了房东的孩子。他已经三十三岁了。我劝他将来到南方找一个游击队员，他也说：我一定要找一个能战斗能生产的。一路上他对我们的安全非常担心，常批评我不带伪装、不注意防空："魏同志太主观啦！"他时刻想着敌机，严格掌握行车，甚至叫欢同志坐在我们的外面。他已经为我们过分担心消瘦了，我们之间已经成了很好的朋友。

夜十二时到了都良县的都良镇，都良的一位副县长接见了我们，并让我们住在一个上中农的较宽大的房子里。

八月五日

上午都良县长、县委副书记陈文豆，一个四十多岁的比较严肃的中年人和一些干部接见我们，简单地介绍了一些情况。关于合作社在战斗中遇到的新问题，我问了问他。

下午有五个模范人物来。两位一九三〇年的老党员，一个十六岁头发覆着前额的孩子。我看这孩子多少有些拘谨地坐在那里，给他烟抽，他就拿起来抽。

何茂涯怕时间不够，叫我们以这个老人和这个孩子为重点。他也为我们的访问操了心。巴金同志怕这位老人谈长了，叫他光谈现在的，结果没谈几句就完了。别人提醒他一件，他就说"对，有这事",或者说"记不得了"。他是一九三〇年向法帝示威起义时,在前面扛大旗的人。

孩子像记账一般,一件一件谈他的事迹,谈一谈,停住翻起眼皮想一想。"让我想一想",他说,停了一会又说,"我们还到阵地上送破布","我们还去插伪装","我们还去阵地种草"。……孩子们也在战斗中成长。

一个民兵谈心情谈得很好,他说看见美机,就把他看成约翰逊,恨不得把它抓下来扼死,可惜时间不够无法谈了。

长山乡的党委书记,也是一九三〇年的党员,十年来曾三次当选,可惜时间短也不能谈了。巴金听到哪里就哪里,也不发问。

黄昏,干部领我们到蓝江边,沿江看他们所保卫的水闸。这座水闸是关系到都良附近四个县的灌溉。沿着蓝江还有一条干渠,干渠上有一座15号公路上的重要桥梁,因此成为敌机轰炸的重点。敌机曾在此处激烈轰炸二十余次,水闸和洋灰桥仍然完好无损。我们在暮色里,模模糊糊地看见水闸处翻起的白浪,听到哗哗的水声。沿江有许多高大的榕树,长山乡的南山合作社也在这些绿阴里。江边停着一些长长的织布梭一般的渔船。这里人民本来生活得很好,经过几次轰炸,许多民房被炸毁了。我们还看了一个大炸弹坑,很大很深,直径约有十五公尺。炸弹坑四周的民房被震塌了,据说坑中心就是一座民房,已经无影无踪。在炸弹坑的边缘露出一个防空洞口,据说一个老妇住在里面,还活着,但神经震得有了毛病。这里的整个村子已经迁往近处的一个山边去了。村里悄然无声。路上不断看到一些人,担着担子,拉着两轮架子车,把他们的东西运到别的地方去。

我们走了一段路,又坐车到山边去看他们新搬的住宅,房子都是仓促搭起的低矮的草房,树也很少。但是已经可以听到孩子们欢乐的吵嚷声和牛的叫声。我们的汽车一停,孩子们早就抢先围过来了,大人们也过来。听说他们这次搬家表现了高度的组织性,都是集体行动。由生产队一家一家地搬,除了特别大而坚固的房子,一般小的房子,大家一抬就搬到新的地方。集体经济在这次战斗中表现了优越性。

干部领我们上了山坡,在蜿蜒曲折的小路上停住,指着一间低矮的草屋,说,这是一个生产队长的家,五十二岁的生产队长七月九日这天在田里生产时被炸牺牲。我心头沉重,对过大的悲痛却无法安慰。对这些失去了亲人的寡妇们,我却不知道如何安慰才好。生产队长的女儿出来迎接,我弯着腰进了屋子坐在用木板搭成的地铺上。一盏极小的油灯发出昏暗的光。屋里只放着几个麻袋,装着粮食和花生。队长的妻子在暗影里看不清楚,女儿坐在我旁边戴着孝巾。我没有马上提队长牺牲的事情,只问了几句生活情况。他的女儿在清华做工,听说父亲死了,最近有时间才赶回来。我问,粮食够不够吃,死者的妻子说,离晚稻收获,还差两个月的粮食。说女儿可以寄回些小米。女儿苦笑了一下,说每月只有四十八元。最后我安慰了这位大嫂。大嫂只推着茶碗让我喝茶,痛苦得说不出一句话。这都是美帝国主义造成的。在这个普通农妇的心里,怎能想到自己的丈夫会这样地离开他们?

  他们共有五个孩子,一个男孩已经参军去了,这个孩子是会成为英勇无畏的复仇的战士的。另两个女孩,一个十四岁,一个八岁,也会很快长大的。就是打到下一代,这些孩子也会把杀他们父亲的敌人打败。

  今天早晨到晚上,飞机来了好几次。一来村里就响起紧密的钟声,一走钟声又比较松缓地响着,很有秩序。中午飞机大概飞得很低,从墙外响起一声步枪。我们回到都良县时,街道两旁又闪着卖茶、土烟的小摊上的灯火。行人往来如织。十字街中心的饭店,非常热闹,吃饭的人很多。我们进去看了一看。街中心是一盏防空灯,一个人守着。灯分红、黄两色,红色是没有飞机的讯号,现在红灯正亮着,它安在一个一人多高的竹竿上。

  我们正在散步时,青年突击队的队长过来了,行路时我都是在车上看着他们,现在我是在他们身边亲近地看着他们。我每次看到他们,心里就有一阵强烈的激动。他们都是二十上下的年轻人。穿着家里原来的衣服,但他们都已经是真正的战士。其中大部分是女青年,穿着棕衣黑裤,戴着尖尖的斗笠,背着行囊,挑着担子(大概是他们的炊事用具),正在快步行进,一个跟着一个,在走向炸弹炸坏了的地方。可惜我不懂越语,我从内心里真想去拥抱、亲吻这些为祖国最先投入战斗的青年。

我随怀同志一路散步回家,听见警报钟声,人们喊着,茶摊上的灯火立即熄灭了。但在明亮的月色里,青年突击队仍然照旧行进。

今天因天气奇热,午睡也没睡成,枕头和身下湿了好大一片。我很怀疑是老挝风。我同陈庭宪同志去冲凉,他为了照顾我,他拿铜盆、小桶与我一同到邻家去,用凉水在我头顶上身上浇了十数桶之多,觉得凉爽多了。房东老太太走到井台上,热情介绍井台边上的一株小树。这株树,是一株柑子树,她又嫁接了柠檬和橘子。我在月影下看不见,她又拿着我的手去摸她的小橘子和柠檬。她是多爱她的小树呀,如果不是她的老头子招呼她,她还要说下去哩。可是今天,不仅小树,就是她老人家也遭到敌人的威胁。想起今天早晨,敌机突然袭来时,房东一个五六岁扎着小辫的小姑娘,惊恐地叫了一声,就连忙向着防空壕跑去了,而一个两三岁的光着屁股的小男孩却傻呆呆地笑着玩自己的,看见这情景真真叫人心痛不已。这都是美国人带来的。

八月六日

上午,在兴福乡的小院里,来了两个模范人物。一个是头发稀疏,大眼睛,整体看来并不十分健壮的人,他是都良镇民兵的副排长,在一次轰炸中,曾经用自己的身体做枪架,两手高举重机枪腿向敌人射击。他说他是参加过奠边府战役的战士。转业后,当改良戏的演员,现在是装卸工人,做零工挣钱。妻子在街上卖茶,生活比较困难。他一天只能挣一元多钱,有人引诱他到山里挑柴卖,一天可挣八九元,但是他不干。他要带领民兵作战。他说他的想法是争取入党。我没有详细问他,不知为什么过去在部队中没有入党。

另一位是三十五岁的和蔼可亲的梅同志,她的面容比她的年纪显得苍老,加上她的装束,长长的金色耳环,黑牙齿,已经很像是一个老婆婆了。她具有温柔绵软的老大姐的性格。就是这样的人,却活动在炸弹的烈火浓烟中,往来渡江八次去阵地送柠檬水。她本来是采购员,却做她遇见的一切工作。战争在促进着人们的进步。这几天来招待我们的一个十八岁的姑娘蓉同志,她身子细得一掐掐粗,身体的哪一部分都是细的。很像一株温室中的花,一株嫩弱的小苗,她也随着阮氏梅去了。当她们穿过定时弹到阵地上去售货时,战士们说:"如果打死我,在死以前,我也要喊一句,服务员万岁!"这是群众革命热情的表现,也是越南党出色的组织工作的体现。这些事写出来是有教育意义的。

中午热,难以入睡。偏偏扇子丢了,到处找扇子。

下午,高射连的指导员来,介绍该连情况。他们已经在这里整整一年了。谈完情况,我们就到高炮阵地去。战士们在高炮旁边迎接我们。巴金和我都讲了话。最后他们送给我们用飞机碎片做的那架敌机的模型。

战士们都很年轻可爱。他们终年守在这个地区,我看到炮盘已经磨得很亮很亮了。阵地上种了一些剑麻做伪装,已经被太阳晒得枯萎了。阵地下是竹子搭成的棚子,里面只有一些铺板。衣服装在旁边的小木箱里。我们只喝了一杯水,就立刻有警报传来。他们担心我们的安全,很快就催我们走。我恋恋不舍地离开了他们,同他们的指导员拥抱告别。我们又到另外一个高射炮阵地,只讲了讲话,连炮也没看,就催我们走。我也不得不离开。战士们成年成月守在这里,我们只呆一会儿,哪里有什么危险呢!但这是主人的好意。

回到都良饮食店,在油灯下吃了一碗面,这就是梅同志和蓉同志工作的地方。我到厨房里看过,他们说有时甚至要卖一夜。

在明亮的月光里,沿着蓝江回荣市。路上,我们后面扔下一颗照明弹。后面的车辆说敌机发射了火箭。夜半回到荣市。招待所的同志说,为担心我们的安全,省委沿途打了两次电话。招待所的同志说,荣市昨天击落敌机两架。

四日,演洲又击落两架,是演承乡——被称为"民兵击落敌机的故乡"击落的。从去年八月五日以来,击落各类敌机已达四百四十余架了。我们都说,在回返时,将会达到五百架。

八月七日

今天休息。主人说,下午二时第四军区才能通知我们是否可以向河静进发。因数日前敌机将河静这边的桥炸毁,不知是否修好。

我想趁下午时间到发电厂和边水渡口去看,巴金同志不同意,说要听主人安排。只有在家写日记。

陈庭宪同志工作思想都很好,今日接电报要他到中国进修。我舍不得离开他,中午同他一起到运河中游泳。

　　晚上乘凉时,一个沉默的看来不大说话的服务员,来同我闲谈。原来他的政治水平很不低。他弟兄三人都在老挝当过志愿军,牺牲了一个兄弟。他复员转业后当服务员。他说茹科夫在此处时,虽然不知他要写《死城》,但从他的思想作风上已可看出他不是我们一伙的。因为防空袭点小油灯,他就发牢骚,敌机来了,要熄灯防空,他又发牢骚。很喜欢人称赞他的作品,还主动问别人:你看过我的书没有,你读过的哪一节哪一句最使你感动。回答者说:我看过的书很多,哪一句最感动记不得了,但总的说起来感到你的作品很好。他就情不自禁地笑起来。服务员说,虽然都是国际朋友,但对他们要小心,要提高警惕。

　　我们在夜色里,坐在廊檐下他的床上,谈得很痛快。越南人民的觉悟很高。

　　今晚,省委来了两个常委,其中一个是祖国战线的主席白胡子老翁同我们举行送别宴会。我在会上谈了几天来的印象。称赞越南人民的英雄气概和社会主义强大的组织力量,称赞他们干部联系群众的作风和劳动党人民战争指导路线的正确。

八月八日

　　上午补写日记。

　　中午敌机来袭,正向荣市俯冲时,有两架中弹起火,人们欢呼着,可惜我只看见一架像扭秧歌的样子。另一架,有人一喊,我一改换方向,它已经坠落下来,只看见天空中留下的一缕黑烟。我们来荣市时,敌机被击落九十架,在这几天中已超过一百架了。剩下的敌机仓皇逃走,在边水渡口升起四五缕浓烟,大概有民房被炸中起火。人们在田边议论,布谷鸟在林间送出一声声的歌唱,又恢复了平静。

　　午睡起后,我又去运河游泳。庭宪睡得正香,我没有叫起他。呆了一会儿,他也来了,我又陪他游了一阵。游泳回来,才听说何茂涯同志作了决定,他不走了,我很高兴。

　　晚六时许出发。因主人事先作了周密布置,过渡很快。这里是敌人经常轰炸、封锁的重要渡口之一。我们经过时,看见被炸毁的民房,四散的断木还冒着小火苗。发电厂也在这里,几间厂房被炸成了瓦砾堆,但高高的烟囱还屹立着。英勇战斗的人们还守在这个岗位上,使荣市灯火辉煌。听说他们是用马达打游击的方法在顽强地坚持着。

此处蓝江江面很宽,在江中回望决山,只见一道长长的山影。过了宽阔的江面,那岸就是红岭。沿着公路在月色中走得很顺利。行数十里,到了枷渡口。司机很有经验,走到桥边停住了。我们到桥中间一看,桥炸断了,人们正在搭接。用三条木棍接起来,上面铺竹篱,只不过二尺宽,还有五六米没接起来。我和丁文利和欢同志刚刚接近那个地方,对岸的人就喊起来,怕我们把桥压塌发生危险。我们只得退回来。听说前几天两位中国海军同志即是走到这里返回荣市的。我们不得不折而向西,绕过这段河流,多走了六十多公里,才又绕回到一号公路。

路上,有许多防空哨。我们在一个哨口边略为休息了一下。在月影里,一个长发姑娘穿着黑衣守在那里。我向她道辛苦,她不好意思地一笑,但在月色里却看不清她的笑容。旁边还有一个老人,五十余岁。老人很诙谐,我向他道辛苦,他说:

"为的是明天哪!为的是孩子们呀!"

我问:"你是民兵吗?"

他说:"不是,年纪不行了!"

我又问:"你是白头军吧?"

他说:"也不是。"

我说:"你是干部吧?"

他哈哈大笑:"多少有一点儿。"

我们都笑起来了。

这晚又过了一个户桥和府桥两个渡口。一面撑船,一面拉铁索,我也在人丛里拉着,河面不宽,都顺利渡过。过了府桥渡口,已过午夜。后面渡口上挂起照明弹,前面还有一个渡口,估计不好过,就在两个渡口之间宿营。公安丁文利同志下去联系了很久,我们才离开公路,沿着一条路到一个村庄。这个村庄属锦川县兴福乡兴盛村。我和巴金同志分住在两个相邻的家里。房主人把蚊帐腾出来,把孩子睡的两个长椅也腾出来。我睡在蚊帐里,何茂涯与阮辉欢睡在长椅上。阮得胜和陈庭宪两同志看汽车。睡下时月亮已经西沉。

八月九日

我早晨还没起床,就觉得几个越南孩子在蚊帐外偷看我,小声地喊喊喳喳地说着什么。我很困,又觉得应为满足他们的好奇心做点什么,就把一只手从蚊帐里伸出来。我手指上有吴寿蘭老人送我的一个用飞机残骸做的银色的戒指。孩子果然高兴了,有好几只小手伸过来摸我的手,抠我的戒指,议论得更热烈了。我把手一动,他们就连忙跑开。其中一个孩子可以听出是很小的。

我起来了,一看果然是三个小孩。一个是六七岁的女孩,一个是三四岁的男孩,最小的一个不过两岁,光屁股光脚丫嘻嘻笑着。

房东是一个六十七岁的白发老人。我说麻烦他了,谢谢他把床让给我们。老人说,他家常住干部,这是常事。原来他是三十年的党员,坐过监狱,只有两年时间党籍中断。他说在他这间低矮的草屋里印过秘密文件。还指给我看他的房顶棚,这里是他藏身的地方。他介绍与他年纪相仿的妻子,说她也是个党员,是在抗战时期入党的。老太婆穿一条粗布黑裙,一双粗筋隆起的很大的赤脚。我过去看过中国母亲勤劳的手,今天又看见越南母亲踩在稻田里的勤劳的脚。他们一对老夫妇谦逊诚恳地和我们谈话,还让我们向毛主席问好。

老人一共有四个儿子。一个是化肥厂的工人,一个是中学教师,一个是大学助教,还有一个女儿在什么地方工作。不一会儿他的三孩子来了,他是放暑假在家度假的,晚上还帮助小学教师进修。他说他六岁的时候就在南宁为越南干部、烈士子弟办的幼儿园里长大。每逢节日中国人就送去糖果。他想起这一段,非常感谢。

后来我谈到中国支持越南的决心,他就说起希望我们解放台湾,这次我们发现越南有许多干部和群众希望我们迅速解放台湾,以减轻敌人对越南的压力。

中午天气极热,在一个池塘岸上洗了个澡。午睡起来,准备写段日记却又开晚饭了。这位革命老人摘了一盘香蕉和几个绿柠檬送给我们,我们一起吃了饭。我带着恋恋不舍的感情和老人一家分手。老人看见我裤腿上粘了许多狗尾巴草,让几个孩子给我择下来。几个孩子顿时找到最有趣的工作,纷纷抢着用小手给我择下来。老人还叫他们给我打扇,几个孩子也抢着做,那个最小的也学着哥哥的样子。当他们做着这一切的时候,我真有点心疼,美国强盗,不知什么时候就会把炸弹扔到他们头上,想到这里真使我心中难受。我们该如何的为这些还不懂事的孩子战斗啊!遗憾的是,没有什么好吃好玩的东西带给他们。

黄昏六时半出发。行了六公里,就到了隆河岸渡口,因桥炸坏,汽车改在另一条新路上行驶。几乎陷在沙窝里。司机们先在河里试探了一下,说水深处达到大腿根,等退潮时才能走。我们只得在河边的土冈上歇了一阵,然后徒涉过去。

今夜主要是沿着长山山脚的一条山间公路行驶。月光明亮,长山上有大团的白云堆集着。公路边不时有炸弹坑,即使是一座几公尺的小桥,也成为敌机轰炸的目标。这些家伙们想使北方陷于瘫痪,但是炸坏的地方,都被青年突击队用大量的石头填补起来。汽车虽然颠簸得厉害,但还是在不断地飞驰。

后半夜,车子在一边是山、一边是海的公路上行驶,已经入了广平省境。估计筝河是敌人轰炸的重要渡口,并且河面太宽,决定在距筝河数里的广泽县休息。车子过了巴洞,看见弹坑累累。过了巴洞,住在广龙乡常山村。这一带全是沙窝,月光如雪。我们住在筝河岸边一个村支部书记家里。这里看来很穷,院里只有两只小水罐,我喝了半碗凉水,擦擦脸就在丁文利同志给我挂起的蚊帐里睡下了。我和丁同志睡的两个竹床还是从别家抬来的。

八月十日

八时起来,看看屋里只有两张木床,几只晒米的大圆箩。院里有水罐,一个水舀子,一条缺了两条腿的长凳。四外都是白沙。

院子边种了一些木瓜。让人惊奇的是在这沙窝里他们还种了稻子。房主人是一个沉默寡言的中年人。

刚吃过早饭。一个穿着绿色衫裤、三十几岁眉目英俊的人来看我们,他手里夹着一支自己卷的纸烟。原来这就是本县的县委书记。越南的干部是多么勤俭朴素呀!他说今天早晨才知道我们来,让我们到他那里休息。他们县原设在巴洞,被炸后已搬到这里来了。还告诉我们,这个乡的民兵打下一架敌机,三个人用三支步枪,只用了六发子弹。

我们提着行李,踏着很深很难走的沙窝,随他到了他办公的地方——另一个农家。上午给我们谈了本县的战斗与生产情况。他说,本县是广平省最穷的县,但今年生产倒增加了,并打下了不少架敌机。他是本省的省委委员中最年轻的一个。过去十五六岁即参加革命,做过十八年地下工作。还说西虹在此处住了四天。

此外,还谈到敌人的心理战。这里教民占全县的一大部分,政治情况复杂。敌人扔下了成吨的宣传品,小孩玩具和半导体收音机。说着,把这些东西都拿给我们看了。这些家伙把儿童玩具、糖果和炸弹一起扔在越南人民的头上。有一张宣传品,一面印着投降后的"远景",一面印着断垣残壁和一架轰炸机的黑影。这就是敌人的手段。不想他们在这里炸毁了一所教堂和许多教民的房子,使得他们的欺骗现出了原形。

下午三个民兵来谈他们击落敌机的情况。他们穿着又是汗水又是泥土的破衣,赤着脚,背着美国的半自动步枪。像上次在广荣乡一样,谈了几句,就完了。"就是这样!"他们说,"别的没有。"何茂涯同志说又是同上次一样。尽管干部再三启发,也完了。多么朴实的人民!

县委书记更详细地谈到打飞机的思想发展过程和不同思想的争论,他完全把我们当自己人看待。我们在晚饭前拍了照片。

中午饭吃的是本地出产的红米。一位大嫂和一个姑娘把饭挑来,问我们合不合口味。原来她们是饮食店的,在战斗中也要把东西送到火线。我们吃了不少。县委书记说:你们真和东欧那些国家的人不同,他们看见这些就吃不下,你们倒吃得很香。我说:对呀,所以他们很怕战争。

月亮升起时,县委书记派来了几个党员给我们划船。本来我们可以随汽车过摆渡,但他们为了我们的安全,一定要我们在渡口上面几公里的地方乘坐小船渡过。这样一来倒很费事了。到了箏河边,月色里看这条江果然浩渺宽阔。这时,河对岸远处挂起了照明弹,还响起隆隆的机声,时远时近。不时响起炸弹声。据说轰炸的正是宣化。我提议乘机渡河,他们为了安全不同意,让我们在江边守候。我们只好在一座过去的工事边坐着,看远方的照明弹。河中心有两只被炸毁的汽艇,半沉在江水里,露出黑黑的暗影。但河中心却有谁吹口琴,发出细细的好听的声音。不知道是哪位吹奏者正沉醉在自己的乐声里。一会儿又传过几声歌唱。在轰炸声与暗红色的照明弹的光里,悠扬的乐声一阵阵飘来,给人以特殊的情调。今天越南到处有着这样的歌声和琴声。

等了不少时候,对岸仍在轰炸。刚停,我们就下船。这是越南一般的木船,我们卷起裤腿在浅水中上船。党员们开始划动,船行很快,桨声很急。到中流时,月色茫茫,好像来到一个宽阔的湖面。望着党员同志们的身影,心里涌出一种豪迈的感情。想起了《同志送我到前方》这个诗题。船将到对岸,又折回下游。这时照明弹又亮了,又响起了炸弹声。水手们告诫,必须听他的指挥。我叫丁文利随着巴金并肩坐,以便发生意外时有人救助,我则可以,没有问题。

船沿岸走了许久才到岸上。登岸后与这些不知名的,并且也难以完全看清面孔的同志告别。

在月光下又走了好几公里,才看见我们的车子停在一号公路上。原来何茂涯同志等只五分钟就过来了,我们却用了一个半钟头的时间。

走了四十多分钟,又要过一条宽阔的理和河。到渡口时,已有广平县的党委宣传队副队长胡如意在此处迎接。他说桥刚修好,下午六时敌又来轰炸,现在还有一颗炸弹在桥头没有炸。为了安全,又引我们到上游几公里处坐小船。我们又一次按原来方式在水面较窄的地方渡过去。在对岸稍息后即乘车向广平驶去。他说,广平昨日击落敌机五架。这几天对广平炸得很紧,不要我们经过城里。多绕了十多公里,才绕到广平城南十几公里的招待所。这是新修的,比起农家是高大得多了。我今天很困,很快就睡下了。

八月十一日

今天白日休息。住的地方是在乡村里新修的招待所。窗外有绿竹、香蕉和一片木薯地。屋内挖的有较坚固的防空洞。

中午和宪同志、司机班同志去附近一条溪流中游泳。两岸是绿竹和树木。水很清,很深,真是理想。游完以后,我们三人攀着一棵树说闲话。这棵树长在岸上,却有将近一半垂入水中,因阳光炙人,回到家时又是浑身大汗了。

下午由省委一个常委接见。晚饭后,省主席才从暮色里匆匆赶来,我正赤膊洗衣,匆匆穿起汗衣相迎。此人瘦高有神,谈近来一连好几天在激烈轰炸洞海。他们也把飞机打落一百余架,有一架当场落到省委的院子里。他并且告诉我们,抗战时他就在这一带打游击,现在住的村庄就是当时的老根据地。我称赞他们的游击战打得好,他说:"我们走的路都是你们走过的路,比较好办。"我连忙称赞他们的实践有很高的发展。

月亮升起,他说今晚陪我们走一段路,并陪我们在日丽河过渡。走了不多远,就遇见警报。我们下车停了一会儿,对面一座院子里,月光下青年们有说有笑,笑声不断传来,一问是农业社开会。一会儿,群众过来和省主席纷纷打招呼。还有一个孩子,一边叫着叔叔一边从人群里钻过去拉他的手。这种群众关系很使人感动,使我想起我们在抗战时的那些情景来。

我们本来可以在渡口随汽车一起过渡,但因他们总是不放心我们的安全,让我们在上游数公里处过渡。我们随省主席一起走。月光明亮,我们在绿丛中的小路上愉快地走着。他把一个半导体挂在肩上,让越南民族味很浓的音乐陪着我们,引得迎面来的农民们不断停住脚注视我们。他的姿势是长于走路的,老干部味很足。一个携带冲锋枪的警卫员给他提着皮包。走到一个村庄里,一声招呼,随即有五六个背着枪的民兵走出来,跟在我们的身后,继续向渡口进发。大约走了五六里路,看见树阴中夹着一条三米多宽的溪流,岸边停着两只小船,仍是那种长十几米、宽不足一米的梭形船。巴金、我和省主席共上一只。地下水湿,我坐在船舷上,巴金坐在船底。省主席坐在我们后面,前后各两个民兵,背着枪,扬起长桨,在静静的夜里响起有节奏的桨声。两岸树丛浓密,有不少树垂在溪水里。小船顺流而下,越来越宽,最后才划入日丽江中。这时在月光下只能模糊看到岸边,简直像划进一个盛满月色的大湖中了。我一路不断地看着民兵带枪的身影,听着哗哗的桨声,简直像是又到诗境一般的游击战争的年代。

我特别问了问那条溪水的名字,叫木集溪。原来就是我白天游泳的溪水。

过了江,我们穿过一个村庄,沿着日丽江另一个分支的左岸步行。这里是一条新修的公路,是准备另一条路炸坏时用的,现在坑坑洼洼还未完全修成。一路走来,省主席把他的半导体又打开了。看见村庄里,越南人民三五成群地在廊檐下、院子里开会,省主席亲热地向他们打着招呼。

"你们在开会呀?"

"是呀!"

"把生产好好搞一搞呀!国庆准备好了没有?"

"准备啦!"

"今年还赛船吗?"

群众和他亲热地应答着,给我们的印象是,越南干部同群众的关系是很密切的。

因汽车还没有来,我们在一个乡村里喝了点水,看到了一个生病休息的省委委员和乡干部。他们都是抗战时期的老干部。

汽车来时,已经夜十点半了。后半夜夜深风寒,我们的司机用手巾包着头,丁文利把伪装布系在脖子里。我也觉得冷起来,把巴金同志的雨布要过来遮风。下半夜经过胡市,来到招待所临时安置的一个农家,歇下了。

今天的汽车走错了路,和第二辆车失去了联系。

八月十二日

上午一个省委委员来谈工作安排。巴金胸有成竹地提出了自己的打算。我因没来过提不出来,说听报告后再提。巴金当场说:"这话你不说也行。"我没理他。下来他又向我提起,我们就争论了几句。一路上他总觉得我提的要求多,会犯"大国主义"。又说我提要求不够委婉。我则觉得他思想保守。争论一通,但我总是克制自己,不说任何伤害感情的话。否则,此行我要犯错误了。

下午,过去松门哨所的所长阮继拜同志向我们介绍几年来的情况。他在越南同志中个儿稍高,浓眉大眼,长得很漂亮,一颗金牙,穿一身深绿色的公安军服装,腰佩手枪。他在贤良江入海处的松门哨所工作过四年。这是一个联合哨所,每天同敌人的伪警察在一起。他说,那种工作使人不能忍受。每天听着敌人的广播,面对面的敌人,天天在污蔑我们的制度,污蔑我们的领袖,叫人的血都沸腾了,真想同敌人拼。但为了坚持政治斗争,又不允许这样做。他们有时到南岸去,南岸的老妈妈热泪盈眶,因为伪警察在跟前不敢打一声招呼。孩子们因为怕挨打也不敢接近,他们用圆圆的小眼睛望着他们就哭起来,边走边哭。看见这情景真叫人难过万分。他说他一定要为祖国的统一而斗争,宁愿流尽自己最后的一滴血。

这里飞机一天来两三次。今天中午,我们看见敌机四架 F101 在附近俯冲轰炸。事后得知轰炸的是一座砖窑。今天敌机对北方的轰炸基本上已经失败了。因为他们的目的是施加压力,企图炸出一个谈判来。他们的妄想在越南人民的英勇不屈的精神下被粉碎了。

黄昏。永灵特区党委的副书记、区行政委员会主席陈同同志来接待我们。人瘦小而精悍,鬓发苍白,目光炯炯有神。他一来,就同巴金热烈地拥抱,并且时时拍着巴金的肩膀说话。他看见院子里的桌子铺着白桌布,就说:"快撤,快撤!铺这干什么,这不是外宾。"接着对巴金说:"你这次来,形势已经大变了!现在敌人的背后就是解放区。"我问敌人占的这条线有多远,他说:"五公里。"又说:"就是这五公里也有我们的影响。敌人已经不能照常统治,乡长、恶棍们已经迁到镇上去了。"还说:"那些伪警察过去很凶很神气,曾经向这岸开枪,只要我们在广播里一提他的名字就老实了。"我们谈到昆戈岛,他说:"究竟是人重要还是武器重要,昆戈岛只有两平方公里,战士们拿的是简单的武器,能够战胜军舰、飞机的日夜轰炸、围攻。这就是对修正主义的回答。我们准备派昆戈岛的一个战士到莫斯科去,那里要举行我们的国庆招待会,这对修正主义是有说服力的。"我想接着说修正主义怕说服不了,但还没说,他又哈哈大笑说:"现在搞修正主义还是不搞修正主义是更重要了。"

我们还称赞了这里打飞机,这里已打下敌飞机十八架,几乎同一个省一样多。他嘿嘿一笑说:"我这次到中央开会,对我们的态度很不同了!"还说:"我已经做了党的工作,不知你们感觉怎样,我觉得党的工作是非常有趣的。"还谈到他们的粮食也得到增产。饭摆好,他招呼我们吃饭。饭后飞机来,我们要点火抽烟,别人喊:"梅摆!梅摆!"他向那些人说:"怎么连烟都不能抽了!我是防空司令,我批准!"

还讲到胡舍市民疏散,有人要拆房子转移到其他安全地方,但都转移胡舍市就不存在了。因此是不阻止也不提倡。其实这问题倒值得研究。

八月十三日

上午由区队长陈桂同志(大尉)介绍永灵区的斗争情况。下午,一个鼻子上有些麻点的裁缝来见我们。他今年三十四岁,一九五四年他二十三岁的时候,同他当民兵的妻子从南方集结到北方,在胡舍当裁缝。他们以辛勤的劳动盖了一座房子。今年五月四日,他的妻子在距他的战壕二十米处负了重伤,当时他为了战斗没有去照顾妻子,妻子因伤重在医院牺牲。他是胡舍市民兵的副队长,同铁匠和自行车修理工组成了一个九人小组,用两挺机枪进行了激烈的战斗。那一天胡舍市共击落了六架敌机。

为什么妻子在二十米外负了重伤自己却没有看她?他说:"我年纪比别人大些,同时只有我一个人有战斗经验,我离开了对同志们会有影响。再一个我想即使腿断了,锯掉也还能活,没有想到她会牺牲。"

"……就说这些吧。"他转过头,对永灵区的干部说。

我问起他妻子牺牲后自己的心情。

他说:"我希望参加更大的战斗。一切都不能弥补我妻子的牺牲,只有把美帝国主义者消灭干净,才能为她、为南方的同胞报仇,其他的道路是没有的。"

他的话停住了。

黄昏时,我们到胡市看 RF101C 型飞机残骸。残骸落在拖拉机站的大院里。在夜色里,我们看到这个庞然大物把一座房子撞倒,断为三个部分:机尾、机身和机头。两个喷气筒像两个大排水管那么粗大。机头钻入地里,飞贼的尸体被甩到远远的墙外去了。人们用电棒照着它,有人在黑地里摸着点碎片,汽车司机找了一团电线。

据说,这架飞机有四颗步枪和机枪子弹的弹孔。今天在越南北方打落的飞机,很难分辨是高射炮或是机枪打毁的,更难确定是哪个单位打的。但我总在想,总有一颗子弹是我们的那位裁缝射出的吧。

街上电灯通明,电杆上的喇叭不断地广播着。

我们又去胡市的一所医院里,那里有一个很大的弹坑,大约是四百五十磅或五百磅炸弹炸的。炸弹坑的中心就是本院的手术室。那天,病员都撤出去了,还有三十来个人员在这里,幸无伤亡。

在回来的路上,我提议散散步。下得车来,看见路边一座房子灯火明亮,七八个人正在那里下象棋。我们进去一看,棋子刚刚摆好还没有走几步。真是无巧不成书,这里正是那个裁缝领导的机枪组。我们抚摸着屋子里放着的两架缝纫机,机子已经半旧了,大概是裁缝和他的妻子使用的。缝纫机旁竖着步枪,墙上挂着子弹。真是战斗同生产结合呀!我正看得出神,一个人又忙领我到隔壁房子里,原来这就是修车铺。屋梁上垂下钩子,地上放着工具。我说:你们生产与战斗结合得好。他们很兴奋,说阵地就在旁边。又领我们去看,原来阵地只隔了一条马路,那里有两座机枪工事和一段相连接的交通壕。旁边几米远就是一座被炸倒的房子。我很想问一问他妻子牺牲的地方,又怕触痛这位裁缝的心灵,迟疑了一会儿我最后还是问了。裁缝说,那间炸塌的房子,就是他们夫妻二人辛勤劳动盖起来的。房子旁边是一个防空洞,他的妻子就是牺牲在那里的。我问房子里还捡出什么东西没有,裁缝指了指脚下二三十块木头说:"这就是全部了!"

我们站在工事上沉吟了一会儿,机枪组的八九个人围着我们。我问:哪几个是裁缝?原来有两个裁缝,两个理发的,两个修车的,还有几个年轻的学生。另有两位妇女支援他们。他们当着我们开玩笑说:"这是给我们挑水做饭的,没有她们可不行。"我问她们年纪,旁边又有人开玩笑说:"都是姑娘,现在'三缓了'!"我说:没有她们你们可吃不上饭。他们笑了。我又说:你们是不是比战斗前更加亲密了。他们说是。我说:你们现在是一个家庭了。他们说:我们都是南方人。其中一个个子矮矮的理发师很活泼,抢着说话:"我来时这么高,现在长这么高了!"大家笑了。

我们同他们分手。这些人离开南方——自己的家乡十一年了,不但回不了家,而且在这里辛勤劳动建立的家又遭到破坏。他就战斗在离妻子牺牲地不到二十米的地方。他们怎么会不英勇地战斗呢?他们渴望的正是像裁缝说的更大的战斗。

我们的车行了不久,飞机来了。电灯顿时熄灭,月光如水,广播的歌声仍照样响亮,并交织着稻田里的蛙鸣……

今天,越南人的生活水平似乎仍比较低,尤其穿的。房东的孩子滚在木板床上什么也不盖,我把衣服取出,替两个小孩盖上了。

八月十四日

今天整日是同来自昆戈岛的六名干部和战士会面。其中有昆戈岛的岛长上尉黎师福、少尉排长阮文便,中士阮成梅和战士黎登策、阮庭面和最年轻的十九岁的立加禄。他们都特意换了新军衣,穿得很整齐来见我们。

岛长三十岁,四方脸大眼睛,和蔼可亲。他向我们介绍了这个距海二十六公里只有二点六平方公里的孤岛,成年成月在敌人的飞机和军舰围攻中英勇战斗。巴金称颂他是一面鲜艳的红旗,我说他是越南人民不可战胜精神的象征。昆戈岛虽小,但它的名字却照耀着全世界。它将同上甘岭、伤心岭相互辉映并存于世。它的光芒是马列主义路线的不可战胜的光芒。

他们想着整个祖国和全世界,而整个越南和全世界的革命人民也凝望着他们。到现在他们已经击落了二十二架敌机,击伤了两艘军舰。围绕着这个英雄岛,也展开了人民支援这个岛的运动。永灵的一万一千名青年中已有九千人报名愿到这个岛参加战斗。昆戈岛的战士都从自己切身的体验中认识到美帝是纸老虎。

可惜的是,今天岛长说完只剩一小时了,其余的战士们没有详谈。

晚上我们去访问高射炮阵地。到时天已黑了,巴金要我跟战士们讲话,战士的脸孔已经看不见了。我讲了十几分钟,除了称颂他们以外,还讲了两条路线,称赞越南党并批判了修正主义路线。讲了我军的准备,准备随时同他们并肩作战。战士们发出热烈的掌声。一位副团长说了感谢中国的支持,也说到他们是用实际行动来批判修正主义。他们送了我们一枚击落的敌机上的小铜牌。

我同巴金分别访问了两个班。我启发他们谈自己的心情。战士们很年轻,今年入伍的很不少,但已参加多次战斗了。因为我们刚到班里就有了警报,战士们是坐在炮盘上在夜色里与我们谈的。一个班长说,他十七岁的妹妹是在医院里养病被敌机炸死的,他对敌机不是害怕而是仇恨,希望它来,以便击落它。这时,月亮升起了,我才看清了战士们的面貌。我问他们击落多少敌机,他们说没法确定是哪个单位打下的。我说:是呀,不好分了。连长说:分不分不是重要问题。我说:对,这就是集体主义,总是要写在越南人民的账本上。

我们又访问了一个班。正在谈,何茂涯同志在工事上喊:"走吧,话总是说不完的。"有人说:"把你干脆留在这个阵地,你可喜欢?"我说:"同越南同志在一起是很愉快的。"敌机飞过去了,可惜的是没经过这个阵地的上空。

连长、指导员送我们到公路上上车。

八月十五日

上午见了四个南方来的同志。一个叫陈胜,是个乡党委书记,被敌抓到昆仑岛受尽酷刑,身体伤残来北方休养的;一个是叫阮氏嫦,二十余岁,细眉黑眼,脸黄白色,是永灵县联络站的工作人员,做情报工作的;一个是叫邓氏丝,是人民军一个营长的妻子,在抗战时做妇女工作,现在也是一个联络站的工作人员;一个是瘦小的游击队员,是被敌抓兵逃出来参加游击队的。他们四个人都说了南方情况。可惜没抓紧说他们个人的经历,而使谈话谈得一般。他们每人都会有不平常的经历的。

下午几个公安干部和战士来,主要是一个少尉宣教助理员谈对敌斗争的一些故事。

晚上,我们动身去非军事区的永江乡。在路上,到了一个村子,在教堂里见了广治省的文工团,并看了他们的演出。这个团成立才三个月,大多是干部和烈士的子女,都是十七八岁、二十几岁的青年,最小的才十四岁。给我们演出了几个短小的节目,歌唱、朗诵诗、短剧,还有瓦解敌人的号子。同志们见我们很亲热,鼓掌声很热烈。他们都是在战斗的暴风雨中诞生的。其中有一个活跃分子,一个穿黑衣的女青年,哪个节目都有她。文化厅长陈芭开玩笑说:"这些都是敌人的干部。不过现在解放出来了!"原来是在敌人的机关里做地下工作的。

最后巴金同志同他们讲了几句话。

月亮升起,我们赶到永江乡。这是一个对敌斗争的模范乡。按理进入是违犯日内瓦协议的,但是这个协议敌人早就破坏了。监察小组在敌人轰炸北方时竟不说是哪个国家的飞机炸的,实际上这些家伙是给敌人送情报的。因此永灵区对这些家伙说,你们要来可以走路,你们要坐汽车,我们无法保证你们的安全。

八月十六日

早晨四时起床。昨晚我同巴金各睡一个铺,欢、宪、涯共睡一个铺,睡不下,涯同志就睡在几把椅子上。越南干部的艰苦作风很好,很不讲究,他们仍旧像战士一样的生活。

起床后乘吉普去贤良桥,为保密没有开灯。月已落,车子在夜色中摸索,颠簸不停。到贤良桥附近,车子回去,我们又步行了一二公里。我们在晓色中赶到桥边。公路两侧有几座红房子是哨所,公安战士们刚刚起床正在洗脸。公路上有一座用木头搭起的高大漂亮的大门像一座牌坊。迎着桥的那一面写着"南北一家",背着桥的这一面写着"胡主席万岁"。过去大门是二座铁桥,这条宽约二百米的江水,就是使越南人民骨肉分离的贤良江了。

我取望远镜向对岸凝望,陈芭同志说对面就是敌人的炮楼,要我站在椰树下遮住身子。对面也有几座红房子,其中有一座比较宽大,外面是玻璃窗。公安同志告诉说,这只不过是给碉堡外加的伪装,房子里就是堡垒。房子左侧有一座亭子式的炮楼,原来是法帝国主义的,后来伪军又加高了一层。再向左面不远处看,有一个很大的标语牌上画了一幅漫画,一个胖大的中国人手里拿着鞭子,下面是无数的越南人背着粮食,意思是中国人把越南的米运到中国去了。标语牌,一条是"团结灭共",一条是"打倒吞并北方侵略南方的中共!"据说原来打倒的有"苏共",近年来把"苏共"去掉了。文化厅长陈芭同志说:"他们说中国运走了越南的大米,实际上我们现在吃的是中国大米。"

在桥的中段立着两个人，一个是戴紫箍帽的南方伪警察，一个是戴着铜盆帽的公安同志，两个人距离不到一公尺。我正在凝望，一个戴着大盖帽的黑脸印度军官从桥那边走过来。据说这就是监察小组过来送联络文件的。后来得知，他们送来的是一份通知，说他们明天要乘船在江中巡逻。公安说，敌人都是懒骨头，此刻还没起床。对岸只见一个女人在江里打水，桥下泊着几只渔船。

天色大亮，陈苊同志叫我们隐蔽一些，因敌人常常无理开枪。我们在小屋中歇了一会儿，又到马路以西的廊檐下观察了一会儿。六时半，越南的金星大红旗已经升起了。据说原来的旗比较小，南方不断来信说旗太小，旗杆太低，望不见祖国的旗帜。因此，北方接受了建议，把旗帜从长一点二公尺、宽零点八公尺改为长二十公尺，把旗杆增高为三十五公尺。但南岸更远的人民又来信，还嫌旗小杆低，又将旗改为现在的宽十六公尺、长三十公尺。这说明国土虽然被分裂，但南方的人民却时时瞩望着北方，因为北方是他们心中的希望！南方的人民说，我们要天天看见它，只要有一天旗不升起就会心中不安。与此同时，南岸的伪政权也把他们难看的三棍黄旗的旗杆加高再加高，以便在形式上把北岸压倒。他们并且天天早晨排队升旗。据说，早晨水牛也常在那里，伪警察一唱一喊口号，水牛就掉头跑开，把屁股对着旗杆。南岸的老百姓说："这些水牛也比伪警察聪明。"

对岸的喇叭停下来，这岸喇叭接着响起来了。这是此处的一种特殊的斗争。对岸的喇叭用的是西德的，音量很强，但它播送的都是半死不活的靡靡之音。我们的音量虽较弱，但精神却是振奋的。我看到一个电杆上安了十二个大喇叭，据说斗争紧张时要安装二十多个。我问宪同志刚才敌人播送的什么，他说，敌人刚才吹嘘在什么地方消灭了一伙越共。可是广播了没有多久，就听见南岸响起飞机的隆隆声，在天际清楚地看到有六架直升机，黑黑的一架跟着一架向我们的右前方飞去。公安同志指给我们看右面一带黄秃秃的土山，那座土山上有几座碉堡，守在那里的是一个连的伪军。现在被南越的解放军包围了好多天了，这批直升机就是给那些家伙们空投的，听说连水也要送去呢。

我和巴金同志同公安战士们谈了一些话就走了。为了不致引起敌人的注意,巴金同几个同志先走。我们又停了一阵,就看到了上面所说的直升机。我本来想看看敌人的空投再走,因何茂涯同志一再催促,只好收起望远镜离开贤良桥,但耳畔还响着直升机的隆隆声。听见这声音,特别地叫人感到愉快。因为我亲眼看到敌人守着的彼岸只剩下窄窄的一条,而就是这一条线也在风雨飘摇之中。

在归途中,我们向北看是一望无际的绿油油的稻田。中稻已长得快有两尺高了。据介绍,这里过去是非常穷苦的地区。法帝国主义要人民种笭草。加上敌人的压榨,有些家三天吃一顿饭,夫妻俩穿一条裤子,一个出去,一个就躲在屋里不敢见人。今天实行了土改和合作社,又兴修了水利,稻田长得如此之好。并且大种经济作物,种一棵胡椒每年就能收入二百元。现在人民已能过比较温饱的生活。陈同志说:"这里天天在几百个敌人喇叭的煽动下,却没有一个逃跑的。"这不是偶然的。我们一路上还看见几个姑娘说说笑笑的,看见公安同志就亲热地打招呼。人们的神情是很愉快的。

我和宪同志、拜同志一起走了一个多小时才回到永江乡我们的住地。

午饭后,即同永江乡党委书记(区委委员)阮水和乡主席阮同见面。由阮同介绍全乡情况。陈特别告诉我们,他们还是一个距敌人八百米的英雄乡。最近在河内的群英会上也得到了表扬。

这个乡在抗法战争时期虽是敌占区,但过去就组织得很好,曾使法帝的并村计划终未实现。和平恢复后又处在最前线,经常与敌展开政治斗争。敌人派来的一百四十名特务被全部活捉。连十七八岁的姑娘都能把久经训练的特务活捉。说明人民组织起来形成了真正的长城。一个外国记者来到这里看见没有一个炮楼大为惊讶,他不知道这里的长城是无形的长城,而这长城正在人民心灵之上和强大的组织之中。

报告者和乡党书记都是三十三岁,在抗法战争中两人就在一起工作。一个是村长,一个是指导员。

晚上他们介绍了一个叫黎文个的养鸭人。个小,机智灵活,讲话绘声绘色。他善于观察,一个装渔人的特务因为脚白被他识破,他机智地将这人带到公安哨所里。几年来他活抓了两名特务,叫人赞叹。

今天因活动过多,晚上记材料时打了瞌睡,不知被这位细心人看出了没有。

八月十七日

今天早五时起床,喝了杯牛奶,即随同志们步行前往松门(格董)。走了六公里,就看到了贤良江的入口处,此处江面不宽反而窄了。两岸散落着一些渔村。海口上停着一些渔船。我们的哨所筑在一带高岸上,都是一些红瓦砖房,对岸就是敌方的哨所了。

这里的所长招待我们在木头沙发上休息,谈了一些情况。旁边坐着一个二十七八岁英武的军人。一次敌人要在岸边照相,他在对岸值班,即进行制止。从房子里蹿出三个伪警要打他,旁边还有四五十人助威呐喊。这个小伙子一个人同三个家伙肉搏,并将一个打落到水中。这场战斗才告一段落,晚上他们又同敌人进行说理斗争,直到敌人认错为止。

他们在这里最难受的就是听到敌人污蔑自己的政府和领袖,或者看到人民遭敌人打骂,而自己满腔激愤却不能开枪,还要同敌人说理。我称他们是拿枪的人进行不拿枪的斗争。他们许多人都是南方人,家在南岸,有家难归。他们差不多都愿意到南方去参加战斗,可是在这里他们只能进行另一种形式的战斗。

这里处处是两种思想的对立。敌人看到他们官兵平等也不顺眼,说这样当官的还有什么威风,没有威风怎能让下边服从自己的领导。他们看到公安战士种菜也进行嘲笑,可是西红柿熟的时候,他们却来偷。公安人员说,那些家伙都是地主的儿子,过去上学,乒乓球比他们打得好。公安战士们最初常输,以后下决心乒乓球也不能输给敌人。关起门来苦练最后还是把那些家伙打败了。

所长又让我们到海边去眺望昆戈岛。我们站在高高的海岸上望去,海里漂着点点白帆。南北岸的亲人有时利用这种方式才能见面谈心。船上有特务的时候还不能实现。再远处是暗黄色的云密布天际,昆戈岛在海天之间只能望见模糊的蓝影。在望远镜中,可以看见这个二点六平方公里的小岛上有一个高山,一个低山还有一段似连似断的高地。那些艰苦的战士们就守在那里,如果不是人民的军队这是不可想像的。就是这座小岛向全世界射出万丈光芒。

我们在海滩上走。一个同志说隐蔽一些,阮继拜同志说:"怕什么,这是我们的领土,他看见只管看见好了。"有一个渔村,不少船只在江心抛锚垂钓。这里,对岸伸过来一个沙洲,两岸相距不过五六十米。敌人就在对岸。有两条很大的标语牌,一条写着"是谁分割了南北的骨肉? 越共",另一条写着"我们挥剑宣誓,消灭胡贼"。

按规定,双方的人员每礼拜轮流在对方共同值班。这礼拜正是伪警来这里。我问如果让他们看见怎么办? 公安说,他们都是懒骨头,现在正睡觉呢。原来我们坐着谈话的房子距敌人只有七八公尺,敌人就在厢房里。

何茂涯同志问我有什么感想,我说:我看见敌人正站在一道被河流淘空的河岸,不知什么时候就要倒下去了。当然这个洪流不是一般的河水,而是最厉害的人民的洪流。今天越南人民的被分割只不过是暂时的历史现象,敌人不久就会淹没在洪流中。这种现象将永远消逝。一个民族是决不能长久被人为地分割的。即使要付出大量的鲜血,一切爱国者也会在所不惜。

分割一个国家,这是绝对不能忍受的。

我们和战士道别后又步行回永江乡。有两个女孩子,一个叫胡氏当,一个叫黎氏暄,还有阮景帅、黎玉班几个人在等我们了。

四十八岁的阮景帅,身子瘦弱,面容有些愁苦。他为了逃避敌人的捕杀来到北岸,此后十一年来没有见过自己的亲人。母死子死都未得一见。自己有时在江边垂钓,也是意在能望望自己的妻子。妻子在河里洗头,也意在看自己的丈夫。他听说母亲、妻子被捕,孩子无人管,心如刀绞,写了一首诗。苦难竟使一个不会写诗的人写起诗了。听说还有一个人,因儿子多年与父不相识,见到自己的父亲竟喊:"越共! 越共!"闻之令人酸鼻。

下午和二十八岁的黎玉班谈。人长得不很俊,大嘴,但人极粗犷、热情。长工出身,现在是渔民,有渔民的豪放性格。他从未当过船长,却报名到昆戈岛当船长。怕妻子不让,根本就不告诉。他说:"因为咱们是无产者。"他扛活的那家地主现在仍在南岸。他与敌舰搏斗,指挥船只向军舰冲锋,弄得军舰都躲着他。最后又被台风吹到南方解放区,做了一次不寻常的旅行。

下午又同老贫农六十五岁的黎文坎见面,他先捐了自己的猪给昆戈岛，又诉说旧社会的苦，让儿子自愿参军。他说，旧社会实在太苦了，现在吃的是革命饭，人一生一世最重要的是两个字："忠""明"。老人今天给我印象很深。他赤红脸，黑胡，脖子挺起，眼睛又黑又深又亮，极为英武。右手残废，腿也略有点瘸，但讲话的声音洪亮，左手打着有力的手势。最后还拉着巴金的手说：你们来很好，越南是世界上最忠明的国家。你们的精神帮助打败美帝，帮助！帮助！这位老人的精神气质，是这次访问中印象最深刻的人物之一。他讲话时使得周围的人都笑了。

最后又同黎氏暄和胡氏当两个姑娘谈话。两人都是极为强健的渔家女。胡氏当稍秀气，细眉，特意穿了一条黑绸裤。她活捉了一个特务。暄同志着破旧的紫渔衣，是支部书记的女儿，也是最初到昆戈岛的女子。淳朴厚实，手臂滚圆有力，害羞，时时用手指抠着桌边。

晚上区委常委委员们几乎全来了。举行了一个团结餐。区委书记胡仕坦，是一个高个方脸的中年人，才从南方回来。宴席间，巴金过于兴奋，喝了老大一杯酒醉了。我称赞了他们的革命路线，胡也兴奋起来。他说："胡主席一次对我们说，你们愿不愿毛主席来访问我国？咱们要做好工作，他就会来。……"讲到这里，阮辉欢跑来说："你们应该抓紧时间谈南方情况。"巴金也说谈谈南方情况吧，谈话就转到南方情况上去。

他谈的是广治省情况。那里大部地区已解放，并且进行了土改，胜利很大。但那里人民也付出了很大代价。有一个人挖了十五个洞，夜间工作不出来，到白天却看不见东西。还说到妇女们，有不少被敌人割去乳房和生殖器。还谈了一个尊同志的故事。他被捕多次都逃出了。一次被捆在桌案上，手脚都钉了钉子，他半夜听见一个叛徒要告密党组织，他想：我一定要越狱。就咬开绳子跑出来。另一间屋里是他侄女，哀求他说：你要跑我就没有命了。他说：这是个人问题，我现在为了救党一定要跑。他开始不能走，在地下滚。回来告诉党，使党免遭破坏。不久，又被敌逮捕，押解到一个镇上，正是大集，他向人们发表演说。后来又逃跑，被敌追赶跳到海中去了，最后尸体漂到祖国。……

我们的谈话，在月亮升起时结束。

夜行车,下半夜三时,抵日丽河边。

原渡口敌人扔了些定时弹还未完全排除,现在的预备渡口,也因等我们的船过了时间隐蔽去了。我们等了很长时间没有消息。省委宣传部副部长胡如意来接我们。他让我们就地宿营。月色中,听鼓声咚咚,很快人们集合起来下地去了。有些妇女在鼓声响起前就挑粪了。

八月十八日

住在一个上中农的家里,是社的副主任。比一般农家东西多些,有一辆车子,两个柜子,一张桌子,几把椅子,还有一个收音机的喇叭。

今日整日大雨。干旱和暑气为之一扫。上午睡了一会儿,起来补写日记。敌机来炸渡口,又丢炸弹又打火箭。我们住的地方是日丽江(正确的翻译应当是"泪水")一个支流的三角洲。

有广平招待所的同志在这里给我们做饭。他们原来是送朝鲜记者团的。

晚上雨仍在下,我们穿着雨衣在黑夜泥泞里往江边走。如果不是电棒什么也看不见。我们分乘了两只带篷的小船,坐在船里刚能直起身子。风雨仍未停,只听见哗哗的桨声,只看见水手强大的黑影。桨声起落处,水波闪起一片磷光,像燃起青色的火焰似的。这里离海口近,据说海水夜间能生出这种颜色,因为我是第一次看见,很感奇异。我们同越南同志真是"风雨夜同舟"了。不知能否以此为题写诗一首。还可以把反修的意思和两国人民的友谊以及两党作风相近的意思都写进去。

上岸时,为了感谢水手们,我大喊了一声越语:"感恩浓及!"风雨仍未住,我们沿着河岸在山路上深一脚浅一脚走着。因有飞机,不让打电棒,丁文利同志拉着我走,宪同志搀着巴金同志。走了里把路,风雨大,且把一家叫起来进去休息。这里人民觉悟高,主人把孩子抱到帐帷后面的床上,让我们坐。就像我们在根据地那样,一开门随时可以得到温暖和休息。主人不厌其烦。屋里有一个摇篮,婴儿睡得正香。除他而外,别人都起来了,我们的雨衣往下滴水。坐下不久,主人就烧了热茶,我们每人喝了一碗。年轻的女主人从帐帷后面伸出头来,用温柔的语调同我们谈话。原来这女人的丈夫在百货公司工作,有一个孩子。另外一家是疏散在这里的一个铁匠,有七口人。这可真是喧宾夺主了。我问他们嫌不嫌麻烦,他们说,有时还住五六家呢,屋里屋外都是人,铺着席子在地下睡。我觉得越南人民的觉悟是很高的,他们互相帮助,过着十分友爱的战时生活。

时间很长,车子还没来,不知出了什么差错。胡如意同志事前即动用了一个排民兵推汽车,不知为何还没有来。房东挪到别处去了。只有三张床。这一夜,我把一件湿雨衣盖在巴金身上,把塑料布也给他盖好。夜里我看何茂涯同志冻得起来,找了一块伪装搭在身上。宪同志等也盖了一件湿雨衣,夜里很冷,外面风雨不住,今晚可真有点同甘共苦了。

八月十九日

早晨起来,车仍未来。回头一望仍在丽水边。前行了几公里,抵招待所在的丽旗村休息。炊事员从另一个村子挑着炊事用具来给我们做饭。早晨他们没吃饭,给我们煮了六个鸡蛋,我们每人吃了两个,没好意思吃完。巴金经过两天来的行动,衣服很脏,又是土又是泥,倒真像是从战壕里爬出来似的。他怕一生也很少穿这样的脏衣服吧。

上午天晴,丁文利同志替我洗了一个裤子。我补了几天日记。晚饭时天又落起大雨。本来等广平省的汽车来接又未来,就住下了。夜很冷,宪同志把被子给巴金盖,胡同志把夹被给了我。夜间我起来,看见一个同志冻得把一领凉席盖在身上。丁文利只一块塑料布还枕着,困得没有拿,我帮他盖上可以找到的东西。这样过了一夜。今天上午宪同志又过了一次河把大家的东西挑回来,身上湿透了。这同志一路来的确表现很好。

八月二十日

早晨,由丽旗村起身往另一招待所。我起身迟了些,洗脸时阮得胜催我出发,我说:你先走吧。说后感到自己说话不对,今后要注意。

我和宪、欢等同志一起走。一个公安同志给我们挑着行李,我们轮流挑着。别人给他开玩笑,说刚才一个穿绿衣的姑娘等他。我接过担说,再不换姑娘就心疼了。那小伙子哈哈大笑说:"我越挑她才越疼爱我。"一路说笑着,过了日丽桥(原来的铁路桥)在公路上走着,很愉快。

刚到不久就来了飞机,炸弹落得较近,原来炸的正是这座桥。我们听见附近地面上响起高炮和机枪声。

下午由省指挥部的中校政委黎利和一个干部阮文建来介绍情况。晚省主席陈武和另一个管农业的委员来看我们。他们告诉我们今午击落敌机一架,落到理和河渡口去了,飞行员跳伞到海里。也谈起这几天的雨解决了很大问题,晚稻有望。大家都非常高兴。

晚补日记至夜深一时。

我们出河内时,击落敌机三百九十三架,到今天已经四百七十八架了。大家都憋足劲在越南国庆节(9.2)时击落五百架,看来是没有问题了。

八月二十一日

这里是广宁县义宁乡滚村。

上下午均听省指挥部的宣训干部文珥的报告。人面白唇紫,像是知识分子出身。他给我们介绍了反轰炸中的模范人物,据说他是搞写作的,但介绍时却缺少生气。

下午,一个十八岁的姑娘陈氏理来,她不到十八岁就提前入党,并得了两枚勋章。她皮肤很黑,脸瘦,但手臂却结实有力。她穿了一个绿小褂,黑裤子。今天只听了她部分谈话。

暮色中在木集溪中游泳。

晚同何茂涯同志扯谈。他说他已写了一篇《春回荣市》的文章寄回河内去了。他说其中提到我见芳定同志抚摩她伤残手指的情形。

八月二十二日

今日上午听陈氏理的事迹,听后很感动。这个青年在十六岁第一次执行任务时还怕鬼,而在这次炸弹的烈火中却变为勇士。结果还差几个月才满十八岁就提前入党,并得了两枚二级战功勋章。战争促使她在三个月中得到平常要十年的进步。有趣的是,她的父亲和姐姐都是抗法战争中的通讯员,今天她又当了通讯员,真可谓革命接班人了。(还需要从别人那里了解她的性格。)晚上我们一起散步。在灯下我看她的脸形更像是个孩子。

人没有实际锻炼是绝对不行的。

看见别人的孩子就想起自己的孩子,觉得真是成问题。

我很想访问突击队,晚一省委委员管青年工作的阶同志来,谈到15号公路被敌炸得很厉害,行动有困难。

今天还来了一个电线工人,瘦小发白,虽四十四岁已有皱纹。他只讲了他的集体,问到他个人却说没有什么,跟大家成绩分不开,表现了一个工人的特色。

八月二十三日

上午一个华侨名叫吕富灏的来,他是广播站的广播员。这人四十八岁,发苍白,瘦小,深眼窝,样子长得同越南人一模一样,他一九四〇年来广平,在华侨小学当教员。他说越南是他的第二祖国,他要为越南服务,为人民服务。在敌机轰炸中,房顶被震塌,一截钢轨从屋顶飞入。他的衣服、机器上全是尘土,屋子里看不见,仍坚持广播,使党的声音不在轰炸中中断。这也是一个光荣的战斗岗位。前几天,在永灵胡舍市的警报中,广播仍响着胜利的声音,使我有深刻的印象。

中午在木集溪中游泳。正游间,敌机九架袭洞海长桥,司机波同志爬在树上,同志利在水里攀着树枝,指手画脚,一时叫,一时惊叹。我正被一棵树挡着看不见,很着急。看他们的样子是飞机被击落了。我抓住一条枯藤爬上岸,只看见一架。因没看清,心里很丧气。他们说看见打中三架,老乡则说四架。

下午为了能在天黑前看看洞海市,决定步行十二公里,四时提前吃了饭,五时许出发。一路上行人很多,多半是疏散的工人回城准备夜间上班的。他们骑着自行车,车子上还插了些树叶做伪装。许多车子把穿黑衣的长发女人驮在车后飞跑。有的女人,你看她,她还害羞地笑。还有一些架子车都是空车,他们多半是乘夜到城里去取粮食的,或是去拉拆掉的房子搬到别处的。男女青年们情绪很活跃,一部分坐在车上,另一部分拉着车飞跑。在下坡的时候,几乎把车子弄翻了,他们还嘎嘎笑个不住。孩子也在田埂上飞跑着,欢叫着。因为是有准备有组织的抵抗,到处可以看到镇静。同朝鲜战争时期那种情况绝不相同。

我们穿过丽旗乡,这是被水环抱的很长的村子。村子里还有百货店,有小木棚,人们坐在路边理发。村子里草丛中隐蔽处还有不少法帝国主义殖民地留下的地堡,睁着怪眼望着行人。这想必是洞海外围法军的重要据点。这些人已不知跑到哪里去了。今天的美帝也当然是相同的命运,也许更惨。

据传,越南历史上阮郑南北纷争。阮黄问何处安全,状元说横山一带万代容身。阮即到洞海一带,由横山修一道长城连到洞海。有十八个城楼,这城楼是其中之一。十六世纪洞海又名师傅城。

距洞海一公里时已经黄昏了。我们加快了脚步。"快走!前面有座桥!"一个穿土黄制服的公安提同志催我走,接着又嘎嘎地笑,说是哄我们的,前面并没有桥,只不过是这条稻田夹着的一条公路,路侧设有防空洞罢了。

到了洞海市,看见一些炸坏的房子。过一条小河,就看见洞海市这座古城高大的城楼。和中国城楼的式样有些不同,据说是南北纷争阮朝的建筑,是一座古代炮台。两侧的城墙已没有了,都是草丛,我们刚登上城楼观看,来了警报。公安同志领我们到下面一个防空壕躲避,此处原来是人民法院,里面有几张桌椅,静悄悄的。

警报还未解除,胡如意同志即领我们在街上漫步。在深浓的暮色中,只能模模糊糊看到两侧有不少两层楼房,呈热带城市的浅色。街道不宽,倒紧凑整齐。街上没有行人。我们走到街尽头,又看了一段古城墙,巴金同志一九六三年来时住的米黄色漂亮的招待所也在路边,有两棵漂亮的椰树的黑影。另一边楼房和树丛是省委所在地,被击落的一架敌机就落在这个院子里。因天色已黑,玻璃很多,胡如意同志没有领我们去看。我们转到另一条大街,有照相馆,百货公司,十字路口。这里中了几颗炸弹,几座楼房被炸倒了。

我们沿着街正在行走,前面一片人声。一个店里点了一盏油灯,市民们正在那儿采购粮食。疏散的人们买了粮食准备送到亲人那里去。

我们在黑影里走着,来到日丽江边,这里有两排很漂亮的椰子林。树下有几个石凳。有人在这里迎接我们,从夜色里递过手来向我们问好,说是这个城市的市委书记。我们也连忙向他道辛苦,想不到他们在这里迎接我们。原来石凳对面的一座平房就是临时的市委机关。

  市委书记因生理的原因声音有些特殊,在黑影里面貌看不清楚。谈了半天话,从别人点烟的火光里看见他瘦瘦的、高高的,戴着一副近视眼镜。他对我们说,我们的到来是对他们的鼓舞,特别是在这样的时候。我们称赞他们打飞机打得好,工作做得好。他说,这是由于劳动党的领导和学习了中国的经验。他告诉我们这个城市共一万五千人。已疏散了七千。一些市民手工业工人,有一些已转为晒盐,"八五"后又开辟了盐田,他们的家属安插在附近的渔村。合作社给了他们一些地种菜。有一些小商贩疏散到山里垦荒,帮助他们转到农业。所有机关除一部分疏散,其余夜晚仍坚持在城里办公。工厂的工人白天到城外,夜晚照旧开工。他的市委机关也是白天到城外,傍晚回来。沿江一带渔民仍然常到海里打鱼。他们打鱼经常遭到敌机和军舰袭击,但已有了经验。遇见敌机就跳到海里,等敌机过去再进行打鱼。……谈话时,街道不断有架子车的声音和青年男女的笑声。我问他们是干什么的,市委书记说,一部分人是到城里采购粮食,一部分人是把房子的木料运到疏散地重新建立新居。谈话间,江对岸远处起了一片暗红色的亮光,市委书记告诉我们这是敌舰打的照明弹。有时军舰离海岸只七八公里。他们主要是封锁海岸,有时向岸上炮击。……

  我们为了凉爽没有到屋子里,他们把暖茶端到外面来,还搬了一张床作为桌子。我们望着隔岸点点灯火,望着头上的椰子林。这里很像一个海滨公园。市委书记说这些椰子林种下五年了,这里的人非常关心南方的斗争,把这座林取名为平治天椰子林。是义务劳动种起来的。

  谈话到中午。十二时敌人来轰炸。市委书记说,敌人主要是轰炸离我们七百米的丽旗江上的一座铁桥。这桥已经炸了四次了,本来已经炸毁大部,还剩一座洋灰桥墩,敌人又把桥墩炸坏了。但敌人也付出了应有的代价,被击落一架,击伤一架。他还说,七八米外就有一座民兵的机枪工事。今天打得很好。我们立即随他去参观,这里修的是较为坚固的水泥工事。交通壕里竖了十几支步枪,工事里是一挺轻机枪,经国防工人加了脚架和瞄准环。有两个戴着铜盆帽的民兵守在那里。背后还立着一个人,市委书记特意介绍说,他叫日明,是个不错的民兵,今年才十七岁,最近出海打鱼,被敌舰子弹击伤了脚。我用电棒一照,一个黑发覆额的孩子脸,我不由得捏了捏他的脸蛋儿……

一只木船在山边已守候我们多时,市委书记催我们上船,已来过两次警报。市委书记说:你们来我们真是舍不得你们走,同时又担心你们的安全。……我们上船了,由几个民兵摇橹送我们到对岸丽宁乡去。江水仿佛是一个奇异的珠光辉耀的世界,只不过被一层黑幕轻轻遮掩着。木桨落下时,仿佛戳破了一个洞,立刻透出闪闪的银光。落下的水点,像是将大把的碎银子撒到江里。……

这是激烈战斗的地区,灼大娘摇船在炸弹中来往摆渡,就是这段江面,我想像着这位妇女的伟大形象。

船过江,又顺着东岸向南划,这里张着许多大渔网,我们不时要穿过渔网。这些渔网不仅要捞大鱼,有时还要打捞那些飞贼们。渔网里有时还打捞起不少飞机的残片。

船在一个沙滩靠岸。上面都是尘沙,踏下去就把脚埋住了。上了高岸,来到一个社的办公室。民兵们已给我们打好了五六桶凉水让我们洗澡。还有四个女民兵带着手榴弹为我们放哨守夜来保卫我们。当我同她们见面时,她们都害羞地往同伴后面躲。等我睡醒一觉,还听见她们在屋外低语,心里不由得一阵激动。我带着感激的心情,默念着一些不相联系的诗句。我觉得应该为她们写一篇诗。

夜半被冻醒。因这房四门四窗,又在高处,风很大。起来把门窗都关好,看见丁文利同志和矢同志两人合盖了一张凉席。丁同志一路担心我们的安全,有时把大半个身子探出车外看敌机动静,走一夜还要给我们挂蚊帐。他十几岁即参军,以后集结北上,到现在已三十一岁了,还没有结婚,常常哼南方的民歌。还是很好地为人民服务……

八月二十四日

晨起,细看,都是沙窝。这个渔村整个建立在沙窝里。除了院子里种的香蕉和几棵树,都是望不尽的白沙。虽然如此,但房子多半都刷得整齐洁白,式样也是很考究的红瓦房。有不少房子都有白色的廊柱。对面是宽阔的日丽江,江对岸是绵延的长山,右前面就是洞海市。

上午和民兵机枪组长阮最(复员军人)谈话。人很瘦但很有精神,现在他专门打飞机,队里已不让他下海了,他也觉得比下海有趣得多。

谈话时间不长,灼大娘来了。她五十一岁,脸上已满是皱纹,但却有着渔民特有的健康。手大脚大,脚上手上都有粗筋隆起。谈话时敌机不断来,她眼一扫就看得清清楚楚。她很满意自己的眼力,并且带着几分夸耀地讲起自己的眼力。她还指点人们注意防空。今天特意换了一身干净的黄褂、黑裤。讲起过去的生活,就用一只手挡住脸,热泪盈眶。她原来在很小时就给地主、伪军当佣人,当奶母,那些家伙还用烧火的劈柴打她。她还是一个小老婆。她满怀感激是因为党给她带来新的生活,她觉得粉身碎骨也难以报答这样的恩情。勇敢的泉源就在于此。她同吴寿蔺老人、坎老人完全一样。而这些人又同中国老一代人们的心情完全一样。虽然他们在谈话中不一定讲到社会主义,实质上就是保卫社会主义制度。

下午,谈了阮氏巧的事迹。因她过于害羞,由宪同志谈后再向我们谈。巧的是这次我们访问的阮玉珠正是她的未婚夫,我们是采访他时偶然知道他们的关系的。

下午四时,我们去看灼大娘和阮氏巧、阮最的家。因沙窝不好走,我们学越南同志干脆脱个光脚丫子,走得很舒服。只是走在太阳照射的地方,像用开水烫脚一般有点受不了。一路走来,房子都建得很好,每家门前种着香蕉、芭蕉和其他树木,房间里也很清洁。他们的每个劳动日约两元。这就可以说明这里的人民为什么那么热忱地来捍卫他们的生活。

我们沿江岸走了几公里,来到高岸上灼大娘的家里。她家里过去是贫农,今天已是中农生活了。屋里贴着胡主席和越南其他领导人的照片,劳动致富的标语。有阮春生为灼大娘画的人像速写,有中国年画,家具也不少。只是屋里的地不像别家的地弄成水泥,还是沙土,被鸡刨得有些乱。我们在她家的梧桐树下,同她和她的两个孩子照了个合影。我恋恋不舍地离开了这位老人,她一直送我们到江边才分手。

我们又到阮氏巧家。她家收拾得更干净了。然后我们又到了阮最同志的机枪工事。工事是由水泥筑成的,因这里沙多不能挖工事,有的单人掩体是用的木桶和水泥圆筒,工事里支着一挺很旧的一九三五年的马克沁重机枪。聪明的阮最在下面修了一个可以转动的木盘,还做了一个铁皮圆筒装子弹,必要时可以一个人打,不要别人托子弹带。工事里围着用红色油漆写的标语。有二月七日写的,有十一日写的,还有其他时间写的,都是在激烈的战斗后写的。有"为了消灭美帝不惜牺牲一切",有"节省弹药,不打送行炮",还有"响应胡主席的号召,忠于党孝于民,完成一切任务,克服一切困难,战胜一切敌人"。工事外面是一个小棚,下面只放了一张床,棚子上垂着一张正织的渔网。他就日夜守在这里,睡在这里。敌机不来就织渔网,来了就打。离小棚两三步,一个木架上挂了一段法国时代的铁轨木,这是用来报警的。报警也归他。有意思的是,坡下不过十步就是他和妻子的家。他就在家门口保卫自己的家乡。我们进到他屋子里一看,房子修得很漂亮,摆设也整齐。他介绍了他的两个"妈妈"(一个是岳母)和他的妻子。妻子虽然年过三十还有些怯生,端完水赶忙跑到厨房去了。我称赞这座房子漂亮,问是什么时候修的。他岳母叹口气说:"刚刚修起,就搞疏散。"他修这房共花了两千元。阮最送走我们就又回阵地去了。

因天色早,涯同志叫我们到海边休息一下再回来过河。我在海边洗了个脚。

过河后又到市委稍歇。市委书记说陈氏理已在家等我们多时了。他领我们步行穿过洞海市,作了一番介绍。今天的洞海市灯火仍明。在电灯光下,看到街上行人不少,晚集才散。街上不断有垒起的防空工事。饭馆正常营业,裁缝们在电灯下蹬着缝纫机哗哗地响,人们安详地坐在理发店理发。街头还有不少小摊,出卖青色的柠檬、油炸脆、茅秀棵等等。人民的情绪确实是不错的。我本想到工厂看看,但看巴金已很疲劳也就没提。

出城不远,陈氏理和阮氏大两个姑娘都在岔路上等我们。她们等了两个小时了。陈氏理大个子虽然不低,还是孩子样,问她话害羞得要命,甚至想躲到涯同志怀里。一时乡干部都来了,她姐姐也来了。她姐姐说氏理从小就担起养活两个弟弟的担子,勤劳极了。乡干部说,他简直找不出她的缺点,就是太爱笑,父母对这一点不满意。陈氏理站在我背后给我打扇,叫我喝水,我满含情谊地喝了两小碗。这个革命家庭原是本村最穷的一家,现在也生活得不错,房子很干净,还安了广播。室内有一个很大的大柜子,有镜框装着胡主席的相片。她最后送了我们两人一张照片。她和氏大又把我们送上公路作别。回到招待所时已十一时了,因过于疲倦,没有吃多少饭就睡了。

八月二十五日

上午来了一个理宁乡的乡干部,来谈捉飞行员苏未卡的故事和丽宁乡的一些情况。不一时阮日春连原来的副连长来了,谈阮日春和阮日春连的事迹,理宁乡干部说话不见外,我问起中农的表现,他讲了一个生动故事。一个中农看到人们帮助他修炸坏的房子才转变,要把三口猪都送社里。下午续谈。

晚上,省文工团招待我们。女孩子们穿着朴素的窄小的黄布上衣,黑裤子,给我们演唱。还编了新诗,表示对中国党、毛主席和中国人民的感谢。还说我们不远万里来到这里,如何辛苦等等。她们富于民族色彩的优美动听的民歌歌调,深深打动我的心,使我非常感动。最后座谈时,我说:究竟是你们富于民族色彩的优美的歌声感动了我,是你们作为英雄人民一员的那种姿态感动了我,还是你们歌声背后深厚的对中国人民的情谊感动了我呢?我已经不能分辨了,也许正是这三者的结合深深地打动了我的心。当我听到这些歌时,歌声里没有丝毫的陌生,甚至像少年时在家乡听民歌一样。为什么会这样呢?这就是我们两国两党的共同思想共同目标使我们结合起来的。在我耳边响着的是英雄人民的歌声是革命的前进不屈的歌声。……

我当时急于把我的感情谈出来,但是谈完时,我又觉得自己说得太长了。

八月二十六日

上午结束了与范春互同志的谈话。阮日春同志的事迹的确是非常感动人的。

中午和宪同志、波同志到木集溪中游泳。波同志用鼻喷水，发出怪声。宪在树上睡觉，尿尿。我也装作被小鬼抓住腿的样子，今天算是大家都尽兴了。

晚七时出发往西部山区访问青年突击队和云翘族。这条路敌封锁甚紧，省委踌躇再三才决定。我怕巴金有危险，事先问他是否要去，他表示也想去看看。

出发后不多远天就黑了。一座丽旗河上的石桥墩被炸毁，垫了些石头，我们就从石头上先过去。利同志还要搀住我怕我跌倒，结果过河以后，他的左脚小脚趾即被尖石割破一个不小的口子。我用电棒一照，殷红的血流在黑色的抗战鞋上。我心里很有点不过意，总以为是我身子一歪，他扶我时碰破的。

因石头没完全垫好，车一时过不来，我们就在路边等候。这时头顶很长一溜黑云，像是一条宽阔的深不可测的墨水，把天和地连在一起。云很黑很低很浓。巴金说："这块云怎么这样黑呀？"我说："我看了这块黑云，才更深体会李贺的诗'黑云压城城欲摧'。"其他地方，没有被黑云盖住的地方，虽然夜色很浓，也能看见村落与树影和地平线，惟这块黑云下什么也看不见。我们正在议论，不一会儿，一阵风过，头顶慢慢又露出星光来了。

在这黑云笼罩时，远远有一盏黄黄的灯光。刚有一点飞机声，灯就熄灭，哦，我们知道这是一盏防空灯。一会儿又亮起，还没听见飞机声，灯又熄灭了。这是谁坐在防空灯下，有这样灵敏的耳朵？

因车过不来，我们着急，即徒步向前走去。走了一程，已到防空灯近处。原来为了行人便于观望，防空灯设在一个很高的高岸上。我们走在三四丈高的土岸下的公路上。防空哨那里传出一阵女孩子的好听的笑语声。同志涯就打趣地问：

"谁在那里放哨？你们在说些什么？笑声太高了吧？"

岸上一个清脆的声音答："我们没说什么！你们是谁？往哪里去？"

"我们是来看你们的。"宪同志说。

"来看我们就上来吧！"她们一齐笑着说。

"那你们来接我们。"岸下一同志说。

"好,你们上来。"

"上去我们怕下不来了?"一同志玩笑说。

"下不来,我们抱你们下去。"姑娘大胆地说。

人们哄地笑起来了,都说:"广平的姑娘真厉害!"

姑娘们也笑。

我动员欢同志说"欢迎她们唱个广平号子"。欢同志讲了,上面回答:"我们会唱,就是不唱。"

我们边说、边笑、边走,岸上又说:

"路上不好走,你们好好走吧,不要跌倒了,碰破了皮。"

我们边走边议论这些广平姑娘。其实一路来我都感到,由于战争和共同的任务,把大家更紧密地结合在一起了,人们的感情更接近了,同志这个词,也更显示它本身原有的含意了。我也想起过去战争年代的事情来。

我们走了一会儿,车才赶上来。走了不久,一带山后像起了火一般,或者像月亮将要升起那样。防空鼓的厚重的声音也紧急地响起来。转过弯,就看见正前方远处有两颗照明弹挂在那里。车仍在走着,大家都说大约是美德桥渡口方向。说话间天空一亮,又有两颗照明弹落下来,接着第五颗照明弹也挂在那里。这时,忽然间自下而上一溜火花直射天空,在天空炸开了。有的说是高射炮,有的说是高射机枪。正在争论,突然间一个大火球一亮,向下迅速移动,大家喊:"打中了,打中了!飞机落下来了!"司机把车停住。司机波兴奋地爬到车头上去看。我也脚踏大灯爬了上去。只见火光闪了几闪又熄灭了。有人说:"是不是炸着的房子?"宪同志说:"我看准了,绝不会有问题。"有人说:"飞机落地要爆炸,你看见火光了吗?""怎么没有看见!"

我们马上上车向前开,走了不远有两个人在路边喊要搭我们的车。原来他们刚才在车下看飞机看得出了神,车开走把他两个丢下了。大家听说笑了一阵。我们一边开车,一边看正前方远处,火光还在继续燃烧,一时小,一时又大起来。经过一个村庄时,响起咚咚的鼓声,站在高架子上一个人告诫我们说:飞机打下来了,你们要注意,现在好多架飞机正在盘旋找这架飞机。……

因离渡口过近,主人让我们下车暂时休息。这时听见天空中至少有四架敌机,围着刚才着火的地方盘旋。我说:"你听这几架敌机正在吊丧,一定在那里喊:'哈啰,你在哪里?你在哪里?'"警卫同志说:"恐怕他永远找不到了,也许正与阎王爷说话呢。"他还说:"今夜打落飞贼的那个地方,正是阮春互同志的连,也许他们是向你们敬礼吧!"

这几架飞机整整在该处转了一个钟头之久。等了一会儿,一下丢下七颗照明弹来,然后哼哼着又到别处去了。

一小时过后,我们过了龙大渡口,桥被炸坏了。防空哨拦住我们:"飞机落在六公里处。民兵都出动了,降落伞已经找到,飞行员的椅子也找到了,就是飞行员还没找见。现在公路上不远处有两个民兵,如叫你们停车,你们应当马上服从。"并说,民兵已把一座小山团团围住正在搜索。

刮了一阵风,飘下雨点来。因夜深风凉,雨渐渐大了。穿着短袖衬衣不行了,我们把衣服取出穿上。这时我想,从天上下来的那位以专门炸毁别人家乡为职业的飞行员,此刻躲在灌木丛中怕正心惊胆战瑟瑟发抖吧,这同他投炸弹、俯冲扫射时相比,怕是另有一番滋味吧!

有人说不到天明就会抓住他,有人则说,让他在丛林中躲一些时候也好。

雨瓢泼一般下起来,我躺在后排座椅上,始终不愿入睡。

我想写篇东西,或者就单写这八月的"一个平凡的夜晚"。

进入山区,因山洪暴发,我们被一条名叫筹鸡溪的溪流阻住,夜已三时半,只好临时找了一个养路站宿营。

八月二十七日

天亮,仍大雨不住。饭后,主人因这地方飞机炸得凶,叫我们到附近一个地方。结果沿着一条丛莽中的幽径,爬到林木茂密的山上去了。山上丛林里溪水四流,我们踏着水,分开树根和枯藤走着。在丛林里原来有两个临时搭的草棚,只能各容一个人。草棚有两个南方干部因事在这里。他们为了保密没向我们详细介绍。我在一个漆黑的木板上写日记,他们还给我铺了一块包东西的塑料布。天到下午放晴。中午饭也是在山上吃的。是同志矢(我开玩笑叫他

"同志捉提")送上来的。同志利给我架好的蚊帐我也没有睡。

下午五时许下山,又被引到一个极其隐蔽幽暗的处所。这个地方有一条仅一尺宽的山溪,我们沿着溪水往下走了不远,发现林莽中有一座低矮的草棚。里面只有两个铺,一个桌子,一个柜子。我和巴金刚上了坡,就被细心的主人从脚上拣下两条旱蚂蟥。我脱下抗战鞋,脚趾缝里还缠着一条。同志提标催我赶快进屋,并告我晚上不要解手,就坐在床上向外尿好了。这座棚子四处是密密的林莽,脚下是丁冬的山溪,上面还有一棵弯曲的不知名的树遮得严严的(这棵树上还挂着两条长藤),显得十分幽暗。五点多就黑了。吃饭时还点着灯。就在这种环境里,越南招待所的同志还是做了很好的饭,做了鸡和炸鸡蛋,四个人也吃不完。越南同志对我们的招待实在太好了。

晚上,何茂涯又给我挂蚊帐。一个南方解放军少校同我们谈了些南方情况。在最困难时他们"走路不要路,住下不要房",行军隐蔽,脚上爬得满是蚂蟥,平均一个人要被吸去两毫升的血。

胡如意同志来谈情况,说山洪仍很大,青年突击队的四个人以为我们在山外,向洞海找我们去了,现离这里还有八十公里。我们要在这里等着他们,是否到维吐鲁和咳嗽乡(他们过去的工地)还要看山洪的情形。夜晚我们就在山溪的丁冬声与山鸟的鸣唱中睡去。

八月二十八日

这里真是过于幽静了。同志涯说这里有老虎、大象和孔雀。虽然没有见,但昨天写日记时,听见不远处有一只山鸡的惊叫声,仿佛是被什么野兽突然抓住所发出的叫声,呱呱了好久才住,越南同志感到让我们住这样的屋子很抱歉,我倒很喜欢。我说:我们能住到这样的房子非常高兴愉快,别人想住还住不到哩!我还说:有人的房子虽好,板凳是冷的;这里的房虽不好,但板凳是热的。他们都笑起来了。

早饭后,同志涯提议到外面走走,我很高兴地同意了。这里本来是云翘族住的,因最近敌人对这条秘密战略公路的轰炸,云翘族搬到森林中去了。他们说:"飞机要炸,我们躲飞机对胡伯伯是不犯罪的。"因此,我们看到的高脚屋都是空空的,家畜家禽也被他们带走了。溪中只有几头水牛,用惊奇的眼睛看了看我们,自去岸上吃草去了。

我们过了溪(这条阻住我们的山溪,水退得只有膝盖深了),到高脚屋看了看。我同同志提标顺着小梯子上了高脚屋。屋是空的,只有两个空篓子,一个还倒在那里。屋子地上有一堆烧饭留下的灰。这些在几年前还没定居下来的民族,第一次看见敌机的轰炸,是没有经验的,他们一定会再走出来同敌人战斗。有的地方,他们已经把猎枪拿出来了。

我们在筹鸡溪中洗澡。因水太急,我被冲到山林水色发黑的地方。我抓住枯藤洗了洗。膝盖被碰了一下。后来同志提标游过来,牵着藤条草枝把我引出来。我因不是自己游回来而心中怏怏。

下午二时许,突击队来了四个人,一个团书记面白,原是乡党委委员;一个瘦小的青年;两个女队员,一个瘦弱,一个像是中国姑娘。何茂涯说:"你看她像不像中国姑娘?"团书记向我们介绍了青年突击队的艰苦生活情况。其余的人都有些拘谨。那个像中国姑娘的黎氏大,看见同志利挂蚊帐,马上动手帮助,又帮巴金扇扇子。可以看出越南妇女是很勤劳的。

晚饭(又给我们弄了许多好吃的东西)后本来要走,越南规定六时才能行动。路上又下起雨来,不断经过溪流。因道路被水冲坏,十分难走。车子颠簸得很厉害,停车时,下车一看,道路是从山中辟出来的,两岸高约十数丈,上面长满了茂密的古木,把路都遮住了。据过去省主席陈五介绍,这条路是一九六〇年动手修的,当时许多群众不知道为什么修这条路,现在都称赞党看得远。

我们由解放军的一个少校领路,本来要到十六公里的维吐鲁,因没有房子,又开往咳嗽乡,仍没有房子,沿路继续向前开。到了一处地方,古树参天,有两座房子,何茂涯他们搭好地铺,刚刚睡下,又被叫起来,说此处天亮后敌机会来轰炸,不能做饭,又继续走。车行不远,前面两辆车被陷在泥泞中。司机班同志拿着电棒跑前跑后,在这里几乎耽搁了两个小时,车才从泥泞中哼哼着吃力地爬出来。今晚全程二十九公里,从六时出发走到了下半夜四时,整整走了十个钟头。

我们沿路遇到一队解放军正向老挝开。他们背着枪支,背包和粮食,穿着裤衩,每人都拿着一根棍子,在泥泞中向前走去。

我们的车停在公路的尽头,开始下车步行了约一里路。山林浓密,有许多高大的树木。我们爬上一个山坡,搭着一座高脚棚子。上面搭的都是横排的木棍,一不小心就会掉到空隙中去。那里住了几个战士,正在睡眼惺忪中给我腾地方,让出两个铺来。意同志把罐头箱移开,腾出一个地方睡下了。这次,他们陪我们吃了许多苦,很使我们不安,不知能否写出符合他们愿望的东西。我们睡下时,不断听见鸟声,还有更多的蛙声。这里的青蛙不像癞蛤蟆声音那么喧嚣,而像是吹鸣金器一般好听。

八月二十九日

早九时,被喊醒。涯同志以兴奋的语调告诉我们,前面有一队解放军正在休息,让我们去看。我匆匆起来,脸也没洗,就随着他们沿着一条新辟的小径向前走。整个的景色把我惊住了。这是一条极窄的深谷,谷中是湍急的溪水,两旁高山陡立,长的都是高大的林木。这些树长得十分高大笔直,一层接一层一直长到山顶。原来这里就是青年突击队开辟山径的工地了。我们就行走在他们辟出的山径上。

走了不远,就看见了解放军正坐在路旁休息,手里拿着饭团吃。我们怀着尊敬的心情向他们问好:"召同志","召卡同志"。他们也回答着我们。在藤索桥边,何茂涯向我们介绍了一个指挥员。因他们即刻要继续行军,我和巴金只简单地表达了中国人民对他们的友谊,送了他们一本小画册,向他们预祝胜利。他们又背起沉重的东西和十多斤粮食前进了。这是一个迫击炮连。炮筒用竹竿抬着。只要看看战士们背的东西,就知道战士们的贡献了。我们向他们预祝"汤利",懂中国话的活泼的战士们,也用中国话向我们问好。并大声地喊:"加油!加油!"

何茂涯同志站在藤桥边望着前进的战士们。他是已被批准到南方去的人,看来他的心已随着战士们飞往南方去了。越南人,尤其是南方人,他们是多么渴望越南的统一,他们简直是梦寐以求飞向南方。

工地的经理给我们介绍了藤索悬桥。我被这桥惊住了。这条桥是用横排的木棍排起来的,没有任何桥柱,是用四根手指粗细的青色藤条拧成一股,系挂在河岸两旁的大树上。桥两边还用藤条编成半人高的桥栏。桥约五十公尺长,两边桥栏上还插有藤叶做伪装,走在桥上,桥就颤悠颤悠地摆动,这些十七八岁的刚刚出门的孩子们是怎么架起这样的悬桥呢!他们不仅没用钢丝,连粗木头也没有用一根。我在桥上走了几个来回。

经理又带我们向前走了一段,就看见山坡上好几座高脚屋。说高脚屋,又不够太确切,因为实际上是高脚棚,上面只盖了塑料布或雨布,就像是中国北方唱野台戏时搭成的戏台。上面铺的不是板子而是用一种植物的青色枝条排起来的。这种枝条很直,比手指粗一些,摆得很平很好看。上面铺着凉席,放着简单的用塑料布包成的小行李。檐下拴着藤条当做绳子,搭着她们的衣服。原来这是女队员的宿舍。女同志总是爱干净的,即使在这样的地方也收拾得十分干净。经理让我们上了梯子坐在棚里休息。向外一看都是树林。太阳出来了,阳光却晒不到地上。金色的阳光在枝叶中曲折地浮动着。我还从来没有看到过这样浓重的树阴。台子下还有一个布告牌,上面用葵树叶子做了遮雨的小檐。我们刚坐下,一个十八岁的姑娘就从山坡下给我们端了水来,让我们洗脸。经理说,这是越中友谊农场主席的女儿。

我们的到来使这里的人很兴奋,台子上坐了不少的人。我们吃过早饭,就继续跟原定的几个队员谈话。我很想了解她们内心丰富的世界,特别是如何参加了突击队的。她们谈得都很简单。何茂涯就说,依据他的体验,这一代的青年人同今天三四十岁的人是不同的。后面一种人,常常要同自己的个人主义激烈斗争后,才能下决心参加革命。而今天的青年却没有这种斗争,是很简单的。他观察过许多青年都是这样。而且说,三四十岁的人能做到克服个人主义已很不容易了。……还说能清楚了解这一点很不容易。他的话又引起经理和团书记的一番议论,说这些青年是没有考虑个人问题的。他们的哭也不是消极的东西,而只不过是对自己心灵的安慰,把想家变成积极的力量。当时弄得我很尴尬,好像我不相信她们积极的东西,或者在发掘什么阴暗的东西。马上辩解,又怕不礼貌。我就竭力忍住,准备以后再分辩这些东西。我觉得这一代青年是同旧社会里长大的人有所不同，但是分别他们不同的本质应用阶级观点来划分，不能用年龄来划分。同时即对今天的青年也还是要用一分为二的观点来看才比较妥当。

  我们又继续谈了一些他们的生活。因时间太紧下午又要离开，只得勉强结束。我和巴金都鼓励了他们一番。团书记很激动，说我们的到来使他们受到鼓舞。并说这两天见我们工作积极而且很痛快，说他的心情是无法用语言表达，说后竟眼红红的快要哭出来。为了纪念这次行动，巴金把他的塑料布赠给了工地。经理也很感动。

  三点钟我们吃了饭，经理即让我们去参观他们的宿舍和劳动情况。因事先没有联系好，我们等了一个小时。我们只好涉过河先行参观。我们看了一个厨房，一处宿舍，这处宿舍由高脚棚组成了一个院落，中间的高脚棚最高，像是戏楼一般。一个班里有男女青年，中间用树枝搭了一个隔子分住在两边。上面放着他们的行李和衣物。我们一到，人们顷刻把我们包围起来。我坐在一个小棚上，对他们做了一次谈话。我说他们是越南人民的优秀儿女，是人民中先进的部分。我说他们不单是筑路的突击队而且是共产主义的突击队，是马列主义政党领导下的革命的突击队，是全世界青年的榜样。我说他们住的山沟虽窄，全世界青年却注视着他们。我说他们不但是完成着筑路的任务，而且生产着精神财富，我们要把他们的精神财富来分给中国青年。我还说了中国人民的准备，在任何情况下同他们坚定地站在一起。接着我想让他们多谈谈是如何参加突击队的，一个说是为了祖国统一，一个说我们来很感动。谈了没几句，提标就来催促了，我只好恋恋不舍地离开他们。

  我们步行了一段路，涉过了一道溪水。迎面遇见许多青年突击队员正从远路背粮回来。看样子都是三四十斤或四五十斤，有的扛，有的背，有的挑，这些男女青年大的二十多，小的十六七，都把裤腿卷得高高的，光着脚板在石头路上走着。看见他们的赤脚在石子路上走竟毫不吃力，又使人钦佩，又使人心疼。一个国家能拥有这样的青年，真是国家和人民的幸福。这样的国家是有前途的，是有希望的，是肯定可以统一的。我向他们每一个人问好。他们也用越南话对我喊：中国共产党万岁！毛主席万岁！来表达他们的心情。

在这场斗争中,他们解决了革命接班人的问题。……这些青年一边开辟道路一边向前走,一直要走到南方,然后参加武装斗争。他们被称为"凤凰军"。因为他们每人拥有一辆中国援助的凤凰牌自行车。我今天也看了他们的凤凰车,他们不是骑而是作为运输东西的工具。车座还是崭新的。我想他们叫凤凰军,不该是单单因为他们骑的是凤凰牌自行车,而是他们每个人都是祖国和人民的美丽的凤凰,在烈火中飞翔的金色的凤凰!

今晚敌机出奇的少,只远远看到照明弹,车行顺利。越过难走的山路来到平原,又顺利地过了龙大渡口,于夜三时回到住地。

八月三十日

今天上午到木集溪游泳,下午休息。听说北方已打下敌机五百零三架了。完全符合我们的预料。

晚省委和省行委举行宴会送别。到会的有省主席、省委副书记陈五同志。今晚谈了许多知心话。他告诉我们,我们的山中之行,他们很担心,甚至考虑到我们的牺牲。他说我们出发那天,他也到美德桥附近乡里工作,车子刚到一分钟敌人就打照明弹,他马上指挥。飞机最后丢下的一颗照明弹红红的,一点也不亮,他就判断是飞行员跳伞,立即下令动员了两千民兵去捉飞贼,还提出:"捉住这个飞贼又等于打下一架飞机。"飞行员最怕的是民兵,怕民兵打死他们,跳伞后只跑了八十米就不敢跑了,躲在草丛里,风雨交加,大概够受的。早晨六时被捉住,把他拉起来时,连举手投降都没有力气了,只把手举到肩头那里。他说他奇怪中央为什么没有发表这个飞行员的名字。

今晚谈得最多的还是彼此的友谊。陈五人很直爽,完全是同志式的谈话。他谈了许多中国对他们的援助,谈到六四年少奇同志到越南来,曾援助他们二十万吨大米,他省分了五千吨。援助他们的布匹,嫌每人四米不够,要给每人八米,他们只要四米,其余四米分给南方。连青年突击队的衣服、车子和水壶都是中国的,他说:我们并没有完全公布中国的援助,是让敌人知道越南并没有得到中国的援助就取得了胜利。他说,黎笋曾对他们说:"在我们背后,真正能付出鲜血来援助我们的是中国。"在苏联时,苏方曾问:"中国都给了你们什么援助?"黎说:"我们需要什么他们就援助我们什么。"陈五说,他们的信心是无比坚定的。因为他们知道在他们旁边站着一个中国。又说,他们很需要一个巩固的后方,他们甚至准备在工厂被炸后搬到中国。我们称赞他们的创造,他们则说,这是中国走过的路。说在省委干部中,至少有五个人学过刘少奇同志修改党章的报告。我称赞他联系群众的作风,他说是学习毛主席的。他说全省一百三十个乡,每个乡的乡主席乡党委书记和合作社主任他都认识。他开玩笑地说:你们是做不到的,因为你们一个省太大了。你们一个广东省就顶上我们全国的人口了。他最后还告诉我们:美国武器是比我们好,但是我们坚定地相信,我们能够打败他们。你们离开广平后,不管遇到什么困难情况,请相信,我们的信心都坚定不移。他再次重复,因为在我们的旁边有中国同志。

最后,他送我们每人一个滚珠弹和一枚八五纪念章。

今晚使我非常快慰。越南的党好,干部好,群众好。我得到了这个三好印象,回到河内时可以讲我的印象了。

今晚我为他们的五百架碰杯。并称赞他们是战斗丰收、生产丰收和思想丰收的"三丰收"。

陈五还谈了一些和中国同志接触的感想。不要穿皮鞋,不要打领带,也不要准备答复什么。我也说:这是我出国最痛快的一次。

主人走后,得胜忽然发出惊叫声。原来在门外一条虎蟒蛇缠住了他。因他的惊叫,蛇又逃到交通壕里,被本宪用棍子按住,司机灵同志一下跳进交通沟,双手将蛇抓住,一只脚踏住蛇。这是一条毒蛇。灵同志把它一攥就拿到沟上来。宪把棍放到它嘴前,它一下就咬住了,宪把棍子来回一抽,牙齿磨得棍子吱吱地响,一会儿就把毒蛇的牙齿磨掉了。宪又找了一个藤皮把它的嘴紧紧缠住。拴在交通壕里。灵同志头发像少年一般地覆着前额,真是一位好汉子。准备明天杀了吃它。我们说,这是活捉俘虏一名。

八月三十一日

今晨起床时听说,那条蛇因捆得太紧,死了,不能吃了。

饭后,同志涯宣布今天休息,准备晚上出发,踏上返回河内的路程。

下午六时半启程。汽车在黄昏中奔驰。至理和渡口,天刚黑。我们上次路过此处时桥刚修好,但桥头有一颗定时弹未炸,绕到上游坐小船渡过。在深浓的暮色中,看到桥头立着一个很高的法国人的碉堡。桥身被炸坏一段,又临时搭了一个二尺宽的小桥接起来。在数十次轰炸中,水泥桥面的栏杆已经完全没有了,像一个满身战伤的战士那样仍然屹立着。桥身也有几个裂缝。同志意催促我们快走,以缩短在这危险道路上的时间。

过桥后,我们在一所房子前休息,等待汽车过河。和宪同志谈了些苏联的事。谈到他们学校的苏联专家没有真才实学。每月要拿两千元的薪金(抵上胡主席薪金的十倍)。还谈俄语是世界上最好的,将来只有俄语与英语使用最广泛等等。越南校长对他说:你不要谈政治,老老实实教学好了。

我们想不到在这里等了三个小时。原来其他单位的一辆汽车卡在两只小船绑起来的船缝里。幸我们谈话热烈,不觉得时间长。我坐在车上时已十分困倦,正打算枕得舒服一些,听得利同志喊了一声"下车"。我一睁眼,四外明亮异常。探头一望,有四颗照明弹正在头顶摆成一溜。我为了舒服把鞋脱了,这时又要穿鞋,又要取伪装布。我刚下车,看见巴金就张开两手仆到一个坑里。我的脚也沾了不少泥。我穿好衣服,又去抠脚上的泥。我心中并不慌乱,只担心敌机再转回来时车子是否会被发现。谁知敌机转回来时,照明弹却一个接一个熄灭了。

虽然这只不过是一件平常小事,但这次一路上照明弹落上头顶还是第一次。阮得胜两个裤腿潮湿,原来他跳到水里去了,后来听说胡如意的塑料布和一罐牛奶也丢了。

接着我们就在不远的公路边举行了一次辩论。我说车子应照常开出一段距离,利同志则说停车正确。谈得很热烈。巴金因有此番经历而又没出危险,显得兴奋异常。

行不远即又到筝河渡口。敌机又在头顶向对岸打火箭,天空中发出一阵脆响。对面的山上发出火光。高射炮和高射机枪发射得很慎重。我们下了车在路边呆了几个钟头,看看已经三时,还没动静,也不见胡如意。心情焦躁。找何同志,他说河对岸和岸上没有人影,不知船在哪里。后来找到胡如意时才知道该船在下午八时出了故障,给我们打电话又没打通。后来结扎两只小船,也没扎成。谈话间,黑影里来了人,说船已扎好,大家正兴奋,他又说,每渡一趟需四十分钟,那么三辆车要很长时间,只好到老百姓家里,把人喊起来,腾出床住下来。巴金睡在床上,我睡在后面的一个大柜子上。利同志的被子给巴金,宪同志的被子给了我。

一条河竟误这多时间,这是会影响到人民生活的。需要想出办法。

九月一日

睡到八点多。说是防空不便,又把我们引到一个小学教师的家里。看样子很欢迎。可见两国友谊是深厚的。路上不便,我却毫不在乎,因为更有机会接近群众,今天我趁空刮了胡子。与乡亲们闲谈时得知,这里的民兵也打落了敌机。老百姓说,这里轰炸得厉害,夜间照明弹是经常的。民兵们说,这里原是游击区,抗法时曾用地雷封锁炮楼上的法国人,使法国人不敢出来,最后不得不出来投降。但对打飞机没有经验,开始有些怕,现在也不怕了。午睡时,听见高射炮打起来。炮声轰隆。起来看见敌机六架正炸筝河对岸的渔场,展开了一场激战。有一架飞机落下,在天空中留下长长的一道烟痕。事后据说击伤了两架。它们遇见高射炮火时,俯冲了半截就停止住了。今日白天飞机来了三次。敌人对筝河的确抓得很紧。

吃饭时苍蝇很多,但越南同志满不在乎。今天两顿饭都是扎红头巾的房东老太太做的,鸡有些咬不动,又没有盐。但越南同志蘸着鱼卤吃得很香。我却吃了不少芭蕉。老太太饭前还对我们说,中国人能到家里,她非常欢迎。

六时半,我们到筝河边,房东老太太的儿媳是乡村女教师,她和她非常可爱的乖儿子去送我们。女教师三十多岁了,今天特意梳了两条辫子。她的丈夫是人民军的上尉。她们母子把我们送到河边。

我们走在河岸上,对面深黄色的云,有如山峦城池,背后却是血一般的赤霞。这赤霞映入河水和池塘中,十分美丽。河边早已停着一条小船,三个民兵守在那里。把船推到岸边石头处,让我们上船。这条筝河宽约一千米。在暮色中划了许多时间,快过中流急水时,水手发出喊声奋力前进。

过了河走了一段路,在路边等车。看见男女社员说笑着,挑着筐子唱着歌从我身边走过。这种情绪使人非常高兴。这次同朝战很不相同,那是被敌打乱了,又组织起来。这里却完全是有组织的抵抗,革命的英雄气概与强大的组织力量结合在一起,使人感到加倍地强大了。

　　我们在路边闲谈,过路的越南人听见声音不同就围过来看,他们还以为我是被抓到的俘虏呢!我已经第二次被误会了。

　　有两个孩子站在一边看,一直不走。我问他:"召殿基?"他用中国话回说阮光福。等问起他中国话又不懂了,连忙说学得很少,而且"你和我们老师教的也不一样"。他今年十四岁,正在上学。我故意开玩笑:"你是民兵吗?"他说:"我还很小。"我问少先队都做什么,他说给烈属挑水。我问他干什么,他口吃地说不上来。我说:"你是不是在家光玩?""不不,我能犁田。"我说:"能用大水牛犁田吗?是很大的水牛吗?"他说:"是呀,很大的水牛,黑的。不信你问问他。"旁边一个晒得十分黝黑(在夜色里也看得出)的人做了证实。他高兴起来了,说:"我比大人犁得还快,别的农活我都能干。"他说他白天生产,晚上上课。上两三个钟头,教室里点起灯,把门关得严严的,有点热也不要紧。第二天早上天蒙蒙亮就又起来干活。我说:"你不困吗?"他说惯了。我称赞了他的能干。他越发高兴了,说:"我还能唱《东方红》。"可是叫他唱又害羞不唱了。说他昨天晚上没有好好睡,他舅舅把他叫到公路上睡了一夜。他的舅舅是司机,昨天从这儿过路。他告别走了,不大时间,又引了两个孩子来,要我们唱歌,我说:"你先唱我才唱。"他又跑了。跑了不多远,就唱:"东方红,太阳升,中国出了个毛泽东……"唱完后,又连喊两声中国话:"我们老师很好!""我们老师很好!"渐渐跑远了。

　　时间不大,我们听见村子里的歌声响起来,听来是许多孩子唱的,唱得十分带劲。我想其中或许有这个十四岁孩子的声音吧!

　　十一时,因等车时间太长,我们在一个小学校里暂时休息。黑板上还有没擦掉的字。这里原是一座庙,现在分出一间给一家从洞海疏散来的干部家属居住。男孩子参军去了,有四个女儿随母亲来。她们家的房子在发电厂后面,被震坏了。他们没有伤亡。因为轰炸前她就挑着四十公斤的东西,带着女儿们到这里来了。

车没有来，不知出了什么事故。临时又回转到渡口工人宿舍里休息，把工人们挤了出去。大雨又下起来，还不断传来轰轰的海涛声，有时又像是飞机声。听了一阵广播，这是越南国庆前夕，听到中国领导人致越南领导人的电报，还有阮友寿主席向北方庆祝击落敌机五百零一架的贺电。这两个战场正互相呼应着，比赛着，不正像是这静夜间的海涛吗！

九月二日

晨五时，被喊醒，说车已经过河了，原来昨晚大船搁浅，直到午夜二时来潮时才过来。何决定立即出发，免得山洪暴发阻住我们。我们披着雨衣上车，在雨中，借晓色赶到距龙河三百米的广泽县广从乡。

竟日屋里不断人来。一个七十八岁的老人听说我是中国同志就把我抱住了。还叫他的儿子来看我。中午来人更多。因宪同志已去，大家都被解除了"武装"。

昨天因没吃好有些饿，喝了些房东的鲜茶叶水，呕吐起来，原来鲜茶叶是不能空肚子喝的。从九时起下起瓢泼大雨，早饭和午饭都是附近龙饮食店的两个女服务员，一个叫菊、一个叫延的冒雨挑来的。她们赤着脚，披着雨衣，戴着斗笠。中午端来好几个盘子。我心中又感动又不安。谈话又不懂，只问了她们的名字。

房东是民兵队长，他老婆的妹妹也疏散到这里来。她有一个五六个月的孩子，胖极了。我抱了一会儿，她很高兴。忙着给我倒水洗手。她说，她丈夫在河内工作，孩子生下四个月了，他还不知道呢。

下午饭是举行宴会，庆祝越南国庆二十周年。由胡如意和房东（县委委员）、民兵队长和乡党委书记一块吃饭。这个二十岁的国家虽然还很穷，但人民精神面貌极好，干部很能吃苦，肯定是有希望的，将来统一以后，是会成为一个强大的国家的。

晚六时许动身，因天阴已将黑了。到达龙河边，在过去养猪场的小屋外面休息。因潮水大，怕划不过去冲到海里，等到十点差一刻，开始渡河，在月色中看到胡如意等四同志站在岸上的黑影。他送我们到此处，算任务完成。听说，他今天在大雨滂沱中赶回三公里外的景阳乡看了看妻子，又回来送我们。我说：你今晚在家歇吧。他说晚上还要争取赶过筝河。胡同志自从在理和渡口迎我们，一直陪我们过了这段比较艰苦的生活，我们对他怀着十分感谢的心情。他十七八岁参加抗法战争，在地方上当通讯员，后来到县委机关当宣传干部。

过了龙河上车。走了不远，月落。司机只凭着眼力开车，几乎与对面卡车撞在一起。幸同志利眼尖，叫了一声，灵同志也手快，才把车挡在一旁。我建议他们开一阵灯，可以听着飞机。欢说不行，这是纪律，后来因太黑，也只好采纳我的建议了。

过了横山岗，防空灯很稀少，天又黑，只好开小灯。到达其英县，因不了解前面的让伴溪是否能过，只好停下来。在其英饮食店吃黑豆糯米饭。然后搬到两公里外的一个村庄。我们住的是一座民房。

九月三日

今天吃饭，都由其英饮食店一个十八岁的香姑娘挑来，还给我们铺上塑料台布。上午见其英的办公室主任。他说有一座十几米的小桥，敌炸了多次，共落了六百个炸弹仍未炸毁。他告诉我们，朝鲜新闻工作者代表团因一辆卡车阻路，遇上定时弹，一人被飞起的石头砸破头负伤，在这里休息。还说：我们今天走不成了，因洪水下来，水上桥了，无法过。

下午其英县委书记杨问骑一辆车子来看我们。他过去是省的农业厅厅长下来加强这个县的。我们在院子里一直谈到夜十时。他说这里原是根据地，抗战时，党的干部不吃公家粮食，都是吃老百姓的，直到一九五六年才有了工资，虽工资不高（七八十元）已感有些脱离群众了。他还谈到东欧国家生活好了，与我们想的不一样了，不大能理解我们了。还说，一九四五年这里饿死几百万人，提起帝国主义就恨得要命，越南人只有革命，是没有第二条道路可走的。我们说得非常愉快。他还谈到，很想将来能到中国看看中国的农业。

晚，照明弹在附近出现，敌人投弹数枚。原来是炸附近的水闸。县委书记惋惜地说："这水闸我们整整修了一年才修成，现在炸毁了!"今晚炸的又是这个地方。

九月四日

晨四时就醒了。五时天似亮不亮,敌机即在上空盘旋,接着轰炸。利同志叫我们起来防空。一个中年妇女,穿得很破烂,背着一个孩子,抱着一个孩子,吃力地下到防空壕里。

昨晚我们又搬了家,可能是因这里有防空壕。房东是一对老夫妇。老人已七十岁了,靠鸿基当工人的儿子寄钱来买粮吃,他们最小的姑娘二十二岁,才出嫁六个月就被炸死了。老太太神色黯然,老头子脸上带着惨笑。

今天飞机来得很频繁,飞得也较低。一会儿又要跑出去。今天越南人民生活刚刚好了一点,帝国主义就眼红了,不断地来轰炸他们。昨天的奴隶们同敌人是绝无妥协的余地的。天气极"囊瓜",伏在床上写日记,满脸都是汗水。

下午县行政主席阮端和办公室主任林尖来送行。阮端穿着一身被汗水浸得褪色的棕色衣裤,背一个包着一层绿布的行囊,容貌朴素。他说他是抗法战争时的乡干部。自一九四四年参加工作,已经二十年了。

今晚行动比较顺利。月色很好。在让伴过了垃圾溪(前误为莫溪),又过了护桥和府桥。自河静绕道西部山边几十公里,因枷渡口无渡船。

在西部山区又转向八号公路时,左右两边都出现了照明弹。左边展开一场空战。高射炮弹在空中明明灭灭,高射机枪的火花有如礼花一般。后来忽然有一个火球自天而降,宪同志跳起脚喊:"打下了!打下了!"大家看那个火球好像向我们移来。利同志也说爆炸后有碎片要我趴下。结果时间很长还没落地,原来还是一颗照明弹,它本身也并无移动,是我们的眼看花了。

我很反对他们一见照明弹就停车的办法,但又无法。随后我打了一阵瞌睡就到了边水渡口,等了一个多小时,看见了决山的黑影。路上军车很多,因为要渡他们,我们只好折回到宜春县春仙乡。仙田村是越南大作家阮攸的故乡。住下时,已是四外鸡啼了。因房东腾不出床,与巴金共睡一榻。

夜来,车行甚速,公路两旁萤火纷纷如流星,如飞矢,真美丽。有时它们迎风撞入车里(因为挡风玻璃架起),粘在我的衣襟上,闪闪如珠石,我也不去拂它,任它什么时候飞去。我想起萤火落在女民兵的长发上,有汗水的棕衣上,该是多么美丽呀!

九月五日

今天恰好是阮攸诞生二百周年。一早,何茂涯要我们和阮攸后裔到阮的祠堂里去,巴金同志按照越南风俗上了一把香。院里有一株很大的凤凰树。下午四时许又到距此一公里半的墓地瞻仰。墓地很朴素,是一个较大的青冢。四外是荒沙,近年来种了些木薯和木麻黄,才好看了一些。我们在墓前照了相。放牛孩子捉住了一个全身花纹的变色龙,用绳子牵着。一个孩子捉住一个长嘴鸟,把毛拔得精光准备吃它,一松手就嗥嗥地叫。同孩子们玩了一会儿。同去者还有一个叫阮文质的高中毕业生。他说读过我的作品,对我很热情。回来时,经过一个很小很小的石桥,下面只有一个小洼。介绍说,这就是《金云翘传》中所写的"桥下流水潺潺,桥上杨柳依依"。这部书没有看过。据巴金说,书中的云翘曾劝一个叛逆领袖一个海盗受招安被杀,那么就产生了一个问题,云翘究竟是一个否定人物还是一个肯定人物呢?回河内一定要看一下。

今天吃饭都是宜春饮食店姑娘们送来的。她们问我岁数,我说"海美巴",引得她们大笑不止。正值天热,我赤膊坐在床上,她们就观赏我的"膘瓜",同我开起玩笑来,竟说我的手脚和皮肤比妇女还好看,弄得翻译都不好意思了。一个男人说,中国比越南富,所以人也胖起来了。这两个姑娘真厉害,临走还打了利同志一巴掌。

下午利同志帮我洗澡,好痛快。我一边洗衣,高中生阮文质一边给我倒水,临走时还叫我们到他家去一下,原来他是想送我们柑子。从树上揪下五个青柑子,用盘子托着,一直送我们到路上上车。

今晚将到渡口时,卡车拥挤不堪,路上停了两排,把路堵住了。敌机在附近丢了两个照明弹,幸好高射机枪打上去,敌机逃跑了。在渡船上,牵引的汽艇工人对我们说,如敌机来你们就上汽艇。他们对我们是很好的。

我们在决山下休歇了一会儿才往招待所来。在路上又望见敌人投下八九颗照明弹挤成一个疙瘩了。我们在迷云遮月的小路上回到招待所,又听见这里布谷鸟起劲的歌声,我提着东西听了家乡的河南梆子,心中甜蜜,像喝了醇酒一般。

利同志又见到梳着双辫的苗条的香姑娘,她上次送了他一个番荔枝(可惜上车被挤坏),利同志大概会很高兴吧。上次他解开包袱时,我看到他还保存着一块碎蓝花的布,我笑了,他也笑了。这位三十一岁的集结到北方来的青年,为革命服务,艰苦负责,我看到他,总有一种说不出的感动。

九月六日

今晨又下了大雨。白天休息。这次行动,本来计划能随时记下一些诗句来。因日程安排得很紧,缺少思索时间,只记下几个诗题,不知回去后能否写出几句诗来。也很可能写不出了。

下午同茂涯、文利各下了一盘棋,都输了。

我因为想写一篇关于荣市的东西,早就给何说了,看样子他想砍掉,只提参观决山高炮阵地。我提了一下。下午六时半到决山下团指挥所,坐在洞外的棚子下同团长政委谈了一会儿,就到一个较低的高射机枪排去。未到达山顶时,就听见山上有女同志说笑的声音。巴金同志由两个人搀着上去。几个人跑下山还来搀我。到达山顶,看见战士们站成横队,行列里还有四五个女的,有的还戴着铜盆帽宛如战士模样。使人感到人民军队与人民关系的密切,给人很大的感动。同时又感到很新鲜。队前放了一张桌子,两条凳子。我们的到来,看来战士们很激动,他们唱了一首解放南方之歌。歌声落,我们就抢上去同他们握手,我还说着简单的越南话,逗得他们不断发出一阵阵的笑声。这时何茂涯出了一个好主意,叫我们席地而坐,战士们把我们围起来。我把烟盒打开,把刚装上的一包烟全分给了他们。情绪更活泼了。山顶上烟火点点,两国人民的感情已经融在一起。谈的虽是一些我们说过的那些话,但不断地发出笑声,都是从他们喜悦的情感里发出来的。

我正想引他们谈谈各自的心情,何茂涯就催我们快走,并说还要参观发电厂哩。最后排长指指四周,山北是荣市,月色虽然明朗,只可以看见白色的楼房。山南是蓝江。排长用手往西北一指,说:

那里就是南坊县——胡主席的故乡。又往南一指说:江对岸是阮攸的故乡。义安是义静苏维埃起义的地方。我们要坚决地保卫这里,请你们向毛主席和中国共产党领导人转达我们的敬意。我们向你们保证要打败美帝,打到底!直到越南国土上没有一个美国人。我说:"中国人民解放军的同志们,又钦佩你们,又羡慕你们,他们的手已经痒痒了!"大家又笑起来。

部队的同志说,这些女同志经常到阵地来帮助他们做这样那样的事情。她们不好意思地笑了。我说:中国女作家要专门来描写你们。她们笑了。

下山时,同志们同我们恋恋不舍,我们多次让他们留步。一个战士还说:"魏巍同志!我们许多人都读过你的《战士与祖国》《生与死》。"我说:"我们一定要学习你们的经验。……"几个女民兵原说要回家,还是送我们下山来了。在羊肠小道上,本来走不开两个人,可是一个叫定的女孩子(她穿着黑裤黑褂),一个穿着碎黄花白褂的姑娘,两个人来搀我扶我。一个把我的肘弯举得高高的,弄得我都难以举步了。但又说不通,只好这样下山。她们赤着脚在难走的石路上走着。她们的热情使我们记忆终生,并感到相见时间的短暂。

下山后,又在指挥所门前坐了一小会儿。团长曾在沈阳炮校学习过,还带一个营在南宁建军,以后开到奠边府。他说:"有人说,荣市是座死城,这位作者一定是坐在一万公里外写的。大概不是在中国,因为中国同志同我们在一起。"我说:"他这是欺骗本国人民并给越南人民泄气。在这话的背后,其潜台词就是:越南人算了,不要打了,赶快谈判吧,屈服吧……你以为怎样?"他说:"他就是要我们投降。"巴金举出这个人在东京捣乱,如何反对日本共产党。

我们本要接着去参观发电厂,他们说有一级警报,不能去。我提出可以等一等。等了一会儿,去了,又催我们快走。这里贴着山边,有铁匠炉,工人们正在紧张地工作,掏洞子,想把发电厂搬进山洞里。走到工厂大门,看见工厂围墙炸塌了,树梢削去了。有一所办公大楼,还完好。门关着,带领我们的政治主任推开铁门,不知谁在后面说了句什么,主任退回说,里面有定时弹还未炸,不能去。我情知是谎,有些气。我到厂门里向前走了几步,谁也不往前走。何茂涯早已转回去走远了。气得我一路无话。他们的好意我知道,但这样怎么能行，又怕犯大国主义，只好忍着。

今天还参观了他们的指挥部。洞里电灯通明，摆了一二十张床，墙上挂着地图，参谋长和参谋们随着敌机的移动在标图。他们指着图上贴近海岸的江泉，说敌机正在海上飞行。参谋长通过报话机，向各阵地说有两位外国作家来。对方马上问："是中国？苏联？"我接上说："一位来自上海，一位来自北京，我们向越南的英雄战士们致敬。"政委马上走到报话机旁讲了，他说大家非常高兴。

九月七日

晨五时醒来，因昨晚精神不快又着了些凉，有些发烧。早饭后，敌机来袭近处我们常走的一座木桥。一来就炸，炸后马上就跑去了，他们害怕高射炮火。

补写了昨天的日记，其余时间就休息了。

今天又下了几阵雨。飞机仍来了几次。下午临出发前，汽油还没找到。听说他们想把演成乡这个民兵打飞机较出色的地方挤掉，当即向何茂涯提了意见，他接受了。宪同志大概想回家了，说每天走四十公里不行。还说这事当然由我们决定。

晚上，比较顺利地到达演洲县演成乡，由衣服上补着许多补丁的乡主席给我们找了地方住下。在月光下可以看到这里的交通壕挖得不少。

九月八日

早晨喝了一点甜粥，被引到另一个小村访问。这里住着一个搞农业的省里来的干部。乡队长介绍了本乡打下四架飞机的情形。谈得很简单。谈话中，敌机来了两次，其中一次是在附近几公里处轰炸。谈话中谈到一个女机枪射手邓氏青，原来就是坐在对面的乡党委书记的女儿。她已经出嫁了，丈夫不久前参加了空军，公公是村支部书记。不一刻邓氏青来了，这是一个二十三岁的青年妇女，身材较高，长得很漂亮，性格腼腆温和。下午同她和其他五个民兵谈了话。还来了一个十八岁的少女，强健勇敢，两个黑眼睛十分明亮，是一个典型的海滨姑娘。她带着一支步枪，煞着子弹带，头戴铜盆帽，显得十分英武。还有一个英俊的阮鸳是机枪射手，长得很精明，夫妇两人都是社里的会计。他的外号是"少嘴的小伙子"。我说:你平时谈话少,今天该多谈谈了。我要他谈自己的心情,他说:"谈心情就不如说谈仇恨。……我家过去是雇农,很穷,虽然今天生活仍然很穷,但比过去好多了。今天敌人来破坏,我要狠狠揍它!"

下午五点多,我们给民兵照了一张相,又接着去看民兵的阵地。一路上看见稻子一望无际的绿波,就像一池湖水似的。邓氏青披着长长的黑发,背着枪,随同我们走着。在最紧张的时日,她每天就守在阵地上。

这里交通壕的确挖得很好,据说全乡有几十公里。我们在交通壕上走着。到了公路旁边的一片荒地上,这里壕沟纵横,有四五个机枪工事。有的机枪工事,只是脸色黄黄的两个小女孩子守着。她们正在战斗值班。我问:"值班的都会打机枪吗?"别人代答:"凡是在这里值班的都会打。"在击落敌机的战斗中,邓氏青、阮鸳等就是在这里打的。

在另一个阵地上,看到机枪在支架上支着,一个大竹筒套在一个小竹筒上。我问能转动吗,他们说能转动,我试了试果然非常灵便。真是土办法解决大问题。今天在越南北方的土地上有多少这样的枪口在等待着敌人。它们怎能知道等待和击落它们的不过是这些担水砍柴的小姑娘呢!

阮氏青和乡干部陪我们吃了晚饭,送给我们一片敌机的残片和火箭风翅做成的梳子,还有一块降落伞布。

晚七时登程。今天丢了一个铁木烟嘴,我让利同志去找,对房东可能会有不好影响,这使我心里很不安。邓氏青和乡干部一直把我们送到公路上。村里人正在演成桥铺桥板,这座炸了几十次的小桥又搭桥板通车了。敌人想使北方瘫痪,这些小伙子和姑娘们却要把敌人气死!

今晚在行车中走出十多公里,汽车正在飞驶突然前边出现了照明弹。我们马上下车,吭吭几个炸弹落在前面,巴金连忙趴在铁路旁边。右侧的另一个地方被炸起火。灵同志提议马上开过去,大家都同意,一路飞驰赶了很长一段距离,等了很久第二辆车才过来。我们马上又行进,一连过了四座桥,看见路旁有几辆被打坏的汽车。左侧远处又出现了照明弹。利同志一只脚跨在车厢外,把身子探向外面瞭望。刚过虎桥不久,后面又出现了照明弹。我催司机继续开,不要理会。开到一个小村落停下,看四个照明弹仍在空中挂着。我们估计第二辆车可能遇上。等了许久,车仍没来。别的车已过了好几辆,等了很长时间车子才来。原来他们一见照明弹就停在破汽车旁边,把别的车队挡住了。误了有一分钟,后面的车抓住波同志要枪毙他。胜同志跑过稻田,人喊他,他跑得越快,跳进一个盛满雨水的单人掩体里,抱着他的钱包,身上衣服全湿,一双穿了十一年的抗战鞋也丢在里面了。我见到他时,只穿着一个小裤衩,宪同志的一双鞋也给他了。他大声叙说着惊险的经历。

夜三时许到达了清化,住在原来的招待所里。招待所的同志说白天这里打下了一架敌机,活捉了一个飞行员。

九月九日

晨起吃过早饭,一直到七时还没见敌机来,表现出特有的宁静气氛。我同巴金算了一算,这次自从河内出发五十天来没有一天不见敌机,今天可能例外了。说话间敌机又来了,利同志催我们到防空洞那里。一会儿竟来了两三次。省办公厅主任来对我们说,又打下一架敌机,活捉飞行员一名。他说自我们走后,曾有一个时期比较紧张。后来掀起民兵打飞机的竞赛,该省下了很大决心想打下第五百架。但敌机竟一连十天没来,还是义安把第五百架打下了。

我们很想再看看芳定同志,可惜她回家去了。这次访问芳定是在我情感里留下的最深的一人。

这里的招待员马氏合同志一直没出来看我们,我有些奇怪,后来一问,才知她病了,我忙到后面宿舍里去看她。原来她自小有头痛病。这姑娘父亲是厨师,除她外还有五个弟妹,负担较重,最近家里打算让十九岁的弟弟停学回家劳动,她不同意。她想自己文化低,弟弟有了上学机会不容易,不管如何费力也要把他培养出来。另外弟弟还贪玩不愿学习,也使她煞费心思,更加重了她的病。我到她屋中时,她正翻开小箱子收拾东西,床上堆着衣服,还有她刺绣用的藤圈。她的心眼很好,我安慰了她一番,劝她放宽心些。

下午我们全组九人在一起聚餐。怕回到河内时同志们要分散了。我和巴金都表达了我们对他们的深切的谢意,阮德胜也说了话,说话时竟哭了,说:"我这次碰到了四次危险都没有死,我死不了了,美帝国主义一定要比我早死!……"何茂涯说,我们这次团结很好,想起同志们的互助都要流泪,并说还愿同我们到奠边府去。

灵同志的家离此有几十里,我想他应回去看看,但车子竟没有接到,未能成行。

晚饭后,省委委员和办公厅主任来送行,告诉我们又打下敌机一架。原来敌人为了寻找上午被打下的敌机,结果又被击落一架,正好落在渔民们的渔网里。……他们说这是为我们送行。

我们在清化街上看了看,因最近情况缓和,人很多。

今夜月光十分明亮,但车走得却不快,是否灵同志有什么想法呢!加上两个车发生误会,后面车赶到前面等我们,我们却在后面等他们上来,直等了一个半小时。后来夜行车很冷,直到日色发红,才赶到河内。

这次行动共历时五十天,行程三千公里。是在紧张而愉快的战时生活中度过的。开始从河内出发时,北方共击落敌机三百九十三架,到回来时已五百三十五架。在这段时间内击落敌机是一百三十二架。这次行动是天天有敌机,天天有胜利!

辉繁和对外文委何同志竟在旅馆等了我们一夜。因为路上断了电报,询问了我们数次,十分担心我们的安全,但我们毕竟胜利归来了!

今天正是中秋。

九月十日

上午休息。下午裴辉繁、制兰园、龙国振等作家及对外文委何同志来陪我们上街赏月过中秋。越南中秋是儿童的节日,街上异常热闹。灯光明亮。这个战争真是特殊,四处轰炸,连打个电棒都有人干涉,而这里却热闹非凡。在西湖和统一公园里都是双双对对的人,还有人划船。

中秋本来是团圆节,越南作家们陪我们,心里很不过意。可是问起他们的家庭,制兰园开玩笑说,他的老婆和孩子都疏散去了,只有他一个人。他把发给孩子的月饼也吃了,自己也觉得年轻了。但接着又说:"时时处处都觉得是美帝国主义在威胁着人们的生活。它的暴行还不单单在轰炸杀人,而是在感情上给人的摧残。由此看也非反对帝国主义不可!"龙国振同志也称是。他说今晚也是他一个人。

我们在西湖公园的岸边遇雨,改到统一公园的七放湖桥(原来是臭水沟,是干部义务劳动修的)上站了一会儿,又到山边喝啤酒。大家扯谈起来。谈到南越伪总理阮高其,制兰园说,四年前阮还是一个飞行员,曾送一个文艺团体到日本表演。等当了总理后照片登出,某女演员说:"这不是那个开飞机的吗?那时他一边开飞机还一边看我呢,连口水都流出来了。"巴金也说此人指挥空军在永灵被打伤,回去授勋的丑事,他最近到台湾访问,为了显示他会开飞机,曾要求让他开一架喷气式表演,结果因喝得太多,飞机摇摇晃晃几乎栽下来。

九时回旅社。读秋华及猛子来信,九岁的小猛子在信里竟说:"爸爸,你在越南要好好地为越南人民服务,不要惦记我们。"这孩子可真行,又使我对他的感情加深了一层。秋华还说,他更听话了。原来告诉他我去海南岛,他说:"要不是越南打美帝,占了越南就该侵略海南岛了!"问他怎么知道,他说他看了地图。

但秋华信中对两女却只字未提。信中提到幼儿园的事情,已得到办公室解决,我关心的问题有了结果,使我放心了。

九月十一日

上午人民日报社杨扬同志来,捎来袁鹰同志信一封,要稿子。下午去大使馆。游泳。晚参加越中友谊合作社的一个会,是四个省赠送他们农业机械。

回来,见河内街道上灯光辉煌,青年们举行集会纪念"三准备"一周年,表演投手榴弹。阮春生同志来看我们,见我们正要去看表演,走了,准备明晚再来。

九月十二日

昨夜看《金云翘传》至夜二时。今天巴金同志把我叫起来。

早饭后,越南诗人春生来看我们。他滔滔不绝地谈了他们夫妇两人在广平的感受。广平是他们的家乡。他说,过去只是爱那里的风景,现在是爱那里的人民了。他已经写了许多的诗。一小时后,越南作协主席阮庭诗和裴辉繁来。阮庭诗说他正写《烈火》的小说,九月底他将访问苏联。他说,说实话他不愿去。后来我们谈到印度使用修正主义的飞机炸了卡拉奇等城市,他们又转了题目。

中饭后芳定同利同志来了。芳定亲热得几乎和我拥抱起来了。可惜语言不通,由同志利充作临时翻译,费了很大的劲才知道我们走后,她到招待所来找我们,我们已经走了。昨晚她同一个摔断腿的美国少校飞行员,一同乘车来到河内。她见到我们很高兴,也胖了,不像我们初见时的病容。她穿了一件新的黑裤子,小白花褂子。我们问她的头发长长了没有,她摘下铜盆帽,头发已长了许多,她摸摸她的腰,表示她过去的头发搭到那里。我说她将来到中国,可以做两个假手指(她的左手食指和中指没有了),她重新做了一个拿枪的姿势,表示要继续战斗,时间不长,利同志就催她走,她坐在利同志的自行车后面走了。今天利同志穿得很干净。

下午三时,新华社姜庆肇和孙同志来。谈了些苏联记者的活动。他们曾向越南提出:"一、敌人进一步轰炸,打烂了怎么办?二、战争扩大怎么办?"他们其中之一,不相信吴氏选能背九十八公斤的东西,说一个人的负荷绝不会超过他本人的体重,结果吴氏选挑了一百〇五公斤的稻谷给他们看。还有随同茹科夫来的一个《红星报》的记者(中校)不相信民兵打下敌机,怎么说也不相信,后来把敌机上的步枪弹痕给他们看,又叫民兵来同他们座谈,他们才不得不承认。

晚给秋华和孩子写信。

九月十三日

下午三时半,由对外文委和越作家协会举行了一个座谈会,来了许多作家听我们这次行动的观感。到会的有邓太梅、范玉淳(对外文委主任)、怀青,范忠通、阮春生,武秀南等十余人。我有点慌,开始没想到如此隆重。由巴金讲了一个小时,我接着发表了些感想。谈到我们此行的印象是越南"三丰收":生产丰收、战斗丰收和思想丰收。又谈了三好:党好、干部好和群众好。约四十分钟。谈话中有意地讲了战争与和平的思想,并打击修正主义。邓太梅最后讲话中说,那些后来不相信步枪打下飞机的人,看到实际也转变了。

到大使馆吃晚饭。同时招待的有卫生部张传部长带的卫生代表团。

晚翻读报纸。

九月十四日

上午对外文委何同志来谈日程。说从奠边府回来后,到海防下龙湾访问几天。

下午阅读报纸。艾地几次讲话很好。

下午开始考虑写什么东西。晚饭后到街上闲转,意外地看了一个很好的美术展览会,全是越南画家的战地素描,画得很好。

晚上阅读黎笋同志的文集,加深对越南的理解。越南过去被法帝榨干了,没有什么工业,倒有一条很漂亮的公路和很大的银行,那是作为吸血鬼而存在的。就是在这种条件下建设社会主义。在北方每人只合三分地(十分之一公顷),只能勉强够吃(有时够,有时不够)。积累也是从牙缝刮下来的。越南人民纯粹用自己的汗水建立起一些东西,今天敌人倒要来炸毁,怎么不对敌人产生出火一般的仇恨?

九月十五日

早饭后同巴金、陈廷梁去越南军事博物馆参观奠边府战役的沙盘。参加过战役的讲解员详细作了介绍。博物馆的院子里,还堆了不少美国飞机的残骸。我对讲解员说:你们最好把步枪打下的碎片摆几片放在这里,不然有人不相信。他说"弯"(对)。

新的奠边府正在等待着美国人。不过未来的奠边府的规模可能更大。我们看见一张法国将军的投降照片,这位将军据说以后又在阿尔及利亚指挥作战,又失败了,现在到一个糖厂当经理去了。我说他可以暂时避免当俘虏了。

回来同陈廷梁扯谈。我问法国人过去对越南的剥削究竟到什么程度。他说,他的祖父就是在这种残酷压榨下,忍无可忍杀死了一个乡长,逃到中国去。解放后回来,他们家连一家亲戚都没有了,都被杀掉了。法国人在这里不仅收人头税,连买一个碗都要上税,农民买不起就用海里的蚌壳当碗。他说:你说剥削到什么程度,人民因为吃不起盐,连身上流出的汗水都是寡的,连点咸味都没有。……他还说,日本人在朝鲜、东北还搞了些工厂,这些法国人就是拿东西。我说,他们修的公路倒很好,就是为了搬东西。我说起朝鲜是头发供出,虱子供出,处女供出,等等。他说,法国人在这里强奸越南女的很多,到今天还可看到有些混血儿。这些混血儿因长得比较漂亮,国民党到这里缴日本的枪时又带走了很多,他们失败逃窜时又把她们丢掉。今天在云南偏僻的山村里还可以看到这些人,因多年不接近越南人,连祖国的话都忘了!而她们的家里在一九五四年,又受到反动分子的煽动,说她们是伪属,越共来了要杀,被骗跑到南方去了。多么不幸的人们!

帝国主义哪个是好东西!越南人民像中国人民一样深知帝国主义是个什么坏种,他们同帝国主义的仇恨永远是不可调和的,直到帝国主义彻底完蛋为止。

可以结构一个工人的家庭,男的被害死,女的被强奸,生一女长大后又被国民党劫去。后被中国革命军队救活,送回越南,母又被骗到南方,她又到南方参加了游击队,母亲给美国人当杂役,最后解放了自己的母亲……

巴金已开始写作两天了。下午写得很愉快,过来坐了一会儿,送我一个铁木烟嘴。

晚在街上散散步,我也着急了,我该写点什么了,起码应当看看材料进一步构想。

九月十六日

上午读黎笋的文章。

下午保定江来。他最近访问了中国。说中国抗美援越的热情很高,很受感动。我们因无翻译,他用汉语笔谈。五时杜宣、菡子二同志自国内来。这是我们的第二梯队。

脚气犯了,脚面有些肿,医生来给我洗脚,很不过意。

九月十七日

同杜宣、菡子一同到大使馆。找了几本越南书来,医生又来给我打针、洗脚。她丈夫是中校政委,两人是在小时认识的,背着她玩,一同洗澡,一九五一年结婚的。她说丈夫个子很高,一米七五,她一米五五,她害怕他:"哟,很高,很高。"她用简单的中国话说,又在纸上写。他们已有三个男孩都疏散了,她过中秋很闷,同别人合吃了个月饼。又说,丈夫来信说明天回来,但往往又回不来。她用简单话说:"回来好,不回来不好!"说得我们两人都哈哈大笑起来。最后我们两人又互相大骂"帝国米"。

下午宪同志来,说最近他去给学校办理疏散的事。说见到了中国修路部队和高炮部队。他们都穿着蓝制服。

晚欣赏中越两国文艺演出。以旅行团名义出现的上海演员共十四人,他们的演出表现出了中国人民的革命精神,效果不错。

最后越南文化部长黄明鉴讲话,又提出解放台湾的问题。

晚医生又来给我洗脚、打针。

这两天应加紧构思诗作,不该把时间闲散过去了。

九月十八日

上午医生来给我打针、洗脚。说起她母亲会弹独弦琴,父亲会弹琵琶,已二十余年不见了,至今被隔在南方音信全无,昨晚我劝她回去休息,她说打败美帝再休息。胡主席号召一个人做两个人的工作,她要做三个人的工作。她父亲的、母亲的和她自己的。

下午去博物馆看奠边府战役的电影。

阮春生今天谈道,要我为越文版《战士和祖国》写序言。晚上做了一番考虑。

九月十九日

上午到大使馆听介绍越南情况和经济情况。在这以前邓太梅和阮庭诗来。邓应邀到中国休养。阮要到苏联访问。阮曾表示对这次访问兴趣不大。

中午在旅行团那里吃饭。下午二时半,素友同志在作协接见,作了两小时热烈的谈话。

陆参赞说同时接见了两批作家,麻烦了越南。素友立刻说,又谈外交了,让他们(指陆和对外文委)去谈吧。他接着谈南方的胜利,并透露青山歼灭战参加者实际还不到一连人。最近歼灭六百美国兵,打的是遭遇战,战士们觉得美国兵比伪军还好打。并说,欢迎更多的人到南方。杜宣说:这些人都是要求到南方去的,许多人都愿去。素友说:那样就要抽签了。巴金说:抽签恐怕要打起架来。大家都笑了。素友说:巴金同志,我看你是有机会到西贡的。巴金说：我相信有机会到你的故乡承天省去。素友说：你来得及，只怕美帝国主义溜得太快，你只能看到他的脚跟，他们在南方只有一条路，最近的路就是跨过禁桥。裴辉繁说：他们只是两条路，一条是从海上撤退，一条是被埋到土里。我说：实际上只是一条路，被埋在土里。素友说：在南方还要防止轻敌主观。我说：战略上藐视战术上重视。素友说：敌人在城市青年中，搞什么"存在主义"。巴金说：随着革命的发展可以解决。素友说：敌人现在抓兵已抓到四十五岁的女人、五十五岁的男人。连病号、犯人都要当兵了。巴金说：一个政权到了抓兵时，离垮台就不远了。素友还说：美帝一个大特务到了南方，准备实行"土地改革"。我说：阎锡山早就干过这一套，成不了功。

我说：敌人有困难，我们也有困难，敌人的困难比我们的困难大。杜宣说：我们的困难是能克服的，敌人的困难是不能克服的。素友说：毛主席说没有克服不了的困难，胡主席也说过类似的话。有些人硬是不懂这个道理。有人没读马列书，说出话倒很合马列主义。一个战士就说："我们失去的只不过是一个三角裤，我们赢得的却是一切。"我们有什么怕丢掉？（他指指桌上的几个茶杯和糖果）这些算得什么！

何茂涯插嘴说：这次演盛乡送我们的火箭，上面写的是"1964.10.16制造"的。素友说："去年十四、十五、十六三天里发生了几件有趣的事。十四日赫鲁晓夫下台，十五日阮文追烈士就义，十六日中国爆炸了第一颗原子弹。"

我们称赞烈士阮文追的伟大影响。巴金就说他妻子读过哭了，越南青年的事迹，我一定先告诉我女儿学习。素友说：一个老革命坐了十年监狱，曾想我能不能学刘胡兰，我一定能学刘胡兰。另外，在昆戈岛一个青年战士，叫锋，得了一枚勋章，他就是向雷锋学习来的，他的名字叫阮锋，现在大家喊他是阮雷锋。阮文追和雷锋是两位比肩的英雄。

素友说：越南的胜利，有人不相信。我说：他们看见飞机都不承认是民兵击落的。他说："这种人大概因为心脏跳得太厉害了！"

我说：有两个问题还没很好解决。一是生活过高，一是因为到危险地方发生争论。他说：也要一分为二地看，没有东西吃，就吃木薯,现在还有呀!

谈话中,素友还说,杜宣讲话还有点"卷舌头"。杜说:我有些地方卷舌头,有的地方不卷舌头,今天在这里是不卷舌头的。大家都笑了。

最后素友说:"我今天谈得多了一点,但我不是在所有人的面前都这样的。"他又问到去奠边府的日期,巴金说了,素友又说:"日子要保密,今天不是所有的人都是一样的。"

他最后的话使我深为感动。因怕影响他的工作,我们同这位意气豪放富有革命气质的领导人合影后告别。

又到大使馆听了军事工作的报告。

九月二十日

这次在外精神一直很好,但自回河内后,常常头昏,我以为是感冒又不像。今天写序言一点点就头昏。晚上一查,血压高了一些。高压145,低压100,在广平时高压才105,低压75。主要怨自己回来夜里看书太晚,生活不正规造成的。

今天越中友协接见中国旅行团,我未去。

晚上医生阮春风量了血压,睡下后又送了一个电话号码给我。代替阮得胜来照料生活的阮成继同志也在我睡下后来了,问我头疼不疼。

九月二十一日

今日下午出发,作协又有许多人来送,有保定江、制兰园夫妇和他们的三岁小女儿,有裴辉繁,还有大使馆的陆维钊参赞,等等。可是出去四十公里,第三辆车将一辆自行车撞倒,同志灵忙去运伤员,路上车又坏了,领队的越南中宣部干部何北决定返回。

在停车时,何北向我们介绍了西北区少数民族情况。此处有二十二个民族。主要是傣族和苗族,还有舍方族(汉族)。谈了一些有趣的事。傣族很讲礼貌,彼此不吵架、好客,整年还给客人做被子留夜。但同另一民族有矛盾。对被征服者,要他们设宴等待,傣族一去,马上逃跑,再抓回来,服侍饮酒。……

这个族文化较发展,翻译了中国的《三国演义》等许多书。

九月二十二日

上午裴辉繁来为昨天的事道歉,我说不怨他们。

同巴金、杜宣、菡子同游一柱寺、巴亭广场和西湖。下午抄写了一小段序言,已到了出发时间。像昨天一样又来了许多人,还有玄骄。下午五时出发,路上没有飞机,过了沱江的一个支流,两个渡口。一路都在山中行进,沿着江边,山峰略有些桂林山的味道。公路西侧林木茂密,虫声细鸣,江中还有三两渔火。有时走到险滩处,一片哗哗的急流声。我只能把头探出窗外看看模糊的夜景。

夜十二时半,走到距木州六十五公里处宿营。此处山上一片黑森森的树木,丛林里满是流水声,还有一种近似布谷的鸟叫。别的什么也看不清。在路边临时找到一个派出所住下。我与杜宣、陈庭梁同住在一个蚊帐里,与陈同盖一条毯子。

九月二十三日

拂晓,寒气袭人,我与陈靠得更紧了。早晨起来,利同志叫我们转到近处居民家里防空。我们用竹竿接来的自来水洗了脸,就到一所高脚屋去了。这里有一个黑布扎头的六十多岁的傣族妇人,她的丈夫早丧,生了五个孩子,活了三个,二女出嫁,同儿子儿媳住着,她本来要下地,因为我们来了很高兴,给我们破竹子烧火。这是一座很高大的房子,地板用竹子铺得很平整。屋里只有几麻袋粮食,有捣米的木桩,一只小铁锅以及碗筷等等。他们说一个劳动日能分到一公斤至三公斤粮食。这里烧柴不缺,只是地少,庄稼成熟时又多遇兽害,农药少,也没有大办法。我本来想与他们多谈,又怕翻译疲劳,也就只好了解个大概。中午,许多男人女人来看我们,可惜说不了话。

这次随同我们访问的,还有一个十九岁的姑娘,她是越南华侨,名叫张振霞,虽说从小没出过河内,但劳动不错,替大家提东西,昨天一整天做饭都是她的事了。

昨天中午时分,我还到公路上走了走,由利同志陪我。这里山景极好,山势很陡峭,各种常绿树长得满满的,成了树疙瘩了。宽大的香蕉叶有一两公尺长,在风中飘动有如战旗一般。还有一座座巨石,被藤萝一类植物缠得严严的,像是绿色的屏风。还有一棵榕树长在一块巨石上,无数条长根一条一条把巨石包住了。这里还有傣族人制成的木头水渠,水从木槽内潺潺流过。风光极为清幽。人们着紧身衣服,无论男女背后都斜插一把砍柴的木鞘长刀,显得很英武。房东的门口廊檐下挂着一面大鼓,鼓声一响,男女就集合到地里去。看了这里的风光很快活。

　　下午五时半出发,我又沉醉在这里的山色中。到处都是树海,山谷里有时还可看到被绿藤缠绕的孤峰。都是高山流水。可惜天黑得很快,渐渐只能看到模糊的山景了。汽车一直爬到很高的山上,迎面而来的汽车在雾里闪着点点灯光。过了木州,休息了一会儿,阮成继和同志利拿香蕉来给我们吃。原来是在路旁无人售货店买的。香蕉就挂在那里,一旁写着标价。据说抗战时傣族人就有这风习。每天早上挂货,晚上来收钱。我就觉得香蕉更甜了。这在资本主义社会简直是不可想像的。我一连吃了五六个。

　　下半夜道路难走,人又困,睡了一会儿。同志利大概是怕困,自己一个人给同志灵说赫鲁晓夫的笑话。赫鲁晓夫参观猪场,批评养得瘦,场里送了他一头,第二天就死了。他叫妻子把猪丢出去,妻子怕影响到主席夫人的体面不去。赫就自己用被子包起装作是小孩,放在推小孩的车上推出去。半路又恰好遇见猪场的人,问是什么,赫答是自己的小孩,感冒了。场里人隔着被子摸了摸小猪的头,说:"真像他的父亲!"把我们都逗笑了。他接着又说了一个赫请铁托吃狗肉的故事,连狗肾都吃了。同志利对中国同志感情很好,对修正主义不满意,我是非常喜欢他的。

　　下半夜二时半到了山萝。睡眼蒙眬中,看到这里不远处什么被炸毁了,十分凌乱。据说这里是北方炸得最厉害的一座城市。过河时看见有一二十支火把,人们正在一道激流中为汽车插标杆,大概这里雨很大。

　　过了山萝十余公里,正停车,为找不到人发愁。一个公安和一个女民兵来接我们了。我们提着行李包在山径上沿着一道水渠走着,只听见水声。曲曲折折走了好几里路,过了很窄的用棍子搭起的小桥,顺着险峻的山道往上爬。爬上山腰有一座高脚屋,床前只有几条竹竿搭成的一长条,算是人活动的地方。睡下时,听见下面有哗哗的水声,声音还很大,到底这里住的是什么地方呀!

九月二十四日

一早同志利和别的什么人叫我们起来防空。对面安了一个很大的喇叭。用短促有力的声音喊"注意梅摆活动,注意梅摆活动!准备战斗!"等词句,带有浓重的战斗气氛。我装作睡着不理。有人把蚊帐给我掀起,我又拉下来还是不理。九时半我才起了。这时一看几乎是住在峭壁上,山很陡,房子像搭的戏台一样贴着山坡支起来。对面是几座绿峰,下面只有巴掌大一块平地种着稻子。山坡上水声很大,但因树木茂密,也看不见水是从哪里流出来的。一早飞机就来了好几次。老催我们下防空洞。下洞吃饭时,才看到,原来下面有一个很大的自然洞,可容二三百人,据说洞下还有洞,能容五六百人。石洞壁上有些钟乳石,下面镶着地板,上面遮着塑料布。不断地有水滴滴在布上,发出噗噗的轻微的响声。

在这洞里见到省行政副主席和另一个常委,这常委秃顶,是傣族干部。他给我们介绍这里从六月十八日开始到现在战斗一百天了,打下敌人飞机三十六架,得到二级独立勋章。还讲到一个有趣的故事。距此处十来公里有一座山,打下一架敌机,是三个民兵用五发子弹击落的。还讲了一个故事。古代有一个穷汉爱上一个公主,皇帝不允许,说如果他能两臂夹两捆稻草,两腿绑两个大西瓜,还能把公主背过山去,就允许他们结婚。穷汉意志坚决答应了。当背人时,皇帝还把山草点着想烧死他们。他越过火焰爬上山顶时已昏倒了,公主也浑身是汗,用手拧自己的头发,拧出水来给穷汉喝才活了。大家给穷汉送礼,结婚。山上至今还留有吃饭的石桌石凳……听了这故事,我觉得这不就是一个绝妙的有象征意味的故事吗?今天的越南人比那个穷汉有更大的决心,决心要跨过烈火前进。他是一定能结婚的。虽然结婚的不是公主而是胜利的女神!我觉得把他和民兵打飞机的情节揉在一起是很有意味的。

中午一定要我们在洞里睡觉,我和杜宣睡在一起,起来就咳嗽了。下午和晚上都由省常委(团省委书记)作报告。副主席则说工作做得很不够。我们说他太谦逊了。

晚饭后,我到山上解手,看见有一挺轻机枪架在一个树杈上,盖着香蕉叶。上面还有一处房子,是一个班的战士住的。他们招呼我,同他们坐了一会儿,可惜不懂话。一个办公厅副主任说,这一次如不是中国,可够呛了! 他是南方干部,他曾等了我们三夜。还有一个大队干部听说我们来,也来看我们。

九月二十五日

夜里寒气很重,把一条毯子裹得严严的,还冷得很。早早就醒了。整夜听见哗哗的水声。早晨起来找到下面的山坡一看,只见下面的山坡上有五六道溪水,就是从那里发出的声音呀。

早饭后,来了一个傣族姑娘是个邮电员,听她谈得很细致有味。下午又来了五个人,他们是各打落一架敌机的傣族民兵。有两个乡的猎机组。因人多谈得较潦草。但可以看到他们的决心很大。吃饭时杜宣说,这些人锻炼个两三年真了不起。他们都穿着黑衣,很有精神。给他们拍了照片。

晚饭前,困在山上实在闷倦,几个人商量了一下,下去走走。下去过了独木桥,花香扑面。再过去一看大为惊奇,真是别有洞天,意外的景象使我愣住了。原来水不是从山坡上流下,我们看到的是它的下段,上段水是从一个大洞里流出来的。洞口有两丈高,像是一个高大的城门。水呈黑色流出来。据副主席说,此洞有一公里长,里面有的地方窄一些,有的地方很宽,还有一个水潭。过去法国人和他们的子女坐竹筏到里面去冲凉,玩耍。据说沿这个洞可以到顺州县。他们准备在这洞里修一个大礼堂。洞口上是峭壁,但看不见石头,看到的只是绿色的树木山藤,还有一条树干长在石头里。我们甚为愉快,沿着水渠走去,才看清那天晚上我们是怎样来的。

晚上商量计划。他们总是很担心我们的安全,有些地方很可能去不成了。

晚上在石洞中写了一段日记。

北方打下飞机已达六百架。速度越来越快了。

九月二十六日

今天仍在石洞内工作。上午由着蓝衣黑裙、左眼下有三点疤痕的傣族姑娘讲完她那朴素动人的故事。她和三个朋友在太原钢铁厂看了祖国的第一炉铁水,每人分了一块珍藏起来。她们是为保卫祖国的第一炉铁水而战斗的。此事对人的印象颇为深刻。

接着，由昨天来过的饮食店的服务员陈氏麟来说，她是一个老党员的女儿，两年前来开发山区，安于一个平凡的岗位，今天又变成为战斗服务的英雄。她个子低一些，谈话时总在低着头，声音低而温柔，越谈声调越快，很可爱。她自己谈着谈着也笑起来了。从她可以看出一个革命家庭走出的青年的面影。

中午，我们到石洞中的下一层看了一看。看了一半，他们出来了，我同同志今一直走到头，只有桶口大一个小孔，我们止住了步。有一块钟乳石真像一个人，把我吓了一跳。

下午，县委委员和长安乡党委书记带着陆文架合作社的五个人来。还有一个调同志穿着华丽的傣族服装，手上戴了三副镯子：两副银镯，一副绿塑料镯子。她结婚二十八天丈夫就参军到老挝去了，她也变成了一个很好的女民兵，把头巾都给人包扎了伤口。还有一个十八岁的男孩戴顶解放帽，父母早逝，原是畬族，被傣族收养长大。这些傣族都谈到法帝的统治，今天美帝又来，特别引起他们的仇恨。由傣族的团省委书记将傣语翻成京族话，再由人翻译成汉语，也只能了解个大概了。

晚上一位副省长和一位副书记来宴请我们。他们很热情，但是都没谈反修。我祝酒时谈有人不相信越南人民的胜利。从一面飞机碎片（上有步枪、机枪和高射炮弹痕）谈起。副省长说，他们看清事实也得转变。我说，作为个别人可能被说服，但是作为修正主义思想是不会转变的。副书记说，是反对修正主义思想的胜利。可见干部还有不同认识。

夜九时才出发前往军区，离开了这座终日充满水声的悬楼。服务员拍同志拿着我的包送我们到了公路上。汽车在山萝城转了一下，街上电灯辉煌，有理发的和修车子的，有些炸弹坑。在车上也未能完全看清这城市的面貌。

经过十几里难走的公路，爬过一个小山，电灯明亮，小马达在山下轰轰作响。在一个傍山的竹子编成的小楼里落脚，收拾得十分整洁。军区副政委和副主任、副参谋长同我们见面，寒暄一番即休息了。

九月二十七日

今早一起，才看见是住在一座古井似的小山谷里，周围是陡立的桂林式的高山。山谷中有几户傣族的高脚屋,中间一片稻田。上午和下午由副主任和作战科长谈这里的情况。晚上七时出发到山萝市看一个炮兵阵地。在一个低矮的战士们住的小棚里和战士见面。他们推我讲了几句话,菡子也讲了几句。战士们很热情。我又谈了反修。看了一个炮阵地。有一个傣族的黑黑的战士名叫黄文尧,是在战地入党的。山头上就是法国人盖的监狱,他的父亲过去就关在这所监狱里。这里就是他的阵地。他的父亲今天已是社主任了,他的战斗就是为了他的父亲和他再不被关在这所监狱里吧!为了许多兄弟姊妹再不陷入同样的命运吧!听说为烈士栽的桃树已被炸毁了,可是青年们已经成长起来,成了真正结着硕果的桃树了。桃树能炸坏,而这些青年是不能毁的。这事很有诗意,需要写一首诗。

不知什么时候,我臂上落了一个"吊虫",手已化脓。这种虫怎么这样毒,我连什么样也没看到。

回来时,我陷在泥水里,穿着一双拖鞋很不好走,在一个炸弹坑里洗了脚,一个越南人帮我拿着火把。

九月二十八日

今天原定工作是到观察所去,不知怎么又取消了。上午拿来了美国飞行员身上所带的五十多种大小东西,都是准备在被击落时逃命的。从砍柴刀到可食植物的绘画,一直到越南人所说的"讨饭契"。这张讨饭单共有十二国文字,和在朝鲜时不同的是,中国文写了两种,还有一种简化汉字。我还捏了捏那个油腻的船形帽,恶心得我不行,赶忙去洗了手。这些恶棍据说被俘后最怕的是同他的妻子家人不能团聚,那么他为什么不想到别人的家庭呢!中午,手已肿烂,同小张一起到傣族老乡那里讨了一个土方子,用生大米嚼烂涂上,果然相当有效。以前用什么药也不行。这次来的另一个公安黎文九很活泼,他说我不过是借找土方为名到傣族房里去看,引得我哈哈大笑。最后我们两人又互相大骂"帝国米"。

这里的警卫员给我洗了昨天弄上泥水的裤子。

下午西北军区的司令武犁(土族)、政委陈世门宴请我们。武犁奠边府战役时是副师长,和南龙是一个村子的,他们都在中国学习过。宣传科长孟麟和副主任范光荣送我们到汽车路上。他们未涉及到别的内容。

晚行车二十五公里到西北军区。下了车又走了很远,因稻田泥泞又返回来另找了一条较好的路,走得更远了。住在一家傣族的竹楼上。楼下有牛哞哞地叫,还有温暖的牛屎味。

从傣族村庄经过时,有温暖的人体上发出的那种气息。人们安歇了。这常常是一个家庭睡眠时的那种气息。现在美国人是连这种生活也不让人过了。

九月二十九日

夜里实在困极了,竟梦到去见胡主席,自己仰面睡倒觉得太不礼貌,但是无论如何也挣扎不起来。竟睡至九时才起。杜宣正在作诗,已成二句:"床下马嘶窗外雨,帐前犬吠枕边鸡。"这高脚屋下是马牛羊鸡犬豕,六畜俱全,还加上猫。这家很富裕像是个富裕中农。因语言不通也说不了什么。女主人还送了我们半块甜瓜。

吃过中饭,飞机来了两次,就要我们到山上石洞防空,道路泥泞,很难走。觉得他们是过于小心了,但是没有办法,只好服从。

在一个极窄狭的山谷里,上面贴着陡壁搭了一个竹楼,小巧玲珑。下午党委副书记平方接见,坚持要我们每天出来防空。我们提出干脆住到这里。晚上他们又把铺盖和饭背上山来,很难走,弄得我们很不过意。据说处长是一个参加过奠边府战役的老战士,说中国人民给了他们许多援助,同中国人血要流在一起。他很感谢中国同志的国际主义精神,我们也很感激他的直率的谈话。

今天在林中看到一只很好看的火鸟。

夜间睡下时,有关关鸟鸣,秋虫歌唱。

九月三十日

上下午听区文化局长金彪和这里的作家介绍少数民族文化发展情况。这里原来是和平土改。文化局长说这里的阶级斗争没有什么不同。

晚上副书记兼副主席平方、主席张文鹤和文化局长等干部为我们举行国庆招待会。

十月一日

上午在悬空的竹楼上休息。中午何北同志和同行的全体越南同志为我们举行了一个茶会，庆祝国庆。何北同志谈起他在游击活动时，敌人曾悬赏他的头一万元。

晚上吃饭晚了，下山时已将近黑了，因中午下了一阵大雨，道路泥泞，十分难走。金彪、漠飞送我们到公路上，戴眼镜的金彪还唱了一首诗。内容说：友情好就是有千百条江也不为多，友情不好就一条江也嫌太宽，纵使有千百条沱江我们也要往还。

上车后走了十多里，前面一辆汽车歪在桥上，几乎翻到水里，等了两小时还没消息。我到前面看了看，围着好多人在火把旁边修车。还有一些傣族妇女在修路。最后何北同志决定返回。走了十余公里，又下车走数公里，到一傣族的高脚屋住下。

十月二日

早晨睡至七时，因脚步声踏得竹地板不断作响，无法睡了，只好起来。到竹筒自来水处洗脸。早饭后，漠飞来请我们到他借居的高脚屋里去。这是傣族战士名叫车同志的家，他是来这里深入生活的。廊下放着一辆车子，褥子旁边放着两本兵书。廊下竹栏上系了一块一尺多长、半尺多宽的小木板，铺了一张报纸，算是他的书桌。他用他爷爷用了七十年的宜兴茶壶为我们沏茶。茶杯只有酒杯大。他说那把茶壶，防空的时候就带在身上免得炸坏了。

漠飞面瘦而黄。虽刚到三十七岁，已显得很老了。他很热情，说他和武秀南曾在奠边战役时，给战士们读我的《战士和祖国》等文章。他今天给我讲了许多傣族故事。他是同一个傣族姑娘结婚的，过去这里因为迷信，有病请巫婆，常常要倾家荡产，养的猪、牛、鸡多为此消耗了。我说法国人在这里剥削到什么程度，他说，有什么程度，没有程度，看到猪哪头肥可以随便拿走。妇女长得漂亮的随意污辱。姑娘也不敢作姑娘打扮。这个村子的名字就叫"穷村"。

中午我们几个到附近小河中洗澡。周围群山环抱，溪声潺潺，一小块平地稻子长得非常好，贴近山根就是傣族的竹楼。风景很好。

下午，漠飞要到苗族那里去，身挂一个小包，手提一盏马灯，我们很为他深入生活感动,同他合拍了一张照片。

下午五时许出发到公路上,乘车往奠边走。半夜落大雨。雨声里我睡得昏昏沉沉。本来想把长诗构思好未弄成。

十月三日

蒙眬中天已大亮,说离奠边府只有三公里了。下车后由战士来接,行数公里到一座丛林里,在山坡下等了有半小时左右,原来是县里接我们的人并没有来。部队是接别的代表开会的,却把我们接来了。部队的一个干部只好引我们到附近的一个连部里休息。杜宣、菡子的汽车也坏了,没油了,等到上午九时他们才步行赶来。

在丛林里搭的一座草棚中休息。这里好像是连部。壁上贴了两张中国的胖团团年画。还有一副镜框,也装着胖团团。他们是多么喜欢胖团团呀！

下午本来要到团部,后来下了一阵大雨,团里又派人来叫我们不要去了,就在这里访问。

晚上本来想独自思考一下,想想结构的诗,但时间都为扯谈占去。晚八时许就睡下了。

十月四日

早晨六时半起床。在山径上构思《越南颂》,拟了几个小题的顺序。早饭后副团长周成带了几个人来。由一个叫周真的介绍奠边府战役经过,竟未提到中国。副团长赶忙去补充了一句。

中午有人给我洗了件衬衣,我很不过意。

下午由团宣教股长陈泽和傣族股长张文珥介绍情况,很简单。

晚五时出发去参观奠边府战场,算是很不容易争取到的。这次为了照顾我们的安全很多东西都没有看到。今天出发算是早的了。我们沿着丛林间的小路走着,望着两旁的青山和稻田,山顶上红霞满天,心中甚为高兴。

由副团长周成和作战股长周真、团宣教股长陈泽领着我们。汽车经过奠边府这个绿谷,沿途有许多很大的弹坑,有些弹坑贮满了水。它们为的是炸奠边府党委的一座两层楼房,楼房不过只震破了一些玻璃,仍然完好地屹立着。汽车首先上了当年争夺战最激烈的A_1高地。山不高,有当年法国人为坦克修的盘山道。道上荒草有一人多深,汽车穿过茂草直达山顶。一下汽车就看见一辆破旧的生满红锈的坦克,当时为两个英雄战士所炸毁,可惜这两位烈士的名字没有留下来。在坦克的旁边就是这两位战士的墓,墓碑上光光的没有名字。我们默默悼念了一会儿,就爬上坦克和同志们照了一个合影。整个的山头,法国人在这里修了钢骨水泥的隐蔽部。现在有一个班的战士守在这里,是他们的观察所。作战股长介绍了当年的战斗情况,中国当时有一个专家在这里指挥挖坑道。因计算不准确,没有挖到地方就爆炸了。这是他惟一提到中国人的地方。此人真是缺乏政治。他还指了指周围的山头,C_1高地和D_1。高地以及当时我军的观察所和炮兵阵地。又告诉我们山下就是奠边府,敌人的炮阵地、指挥所和飞机场。可是看不到山下有多少房子,原来这里并没有多少房子,敌人整个像守在一个荒地里。这时天已黑了,月亮已升起,周围一切很模糊了。

  下了山,我们又去看当时法军指挥官纳瓦斯特里的地下室。洞口已满是荒草,里面还有蛛网和灌下的泥水。地下室很大,共有四间,一间是他办公的地方,一间是他睡觉的地方。当时有三个战士冲到洞口时,他已经举起双手在第二间房子的门口投降了。这位将军对保卫自己可真有研究。钢骨水泥的工事上堆的是一层沙袋,沙袋的上层还盖了一层钢甲。这层钢甲很厚铸成拱形。据说是仿照马其诺防线的样式修的。工事的两旁还停着两辆被击毁的坦克,也是为了保卫他的指挥所的。可惜这些在人民战士的面前,在一心要解放自己的人们面前都失去了作用。一个司机上到炮塔上把炮身推着玩,炮身转动着哗哗啦啦地响,好像是个玩具一般。统治了八十年的法国人就这样可怜地完蛋了。

  我们又在齐腰深的荒草里走了一阵,去看当年敌人的炮兵阵地。当时有四门155榴炮。也是钢骨水泥工事,炮由铁架支着,可以转动。这门炮还摆在那里,满身都是伤痕,是被我们一炮打伤的。水泥工事是一个十几公尺的大水坑,因不好过我们没有过去。附近还有四十五门炮(105)一字儿摆开,蹲在水泥座上,四处都是荒草,也成了默然无语向黄昏的废铁了。

  这里的绿谷里流着一条弄若河,上面有一座桥叫满青桥。桥头有两挺机枪都是四个枪筒,可是战士刚刚冲到桥头,敌人已经举手投降。现在这挺枪又被美国飞机炸翻到荒草窝里。我们进去看了一看,因这里蚂蟥多,副团长叫我们检查脚上和裤管上有没有。有两个越南同志跑来用电棒帮我检查。副团长周成的脚上已被咬出了血,并把咬血的蚂蟥当场捉到,没有见过蚂蟥的人赶过来,副团长把它放在手指上让它表演了一番,过后把它做了应有的处置。凡是吸血的东西都应得到这样的下场。

这里还有一座飞机场。当时美国人援助法国人一百三十架飞机,进行轰炸并空投粮食。自然控制机场是一个关键问题。这座机场也被我们用交通壕分割为两半控制了。机场因荒草很深并有些泥水,他们劝我们不要进去看了。

我们又看了一个名叫"龙岩"现在改名为仇恨村的村子。这个村子有四百村民被法国人炸死。现在在村边修了一个纪念亭。亭是用茅草搭的,圆顶红柱,有雕花隔扇,大理石的石阶。这是法帝国主义最后临死挣扎时留给这块土地的纪念。

奠边府战役是人民战争的必然结果,是越南人民进军途中的一个辉煌的里程碑。这场斗争证明:不管帝国主义如何残暴,都是可以打倒的。历史已经无数次作了证明。统治越南八十年之久的法国人,已经以光荣的奠边府作为他们自己选择的坟墓。法国人仅仅有五名逃到老挝。这个战役实际上宣布了八十年残酷统治的最后结束。

月光如昼,汽车在公路上飞驰。奠边府只有一条不大的街,两边都是草房,居民已经疏散,把一些房子搬到别的地方去了。副团长告诉我们,这里夜市才结束。我们早来一会儿就看到了。现在因人已疏散静悄悄的。这里因人烟稀少,有一个师转业建成一个农场,有两千公顷土地并兴修了水利。可是在刚建设时,美帝国主义来了,越南人民怎么不仇恨敌人呢?困难愈多愈能给人民以锻炼,虽然多吃些苦头,从长远看是有好处的。中国人民正是因为遭到重重的困难,现在才锻炼得如此坚强。历史有它的客观规律,只要真理在我们方面,多一些困难并不可怕。相反,轻而易举取得的胜利倒是不易巩固的。例如中国的大革命,因陈独秀的机会主义而失败。即使那时侥幸成功,现在也许早已变修了吧!革命哪有那样便宜的事!

我们回来时已是九时了，由副团长和县主席设宴招待。这个脸上有疤的傣族县长可能能力弱些，会上仍未提在奠边府作战中中国的帮助。我作为解放军的一员向他们敬了酒。

今天的宴会是在一个新搭成的棚子里。今天下午一时还是一片荒草丛，现在已经成了一个整洁可喜的饭厅了。他们还特意在周围挂了白布，贴了一条越中两国人民友谊万古长青的标语。

我们睡觉的地方也搬了，也是战士们临时搭成的。

十月五日

上午这个工兵连在他们的一所大房子里举行了一个欢迎会。有两排通铺，大概是两个班住的。西北区的文工团只有七个人，也奏乐欢迎我们。指导员杨利致了欢迎辞，文工团表演了几个小节目。其中有两个傣族姑娘，穿着很瘦的黄绸小褂，胸前有两排银饰，长长的黑裙。巴金讲完后指定我来发言，我又把修正主义骂了一通，现在不骂修正主义就觉得心里不痛快。同时也非常需要让战士们了解修正主义者的真面目。我还讲，我们参观了仇恨村，那里只不过杀了四百人，石碑上刻着"最大的仇恨"，那么现在美国人在南方和北方杀了多少人？炸毁了多少村庄？如果那是最大的仇恨，这就是无法测量的仇恨了。我很高兴见到这样一个决胜单位，在老挝作过战的单位，祝贺他们把一个旧战场重新变为一个惩罚美帝国主义的战场，等待敌人的还有无数的奠边府。在谈话中还连连解释了一下解放台湾的问题，因他们在唱歌中唱了一个这样的歌子。

讲完后，宣教股长指挥共同唱了一个《团结就是力量》。

讲完了，又同文工团员们坐了一会儿。他们又演唱了几个新创作的歌子。其中有一个叫黄休的歌唱家，他是宁平人，妻子被炸死了，丢下了一个孩子。我讲完后，他和一个女演员唱了一个《毛主席派人来》，他很热情地带着微笑唱着，一边拉着大提琴。我心中深为感动，并有一点不好受。会完，我约他坐了一会儿，谈了他妻子牺牲的经过，他谈话时还笑对着我，我更觉得难受，我不忍触动他的创痛。他沉默了，大家也沉默了。妻子牺牲是叫人多么难受呀！他只给我们拿出妻子和孩子的照片，妻子长得很漂亮。谈话说不下去就同他分手了。在这样的场合，真没有足够分量的语言可以安慰他，可以安慰他的,只有敌人的鲜血。

中午在昨晚吃饭的地方吃饭,地上都是泥水了。下午指导员、连长带了四五个战士来座谈。指导员惟恐战士讲不好,不时地低声嘱咐,显得很有趣。讲起起定时弹,我请他们拿来一个弹头看。连长很年轻,眼睛明亮极了,他给我们作了讲解。晚饭后来送我们的有副团长、陈泽、连长、政指等人。都谈到下次来时就不会在这样的地方接待你们了。我说当兵的就应该喜欢这样的地方。我们在路边谈得很融洽。临行时,副团长还同我拥抱。

第二辆车刚要发动就出了毛病,修了一两个小时才好。我们趁极好的月色回返。我一路默想着构思的东西,一直到疲倦。白云如带低压在山脚。爬过三十五里高坡法定岩,已觉有些寒冷了,把毛衣雨衣都穿上了。

到达山萝时天已亮了,又住在大洞上面的悬楼上。

十月六日

白天休息。下午五时,最近访问中国回来的山萝省主席金联接待我们,还送我们每人一条傣族姑娘织的花头巾。

竟夜行车,本来想一天赶到河内的,到木州就没有汽油了。路上向别的车借了一点,才继续开到二十二公里我们上次的驻地。我睡得糊糊涂涂的。为了怕扰乱老百姓,在车上睡到天亮。同志灵就歪在方向盘上。昨天他们几个司机只吃了一顿饭,也够辛苦了。夜间行车仍在构思诗作。

十月七日

白天补写几天来的日记。听杜宣讲了一些非洲人民生活的情况。

晚上行车时构思诗作中的一节。并构思了抗战鞋一些断句,二时左右回到河内。与巴金同居一室。

十月八日

晨七时起。今天越南作家有制兰园、济亨、阮春生和侬国振等同志来,范洪副主任也来了。

得几个孩子来信,谈到他们在董家庄的劳动很有收获,看起来这次是做对了。过去对他们发脾气太多并没有解决多少问题。小猛子已转到北京上学去了。

晚到大使馆看了两出河南越调,其中《卖箩筐》很好。

十月九日

今晨早饭时因对一个翻译的看法问题,和巴金发生了激烈的争论。

上下午均听从南方来的名叫黄凯同志的谈话,他朴实、可爱、谦虚,多次问我们谈得是不是合乎需要。讲了在极度残酷的环境中把局面恢复过来的故事。他忍受了人们难以想像的艰苦,自己一个人在山洞中睡了多少年,妻儿在几百米外都不能见面。感人至深。

夜读梅顺同志在昆戈岛的报告。敌人残酷极了。

十月十日

上午听黄凯同志续谈。因他受伤过重,胃溃疡疼得厉害,不能谈了。结束时燕永他们送他画册留念,他热泪盈眶说不下去。我本想去与他拥抱,因隔了张桌子未能实现。此时我被两日来一种强烈的感情所激动,热泪夺眶而出,说不出话。凯同志与我们一同到统一饭店吃饭,我心潮仍起伏不已,一出厕所门,拿着手帕擦泪,几乎哭出声来。为了怕哭出声,终席未发一语。别人给我说话我也不敢回答。我今天不知怎的,总觉大哭一场心里才痛快。我想起他从小即受苦,娶妻生子后终年不能多吃,直到敌人来又使他受了无数酷刑,经历了无数艰苦,在山洞中只与一双燕子做伴,以蝙蝠充饥,在我眼前,他变成了整个的南方!为自己的民族统一独立,也为全人类受苦的南方!入越以来,第二次如此强烈地使我把眼泪挥向南方。

饭后,躺在床上如同生病一般,心潮仍不能平静。

在席间,黄不断说着:"我忘不了今天,我忘不了中国共产党和毛主席的恩情……我回去要告诉我的家人和所有的一切人,叫我的下一代孩子们也不能忘中国党和毛主席的恩情。……"

我想写一篇《我满含热泪拥抱南方》。

晚继续读顺同志的报告至夜深二时。昆戈岛的斗争说明了敌人的残酷和共产党人的英勇,也有许多应记取的教训。

十月十一日

晨五时起床,有些困倦,匆匆吃过饭即起程往海防。一路看了红河三角洲富饶的景色。

来接的是海防的文化局副局长、作家、画家、诗人等。上午休息。下午由副局长领我们看市容。这里是一座美丽的海港城市。米黄色的楼房,漂亮的林阴路,禁河和红河从此处蜿蜒入海。有两座大桥,轮船经过时,桥即吊起,我没见过,跑步去看,桥已落下。站在高高的桥头一望,河中帆船靠山停泊,船桅如林,远处水泥厂烟囱的黑烟一抹飘入云际,很有大城市的气派。街上行人很多,多半是精力充沛的工人们。此城是河内以外北方的第一大城市,连郊区在内有人口九十余万人,城区是二十四万人,工人即有八万。解放前这里只有一个水泥厂,今天已经有六七十个工厂了。

还看了露天剧场。

在郊外还看了象山和高压线。副局长介绍说,苏联朋友不相信我们能够架起这么高的架子。还讲了一个匈牙利人的笑话,他们听到这里六七十个工厂有一半以上是中国帮助的,竟问:"匈牙利帮助了多少?"回答没有一个,使该人很尴尬。主人只得说:"你们帮助了别的方面。"

副局长对我们很热情。晚饭后还找了两个女演员、两个男演员来歌唱和朗诵诗,很好。杜宣即席写了一首六八体诗:

> 秋风夜雨红河,
> 多情几曲清歌竹笛,
> 小楼谈心促膝,
> 故乡万里永记今夕。

最后以朗诵作为酬谢,尽欢而散。

十月十二日

上午本拟参观海军,未联系好,休息了。

下午去参观海防搪瓷和铅器工厂,也是中国帮助的。我第一次看这种厂子,也觉得新鲜。厂门口是战斗值班的名单图。有的步枪挂在机器旁,有的是机枪组,发生情况后即登房顶。还看见十几个男女工人在厂房一角操练,很动人,我给他们照了两张照片。

此厂有一个民兵营。

接着去看海港。介绍情况后,到了码头,看了中国船南海号。船长王阿祥介绍说,大家情绪很高,情愿放弃休假,作好战斗准备,敌轰炸时即打。我们看了船上的武器和值班人员。

码头上还停有苏联船和波兰船。

上午同杜宣与副局长闲谈,谈起修正主义,他有些紧张。大概是怕别人而谈话不便吧。

晚上本来约定与一劳模见面,不知为何竟未来。

十月十三日

上午参观海防陈兴道造船厂。党委书记、副厂长、劳模,还有中国专家一同接见,简单介绍了生产、备战情况。我们看了工人的高射炮和高射机枪对空的表演。我给他们照了相。据说这里民兵准备不错,已达到正规军的射击水平了。

又看了他们第一艘千吨轮船,上面有越南民主共和国的国旗,很壮观。对于一个饱经剥削没有工业基础的国家,这是多么大的胜利!在锻工车间,看到炉里夹出一条红红的钢放在锻座上锤炼,副厂长说:"这是太原出的钢!"

厂里已有些机器搬出疏散,有些用沙袋架起保护。现在改为战时服务,制造浮桥,修理军舰。党委书记感慨地说:"如果不是美帝捣乱,我们的千吨轮船将会行驶了。"我说:"胜利后还会制造一万吨!"

工人向我们鼓掌欢呼,看去很热情。

中午市委书记和文化局长来,把我们送到市委设宴欢送,中央文化部副部长(党组书记)何辉甲也到门口相迎。席间,何辉甲说了一句:敌人轰炸我们的医院、学校,有些国家的朋友还不相信,说是误炸的。我立即插嘴说:"他们是同帝国主义穿的一个裤腿儿。"大家笑起来。杜宣说:"那些人是想让越南人屈服投降。"我又说:"他们不但不相信,而且也不相信越南人用步枪打下飞机,还问飞机落在什么地方。"何辉甲就不再往下说了。总劝我们吃菜。市委书记还解释说:"我们准备用飞机残片教育那些不相信的朋友,他们看后也就会相信了。"以后就把话题引到吃菜上去了。

干部本来应当更深地体现人民的感情,但有些干部反而不能从自己身上体现这种感情。

四时半出发往下龙湾。在离开港口前文化局副局长来送,我给他说:"这里将来会是战斗最激烈的地方,也会是胜利最大的地方!"并同他拥抱。在过渡时,我回头望海防,烟囱的黑烟在夕阳中冉冉上升,很有气派。祝她将来取得更大的胜利。

晚八时许抵下龙湾。

长征路寻访日记

(一九八三年五月十日至七月十一日)
(一九八四年七月二十三日至十一月十一日)

自我参军之日起,即异常向往二万五千里长征这段神话般的历史。可以说,中国工农红军的长征是我心中的诗。但我却一直没有勇气动笔。自一九八〇年我参加《聂荣臻传》编写组之后,经常聆听聂帅的谈话,进一步唤起我写长征的渴望,于是遂有一九八三年和一九八四年沿长征路寻访之行。这里发表的就是两次长征路寻访日记。

一九八三年

五月十日

上午仍准备在江汉石油学院的发言稿:《同石油战士谈心》。除对石油战线的成绩加以称颂外,还有下列几个小题:1.是不是"路走对了,门走错了"？2.好儿女志在四方,何必死守长江一线？3.道德、精神多少钱一斤？4.马克思主义能当饭吃吗？5.总开关与发动机。都是针对他们提出的现实思想问题。

下午去聂处,听取他对《聂荣臻回忆录》序言草稿的意见,已获通过。

我向他报告了要沿长征路线一行的事,老总立刻说:"能行吗？那山很高啊！"我说行。

今年本来想同秋华看景山公园之牡丹,因住院误了。今天去虽香气犹存,但已残落,地下都是一片一片的花瓣。

晚石祥来,他已当创作室副主任了。

五月十一日

今天军区开创作会议,布置六个项目的任务。张宗文主任讲话动员,我也讲了几句,表示支持。会议前张说:这个文艺已分工你管。我说:什么时候分工的？他说:现在分还不行吗！……上次分工时他只字未提。

五月十二日

继续准备在江汉石油学院召开的院校思想政治工作会议的发言。这是对政治工作者的发言,题目为《班门弄斧杂谈》,谈了我对思想政治工作的理解。写了差不多一天,至晚饭前始完。

晚与炳洲闲谈,据小道消息,军委领导没有变动。

周秘书电话,老总对我的长征路线之行颇表担心,嘱咐带上氧气袋。

他家还有原配夫人,周嘱咐给她买电视机一架,收音机一个。

五月十三日

最近血压比较高,今晨高压110,低压98,低压高了。饭前去卫生所,医生量的结果是高压132,低压80,头脑仍涨得很。因我的血压70－110最舒服。猛子责我喝酒了,实则是小黄的事办得不顺引起的。

猛子专门请了一天假,为我和秋华去送行。

上午忙着装箱子,下午三时进城。欣欣也赶到车站。赵延章同志与我们同行。

石油部教育司的陈鸿蹯副司长在车门前迎接我。六点一刻开车。

这是我十多年来的第一次远行。江陵之行是为了给石油战线做点小工作,长征路线之行是多年宿愿,但不知收获将如何！

秋华自一九六一年同我南行之后,一直没有出去过。她不想游山玩水,此次纯粹为照顾我罢了。

五月十四日

在车上与陈司长谈计划,他请我先讲,我则请他先讲。

同车者有一冶金部干部,像个副部长,自称当过贵阳市书记。

他脸颊赤红,双目炯炯有神,甚机警。自称六十七岁,四月即在室外游泳。说他们是下台之后去游历一番的,同行者尚有其他冶金部的几人。老干部在一块容易熟。还谈到,他被调到中纪委参加打击经济犯罪的工作,很不好搞,而且现在似乎要收了。

中午十一时四十七分到武昌。住江汉石油管理局招待所,在蛇山下,楼前楼后均车声隆隆。下午冒雨出游。与秋华、赵延章及陪同我们的教育处长尹道墨同志步行过长江大桥。江水混浊,几乎变成黄河了。恐怕是上游水土保持问题,这个就严重了。

一九六二年游武汉时,我曾登龟山览武汉三镇,颇为其江山的雄伟感叹不已。今日冒雨再度登之,因绿树遮目,又加上伙伴着急,未能尽兴。

晚饭后想访李蕤,并让他带去看陈竞,因黄正甫同志已逝,想起他生前对我少年时奔赴延安曾有过帮助,总想看看她。不想雨大,又正碰上鄂城墩修路,甚难走。到时有路障又过不去。幸亏司机同乡人小李积极热情,终于最后找到,秋华的鞋已湿矣。与李蕤夫妇谈至九时半始归,陈竞已无法看了。仅嘱李代为看她,并将正甫之遗稿设法发表。雨中归去。

五月十五日

晨七时出发,乘小李绿色上海车经汉阳、沔阳、潜江于十一时半抵江陵。住学院。

下午游荆州城。

先去看去年发掘的两千三百年前的古尸,肌肤还很丰满,比马王堆的女尸还早三百年。墓中的漆品颜色颇鲜艳。可见我古文化发展得多么早了。一个瘦而黑的博物馆馆长,很热情地打开了地下室让我们看了他的宝物。

随后,我们又去看了荆州的大北门。在夕阳中照了一张相。随后又到了沙市,看了荆江分洪塔和镇江塔。沙面码头的长江江面较窄。

晚饭后,此处学生工作部长闫志侃陪我们散步。他是去年为毕业生事给我写信者。散步至校门口,此处有一湖,正对荆水南门,全部为水围,有一水门。这里的古代守卫看来很用了番心思。闫志侃指着湖水说,前几年思想混乱时,此处曾有一女子自杀。

五月十六日

今晨八时,石油部的思想政治工作会议正式开幕。陈鸿璠司长讲了话,对我颇多表扬之词,接着大会发言。大部分发言都不错,下午六时全部发言完毕。看起来有许多干部很能干,很聪明可爱,我不禁喜欢起他们来了。今天有一个重庆油校的女英语教员梅俐生,原来是一个很出色的班主任,对学生很有感情。她发言中谈到,不能全用升学、求得职称作为动力,不能只往这方面引。这些五十年代成长起来的青年,脑子里革命的根子是扎得较深的。

晚李心刚和杨培霞二人来看我。他们都是前石油学校的第一批毕业生,即我为之送行者。他们说,那批毕业生共一百三十余人,只有三个出了问题,其余表现都是好的。不应该的是把其中一些青年打成右派,使他们受了损伤。谈了近一小时,他们对我怀有感情。谈起我的那些文章,他们都还记得其中的内容。

五月十七日

今天由学院党委办公室张主任陪同,游览楚纪南故城及当阳周围的遗址。

先到了纪南故城遗址。可看出隆起的土冈断续延伸,似是城的东北角。此处立一石碑上刻"楚纪南故城",说是郭老所题。其南十余里处也有一碑,据此看城颇大,但不知何以如此之大。除此之外仅有一村落,其他皆是一片稻田。前天在博物馆看到的两个古墓,也都是在此城附近发现。一座繁荣古都,两千年后真是所谓沧海桑田了。

过了纪南已是丘陵地,山冈青翠,小松树颇多,看来绿化搞得不错。在起伏的丘陵间行走时,司机小李说,这里已是麦城了。车行两小时经过当阳,看了有名的玉泉寺。据说是"天下四绝"。一个在抗日战争时当过和尚的工作人员(六十一岁)领我们参观了铁塔、玉泉、关公显灵处,以及隋代的铁器、元代的铁钟、铁釜等。庭中甚幽静,有月桂二株为过去所未见。此处我比较感兴趣的是那座寺后的覆船山,山上林木茂密真像是底朝天的船只。

回来时才看了长坂坡和当阳桥。现在的当阳桥颇壮观,而张飞喝断的那个当阳桥已不复见,只有马路下的一泓清水而已。

回来时已一时半,吃过饭后已颇累了。

下午三时半参加了一个二十余人的座谈会。有五五年我欢送过的学生,也有此后各届的学生,现在都是负责人和副教授了。他们都以深厚的感情回忆了我那篇祝辞,对他们在生活道路上所起的作用。有的激动得流出了眼泪,颇为感人。我最后也讲了几句,希望他们今后发挥骨干作用,把革命的火把继续传下去。

结束后,出楼时又被青年同学及红领巾们所包围,同他们合影留念。这些男女青年的热情使我感动。还有一个青年当场向我表态,毕业后一定服从分配,到艰苦的地方。

晚上,开了一个小型座谈会,张永一、杨培霞、李心刚和另外一个教师都是五五年那批我送行的同志。他们谈得都很感人,尤其张永一讲了他被打成右派后的遭遇,他讲:"我是一个犯了错误的孩子,过去母亲认为我犯了不可饶恕的错误,把我赶出家了。现在觉得我的错误不是那样严重,又把我找回来了。母亲已经受了伤,我不愿再使她伤心。"他讲的这个话非常好,对党仍是有感情的。不像有些人对党恨得没完没了,我对这样的人很敬重。

五月十八日

今日上午在会议上发言,历时两个多小时。谈了思想政治工作的地位和作用,以及为什么在社会主义时期必须加强思想政治工作。我讲的四点,是经过我思索考虑的,不是抄袭别人的。

下午参观了石油学院的学生宿舍、教学楼、实验楼、电子计算机等。

晚上来了沙市的三个人,该市委书记请我去给沙市青年作报告,因时间来不及,没法答应了。

此处油田报一年轻记者林和平要我为该报题词,我题了"向石油战士致敬"几个字。

此处一老摄影记者丁炳才同志给我拍了不少照片,很热情。

五月十九日

今日下午给群众大会作报告,听说要来很多人。我准备的仅仅是个提纲,惟恐让人失望,从昨晚到今日上午都在准备。午睡时也未睡熟。

学院在荆州长城内租了一个剧院,发了一千五百多张票,除了该学院师生外,还有荆州地区的学校、油田和沙市的宣教部门的领导等都参加了。台上台下坐得满满的,秋华惟恐我讲得不好,也去了。学院宗副院长作了开场白,我即开始讲话,两个大灯照得我不断擦汗。我共讲了一小时五十八分,效果意外地好。我不断起身施礼来制止他们的掌声。陈司长在我讲话之后,又来称赞我点起理想之火。他说经过"文革"青年中失去了最宝贵的东西,就是革命的信念,今天就是请我来点燃理想与信念的火把。

会议结束后,尹处长也过来表示,这几年没有看到过这样的场面。其他同志也说好。各石油学院都来登记要这个讲话录音。

晚饭后,来了两个姑娘,送来一张集邮卡片。并说,讲到她们心里去了,过去没有人给她们这么详细谈过。

省电视台和广播电台记者也来了,要我谈对该地作家的希望,我讲了学习马列的问题。

油田的一位作家送来了一本书《巫山燕》,并让我给他的下一本《海月明》小说题字。《星期五》的记者要我给该刊题字,题了"祝江汉油田创作丰收",因为我确实感到,石油方面的创作与这条战线的成绩太不相称。

夜十时,院领导和陈司长等七八人来送行,送我相集一册,我则送他们《东方》一部。

晚看我在政治工作会议的讲话稿,至夜深。

五月二十日

晨六时吃饭,准备赴宜昌。院领导又来送行。大庆的班主任孟庆芬和重庆的梅俐生等同志都来了,杨培霞和张永一、李心刚、乔连富等也来了。我向大家告别,七时许出发,过沮水经枝江、鸦雀岩、土门垭,历三小时整至宜昌,近二百公里。一路为平原及丘陵地带,山上林木繁茂,山下麦浪金黄,青山绿水,一片富饶景象。

宜昌也很像个样子,据说有四十余万人口,由于葛洲坝的建设,已使这个城市扩大了。我们住在宜昌军分区招待所。来陪者为军分区武主任。中午饭后,他又陪我们游西陵峡口之"三游洞",据说以白居易及其弟和元稹三人同游赋诗得名。苏东坡亦有题字。洞内有元、白等三人像。因天气炎热,觉得洞庭湖内格外阴凉。

这里我最感兴趣的,是西陵峡口的张飞的擂鼓台,实际上是一个圆形的悬崖。我站在这面台上,下面江流滚滚,正是江流出峡向南转弯的地方。西望江水被抱在万山丛中。丁炳才同志给我们拍照了不少,湖北省电视台也照了不少。上下台阶时武主任总是搀着我,十分热情。秋华站在高崖上的亭子里,未到下面的擂鼓台去。

我们接着又去参观了葛洲坝。介绍情况时,刘书记出面接待,问:哪位是魏巍同志?我连忙上前握手。被招待的有二三十人。多数是白发苍苍的老头子及其子女家属。可知他们在解职后出外游历来了。

我们看了电影及模型,即到坝上看电站及泄洪闸。光磨电的圆柱就有一百一十多吨。这里的一切都是伟大的,雄伟的。我们在泄洪闸处参观时,见狂涛涌出闸门,真像滚了锅似的壮观极了!

今天丁炳才同志给我照了不少相,临别时我一再向他致谢,并送他一本小书留念。

葛洲坝,表现了工人阶级和人民群众的创造力,也显示了建国以来我们已经形成的工业基础,其中绝大部分都是我们自己造的。低估自己的力量和否定建国以来的成绩都是不对的。

晚继续阅改录音整理稿至夜深。

五月二十一日

上午才将讲话稿修改完。江汉石油学院的工会主席孔繁绥同志一直在陪着我们。

昨天晚饭后,得悉欧阳平同志自川抵此,忙去看他。他是我入伍时的指导员,我以老首长呼之。他谈到曾在301医院住院时让两个副政委给我捎信,我才知道因这两个人的疏忽造成了误会。我赶忙作了解释,至于是否相信就由他了。今天下午我又去看他,回忆了过去的一些情况。他最近也到卓克基去了一下,告诉如何走这段长征路线。

晚八时半,由武主任和孔繁绥及司机李三卓同志送我们上船。分区参谋科的胡同志一直帮我提着大箱子。

此船为东方红40号。我们住在二等舱22号,补完了这段日记,单等明日看我久慕的三峡走廊。

五月二十二日

晨醒来时已五时半,急忙披衣推门,见两岸青山夹着黄水早已入峡。忙问到了何处,服务员一时回答不出。只见山谷愈来愈窄,最窄处看样子不过三五十公尺左右。船在峡谷中行走,常常觉得前面没有路,完全是山重水复疑无路的境界,而峰回船转,又是一重天了。因广播员未及时介绍,灯影峡、黄牛峡、黄陵庙等皆弄不清什么时候就错过了。那极窄处我判断可能是"青滩泄滩不算滩,崆岭才是鬼门关"的崆岭滩。这时,白色的云气缭绕于山际,常遮住山头山腰。山上这一带橘树不少,据说橘子红时更为好看。船行进中,猛见两座大山奇高插入半天云中,云彩只在山腰,江面上雾气蒙蒙,船穿过时,脸上和衣服上落下不少水珠,似一场细雨,一片萧森的气象。这是我今天印象最深的了。

船到兵书宝剑时,广播员才开始广播,船头上的七八位旅客一齐在山壁上乱找那把插入江中的宝剑,但却未能找到。后来秋华对我说,她找到了。

我在船头上,已为这平生所未见的奇景所吸引,绿树、白云、峭壁、晨雾、浪声和鸟鸣,三五人家在半山间,炊烟缕缕与白云缠在一块,都使我深深沉醉。直到秋华来叫我吃饭,我才回到房间,吃了几块面包片又出来了。

过了王昭君的香溪,已经出西陵峡了。在北岸的两峰之间流出一道清澈的溪水,据说这就是香溪。因离得较远我看得不十分清楚,秋华说那水清极了。

秭归是屈原的故乡,山上柑橘甚多。这个山上的小城,现在也多是近代化的楼房。据说城东是屈原庙,但看不清。赵延章说一个类似小庙的建筑物是,女服务员小徐很天真,她说,你说那是就算是吧!

"巴东三峡巫峡长,猿鸣三声泪沾裳。"这首古诗真是凄绝。可想像当年山高林密,人烟稀少,旅客至此,离愁满怀,不禁令人涕零矣。然今日人群熙熙攘攘,情景已变。巴东县城在高山上,码头之上梯阶陡而且高,下船人群密密麻麻涌上山去,已经不是那种情调了。

船行至中午时,山又高起来,大家都在船头举首仰望,我更怕误了一睹神女风姿。正在大家久盼不到时,船一拐弯,神女峰突从天空出现,上面是青天白云,旁侧是秀丽的三个峰尖,真是美极了!我想美就美在她似乎从天而降,而那三个峰尖,亦颇不俗。

出了巫峡,山势稍平缓。江流仍在两山耸峙之间。到瞿塘峡,山又窄起来。此峡最短,过了几个大黑山,叫错开峡,据说是神女帮助大禹杀死的几头恶龙。白帝城在江北岸一个尖尖的山顶上,看去也很美。

夔门处山高壁陡,还有孟良梯等等。可惜的是只注意去看那些小玩意儿,反而把夔门没有看清楚。

在奉节停留了不短时间,旅客都下船买鸡蛋去了。我与秋华只下去买了点黄瓜。今天白天我们净吃面包和罐头了。这天为看风景废寝忘食。秋华说我有风景看,有饭也不吃了。

五月二十三日

晨五时半起床。昨晚船过云阳停了很长时间,尚未到万县。此处江面又开阔起来。这么一条大江,竟被群山峡谷拘禁得够受,现在才看到了它本来的面貌。

万县,在江北高岸上总有二三十里长,多是近代高楼,没想到城有这么大。我们三个下了船,爬了一百八十多级台阶才登堂入室。转了几家百货公司,买了三斤黄瓜。看样子小城很繁荣,农民挑了许多新鲜蔬菜在街头出售。

这个城市因处在高岸上,有几条瀑布,还有多处流水痕迹,如果下雨那就到处都是飞泉了。

下午二时起床看石宝寨,惟恐误了。这个拔地而起的圆圆的平顶山还是很有意思。我正在欣赏时,赵延章领来几位上海戏剧学院的老师,张振民、林莹等。晚饭后合了一个影,谈了一阵天。

今天江流开阔,使人心情舒畅。

这次长江之行,感到祖国江山实在壮美无比。但要写一篇好的记述文章并不容易。我想无论如何应当写篇散文。我原来计划写的《日出》尚未动手,这次还可再写一篇《三峡》或《大江》。《日出》主要写事物发展的曲曲折折的必然性,这次则写革命力量必定会战胜曲折前进,革命力量的发展是不可阻挡的。

五月二十四日

人间确有丰都城,昨晚经过此处,大约停了不少时间,今晨起床时尚未到达忠县。此处相传有两个忠烈故事。一是巴国之巴曼子邀请楚国平定内乱,允许事成之日割地三县,事成后楚国来索三城,巴说土地不能割,情愿以头颅报偿,遂将头割下还楚。楚大为感动予以厚葬。另一个是严颜老将被张飞所俘,宁死不屈,声称,此处有断头将军没有投降将军。以后此地名曰忠州。

昨在船上遇雅安农学院党委书记王绍虞,邀我到雅安时一定去该校讲一讲,并留下名字以示郑重。

江流从昨天起一直到今天,更加开阔,仍是一副大江容貌。山势和缓平坦,上面的田也多了一些,不似在三峡中仅有零星小块。人民当更富足。

早晨在船头吟短诗一首:

  自入三峡来,
  整日看不足,
  江山无限好,
  令我心神驰。

写得实在不像样,仅表达一点感情而已。

上午十一时,已远远望见重庆。此处江水面宽,停泊船只也多。有两座大工厂烟雾弥漫,使人感到一座大城市已经临近。又行半小时,这座高楼层层叠叠的山城已经出现在眼前。码头像沿路其他城市一样,是一高大的石阶。赵提着那个箱子,我提着包,颇费气力。幸有13军赵处长来接,很顺利地到了军部。据介绍这是以前国民党的国防部所在地。

中午睡了一觉,起来上街走了一走。道路起伏曲折,别有风味。街上房屋多是旧的。人们熙熙攘攘,颇为拥挤。我们在解放碑处转了转，买了一部电视机、一台收音机，准备送往江津，完成聂老总嘱托。

回来时，在《新华日报》门前凭吊了一番。沿着长江大桥走了一遭。看了桥下国民党的临时机场。这是毛主席来重庆谈判的地方，也是蒋介石最后逃往台湾的地方。

五月二十五日

晨八时出发，穿过歌乐山隧道，越过灵凤山赴聂总家乡江津县之吴滩场。一路基本上在山的高处行走，山上山下全是稻田，秧已插齐，绿水盈盈，给人以富庶的印象。村子小而散，多三五户自成一簇，为绿竹和杂树所环绕，惟农舍破旧，新修者甚少。一路遇集市数处，人群熙熙攘攘，有一处仅有少量农产品，似不丰富。我一路在思索，四川农民的生活水平究竟如何。为什么四川妇女有那么多被人贩子诱骗出境。这是我脑海中一个悬而未解的问题。灵凤山甚高，急转弯也多，自山顶下望，行车颇险。何况又是一个阴天，雾沼沼的，还有一点雨。

赶到吴滩时已经十一时了。街道很窄，车进不去，我们就下车在石板道上步行。全是旧式街道，房屋多已破旧。一个老百姓领我们到了聂家。一个老太太坐在门口，戴着一顶黑色的老婆帽子，眼光尚清亮，惟耳已聋，门口围观着群众，我们不便说话，就到里面去了。这是一个地主的旧式住宅，两层小楼，一个天井，我们就在后面房子里与照顾老人的李继尧（聂的外甥女）见了面，还有一个聂的堂弟聂荣（一个退休医生）也见了。不一时区委副书记肖树芳和谢区长都来了。李继尧谈到，聂因母亲有哮喘病十三岁即与此女（十五岁）结婚。聂二十岁外出后，两人即没有相见过。现在此女已八十有六。在电视上看到聂时，说不像了。她前些年还参加一些工作，现已半身不遂行走困难。李继尧对她说：二舅舅派人来看你了，还给你捎来了电视机和收音机。她还不信，说是骗她。这也是时代造成的问题，为了革命大家都付出了代价。

中饭由干部们陪同就在这里吃了。我不好意思问人贩子的问题，区长却主动谈了。他说，自八〇年以后全区（六万人口）被诱骗到外地被卖的妇女一百二十多人。多是当地二流子、流氓与外面的贩卖集团勾结,然后到此地"办货",一站一站地将"货"转出去。妇女被骗的原因,或是好吃懒做,或者夫妻不和,家庭不和,想到外面找个好地方。我让他讲得具体点。他说,附近就有一个二流子贩卖了两个妇女,得了一千多元。区长谈这些事时,那个肖树芳却一言不发,显然她认为不应当讲这些缺点。

饭后,我们同李继尧和区长共同到聂帅出生地范家坪。我们在田塍上走了好久,才看见一个三五户人家的小村庄,为绿竹环抱。南有二郎尖,北有灵凤山,风景颇佳。进了竹门,窄窄的院子,有三间破旧的瓦屋和三间草房。草房是后来在旧房基上盖的。据说,一家王姓大地主在这里有一所大院子。后来穷了,就卖给聂家,民国十二年遭了一场大火,将房子烧了。聂帅家即搬到别处。聂帅即生在现在的草房内。我们与一个七十多岁的老人,也就是聂帅的堂侄聂森阳照了一个相。老人衣服破烂,打了很多补丁,他嫌太难看,又到屋换了一身,还有很多补丁。我们进屋子里看了看,黑得看不见人,屋里倒是有几囤粮食。问生活怎样,老人的儿媳说,有得吃了,比前两年强了。区长问老爷爷人均收入,他答可达二百元。回来路上我问房子为什么弄得这么暗,连个窗户也不留。司机小兰说,一是怕偷,二是冬天不生火,不致太冷。

我们与区长及李继尧告别后,即又折返灵凤山过长江至江津城。住37师招待所。一个四十岁的副主任罗桂山招待我们,约定明日访问江津一中——聂帅的母校。

五月二十六日

晨细雨已住,罗桂山副主任领我们看江津市容。先看了最西面的柑园。在山坡上好大一片全是柑树,据说成熟时一片金黄很是迷人。这个山坡据说聂帅少年时常到此处玩。随后我看了码头、公园,管理同志送我一本刊物名《几江》,我问为何叫几江,才知长江在这里转了一个弯,很像个"几"字,故名几江。此城就在"几"字内,宛如一个半岛。如果挖一道运河,可以腾出很多地。

街上很繁华,像赶集一样,东西颇多,新鲜蔬菜很吸引人。

到江津中学时,见校门很大方,校名题字为聂帅所书。门里有一烈士碑,为聂帅的几个同学。教导处主任及陈锦光校长将我们迎人。该校为一有名中学。我们参观了聂帅上初中时的教室及座位。孩子们正在上课,显得很可爱,仿佛使人回到少年。我们还翻看了一九一七年的学生档案,上面对聂荣臻的评语是:意志——坚固,感情——进取,记忆力强,天性——温和,衣服朴素,动作活泼,语言——不欺,温和,上课专心。显然他这时的性格已有了他性格的雏形。

中午,我原来要走,37师首长执意请我们吃饭,并摆了泸州特曲。副政委施光禄与罗桂山,还有后勤部长陪我们和总后的客人吃饭。主人甚为热情。施并且流露出这样的话:"你在我们部队威信是高的,你是为我们说话的,是同我们心连心的。虽然有人是从这部队出去的也不一样。"还说我对部队建设有贡献等。罗则提到人们反击战回来后,才要到我送部队的《东方》,反映颇好。最后还再三说,要什么东西即来信,可惜现在柑子还未下来等。我再一次感到同志们的热情。

下午三时赶回重庆。秋华今日头痛,可能是气压太低的缘故。晚与欣欣通话。

五月二十七日

昨夜落雨竟夜,今晨雨虽住,仍湿雾迷蒙。开始到曾家岩参观。这里是很不起眼的三层小楼,系邓颖超同志以周总理名义租的,虽名为周公馆,实为南方局的办公机关。一、三层为我所占,二层却住的是国民党,右邻为戴笠住宅,其他处也有特务监视。我们在楼上转了一遭,楼后可望嘉陵江,三楼上有周总理、董老、叶剑英同志的办公室,小而简陋。处处受到特务监视。真是战斗在魔窟虎穴之中。然而看到总理的风姿,却是那么豪迈乐观充满自信。董老诗云:"八年抗战此栖身,'三打维支'笑语新,戴笠为邻居左右,总看南北过门人。"正是当时情况。周总理在这里独当一面,同国民党正面斗争,同各界周旋,真是才华横溢,是他生活中的一个光辉时期。

随后到桂园。这是毛主席重庆谈判时接待各界人士,最后与国民党签订《双十协定》之处。两层青砖小楼,楼两侧有桂树两株,旁有绿竹一丛,还有些杜鹃正在盛开,甚为鲜艳。楼上仅有四个不大居室,楼下有一客厅,亦不甚大,挂孙文题"天下为公"四字。据说这是张治中的公馆,临时让出来的。我们看到毛主席在这里的四十三天中,活动日程排得满满的,这也是历史的重要一幕。那时全国人民都渴望和平,我党也如此,国际上也如此,然而历史是不以人的意志为转移的,国共两党的矛盾是不可调和的,内战终于全面爆发,还是以战争的方式解决了。抗战中两党的合作是以日本人的侵略为条件,这个条件不存在了,自然合作不下去。今天与台湾统一的问题,也要有新条件才能实现,这个新条件就是我们的绝对强大,没有这个条件不过是幻想而已。

红岩村的八路军办事处也去看了。前面有一个很大的新修的博物馆,可览长江江流。内容颇充实,看得时间长了,才去后面原址。也是一座灰色三层小楼。这是周、董、叶在城外办公的地方,毛主席在重庆时亦居于此。三楼为电台、机要人员所居。有应付突然事变焚烧文件的大炉,二楼还有一个洞也通室外。设备都很简陋,领导人不过一床一桌一椅而已。周总理的砚台尚在。

今天为突击参观,饭后略微休息了一下,就参观"中美合作所"的几个监狱去了。

先到渣滓洞,在郊外歌乐山荒郊中。三座陡峭的山峰,令人有森然之感。据说此处,原是煤矿工人住的工房,国民党一九三九年改建为监狱。因原来有一个洞是倒矿矸石的,故名渣滓洞。在山凹里围了灰色砖墙,四周均有岗楼,高墙上架有电网。山头上还有机枪阵地。我一踏进狭小的铁门,心里就立刻沉重起来,这就是我的同志的受苦受难之地。外院是刑讯室,里面有老虎凳,吊人的架子,一种用粗大的木头制成的高脚椅,想是专门将人绑在椅上行刑的。旁边堆了许多沉重的铁镣铐,有重达数十斤者。此外有女牢房两个,有二层灰楼一座。国民党临逃跑时曾将我二百多名革命同志尽焚于此灰楼中。楼是按原来式样恢复的,每个囚室门口贴有当时坐牢同志的相片。里面挂着他们的诗句,读来仍使人心中如烈火升腾。他们都是我的同志,年纪与我不相上下,正是我们那一代人。他们所以如此大义凛然,不畏严刑,是伟大的理想所支持,希望能在多灾多难的大地上出现一个新中国,并进一步向共产主义发展。这些同志多么有气魄、有才华,光凭他们那种精神也要将国民党打败!我们党最可贵的就是这种精神,所以无攻不克,无坚不摧。现在这种精神应该说还是有的,但可叹在一段时间内大不如前了。我相信还是会重新点燃起来的。

随后又看了松林坡杨虎城被害处。原来山崖上有戴笠的会客室,杨被诱至此,等待蒋介石接见,被特务以短刀杀害,埋于旁侧之花坛中。

下侧的一座房子,是"小萝卜头"(地下工作者的儿子)被杀害处。杀害后埋于屋内,上以水泥铺之。真是遍地血腥。

此处下山后,抵另一监狱白公馆(原为军阀白驹的别墅改建)。此处有一地牢,黑暗异常。还有一深洞,更是不见天日,是审讯革命者的地方。罗世文、车耀先、许晓轩等同志俱被害于此。当我怀着一颗沉重的心下楼时,蓦然抬头,一株高大火红的石榴树显现在面前,宛如烈士的鲜血染成。原来这株石榴树就是许晓轩同志在劳役中于野外移来,从一九四二年起到现在已经四十一年了。我当以诗记之。

"中美合作所罪行展览",因时间已晚只能略加浏览。一个老干部说:"中美合作所"这个名字起得很好。我说:对,这就是他们合作的产物。回来时,秋华说到蒋介石的可恨,另一个同志却说:我们也杀了他们不少。这个人的感情不知怎么搞的。想起一些作者心中不禁怅然。

五月二十八日

上午行三十五公里到南温泉。溪清林密,颇为清幽。惟向往之百泉及洗温泉澡二者皆落空。仙女洞在山上,本来是一个公园,还要再买一次票,虽只几分钱,但很气人。他们不愿上山,我也就作罢,就此返回。仅在长江桥头叶副主席题字处拍照留念。

下午补写两日来日记。

晚×××的儿子来,这是一个三十多岁的人。为的是让我们替他向重庆市要房子。我们答称不能以聂办出面。后来谈到他手里还有聂总自法国寄回的家信八封。我说:你拿在手里干什么?他最后说:"小人喻于利",我拿给博物馆可得物质奖,给周秘书什么也得不到。这倒说得坦白。此人滑头滑脑,没多大意思。

五月二十九日

今晨八时半离开这个花木葱茏的小招待所启程赴成都。走时仅有招待所司务长送行。这里的班子新调整,军长是过去的副军长姓杨,露过一面,其他据说下去了。同我们一起在食堂吃饭的是几个新提上来的干部。其中一个副主任很年轻,正好碰上我们送了一送。

成渝路是新中国建立后修的第一条路,开始沿长江迤逦而行,后又沿沱江北去。沿途均为小丘陵水稻田,夹竹桃丛及凤尾竹绵延路旁,看不尽山色水光,风景颇佳。

今天送行者还有魏泽钧,给我们拿了一个很大的箱子。同行者还有体委退休干部张兴。他与成都军区万政委是老战友,是退休后来此旅游的。我们这次出来看到好几拨儿出游的老干部。在他们下来之后,像安慰赛一般照顾他们出来一趟。今天火车上又有一批约二十人,男男女女多是五十七八或六十左右者。他们的风度体态是一眼就能看出来的。他们朴实可亲,并不像人们近几年在文学作品中描写的那样。我同他们有极深的感情。看到他们,我心里总有点不是滋味。有一个高个子的北方人,现在在昆明不知干什么,在闲谈中说:"江山总是这些人打下来的,不管怎么看这段历史,这段历史总是历史!"

十二小时的火车,因为人挤得满满的,十分闷热,我们晚饭也不去吃了。

晚十时到成都。有万政委的张秘书来接。住在军区一所28号,可惜热水已停,只好匆匆休息。

五月三十日

今日休息,无活动。

早饭前,抢着洗了个澡。早饭后与万海峰政委见面,答应要司令部给我们安排行动。

上午还去看了公木同志。

下午司令部办公室魏主任来,商量我们行动的安排问题,准备给我们派一个车去一个人。此次行动有保证了。

晚同秋华到街头漫步,见卖小吃的较多。这里骑车子的往往将一个孩子束在肩上,小孩子直直站着颇有趣。

上午同周秘书通了话。他说,战士出版社的意见是《聂荣臻回忆录》第一册"八一"前先出版。

五月三十一日

上午游武侯祠。"蜀相祠堂何处寻,锦官城外柏森森。"可这里倒没看到多少松柏。虽名武侯祠,还是把刘备放在前面,文武官员分列左右。每人有几句简历,但形象都是五官端正,千人一面,无很大艺术价值。刘备比之诸葛亮,自然是诸葛亮在人心目中更有价值。此处历代名人题咏甚多。较珍贵的有三绝碑之一,是唐柳公权的哥哥所书。自然比柳字要差很多。

下午去看杜甫草堂。我怀着崇敬心情看了流花溪畔的这座诗圣居住四年之处。竹木繁茂,风景清幽,建筑也是民族气派。可叹诗人生前命运坎坷,哪有像今天这样的住处,不过"舍南舍北皆春水"中的几间茅屋而已。后院有一石碑,上题少陵草堂,与秋华在此摄影留念。

这里题诗甚多,近代的朱总司令、陈毅、郭老、叶剑英等同志都有题字,可谓琳琅满目。许多画家依据杜甫诗句画了不少画,也画得很好。我带着满意的心情,依依不舍告别。

晚同张兴、秋华到万政委处。

六月一日

今日是儿童节,昨天是猛子生日。

上午游望江楼公园。此处有薛涛之望江楼,吟诗楼及薛涛井。楼在锦江畔,以华丽一词形容,甚贴切。且满园都是竹子,显得甚为清幽别致。据说有竹一百三十余种。其中佛肚竹、人面竹都是过去未曾见过的。公园有特点就好。今天儿童都来游园来了,更使公园增加了生趣。

又去看了前蜀皇帝王建墓。棺上乐队的姿态甚佳。

下午司令部办公室魏主任和两个搞党史的同志来,商谈走长征路计划。拟于后天启行。初步计划,拟定为二十天。

晚万海峰政委请我和张兴、秋华及赵延章去吃饭,喝了五粮液,吃了十五样四川小吃。主人甚热情。我过去和万接触不多,觉得这位老红军身上也有单纯、纯洁和热情的特点。他说是光山人,十三岁参军,坚持了三年游击战争。

他最后提出要我赠书。

六月二日

今日主要看一方面军长征记,以加深印象。

中午盛仁学同志来商谈大渡河、天、宝、芦第一步计划的日程。他是这次陪我们的一个青年干部,是成都军区党史资料办公室的,赵延章曾流露出看大渡河无甚意思,别人都已写了,雪山也在电影上看过。我对他说:这次时间稍长,你也可留在成都。他表示还是要去。

晚王金泉同志来看望。谈些旧事。

秋华发现我脸部施行手术处肿了,不知是何噩兆。但行动在即,已来不及看了。

晚猛子来电话,说他的事仍未解决。秋华正在给他写信,他来了电话,真是母子心连心啊!

六月三日

晨七时一刻,启程赴峨眉。十时路过眉县三苏祠。此地原为苏氏故居,后改为祠。三苏祠由何绍基题名,院落宽敞雅致,不同凡俗。披风榭满池荷花,有苏东坡词中意境。但诗人一生也颇为坎坷,曾被贬近二十年,最后客死他乡。古来有骨气的文人也多数如此。

十二时半抵峨眉的成都军区疗养院歇足,有政委来接。午饭后稍息,即赴乐山。原来只说去看大佛,想不到乐山是三江(大渡河、青衣江、岷江)交汇之处。登上山后,放眼三江汇合处甚有气魄,觉得不虚此行。大佛雕塑并不杰出,不过高大而已。秋华嫌这个佛不好看,不愿在此留影,还是经我说服,随便照一个,表示"到此来过"。

天奇热。归来时,秋华肚痛,不愿吃饭。

六月四日

昨夜大雨,到晨未停。连日闷热为之一扫,疲劳顿消。上峨眉山是去不成了,遂改去沙湾郭老故居。郭老是近代史上知识分子的杰出代表之一,在一些基本方面虽不及鲁迅,但其成就也是很辉煌的。我们的车子在雨中开进,行约一小时,即到达沙湾镇。小商贩甚多,熙熙攘攘,甚为热闹。郭老旧居就在沙湾街上,原来郭父也是经商的,共有三套院子,临街而居。其后院有"绥山馆",系郭老童年读书处。远望绥山在一片烟雨之中,旁一小花园,红白夹竹桃花迎风微微摇摆,似乎诗人在欢迎我们。郭老室内有一个四扇屏,是郭老亲自写的,内云:"人知好利之害,而不知好名之害为尤甚。……稍知自好者,便能轻利,至于名非大贤大智不能免也。思立名则故为诡异之行,思保名则曲为遮掩之,此终身役役于名之不暇,而暇于治身心乎?"文中还说了一个笑话:"某一老宿言,举世无有不好名者,因发长叹,坐中人曰:不好名者惟公一人而已。老宿大悦,不知已为所卖。名关之难破如是。"颇有趣也颇深刻,故抄录之。

下午三时,雨仍未停。为不浪费时间,在雨中看了山脚之伏虎寺、报国寺及红珠山。到伏虎寺山脚时,见参天古木笼罩在烟雨之中,溪流湍急而下,隆隆有声。我打着伞,穿着借来的胶鞋,走过两道跨溪而建的小桥,望着疾驰而下的溪水,觉得景色绝佳。山门前的这一段路,都是石头铺路,石头已磨得光光的,可见游人之多。我则小心避免滑倒。进得山门,仰望殿堂巍然立在很陡的台阶之上,颇雄伟。这里一般是弥勒佛打头阵,随后才是观音。台阶上下,殿堂内外来了不少游人,其中老人更为活跃,把那些说明还加以解释。没有想到雨中尚有这多游客,一方面老干部下来了,二来人们也不像以前那样对待工作了。

下山游了报国寺。陪我们的小青年意外地说:拜拜吧。说话间竟向蒲团跪下,幸被赵延章制止才没有磕头。不知这个年轻干部搞党史的为何竟这样。

最后到红珠山看了一看。此处有蒋介石住过的房子,木结构,涂以白漆。坐落在一个小山头上,四处林木茂密,很幽静。这个独夫民贼,抗战中躲在此处,不知搞了多少阴谋诡计。一个年轻妇女抱着一个不足一岁的小孩领我们参观,这里已是一般游客都可住的七八元一晚的普通房间了。

晚饭前找此处外科医生,看了我的刀口隆起处,他说不须多虑。

六月五日

今晨雨仍未住。如不上峨眉则将又多住一天。八十一岁的河南政协主席和张兴已毅然出发，我们亦冒雨启程。我们四人三把伞，而且我穿着一双借来的小鞋。行至五显岗下车开始步行，我怕最后弄得很狼狈，颇犹豫。大家商量了一下，还是同意去，遂决定先到清音阁再说。

我打着一把伞，趿拉着鞋子，冒雨在前面走。秋华亦如是。盛仁学与赵延章合打一伞。在雨中走了不多远，即看见山崖上挂着两匹瀑布，甚引人，精神不觉振奋起来。峡中有急流，岸上有修得很好的石渠，也流着淙淙碧水。我们沿着水渠走。山峰都在烟雨之中。

行不多久，前边下来的人衣服尽湿，有的只披着塑料雨衣，都是临时买来的，其实遮不住身子，半个身子也湿了。他们说，去不成了，前面塌方了。有的嘱咐我们快过。我们拐了一个弯，果然看见一些大小石头堆在路上，我们急忙踏着碎石堆走过去。

行了四华里，听到前面水声震耳。渐次看见绿丛中有阁楼，下有一亭，亭左右有两股激流汇在一处。一条叫白龙江，另一条因下面是玄武岩，水呈黑色，叫黑龙江。这两条江把巨石冲成两道深沟，下面激起丛丛浪花。因水声甚大，彼此说话也听不见。我们在阴雨中照了一个相，怕雨打湿镜头，小盛打着伞，赵延章来拍。

过了清音阁，又行了两华里，山峰愈来愈窄，知道要到一线天了。我们沿着栈道走进两山夹峙的山缝中，天色一下暗下来，下面急水震人心魄。此处景色确实不错，过了一线天，峡谷仍很窄，整个峡谷叫白云峡，白龙江就在这峡里曲折奔腾。两边山高壁陡，树木密得把山包得严严实实。树丛中不时有大小瀑布，顺陡壁飞下，有的挂在悬崖上，颇似水帘，蒙蒙细雨落在我们的脸上，颇觉有趣。我就情不自禁地叫秋华来看。这时脚下是水声，抬头是奇峰烟雨，左右看是各种形状的瀑布，景色真是奇绝！……过了一线天，雨已住，我们更加高兴。

山下的白龙江，有时被树阴遮住，只闻水声，有时又呈现在脚下悬崖深处，蜿蜒曲折，真如一条白龙在山谷中嬉游奔腾。

路上不时有一两家卖豆花等小吃的。很洁净，摆着碗筷。在离洪椿坪三华里的地方，一个小棚子，一个文静的梳两条短辫的姑娘守着，我已经饿了，就把干粮吃了。因为她只卖鸡蛋，没有热汤吃，我们抱歉地只借她的凳子坐了。

最后三华里的路颇陡,我觉得很吃力。到了洪椿坪时确实有点累了。而这个庙却甚为破旧。一个老和尚在打盹,另一个问他话也不热情。只花了两分钱买了一碗开水,我同秋华喝了。有一副对联还有点意思,抄了。原来传说蒋介石曾在这里住过,实则只是来过罢了。林森住过倒是真的。因卖的东西只有泡菜和干饭,我们只好放弃吃饭的计划,提前下山。

由五显岗到洪椿坪十六华里,来回三十二华里。多亏我手中的一根峨眉竹棍,使我省力不少。到五显岗时,司机赵仍在等我们。

晚饭时,张兴同志敬我两杯白酒,疲劳大为减轻。

六月六日

晨七时四十五分启程,往夹江、洪雅、草坝等地,行程一百一十公里多,来到雅安。

夹江以后为土路,红色土壤,只有个别地段泥泞,基本好走。洪雅以后,溯青衣江迤逦而行,从山上往下看,碧流弯弯,秧田盈盈,益觉四川真真天府也。

住雅安军分区。因四川农学院党委书记王绍虞在船上约我去讲话,不能不告而别,遂去见了个面。晚上他又来看我。

分区王政委和副司令及主任都来看我。

晚与秋华在街头散步。这座小城市,人口不拥挤,小吃店很清静,很难得,引得秋华吃了一碗豆花,一个炸糕,晚饭也不想吃了。

六月七日

晨构思诗一首《漫步雅安》或《雅安半日》,未曾记下即出发了。在车子开动后还在低吟。

今日目标是石棉。中午十时半路过荥经县武装部。一个年轻的副部长刘忠竟迎到街上。一个武装部仅二十人左右,没有什么钱,但他竟从家里拿来松花蛋,并买小香槟酒招待,确实太热情了。一个战士叫明继雄的也热情地表示看过我的《东方》等书,要我题字。还有一个科长的家属(小学教员)也是这样。

饭后十二时半,继续登程。今日路过泥巴山海拔二千五百多公尺,因公路是柏油路,路面又宽,竟不觉得险了,但到山顶时,竟似深秋季候,我们不敢多停即钻到车里去了。想当年红军饥寒交迫,在这样高的大山上怎么会不冷呢！今日司机小赵（二十七岁，南阳镇平人）表现很好，两次轮胎被扎破，很费气力。

在越过泥巴山之后，望西面一带大山更加高了，把西边天空都挡住了。其中有一座最高的山，好几个峰尖被白云遮着一半，露出一半，显得特别美。我们下了泥巴山，又转到这座山的侧翼来了。

到了汉源，就看到了大渡河水，但我们不知是汉源，所以不敢断定是大渡河。沿着它行十公里才略休息了一下，问明是大渡河。

到了石棉城，遇见一个政委，他接到三个电话，又看了介绍信，还不知该怎样对待我们。晚县委宣传部长李德福来商量了明日的活动计划。

晚饭后，黄昏时分与秋华到大渡河边吊桥处伫立观望了一阵，看河中急水翻着波浪，水声甚大。白天还看不出什么，此时真有点骇人心魂。

六月八日

晨五时即醒来。想看看早晨大渡河的面容，遂于五时半起床。六时许与秋华同去河边。河边高岸巨石上有几个亭子，问询为翼王碑。登高下望大渡急流，如奔马，如飞箭，白浪滔滔，漩涡如车轮奔旋而下，确实凶险之极。此处为石达开全军覆没之处，五个王妃亦于此处投水。拂拭翼王残碑，益感我党我军之伟大，我愿永远做这一巨流中小小的浪花！

我与秋华又去悬桥上走了一个来回。回来时秋华数桥长共九十步。

早饭后到文化馆，馆长为张弗尘，一个五十多岁的知识分子，和蔼可亲，但烟抽得厉害，牙齿黄黄的。看来他知道事情不少。据他说，石达开因松岭河、大渡河两河暴涨，由安顺场向石棉且战且退，在此绝境下，竟幻想以自己个人之生命换万余士卒之安全，遂被迫谈判。两个士卒缴械后，被弄到大树堡区杀害。他自己则在成都被凌迟，头被沿途示众，到湖北头已臭，否则将到京师矣！血的事实说明对反动派绝不可抱有丝毫幻想！

张弗尘自己还调查了不少群众，搜集材料甚多，我们向宣传部借了一份，准备复印后送还。

下午,与张弗尘同志到安顺场。当年老船工于今只剩四人,我们找到帅士高在区公所座谈。他今年已六十九岁,一目失明,另一眼也不太好使了,但身体尚健壮。与我们谈了渡船经过。随后到大渡河边红军渡河点去看。安顺场像一个小镇,据说石棉县未成立时,颇为繁华。两边旧房不少,仍可看出原来容貌。两旁店铺还像中世纪的小镇。间有两层小楼。传说毛主席住过的中药铺,即为两层小楼。我们还看了据传曾作为指挥所的小碉楼。红军的渡河点所立红军雕像纪念碑一座,不久前举行了渡河四十八周年纪念。我们在此合影留念。我与帅士高拍了一个合照。

随后,我们沿大渡河看了渡河点、当时的机枪阵地及赵章成打迫击炮的地方。渡河的经过情况都弄清楚了。最后又到松岭河畔看了一看。这个河要小得多,但水流也像大渡河一样急。否则石达开也不至于遭覆灭命运。

纪念馆要我题字时,我题了"红军精神万岁!"

将来我除了《日出》《三峡》之外,还要写第三篇散文,就是《大渡河》。这是一个主题。

六月九日

晨赴彝族公社栗子坪。同行的另一辆吉普上有文化馆的一个年轻干部及武装部的许干事等。我们沿着南桠河向冕宁方向走。这条路正是石达开去与敌人谈判时所走过的,南桠河也像大渡河一样流速甚急,翻起滚滚白花。这里水利资源真是丰富,沿途有两个小水电站。

车行一个多小时,才到栗子坪。山很大,地不多,白云缭绕群山之间,有一片片竹林。到了公社,正巧石棉县委书记叶大挺(三十六岁)正在公社组织多种经营以增加群众收入。他年轻活泼,善谈。几个公社领导人都没有入座,我招呼他们座谈,不一时又到外面忙乎去了。

此处有两个老人见过红军,一个七十多岁下山困难没有来。待了一个多小时,又来了一个六十九岁的老人名苟达么子。他黑布包头,披了一件黑斗篷式的彝族服装,穿着宽大的又脏又破的黑裤子,脚下一双胶鞋也破了。腰带上穿着一个很大的皮荷包。他从里面捏了一撮烟末(他们称之为兰花烟)放进铜烟管里抽起来,大概公社已通知了我们的意思,他一见面就谈起来。他原是奴隶中稍高一点的当家娃子。红军来时,奴隶主造谣说,红军穿的胶鞋是用人皮做的。可是他见红军纪律严明,待彝族很好,又不像奴隶主说的,心里很矛盾。他再三说感谢党和毛主席,把他们从奴隶社会引到了社会主义。如果当时就了解红军,他一定就当红军走了。这话他重复了好几次,很后悔没有跟红军走。谈完后,我们同彝族干部和这位老人又一起照了相,还有一个管计划生育的彝族姑娘。

  在归来的路上,应我的要求,由武装部长领着到了一位彝族军属家看了看。房子极其简陋,墙是用竹子编的,顶棚上有一些木板,用大石头压着。我走进去,里面很黑,几乎踏进一个火塘里。划了根火柴照了明,这才看出是三个埋在地下的棍子支着一口锅。我费了很大力气摸到里面,才勉强在黑暗中看到一张床。床上铺着一张凉席,上面是一床又脏又破的被子。我问房东大嫂(五十多岁)生活如何,通过翻译,她说够吃。至于穿的、花的都很困难。外间屋一根绳子上搭的都是破衣服。看来他们的生活同汉族还差一个很大距离。因为他们除了种一点地,没有什么收入。县委书记来组织多种经营,是很正确的。这位大嫂看来很善良,一直谦逊地微笑着,把我们送上汽车,还一直用汉语抱歉地说:没有喝点开水就走了。离开他们之后,更使我感到,解放这么多年了,因为我们工作做得不够,使他们的生活还未得到应有的改善。

  中午饭后,下午两点半钟出发到泸定桥去。一直溯大渡河北上。在公路上,我一路查看杨成武司令员和王开湘同志当年率领的四团飞夺泸定桥的进军路线。对面山径就在河岸的陡坡上弯来弯去。有些地方很险,不注意就会掉下去。中间还有很多横流的小河,也常遮断去路。最后一段是峡谷,大渡河被拘得很窄。两岸相距很近。当年敌我夹江而上,也确实很有趣。

  五时许抵甘谷地时,又爬了一个陡坡,往四下看是万丈深谷。司机小赵老问还有多远,看来他已经累了。我在高山顶上,看见大渡河变成了一条细流。我聚精会神,生怕出事。

  今日我们落脚在泸定兵站,大站陈永铎站长正在此检查工作。指导员李海潮等站上同志很热情,弄了七八个菜,把郎酒也拿出来了。饭前通讯员小王端了一盆樱桃上来,他们的热情使我感到温暖。

六月十日

早晨乘车赴泸定桥。此处距桥三华里,瞬间即至。小盛前去武装部联系,我同秋华、赵延章一同来到铁索桥上。走到中间桥开始晃动起来。桥上的木板因留有空隙,望着下面的急流,眼晕起来,果然使人心悸,越发感到当年红军不简单了。

过了河,我们又到当年原指挥所的天主教堂看了看,原来是一个两层楼房高的破旧的教堂。门已坏了,里面只堆了些杂物。我们又看了红军楼(原观音阁)。在桥头上我们遇见一个须发斑白的老红军,他背着一个篓子同我们说了几句话。武装部周鹏程部长又迎我们从桥上回到北岸。

在文化馆看了展览。又看了敌人团部、营部所在地。街上仍有些原来的旧房子。此处虽名为县,当年不过是一条不长的小街,据说人口不过一千多人。

下午,为兵站题了一首小诗:

泸定桥边星,
二郎山下花,
热情如浓酒,
何惧走天涯。

泸定文化馆也要我题一张字。将我的《井冈山漫游》中的四句"红军哥哟红军哥,没有你来哪有我,不是你扑过急流攀悬崖,我怎么接过火把来"抄给了他们。

六月十一日

昨天就听说,过二郎山很险。前天一辆解放牌卡车掉到青衣江里去了。而且说这一带不断出事故,有时把吊车都翻下去。大站长陈永铎说,几个汽车团供应驻西藏的我军三个师,每年牺牲的汽车兵共约有一个连。但二郎山还是要过,昨晚我特意给司机小赵交待了几句话。

今晨于七时半出发,向回路甘谷地走,一出门就登上险峻的高山,大渡河又在很深的谷地了。

二郎山确实高,爬了一个多小时才上到山顶。在半山上,就看见这座险峰被长长的一匹白云盖住面容,比较薄的白云则如轻纱。因为与天上的云相接,很像是天上的世界。神女峰给人的感觉就是如此。远处的山峰也沉入云带中,只露出了几个小尖尖,很像是海中的岛子。等我们爬到峰顶时,顿时被奇丽的云阵所吸引,放眼四望,几被纷绕的乱云所包围。场面很大,真的壮观极了。它与飞机上观云海的不同处,在于那是由上而下,这里却是平视,正是在乱云之中。我与秋华在这里留了一个影,只可惜镜头太窄,想来是无法表现的。

下山时,景象截然不同,一直作云中行。只能看出几米路,而且道路、森林尽是湿漉漉的。车窗玻璃上也尽是水珠,实则并没有下雨。这里山路多是急转弯,不得不告小赵注意鸣笛,还有的路标上写着"注意,飞石路段""常出事故处"。在出发不久的路边,还有一个小小的烈士碑,估计也是汽车兵牺牲的地方。我以为离开山头,就出云海了,谁知到半山才脱离了浓雾。但路面仍然很湿滑,车走得很慢。实际路已经比较平了,小赵仍小心翼翼,不断看崖边深谷。今天他确是捏着一把汗执行这个任务,在下山时休息了一次,秋华摘了些野莓子。

一上一下,费去三个多小时,才到了滥池子兵站。由一个叫茆邦生的副站长和一个医生出面接待。他们很热情,弄了很多菜,还搞了不少啤酒,一再抱歉说没有买到鸡。这个兵站有许多锦旗,都是汽车兵留下的。

饭后继续走,因两点以后修路就不准走了。这一路颇难走,把人颠得够呛。但毕竟不像二郎山上,放心多了。路上往西藏去的车特别多,都是汽车17、18团的。因错车难,不能不等等他们。这一路一直沿青衣江前进,似是青衣江发源处。路上还经过一道瀑布,车从瀑布下穿过去,瀑布从头上飞过落入谷地,据后来得知,这是鸳鸯崖,以后还有个鬼招手,也都算过了。

沿着碧绿的青衣江,经过大岗山与落七山夹峙的石门进入天全。这里有座拱形桥很美观。到了天全武装部,由部长胡佐荣、副部长何占祥接待,甚热情。还拿出了曲酒和猕猴酒,我们只喝了猕猴酒。

晚上召开了座谈会,来了县委副书记以及文化馆和两个退休的研究党史的局长,介绍红军(一方面军北上和四方面军南下)的情况。其中提到离此十多华里的十八道水程家窝是张国焘的伪中央所在地,此处还有一个白土坎,曾驻过红军医院,有二百多烈士埋在木鱼岗上。后来被地主扒出焚尸,烟火达数日之久。我决定要看这两个地方,然后于明日午饭后赴宝兴夹金山下。今日参加的还有原四方面军的两个老红军,已退休。

六月十二日

晨出天全城,行十四华里到十八道水公社的程家窝。我们在公路上眺望,程家窝在一个小丘陵上,有一小部分在丘陵的窝窝里。风景倒很好。据陪同我前来的党史资料征集办公室的周大镒说,这村原来四合院很多,树木浓密,村子被遮掩看不见,所以伪中央选中了这个地方。周是本地人,情况很熟悉。据他搜集到的材料,说这里都是挎手枪的,马有百十匹,电线有成把粗。他说,张国焘住在那个小竹林里,一些大官都不能随便见他。

我们沿着狭窄的田塍往村里走。进了一个宽大的四合院,我们本来要找一个当过少先队的陈绍富,说是赶场去了。和本院的一个老人在院子里谈了几句话。他说当时有个地位很高的女同志(五十余岁)还得隔着窗子与张说话。伙房做了饭,都是端着送到小竹林里。小竹林里有两个四合院,后来已经烧了。

在汽车上,我问陪我们的盛仁学:你说张国焘南下的目的到底是什么?他说:他仗着枪多人多,想搞独立。我说:他搞独立会搞什么?即使他吞并了中央,他会怎样行动?我说实际上他还是右倾逃跑主义。盛说:那时在哪里建立根据地还未定,你说他是逃跑主义,他说你是逃跑主义。我说一九二四年他第一次被捕就当叛徒了。他说:有篇文章说,他只供出了李大钊、陈独秀,这是报上公布了的。我说想为叛徒辩护的人都有理由。

这一带都是丘陵地,每个山窝窝里都是稻田。我们又往白土坎走。因不通公路,我们下车后要走三公里路,赵延章问路好走不好走。稻田埂太窄,因昨天下了雨,格外泥泞,我拄着一个小竹竿慢慢地走。确实很难走。爬了一个小坡,走了三四里,周大镒同志就指给我们看红崖坝红军大学所住的村子。我们居高临下看去,见一道清流三面环绕着一个村子,很美。我们继续在坡上走了不远,就看见在一个丘陵旁侧的白土坎了。村边隔着一道沟,有一个小丘冈,周就指给我们说,那就是埋葬二百名红军烈士,后来又被地主强迫扒出来焚尸的地方。据说,这些烈士多是攻占天全的大岗战斗中负伤的伤员死在医院里的。这个小丘陵据说是数家地主的坟地,红军走后,地主回来就强迫贫农挖出来。地主杨名轩要苏维埃干部彭海云把尸体搬走,彭闻讯远逃他乡,他又抓到乡苏维埃主席杨名仲,说:你们埋得就搬得。杨只好找了五个农民把尸体挖出来,挖了两个大坑,在坑内铺了很厚的柴火,然后把尸体放上去烧了好几天。因难得烧净,据说,现在还能找到骨头。更奇怪的是还在这岗上盖了一座庙,来镇压这些鬼魂。

  我们看了半晌,照了一张相,他们都不同意再到跟前去,于是就向回走。行至一处田埂上,我右脚陷在一个泥窝里,前脚一滑,就向后坐下来。右脚已经在泥窝里反了过来,别人帮我把脚扶正,我已无法行动,只好坐在泥径上,两只脚垂到崖下。他们要背我,我冷静一考虑,他们的身体未必行,就提出从对岸白土坎找一个老乡。朝对岸一喊,对岸一个妇女说:我们没有人。后来告诉给他钱,那女人说:我们不要钱你们自己背吧。隔了一会儿,来了一个青年人,驮着背架,上面铺了一个枕头,还有一块新毛巾。我叫他把毛巾拿去他不肯,只好由他驮上,背出那个三华里的泥泞小径。我向他致以深深的感谢,给了他五元钱。胡部长伸出指头说:只两元就够了。我说:五元不多。那个青年人再三推让,只好把钱装到他的口袋里去了,他的名字叫杨宗庆,二十五岁。就凭今天这个事,还是离不开群众的帮助。

  胡部长很热情,立刻把我弄到中医院,找到祖传三代的陈怀炯大夫,他从吉普车上摸了摸我的腿,马上说,腓骨断了,主骨的尖尖也受了伤。说着立刻把我背下去整形,马上糊上药,打了硬纸绷带。一个妇女在旁边说:他会给你整好。

  回去后,秋华百般埋怨,说我不注意,走路不看路。因为过了二郎山她的心脏病犯了,脉搏也不匀,因此今天没让她去。她说,她如果去了,就不会出这事。我对她说,这么大一个计划,不可能不出一点事,付出这点代价还是很小的。遗憾的是,离完成这一段计划只差一天。六月十三日正是红军从硗碛爬夹金山的日子,按原计划十三日我们至少可以到硗碛了。

出了这事,赵、盛和小赵都要我立刻去成都,胡部长则提出就地治疗,因为陈医生的威信很高。我经考虑,决定采纳胡的建议,这个建议包含着同志的热情。胡还称赞说:你在今天正骨时很有毅力,没有吱声。

今晚县委副书记李船深来看,晚上宣传部长罗征尧也来了。

晚上睡得不大好,体温略增高,腿也不知放在何处。整夜是青衣江奔腾的水声。

六月十三日

今天本可到硗碛了,但却被此意外小事滞留在这里。

也因此陷于同志友情的包围中。据闻,武装部专门为这事开了会。昨日下午他们即从县医院借来了一张能升降的铁床,费了很大劲才抬进来。副部长何万祥借来一个大便器刷洗得干干净净端进来,还拿了几筒水果罐头。今天一早,部长胡佐荣又亲自打水,打饭也是干部们亲自下手,因他们的通讯员检查身体去了。胡部长想来是怕我寂寞,不时来探望闲谈。他聪明能干,当过作训科长,搞过测绘,地形民情都熟悉,村子也都跑遍了,群众关系也搞得好。武装部的院子,以前不准老百姓进来,现在老百姓在院里晒麦子,一下雨办公室里也是麦子。他们还很注意搞生产,养了千多只良种鸡,每年能收入四五千元,自己吃鸡吃蛋都不犯愁,所以这个小单位充满了生机。另外,他们党内经常进行交心,批评和自我批评,所以也很团结。他们这次要我住在这里治疗,就是很热情的表示,如果是怕负责任的,是不会提出这种建议的。

秋华本不喜游山玩水,这次也是"舍命陪君子"。一路来对我无微不至,衣服能经常得到换洗。出了这事她更加繁忙了,因为我一切都不能自理了。

今日腿依然木痛,得经常变换姿势。

昨晚天全中学来了一位教师，今天又来了三个，其中还有一个女的。他们都表示从小就读过我的作品。

六月十四日

昨晚睡得尚好。痛楚有所减轻。

考虑到小盛家在成都，告诉他可以回去。赵延章也要回成都拿材料，今晨他们一起走了。小赵昨晚在此谈了许多河南因计划生育拆房子的事。

上午女副县长胡林英同志来看我。下午她同宣传部长罗征尧、办公室郑主任一起又来了，拿来了两包岷山茶叶、两瓶天麻酒和一瓶广柑汁，作为他们县里对我的慰问。我自感无功受禄，无以报答。他们都说，小时读过我的作品，我年纪这么大还能到他们县里来。我再三感谢他们的热情关心。确实这是资本主义社会不可能有的，是金钱买不到的。

下午因精神较好，补写了十一、十二日的日记。

陈医生每天来给我换药一次。

六月十五日

上午，胡佐荣同志来山南海北地谈了一个上午。他会点中医，入伍后多次受过训练，搞过测绘，知识颇丰。他说，他的妻子十二指肠开刀，他一天看她三次，一时说笑话使她捧腹大笑，一时气得她哭，医院汇报说两人关系不好。别人五天愈合，她七天愈合，结果是伤口长得平平的，如早愈合，伤口长得不平，从而成为气象台了。他有知识而且有些鬼点子。

秋华上街买了几根嫩黄瓜，解决我的通便问题。下午来了五个医生来检查，我只是血压有点高，颇为不安，嘱他们千万不要这样做了。

陈医生晚饭后才来，说今日是端午节，农民进城很多，很忙。

今天又把《随军西行见闻录》看了一遍。

六月十六日

今后不管写华北解放战争或长征都充满困难，关键还是人物问题。在军事题材上还要别出心裁有所突破。今年下半年只能完成《东方》之补充部分，另外写几首此行的短诗或散文，对今后计划必须认真考虑,否则将落空。

秋华又到街上买了黄瓜和西红柿,不断给我按摩,欣喜地说:"肿处有皱纹了!"陈怀炯医生来,换药前也用酒按摩。

今日从西安的二炮学院也来了一位"魏顾问"。原是四方面军的,到此处访问。他们访问了白土坎红军医院旧址。他十二岁参加红军,今年才六十岁,因常做气功双目炯炯有光。他名叫魏昭晖,带了他的儿子亚平和另一个青年任建斌,来我屋中闲谈甚久。我回答了他提出的创作问题。看来他们想写些东西。

晚饭后,本县县委书记和县人大魏主任来看我。县委书记为南下干部,山西隰县人。有五十一岁,想来不会干很久了。

晚蚊虫甚多,秋华被咬得不轻。

六月十七日

魏氏父子等与我照了几张合影,然后奔宝兴而去。魏昭晖说:让他们做你的学生吧!

省军区由副主任率领几个干部由宝兴抵此。他们来看我,临走并送来广柑汁、狮子头罐头,真是扭脚有功了。

为了不浪费时间,开始考虑今后创作问题。

抗日战争本是我年轻时的亲身体验,但未认真想如何处理。可以考虑结合亲身体会写几个知识分子。

解放战争,华北这方面我算熟悉的,但是主人公并未确定下来。如果要写,我方人物与敌人均须再作深入了解。

王凤岗、王三祝、乔日成以及永年被消灭的几个敌人都很典型。初步考虑,应深刻刻画这些人物,并与主要人物构成关系,经过曲折斗争最后以永年式的战斗消灭之。

同时,考虑到中篇小说的作用。如真对人物揭示得深刻,把矛盾斗争集中在一两件事情上,以中篇小说的篇幅也足够了。同时,根据今后的年龄和精力也来得及。长篇如不精心设计或准备不足,也往往会徒劳无功。

六月十八日

今日以整日时间构思了一个中篇的骨架,但须充实。

赵延章及小赵自成都来。

晚上睡得不很好，血压也高了。起来好几次，吃了点安定才睡了。今天秋华为我擦了澡。

六月十九日

今天看了四方面军在四川活动的一些材料。红军长征至此，不仅是对大自然的斗争，更险恶的是对张国焘的斗争。我不理解为什么今天还有人为他辩护。在与张国焘的斗争中，毛、周、朱都表现了革命者的伟大品质。毛机智而灵活，周让出总政委，朱表现了坚定。

张国焘离开通、南、巴后，留下一支川东游击队，历尽艰险，由几百人变到五十人，以后又发展到数百人，最后被两个叛徒出卖而全体牺牲也悲壮至极。是个中篇的好材料。

今日分区王政委明英来看望，还买了罐头。

晚与秋华谈少年事。

六月二十日

上午阅读雅安地区党史材料和四方面军所进行的百丈关战斗。

下午天全中学教师潘英忠，送给我三张他所拍摄的我在病床上的照片。这人很热情，从少年时起就爱好摄影，照相技术不错。

六月二十一日

腿已渐消肿，惟夜晚醒来仍感疼痛。

上午读旅游杂志，看到对阿斗的记述，颇有趣。说他既不同其父，亦不同其子，还不同于各亡国之君。其他亡国之君，多思爱国，而他则只图安逸。奇怪的是这样一个人竟三进宗庙，三次被打掉，也可说是三起三落。据历史记载，唐朝时就被信奉者塞进祠庙。杜甫《登楼》句就有"可怜后主还祠庙"。直到北宋庆历年间，才被益州知州蒋堂才打掉。到南宋绍兴年间，庙内又第二次塑出了刘禅像，到明朝初年又被打掉。明末又第三次塑出，到清初又第三次被打掉。据作者龚培黄、李定与说：作为历史人物，刘禅是否昏庸无能还要作些具体分析。刘禅即位之时，正是夷陵之战失利，元气大伤之后。他在位的四十年，前十年是诸葛亮辅佐，集权力于一身，后二十年是诸葛亮推荐蒋琬、费祎相继执政，从信任重用贤臣这一点看，刘禅还不是一无可取的。这使人想到现在有人替张国焘、陈独秀说话，大概也是属于这一类吧！看来秦桧不久也会有人翻案了。

六月二十二日

上午陈医生来了,帮我试验从成都借来的双拐是否合适。他走后,我下床坐了两小时。

竟日读肖锋同志写的《长征日记》。一面看一面构思可能用的细节。长征时沿途参军的战士甚多,这就说明了当时的社会情况和革命的力量所在。将来写长征的作品必须思想深刻,只写表面是不行的。

六月二十三日

腿已渐消肿,但内里仍疼,陈医生说是韧带撕裂。他并劝我,走路勿向侧方倒,否则大腿骨折不好办。

将赵延章起草的《聂荣臻回忆录》简介看过,还得研究。

继续读完肖锋同志的《长征日记》。

秋华为我擦了澡。不能自理已十一日矣!

盼能早日恢复,否则在此太麻烦人了。

六月二十四日

原来想写点诗,后来借来一套《三国演义》,不禁又看了几回,还是很吸引人。

陈医生来按摩了不少时间。

晚饭后,秋华鼓励我架双拐到平台上看看,在平台上坐了一小时,看见大岗山及双尖山,耳目为之一新,我小心翼翼地挂着双拐,惟恐出了问题。

晚仍看《三国演义》。

六月二十五日

全日观《三国》。看吴蜀彝陵之战,故事有头有尾,情节曲折,而且侧重写人物,所以生动引人。该书也善于用曲笔奇笔。如诸葛亮于托孤之后,曹魏五路大军来攻,刘禅急得如热锅蚂蚁,而亮则托病不出,不知闹什么玄虚,刘禅去见他时,见他手拿竹竿观鱼。几个问题已经处理了。这种笔法就不平板。

晚仍到平台坐观双尖山。

六月二十六日

此地鲜笋子甚便宜,秋华与赵延章买了不少,在平台上晾起来。天气老是雾朝朝的。大岗山上有几块白云停在那里。

看到蜀国灭亡处,阿斗确实算得上典型人物了。昭设宴款待后主,先以魏乐舞戏于前,蜀官感伤,独后主有喜色,昭又令蜀人奏蜀乐,蜀官尽皆垂泪,惟后主嬉笑自若。昭谓贾充曰:"虽使诸葛孔明在,亦不能辅之久全,况姜维乎?"乃问后主曰:"颇思蜀乎?"后主曰:"此间乐,不思蜀也。"后主起身更衣,郤正跟到厢下责问他:如再问,可泣而答曰:先人坟墓在蜀,无日不思。昭再问时,后主即以此答之,但无泪,只闭着眼睛。司马昭说:你这话怎么就像郤正说的?后主曰:就是他叫我说的。众大笑。这真可以说是典型细节了。

此处胡佐荣部长已去分区开会数日。供应如常,惟有个副部长自从开头来过,以后一直未见面,也未问过,不知何意。我在此处也不能久居。

得猛子信,劝我们注意身体,特别是我不要连续受伤。他的事没有提,可见没有解决,使我心中怏怏。我真受骗受够了。

秋华又买了些笋子晒,天气转阴。

胡佐荣部长自分区回来,来这里看过。看来他是最热情的了。

下午四川农学院王绍虞书记催他们宣传部长及学生工作部长自雅安来看我。看样子他们想请我作报告,但又见我躺于病床说不出口,只说学生分配工作困难。我想我能做一点工作是应该的。决定自宝兴归来后带拐上台。王绍虞的精神也感动了我,他说是昨天听天全县委书记赵林说我受伤才知道的。

六月二十七日

经考虑,腿已能下地拄双拐而行,不宜过分麻烦此处,故于下午提出三十日赴宝兴及硗碛夹金山脚下,然后赴雅安,作报告后转赴成都回京。我特向胡佐荣部长表示感谢,并告诉他:一、我与秋华的伙食费实报实销,由我个人负担;二、各处送我的罐头之类,除留四筒给陈医生外,皆留下分给武装部的小孩们;三、待我回京后向他们赠书留念。他说到硗碛路不好走,怕路上发生问题,表示挽留。我仍决计离开。晚在凉台上乘凉闲谈。他谈到省决定给知识分子提两级,已引起工人不满,有四五个大厂停工。这事没听说过。

今日重新看了三国之群英会各回。确实写得有条不紊,很有层次。开始突出战与和的矛盾,突出了孙权的犹豫不定,并为周瑜出场作了很好准备。鲁肃的忠心耿耿亦得到充分表现。在战与和中实际又写了核心人物诸葛亮的推动作用。战局展开后,突出了周郎的智慧,和诸葛处处高彼一筹,又构成二者的矛盾。中心人物仍是诸葛。随着情节的发展,又写了蒋干、黄盖,当然都是为了写周瑜。这些人物可说是都很鲜明。当然今天看来,为了神化诸葛,祭风之类是不必要的。不如说懂点气象。将来有暇时,我可以逐段作些分析和学习。

六月二十八日

准备行装,拟再次登程。

看了"官渡之战"。袁绍这个人物也写得很成功。

为表达对县委的谢意,赵延章起草了一信。

晚赵林书记、宣传部长罗征尧、副部长魏全良、人大常委会办公室魏谦禄及女副县长胡林英最后来看望并合影。他们为表示关心,说硗碛路不好走,不要去了。

省军区丛副司令也来看过。他在阿坝、马尔康地区都走了。我如不是发生这事,计划当已完成得差不多了,即使如此,我仍要到夹金山下。

六月二十九日

今日启程赴宝兴。在此足不出户已十八天矣,启程后仍沿青衣江而上,处处青山绿水,风光引人。胡佐荣部长送我们到青衣江、荥经河两河交汇处之河口桥合影后而别。此桥为某知识分子所设计,两桥合一桥为弧形,颇美观。

沿着青衣江从芦山城边穿过。在进入宝兴前经过一处极险要的隘口,名为大崖腔,两岸俱是悬崖峭壁,简直跟照片上的腊子口差不多了。路上碰见几个到集上卖鸡蛋的姑娘。我们在此稍歇,浏览了一番。

青衣江同大渡河的性格差不多,水势如箭,翻腾着汹涌的波浪,不过比大渡河窄些就是了。

中午十一时半,进入宝兴。到武装部有刘部长、曲政委,叶副部长来接,很热情。我一下车就说:"残废来访!"

下午二时半座谈。文化馆长杨文成介绍一、四方面军经宝兴,过夹金山情况,叙述颇细。一位七十一岁的老红军沈元庭(当年是排长)介绍了四方面军的情况。年轻的女县长龙义芳介绍了宝兴情况。她说该县人均粮食已超过千斤,今后只是解决花钱问题。

晚饭后坐车游览了这个"一家炒菜满街香"的小城。据说此城红军经过时不过万人,解放时不过两万人,现在也才四万八千人。沿河一道街,不过一二百米就走完了。然而都是新楼房,因国民党烧过,旧房很少,宛如一个精致的盆景。在房子里推开窗子,对面山就像泰山压顶,真是"青山排闼送青来"的境界。

县里有个王书记名王有用,四川绵竹人。我们在街上看见他时,他正蹲在街头与人谈话。晚饭后来看我们。他很健谈,说起他们的汉白玉、大理石、熊猫,兴趣很浓。说起硗碛藏族公社,介绍尤详。只是对国家垄断过多,资金很少,县里财政还靠补贴有意见。谈到夜深十一时始散。

六月三十日

今日早饭后即启程赴硗碛公社。文化馆之杨文成和我们一车,曲政委带着科长摄影记者一车。沿途风景绝佳。青衣江如雪浪在山谷中奔腾,江虽不宽却无法徒涉。据说江水发源于青毛山,是雪山上下来的水,夏天亦无法游泳。江上只有极简陋的小木桥,只可走一个人。据杨文成介绍,红军走这条路时很艰难,因为白军及民团把路都破坏了。尤其这里绝壁上的栈道破坏后很难修,红军不得不爬过很高的大山,才能把栈道修起来。沿途我们看了两处绝壁上的栈道痕迹。在激流之上,绝壁之间,打了碗口粗的眼眼,那就是架栈道的地方。现在还有些破木头架在那里。据说红军遇见这种情形,就要用粗布拧成绳索攀过来,越过大山,再架上栈道。据说,伍云甫的长征日记记载颇详。

路过锅巴崖时,就可见雪白如玉的汉白玉了。这里有采汉白玉的工地,工人在山顶上劳动,一台机器花了六十万元。据说纵横几十里都是这样的汉白玉,只可惜资金和技术力量无法解决,一些技术人员不愿来,很是困难。

中午十一时始到硗碛。街道不长,据说红军经过时不过百户,是个很穷苦荒凉的村子。村里惟一像个样子的是座喇嘛庙,庙前当年是红军的联络站。据说,红军在此过雪山作准备,实际什么也找不到,不过找到一根棍子而已。而此时却是近代化的楼房,四外山上也是藏族人别有风味的小楼,显得很漂亮。街上新修了一条水泥路,不准走,我们等了不少时间。

中午在森工局食堂吃了饭,即到公社社部开座谈会,有一个乡苏维埃主席的儿子梁和清参加,有一个七十七岁的老人杨清和参加。谈了些红军在此经过时的零碎情况。说了些过夹金山的歌谣,倒是很吸引人。如"走拢新寨子,立下灵牌子","走到夹金山,性命交给天","走了九坳十三坡,鬼儿子拖住脚","走拢王母寨,看我的伙计还在不在?"可见过山的凶险情况。今天惟一的遗憾就是没有看到夹金山的主峰。

在座谈时即觉身上发冷,结束时咳嗽愈凶,就觉得感冒了,晚上医生来看,烧至38度。早早睡了。显然明天走不成了。此处雪山寒气逼人,气象萧森,与他处确有不同。

七月一日

昨晚本县许院长来诊视,发烧38度,诊断为感冒。一个女孩子来打了针。当晚我吃了大量的药,想把病压下去,但仍烧了一夜。

今日继续昏昏沉沉。晚上腿又肿了。只好打破原计划,在此休息一天。

本县县委书记王有用同志送汉白玉盆景一只。

武装部曲永昌政委及部长李成友、副部长叶兴祥等同志,均甚热情。

七月二日

早晨觉得病情减轻,司机小赵也感冒了,又在此休息了一天。天色阴沉,窗外那座压顶的青山,白云终日不散。

此处丁元吉参谋甚热情,陪秋华去买了大理石三块,五元至九元不等。我想明天再买几个汉白玉或大理石花盆送给聂总及周、陈秘书。

竟日如秋,有微雨,拥被阅唐诗宋词。

曲政委又送我外琅石两块,据说是外国人发现,可做砚台。

七月三日

今日准备离开宝兴。上午文化馆及武装部要求题字两幅。遂将前两天想的四句诗写给他们：

深山怀白玉,
青衣藏电光,
但有红军志,
前景何辉煌!

此处确是宝地,而人多不愿留此,外面的人更不愿来。给我打针的女孩子说:我是雅安的,分配到这里没法子哟！在这里的参谋也感叹说在这里十四年了。山区是有前途的,但人的思想跟不上,需要强有力的思想工作和相应的政策。因以赋此。

上午,李部长、叶副部长及政工科何科长均来坐甚久,表示惜别。中午又增加几个菜。下午二时离去。

此次核对了一个事实,聂总的骡子被夹到铁索桥里是在灵关,和老乡的传说相符。我本意叫赵延章摄个影给老总看,他说不是灵关竟过去了。

一路很顺利。过芦山时在城里停半小时看了文化馆所在的姜维庙,系北宋时所建,姜维本人并未到过这里。这里出土文物很古老,西汉时这里已是青衣国了。

晚饭前抵雅安。老在小地方呆着,顿觉雅安大了许多。分区干部来看。

过大岩腔时惜未留下一张好照片。

七月四日

上午与农学院王绍虞书记通话,约他来谈作报告事。因他数次看望,我实在过意不去,决定跟他们谈一次。他说本期学生毕业者约八百人,主要是愿到大城市,特别是怕到三州(阿坝、甘孜与凉山自治州)。现在想望到大城市,找个好工作,弄个小家庭,这种状态似占优势。据说去年因分配不合心愿有砸玻璃、摔暖瓶和打教师者。

上午看了看在江汉石油学院讲的稿子,作了些考虑。

今日有小雨。

秋华买了条天麻香烟送司机小赵做酬报。他拉我们跑了一千多公里也不容易。

七月五日

为了下午作报告,上午继续作了一些准备。

下午三时前,到四川农学院,手扶双拐被人扶上台,受到该院师生欢迎。开头两个大灯照得我很难受,经我提出将灯熄掉我才开始讲了。我讲的仍然是世界观问题。讲到一个半小时觉得左侧后疼痛起来,才匆匆结束。

讲完时又递上条子要我讲写《谁是最可爱的人》及《东方》的情况,我未答应。台上拥满学生要我签字。我写了一部分,又带了几十本答应签后送还。

学院在晚饭时送来一大砂锅雅鱼汤,算作酬报之意。

当我向王书记征求意见时,王似乎流露出来谈文艺问题,说许多人想听。在我看来谈世界观远比文艺重要。

晚饭后,乡区主任和几个干部(业余作者)来谈写作问题,说被别人看做正统派了,作品不好发表。我说:正统派怎么变成坏名词了?

七月六日

晨八时离雅安。上午十时半经邛崃时,探听有无司马相如及卓文君遗迹,才得知此处尚有文村井。据传此为二人私奔后的卖酒处。院落虽不大,甚幽雅,有绿水一池,假山、板桥、小亭及翠台。我扶双拐游了半个小时,在文君井旁与秋华摄影留念。二人的故事是反封建的合于人性的佳话。事情虽过去了两千年,但今日不得自由的卓文君仍大有人在。

关于歌颂这段佳话的诗篇虽不少,但佳作不多。看来还是文君那封信感动人。

到成都时已十二时半,草草买了点饼干充饥。

晚万海峰政委亲自来看。我向他一再表示谢意。

雅安分区的王明英政委,我们本来想让秋华去看他,结果他倒来看我们,谈了甚久。

七月七日

自成都出发到峨眉以来昨晚第一次在澡盆洗澡,全身灰泥不必说了。

这次出来带了一本钱钟书的《围城》,整天在室内看书。

上午四川省委常务书记聂荣贵同志携秘书来看我,因为他在北京见了聂老总,聂问他是否见我了。我的脚还是要到成都来治。因此他来看我。他看上去很年轻,才四十来岁。他说最近开了中央工作会议,主要是财政要集中使用资金和年轻化。他也谈到现在的困难是年纪还不到退休的大批干部下来后无法安置。另外解放后的第一批大学生都要提两级,引起大家意见不小,连知识分子内部也起了纠纷。

因系礼貌性拜访,未多谈。

晚饭后秋华等出去买竹篮子,可谓价廉物美。

《四川日报》昨天在天府快讯中载一消息:《魏巍在川农讲"老一套"》。内容倒是不错,不知标题为何这样标。

七月八日

早晨八时出发,赴灌县。一路上是典型的成都坝子的景色,全是绿油油的稻田,只有一簇簇的竹林掩护的村庄点缀其间。经过郫县等县镇,于一小时半后抵目的地。首先在玉垒山上主席当年视察的地方,观望了全景。内江、外江、江中堤、夫妻桥等。碰见一个河南妇人在卖画。后又到夫妻桥边与秋华合了一个影。二王庙我是上不去了,只借了一个凳子坐着看说明书,总算把这个工程的意思看懂了。秋华他们从二王庙归来时已十一时了,我们就坐在小摊旁吃豆花,我一连吃了三碗。卖豆花的小伙子对我颇满意。

晚万政委又来看我,因他明天要到西藏去视察工作。我来后他连看我三次,还请我吃了饭。今天特别又提出希望我能将唐山地震的事情写成剧本或小说。我很感谢他的热情。我们曾一起参加过唐山抗震。

今天体工队的吴医生给我来煎了药。

七月九日

准备回京。秋华等上街买东西,我在家呆着。

七月十日

晨四时半起床,五时出发,天尚未明。六时半赶到新都机场,在候机室吃了两块面包。两个年轻的武装警察扶我上了飞机。

在飞升到八千公尺高处时,下面的云变作滚滚雪涛,简直像北冰洋了。而在这雪海上又不时出现冰峰,奇丽非凡。有的像伏卧的狮虎,有的像白熊。秋华也被吸引住了。

因为一直在云上飞行,看不见下面到了什么地方。只听服务员说要经过汉水、汉中、秦岭、西安和太原的上空。

三小时后到达北京。我挂着双拐走下飞机,周秘书到机场来接。因为他们的车可以进来,使我少走了一大截路。

猛子和小黄也来了。于十二时半回到了西山。差两天离开北京是两个月,案头书信杂志书籍已堆积如山矣。

七月十一日

昨天二女均在家。姥姥的脚已好了。丁丁也长高了,在屋里跑来跑去,过去喊他姥姥为奥奥,现在也叫清楚了。我们离家时老黄猫下的小猫,三白二黄,满屋乱窜,甚喜欢人,惟一发生的事,是竹节脱落将桌上的玻璃板打碎了。这是秋华所经营的。

小黄转志愿兵的问题,已于十数日前解决。小猛子的事还是依然,昨晚使得我未好好睡。今晨给张主任打电话,报告我已回来。

今天进城洗了一个澡,回家换药。

给老黄打了电话,告诉他已回来。在我走后,他曾来了两三次电话,作为朋友,这就很难得了。

给陈明也打了个电话,问讯了他和丁玲同志的行踪。

一九八四年

七月二十三日

看长征电报。准备第二次寻访长征路之行。上次因脚伤,整整推迟了一年。

晚上,老总请我吃饭,并祝酒说:"祝你万里长征胜利!"在饭前和饭后都一再嘱咐我:"你要弄好路线!你不要脱离公路!你要小心!"他又说起那时不认识路,没有办法,找了一个彝族老太太,用担架抬着她走。当年那种艰难困苦,似乎仍在他心中留着极深的印象。

我深切体会到老总对我的感情。他是怕我在路上出事啊!

今天喝了不少啤酒,吃了虾和活鱼。老总本人已吃不了多少了。

七月二十四日

修改大百科和大不列颠百科关于聂总的条目,搞了一天。并回了许多信。

七月二十五日

到医院看望丁玲同志,谈了准备出刊物的事。已起草了一个报告,不知是否能批准。

其间碰到一个加拿大籍华人,他原来说要翻译《东方》,现在改做买卖了。

回来我给未来的杂志想了一个名字,可以仍叫《北斗》,以表示继承革命传统。

晚与柯岗、曾克同志通话。

七月二十六日

今日十时半赴东郊机场。启祥坚持要为我送行,也一同去了。值得特别提及的是启祥在北京图书馆的报库中,发现西安一九三九年的《国风日报》的《十字街头》副刊中,经他的手发表了我在一九三七年所写的五百行长诗《黄河行》。此诗遍寻不见,在西安托丹辉也未找到,今天他将抄下来的此诗交给我。《十字街头》曾连发七天,虽然缺一天的,但总算找到了。真是令人高兴!我对启祥说:你立了一功!在飞机起飞后,我看了这篇长诗,这是我十七岁参加革命前夕所写的作品,也是我从家乡出走后在国统区发表的作品。

两小时后,到达西安机场。有一司机来接。此处离临潼尚有三十公里。从西门穿过西安大街,下午四点多抵兰州军区临潼疗养院。张院长、辛政委、疗一科王主任及一年轻的女医生都来了,表示了欢迎之忱,此处的房子说是兵团级的,显然高待了。

在飞机上遇到一个女服务员,说是在去罗马尼亚的飞机上遇到过我。

七月二十七日

上午与秋华、猛子同游华清池。看了九龙汤,杨贵妃的洗澡池、晾发亭(飞霞阁)。以后又爬了很高的坡,几乎快到骊山之巅,才看到捉蒋亭。此贼从一间不大的卧室破窗而出,看来花费了不小力气才爬到此处。这里有一条笔陡的石缝,约有两丈多高,爬上去还多少有个拐弯。蒋介石当年就爬上去藏到转弯处,从外面看不到。看来他还是有点机智。现在有两条铁锁,人们可以拉着铁锁爬上去。小猛子也上去了。想起历史的必然和偶然性的联结点,常常很有趣。这个独夫民贼在这里被捉,是十分偶然的,但是他违背人民的意志所遭到的惩罚,又是历史的必然。这一政治事件是我们党的艺术杰作。

我住的院子正面对骊山。据医院人说,那个山尖尖就是周幽王为褒姒燃放烽火戏诸侯的地方,事情虽然荒唐,也不是没有值得深思之处。

下午仍由小牛(原来是一个演员)带我们去看秦始皇陵墓以东的兵马俑。各种武士列成方阵,确是洋洋大观。陵墓中发现的铜车、铜马,真是稀世之珍,过去从未见过。

据载,秦始皇的陵墓东西长三十里,简直是一个地下城了。这些封建统治者恣意享乐,死后也仍想把那些生活带到阴间去。这种封建的意识形态实在可鄙。秦王朝暴虐得出奇,也灭亡得最快。那个动用七十万人工的阿房宫,今日连痕迹都不见了,只留下了一个阿房村。

秋华回来路上买了十几个老玉米,因为她多年没吃老玉米,快想疯了。

七月二十八日

上午出发去看半坡村遗址。对六七千年前原始公社居民的生活环境有了一个具体的印象。看这种展览,有时比看历史书还好。

脑子里有些形象的东西了。我看到藏东西的窖挖得很大,从这点上也可看出是公有制。我们古老的土地到处都是宝库,将来还会挖出更多的东西。

随后,又看了大雁塔。这座塔造得厚重、敦实、雄伟。我只上了四层,因没有特别的看头,我没有上到顶。

近几日因找不到丹辉电话,今天把一封信给他送去了。下午他来了电话,准备明天去看他。

七月二十九日

今天为星期天,早饭后即奔赴丹辉、戈焰同志处。戈焰已在杀鸡准备待客矣。她和女儿小丹及儿媳忙了一个上午,都忙在做饭和吃饭了,未从容地谈很多话。丹辉有些看法与我也不一样,但他是拿出最大的热情招待了。

胡征在他楼上住,也去看了胡征。

两点多往回返,甚为炎热,长安临潼道上,暑气扑人。

回忆四十七年前,少年的我为参加革命到了西安,今已将半个世纪,革命大业成就甚丰,余初衷仍毫无变更,思之心甚舒畅。今日一不为名,二不为官,惟忧革命之曲折耳!一缕诗思油然而生,想写一个少年的故事稍抒胸臆。

七月三十日

晨与秋华、猛子继续进城参观,先看了西安碑林,随后去七贤庄八路军驻陕办事处。四十七年前的一九三七年的十一月或十二月的一天,我来到这里,因我没有介绍信,有位青年人不予收留,我就折返潼关到山西前线去了。我看了看,那座旧式门楼一点也未改变,只是涂成了黑色(介绍人说是"文革"期间把墙壁涂脏了)。当初门口坑坑洼洼,现在修得很平整。我当时记得门口恰巧对着西安的内城,那里有一个胡宗南的哨点。现在都是房屋,而那时却是一片开阔地,农田菜园一类。据解说员说,当时的负责人为伍云甫,工作人员是区棠亮同志等。

我看了院落,周总理、叶剑英等领导人的住房。叶帅旧地重游时还吟了一首诗:"房舍依旧人半逝,小窗风雪立多时。"我也徘徊良久,引起了诗思,最后一句是:"许多名胜古迹都不能使我停留,惟独在这里我默默地站立了许多时候。"同叶帅的诗暗合了。

我还计划明天去寻访我当年住的那个拉洋车的家,即使找不到,也要为那位热情的劳动者写一首诗。

韩庄同志在此疗养,他想让他的儿子韩松为他写回忆录,我同他谈了谈。

七月三十一日

今日放弃到城郊的圣教寺和香积寺参观,去寻访四十七年前我路经西安投奔革命时的旧迹。那时我住在东门内沿城墙不远处拉洋车工人的聚集区,一家简陋的两层小屋的阁楼上。那位拉洋车的工人(河南人,比我大几岁)对我很热情,曾说:"我给你找张桌子,放在钟鼓楼那里,你给人代写书信吧!"多年来我一直想念他,但年代久远,竟忘了他的名字。一九五〇年我路过西安时,找了一次未曾找见。今天我又去寻访旧迹。与秋华、猛子在东门下车,沿城墙向南走了不远,遇见一位六十七八岁的老人,一打听,他也是个当年拉洋车的,"扣老蒋的时候"他就在这里。据他回忆,有一个姓曹的河南人,住着一个两层小楼,他让我到那里看了看,说那小土楼已拆去,现在是重盖的小楼。小楼主人和我们搭讪了几句,即回屋去了。我们已没法再问,只问了一个"曹福生"的名字。我问那位拉洋车的工人,他说姓李,过去给资本家拉包车,"他净叫你跑,后来吐了血"。再后蹬三轮,也去过修建公司,现在退休了,生活很好。我向他道了谢,怅然而返。沿途看到屋舍整洁,一座小院颇为清幽,已是另一番天地。我将自己的生命汇入伟大的事业,这是值得欣慰的事,然而找不见我的这位朋友,仍然不免深深的遗憾。

随后看了沉香亭(兴庆宫公园),李白是"安能摧眉折腰事权贵"的人,而歌颂杨贵妃的诗却是不足取的。

八月一日

今日出发去远途游览。经过咸阳去看了汉武帝所在的茂陵,一个颇大的像小山的墓丘横在宽广的平原上。因地势颇高,风吹来已有秋意。墓前仅有一幢后人修的石碑"汉孝武帝陵"。周围荒原处处,墓东两处是汉名将卫青、霍去病的。我们在猎猎风声中看了荒原景色。霍去病的墓前有各种石雕,都是利用石头的自然形状,只经简单的加工,刻成卧虎、卧牛、武士、马踏匈奴等,显出一种粗朴的美,给人以启发。这应是一种艺术风格。

随后又去看了乾陵(唐高宗与武则天的合葬墓),两边两座小土山,似是陵墓大门。我们只看了一座公主坟,已经规模够大了。

最后又去看了昭陵(唐太宗李世民的陵墓),实际只到了徐茂公的陵墓,李世民还在十八里之外。

这些帝王,例如汉武帝是自从登基的第二年就开始建筑陵墓的。其占地之大,葬藏之丰,实令人惊异,全是活时享用,死后仍要享用。其愚蠢如是,亦可悲也!

今天在赤日炎炎中经过十二小时的奔波,回到临潼时,已经六时半了。

八月二日

今日休息。

下午与青年护士们开了一个座谈会,他们有一个"心泉写作小组"。

晚与韩庄、苏中夫妇闲谈甚欢。

上午丹辉、戈焰同志来。

八月三日

晨五时即起,早饭匆匆,即奔赴西安车站乘69次往兰州。咸阳以西至兰州线是第一次来。八百里秦川,至宝鸡止,被称为关中平原,庄稼长势甚好。铁路沿渭河而行,因雨黄流滚滚而下,不亚黄河。至宝鸡停一小时,至天水以东之社堂停两小时,传说后面塌方了。车晚点三小时,于午夜零点过后始到兰州,杜辛同志及管理局局长曹广桥,还有一个副局长来接。曹广桥是我当骑兵团政委时的十九岁的副指导员,他说,我们进军大西北时,在六盘山中遇雨,十分寒冷,我叫警卫员把自己的大衣给了他,他又给了一个四十岁的排长。那天曾冻死了几个人,曹虽数次提及此事,可是我都不记得了。

今日在途中颇感疲劳,有一个六十五岁的陕北老干部,清涧人,大约是陕省地质学院负责人,粗犷善谈,时带口头语,颇不寂寞。

我将西安所感成诗一首,于今日记于车中。

参谋长师贵廷同志也于午夜来看望,同志们是很热情的。

八月四日

上午休息。

下午乘车游览市容。原来这是一座沿着黄河的带形城市,解放前是一个古旧的破烂小城,现在已是一座拥有一百二十万人口的大城市了,高楼大厦虽然还不甚多,但新的街道相当宽阔,有些已是很好的林阴道。我在两座黄河桥上走了一道,对滚滚黄流望了多时。此处黄河虽不像我故乡的河面那么宽,但水流较集中,有四百五十米宽,仍是一派大河的气势。

晚饭后,兰州军区谭佑仁政委来看望。郑维山司令不在家,夫人孙景波同志代替他来了。杜辛及曹广桥、王孟达也来了,屋中甚为热闹。

八月五日

上午游览兰州的五泉山。传说霍去病来此,人马渴急,向山上打了五马鞭,打出来的。我们来到山下,见庙宇楼阁从山顶迤逦而下,甚为壮观。公园的主人冯祥彦热情地向我们作了介绍。此处有惠泉、甘霖泉、摸子泉、掬月泉、蒙泉等。游人甚多。我们还看了此地书画展览,因冯泄醇点了我的姓名,美协王吾魁一定要我留字。于急切中成诗一首,书二幅留念。并给冯、王各留一张。

诗曰:

  我生黄河岸,
  今来黄河滨,
  愿将此生血,
  永远献母亲。

午,曹广桥请我吃饭,王孟达作陪。饭后给他们写了两三张字。又去看望了孙景波,回招待所时已五点,甚疲劳。

晚与师贵廷、杜辛同志闲谈。

八月六日

上午游白塔山,黄河拥抱着的这座城市,迤逦如带,尽收眼底。

虽然高楼大厦还不算多,但已是一座很大的城市了。

小猛子这孩子很主观,这次出来买的都是彩色胶卷,我们要照相,他说镜头不好,很不容易说服他,辩论还要以他的胜利才能告终。因此,我们后来就不愿照了。

下午去看李雪峰同志,我的出发点是他出来已好几年,我还一次未看过他,因此同秋华去了。去时他们夫妇和他原来的秘书黄道霞正在看奥林匹克体育比赛。李雪峰还好,一直陪我说话,他的老婆却热衷于看电视,因此我坐了半小时就起身告辞。我的教训是:比我高的人,除非特别热情,平等相待,否则我就不去了。

因刘家峡未交涉到船,故改变计划明天赴青海参观。

曹广桥来,谈到和我打伙计的团长李金铎的几件事。

八月七日

晨七时许乘小面包西行。同往者除一名医生外,另有杜辛的妻子和儿子,师贵廷同志的大公子和儿媳及孙女。一路沿黄河及至西宁铁路线而行。走了好久还没出兰州。这个带形城市东西长四十余公里,和斯大林格勒差不多了。

沿滚滚黄河走了很长时间,至河口才离开主流,沿途尽是光秃的山,房舍村庄也都是黄的,河流也是黄的,给人以强烈的印象。惟在川内有些绿色的林带,仿佛是这几年栽种的,虽树棵不大,也很引人。村民正在收割小麦,以马路为场,听凭来往汽车为之打场,因此车走得比较迟慢,至下午一时始抵西宁。

西宁街道两侧多平房,楼房不多,与其他省会相比真是相形见绌。但据说,我们刚解放时,这个破烂小城,土城墙,街道也是土的,街道狭小,房子低矮,伸手可达屋檐,全城只有十二辆汽车,那是很可怜的。今日虽仍居后列,但与解放前土皇帝马步芳时相比已经了不起了。

我们到后,由省军区副司令邓芳明接见,甚热情。一个姓屈的管理员和姓唐的管理员往返张罗,饭后唐管理员领我们参观市容。我特别看了马步芳的公馆,有好几个院落及两座青砖楼房,在那时怕是鹤立鸡群了。

路上成诗一首《黄与绿》。

孟伟哉和文化厅副厅长来。孟是到这里来当宣传部第一副部长兼文化厅长的。

八月八日

晨七时出发赴青海湖。省军区又派了一个名叫"巡洋舰"的越野吉普车,我与秋华坐在上面,由屈管理员陪同,另外同车者还有省军区孟政委的儿子和儿媳。车行甚速,车前不时有鸟雀惊飞,有好几只撞死在车上。草原上的老鼠大而肥,不断在车前遁逃。过刚察县休息十几分钟,武装部长是藏族人,屋中还生有火炉。我简单询问了几句,他说,藏族人均收入约有四百元。沿途所遇藏民服饰甚整齐。

中途十一时半抵鸟岛。现已有铁丝篱笆,至跟前下望,有二十米一块地方,仅有岛窝,已不见飞鸟矣。又至另一鸟岛,功夫不负苦心人,尚有二三十只鱼鹰,海鸥落在一个湖边的石崖上,给我们一行人不少安慰。

野餐毕继续沿青海湖彼岸返回。早晨湖水深蓝,此时已绿中透蓝,加上岸上嫩绿鹅黄的青稞麦以及草原上的紫色的花丛,十分可爱。我在车上吟成青海湖诗一首,于休息时记下。

至七时始返回西宁,中途还看了鱼雷发射场和日月山,全日行程三百八十公里。湖边海拔三千二百公尺,近处山头有四千六百公尺,心脏无变化,也算经过了一次大的考验。

晚上还看了中美女排惊心动魄的比赛,最后终于以三比〇获胜。中国姑娘的精神是很感人的。

八月九日

上午行二十八公里,游塔尔寺。此寺为喇嘛教黄教东喀巴的诞生地,为该教派六座名寺之一。庙宇不宏大,但很集中,有熊、牛等动物标本,金灯银灯无数,点酥油,墙上画的多为扒人皮挖人心的恐怖图画,殿堂中甚为幽暗。一青年工作人员引导我们作了详细解说,据说全庙用的黄金共有四亿两,佛身上的宝石装饰不计其数。藏族人过着非人的生活,财富都到了这些佛身上了。即使这样,藏族人绕殿磕头,极为虔诚,而且都是五体投地的长跪,磕一个头要全身匍匐在地上,我亲眼看到一个妇女,据介绍已在此磕了整整两年了。实在可叹！可叹！看后心中很不是个滋味。全国解放后经过社会改革，人民本来已有所觉醒，现在又回到原来地方去了。

下午找了两个老红军来座谈，一个是男性名戴登高，已八十岁，戴回族之白帽，是红四方面军九军的司号长和代理连长；一个是女性六十八岁，四川通江县人，也头披回族之黑纱。他们谈起红四方面军在河西走廊万余人全军覆没，被俘者有五千人。整个妇女团被俘，全身衣服扒光，有些遭到强奸，以后又分给军官做小老婆，受尽摧残。向翠花曾任连长，被抓后转给好几个人，谈话中哭了数次，听后心中甚为难过。

晚孟伟哉带来作协文联负责人朱世奎、副主席陈士廉，还有《青海湖》两个编辑，土族作家歌行等六七人。他们表达了景仰之忱，说了许多客气话，还送塔尔寺画册一册，歌行的《土族风情卷》一册，还有一瓶青稞酒。他们邀我明日上午同他们的文学界开座谈会。我本来不愿搞这类事，又无法推掉，只好答应。我提出大家一起来谈。

八月十日

本来打算今天回兰州，因他们省长黄静波要请我们吃饭，只好多停一天。

今天由作协副主席陈士廉接我到交际处会议室，已来了二三十人，少数作家，多数是编辑。今天在发言中出了两件岔子。一是当我说到《东方》补写彭总谈到出国决定时，一位长发五十余岁的作家当即提出出国是否明智。我说实践是检验真理的惟一标准，已经证实了。他说看过一篇美国的回忆录，说是无意侵入中国，同时又说，中国援助越南那么多，还说中国是越南的后方，结果怎么样？看问题应有历史观点，等等。我说：当时美国要将越南变成殖民地，中国起而援助是对的。不能说，你交一个朋友，朋友有变化，你当初援助他也不对了。这人又说：你写彭总，写庐山会议之后的彭总就伟大了！那才是他伟大之处。我反驳了他。

后来，他们又讲，在作协入会、出国、评奖、参加会议等问题上希望照顾。十时半我开始发言。除答应为他们反映问题外，讲了粉碎"四人帮"后文学的成绩及所存在的问题，特别指出对建国以来的伟大成就否定过多。又讲了文学仍应搞社会主义的文学，共产主义的文学,革命英雄主义的文学。刊物要立足本省,办得有地方特色、民族特色,团结全省作者,培养青年作者,扎扎实实搞工作,不要赶时髦,不要赶行市,等等。对朦胧诗,几次崛起,否定传统进行了批评。

我还未发言完,一个穿黄衬衣的青年站起来,说:我对魏老的发言不敢苟同。他发表了以下几个观点:第一,我们没有人否定成绩,在成绩上,我们不能做纵向比较,应做横向比较。日本战败后经济恢复很快,我们现在还得找人家帮助。第二,现在中国根本没有朦胧诗。舒婷的诗写得很好,诗集卖完了,很快又重版。第三,中国建国以来没有一本可读的长篇小说,就是柳青的《创业史》人物写得还细致,但因为写了错误路线,现在也无法看了。第四,现在搞革命英雄主义的文学不行,文学家要发现和揭露问题,政治家来开刀。……

他在发言,我在静静地听。当主席的陈士廉一看发生了争论,慌了,赶快站起来宣布结束了会议。我看没人插言,显得太客气,我就插了两句:"这个同志讲,文学家是发现和揭露问题,政治家来开刀,这个问题值得研究。"会议就这样糟糕地结束了。会后剩下几个人,陈士廉说:"你讲的我们这些人能接受,年轻人接受不了!那人是个二杆子。"

吃饭时,陈还问我:"文化大革命"你是被保护起来了吧?显然,他根据我发表的言论断定我是没受过委屈的。会上再没有人讲什么别的东西。这就是现在文艺界的现状。

晚与孟政委参加黄静波省长(书记)的宴会。黄是陕北老革命,着西装,并不土气,很热情。参加盛宴者还有孟伟哉、青海日报社社长、管理处长、一个被划过右派的教授、陈士廉等。完全是青海名菜,有骆驼掌、羊肉串、炸野鸡等。省长为我们夹菜、碰杯,最后还要我留下通讯处,一起照了相。我们道谢而别。

<h3 style="text-align:center">八月十一日</h3>

晨七时启程返回兰州。在甘肃境内瓜田中买了八个大西瓜携归。因路上农民将马路当做打谷场,车行甚慢,车底盘上塞了很多麦穗,都开了锅了。到下午二时才到兰州。

晚与成都军区张秘书通话,毛尔盖一带可以去。这样我就准备早日行动。敦煌准备放弃,以后再说。

今日路上构思《游塔尔寺》诗一首。

八月十二日

今日上午休息。杜辛同志说,成都和腊子口方向两条路均被水冲断,我说再让作战部门逐段了解一下。敦煌之行已放弃,想尽早采取行动。

下午参观博物馆,仅看了原始部分和巨大的剑齿象,其余部分未开放,在街上随意看了看即回。

晚得到消息,两条路线均已通车,大喜,即可开始行动矣!

八月十三日

上午到张如三同志(副政委,已离职)处。他的妻子郭翔不一时也回来了。她是西北民族学院的副书记,谈到×××的儿子在此表现不好,其妻任工作组长来兰州亲自干涉其事,学院中也形成两派,弄得事情很不好办。张邀我们明晚到他家吃饭。

八月十四日

晨七时许,我们一家同师参谋长的孩子儿媳及小曼曼赴刘家峡参观。这事本来应在昨天,因路冲坏拖到今天。原来路的质量太差,今年六月修的路,因雨水多就塌下去了。

到刘家峡买票,与日本的一群小学教师同乘一船。因船上一个什么螺丝坏了,修了三小时,弄得指挥者一个穿蓝制服的老人甚为尴尬。他卖了票还不知船出了毛病,现在工作中的漏洞实在太多。那些日本人还真是有耐心,一直等着。十二时船才开动。

日本人还表现友好,看我没有啤酒,还拿来一瓶,我也让管理员送了他们一个西瓜。他们还给小曼曼一盒糖果。

船在广阔的水库上行驶如飞,滚滚黄流已变成万顷绿波。两岸俱为黄土山,如种上树当不亚于江南。我同秋华立于船尾,几个日本人也坐在那里,纵目四望,不禁心旷神怡。船行五十六公里抵炳灵寺,山为横断层,已风化得很厉害,错落有致,甚可观。登岸后入一峡谷,此处水大时,船可驶入峡内,我们在软绵绵的干了的河底上走。有不少卖鸡蛋、杏子的小贩。远处可见壁上刻有黄色的石佛,究竟是石刻或是泥塑不能辨认。山上有不少石窟,有雕刻彩绘,并有栈道式的木梯可达山顶处。因已不够坚固,在下面随意看了一看。秋华不感兴趣,只站在下边。

回来时,因困倦,在船中小睡。一农家提半篮杏要五毛钱卖给我们,因送了我们一程,给了他六毛钱。

返抵兰州时已七时,张如三同志派来的司机已等了一小时,赶快去了他家。主人热情招待,张谈了他在一九三七年日本人占领北平后的情况和参加五支队的情况。不一时曹广桥又来了,携其妻女同来送行。

晚到师贵廷同志处,他分析曹广桥的优缺点很公正,答应还要用他,我也放了心。师贵廷同志过去接触不多,看来是很有水平的。

杜辛同志说,因嘉峪关演习,他们的巡洋舰都走了,从地方上借了一台。他们对保障我这次的行动出了力了。

本日想为刘家峡水库写诗一首,未成。

八月十五日

今天本来要出发,为让司机熟练一下,故晚出发一天。

上午突然想到侯亢,十时去找,未遇。下午侯来,乱谈了一个下午。他谈到我两部长诗——《晋察冀的大山》和《钢版上的梦》,他与姜云川带到延安,交给了宣传部,中间因反扫荡,换了几匹马,最后马丢了,是背到延安去的。……想起胡宗南进攻延安的事,这两部长诗怕没有找到的希望了。

准备行装,明日正式向腊子口行动。

中午曹广桥来,似很激动。

八月十六日

今天才算正式开始了这次的行动——向腊子口前进。因必须趁夏季越过雪山,这次寻访长征路是倒着走的。

同行者除我们三人外,另有医生骆强和司机孙丁玉同志共五人。我们乘的是被称为巡洋舰的蓝色越野车。

天阴沉有小雨。师参谋长、杜辛、孟达、广桥等俱来送行。

沿途仍是黄土高原景象,越过七道梁山色渐渐变得青幽。一片片金黄的麦田在绿色的山岳间。群众正在收割。

在路上因汽车后轮打滑几乎翻车,幸司机沉着,拐了两三个弯终于控制住了,未出事。我连忙安慰了他几句。

十时半,走了一百一十公里到达临洮。在这以前已顺着洮河走了。今日阴雨,颇有秋深萧森之气。一下车就觉寒气袭人,路上瓜地里瓜秧已不存在,一个个光溜溜的西瓜摆在那里,问路旁瓜摊,才知几日前下了冰雹。据说这已是高寒地区,气候恶劣,下冰雹是常有的事。

临时在兰州军区防化团休息。由常副团长(一个又黑又壮的陕北榆林人)和王主任(河北定县人)接待。六个蔬菜,比较正常,我们也很安心。饭后要我题字,题"钢铁长城"四字留念。

午睡后继续出发,又连过了分水岭和两座山,行一百七十公里,始抵岷县。由政委段震河、副部长王进合接待。招待四个菜很普通,越普通我越高兴。饭后乱谈,知此地已海拔二千二百公尺以上,怪不得使人感到冷了。加上了薄毛衣和秋裤,仍不顶事。据说此处,只有六、七、八三个月没有雪,冬小麦八月播种第二年八月才收割,生长期为十二个月。春小麦四月播种,八月收获。一般一年一熟,一般蔬菜也不适宜生长。主要为山药蛋,当地称洋芋。但有一个特殊之处,即此处盛产当归。当归中外驰名,因技术外传后,收购减少,大大影响农民收入。粮食才人均一百七十多斤,生活水平仍显得低。

因为冷,又疲劳,遂拥厚被而卧。

八月十七日

今日又是小雨。道路泥泞,有塌方,走得很慢。此处距哈达铺三十五公里,越过分水岭,一边是黄河水系,一边是长江水系。

沿迭藏河东南行,九时许抵宕昌县的哈达铺。将车停于药材站遂步行。由宕昌县武装部政委杨同志来接。街上泥泞不堪,有一道新街一道旧街。旧街为哈达铺原来的街道,街宽不足一丈,两侧俱为旧式店铺。街心有一道细流穿过,桥上原有一小阁楼,现已拆去。街道虽小,但仍甚繁荣。正赶上集市,卖东西者甚多,紫皮大蒜,一角钱可买八九头。据云,哈达铺当年即为当归等药材集散之地,各地商人不少。当年红军一出雪山草地等荒无人烟之地,忽然见此小镇,难怪"三军过后尽开颜"了。

我们首先看红军司令部住的一个小院子,有两层小楼,甚幽雅,已经上了油漆,整饰一新,室内挂了周总理一幅肖像。另一间东屋做了陈列室,陈设了当年红军留下的一些遗物,如烧黑的破铝壶、小铁碗、酥油盒、破挂包等。我在室前留了一个影。

　　随后又到关帝庙,参观了当年毛主席讲话的地方。可惜此庙已被拆掉。因近处还有一个子孙庙,被认为是主席讲话之处,留下来了,反把这庙拆了,据说陈昌奉同志(毛主席的警卫员)来了才纠正。

　　关帝庙原来也不大,据说门口有四棵松树。开团以上干部会时,树上拴满了马匹。院子并不大,可知当时团以上干部也没多少人了。此庙背后为哈竹山,上面还有当年白军的炮楼土圈子等遗迹。

　　毛主席原住在一店铺的后屋(洞)内。现板门已拆去,又修了一个门楼,铺了平整的方砖地,中心还种了两棵沙果树,东侧一株花椒树,看样子都是后来栽的。

　　他们替我找了一位七十四岁的老人,名朱文浪,老人当年二十四岁,种地外摆小摊为生,红军曾请他会过餐。他送过红军一双鞋,红军给了他一块白洋。老人说他开了不少会,但也没沾共产党多少光。还说他见了陈昌奉。他的儿子现在已是厂长了。

　　十二时,我们就在药材收购站吃了饭,是从街上叫来了四个菜,吃了一种名"倾锅"的大饼,是用两个锅扣起来,埋入木柴炭火中烤熟,甚好吃。红军最欣赏哈达铺的大锅盔,聂总曾送给毛主席,并受到毛主席的赞赏。不知是否就是此饼。今天我们吃了"倾锅",也算稍为补偿了遗憾的心情。

　　吃饭时,大家又谈起了当归,因公家的收购有限制,而私人却出现了良机,贩运到香港大发其财,政委说,并不是说当归饱和了,而是组织工作上有毛病。吃饭时对此议论最多。

　　下午同骆医生一起散步,他说他热爱文学,并想写作,这次很愿与我一起行动。我也高兴得此良伴。

八月十八日

　　今晨七时半由岷县出发南行,不远即爬上一座大山(岷山)。山奇峻。到达山顶时,忽见对面一片奇峰耸立,极雄伟,白云缭绕在山腰间,壮丽之至。在路侧停下照了相。下山时,山高,路窄,极险,心总悬着,不敢放胆思索。远望山下一狭缝,似为腊子口。如藏在深井中。下了好半天才到谷底。行经腊子林场时,沿腊子河而行,藏族老太太摆了一个小摊子,说距腊子口尚有十三公里,至腊子口九公里处,即已到峡谷,我们已经把它当做腊子口了。这座峡谷有数公里,才到了真正的腊子口。有红卫兵写的"天险腊子口,毛主席万岁"等字。我们下车观看,腊子口确极险,口子两侧均为悬崖陡壁,仰视令人目眩,下为腊子河,水流奔泻而下。口外立一石碑,记述毛泽东、周恩来率红军经此等语。我们因不知原来小桥敌堡垒位置,匆匆而过,颇觉遗憾。走到腊子公社(乡)时,遇乡长傅生忠(藏族,西北民院毕业)又带我们至腊子口去看,指出小桥位置和炮楼位置,原来那座仰视令人目眩的峭壁,就是当年"云贵川"攀登之处。留下印象颇深。然后又看了腊子口敌人的大炮楼,据云当年敌手榴弹落下一层,现在已成了腊子口水电站了。红军即是由此处转入东侧山口内到了大草滩,转赴哈达铺的。

此处尚有黑熊出没,秋华听林场一家属说,前两天一个人去掏小熊被母熊将脸挖破。此处山谷极幽静,开满红、黄、蓝各色野花。

我们同藏族乡长闲话时,他说此处人生活困难,只能种几亩地。牧场虽好,但无人买牲畜,只好望青山兴叹。我说:你们有出外挣钱的吗?他说:这里的人到了兰州就分不清方向了。他的妻子到兰州治病,每天到医院一次,住了一个月仍然找不到医院所在,到了医院,还说:"是这地方吗?"

接着沿白龙江西去,白龙江在山涧深处奔流,一路山坡上据说有栈道,但今已成公路不见痕迹矣!

下午二时,始抵迭部。街上有断续楼房。至武装部,院内波斯菊开得颇好。因接电话的人不认真,等到三点半才吃上饭。四时又继续向若尔盖前进。对面有一座巍峨之高山,说是虎头山,有黑云缭绕,怕中途遇雨。

沿白龙江继续在谷底行进,沿途皆藏族村落。藏民正在田中收割青稞,看见我们的汽车举手示意,或嘻嘻一笑,表现热情友好。

至五时许,遇见一阵小雨。与一辆卡车几乎碰头。

出了山,山顶一望无际的大草原,突然出现在眼前。远处阳光明亮如带,显得天际异常广阔。我大大出了一口气,觉得十分舒畅。步行在广阔的草原上,我似乎第一次发现云景的奇丽。因为天空广大无垠,天空和四周都是云海,有浓有淡,阳光从空中落下,照得草原有的地方明亮,有的地方暗淡,像是斑驳的图画。要描写草原,云景肯定是重要部分之一。

正在我观赏草原云景时,一座绿山上出现了突兀的石峰,颇秀丽,据说是若尔郎山。下了山,是一片灿烂明亮的阳光。绿色上是满天星似的羊群,又像绿原上堆着许多星星点点的汉白玉的石头。黑色的是牦牛。对面有一块黑云涌起,愈来愈大,白茫茫的雨雾笼罩在远方。不一时雨已经扫了过来。我们原想逃过这场雨,却始终没有闯过。

六时许,我们又越过一座小山,就望见不少新式楼房,原来若尔盖已经到了。

因地高风冷,一下车我竟说话也不大自然,幸而很快到了县招待所,屋子里有很大的电炉。据说此处巴西电站(一千二百千瓦)的电很便宜,每度电才二分钱。屋里暖烘烘的,寒气为之一扫。

武装部正副部长早在山上来接,以为我们乘军车,未接到。他们设宴招待,晚上又有县委第一书记来谈,介绍了农业分畜到户的情况。书记名八塔,藏人。

八月十九日

早饭后,订了此次在草地雪山的行动计划,准备六七日完成。

六时由武装部长尹廷成、副部长格桑多机和县委宣传部报导员苍泉(藏族)领路,到十公里处之巴西参观。先看了巴西会议的旧址。这里有一片原始森林,在一座高坡上有班佑寺院,经堂已被焚毁,紫红色的高墙颇壮观,但已有数处倒塌,残缺不全。我在此留了影,并参观了一个藏民的住宅。三间北屋,用木结构盖成,屋中的板凳亦用木板。里面屋供释迦牟尼,有酥油灯、经盒,下面有块毡子和两块木板,供长跪之用。据苍泉说,这是新换的木板,有些人家的木板因久跪都成了沟沟,膝盖着地处也成了窝窝了。此处房顶上、院墙上都挂有白布经幡,上有简单经文,因藏民多不识字,这样让风吹经幡,就算作诵经了。

还看了一个经堂,喇嘛正击鼓念经,有一个座位,说是班禅坐过,满室酥油气,令人难耐。

此处森林中的五六个寨子都住过红军。

随后看了巴西水电站和求吉乡(求吉乡也叫救济寺)。看了胡宗南在山上修的阻击红军的炮楼。

回来后又看了包座河,红四方面军三十军和四军在此消灭敌一个多师。

回来路上,我们访问了两个掉队的老红军,都是四方面军的。一个叫徐国富,六十六岁,四川人,河西走廊被俘,流落此处,与一女红军(洗衣员)结婚。二人均已年迈,衣服十分破烂。一见我就说,吃了张国焘的亏了。另一个名唐耀岗,也是四川人,当年负伤掉队。他谈起草地情景说无法说了。……说到这里,老人的眼红了。

回来的路上,我在一处停了车,看了一些沼泽地,并用脚试了一试,草皮松软,确有陷下去的可能。

晚饭吃了抓羊肉。饭后看了文化馆所办的长征展览。我给他们题了字:"学习红军的长征精神将无往不胜。"

计划明日启程往松潘。

八月二十日

近两日来,因此地海拔三千四百七十二米,略感气闷,每晚服苏合丸一粒和安定两片。据司机小孙说,他每早五点就醒了。睡不踏实,也是高原的一个特点。

晨八时许出发,由文化馆人领着先赴班佑,此处为红军过草地后所遇到的第一个居民点。据县委书记八塔说,陈昌奉来曾谈到,这是主席过草地以来睡得最舒服的一夜,是在牛粪上睡的。还说,张国焘的密令,就是叶剑英同志在此收到的,他连夜骑马赶到巴西送给了毛主席。以后就在巴西召开了政治局会议。

我们赶到班佑,下了公路,汽车行走在丛草间。这个居民点确实不小,总有二百多户,经幡飘飘,院落很大,都是用牛屎或木板做墙。我们先看了村边的一座古老的红柳林。柳林外是一道清澈的小河。这座红柳林,据说叶剑英同志曾在林中开过会,有些红柳几乎有一围粗了。这种树在寒带长得很慢,虽然并不粗,但年头已经很不少了。我们在这里摄影留念。草地上有不少紫的、蓝的、黄的野花,秋华采了一些。大家辨认着一些红军当年吃过的野草,有灰灰菜、牛耳草、车前草等等。

我们又参观了两个藏民的家。房子虽不高大,房顶是用泥糊的,乍一进去,光线幽暗,一时看不清楚,但到里面却高大宽敞,全用木结构,阳光从天窗射入,也很明亮。在大厅中,有火塘和精致的炉灶,灶上有精致的大钢锅,盖上有龙的花纹,据说每口要一两万元。灶中烧牛粪。一个藏族老人,背着孩子,给我们做了表演,干牛粪很好烧,比木柴还好,浓烟从天窗滚滚而出,虽无烟筒,亦不妨碍。灶火正面是木制的柜子,有抽屉,有碗橱,有很多方格,制作精巧。旁边有神像,是藏人念经的地方。老妇人一边念一边摆弄念珠,为我们作了表演。大厅的侧面,是一袋袋的粮食。老妇人一再说党的政策好,生活没困难,惟一的是木料短缺。她这间房子是两三年前买的,花了两千元。问到实行责任制前如何,则说都好都好。我们又看了一户,这个腰有毛病的汉子,似比那家要差,他是一九五八年的村干部,是党员,也说比过去好。

我们与文化馆长告别后,即上路奔松潘。我们所走的路线正是一方面军过草地的路线,但大片的沼泽地却不在我们走的路上。两边是些断续的小山,有些低矮的歪歪扭扭的红柳树,我想像那些可能就是当年红军战士夜晚栖息之处。此外荒无人烟的草原确一无所见了。路渐渐转入一道山谷,有一道丈把宽的小河,时左时右,我问到这个小河的名字,说是叫"镰刀把河"。

经尕力台,于下午二时抵松潘,行程一百八十公里。

松潘是古城,有城墙,街道已有不少楼房。到武装部,汽车停在院内,武装部黄政委把副部长叫起,竟未见面就自己走了。午饭也未准备,我们只好到街上小馆吃了一碗面条。我们看到这种情形,只好叫通知县委,县委书记时担正和宣传部长陈贤君来,邀我们游黄龙山。小猛子死乞白赖地要到九寨沟,只好再花去两天时间。

八月二十一日

今日晨出发赴黄龙。经川立寺,地势愈来愈高,路经贡嘎岭,山奇峻,旁边高峰已有白雪,下为白云,甚壮观。据说积雪的山峰名雪宝顶。沿路左侧一带山峰如经过火炼，刚刚冷却，尚带赤红色。至上午十时许已至山下。此处有松潘县新设的一个招待游客的处所，仅有几间房子，有几位姑娘很热情，让我们坐下喝水。我们喝的是雪茶。随后我们就由一个藏族姑娘导游。她专门换了讲究的黑丝绒袍子，里面空着的袖子落出带碎花的白纱衫，像是为出嫁准备的新衣，陪我们一起出发了。出发前，要我们每人都穿上高勒儿的大雨靴，我不理解为什么要穿这样的靴子，从丛林中出发不久，我才明白，是要做一次水中之游。原来，我们是沿一条山脊梁向上走着，充盈的溪水正沿这个山梁而下，有时分成两路或三路、四路、五路而下，我们怎能通过这条从雪山上流下的溪水呢！而且这次游历的特色，也正是在溪水中的行进。而这溪水，据说带有浓厚的石灰质或其他成分，将一条山脊的岩石染成了黄的，这样整整一个山脊也就成为一条水中的黄龙。这条黄龙的前面是高高的雪山，后面是青中透红，像刚刚冷却的火焰山，两边都是绿幽幽的原始森林，还有浓密的杜鹃花，衬托得这条黄龙更加壮观了。

　　我们上去不远处，第一个风景点是迎宾池，原来由于溪水多年流淌，水里所带的石灰质像梯田式地逐渐构成了大小不等的、一层层的池塘，而这池塘的水，则呈现出深浅不同的颜色，或者碧绿，或者深蓝，或者浅蓝，都是那么澄澈、透明、纯净，好像不掺一点杂质似的，真是可爱极了。

　　我们的兴致更高了，穿着大雨靴在水中也走得更有劲了。

　　接着前面声如雷鸣，转出树丛间是一条颇大的瀑布，像银练似的从崖间跌落下来，原来这是第二景——"飞瀑流辉"。

　　第三景是"洗身洞"。一道悬崖宽约十几公尺，被水冲刷得圆圆的像黄蜡做成。溪水分成十余股从黄崖上落下，石崖上有一个不小的石洞，据说，黄龙因帮助大禹治水有功，在此洗去凡胎成仙了。

　　第四景是盆景池。我们开始看到的是小盆景，是溪水汇成了一个碧清的池，而池中长了一丛颇大的红柳，虽然池子不大，却非常好看。再上去，是一个颇大的池子，红柳丛丛，那就是大盆景了。人们说的盆景虽然到处都有，但像这样的盆景却从来没有见过。

　　再上则是明镜倒影池和娑罗映彩池。我们穿着长筒靴在水中一直是向上走着，已经很吃力了。本想中途而止，但从上面回来的游人却不断鼓励我们说：上面好得很呢！我们只好鼓足劲继续向山梁上走，幸而石头不滑，终于到了争艳彩池。为了饱览胜景，我由藏族姑娘扶着，沿着池子的边缘走着，因为水清，不辨深浅，略微走错，水就进了靴子筒了。幸亏藏族姑娘知道深浅，引我到了一个便于观察的地方。我们站在池水旁向下一望，山坳间大小池子层层延续而下，汇成了一二十个池子，怪就怪在这十多个池子，每个池子的水颜色都不同，绿的有深绿、浅绿、淡绿，蓝的有深蓝、浅蓝、淡蓝，还有春天新柳的鹅黄，真是五光十色，美不胜收。耳边是水声哗哗，真如同置身天上瑶池，人间这样的仙境是我毕生所未曾见过的。

然而这时，我已经没有再继续攀上去的力气，虽然听说上面还有更好的五彩池，还有黄龙洞、黄龙寺，也再攀不上去了。只好从池子里舀了一杯清水，席地而坐吃起面包来，等待那些还能够爬上去的伙伴，由他们去欣赏那更好的美景吧！

我们同那个藏族姑娘坐在一处，随意攀谈了许久，就慢慢走下山来。等走到招待点时，骆强、小孙和猛子也赶来了。据说，那个黄龙洞深得很，他们爬进百余米还不到头。五彩池中有一石塔，小猛子为了照相跌入水中，水灌进两个靴筒，两条裤腿都湿了。

我们吃了午饭，即上路回返。因要赶到九寨沟，不敢迟延。路上本来晴得很好，路过贡嘎山时，天突然阴起来，下起雪了。雪花打在黄尘蒙着的车窗上，雨挡拨着泥水，车小心地行走在云雾中。因冷气袭人，不得不披起大衣来。贡嘎岭据说已达五千公尺，当年红军长征在雪山上经常碰到这种气候，缺衣少食，怕就不是这样舒服了。

下了山，天又晴了。明丽的夕阳照着山峦，绕天红开得十分艳丽，牦牛、羊子在山坡上静静地吃草。

我们越走进山谷，山谷越窄，一条湍急的河流一直陪着我们。到九寨沟时有南坪武装部的副部长杨开国来接，又走了十四公里，我们就到了九寨沟的招待所了。

八月二十二日

这里在山坳坳里修了几座有近代设备的房子，就是九寨沟的管理处了。小小广场上排了许多车辆，可见游客很多。这里负责人是藏族同志，加上阿坝有两个记者（张国威等），武装部的杨副部长、高松军干事一起陪我们游览。

　　上午游日则沟，先看了镜海。早晨水平如镜，远处的雪峰和近处的原始森林全倒映在湖水里，加上太阳刚刚露头，原始森林在水里分出许多层次，显得特别静美深远。我们依次上去看了熊猫海和五花海。熊猫海周围多箭竹。五彩海我们是站在高处看的，由于海底的水草分布不同，加上海水的深浅不同，阳光一照，有深蓝、浅蓝、碧绿、鹅黄，绿黄相间，蓝绿相间，真是五色纷呈。而且整个的海在山谷中恰像一只孔雀，波光粼粼宛若孔雀彩翎上的光点。大家赞不绝口。秋华也极感兴趣，再往山里去，山谷越加幽深，绕天红、牛耳大黄的黄花，小小的红果子，我采了一大把送给秋华。我们向沟里走了十几公里，高崖上，远远有两股水流汩汩垂下，国威说，是叫泪泉好还是叫乳泉好，这座山崖应叫什么名字，我说"乳泉"的名字甚好，如果可以，那面崖石自然可以叫乳泉崖了。

　　为了珍惜这美好的景物，返回来时又下车细看。在五花海我们还踏到一个长长的木桥上。这木桥紧贴水面，略微轻轻一踏，水波立即颤动，孔雀的彩羽更加美丽了。临回来时，又着意看了珍珠滩，这是一面斜坡瀑布，白浪倾斜飞下，泻下万斛珍珠。小猛子很高兴地脱鞋踏入水中。

　　下午，游来时的那条沟。自下而上看了芦苇海、火花海、卧龙海。芦苇海是一片灰黄色的芦苇；火花海是日光闪烁中如冒出火花一般，但因日光已被山头遮住，未能看见；卧龙海是海中隆起的一道土堤，宛若游龙卧在海中。然而，我以为最具特色的是树正群海，实际上是湍急的河流从一丛丛的树中通过，形成了一片片奇特的海，这些树大部为红柳，也有白杨和其他杂树。怪就怪在这些树成年为激流冲击而仍茁壮生长。它们有的根为水漂浮，露出水面，呈赤红色，我下了河岸在长桥上观看，深为植物的生命力和适应能力所惊异。此处还有藏民的磨房和念经房，念经房里将经文刻在一圆形木柱上，经过水流冲击旋动，转一圈等于念了一遍。人们很聪明，既念了经也省了劲。藏人房舍间所设的经幡也是这个意思，不过这是借水力，那是借风力而已。

　　诺尔朗瀑布，自然是这里最壮观的景色。这道瀑布虽不算很高,但宽达三四十米。分成几十道水流挂在悬崖。我们纷纷在瀑布下摄影留念。

我们在此之前,还沿着诺尔朗招待所游了则查洼。这里除了两个季节海,还有一个小巧玲珑的五色海。我们站在高岸上,俯视这座丛林怀抱着的小海子,真是五颜六色,色彩十分丰富。据说这是女神洗澡的地方,故将脂粉洗落在水中。

再过去就是长海了,游客们,特别是青年们都已下了海岸,在绑着的木筏上嬉戏着。这片长海,四壁都是陡岸,上面无路,船也不能靠岸,据说,前些时有几个青年乘木筏拐到远处拐弯的地方,上不了岸,处于危急之中。一青年冒险上岸回来叫人,才派了一些人乘船将其余几个人救了回来。

我们参观了九寨沟,深感到她的美丽。我觉得九寨沟之美,美在她的原始状态。她的美,是不经任何修饰的自然美,就像一个美丽的处女,以她天然的美,使那种人工的美相形失色。晚上,诺尔朗招待所要我题字,我写了:

自然的美,
美的自然,
人间天上,
天上人间。

这就算我的概括吧!

八月二十三日

昨天,我还向诺尔朗招待所负责人和阿坝报记者张国威谈了对九寨沟的观感,并提出建议:要根据九寨沟的特点,即她的自然美的特点去建设,绝不能损害她的自然的美。

饭前饭后,给几个服务员题了字和照了相。

有一个不相识的摄影记者,昨天给我照了几张相,问他才知是安徽铜陵市文联来的,名周家齐,他四十多岁。我们站着说了几句话,他感慨地说:我们都是受过你作品影响的,但是现在可跟那时大不相同了。那时的精神现在没有了。……说着他激动得流下了眼泪,掏出手帕来擦了擦眼睛。他像有许多话说,可是我们马上要开车来不及了。这是一个忧国忧民之士,给我印象很深。

启程后,至中午十时半到了松潘,在县委招待所吃了点面条。又同藏族县委书记时旦正见了面,感谢他的挽留,答应日后将给黄龙的题字寄给他。

我们今天的目标是毛儿盖。毛儿盖虽距松潘不远,但隔了一座大山,且没有公路,必须要向南走一个U字形大转弯,才能到达目的地。

饭后,我们沿湍急的岷江上游南下,经过樊梨花与薛丁山恋爱的镇江关,就到了一九三三年松潘大地震出现的一个长而大的海子——迭溪海子。这个海子甚大,像一个大水库,完全是绿色的,并不那么清亮。岷江流入此海,又继续南流。公路就挂在这个海子高高的山崖上,极狭窄,司机一不小心就会跌入万丈深渊。小孙驾驶熟练,而且每到转弯处注意鸣笛,这段路总算过了。过了较场、石大关,公路崎岖不平更难走了。此处已进入茂汶羌族自治县,羌族的房子多修在危崖之上,全用石头砌成三层或四层,窗口又小,非常像战时的炮楼。据说下层是关牲畜的,高层搁置杂物,中间一层住人。我们看到两个羌族中年妇女,打着大大的包头,穿着绣花鞋坐在路边卖苹果,为我们做向导的杨科长说此地苹果甚好,我们就下车买了一些大嚼起来。

车过石大关、花轿,因路上车辆多,尘土飞扬,天气又热得厉害,与在若尔盖穿大衣烤电炉的味道相比,已俨然两个季节了。

至下午五时始到维古、鱼巴渡,然后折向北去。本来再有一个多小时,即可赶到毛儿盖森林工业管理局借宿,不意天上阴云四合,突然大雨扑面而来,汽车轮胎也被钉子扎坏。小孙冒雨下车,后面一个轮子已完全凹了。等猛雨袭过,下车修轮子,杨科长说:"我个子小,我钻到车底下吧!"说过就钻到车下。但千斤顶老了,摇不上去,过去两个车都不愿借,第三辆车才勉强借给。到森林管理局天已经黑了。森工局一位新上台的副书记赵××,是一位三十三岁的青年人,招待我们颇热情,大家吃了一顿饱饭。拿来的白酒我们没有喝。他们的班子已经调过了,一位书记三十七岁,一位三十九岁。

饭后闲谈,伐木工人的生活颇为艰苦,冬天也住在山上,送饭上去也不会热了。为了怕山上失火,抽烟要几个人互相监督。他们的家属多在农村,局领导也没有带家属。我对着这些艰苦战斗的人们深抱敬意,但因工作关系无法访问他们了。

夜里,又下了一场大雨。

八月二十四日

今日饭后,向毛儿盖前进。实际所谓毛儿盖指的不止是一个寨子。这里山谷稍微开阔一些,两侧山上当年都是原始森林。现因采伐过量并遭过森林火灾,显得稀疏了,有些已经秃光光的,幼林尚未长起来。两山之间是毛儿盖河,两岸散着几个寨子,据说当年只几十户人家,现在也才二百多户。这里住的都是藏族,两层高的木制楼房,下面关牲畜,上层住人并设有经堂。屋外有小木梯可以到楼上去。

我们先到了区政府,负责人都出去了,有一位年轻的藏族乡长先引我们到了索花。这里有二三十户人家,在一座高坡上,有一座喇嘛庙是原毛儿盖会议的旧址。据说,毛儿盖会议共开过两次,其中一次是在这里举行的。原来的寺院当年住着国民党军一个营,被红军打垮后,国民党守军退走前将寺院烧了。现在在附近又修了一个更堂皇的经堂,我踏进去时,见有一百多和尚正在念经,其中多数为二十多岁的青年人,披着袈裟,击鼓念经,一见我们进来念得更欢了。几位老喇嘛连忙在一处铺了红毯,布置了水果糖果,沏了茶水欢迎我们。有一位喇嘛当年见过红军讲了许多印象。其他人则讲了经费不够,要政府支持等意见。我们座谈了一小时,才向他们告别,答应他们向有关方面反映。

我本来要他们找些六十多岁的老人座谈,说这些人找不到了。只找到一个掉队的老红军,在支部书记家里的火塘边谈了谈,他已完全是当地的农民,说不出多少情况了。

中午,我们在一个林场里吃了饭,赵副书记陪我们,饭后又到乡长的岳父家闲谈。他岳父名闫先扼,是一九三三年参加的老红军,在云南被飞机炸伤,到了草原掉了队,流落在此当佣工,吃了很多苦头。他谈了不少当年情况。

毛儿盖开的另一次会议,据张国焘回忆录说在沙窝,但本地没有一个寨子叫沙窝的。在回来的路上,我们找到叫阿登的一个寨子。有几个藏民下来就在路边与我们闲谈。他们穿得很脏很破,也不讲究就随便坐在地上。有的对红军茫然不知,有的当年年纪很小都逃到山上去了,谈不出多少东西。

这个乡的乡长,建议我们到一个叫雪洛的寨子去,因为寨子的名字虽不叫沙窝,但寨子上面的一片空地却叫沙窝。从藏语来讲,沙就是土的意思,窝就是青色,沙窝就是青色的土地。我一听沙窝有了头绪,就赶忙催说,就到那里去吧,于是向沟里继续驶了几公里,就看见一个寨子。乡长叫我们下车,我们来到这个叫雪洛的寨子跟前。这座寨子向北面的沟里一拐,靠着东面的山坡修筑着,上面果然有一面缓缓的青色的山坡,据说这地名就叫沙窝。当年周围山坡全是松杉,非常隐蔽。就是今天来看,树木依然还有不少。我们在这里作了粗略观察,觉得沙窝会议在这里召开是完全可能的。据乡长说,当年红军从黑水越过打鼓山,就是从对面山沟里过来的。雪洛这个人家不多的藏族寨子就是他们遇到的第一个居民点了。

因为同行者急欲回去,我们没有进村访问,就急急忙忙回到森工局,因已下午五时,不便再往黑水赶,便在此地宿了一夜。

八月二十五日

这里有一个伐木者的子弟中学。孩子们知道我来了,纷纷跑来要求签字。今天一早又有人来,一个叫蒲陶的女孩子还抓着我的手不放,要我到她们的学校去。还有一个女孩子丢了一封信在我的房间里。我同她们合了一个影,最后离开这里。

这里离黑水只有七十多公里,很早就到了黑水。黑水芦花是老红军很难忘的地方,因为这是他们饿饭的地方。

黑水现在是一个县城,但当年不是一个县,是泛指这一带地方,现在的黑水县,就是当年的芦花。这座县城被三座高峰紧紧夹着,当年只有二三十户人家,现在几乎全是新型楼房,有整齐的街道,已是小巧玲珑的城市了。

县武装部门很窄,车子勉强开了进去。一个小小的院落,种的苹果还没成熟,正在沐浴着秋日的阳光。因为没有多余的房子,我们就住在他们的办公室里。部长、政委出去开会了,由邓阳奎科长接待我们。房后就是著名的黑水,水声响亮,他们还种了些蔬菜,波斯菊,显得很安适。

午饭后,县委书记×卡木(藏族),副书记邓承武、县长江忠远都来看望。这是我在这个地区遇到的第三位藏族县委书记了。人很精明,有一定文化水平,汉语也说得流利,他就是附近的人。还有县办公室主任和文化馆的干部。他们详细介绍了红军经过黑水的情况,遭遇的困难和筹粮活动,特别是他们还介绍了中央在这里所召开的芦花会议。据说,任命张国焘为总政委是在这次会议上决定的。

然后,我们就由县办主任赖光益等陪同,去中芦花参观芦花会议旧址。据说当年中芦花不过十多户人家,芦花会议是在一个土司头人居住的碉楼式的房子开的。现在这里还保留着这座房子,在这所房子的前面,已经是一座中学了。主人介绍说,这里因为房子很少,大部红军都住在树下临时搭成的棚子里,山谷里搭了不少帐篷。然而这一切都不在了,只有路边的一棵胡桃树还健在,成为历史的见证。

当年有一个瘸子跑到山上,被红军找下来,红军给他讲了政策,他就由几名红军轮流背着到山上叫人。这位老人已经去世,他的孙子也六十多岁了。我们上了他的三层碉楼式的房子。据他说,当年中央的电台就设在他家。他当年十九岁,因为害怕也跑到山上去了。还说,当年红军因病饿而死的总有一二百人。红军在田里收割青稞麦子,因藏人藏在山上树林中,从暗处打明处,也死了不少。后面一座碉楼式的房子里就死了八个。在楼下的牲畜棚里、田边、路边,几乎到处都是,红军在此处所遭遇的困难可以想见。

老人已有一大家儿女,他的外甥着运动衣,汉语说得很流利,不断为我们做翻译。老人也当过多年的干部,他背着孙子送我们出来,我们在他的楼前合影留念。

此外,我们还到了一家四层碉楼,黑洞洞的什么也看不清楚,大家前后扶着我,没有摔下来也够万幸了。他们这样的房子造价又贵,又不卫生,确实需要改进。

晚上在黑水,给文化馆写了一张字:"学习红军的革命精神将无往不胜。"另外武装部几位同志都要字,写完时已是夜里十二时了。

八月二十六日

晨出发，今日的目的地是马尔康，这是阿坝藏族羌族自治州的首府。

车行四十公里之后，就开始爬海拔为四千四百五十米的丫口山（又名亚克夏山），人又称为长坂山。这是红军在长征途中爬过的第三座大雪山。

山上今日无雪，山腰郁郁苍苍，爬至山顶只有峥嵘的山岩，不过有些莲叶式的草还长得颇粗壮。医生骆强几次催我吸氧，我只得吸了几口，其实我感觉不大明显，只是觉得眼睛略略有些发胀。自然坐车和走路大不相同，下车爬坡，略略走了几步就要气喘，可知缺氧已很明显了。

过了丫口山，就是刷经寺。寺早已不存在。这就是当年红军从卓克基出发，经刷经寺、梭末到黑水的路线。当年人烟荒渺之乡，现在已有不少楼房，工厂冒烟，街上熙熙攘攘，据说原来州的首府曾设在此处，现在搬到马尔康去了。

由于分区的招呼，我们在驻此的一个仓库吃了饭。饭后，即继续向马尔康前进。由松潘一直陪我们的藏族干部杨树全科长在刷经寺下车，与我们告别。

我们于午后三时始赶到马尔康。分区正在开党代会，分区政委名郑建海，甚热情，他今年四十六岁，很精干，招呼我们必须留住一天。司令阿邦，是藏族，毛儿盖索花人，也是四十多岁。院中有两株苹果树，红艳喜人。郑说：早知你们来，已给你们留下了一枝。晚饭，正值党代会结束，我们参加了他们的会餐。这位政委连我们晚上去厕所不便都考虑到了，要算是这次长途访问中最热情的人了。

晚上，阿坝州委宣传部来了几位副部长和州党委办公室的负责人。除介绍情况外，还送了他们编写的一份材料。

八月二十七日

今日上午由副政委王颖陪同访问脚木足，此处在马尔康以西八十公里处。这是当年张国焘成立"第二中央"的地方。

我们先到脚木足乡，由乡干部和县委宣传部一位年轻的干部陪同，来到了一座高崖上的寨子。除散落的人家外，此处有三座六棱形的碉堡,高约四五十公尺,细而长颇像工厂的烟囱,为过去所未见。除此外,山上有一座较大的喇嘛寺,就是脚木足会议的地址了。但此处已被拆去,在上面修了一座新寺,此处只留了一个破墙头,旁边堆了许多劈柴杂草,这也说明了张国焘这个风云人物的下场吧!历史确实严峻无情!

但脚木足的风光还很不错。下边一条大川,在山下打了一个圆圆的弯子,周围都是金黄的青稞麦。人民生活安定,正在田间劳动。左首山涧里还流下一条溪水。据说当年举行会议时,山头上布着岗哨,插着红旗,好不威风!

此处还有一个乡苏维埃主席,住日不若寨子,名叫三郎乓,已七十九岁。我们去他的小楼上采访了他。老人身体健康,穿着羊皮袄,腰中系着带子,插着小刀,正在那里弄皮子。我们同他谈了约一个小时。他曾经帮红军运送东西,抬伤员,红军走后也吃过不少苦头。说起张国焘,他说:"当时有个大官,白白的胖胖的,个子不高,歪得很,后边跟着好几个挎手枪的!"

我们谈话后,他的儿媳端来新酿的青稞酒,上面插着两枝细竹子,据说这是以最隆重的礼节招待客人。我作为主要客人喝了一口,然后又与老人同喝。我向老人道谢后告别。

中午又回到马尔康,午饭。下午由王副政委及阿坝州党史办文星明陪同去看卓克基。一、四方面军曾在此处停留一个星期之久。这里是当年卓克基土司索观瀛的房子。房子傍着湍急的河流,修在一座高高的崖上。房子完全用石头砌成,高七层,简直是要塞式的建筑。我们上了高崖进了大门,里面虽已破旧,仍极堂皇。中间是天井,木制七层楼房,绕成一周,并有雕花走廊。想当年这个奴隶主住在此处,仆役成群是何等威风。说起红军攻取卓克基的经过,原来是土兵被红绿信号弹吓跑的,听来颇有趣。

据说毛、周、朱等红军领袖及张国焘均住过此处。张国焘说在此召开过会议,但不知确否。

晚饭前,回到马尔康。郑政委把几个副司令、顾问都找来了,设了酒表达欢送之意。今天小孙放开量喝得不少。

饭后在王颖副政委家小坐。他在这个地区待了三十多年,因草原上的紫外线,弄得脸色很黑,特别是鼻子尖更黑,难怪藏人是那种脸色了。

八月二十八日

由于主人热情，分区专门派了一辆小车，由王颖副政委、向明老干部、文星明等同志送我们到成都。

今晨八时出发，经卓克基，首先爬梦笔山。这是红军当年爬的第二座雪山，海拔四千一百公尺。公路尚可，缓缓而上，山上有青松，心脏没有很大感觉，下山时显得陡了，在云中走了一段，行七十四公里，始到达两河口。

这是一个不大的市镇，现有二百多户。红军经过时只有几十户，街上不过几家店铺罢了。我们来到公社，张少华书记领我们看了两河口会议的旧址。两河口会议是在当年一座关帝庙内举行的。关帝庙原有一影壁，一进门，两侧一个小钟楼，一个小鼓楼。一个大殿，后面一个小观音阁。现在小观音阁已残破不堪，快要倾倒的样子。关帝庙已经成了一个小木工厂。关帝庙的左侧有一小高地，上面有几间房子，据说朱总司令和周总理住在那里。毛主席住在关帝庙内，观音阁住的是警卫班。

我们离开两河口时，在河对岸看了一看，两河口南侧有一条沟，名叫虹桥沟。这条沟爪下来一条河为虹桥河，与自北而来的梦笔河相会，故名两河口。两河口村成了三角形。据说四方面军是从虹桥沟下来的。

两河口会议系张国焘与中央领导会见之处，也是矛盾开始产生之处。自此后矛盾越来越激烈了。

从两河口又走了三十四公里到了木坡，大约就是过去的抚边。过了木坡，到了猛固，又是两河相会，两条河上原都有铁索桥，现在只保存了一处。东边是从达维来的一条水，就是红一方面军越过夹金山下来的方向。铁索两边都是峭壁，甚为险峻，沿河走了七八公里就到了小金。小金是在三座高峰中的一个高地，河流穿过时在高地绕了一个弯，使这块高地三面环水，宛如一个半岛。小金可区分为三个部分。隆起的高地为凉台街，红军经过时，为主要市区，不过二十多户，天主教堂、县政府俱在此处，小金的守备官毕斯满（管三个乡）的公馆也在此地。另外还有新街，上百户。河两侧低洼处为老营盘。当时红一方面军住在凉台街,新街和老营盘街住的是红四方面军。这是一、四方面军会师时的情况。

凉台街的天主教堂就是两个方面军会师后举行联欢会的地方。教堂门外有两棵榆树,一株颇大的石榴树。有镶着玻璃的西房和北房。此房是毛主席住过的地方,西房是周、朱住过的地方。院内很幽雅,有花草和小花墙,俱是当年原有的样子。县委和县招待所离得很近。

东山名卯梁,当年红军设了防空哨,据说朱总司令曾上去检查过。

这里的河名美沃河,是大渡河的上游,水流很急。

我们在招待所住下后,县委书记(姓邢)、县委办公室和党办的人来介绍了情况。我们在武装部吃饭。武装部长名罗元友,回族,身体极粗壮,生得浓眉大眼。饭后领我们到街上去看。新街十字口,楼房不少,还有森工局很堂皇的大楼。罗部长还领我们站在高崖上俯视了深谷中的三关桥,是个重要关口。

据介绍,当年红军经过时,这个汉、回杂居的小城不过几家店铺,而且有三多:大烟多、土匪多、枪多。街上就是大烟馆。这里因种大烟多,所以山西、贵州、江西等地的商人都有,并有他们的会馆。而今已经成为一个繁荣的新型城市了。

晚到文化馆看了他们的照片。

八月二十九日

从昨晚起一直下雨,早晨仍未停,我担心由小金到成都的山路,下起雨更麻烦了。过了猛固,因为下雨,小金川已呈黑色,翻着白色的浪花。沿着公路,都是从山上滚下的大大小小的石块。车子开出十九公里,就报说前面塌了方,不通了。幸罗部长人熟,找到养路段道班,工人还未吃饭。我也下了车到了工人住的屋子,等他们吃了饭,灌上油,把推土机开起,已经过去了一个多小时。我们的车辆就在推土机后跟进。可是到了塌方的地方,久久不听动静,原来塌方的地方继续向下飞石,工人不敢操作。我走到前面一看,果然不断有小石子滚落,偶然落下几块大的。有一块大的将拉木头的汽车上的一根木头打断。这样就停了下来,说是等完全停止了再干。要按战争时期，这本来不算大的情况，但现在不行了。那辆推土机竟轰轰隆隆地开了回来。我上前与司机多方劝解也不行，司机说负不了责任，只好又等了好长时间。司机的助手说，当干部的每月三十六元奖金，工人的奖金几个月还未发下来，说时眼珠子都红了。我们看样子没有希望，只好又开回小金。我们返回路上，才看见养路段的两位负责人赶了上去。

究竟怎么办？是等待明天再走，还是返回马尔康走鹧鸪山那条路，令人煞费考虑。回到小金时听说两河口那里也有塌方，只好耐心等待情况发展。

晚间，老文跑来报告："好消息，好消息，路修通了，已经从成都来了汽车。"一悲一喜都在困扰着人们。

今晚未大动，但却令人精神疲倦。

八月三十日

晨起，见天气已晴，令人高兴。在楼上凝望远山，已经有雪。

车子昨天已灌满了油，开始上路。因为雨后，达维河翻滚着黑色的波浪。路面杂石已经清除，我们顺利地来到昨天塌方的地方，大约有百余米的断续塌方已经清除（这里附近的一个寨子有过去杨土司的住宅，又像城门楼子）。昨天马福桥，一个骑车子的过来说塌得厉害，也清除过了，显然，这都是养路工人昨天的劳绩。我们过去时，不禁向他们致敬。

到了达维下车，文星明同志指点我们看一、四方面军会师之处。这里南来有一条极窄的深沟，名夹金沟，一道汹涌的流水注入到达维河。窄沟的壁上有依然可辨的小路，这就是一方面军越过夹金山来到达维的路线。夹金沟出口处东去十余米有一座藏族的小桥，这就是两个方面军会师之处。达维寨子前面有一个空场，毛主席曾在这里向两个方面军会师的战士讲话。

县武装部罗部长送我们到此处回去了，我们继续向巴朗山前进。这座海拔四千四百八十七米的高山，是我们此行艰险的行程之一。据说，当年四方面军分两路去接应一方面军时，这一路没有过得去。我们远望山顶上的积雪，缓缓而上。道路也不太窄，心放下了一半。越往上路面越发潮湿，上到半山时，仰望山顶已经遍是白雪,而雪线下的绕天红却开得十分艳丽。远处的山顶也都有了积雪。我们绕过一个山弯时,忽见侧方有四座尖尖的雪峰,仙姿绰约,十分美丽,颇有蓦然回首那人却在灯火阑珊处之感。原来这就是四姑娘山。我深为她的美丽而惊讶,本来想停下观赏,可惜道路狭窄,车未停下,竟未仔细观赏,一掠而过。但却永远留在记忆中了。在叹息之余,车已抵达雪线,这实际是昨天下的那场雨,不过在山顶都是飞下的雪花。雪已经下了寸把厚,下面还是青草,其间有黄色的小花。背后远山也是一片雪峰,在白云之中,有的露出白云之上,显得十分皎洁。急忙下车照了照相,望着雪峰与白云,心头十分愉悦。这次出来,红军爬过的五座雪山,我们爬了三座,但都没有遇见雪,这次却真的遇见雪了。我们越过这座雪山时,因路面凹凸不平,车子颠得厉害,但是我们望着南面宝兴的一带雪山,又被吸引住了。那里正是当年红军爬过的第一座雪山——夹金山。我去年曾到了这座山的脚下,因脚崴了,又没有公路,未曾上去,这次远望她的容颜,多少有一些遗憾。我望着这一带长长的雪峰,有的露出云外,有的藏在云中,更加显出她的洁白。我想像着当年红军是如何从那峻拔的奇峰中走过来的,那些雪峰在我的心目中更显得圣洁了。"乌蒙磅礴走泥丸",这是对一个顶天立地巨人的写照,我们的红军确实是一个巨人!

　　我们开始下山了,到了雪线以下,又看到许多壮实的不知名的黄花,叶竟如莲叶,开得比比皆是,令人感到它们生命力的强韧(后得知为雪莲)。再往下去又是鲜艳的绕天红了。

　　但我们在距卧龙四十多公里处,因塌方受阻,给人带来一些不愉快。这里有几个养路段的工人和十几个承包路面的民工。养路工说:他们的推土机坏了,无能为力。民工说他们的任务是给路边砌墙,排除塌方不是他们的任务。车子来得越来越多,都停在马路上。有的在路边架起了锅,准备烧水做饭,说凌晨三点就塌了方,已等候很久了。我和王副政委到前面看,塌方的工程并不太大,即使不用推土机,用人力也用不了太长时间。我对同行的小金的县委书记说:你是否把人组织一下?他摇摇头说不是小金的地界。这里是大熊猫的自然保护区(特区)管理的地段。事情就这样延搁下来。眼前的司机有上百人,有的打瞌睡,有的七嘴八舌议论,竟对这种状态无能为力。我劝王副政委抓一下,呆一会儿他告诉我,组织不起来,民工提出要他们干,必须每辆车出三元作为酬答。而有的司机又不愿出这笔钱。我同王研究了一下,先把那个朽树木桩用汽车拉掉,再行挖土。可是借汽车上的钢丝绳也很费事。我陪一个民工去动员,几个司机懒洋洋的,有的说他带的绳太短,有的说绑着货不敢动。最后总算借来了两条钢绳,才把朽树桩拉掉,推到深沟里。然而民工干了一阵又停下来讲起价钱。一个极为壮实的中年农民提出,每辆车要出六元。我同他辩论了一会儿,他还是不松口。我本来想脱鞋下水,气得我回去了。呆了很长时间,还是以每辆车拿三元做了妥协,他们又干起来。我说组织每车出一人干,大家说没有工具,也是无法。民工说:你们一个司机一个月挣一千元,怎么拿六元就舍不得?司机说:那是私人的车,我们是运输队,每月只拿几十元。司机们还大骂:我们拿了养路费,还要掏买路钱?又有司机说:小金本来要管这条路,特区把十几万元拿去了,光拿钱不养路!

在此处搞了七个小时,弄得差不多了,同行的几个解放军的干部,向干事、小孙、小猛子都参加了。我们付了六元钱小车先过。小孙开上去,在石头上一滚就把车子陷在稀泥里,急忙后退也动转不得,我一看半个轮子都陷下去了。这时别的司机们又埋怨起来,说本来应等放了炮弄得差不多才过,其实这次是给他们做了实验。武装部的一辆小车想把我们的"巡洋舰"拖出白费了力气,后来又请载重卡车拖,拖是拖出来了,但代价是替他捎走一个人。

约近下午六时,我们有三辆小车才勉强开了过去,小猛子付给他们六元,我们走了不久,暮色已淹没了山沟。这已经是幸运的了,而那些大车却还在等待。

在夜色中到了卧龙,这里是保护大熊猫设的自然保护区。书记姓赖,主任姓张,热情地挽留我们住下。很快就给我们这些已很饥饿的人们开了晚饭。饭后,给我们看了这个自然保护区的陈列馆,里面有各种植物、动物的标本,颇为丰富。

睡下时已很疲劳。特别是今天的遭遇,说明了很多问题。也许这就是我们国家现在的情况。一个司机说:这样怎么能搞"四化"呢?是的,这是一个严峻的需要回答的问题。一个有巨大精力的民族,在只有几立方土的塌方上,却被阻住去路不能前进了。越想令人越发不安。例如,发生这样的情况,为什么没有干部前来查问?推土机坏了为什么不去及时修理?民工们既然做了承包,为什么要那么大的价钱?路面为什么失去保养长时间凸凹不平?这么多的司机为什么不能组织起来通过?如果是当年战争年代,这些本来是不成问题的,但现在已经都成为问题了。今天的印象对人是十分深刻的。

八月三十一日

晨起张院长领我们看了熊猫研究中心。他以自豪的感情,领我们看了建设在幽谷中的现代化的又是十分优雅的中外专家的招待所,对外国人简直是关怀备至。这是中美合作建立的,据说:美国人出了资。这个只有中国才有的珍奇动物,不知为什么还要请美国专家?我问:美国人为什么要拿钱,他们为了得到什么?张院长竟未能回答出来。他们的赖书记昨晚在向我们介绍情况时,竟向我们大吹外国人生活的舒适,每个礼拜往野外跑,还有丰田企业工人可以入股,等等。后来被王副政委把话截住了。现在的崇洋思想已经到了一定程度。

我们随后看了这里饲养的十只大熊猫。据说其中有两只已因人工授精怀孕,张院长向我们报告喜讯。这些大熊猫比我在北京动物园看到的大得多,它们从铁栏里伸出爪子来,我的手杖几乎被它们抓去当食物,我奋力抗争才夺了回来。有人给了一枝干竹棍,它竟一节一节如吃酥糖,顷刻就吃了进去。熊猫园外接近于自然生活的活动地。有两只跑到山坡上寻食未果,又懒洋洋地走回来。张院长说:"这还是我第一次看到它们向你表示欢迎呢!"

临别时,我考虑再三,还是把昨天公路上的事情反映给他们。他说准备去处理,昨晚已经派去了一个科长。

随后,我们沿着皮条河汹涌的激流向下走去。据说皮条河因水急不能徒涉,人们常常用皮条拧成绳索来过渡,它是这样得名的。

中午时分到了灌县。王副政委以熟人关系,在总参一个研究单位吃了午饭。午饭后陪骆医生看了都江堰和二王庙。小猛子因昨天受阻跑去帮助民工搬土,感了风寒,发起高烧,同时拉肚子,勉强游了二王庙。他这次使我最满意的地方,也就是他昨天的表现了。

车子一进入成都坝子,满眼都是金黄的稻田。人们说,这个天府之国主要指的就是这一块。下午四时,来到成都一所。因为早打了电话,很快把我们安置在三号楼。而王副政委等人,他们都说住不下,要去省军区招待所,我们觉得不好意思。

我们在这里住了一座大房子,也几乎是我平生住的最大的房间,不知要花多少钱。

晚饭后,到街上买了肥皂等用物,随后又看了当年在一个旅的王金泉副政委。因他去开会,只见了他的家属。他妻子是我当宣传科长时的文工队员。

准备在此休息几天,以便补写日记,因为自八月二十一日以来,因行动紧张,每晚很疲劳,日记均未记。如果不赶忙补上,时过境迁,怕这一路白走了。

九月一日

补十天来的日记。

晚上王金泉同志来。他说明天要到康定。随便说了些旧事。他还记得他当总支书时和我共同带英雄模范人物去纵队开会的事。我则一点也记不得了。

九月二日

整日补写日记。

今日司令部地管处来给我们找了沿路的地形图。

小猛子一路来总的表现还是好的。特别那天塌方受阻,他跑前跑后参加劳动是我所满意的。但是他说话顶嘴越来越严重。他对他妈妈说话没礼貌,我刚说了几句就同我吵起来,气得我不理他了。他说我一路脸色难看,他这样无礼我是不能容忍的。奇怪的是我在训斥他时,他的妈妈一声不响,现在我已感到不好办了。更重要的是他将来对人的关系,我不知会变成怎样。

因开学在即,小猛子准备明日回京,他今日上街买了两根渔竿,也使我惊异。

自八月十六日起,医生骆强和司机孙丁玉两人陪我走了三千公里,经过了雪山草地,保证安全完成了任务,使我内心十分感激。王副政委、文星明由马尔康送我们来到成都,也是险路,为了答谢他们,和招待所商妥多加了一些菜,还买了酒,宴请他们。但因通知得晚,王副政委到七时还未到。因伙房不能久拖,只好等到七时半开始,王未到,甚感遗憾。饭后九时王才赶到,只好口头表示感谢了。

九月三日

继续补写日记。

上午小猛子去游了武侯祠,下午游了杜甫草堂,因为昨晚吵嘴的事,我未去陪他。中午时我与秋华登上院里的武担山,这是成都最早的遗迹。周朝时蜀王有一个妃子是成都人,她死后蜀帝派力士从武都担了土来,筑成此墓,上盖有石镜。后人盖了一山一寺,宝镜被毁。至今只剩下一山一塔了。

至下午五时,我将十几天的日记补写完毕。应考虑下一步的行程了。

晚秋华与小猛子做临行前的谈话,又争吵起来,无法谈下去。我听出他有一个根本思想,就是人是有个性的,应当自由发展,不应处处受到指责,而家庭却经常指责他,使他无法忍受。我在文学上既然主张个性化,为什么在生活上反而这样呢?我处处要他服从是封建式的。我做了长时间的谈话,才算了结。

九月四日

上午十时送猛子至车站回京。他那位亲爱的妈妈给他拿着他买的两个渔竿,甚为可笑。这代青年人把玩是看得很重的。

下午两点,陪我们的骆医生也要回去,因陈明义副司令要谈材料,由秋华送他到车站。

从三点起与陈详谈。他曾在四方面军总部任参谋,对卓木雕会议谈得颇详,很有用。最后,他对某些作品写到四方面军把朱总司令关起来,把总司令的马也拉走了,表示愤慨。将来的作品应当实事求是,应当有利于团结,这是一条原则。即使对犯有严重错误的人也要恰如其分。对反面人物的处理除揭露其本质外,也要合情合理。我们解放军有各个部分、各个山头,都要避免刺激他们的感情。在雪山草地这一段,对四方面军;还有藏族人民如何描写,都要极其慎重。

晚落雨。

九月五日

上午阅读材料。

盛仁学同志拿来两份材料,一份是他写的红军长征大事记,一个是有关大渡河的材料。

下午成都军区党史办杨平、龚自德、唐绍钧同志来,杨、龚向我要字一幅,已答应。龚很热情,带我们到政协买文史资料(有关川陕根据地的和有关四川军阀的),他们已没有了,从资料室拿来两本送给我,我表示感谢。将来写长征,军阀材料不可少,因要写出一个社会。随后又到四川出版社买了一本《红军过四川》,龚费了很大气力从书堆里弄出来。

随后去看了傅仇同志。我曾为他的《伐木声声》诗集写过序,但一直未见过面。费了好大劲才打听到他的地址,由龚干事领我去找他。他只有五十五岁,但瘦弱不堪,害着很重的哮喘病。一坐下就上气不接下气。他说他新整的诗集还要用我这篇序,问我有何意见,我表示同意。我约坐半小时,即去,祝他先弄好身体。他说八月号的《文汇月刊》,登出了王颖写我的那篇报告文学。那篇东西本来是四月号要登的,实际上是清除精神污染的一种做法。据说原先是要登刘宾雁的相片,后撤下来了,换上我的,一看清除精神污染不起劲,又把我的撤下来,换上了一个女演员,随后又是黄宗英的。现在大概不弄不合适,为八一节做个点缀吧!

九月六日

连下三天雨,我们最着急的飞机票终于拿到了手,明日到昆明可以成行了。

早饭后,与小猛子通了话,他入学的手续也办得差不多了。我说:这是你新的起点,要服从学校的组织纪律。

秋华下午算了账,我们的房间每日二十二点二六元,在此六天,一百三十多元。赴昆明的机票五十五元,过去是三十几元,也涨了价。

明日由龚自德干事送行。

小孙送我们走过雪山草地有功,晚准备与他再饮几杯。

九月七日

　　晨五时起床,由一所副所长王存智和小孙两人送行至双流机场,七点零五分起飞。坐在我窗口的一个干部很有趣,他把窗口把得严严的,秋华叫我从后窗看,他又把后窗堵得严严的,他像警犬一样机灵,为自己的利益而战,服务员拿了报纸来,他也把眼瞪得圆圆的。

　　经一小时十五分飞行,终于到了昆明。由昆明军区党史办黎振纲和一个王干事来接。因他们军区开会,要等一个大官来,把我们弄在一个很脏的房间里,卫生间的水流了满地,而且坐了一天冷板凳。下午我只得主动给肖健主任打了一个电话。他晚上八时来看望。

　　我也到了刘炎田同志家里。

　　他们答应为我作安排,让我先参观昆明周围的风景区。

九月八日

　　今晨由党史办黎振纲和王仕福同志陪同游昆明西山滇池。我觉得有点浪费人力,说只要一个人去就行了,但他们坚持要两个人去。王仕福原是团的副政委调来的,很客气,给我们提着东西。他们说,谭甫仁在"文革"中办了一件坏事,即发动几十万群众把滇池填去了一大块,名为围湖造田。我们一看,果然如此,一直上了西山,还未看到宽广的滇池。

　　西山,在面湖的一面悬崖峭壁建了一些楼阁。我们费了很大气力才攀了上去。路完全是从岩石上凿出来的,险峻之极。有的地方幸亏留有一层薄薄石壁作为扶手,否则很易滑下去。这里最高巅的龙门,则是硬从石头上凿出了一个岩洞。岩洞中除石雕观音外,还刻了一些龙凤波涛等雕饰。想当年恐怕完全是悬空作业,且经过多年才能完成。我惊叹这种劳动的顽强性,当给人以有益的启示。因为游人过多,弄得没有转向的地方。大家都要在"龙门"上留一张相,必须等一人照过再挤上一个人,我们勉强在那里留了一个影。这座险崖的石洞名达天阁和"半出天"。有一副对联是:"仰笑宛离天尺五,凭临恰在水中央。"想当年这里滇池如海,当然气象万千,而现在因围湖造田已不觉视野宽阔矣。

下了巉岩,归路上又游了太华寺与华亭寺,特别是到了聂耳墓,一时颇有所感。聂耳的《义勇军进行曲》,任何时候都令人热血沸腾,尤其在庄严的集会上常令我泪下不已,我是永远敬重这样的战士和艺术家的。

　　中午回来休息。下午又游了黑龙潭,只有寺中一株宁柏最壮观。此外尚有一株唐梅,虽已枯老不堪,但仍然活着。

　　另,看了吴三桂所修的金殿,在大理石的高座上,铸了一座极大的铜的建筑物,方方正正长宽都足有丈五,确属奇物。恐中外也没这种东西。

　　庙之侧有蔡锷坟,也看了看。

　　陪人参观是苦差事,黎、王二人今天整整劳累了一天,也够苦了。

　　晚饭前,来叫我们搬房子,所长在吃饭时露了面,说了几句客气话,搬房子是这样说的:"前些天为准备庆功会,杨副主席要来,所以只好把你们安排在这里,现在不来那么多人了,所以可以搬回去了。"一个人未到,还差一两个星期,就把房子腾出来,而已经来了的却弄在一个"一年来未曾招待过客人"的房子里。现在的事实在令人感慨,使人越来越感到无权无势的人难以活下去。

　　刘炎田同志的秘书名"刘志和",晚上又来看我们,并说希望写一幅字,他也是云南书法协会的会员。这次亏了他颇热情,否则事情很难办。

九月九日

　　早饭后,与秋华正准备出去买东西,刘秘书同刘炎田同志来了。我提出星期一、二看了必要看的,星期三即准备离去。他没有挽留,我们走的决心更大了。他们临去时留下月饼一盒,苹果十余个,表达心意。我这些年总为创作奔忙,一些该看的人没有看,该请吃饭的人也没有请,今日的情况也是应得的报答。

　　刘秘书给要了一辆车,去看了翠湖和大观楼。翠湖无甚可看,大观楼则颇为幽雅,楼前有长联约三百多字,据说,毛主席能背诵,有次问陈赓,陈不知道。我与秋华登至大观楼上,因围湖造田已无法看见滇池。眼前只剩一个小水池了!

与秋华上街买了些东西,秋华因性急,本来是南屏街,她走到正义路,找不到停着的汽车了。幸而我记得南屏等几个字,才又返回。此处栗子甚大,她一下就称了四公斤,准备弄到北京去。她说我"只顾一个人",岂不知要人捎回费多少事!

九月十日

今日赴安宁县昆明军区之温泉疗养院参观,行约四十公里。同行者有司机的家属和小孩。行二十公里,即觉寒气扑人。

至温泉疗养院,游泳三十分钟,此处无其他风景,与秋华上小街买老玉米七八个,一角五一公斤,甚便宜。还买了几个橙子。

附近有一石壁,题咏甚多,蔡锷、李烈钧等也来过此地。有个洞而已,无甚奇特。

午后归来,休息后为刘炎田同志的秘书刘志和写字二幅,他亦为我写了两幅。

此处的作家×××,被树为精神文明标兵,后又当人大代表,却在北海公园与一老战友的女儿胡闹,被公安局抓去。不知为何树这样的"标兵"。

晚与家人通话后,秋华精神才安定了些。因今日为中秋也。

九月十一日

晨七时半出发赴石林。与沈阳军区一老同志甘××(不悉其为何职)一家同车,由服务员小戴做导游。经呈贡、汤池、宜良至石林,行程约一百二十里。沿途俱为低矮的小山,宽阔的谷地,金色的稻田,以及将要成熟的玉米。村庄多依附于山坡,房舍高低错落,多为黄泥平房,亦有两层小楼,上层两个小窗很小,不像住人的。也有些房子为土坯垒成的泥墙,很简陋。当年红军经过时,当更是如此。

经过整整两小时才到达石林。将近时已渐渐出现一些壁立的石岩。

我们先到小石林看了看,风景确实不凡。形形色色的壁立的石峰,确实是独一无二的。我们首先在阿诗玛前停住,她的脸部略略仰起,似乎要有所倾诉的样子,并带有哀悯求助的神情。当然这是加进了自己的想像。也许引起人的想像,正是石林的特殊之点。我们小游了一周,就看到有些像是老人,有的像是唐僧,有的像是背着包袱跷起腿休息的旅人。有些石柱整个像一座雄伟的高塔,而下面只有一个小小的石座。有的高大的石柱上,又像谁在那里放置了一个石锁而又将它遗忘。

这里游人颇多,外国人占一半以上,熙熙攘攘,颇为热闹。饭后,我们又到大石林去看。此处石林更为壮观,题咏也多。如"异景天开""南天峤峒""天下第一奇观"等。我们还特意登到一处高亭上,从上往下看,层层石壁如插在地上。这种奇观据说是古代的海底所形成。下了亭则又陷入石峰的空隙之间。平时看到一线天很稀奇,现在则到处都是了。有时则像钻到一个深井里。我们转来转去,最后来到剑峰池。有些峰却很像插在地上的剑,刀锋刺向青天。我们在这里留了影。有些峰很险,有些巨石落在两峰之间,刚刚被架住,像很容易就要落下来。人在下面经过,不免捏一把汗。

看了三峡的水,九寨沟的湖,黄龙的池,今天又看了石林的石,这些可都谓天下之绝了。

这里休息室据说是为外国人提供的,我没有进去。一位姑娘倒很热情地给我喝了几杯开水,真要谢谢她了!

晚五时半回到昆明。刘炎田和他的秘书都来了,王仕福也来了,据说准备工作已做好,我们准备明日起程。

与丁玲打了一个电话,家中人说我在兰州时陈明去了一封信,退回去了。陈明在电话中说,准备出的文学刊物已被批准,定名为《中国文学》,双月刊,主编为丁玲、舒群,副主编为雷加、牛汉、刘绍棠和我。编辑委员有秦兆阳、孙犁等多人。

九月十二日

晨起即落雨。饭后,王仕福同志带了一辆北京牌吉普车来,司机为一个瘦小的二十三岁的杨龙平。刘志和秘书来送行,他爱书法,要舒同和魏传统的字,并要舒同为刘炎田写一幅。

于九日启程。在雨中行进。至宿民时,马路干干的,似乎未曾落雨。至禄劝时,雨又大起来。在武装部吃饭,我问部长贵姓,他说就是人民币那个钱,但这位姓钱的部长却是没有钱的。据他说,全国有五十个"特困县",禄劝就是一个。他一解放就住在庙里。虽然整饬得颇整洁,但却没有新房。据他说,每年给八千元,但只能维修。今天他给弄了一只鸡和一大盆洋白菜,让大家蘸辣椒吃。

饭后,雨益大,遂经武定,翻上长冲丫口。山上全为雨云包围,周围一片迷茫,如在天上行进。王仕福很有点担心,叫司机小杨开黄灯,我也嘱他多鸣笛,免得碰上对面的车。小杨这个年轻战士瘦而弱,看去其貌不扬,但却很有勇气,沉着冷静,不慌不忙。山上车辆甚少,偶尔开过一辆也开着黄灯。山上有放羊孩子和几群羊。真是行人欲断魂的天气。这座山颇长,走了很长时间才下了山,住在元谋武装部。据说今日过的山为马头山。谈起红军情况时,他们说,四团杨成武化装奇袭,被伪县府官员误为"中央军"设宴招待的,就是禄劝。这个小城实际上像个乡村,黄泥房子,今日仅有极少楼房,看去很不协调。武装部就住在一个高坡上。

饭后与武装部干部到元谋街上散步。据说"元谋"是飞马的意思。明末,此地傣族曾响应李自成起义,后被清兵扫灭。这里街道比较脏,但比禄劝显得堂皇一些,富一些。

九月十三日

昨晚因疲劳过度,又因灯光太弱难以看书,于九时安歇,睡觉这样早是很少有的。

六时起床,天还不大亮。看天色还没有晴,又担心今日会下雨。

因今日出发较早,很快就赶了六十公里到了永仁。从永仁经螃蟹箐、平地,四川境,仍为红土地带。养路工倒很努力,铺上了一层尘土,粘得汽车后轮满是泥浆。走了几公里这样的路,又上了高山。将到拉鲊前,当汽车开到山顶时,已可看到山那边的山谷里堆满了雪涛般的白云,白云下就是我们要过的金沙江了。但是这条神秘的江水,我们在山岭上走了很长时间还没有看到她的容貌。我们又走了一程,仿佛从白云的空隙里看见重山之中,有一段河流在闪光。但倏忽之间,又被群山遮住看不到她了。当我们越过山口,在金沙江的南岸,才看见金沙江在深深的谷底不过是一弯细流。我们下山东行了颇长时间,不知转过多少盘道这才来到拉鲊渡口。对面是拉鲊村,两村相望隔着一条江水。在等待摆渡时,我下了车,望着这条在红军历史上有重大意义的江水。"红军渡金沙,迎来新中华。"看来这条并不十分宽的江流,想当年红军为了渡过它却花了不知多少心血,走了多少路程。红军在遵义会议之后本来就想由泸州和宜宾之间渡江,而在几十万敌人前堵后追的危急形势下,左冲右突,从一月到四月底,不得不像一条被群山阻遏的江水一样,经过几千里的大迂回,在此处突出重围。这是一个极大的胜利!

江水虽不如大渡河水那么急,但据说深达数十公尺。我同一个民警闲谈,他说前些时一辆载重车上船时不小心滑落江中,连影子都不见了。

我在江边徘徊时,后边已来了十辆车,因对面一辆车上轮渡出了故障(只上去前轮)误了一个半小时。司机和乘客在江边闲坐等待。秋华见河滩上金沙闪闪发光,摆弄那个去了。眼看一点半了,我们在江边随意吃了些东西。

我们过了江,又过了一座大山。此地的村舍多为红墙黑瓦,建筑比较整齐,土壤色泽殷红如血。

到会理时已下午三时,我们来到武装部吃了饭。这个大院里面楼阁多处,甚讲究,据说是会理最大的一个地主的家宅,只他家的卫队就够一个营。

饭后,住到县委招待所,县委书记张启祥及宣传部长都来看望。此处矿产极丰富,书记颇以此自豪。晚上并找人送来特产石榴七枚,每个约有小碗大,为过去所未见。

九月十四日

上午由县委宣传部郭部长和党史办及文管所几个同志介绍红军过会理情况。党史办的同志(何成德)着重考证了红军过金沙江的日期为五月三日。

然后,我们到城东北铁厂村去看会理会议旧址。小雨断断续续,车从泥浆路上开过,颇为难行。本来说七公里,走起来颇费事,拐到一个山沟里,铁厂村已变成了一个水库,村子已经沉水底了。我在岸上,在莽苍苍的细雨中徘徊良久,想拍个照片也未拍成。美国人索尔兹伯里把铁厂村真的认为是铁工厂了。

下午继续落雨。关于看绞车渡的事,县和武装部都不支持,说是车到通安后,还要走三四十里的山路,不要去了。我也感到回来时要爬三个小时的高山,不知能否胜任。后来雨越下越大,也就去不成了。

只好在家看材料。州书法协会杨爔为我写了两幅字。

省广播电视厅的几个工作人员，冒雨到山上设转播站，弄得一身泥一身水。有一个小伙子去年上山工作，两个伙伴被雷电击死，只剩下他回来了。今日来了许多青年人要题字，很热情，都给他们题了。夜，寒气袭人，只好钻到被窝里看材料。

九月十五日

早晨仍天阴，但雨已停。准备返回昆明。行前，四川冶金地质六〇三队宣传部长韩雪川，要我为他们举行的摄影、书法、绘画题词，我写了"向为人民利益而艰苦奋斗者致敬"。四川省电视广播厅也要一幅，我题了"为人民服务是无产阶级的世界观"一幅。

九时出发，走了渡口市这条路。一路上拉矿石的车较多。攀枝花是第一次来，这次沿金沙江第一次看到了这座自一九六五年以来新建的城市。过了金沙江大桥，看见攀枝花钢铁厂，颇雄伟。烟囱喷着黑烟，楼房遍布在一面长长的山坡。如果有人认为建国以来没有成绩，那就请他看看攀枝花吧！

已经十一点多了，我们到市武装部休息吃饭。这是一个分区级的武装部，部长高强、政委杨象熙、副主任裴明招待我们很热情。他们讲，这地方出煤，出铁，出石灰石，还有金沙江的水，就好像是自然界准备好的钢铁基地。此外，还有稀有金属，钛、铀都是造原子弹的材料。另外，还出金，出水晶。小型淘金者，有一次挖出现成的金子一大块。他们谈时眉飞色舞，充满自豪感。他们还说搞攀钢建设是毛主席一九六五年批准的。当时这里只有七户人家。开始兴建时，这里还没有铁路，都靠汽车拉重型设备，是费了很大力气的。而现在这座新的重工业城市已经以自己的力量屹立在世人的面前了。

中午，杨象熙和裴明陪我们吃饭，搞了十二个菜，还拿了五粮液。杨说：一般客人来我们是不这样招待的。

饭后，继续奔驰。虽仍然是山地，但长时间行走在一道山梁上，两侧为小树和幼松，幽静之至。有时行走在山腰，公路甚平整。至四时半到达元谋。王仕福提议住在附近一个空军场站，一联系他们表示欢迎，安顿我们住下。晚饭后，场长、政委、陈副政委、参谋长都跑来看,还说要我们留一天看元谋猿人(比周口店猿人早一百二十万年)、土林等,我们一再感谢,他们确实太热情了。因为我们纯粹是路过,而且也没有介绍信。

场长孙裕民(飞行员出身),政委黄志祥,副政委陈维国,参谋长姚绍勤。

九月十六日

晨自元谋出发,过马头山,长冲丫口至禄劝稍停。一路虽在山上行进,不像上次在云中充满神秘感。禄劝武装部政委爱好文艺,也搜集了些材料,王仕福说好复印后还他。

我们在禄劝街上转了转,正赶上赶街,甚为热闹。且看到不少彝族、苗族妇女。苗族妇女发型如圆锥,甚别致。此处板栗甚便宜,七毛五一公斤。有个彝族小姑娘不会做买卖,她卖一元五角一公斤,显然是家里人告诉她的,别人都笑她。

禄劝、武定两城相距十公里,城墙已经没有了。禄劝城在一个山坡上,当年是很破旧的一个小城,四处为群山环抱,山亦不甚高。当年四团智取三城就是元谋、武定和禄劝。化装袭击在我军是有先例了。

司机小杨肚子饿了,我本想请他们到昆明去吃饭,一看他情绪有些沉闷,遂改变,请他们在富民街上吃了。没有让他们拿钱。这里今天也赶街,热闹之至。

下午三点,到达昆明。小杨忽然问秋华:你们在家有专车吗?有警卫员吗?这些思想也钻到他脑中去了。我听后心中甚为不快。

昆明军区庆祝老山反击战的英模会已开始。听说杨总长来了,想看看他。

晚刘秘书来。

九月十七日

听说周总理的警卫员范金标在此处,决定访问。王仕福同志联系不通,我们就跑去了。

路上我们顺便看了龙云的官邸。进门有两泓池水,大门左侧有专供钓鱼的亭子。大门的匾额上有几条龙,并有四个金字"轮迴焕辉"。进了大门,又是一座很大院子,中有大养鱼池,四处都是花草,院内有三座楼房,一边是龙的儿子(龙大)的,一边是小姐楼,中间是龙云的,显得极为堂皇。最有意思的是一块大理石屏风,上面有一条自然的龙浮在云中。解放后周总理等领导人曾下榻此处。

我们到了云南省军区,找到范金标同志家。他老伴说他出去了,他的材料都登了报,没有谈的了,意思是劝阻。党史办的同志、工作同志又去动员了一番,快十一时了,我们就回来了。下午范金标同志和工作同志回来,谈了两个小时。他谈李德的生活和形象最生动,这个人物有了点影子。

九月十八日

今日又是雨中启程。除了前两天未下雨,其余全是雨,雨。

刘志和秘书来送行。

前天晚听家里电话说,师哲同志来信说我写的彭总文中,有个别事实有出入。主要是开会期间林彪不在国内,而在苏联养病。

我听后心中甚为不安,这牵扯到书的重版问题。我曾托王焰同志查询,还未知结果,今晨天一亮,小张即来电话,说许显卿拟携稿来修改。我马上问王焰,王焰在电话中说,经查问林彪家的保姆,说林彪一日还参加天安门观礼,八号才飞莫斯科养病。我心中的一块石头才落了地,马上又打电话告知小平。

按预定计划,先到柯渡。这是毛主席和总部准备佯攻昆明实渡金沙江的地方。肖应棠奉总理命攻袭金沙,就是在这个村子受命的。

开始以为五十多公里,实则走了九十多公里才到柯渡。一路雨点不住,山谷幽静。路旁树木虽然浓绿如夏,但已飘落不少黄叶,已有秋色。田间稻子已呈金黄色,土壤仍为赤红色。河水已经变成红河,泥浆如血水。将至柯渡时,转入泥巴路,极难走,红泥粘得厉害,汽车除颠簸外,屁股还扭着秧歌,这是很危险的。司机小杨只得小心翼翼地前行。

又走了十余公里,山谷较开阔些。远处山坡上有一村庄,房屋都是红土墙,也颇好看,总有二三百户。原来这就是中央总部住过的村子,是寻甸县的丹桂村。

这里有一个纪念馆。我们将车开进小院,小院花草甚多,布置得很幽雅。一位女同志领我们参观了军委总部住的院子,这是本村首富地主的家宅。一进门,里面是天井,三面都是两层小楼,楼梯很窄小,上去后参观了周总理、朱总司令以及刘伯承的住房。里面摆着尖顶靠背椅,马灯、斗笠陈列品。我在台阶上留了一个影。

随后又看了毛主席住过的房子,与上面的小楼相类似,在雨中还飘着一面红旗。我在屋外也留了一个影。随后买了一本《红军长征过曲靖史话》就离开了。

这时已经十二时,又沿泥马路退回到一个大桥边。原来要经板桥拐到去曲靖的路上,谁知错走了路,多走了五十多公里还未至板桥,一问养路站到了鲁戛,走到另一条路上去了。

只好继续前行去找吃饭的地方。雨烟浓,白云低,我们又走在云中。能见度很低,只见路边一小片绿草,前面几公尺路,仰头只看见近处模糊的树影。汽车在红色的泥汤中小心进行。

到了板桥,小杨早已饿得情绪不高了。王仕福下车买了点点心,我不敢吃甜的,秋华与我剥些栗子充饥。我们的汽车停在红泥浆里,旁边有十几株笔直的大青树,雨丝一直不断。

这个板桥村,据说红军也曾路过并且打过仗,我们自然也不觉得苦了。

又走了几十公里到了金所,才到了柏油路上。经过寻甸车站,于傍晚六时到了马过河。这里昆明军区有个仓库,王仕福找到他的老同事刘政委,刘很热情地招待我们,饮了一杯暖酒,我们就住到此处。

九月十九日

昨晚仓库政委刘光前同我闲谈甚久。他反映了一个较突出的问题,就是部队有的干部不安心。主要是薪金低,物价贵,夫妇分居两地,生活困难。

晨出发时尚有牛毛细雨,不久雨就住了,渐渐晴起来。今日山势较缓,是一路下坡。经马龙抵曲靖坝子,这是一个很宽阔的坝子,满是金黄的稻田,据说是云南比较富裕的地方,街道楼房也不少,街头还有战士骑马的塑像,因未下汽车未及细看。十一时抵富源,临时联系在县武装部就餐。政委李定国、部长宗继武都见到了。宗生得粗壮雄伟,他说有九十二公斤,云南建水人。从谈话中得知,他们认为武装部建设所以不好,是因为干部调动太勤,大家没有长期观念。还有一个副部长是边防团一个团长,因妻子来看望,派了一辆日本越野车去接,翻了车,妻子丧命,两子俱伤。

富源是云南的最后一座县城,出了富源就进入贵州境。山形地貌已有不同,山比较小,圆馒头式的小山接连出现,红壤土也渐变为黑土了,山上石头很多。过了富源不远,到了火烧坝(火铺)一个煤矿。沿路小煤窑颇多,农民掏出一个简单的洞子即能取煤。原来"人无三分银"的贵州,其实矿产极为丰富。

这里的农田以包谷为多,多种在很陡的山坡上,显然是点种,刚能踏上一点脚的地方也种上一两棵棒子。

下午过刘关屯、普安后,又落了一点雨。将到晴隆前又爬上了一座大山,名晴隆山。爬上二十四道拐,浓雾迷漫,只能看出三五公尺,不得不再次开灯而行。王仕福同志介绍说,晴隆城就在山顶上。整个在山顶的城,除陕北的葭县、绥德外,我还未见过。但这座山比那个山要高得多了。

正在云中爬山时,车出了毛病。我遂下车与秋华在云中步行,四处白茫茫一片,真是如在天上。我在路边往下看,不知悬崖高有多少丈。在草叶隐隐约约中看到一头牛,随后一个十一二岁的小姑娘,拿了几枝甜棒走上来。秋华给她开玩笑,要了她一枝甜棒,小姑娘很怯生。秋华摸摸口袋只剩下一块糖,她规规矩矩地接了。我们再向前去,见坡上有一匹马。近处有人吹清脆的口哨,很动听,但却看不见人在哪里。近处有拖拉机声,也看不见在哪里。对面的汽车也看不见,当看见浓雾中有黄的眼睛,来到面前,才知道汽车来了。

车子修好,我们才走完这最后的三公里,来到这座山洼洼间的山城。街道破破烂烂很陈旧,进到市中心才有几座楼房,据说当年这座城市多数是草房。

我们到了武装部,又爬了好多层阶梯,回头望望晴隆山像埋在云中。主人热情招待。晚饭后并邀县办主任及一位七十多岁的老同志名钱培炎闲谈,谈了不少贵州当年的情况。

九月二十日

晨起,晴隆县委退职的老书记(山东人,在此处已工作三十余年)以及现任的年轻书记、县长、女副县长、人大常委等十余人,齐集县委会议厅与我会见。我向他们表示致敬和问候,并对晴隆县的潜力和光明前景表示自己的祝愿。随后由他们招待吃了早饭。这个县,人均产值二百元,人均收入一百五十元,虽然地下蕴藏丰富,但缺乏投资拿不出来。我看到他们办公室里摆放的黑色大理石确实很好。

今日启程不久,又下起雨来,在高山上又作云中行。山腰上的村庄,以及路上放羊放牛的人,都是到了面前才看得见。这里的山上多种包谷,房子多用石头筑成,房顶覆盖的也是石片。路上不时遇到上学的孩子,他们都离学校较远,比起城市的孩子从小就是一个锻炼。

过了一座高山,于上午十时半就到了黄果,在公路上即可看到闻名的黄果树瀑布。从贵阳来的旅游者不少,我们为了更好地领略它的壮观,一直下到很深的谷底。未到它跟前时,早已听到它吼声如雷。来到近处,只见这瀑布凌空而下,裂作几道银练,在水潭中激起一片雨雾。我们离它很远,雨雾即已湿了衣襟。我们想照相,又怕雨雾湿了镜头,用雨帘挡住照了几张。在我所见过的瀑布中,有这样高(如小井瀑布)却没有这样宽,有这样宽的(如九寨沟的瀑布)却没有这样高。这是我见到的最壮观的瀑布了,它那磅礴的气势,令人精神振奋。它是力和美的统一,是勇敢和拼搏的形象,是青春的象征!

随后我们返回时才觉得吃力了,爬到顶时已满身大汗,据说有五百二十多个石级。

在岸上买黄果数枚,即离去。

一路上山形渐渐变化,小小的馒头山,草帽山,孤峰,越来越多,这些山已有桂林山的风味。

晚二时,到达安顺市,据说这是贵州第三大城。街上人甚多,颇为繁荣。住安顺军分区。吃完饭已下午三时。

休息后,听说王若飞同志是此地人,城中有他的纪念馆。即由张文贵顾问领去参观。若飞同志的家是书香门第,院子部分为中学所占,院子不大。若飞家宅尚宽大可观,内有雕花木床。据说若飞之祖父为清朝拔贡,大概中途衰落了。若飞是我党的杰出人物,可惜牺牲过早。其弟媳妇要我题字时,我写了"永远向革命前辈学习"。

晚与张文贵同志摆龙门阵。他在毕节地区工作了二十余年,对少数民族了解颇详。

九月二十一日

从昆明出发以来没有擦车,已经滚成土蛋子了。今晨出发去看新发现的溶洞,天又落雨。该处离此三十余公里,凡来的人都说值得一看。

此处在安顺城南。安顺是颇大的平坝子,有许多桂林风味的小山。沿柏油路走了十几公里,就拐进一道山沟里,有一条新辟的小公路,加上下雨颇难走,一小时后才到达新取名的"龙宫"。这是前几年因修建一座小型发电厂发现的,直到去年才开放。据说,溶洞全长三千三百米,现在只开放了八百米。

洞的入口处是一大片水池,原名龙潭,现已改名为天池。据说水深三十四米。这里周围都是绝壁,绝壁上树木葱郁,潭水因很深略呈黑色,显得特别清幽。我们几人乘了一只小铁舟,一个青年划船并做导游。入口处就很吸引人,一个个尖尖的钟乳石由上而下垂向水面,他们取名为群龙迎客。舟往里去,凭着电灯的微光,就进入了一个光怪陆离的世界。有的从空中伸下一条腿,平平的一只脚取名熊掌,有的在幽暗中,像立着一位身着白衣的芭蕾舞仙女翩翩起舞。再往里去就是壁画宫了。在斑斑驳驳的壁上,似展开了一幅幅油画。导游的青年拿着一个电棒,用电棒指点作了介绍。有什么"百犬守门""二龙戏水""狮子滚绣球""宝塔""古钟""古榕参天""啄木鸟""石瀑布""鲤鱼跳龙门"等等,我们看去认为导游介绍得都很像。特别那石崖上垂下的石瀑布像得很,恰像一座艺术品。那棵古榕,确像一棵苍劲的大榕树,附近还有一只啄木鸟。那宝塔、古钟也很酷似。

再往前去变得很狭窄,仅有二三尺宽,刚能容下一只船。船驶进去时,碰着石壁当当地响。再往前走,导游连声警告:"低头!低头!"原来上面石头很低,如不低头真正要碰头了。

大约走了三五十米,才到了一个宽敞的大厅,这是第三宫。此处水深二十四米,有五个巨大的钟乳石垂下水面,之间有一个圆圆的球,导游者说,这就是五龙戏珠了。

再往里去又变得狭窄,在通道之侧有一小洞,导游说,这就是老龙王三公子的卧室了。通过这座卧室就是第四宫,水深二十六公尺,名海石花宫。这里有猪八戒过通天河,冰川白熊等。

最精彩的是第五宫,这里水深二十八米,宽三十三米,真是老龙王的水晶宫了。他们给这里的景物取了许多名字,如天马行空、贤妇赶猪、哪吒闹海、老龙回宫、乌龟丞相、绵羊奔天、少女看书、猛虎下山、群猴捞月、花果山、葡萄园等等,真是目不暇接了。

第六宫也很奇特。狭窄而高,仰视约有八十米,水深十七米,可以想像,整个这座山里面都是空心。他们取名为三峡宫,也很恰当。这里有小白龙出洞、独臂老人、三顾茅庐、嫦娥奔月、象鼻吸水、仙女拜观音、老寿星、笑面罗汉、荷花倒挂等。这个荷花倒挂,酷似之至。正在我们凝神欣赏时,导游指着旁侧一黝黑的石洞说,从这里出去,有一个旱厅,可容三百人,将来很可能修一个龙宫餐厅了。

再往前,已可看见前面隐隐有光,原来是一个洞口。我们弃船走上石阶。出了洞,重又看见蓝天。在一面绿油油的山坡上回头看是一面壁立的陡崖,因石壁坑洼不平,原来已到了蚌壳崖。

张文贵热情地转身向我们介绍,这八百米水洞已完,现在也只开放到这里。下面几百米是旱洞,旱洞过去又是两个水洞,因未整理好,这次也只能看到此处了。我们像刚吃上一顿美餐,还没有饱就停下了。

我们重又登到船上,沿原路而回。然而这只不过是一部分,另外还有一个龙门瀑布。原来这里的水出洞后汇成天池,接着打了一个U形的弯子,又从一个石洞飞流而下。这个瀑布分成三个台阶跃下,穿过山洞,跃到深深的谷底。我们从这里可看到洞下的游人。张文贵问我们下不下,看瀑布岂能只从上面看,当然要下。我们沿山坡又从另一处山洞下到谷底,走过一道窄窄的木桥,还要经过踏石,我怕秋华落入水中,叫她不要过了。王仕福同志还是保护着她,一个人不落都过来了。这时我仰看洞中瀑布,好像从天窗上流下来,上面洞口的游人看去只有几寸高。我们看洞中的瀑布,还是首次。祖国山河之美,令人惊叹。风景无非由山、水、河、湖、池、洞、石、林等构成,总有一着称奇。这座龙洞也堪称洞中之奇了。

我们恋恋不舍地离开此地,回首看瀑布出口处,是数十公尺高的一个自然形成的拱门,显得极为壮观。他们称这为龙门,而这个龙就是这洞中的平静水,在某种条件下变成一条巨龙了。

午饭时,分区陈金岭政委和张顾问设宴招待,拿出了他们自作的米酒和贵州特产的刺梨酒。饭后即启程赴贵阳。

贵阳城郊有许多不高的桂林风味的小山。有的像馒头,有的像草帽,有的像古代武士尖尖的头盔平放在逐渐开阔的原野上。人说贵州是"地无三里平",然而在这贵阳坝子是不确的了。这里有一个县,名字就叫坝县。贵阳也不像原来设想的那么在群山的紧抱中,实际上也还是比较开阔的。

晚住在省军区招待所。室内没有卫生设备,我和秋华到服务社浴室洗了澡。

晚七时许,省军区焦政委、谢光顾问还有两名处长来看望,对我的访问作了安排。谢光同志对历史颇熟悉,又很热情。

拟在此处停留三天。

九月二十二日

上午由处长傅建斌陪同至花溪。先访问了一个在贵州参军的老红军,名宁震河。红军到达贵州,大批人涌入部队,补充了新的力量,这是我预定要写的,只是不能太一般化。第二个我们访问了总部手枪班长袁国才,说起毛、周、朱及刘伯承,他都在他们身边工作过。他今天热情坦率,可惜时间短,谈的细节还不够多。

这里省军区花溪干休所胡天启等招待我们吃了午饭。饭后要我题字,我写了"踏遍青山人未老,风景这边独好"相赠。

游了花溪,并看了蒋介石当年在贵阳时的住地。据说原来是木头房子,现在按原样改成砖石结构的了。里面不太大,摆了许多绒面沙发,后窗是花溪河,树木不少。门外有几株柏树。

进城后又看了当年王家烈的住宅,是一座堂皇的三层楼房。走廊上有圆拱形的装饰。有一座不太高的平顶山,名东山。是王家烈的妻子拟宴请宋美龄(遭拒绝)的地方,原来上面有一座庙,有两个尼姑,备有素斋。

下午休息,稍疲劳。

晚刘铭简处长来,他说同万式炯(王家烈的妻侄,团长,现为参事室副主任)已联系好了,准备明日下午谈。

九月二十三日

上午与省军区党史办的梁正贵同志谈。他是解放前贵州大学的大学生,当了多年文化干部,曾参加编《星火燎原》。写过一个《四渡赤水》的话剧。他对这段历史很熟悉,四川人能摆龙门阵,谈了几小时,但可用的材料不多。

下午访问参事室副主任万式炯。他是国民党中将司令,是王家烈的妻侄,也是王部的亲信团长。他写了一篇回忆录,颇生动。今天特请他谈王家烈与其妻万淑芬等人物。他把王的事迹史与被蒋介石搞垮的历史谈得很具体生动,有些材料是可用的。敌方的一些将领也要深入了解并使之典型化。

晚看望蹇先艾同志,因陈明曾谈到向他约稿,为《中国文学》创刊作准备。坐了半小时返回。

九月二十四日

上午读四渡赤水材料。

下午由梁正贵同志陪同到贵阳城西南红军通过处。当年红军于四渡赤水之后,为了甩掉敌人,从贵阳、龙里之间二十华里地段通过,打了一个弯弯,直奔云南。当时蒋介石正在贵阳,吓得丧魂失魄,极为狼狈,除调兵保护外,还赶紧保护机场,以便必要时逃脱。毛主席的这一指挥也像四渡赤水一样,是出奇制胜。

我们出了贵阳城,就是波浪式的起伏地。城外有一些不高的小山和桂林式的尖尖山。我们走的这条公路,当年就有,不过不是柏油路,而是一些毛糙的土公路。

当年红军冲过这条公路时,是先卡住贵阳到龙里的两端。我们走出贵阳十九公里处就是黄泥哨,是个小村子,这是封锁贵阳的前哨阵地。再走不远,就是谷脚,骑着公路,约有二三十户人家。再向前走,有几个山头,正好卡公路,梁正贵同志介绍说,这就是"倪儿关",当时有一个团的第二道阵地就在此处,我下车看了看,至今路旁边有一座不高的石碑,刻着"倪儿关"三个大字。从地形上看,当初红军选择这样的地形是很恰当的。随后我们又驱车看了距龙里十公里处的观音山阵地,这里骑着公路有一个十几户人家的村庄,上面有一块高地,以前有个小庙叫观音阁。这座高地也就是观音山了,这是当时一军团所控制的。据说,云南滇军的指挥官孙渡,不知城外有我军,他乘了一辆小车带着几个马弁,在公路上曾遭到我军狙击,汽车被打坏,而孙渡却侥幸逃脱。谈起公路,梁正贵同志说了一个笑话:以前贵州很落后,周西城从四川买了一辆汽车,因为没有公路,是抬到贵州来的。那时王家烈的飞行大队只有一架飞机,不是丢炸弹,而是丢手榴弹,甚至丢石头。原来修的飞机场也不行,有一架飞机起飞碰到山上把尾巴碰掉了。

我仔细看了看从观音山至谷脚的二十里路,觉得没有二十里远,问起梁是怎么回事,梁说,实际只是七公里,十四里路,二十里可能是把村庄本身也算上了。在这十四里中是起伏不一的谷地,有小小的村庄和田禾,其中有些蜿蜒的小路,当年红军就是沿着这些小路走过的。

晚谢光顾问来送行。

九月二十五日

一出发就下雨,今日又不例外。

今日陪同者增加了刘铭简同志,他原是省军区的宣传处长,现在在党史办。

一出贵阳直奔正北,一路皆为起伏地,满谷金稻。山已不全是石头山,土石相间,因此长了不少树木。村落也颇稠密,所经之札佐、狗场(现改为久长)等乡镇皆有三几百户。惟草房甚多,原有之店铺亦甚破旧。将至息烽前,曾见路边一木牌,上书:息烽集中营旧址。虽一闪而过,但在心中仍引起一阵痛楚,此皆国民党残酷迫害共产党员的地方,据说杨虎城也曾关在此处。

息烽城是在一座山坡上,沿公路进城要下一长坡而且甚陡。城中店铺不少,多为历史留下之中世纪两层小楼,也很破旧了。虽然下雨,但小摊仍不少,有豆腐、肉类及各种蔬菜,都很新鲜。

十二时,至乌江。我站在高高的江岸上向下俯视,原来这是碧绿碧绿的一条江,与传说中的乌江颇不相同。刘、王二同志指给我看,远远看到上面是乌江发电站。发电站下即是当年二渡赤水河,大破吴奇伟,并将吴猛追至乌江岸边,使其惊恐万状砍断浮桥逃生,置自己的部队于不顾之处。渡口两岸原来只不过一个小小几百户的市镇,那一片黑色的旧瓦房,还看得清清楚楚,而今许多楼房盖满山坡,已俨然是可观的城市了。两岸俱为高山,但南岸山更高些,山尖处挂着几片雨云。

我们步行在乌江桥上,用步量了量,不过一百米宽。绿水荡漾,清波可爱,与当年波涛相比,已大不相同了。也许这是上面修了水库的缘故。

接着,继续向遵义前进。将至遵义前,看见山越来越小,都是低矮的小山,近于桂林颇可爱。过去名叫懒板凳的地方,现在已是遵义县了。我们还经过了刀把水,据说这是曾宝堂智取遵义前,先解决敌人一个营的地方。

我们过了湘江即进入遵义旧城。有一道宽阔的马路,相当可观。旧市街,旧房子还不少,多为两层中世纪的楼房,有些已相当破旧。

我们在军区安歇。刘科长招待我们很热情。至晚司令、政委和已退职的政委俱来看望。晚八时地委年轻的副书记王恒富,地委宣传部副部长吴传彦、文化局长谢军珍、副局长吴克明等同志,还有几位作者都来看望,极为热情。王副书记为我作了妥善的安排,并要我与此地作者见面。据说,他今年四十六岁,颇能干。原来是赤水中学的教员、校长、县委宣传部长,现在已是地委副书记了。

看来,可能在此地得多留些时日。

九月二十六日

未起即听有雨声。

因雨改变计划,饭后先到遵义纪念馆,由馆长费侃如领着先去红军总政治部旧址(原天主堂)参观,该处修整一新,是昨天才接收的。院内甚宽敞,有大楸树一株。教堂亦甚堂皇,据说为清朝时法国人所建。因欺压群众,曾引起公众反对,爆发所谓教案。对面为群众工作部,李维汉同志曾住在该处。此街为杨柳巷。

因雨只能在纪念馆看材料,窗外大雨如注。

下午,在分区会议室与搞党史的同志座谈。到会者有纪念馆长费侃如、田兴咏(笔名石永言)、地委对台办石金生,还有市党史办三同志,共六人。由费馆长介绍了遵义会议情况。田兴咏介绍了一个"红军菩萨"的故事,很动人。故事的主人公是个卫生员,因给群众治病,回营时部队已经转移,被反动派所害,死后群众埋葬,香火不绝,反动派将坟挖开,远近百里群众,每人携石土来又将他埋上,坟头更大了。至今群众尚去祭奠,可见红军影响的深远。此情节完全可插入小说中。

晚饭后与秋华在遵义街头散步。

晚上老红军李少卿来,谈参军情况。他因"三反"时处理欠妥,至今仍是十四级。他在言谈中流露出,怕将来上来的年轻人更加不重视老同志,他的担心恐怕不是没有根据的。我最近遇到不少五十左右的同志得不到重用和使用,很有意见。这么多的同志情绪不高也令人可悲。

九月二十七日

今晨雨中去看了新城毛主席住地旧址。是一座颇高大的两层青砖小楼。四外都是颇宽敞的走廊,楼下为张闻天及办公人员住室,楼上为毛主席和王稼祥居室,中间仅隔一客厅,于此可见当时的关系。我问博古住在哪里,答曰不知。又说,以前说下面是博古住室,以后说是工作人员住了。

室内均有马灯,当时野战,马灯实为极有用之物。将来小说关于马灯也少不了一笔。

随后冒雨至红军山看烈士墓。此山原名小龙山,后改称红军山,邓平同志亦牺牲在附近。有名的红军坟就是昨天所说的那个已成为神话的卫生员,这是红军无名战士的象征。我看到墓前石碑,果然披有红带子,里面被雨打湿,旁边有不少焚香留下的竹签。昨天传说至今有人烧香,不是虚传,这是我党我军的神圣形象。我与秋华打着伞细读了碑文。

工人们正在为烈士们修纪念碑,碑高二十九公尺还未修成,碑身用紫色满天星大理石。我们看了这种紫色的石头,果然上面布满了星星点点很规格的五角星,完全是天然神工,令人感到奇异。

下午读材料。

晚听说苏振华夫人也来了,并前来看望,准备明日结伴同行。

来访者,还有伍本芸、赵光金、陈建生。

九月二十八日

这么多天,都是上午下雨下午晴,今日又如是。

晨在雨中出发赴娄山关。今日与苏振华的夫人陆迪纶同行,连陪同人员共四辆车,可谓浩浩荡荡矣。

沿路余双军同志边走边介绍。董公寺、板桥都讲到了。过黑神庙时伍本芸(《娄山》编辑)还说了,湄潭某庙宇有副对联"省曰黔省,江曰乌江,神曰黑神,何以地近南天有此正色",他只记得一联,下联忘了。

过黑神庙一路上坡,已经上娄山关了。将到顶时,小余就告诉我们,这里是钟赤兵负伤的地方。当年因战斗激烈,河沟里的水都成了红的。

不远,我们就上了山顶,一石碑上刻"娄山关"三个大字。据介绍,当年只有一简易公路,极狭窄,仅能容一辆汽车通过。真可谓一夫当关万夫莫开。我们在山隘高处一看,果然如此。一个小尖山,一个大尖山,双峰夹峙,小余为我们详尽介绍了当年鏖战情景,我们大家撑着伞细听。仰望大尖山上云雾迅速流动,更显得山势的雄伟。毛主席的《忆秦娥·娄山关》用金字刻在大理石碑上,显得十分庄严,我默默地吟哦着"苍山如海,残阳如血",心中涌动着悲壮的感情。

娄山关的守敌,是王家烈部的一个团。开始双方侦察部队接触,因我南方口音多,打起来,我乘势发起进攻。我分两路,一路打正面,一路自点灯山(明万历年间一场挑灯夜战而得名)迂回,这一路十分激烈,我攻上去,敌反攻下来,打了许多回合,至晚,敌兵烟瘾发作,败下阵来,我遂占领山顶。因天已黑,我以一个连守卫,不便再攻。这时驻黑庙的敌旅长,使大家过好了烟瘾,又抬着机枪猛攻上来。钟赤兵的负伤就在此时。后因一军团某团迂回到板桥(走了一晚黑路从另一条路插过来),驻守黑神庙的旅长觉得没有办法,遂败退,从另一山沟逃跑。张爱萍那个团饭刚熟,不得不每个战士盛上一碗边走边吃。

看完娄山关,即沿着之字路盘旋而下。至午抵桐梓。两边都是平平的山,中间坝子稻子金黄,相当开阔。这就是过去有名的夜郎国了。

在武装部吃过饭,桐梓党史办杨隆昌同志领我们去看小西湖,这是当年囚禁张学良之处。但是更引起我兴趣的,是当年红军在桐梓夺取四个洞的故事。原来桐梓官僚富豪听说红军要来,惊恐万状,将大量财产藏在蟠龙洞、仙女洞、天门洞、风岩洞中。红军解决了这几个洞,搜出的金银、大烟弄了半个房子,解决了许多困难。

我们沿路看了魁岩山上的仙女洞——半山间的一个洞。随后又沿桐梓河(或曰天门河)上了高岸,河流从狭窄的峭壁间流过,像两扇大门,名曰天门。过了下天门不甚远,又有上天门,原来这个上天门,是河流穿过一个高大的拱门,或者说这座山就像是一座门似的。拱形圆门之上,有一绝壁,绝壁之上有一洞,这就是上天门。当年红军在对面的山上松林内封锁着这座石洞。据说石达开的兵也曾经过这里,富豪之家也曾到此躲避。

我的兴趣引起来了,还想再看看蟠龙洞,于是决定今晚宿在桐梓。

在城里看了周西城的祠堂,规模颇大。当年每县都送了他一块歌功颂德的大理石碑刻镶在墙上。

在城西十余里蟠龙洞,很远就看得见,但走过去却费了很大工夫。我们过了桐梓河走了五六里才到了洞口村。稻田埂滑得很,使我又想起去年崴脚的事。幸亏杨隆昌一直扶着我,才走到洞口。这里一个进水洞,一个旱洞,我们接近旱洞口时,很大的蚌壳式的石崖,一个极高大的洞,上面哗哗地向下滴水,洞中的水声也隆隆作响。地下落的都是鸟类,不少鸟飞进飞出。门口石崖有一小庙。我们往里走了走,越走水声越烈,秋华叫我不要走了。杨隆昌说,红军在捕捉哨兵后,洞里向我开了一土炮,曾伤亡红军战士数人。解决此洞,情节甚为曲折。

晚看杨隆昌关于解决四洞的材料。材料很新鲜,颇有趣,别人也未写过。此事正发生在遵义会议期间。显然,没有基本群众的帮助是不可能解决这些洞子的。将来可以写红军如何在群众人物的帮助下完成了这些事情。这件事也不很一般。

九月二十九日

　　晨天气晴朗，是自昆明出发以来少有的晴天，正好向习水赶路。驶至三十公里的高山上，老百姓说叫二台山，上下三十公里，在急转弯处与一卡车相撞，幸双方车速较低，仅将左车灯部分撞毁，后查下面管方向的部位也失灵了。对方卡车是一个戴眼镜的青年，他从成都拉橘子回来。司机小杨与对方争吵了一会儿，对方还算老实，承认占了线，答应出五十元。事情基本解决。但车子却无法转动，派刘剑干事回去向武装部要车，我们在山上大雾中等候。从九点半等至下午二时，武装部冯政委始带车来，另有县委车一辆，要把我们再接回桐梓，我则要他的车把我们送到习水，他可坐县委的车回去。他踌躇了一会儿，也答应了。司机也有几分畏难，说习水的路不好走，看来人们长途山地行动，顾虑还是有的。今天的事不过是必然中的偶然而已，但这个险我是冒定了。

　　车行至仙源时，我们已很饿了。王仕福、刘剑和司机去街上吃面条，我和秋华吃了点桐梓的牛肉干。继续行进。

　　下了山又上山，真是山山不断。过了仙源（黄龙）又是一座高山，名跑马岗。上到山顶之后，又在山梁上走了很长时间，才下了山到达温水。温水以西，山冈渐平缓，尤其良村以后山上森林颇茂密，山谷亦颇幽静。村中多数木板墙，上覆黑瓦。两座山谷之中有一道山梁，公路沿山梁迤逦而西，开始平缓，渐渐坡度越来越大，为大幅度的起伏地。图书坝为红军多次经过之地，在一个幽雅的小山洼里，树林颇茂密，看样子也不过几十户人家。据人说，是一个穷人发家后，曾在此处设了一个图书摊子，不知确否。

　　晚五时许抵习水。在这里受到县委第一书记赵兴中与武装部周部长、政委、副书记杜若（一位年轻作家）等的欢迎。有好几个摄影员布置在几道门里，无疑太过分。六时许又设宴招待，并拿出所谓气死茅台的习水大曲。几乎饿了一天，至晚算是饱餐了一顿。事后得知，赵书记是党管军事的标兵，他今天是特意换上军衣来欢迎我的。

　　晚在习水街头漫步，红绿彩色电灯高悬大楼之上，已有国庆气氛矣。

九月三十日

　　早饭前,同陆迪纶及党校拍电视的刘润泉同志等去参观大杉树。该地距习水城北郊十一公里处。这是一条勉强可以称为公路的公路,车子颠得厉害。一路山谷颇清幽,人们背着竹篓去赶场。到了一个村子,车子停下来。过了一个独木桥,又走稻田埂,只顾脚下,猛然抬头,在一个山洼洼的小坡上,这个杉树之王已在眼前。同来的人纷纷上去手牵着手去量,陆还专拿了一根绳子,量了量约八米又三分之二公尺。有六层楼房高。奇怪的是,不仅躯干挺直,气势巍然,而且经历数百年(据说是宋朝的),它不显得苍老,枝叶苍翠如壮年。据于双军说,这样的杉树世界上有三株,此系其中之一。不知此话可信否。

　　归来时,在村子里(镇坝子)遇一八十岁的老人。问及大树情况,他说,他小时候这树就这么大,有一富豪将树买到手,想伐去,刚砍开一个小口,突然出现许多大蟒将树盘住,还有的挂在树上,上空雷鸣不已。富豪惶恐,遂作罢。远近村民常来此烧香,做道场。尤其奇异的是此树每年春天开出绿色的花。老人说是亲见,我也不得不信。

　　早饭后,由县委书记赵兴中、副书记何启富(杜若),还有管党史的副书记赵康陪同去看土城旧战场。车子爬过一个大坡后就一直下山。首先看了毛、周、朱几位领导人的指挥位置,那是在土城背后的一个尖尖山上。据陈昌奉回忆,当时山上茅草很深,山下有许多很好看的小蘑菇似的松树。随后我们就到了土城渡口,这是一渡赤水之地。此处赤水河颇宽,约有六七十米,水量也大,对面山上有一烈士塔,山下有一坝子名罗让坝。我们在这里看了全景,又到土城街上看了毛主席住处,是贴着山崖,一个商店的后院,现已建成楼房矣。这是据陈昌奉的回忆才找到的。陈的记忆很好,他说房后有一石洞可容两三个人,果然不错。

　　土城街上极繁华,和北京的大栅栏差不多了。我们在街上摩肩接踵走了很长时间才走出来。秋华买了点凉薯。

　　随后,在我要求下看了青杠坡。车走了几公里的小路,颇险,经过漏风垭一个垭口上了山,到了一个半山腰的小庄子,只有几户人家,上面还有红军的标语,鼓动群众建立革命政权。我们坐在廊檐下,与一八十岁的婆婆坐在一张矮凳上谈了一会儿,老人记忆力颇好,她指着对面一座较平的山梁说,这就是青枫坡,山上有个小包包,名银蓬顶,这是战斗最激烈的地方,敌人打下来,我们又反上去,反复拼杀,死人颇多。敌人压到山下时,占领对面几户人家,距此仅一二百米。现在在面前的小山上,有一个烈士塔,那里是红军坟。此处地名为官坟嘴。

我们进老婆婆的屋里看了看,甚整洁,因此处烧煤便宜,农家盘了很大的灶,有一家正把大块生猪肉放在炉火上烧毛。老婆婆的床上还有蚊帐。问起老婆婆的生活,她说吃的不困难,就是缺少零钱。可能副业还发展得不够。

我们与老婆婆合影留念后,返回。赵书记仍以习酒招待,此之所谓"气死茅台"者。因喝多了点,睡了两小时。

今日为国庆前夕,与秋华在招待所中度过。如果不是热情的主人,那就有点凄凉了。

十月一日

上午应约去习水县广播局收看国庆电视。多年不举行这样盛典了,逢五逢十搞些这样的庆祝还是必要的。

下午二时,参加习水县的庆祝大会。开会前主持开会的人还特意介绍我参加了。参加大会的约有五六千人。孩子们都打扮得很鲜艳,衣服穿得很好,说明生活改善了。比起旧社会"人无三分银"的时代,已无法比了。原来习水称为东皇殿,不足千人,原来的城址是一片烂坟头,现在已俨然是一座新的城市了。

在等待开会期间,我写了《题赠习水》诗一首。诗曰:

> 赤水三渡地,
> 至今流雄风,
> 往年战绩多,
> 明朝花满城。

晚饭时，县长、书记、武装部领导以及县级多人一同欢宴。我念了上面的诗作为祝酒词。

十月二日

上午由县委副书记赵康、何启富陪同去二郎滩。习水海拔一千二百公尺，赤水河是二百公尺，因之一路仍是下坡。在将近二郎滩处，有小石林，并有错错落落的小山，风景颇不恶。"文如看山不喜平"，是很对的。大小强弱起伏，必须错落有致，安排得极有情趣，才能引人。

"下面就是二郎滩了！"赵副书记说。我下车凝望，对面山坡有好一片建筑，赵说"那就是郎酒厂，对岸就是四川了"。我们初看，以为两山是连在一起的，再往下走，才看见赤水在两面的悬崖绝壁间奔流。车子沿着绝壁的公路走了颇长一段，才望见二郎滩渡口。这里较其他地方平缓些，两岸皆有林子，对岸的林子错错落落像贴在山崖上似的。渡口处有一只专供摆渡的木船。

我们停了车，下车步行。路上遇见一农民，坐在草地谈了一会儿，他讲起当年红军在对岸分盐巴，大家来背盐的情景。原来贵州极缺盐，住高山上的人视盐如珍宝，不是把盐撒到锅里，而是用一块绳子拴住盐块子吊在屋梁上，用时在锅里涮一涮就赶快提出来。二郎滩这个口子有八家盐号，都是川盐集中的地方。

我们在小村里经过时，看到有两棵颇大的黄桷树，像经历风霜的老人立在岸上。我们见到一个老太太，问这树多少年了，她说有一百多年了，看来这树是红军渡赤水的见证人。

我们坐在赤水岸边的石头上观望了一会儿，赵康介绍说，这是红军二渡和四渡的渡口。当时搭的是浮桥，是用小木船和木板搭成的。我们还乘小木船过了河，照了几张相，又渡回来，我开玩笑说：我们也是二渡赤水了。

我们回到习水时，已是下午二时，匆匆吃了点饭，休息了一下，并未睡着，下午又到县人大为县委、武装部、人大、政协等题字。除昨天的诗题赠县委外，还给武装部题了一首：

昔年一荒村，

今日一新城，
奔腾若赤水，
再作新长征。

由于笔不好使，写得很不顺利。又来了些学生要题字，由赵书记掌握次序一个个题了。

随后是武装部欢宴。宴会后又给各书记及摄影记者留念题字，直到十一时才回招待所，睡时已很晚了。

十月三日

晨动身赴仁怀，送行者有赵兴中书记等人。此次在习水停留三日，并过了国庆节，主要是这位老书记的热情。他是习水人，五十二三岁了，据反映颇有能力，亦有怀抱，准备在一九八九年提前实现翻两番，但昨天给他题字时，他又说"我该交班了"，我给他写了一个"奋进不息"。大概在心里是会有感慨的。

因连日劳累，加上一连饮了几次酒，今日又有冷雨，颇感不适。一路昏昏沉沉，虽昨晚服了一点感冒药也未顶住。一路青山幽谷，也无精神看了。

车到仁怀，在武装部吃了饭即到县委招待所，直睡到下午四时。原来地委王书记让徐文中陪我访问，县委今日不让他来，让县委办公室杜副主任接待，使徐抱了一大堆材料坐在武装部不得见，不知是何缘故。

晚饭由县委谭书记陪同，拿出了怀酒，我只饮了一小杯。

晚早睡，甚感不适，材料也无法看了。

十月四日

上午由杜若陪同参观茅台渡口，此去茅台仅十三公里。

茅台在赤水河岸。红军渡河时仅一小镇，现在已发展至万余人。街道房舍颇陈旧，据说，解放前还都是些茅屋。此处赤水宽约有七八十米，两岸亦不陡峻，渡口对岸有二十几户，触目的有两棵黄桷树，一在山坡上，一在岸边。据说下面的一棵是红军搭浮桥系过缆绳的。水流颇清，茅台酒就是用这里的水做的。我们乘摆渡过了河，拍了几张照片，在老百姓那里坐了一会儿，一个中年妇女领着四个孩子正吃早饭。吃的白米和红薯做的干饭,没有什么菜。我问他们的生活怎样,说是吃的有了,就是没有花的。

因有小雨,不便多停,遂又渡过河。这就成了四渡赤水了。

在茅台第三次渡过赤水,曾搭了三座浮桥。陈昌奉给毛主席灌了一竹筒酒,李德曾在此醉倒。

到茅台酒厂时,厂长、书记、工程师等干部都出来了,一面给每人倒了一大杯茅台酒,一面介绍情况。现茅台酒年产一千二百吨,与需要相差甚远,正积极筹建新厂。喝了酒就拿出笔墨让题字,我写了一幅"祖国之光,声誉永保"。并给仁怀县也写了一幅"像赤水一样永远奔腾向前"。他们招待我吃饭我也没吃,身上越感不适,呕吐了两次。这次访问茅台真也太不巧了。

回到仁怀,又拉开了肚子。接着又赶往遵义,一百一十公里,司机开得颇好,至六点赶到,但一路昏昏沉沉,勉强支持罢了。

十月五日

昨晚又遇到一位热情的人,卫生所的所长曾纪林。他一边给我做推拿,一边滔滔不绝地说,他十五岁当志愿军,读了我的《谁是最可爱的人》流了眼泪,以后立了一个三等功。他热情坦率,这种人五分钟就可以全部了解他,虽然今天已五十岁了,仍是如此。晚上又送了药来,他说我是寒包火,是吃了油腻的东西,喝了酒,又受寒得的。今晨他又送了熬好的中药,端了稀饭和自家的泡菜来了,还是我们"最可爱的人"哟!这个人还能写诗,写篆字,打乒乓球。……无疑是个人物。

饭后我又睡了一个上午,下午又睡。到晚饭前精神才好些。晚补写了日记。给这里的钟医生看了一篇稿子。

天仍阴雨,秋华上街为我买了一件毛衣。

十月六日

今日精神稍好。但稍活动即又疲倦。

本来想下午找李小侠谈,但未找见。

下午老书记李明同志及年轻的王书记来,坐一小时,表示看望。老书记进入贵省已三十余年,把半生都献给这里了。

准备明日与遵义文艺界座谈。

十月七日

上午八时半,病仍未愈,头昏昏沉沉,勉强应约参加了遵义地区的文艺界座谈。会议由宣传部车部长主持,地委王书记参加,在地委会议室举行。到会者三十余人。

我主要讲了文艺界的团结问题,并以遵义会议这一解决党内斗争的典范来说明。还讲了赞助乡土文学,文学应有乡土色彩和土味,要讲民族传统和革命传统。在继承和发扬革命传统的问题上,我讲了我们革命传统的实质就是共产主义思想。最后,我以做酒作比喻讲了创作过程。做酒,要有高粱,比如创作要有生活;高粱要发酵,要窖起,比如创作要有充分的酝酿;发酵后要蒸馏,比如创作要以自己思想感情去拥抱生活;蒸馏要变成气体,变成酒,犹如创作对生活的升华。最后我讲了,希望他们以遵义会议的革命精神,以黔北的乡土色彩,以每个作家独特的个性,以沸腾的"四化"的生活来酿制成文艺上的茅台酒。

除此而外,我还特意讲了毛主席的伟大,不要因毛主席的若干错误就不学毛泽东思想了。我觉得在遵义地区这话是必须要讲的。

王书记在我讲后,又讲了北京将要开新的三中全会,城市还要大大变革,等等。

会议上有两个当过志愿军的同志发言,除对我加以颂扬外,还提出:长征是有不少人写过,我(你)再写如何出新?以及军事题材的文学如何出新,等等。

另外,会上还有人提出:五十年代的作家赶不上形势的问题,至今尚未解决,此事怎么办?

我对第一个问题回答说:这是一个重要的尚未解决的问题,只有通过实践才能解决。如果解决了,作品也就写出来了。

对第二个问题,我未予回答。

下午给同志们写大字。给《遵义信息报》写了刊头。此外地委已退休的老书记李明同志,对我怀有特别亲切的感情,我给他写了"踏遍青山人未老,风景这边独好"两句。

晚李明同志请吃饭,并有宣传部长(车)、文化局长(谢),以及分区司令、政委等,我们一行四人都参加了。会上拿出了茅台酒,我没有喝。李明说:你是以长征精神写长征啊!

晚回招待所时,又有教育学院的同志来。还有遵义四中一个苗族教师贺新民也来了,我给他题了一张字:"春风桃李,苗家花开。"当过志愿军文化教员的刘杰,我也给他写了一张。

十月八日

晨八时许出发,继续新的征程。

今天,天也好,路也好。今日目标是经乌江江界河抵瓮安,一百六十公里。

出遵义东南行,一路是典型的丘陵地,山冈不高,小山小谷,平坦的柏油路盘旋其上。田中稻谷金黄,小山上树木青青,村庄多在山上或山坡,多数为瓦房,但草房也有,而且较破旧,新房不多。据说,当年红军经过此地时则多为草房。村庄比起华北没有那么稠密,但并不太稀少,并且常有几百户的村镇。如果当年红军能在此地落脚,搞起根据地来,也算是不错的,但是怎么能站得住呢!

我们走的这条路,正是红军突破乌江后进遵义的路。走了三十多公里,即到了团溪。这是不太大的一个美丽的村镇,为低矮的青青的山冈所环抱,村外是一条浅浅的溪水,现在已汇成一个清澈的水库。又行了三十公里,越过乌江的一个支流,峡谷颇深,过去红军渡河的山间小路还看得很清楚,现在已修上了很漂亮的拱形大桥,我们站在桥上观望了一会儿,继续前进。

我们在此处上了一个不高的山,上面就比较平坦了。多少天来一直在高山深谷中行进,今天地势开阔,心情也舒畅得多了。又行了十多公里,到了一个较大的镇子,原名猪场,是开遵义会议时,红五军在此对东岗敌人周浑元等进行警戒的地方。这里有一道比较平缓的峪,前面还有几座小山。当年红军必然在此山上设立阵地。现在村镇里摆了些小摊摊,有一辆公共汽车,人们正在上车。可能不是赶场的日子,不甚热闹。猪场的现名叫珠藏,可能是嫌原名不好听吧,其实这有何妨。这样一改,倒给研究学习历史者带来了许多不便。

由猪场又行二十公里,我们在高高的山上向下疾驰时,看见了深谷中的乌江。我下车往下望,这是一条颇为清亮的河流,水势平缓，并不显得很急。渡口以下江中心还有一片干沙洲。渡口处停着一只专供来往车辆行人摆渡的大船。从上面往下望江面似不甚宽，下至渡口处，江面还不算太窄，总有二百多公尺。我本想仔细看一下当年红军登岸的地形，渡船上的人催我们上船。秋华买了一个大柚子上来了。

在江东岸，有许多卖柚子的农民，还有一个卖鲤鱼的。

我站在东岸，问了一下当地农民。原来下面干沙洲那里较平缓的地方是旧渡口，我们现在过的是新渡口。本渡口是佯攻之处，而新渡口之上的狭窄处的圭虎洞，就是红军毛振华等人偷渡得手之处。对岸有四个尖尖的高山，都为敌人所据。山下江边修有炮楼，山上当年是青枫林，大概当年红军正是在这里做出强攻的架势，而在稍上面一个狭窄的地方放开了竹筏，偷渡攀登对岸的悬崖。毛振华等五人大概就隐蔽在那个石崖之下。

我们看午饭吃不上了，就在山崖上吃了几块点心。本想找个当年老船工，找到了村长，村长却一去不回。找到一个正在开饭馆的农民，想让他走出几十公尺指一指，也不肯去。真是商品社会了。

下午二时许到瓮安。在王仕福的老岳父家吃饭，饭后由他领着在街上转了一趟。街上脏污不堪，手扶拖拉机冒着黑烟，带着使人不能忍受的噪音穿来穿去。街上私人旅店和商店比比皆是。郊区农民开设的旅店几乎占了一道街。据说，此处有大磷矿，已与几个外国合资开采，准备要招四十万人。现在附近几个省的人也都来此赚钱，据说当临时工每天可得二三十元。由于"拖拉机"的声音不堪入耳，脚下又怕滑倒，只好掩鼻退回。

十月九日

早饭后，瓮安县委宣传部长龙治水、文化局长胡验松、县史志办何正文、图书馆冯举高来，他们几个都是热爱文艺的青年，一再表示仰慕之忱。还有分区窦再伦政委一起陪我至猴场（今称草塘）。沿途全是低矮的青山翠谷，五十年代曾沿公路种了不少柏树，景色甚好。走了十多公里，即到达猴场会议旧址，这里是一个很大的平坝子，相当开阔，周围也都是小山。猴场会议开会的地方只有十多户人家，名宋家弯，是在宋家一个大地主的房院内开的。院子坐落在一座山坡上,有六七米高的围墙,外面还有一道土墙,一角还有很高的碉楼。因弟兄分财产,把房子都拆卖了,现在只剩了一片空地。县政府在此立了一块石碑,作为纪念。我在这个房基上站了许久,邻居一老人谢其贤(与我同龄者)介绍了当年房舍情况。据说当年院墙内有花园,后面古木参天,门前绿竹丛丛,颇有一番气概。随后又到乡政府参加几位老人的座谈,有三个七十岁的老人,谈了些当年见到红军的情景。他们还提到程靖也是草塘人,就是在这里参军的。

中午一起回武装部就餐,喝了点米酒。同志们很热情,要我再留半天。我说实在不得已了,最后给他们的合集《江界河》题写了书名。

下午二时继续驰行,行进目标是凯里,一百五十公里。沿途经牛场、龙昌、福泉、马场坪、甘巴哨、麻江、隆昌等地。这一带不是红军经过的地方,而是白军堵截红军的地方。开始一段仍是不高的小山和起伏的丘陵地,而且越来越小了,有些地方有些桂林的圆锥山。过福泉时还看到福泉的两个城门。过了福泉以后,开始又看到苗族妇女,头上绾着大髻挑着很重的担子在劳动。山坡上有不少茶子树,正开着白花,据说第二年才结籽。

晚六时许到达凯里。据说,原来只是一个区,聚居着苗族和侗族,凯里是苗语"丰收"的意思。现在是一个楼房栉比烟囱林立的工业区了,城区据说已有上十万人。分区王司令和沙政委俱来接待。晚饭后为他们题"学习红军勇,振兴黔东南"。

考虑到陪我们的人已有倦意,决定尽早结束贵州之行。拟明日继续行动。

十月十日

昨晚又落雨。后半夜醒来,构思未来小说的名字,想了一个《云山漫漫》,觉得比较含蓄,漫漫除遥远外,也带有局势迷茫未清之意。当然还要继续考虑。

晨启程前,与政委沙东彪、司令王金华等分区领导合了影。宣传科干事杨正豪写诗一首相赠。诗曰:

　　　　忘年投诗莫念生，
　　　　童稚正读"可爱人"，
　　　　晓君泼墨淋漓处，
　　　　赫赫文章壮军魂。

　　　　萍水相逢亦龙鳞，
　　　　杖履苗山老骥行，
　　　　此去苍茫不可见，
　　　　归忆如潮翩翩情。

　　作者还要我写首诗。

　　在雨中启程，直到三穗全是柏油路。一路经排羊、台江，在展架桥过了清水河。河不宽，水成暗黑色，类乌江。乌江岸当年多森林，使江水呈黑色，乌江之所以称为乌江，大概是这个缘故。

　　今天沿路山仍不高，但不是丘陵了，也没有那么大的起伏。在山谷中停留时，鸟鸣嘈嘈，真是鸟鸣山更幽了。秋华说，这鸟叫得真好听。她沿路颇注意苗家妇女的装束，她们都头顶着一方花头巾，后来又碰到些蒙黑手帕的，年轻姑娘头上竖起两个尖尖，如兔耳朵似的。带大襟的衣服镶着宽宽的边子，类似前清末年妇女装束，显然落后了。这里的房舍多为两层或三层的木楼，像城门楼似的颇好看，上面是些一尺见方的小窗。

　　中午抵三穗。可能是某年稻生三穗来的。在武装部吃了午饭。食堂的地板拆去一半，房屋将要倾倒，简直不像个样子。一个姓龙的副部长看上去情绪不高，说最近看了谢政委的讲话，引起动荡不安。因他在讲话中说到，武装部科长不要了，只要有个人支应工作就行了。还说军长才四十二岁，别人怎么能超过他？武装部干部不能超过三十五岁，文化程度低了也不行，因此弄得整个武装干部情绪很低。可是他为什么不想想他自己呢！

　　吃完午饭，继续前行。至天柱县时，打听了一下天柱的来历，本想看看，因王仕福早已厌倦，思归，我也就不提了。前面过高登山时，云很低，又穿行在雨雾中。雨刷子在挡风玻璃上不断沙沙地移动。公路本来很好，不算怎么难走，可是小杨说："早晚要送命，下次我是不来了!"王仕福也说弯道太多,山太大。两人一唱一和。最后小杨还问我:"你怕不怕?"我说:"我怕什么!这山比四川差远了,路也比四川强得多。"他说:"车碰坏了,你们走了,还不是把我丢在山上!"我说:"那样还是解放军吗?"我看出,自从上次碰了车,小杨已经丧胆,不敢开了。王仕福对安全是很有顾虑的,因此老想减少节目减少时间。最近则更明显了。但他陪我一路,功劳是主要的,是应当感谢的。好在一两天之内就结束了,我也就不多说了。

下午五时到达锦屏。清水江、小江和亮江,三江汇成了一条颇宽的江水,流过这座城市。江上是一条拱形大桥,烟雨苍苍的颇为壮观。晚宿县政府招待所。

白天在车中考虑到拟写的小说如何创新的问题,初步考虑到三点:

一、尽量在材料上收集到新的史料和新的方面,如我方领导人的性格、关系和内情,敌方的典型人物,以及当时的种种社会现象。

二、关键是人物,要详细收集,找到知情人。并写好各人物的设计。

三、表现方法,应力求避免别人写过的。有些写的重点,别人繁则我简,别人简则我繁,重要的是从深刻处挖掘。在表现方法上,也力求新颖,不要雷同。

初步考虑到的就是这些。

十月十一日

晨,仍落雨。

锦屏县书记王家模(侗族)和县委宣传部长(一位六四年毕业的大学生)来。谈起该县的森林兴致勃勃。他说,他们一立方米木材可换两千斤大米。他已同江苏定了为期五年的合同,准备用赚来的钱办电,以电来代替炊事用柴,还准备把本地以木头盖房改用砖石结构,将木材外售,以林木为民造福。他的想法是很好的,但是他觉得政策还不够宽,我问:怎么更好呢?宣传部长答道:要取消国家的派购任务,这样人就富起来了。可是国家呢?这两位侗族同志却未充分想起。

他们陪我们吃了早饭。吃饭时,他们谈起文艺上有些很出名的人出了问题,我还算是能经得起考验的。

饭后,在雨中启程。沿着亮江走了一段,江清澈如漓江。江水放着些木排,据说此江与资江相接,可到洞庭湖去。

道路因雨有些泥泞,在江边行进也不免使人担心。

今天过了一个较大的山名秀洞坡。虽比昨天的山为低,但因云低,上面仍在云中。开始还能看到云彩的移动,随后就完全进入浓雾中,又像是在天上行进。小杨因受了批评,不再说话,但心中自然地在着慌。有些坡很陡,自然也很危险,幸路上车不多,未出什么事。这些天,因上次碰车,难免增加了顾虑。这也难怪山道起伏和转弯多,对面来车,常像从地底下钻出来似的突然出现在面前。

下了山,在雨中山道上,碰见不少侗族妇女挑着担子去赶场,她们的担子颤颤悠悠,显得抑扬有致。还遇到一些披着蓑衣的放牛人。

过了同古、敦寨,山又矮了,到了比较大的坝子。山坡上茶子树颇多,开着白花,据说茶花头年开花第二年才结籽。

中午到黎平。远望这座城里在一个凸起的山包上,有许多青砖瓦房。

到县武装部时,黎平县委书记、县长、人大主任和党史办一起迎了出来,向我们表示欢迎。当我说明来意时,他们说,早晨贵州电台作了广播,说我们在遵义地区活动。他们陪我们吃了中饭。

下午,参观了黎平古老的街道和黎平会议会址。黎平县原来又叫五脑寨,全城在五个山包包上,街道起伏幅度很大,高坡旧街用石头铺地,站在街心望街头要上高高的陡坡。两旁店铺,都是古旧的小木楼。黎平会议会址就在东门内名叫二郎坡的街道中间。前面是店铺(旅店),后院是天井,有颇为讲究的堂屋。据介绍周总理和朱总司令就住在此处,开会就在其中的一个房间进行。据范金标提供的材料,说会议争论很激烈,周对李德拍了桌子,把马灯震灭了,范进去又点上了。

参观后,要我题字,我便题了"学习红军勇,振兴黔东南"几个字。

接着又沿着泥泞的道路看了残破的城门和城内开大会的荷花塘。最后到了毛主席和王稼祥的居室,一个颇大的木楼。我到里面看了看,里面是个个体户在做米粉,粉碎机在轰轰作响。主席的威信莫名其妙地降低了,没有人提出应当保存这所房子。

在县委的会议室听取了黎平会议的情况。晚饭也在这里吃了。侗族的书记在吃饭时提出,黎平会议会址应提为国家一级保护单位,让我回去说说。

十月十二日

昨夜不大不小的雨一夜未住。今晨仍如是。早饭前,县人大主任陆金良——一个很胖的五十三岁的黎平人前来送行,随后县委书记杨超、县长陈以德、党史办廖立明等都来送行。我对书记说:你们对毛主席住过的房子准备怎么办?他说:如果中央确定黎平会议会址为中央级文物,则我们可考虑。我说:不管是中央级和省级,重要性是一样的,都要好好维护。我更明确地说:即使毛主席犯有错误,但他是近代史上的伟大人物,这一点是不会改变的。他未置可否,把我的话岔开了。现在人们的势利眼很严重,一时不好改变。

早饭后冒雨行进。武装部谌洪美(侗族)和陆金良主任同乘一辆吉普车在前面引路,直奔湖南靖县。沿山路走出二十公里,已到贵州边界。在一个山垭口,插了一个木牌——"湖南靖县"。陆金良主任指着山垭口说:红军进贵州时,在这里打了一仗。我看了看这个烟雨中的山垭口,两侧陡峭的山上长满了茂密的竹丛。界牌处有几座木楼。我到一座木楼中看了看房屋的样式。楼房有很高的门限,进去是堂屋,供有祖先牌位,两边板壁上贴了些年画。两侧各两个房间,其中一间是雕花木床,挂着蚊帐,屋内有五六个皮箱,想来生活不恶。住房一侧为伙房,很大,盘有灶火。外侧是猪圈。这比北方的农民房舍要大得多。

离开界牌,在一条小窄山沟行进,两侧凤尾竹很密。又走了几十公里,已经出了山沟,顿然觉得开阔了许多,山都离得远了,公路也好走了,远处是一些低低的小山,似乎要到平原了。山上树木也很茂密。

过了藕团、平茶,就到了靖县。街道较贵州要整洁得多,给人以舒畅之感。此处自修通铁路后,成为木材的输出地,城市已扩大到两万人。

到了武装部不久,县委李书记及黄副书记即来看。原来我很担心柳州分区是否会派车来接。书记很慷慨,答应送我们去桂林。怀化分区的政治部主任也乘车出发来接洽,给人以极热情的气氛。县委和武装部负责人陪我们吃丰盛的午饭。

下午五时许,桂林军分区派一名叫文权的干事带一部车来。一个小司机很精干,八点钟从桂林出发,经八小时走了二百七十公里。怀化分区的张主任也来了,我们被包围在热情的气氛中。

晚,我向王仕福和司机小杨致谢,感谢他们付出的辛劳。新购英雄金笔一支赠给王仕福的儿子,又买了一条烟送给小杨。我并给肖健主任写了一封信,表扬了他们。

十月十三日

今晨与王仕福、小杨分手。他们陪我们整整一个月,是付出了辛苦的,最后送给他一瓶茅台酒。

今天陪我们赴通道的有怀化军分区政治部主任张荣有,靖县人武部政委龙安定,靖县县委副书记黄元彪(侗族)。我再三谢绝他们远道送行,他们还是去了。

张荣有四十一岁,是新提升的副主任,与我们同车,沿途不断扯谈。他晓得部队年轻化快,地方上慢,同级比地方资格嫩,颇感不便。

靖县距通道八十公里,沿着一道清澈的河流行进。这道河水不窄不宽,满荡荡的,流在青山翠谷之中,旁边是一条平坦的公路,景色很美。路上还看到几座水电站。这条河名渌水。北方因水量不足,很少这样丰满的河流。

行约四十公里,到了旧通道县城(县溪)。渌水打了一个弯弯,三面拥抱着这个小城。河上原是一个旧桥,现在已为新桥所代替了。据说这个县城原来有城墙,城内不过几百户,多为木板房。县武装部谢升田政委与县办公室主任来接。他们领我们看了通道会议的旧址。但又介绍说,现在有四种说法,地址不能肯定。因中央纵队没有经过此处,故地址不大可能。我说,还是去看看。我们过了桥,看见一个山包包上,有一个古色古香的建筑,是本县的一座小学,据说当年也是座小学。我们走到近处一看,在高高的石阶上,显然是一座古寺。里面有五六进院子,当年规模可能很宏伟,现在已经破旧了。孩子们正在上课,我们没有打扰他们,轻轻地进了后院。后面是一带长满树木的山岭,据说当年古木参天,林中虎豹甚多,五十年代还有老虎出来伤人。曾经组织过打虎队,现在已见不到了,而豹子之类还是有的。一军团的二师占领过通道县城。

又走不远,在一道狭窄的山口处,县办主任说,红六军团在此打过一仗。

到现在的通道县城(双江镇)时,首先最注目的是一个桃形的山尖,歪歪的桃嘴儿。这个双江镇,以前不过百十户,现在已经是街道整齐的新型城市了。街道两边种着樟树。我们到县招待所不久,县委书记杨精博(侗族),一个四十九岁的很和蔼的同志即来看我们。他说,他们认为,通道会议还是以在双江举行的可能性较大。此处有一个祠堂,据说,傅连暲进去给毛主席打针,看见了毛与张闻天谈话。但更详细的情节已难说清了。

下午由杨书记领我们看了该县的辰口,我们在这里看了一个村干部的家,随后又看了龙城乡的平寨村,这是应我的要求进行的。因为我想看看侗寨居民的内部生活。他们的木楼多为三层:第一层为家禽家畜的栖息之所。第二层住人,一个堂屋,为招待客人的地方;一个是厨房,中有火塘,有侗族的小铁锅,盛粑粑的瓢。旧社会时,人们没有棉被,围炉烤火,这边烤了烤那边,腿都烤裂了。第三层是放柴草、搭烟叶、放粮食的地方,客人来时也在此居住。在平寨,我们看了两座木楼,木楼都很紧地挤在一起,据说,人们不愿离开,怕单独住受外来威胁。一个侗族中年妇女还很风趣地问:你们住在这里可以吗?我说:怎么不可以啊!她还拿出织巾给我们看,秋华称赞她们织得好,并在自己头上蒙了一蒙,引得她们大笑。

在归途上我们还看了平坦龙的迴龙桥,黄土乡的花桥,这都是他们集体活动的地方。他们还有一种好的风习,为了做好事,花桥上挂一双草鞋,给路上行人。

我们沿着山间公路回到通道,应杨书记之请给他们的花桥题了一首诗,以祝贺他们花桥即将到来的三周年。诗曰:

桥上歌声高,

>桥下水欢笑,
>吹起金芦笙,
>再跨幸福桥。

他们看来很满意。

十月十四日

今日晨由通道出发,县里送了两块侗锦,一袋木耳,一袋香菇。县委办公室主任和张荣有主任继续送我们出省界,过了覃江摆渡分别。我再次向他们致谢。

随后我们乘瑶族战士李天德的车向龙胜前进。这个二十四岁的战士,性格干脆麻利,车开得比小杨快多了。与文权干事扯谈。他提出中年干部的出路不好办,应如何解决。

上午十一时半到了龙胜。县委书记吴佩(苗族)和县人武部长耿德朋、政委蓝怀盛(壮族)来迎。并在此吃了午饭,喝了一点猕猴桃汽酒。饭后由武装部两位干部送我们上路。这里自通道以后,山又高起来。我们走了不远,即开始上金竹坳山。走了十多公里才到达山顶。两位干部送至此处回返。

龙胜已属广西。沿途村庄已不断有新式楼房出现。我们在瓢里下车,略走了一走。

下山时,进了临桂县境,山坡上满是桂树,香味沁人心脾,小李听见秋华称赞,立刻跳下车折了几枝。顿时满车都是香味,这是秋华最高兴的了。

下了这座大山,顿时开阔。一个月来一直钻在山沟里,今天觉得宽敞了许多。下午五时前即抵桂林,看到桂林的山了。山上虽不长东西,却是好看。

分区政委及副政委、副司令等来见,并陪同我们吃了晚饭。省委也派出了一个党史办的干部姓书来陪我们。我向他们致以感谢。

我们住的招待所热水上不来,同志帮助提了热水。自离开贵阳二十天来没有洗澡,身上的泥巴可想而知。可惜水太少,洗得很不痛快。

秋华洗了衣服。

与家里通了电话。猛子说,这些天因断了消息家里很担心。还说,档案馆已经查出,林彪参加了一九五〇年中央政治局讨论出兵的会议,我的心放下了。我本来想访问结束在桂林休息几天,秋华不同意,猛子说了她才同意。现在许多事就是这样。

十月十五日

今晨由广西军区党史办韦明波和分区党史办彭源重二同志陪同,查看红军突破湘江地形。

自桂林出发北行,几乎进入平野,周围的大山都在远处。地形仅有微微的起伏,是那种山地的余脉与平原相交接的地形。晚稻一片深绿,有的小坡坡上种满了低矮的茶树,还有些橘园。将抵兴安时,有些断续的桂林式的小山,有的孤立如窝窝头搁在地面。这就是严关。这些山如同平地上的堡垒,屏障着桂林。据说,李宗仁、白崇禧很重视这个地方,李到南京任国民党的总统时,还派人回来守这些地方。

这六十公里走得较慢,至十一时半始抵兴安。街不长但颇整齐。两边还摆着许多卖衣服的小摊。小县城很像个样子。

午饭由武装部长和县委书记陪同进餐。这个武装部开了一个小百货店,还买了一辆汽车运销。现在许多武装部都做着这类事情,补偿军费之不足。

下午,由县党史办祝遵琪陪同去看界首。界首是当年突破湘江时中央纵队渡江之处。渡江指挥部也设在这里。

我们先在烈水的路边看了红军坟。这座平野上的圆形坟墓,埋着十三个红军战士,他们是掉队后被地主杀害的。解放后,老百姓将他们的遗骨收罗到一处。我们在这里拍了照。

这里基本上是一个平原。东面和西面的山都离得较远。平野上仅有微微起伏的小丘陵。隆起的小山上长满了松树。

我们离开南北公路向东拐出不远,就到了界首。仅有一百多户,有许多旧式木楼,一条东西大街。街北属全州,街南属兴安。穿过小镇就到了江边,江水呈墨绿色,显得很深,宽一百多米。湘江南来,打了一个弯子向北流去,江水相当平静,像不曾流动的样子。

我们先在江边看了"三官堂"。这是南方的那种四合院,周围是很高的白色围墙,两侧是风火墙。孩子们在高高的台阶上玩滑梯。找进去一看,现在成了幼儿园了,老师正给孩子们讲课。声音抑扬顿挫。祝遵琪同志告我,这就是当年的渡江指挥部。彭老总就在这里,朱也到了这里。飞机炸得很凶,他们又移到了一百多米远的一个树木葱郁的村庄里。据说,那村子的一个老太太还给朱总司令杀了一只鸡。朱很想念她,解放后还想来看看这位老人,却被劝阻了。后来朱的儿子来过。

我们随祝过了漂亮的湘江大桥,来到对岸的一座小山,居高临下看了界首的整个面貌。这样看得更清楚了。猬集在桥头上的这座市镇不过一二百户,有些是两层小楼,湘江里有不少木船,红军在这里搭了三座浮桥,整整过了三天。据说红军在这里演过文明戏,还给穷人分了猪肉和衣物。

我坐在山坡上,看了湘江对岸的地形,听祝同志介绍了抢渡湘江的情况。照了几张照片。

在回兴安的路上,又看了光华铺的地形。这里有一长列小山为桂军阵地,向北不远也有一列山为红军的掩护阵地。中间是两个村子。红军到了,双方都进行了射击,但无激烈战斗,红军就从掩护阵地的后面插到西面的大山里去了。

红军八万人,在此折兵过半。白崇禧吹嘘胜利,还编了一个《七千俘虏》的电影。我分析恐怕主要是那些新编的缺乏战斗力的部队,也许是这些部队溃散了,有一个师整个未过来。师长刘树湘率领残部打游击,战斗中负伤肠子被打出来,被俘后,他在担架上将自己的肠子扯断,牺牲了,可谓壮烈矣!

回到兴安时,又游了秦始皇时的水利工程灵渠。一道清澈的溪水长三十四公里,贯通在兴安市区,是世界上最古老的运河。原来是在湘江故道上修了一个人字形的大堤(名犁铧嘴),将湘江一分为二,成为南北二渠。灵渠桂花夹岸,花香四溢,秋华折得桂花一枝,非常高兴。

此处还有一个三将军的故事:修渠的两个工匠,修渠毕生未成,被斩首,以后又叫他的徒弟去修,却修成了。皇帝封他为将军,徒弟不受,因他深知自己之所以修成是他的师父打下基础的缘故。想念到师父的被杀,自己不愿独得此荣誉,自杀了。我对这个故事颇为欣赏,因为他承认前人的贡献。自己的功绩与前人是不能分开的。

十月十六日

昨天刚晴了一天,今天又细雨蒙蒙。

今天同行者,除韦明波、彭源重、祝遵琪等同志外,又增加了全州党史办的唐厚军同志。他是个年轻人,今年刚三十岁。

我们的小旅行车,在祝的指挥下,首先自界首越过湘江,沿东岸前行。沿途皆为起伏地,除岗坡上长满松柏树外,就是稻田。我们走的这条路正是红军自道州过来的路,红军正是从道州的丛山中出来,来到这块平野的。我们先向东走了一程,随后向北走了十几里,过了一条小河,然后到了麻子渡。附近有几个桂林式的小山。祝介绍说,这里就是红军烧书籍文件之处。因中央纵队带的笨重东西很多,不得不把许多书籍烧掉。当时人们的紧张和怜惜的心情可想而知。将来的书中,此种场景应当写到。

又行了几公里,就来到湘江边的凤凰嘴渡口。此时蒙蒙细雨下得更紧,我同祝遵琪同志打了一把雨伞,一起来到渡口。我们站在船上。撑着伞,看到江水在雨中显得更清,对岸的水柳泡在水中,再向上就是江堤。江水围着凤凰村弯了一个弯,倒像凤凰的脖子,我还没有看出哪里是嘴。据说,此处上面有个范家堰是个浅滩可以徒涉,这里的江水很深,当初红军在这里搭了浮桥,八、九军团主要是从这里过的。一军团的主要渡河点是大坪。

我们同赶集的人一起坐摆渡走了一个来回,是姓康的一个年轻人划的。集上很热闹,卖猪肉的肉膘子很厚,一元三角一斤。橘子三角一斤。

随后我们一直向北驶去。过了万相河和湘江到了全州。我们从桥上量了量湘江,约有一百米宽。

中午,受全州武装部唐新浩、陆水保正副部长的款待,坐在矮凳上就地吃火锅。本地烧酒加莲花鱼(在稻田中养的鱼)。主人很热情,自称是我的学生云云。

饭后不敢耽搁,又自全州向南至鲁班桥,这是一军团一个营警戒全州的阵地,也是最先同湘军打响的。此处有一些小山。再向南七八里,就看见烟雨蒙蒙中一道山岭,名米花山。这里是红一师的前沿阵地了。过了米花山,我们本想找到给红军带路的老人王寅修,遗憾的是老人不在,由他儿子领我们去看。他那三十多岁的儿子,在细雨中指给我们看公路两侧两行山岭。左侧为一师阵地,由北向南依次为米花山、美女梳头岭、冲天凤凰岭、望家山、怀中抱子山,公路右侧依次为尖锋岭、双把牛角抱西瓜、半把牛角抱西瓜、黄帝岭等。这些山都不高,不过因雨天云低,美女梳头岭的山头,还笼在雨云里。王的儿子指给我们说,在双把牛角抱西瓜和尖锋岭的山坳里死了许多人。他们小时在山上见到许多人骨头,甚至拿着人头骨玩。……我一听,心中颇不是个滋味。

我在公路上站了多时,随后又到了脚山铺,这里只有二十多户的一个村,当年只有十几家。农村房舍还很破旧。我们在王家的大房子里坐了一坐,老太太不吭不响,点起火,给我们炒花生了。

我看到这里有许多桂花树苗,请他们挖几棵,准备送给聂总作为纪念,我想这是有意义的。不一时王家的儿子就提来三棵湿漉漉的桂花树苗来。

今天唐同志给王老汉买了两瓶烧酒,一包点心。

在雨中又转到水口、白沙。白沙村有一株颇大的樟树。村东是一带小山,也许这就是当年红二师的阻击阵地。

我们本来要到鹞子江口去看,因道路不好走,行至栗树头,下车到村外从远处望了望那个烟雨朦胧中的山口,随后返回兴安。

晚与那个姓唐的年轻人见面时,我向县里提了个建议,即是将脚山铺山上的烈士遗骨收起埋葬,立个石碑作为纪念。

十月十七日

今天到油榨坪要爬一千公尺的大山,彭源重不放心,又从分区要了一辆北京牌吉普。瑶族的司机李天德一早赶来,这孩子很可爱,性格坦率热情,他看雨不下了,就说:"老天看见我出车就不下了。"

今天陪我们前去的是彭源重和祝遵琪。祝很热情,送了不少材料给我。

从兴安出发,经百里往西,天色阴沉,不久又下起雨来。先过了一条河,就望见西面的一派大山隐在蒙蒙的雨雾里。祝指着这片大山说,这就是三千界,正是中央纵队经过的地方,另外还有两个口子,靠北的是清坪界,靠南的是打鸟界,我们今天过的正是打鸟界。说着我们就进了一个山口,开始爬山。小李颇有勇气,一个劲向上冲。彭不断关照他注意对面车辆,我也告他注意鸣笛。车到山顶时,冷风飕飕,和山下完全不同,这里山顶上插着几根竹竿,据说这就是打鸟的地方。这里自秋季候鸟南飞,当地农民就在这个重要的鸟道上开始了捕杀的活动。他们一般有三个人,一个人烧起大火堆,鸟群夜间经过看见火光即向这里扑来,它们触网落地,其余两人即紧张地捉住飞鸟将其翅膀揪断,装到篓子里。一夜即能捕捉很多,然后在天亮后回家,家里妇女即将鸟煮好腌起,或晒成鸟干,然后炒了吃。据说此味甚美。所以有"鸟不过兴安,狗不过临川"的俗语(临川人喜吃狗肉)。秋华听了介绍说:"这个太残忍了!"

我们下了车,在山顶上往西望了一会儿,那里山峦重叠,云雾迷蒙,简直是一片山海。这里就是越城岭,红军最难走的老山界就在那里。聂总多年后还感叹说:山真多啊,从来没见过这么多的山!也许指的就是在此经过时感到的。

下了山是一块平坝子,走了不远到了枫木。据祝介绍说,红军到了油榨坪,本来要到大埠头(资源),因为该地已为广西夏威部占领,不得不折回枫木,向老山界前进。

十时许,赶到油榨坪。这个不断为老红军提到的村庄,现在约一二百户,当时恐不上百户。村庄边有一条不宽的小河,原来就是资江的发源之地。据说,发源处只不过是一口井中流出的小溪。我们下车时,牛毛细雨又绵密起来。我们和祝、彭二人走到江边,过了一条很窄的小桥,又望了望这个当年红军云集的村庄。

祝、彭二人介绍说,红军一个排长和四个红军战士负伤后到了这里,睡在一个盛粪的木框框里,为一个铁匠所发现,铁匠觉得他们很可怜,就煮了一锅粥给他们吃了。其中两个轻伤的有了力气就走了。又养了一些天,另两个好了,也赶队伍去了。最后剩下这个排长,这时风声紧了,为了躲开敌分队的搜捕,铁匠就把他背到山里藏起,然后每天将饭打成饼子捆在胸前,给这个排长送去。这个排长就是现在总后的副部长,为了想念这位铁匠,曾将他接到北京,以后每年都给他寄钱去。这真是一则动人的故事。

我们本想访问这位铁匠，一打听铁匠已在不久前去世了，实在令人感到遗憾。只好在街上找到两位老人，在一个老人的家里进行了座谈。在谈话中，知道红军掉队者的遭遇很悲惨，有些坏人，为了抢红军的枪支，甚至将红军害死。一个地主婆为了夺一个红军的轻机枪，就将一个负伤的红军打死了。（解放时没有被枪毙）还有将红军衣服剥去者。红军过老山界，为了减轻负担，成捆的票子、药品都丢掉了。

此处距资源县城仅十八里，我们赶到县武装部吃了午饭。饭后即返回。

归途中，雨又大起来。三时许回到兴安。

下午为兴安之灵渠写诗一首，并为他们的"万里桥"写了一尺五见方的三个大字。给祝遵琪同志也写了一张。给灵渠的诗是：

　　三匠垂千古，
　　桂香飘岭南，
　　再创新功业，
　　万世说兴安。

饭后，晚十时赶回桂林。

十月十八日

上午游芦笛岩。此处我一九六一年虽参观过，不过那时刚发现，是由一位同志手拿长电棒领我去看。今日本想好好看一看，不想里面灯光时明时灭，看也没看清，听也没听清，真糟糕。

随后，去看了李宗仁的公馆。院甚大，有孤峰一座，周围尽是桂花树，有金桂、玉桂和丹桂，花香四溢。一座漂亮的楼房依山而建，楼内通一大洞，洞分两层，为李氏打牌玩乐之地。两洞之上，还有一能容两三人的小洞，是防止意外的逃藏之所。院后有一清澈的江水，名桃花江。李氏就在此游泳垂钓。

白崇禧的公馆就是现在的榕湖饭店，有一两层楼房，比李氏逊色。然后院紧靠榕湖，风景甚佳。据说白的女儿曾来看过，竟提出要索回这座楼房。说给她建一座同样的房子她也不要。

晚应宋贤邦同志的邀请,到他家里吃饭。还有广西师范大学的黄绐清、周作秋作陪。宋贤邦是我的研究专集的编辑者,为编此专集是费了很大力气的。这次是第一次看到他,一望而知,他是一个老实诚恳的人。我向他表示感谢。他的妻子名陈美玉,是个小学教师。

十月十九日

今晨彭、韦二同志陪同游阳朔。因十几年来漓江水位下降,船已不能直接由桂林起航,改由羊蹄(他们嫌不好听,改为杨堤了)上船。据说水位下降的原因是农民乱砍伐树木造成的,彭说,政府干预亦无效。这个说法不知准确否。总之,是一个颇严重的问题,如进一步恶化,桂林也就不会再甲天下了。现在从羊蹄起不过一半路程。

我们今天乘船,是每人四十元,算是免费了。但伙食每人五元五毛。

江水碧清得很。山也自然很美,随便切下一段都是美丽的画幅。所经各景,老人看苹果、老人坐鸡、八仙过江、九马画山、美女照镜、螺蛳山、乌龟爬山,都惟妙惟肖,颇有情趣。

至阳朔看了古城遗址、阳朔街道、月亮山、大榕树始返回。那棵大榕树过去我记不清了,今天一看这株千年古榕,横出的一枝长有数丈,十分挺拔有力。这株古榕,据说前些年已显衰老,近年又生新叶,一片嫩绿,似又焕发青春,使我非常喜欢。

在归途中,我仍毫无倦意。我一生爱美,爱风景,好风景会使我感动得流泪,今日仍如是。在归途上,他人已倦,我们下车仔细看了骆驼过江。桂林山的好处就在于不一般,不平板,千姿百态,颇有情趣。但回来之后,总觉不如一九六一年初游时那种梦幻般的美。那次,我与秋华、小惠同乘一只木船,在江上还住了一夜,江上渔火仍然长留在我的记忆之中,这是一种不可企及不可再来的美了。这种美只能保存在我的灵魂里。

晚,广西军区李森副司来看,分区全体参谋携子女来。

十月二十日

早饭后与韦明波同登叠彩山。虽然费了些力气,得以观桂林全貌，颇觉欢快。记得一九六一年游桂林时，虽登此山，当时是从一旧石路上来，今天新建了园门、望江亭、拿云亭，看去焕然一新。登上拿云亭下望，楼房比二十年前多多了，但桂林山水是那样突出了，这是一个建筑风格如何与风景特征协调的问题。拿云亭上是朱总司令与徐特立老人的两首诗，朱总的诗说："徐老是英雄，登上明月峰，上山不用杖，脱帽喜东风。"时徐老八十三岁尚不扶杖，真使人羡慕之至。

下午为韦明波、彭源重、文权等同志写文字，给他们题了一首诗：

> 生活是源泉，
> 人民是母亲，
> 艺途无止境，
> 但盼后来人。

晚赵清学同志邀请我们至他家赴宴。赵原是晋察冀的，给肖克等领导当过警卫员，当过游击队政委，不久前是分区副司令，现在是作家了。他写了郭亮传以及其他作品。同参加宴会的还有退休干部，一个柳州军分区的顾问。顾问是襄阳人，现在是副师职。而那个退休干部是他的上级，也是他的解放者，却是正团级。真是没法讲道理了。

饭后，与赵清学同志坐了一会儿。

今天彭源重同志去给我们买桂花时，桂林园林局黑山苗圃工人钟树仁表现十分热情，他说："国家领导人来了，我不给他，他也没办法，魏要我得给。"给了几株四季桂，几株八月桂，还穿着皮鞋爬到树上折了些丹桂。为了敬重这位没见过面的年轻工人，给他写了八个字："为民造福，香飘四野。"

想起一九六一年送我们去阳朔的石开连，也给他写了一张：

> 漓江送行舟，
> 屈指二十年，
> 今日赴阳朔，

又忆石开连。

给宋贤邦写了一首李白赠汪伦的诗。赵清学、司机小李、小蓝也各送了一张。

十月二十一日

昨晚给苗圃工人钟树仁本已题了字,秋华忽然说出两句:"闻见桂花香,想起种花人。"我觉得这两句甚好,忙续上去两句:"十月金秋晨,见桂未见君。"今又觉得"闻见"不如改"风吹",遂成:

十月金秋晨,
见桂未见君,
风吹桂花香,
想起种花人。

即写在宣纸上。

上午彭源重偕夫人及两个孩子来稍坐。宋贤邦来送行,又送了几个罗汉果及两筒辣酱,并书写了"良师益友"相赠。

我们上街买了桂花茶,准备回去送人。

中午,由分区政治部主任设宴送行。这是代表广西军区的一番盛意。这次广西军区的接待是十分认真的。

下午三时,分区董副司令,全副参谋长及主任,还有彭、韦、文权等同志都来送行。后三个同志直送到飞机场,办理好手续方才离开。我们直等到六时二十分方才起飞。这次因带了二十个大柚子,二十斤橘子,弄得狼狈不堪。

抵京时,已九点多了。猛子及小黄来接,这次,差四天不足三个月的长征之行,已经告一段落。去年走了三千公里,今年又走了六七千公里,也差不多两万多里了。

飞机起飞后,我想了想工作计划,准备今冬应构思出一个结果来。一边看材料,一边构思,不足的材料,应有针对性地去搜集访问。争取明年二三月后能够动笔。但现在还一点把握也没有。

小丁丁也到机场接我们了,这孩子跟他姥姥特别亲。秋华也显得愉快。到家时,小平、欣欣都在,姥姥说,她曾有几夜睡不着觉,全家都担心我们的安全,确实走这么远的路没出问题也是不容易的。

十月二十二日

给周秘书和张主任等都打了电话,报告已回来。

吃了午饭至解放饭店洗了澡,随后至聂办,听周秘书说了回忆录出版情况。现三卷均已出齐。

四时许,去见聂总,聂总很高兴,他一开始就担心我的安全,中间还让秘书打电话询问,我是很感谢他的。我送他脚山战场桂花两株,会理石榴一个,通道侗族竹篮一个,织锦一块。我遗憾地声言,会理石榴本来六个,路上都已碰坏,只剩下这一个了。

向老总汇报了沿途情况。老总问到藏族对我们怎么样,张瑞华还问到群众生活的情况。我怕耽误时间过久,老总说:你不用慌。直到五点半始离去。

晚如约到张主任家。听他说了最近的情况,有些情况令人忧虑。

这次回京,劈头就是不好的消息,一个是街上已起抢购风潮,从高级衣料、地毯,直到手纸,都在抢购范围之内。鸡蛋原来一元二三,现在一元八了。人民的思想在动荡,对人民币似乎信不过了。这势头恐很快就要席卷全国,这不是好兆头,人事方面也不知会怎样变动。

十月二十三日

离家三月,桌案上已被书籍、杂志、报纸堆满,只得慢慢清理。

今年十月二十五日,朝鲜将志愿军纪念碑重新立了一块大的,并举行落成典礼。朝鲜邀请我代表团访问,已定我为副团长。因我在长征途中联系不上,又改了别人。有同志为我惋惜,我觉得也没有什么可惋惜的,因为将长征之行告一段落是重要的。

十月二十四日

继续翻阅报纸。

晚去看袁政委和李涛。袁参加顾问委员会回来,但未多谈会上情况,似乎决定的通过很顺利。

十月二十五日

赵志珍打电话说有时间,我们去时杨不在,仅送去脚山铺挖来的桂花一株。此次战斗他负重伤,桂花是送给他作纪念的。

接着去了丁玲处,十一时半才回来。她谈到预定出的《中国文学》,颇费周折,作家协会把他们准备出的一报一刊同时报出版局,未获批准。她不得已给胡耀邦写了一封信,但也没有批复。冯牧要出的《中国作家》已在出版局登记,而同样的另一个刊物却无法出版。现在因为已经宣传出去了,只好改为丛刊出版。因丛刊可以不经出版局登记,陈明说,现在是骑虎难下,只好不下。

但是据丁玲说,已有读者寄来八十元钱表示支持,也有人寄稿件来,声明不要稿费。这些消息都是暖人心的。

十月二十六日

晨八时,即参加大百科军事卷讨论会,讨论我与刘绳起草的《聂荣臻》条目。参加的人都是研究党史的,是军科、军博、政治学院等单位的。大家很认真,提出了许多问题,甚至提出南昌起义时聂是否是前敌军委书记等。也有人公然说解放战争时期打得不好等。会议直开了一天。

今天《人民文学》为庆祝出刊三十五周年举行的历次编委的宴会,我要参加,打电话问小张,请柬尚未来,就回西山了。此事恐怕还要去解释一下,因周明曾打来过一个电话。

十月二十七日

今天开始看积压信件,整整看了一天。哈尔滨有几个原志愿军的人,集体写来一封信,说他们有一种凄凉感。他们的待遇远不如后来和新近参加工作的人。"这些当年的最可爱的人,今天被人看成是多余的人。当年我们比尊敬父母还要强几倍的对待老干部,今天没人爱了。怎么不令人(感到)凄凉。""我们不少人档案上写着立功,今天有什么用呢!今天是革新者捞实惠了。""我们的儿孙前些年对我们还有点敬意,今天看到我们微薄的收入,冷落的待遇,对我们过去的讲话,您过去的写作怀疑了。"信件最后说:"希望您和有关同志能为我们呼吁。今天您能看完我们的信深感荣幸,也算我们没有白崇拜您一回。如果您不同情我们,而站在其他人的利益上,说我们闹个人主义,那就随便吧!"后署名几个一九五〇年参军的老兵,代笔周欣。他们集中提出的要求,就是只求把他们参军后六七年的供给制待遇的钱给予补偿。

信很强硬,似乎对我也发泄着不满,说:你的东西我们见到的也少了,也不愿意看了。应当承认,这些年兵的地位低了,许多人向我反映:"往日的最可爱的人变成最讨厌的人,最多余的人,最可怜的人了。"这种状况是应当正视的,是应当纠正的。但是看样子,这种情况发展下去,恐怕还要恶化,甚至许多人不会来当兵了。而在这种空气下,有人就会动摇自己的信念,这个信就是一个反映。这种要补偿的提法显然是不对的。

田间同志转来邓康一封信也很有意思。他整党中想了许多问题,为了国家的长治久安,提出国家的领导制度需要改革,党政领导人和各省市的第一把手,任期只能一届,不能两届,副职可以两届。这个意见很有见地,但恐不易实行。

最近听说,街上仍抢购得不像样子,车也挤得很,小平一个小时上不去车。据说,有人为了抢购,已到广州去买北京冰箱,用飞机运回。还有些老干部也去做买卖了,真是丢人。

十月二十八日

上午,补写了前几天日记。现在记忆力已差到两三天来的事情都记不准了。因此,日记可简记,不可拖。

下午,小姚来。他死里逃生已一年了。今天竟能走到这里,很不简单。

一个本家的侄儿——魏瑞智来,粮食学院毕业,分配到通讯兵工作,不对口。

晚范春荣、寿观贤来。范春荣是老黄牛,寿观贤去二炮帮助整党,回来后也要休息了。

十月二十九日

上午翻阅报纸。

下午,秋华去参加了一追悼会,我去丁玲处参加《中国文学》编委会。参加者有丁玲、陈明、舒群、雷加、牛汉、曾克、冯夏熊同志。在出不出刊的问题上,雷加颇有顾虑,顾虑可能会出现种种困难,甚至是否会遭到《时代的报告》的下场。舒群觉得体力不佳,愿大家分担责任。丁玲说:"骑虎难下,干脆不下了。"牛汉很有信心,说许多同志希望打破文坛上一统天下的局面,是有群众基础的。最后还念了广州某工厂一封信,为支持这个刊物出版,愿捐款五万元。我认为刊物的出版,对坚持社会主义方向有重大意义,困难肯定不少,但也可能打开局面。后来高占祥、李学鳌来访丁玲,会议也就结束了。

晚至丛杰处闲坐。谈了安排赵占宣工作的问题,因他已经在汽车训练队毕业了。丛杰今天很坦率热情地谈了不少。

十月三十日

上午参加政治部整党总结会。张宗文同志代表部党委作总结,我作为顾问坐到台上听。

会议结束时,王剑清同志已在家等着了。她现在在河北省社科院文学研究所当所长,带了两个人来访问我晋察冀文艺运动的情况,这是她们确定的专题。我谈了解放区文艺运动的特点和对它的评价。实际上解放区的文艺是当时最进步最有生气最充实的文艺。

中午招待她们吃饭,下午由秋华将她们送回城内。

晚上阅读中宣部的文艺座谈会的简报。丁玲的发言很大胆,这是一个有勇气的人!她批评了张贤亮的《绿化树》。一些人刻意攻击党,使得她不能容忍。

十月三十一日

上午进城洗澡,十时半应约至大三元酒家,赴《健康报》举行的小型宴会。参加者除健康报社负责人外,尚有黄树则同志。客人中有田流、刘绍棠、张志民、陈模同志等。田流这位《时代的报告》的新主编,对我脸红了一红,略有些尴尬。我同他说了几句话,说得也不太多。席间刘绍棠又吃又抽又喝,谈吐随便,颇活跃。

张志民好久不见了,他声称是因为有我他才来的,宴会后,我送志民到家。他送了我新出诗集《今情,往情》及近作《死不着的后代们》。

听说徐明希来了,到饭店去看他。这是一位好同志,到66军后,在创建精神文明上作了突出贡献。

晚回到西山时,在我处工作两年的警卫员赵占宣已学完司机回来。我要他好好实践,并请他吃了晚饭。

介绍葛志清到《中国文学》工作。

十一月一日

上午,拟填写整党后的党员登记表,小张从党小组那里拿了两张作参考。还有整党简报登的样板。

十一月二日

党员登记表上有一栏,"本人整党收获及今后努力方向",我今日上午起草好,晚上小组长杨洪立同志看了看,同意了,我直抄到次日凌晨一时。我在最后说,我今年已六十四岁,从十七岁参加我们的军队,至今已四十七年,入党也四十六年了。我不认为党欠了我什么,而只是觉得自己工作做得不够。我今天已无他求,只是希望我们的党好起来,我们的国家沿着社会主义道路强大起来,无论在东方、在世界,永远是共产主义的一颗亮星。至于说我个人,最重要的是在我的余年中,为党为人民再写出一点东西。一些同志劝我写长征,认为这样一页伟大的历史,在文学上还是空白,未免是个遗憾。我个人也早有此意。……将近半个世纪以来,我是跟着我们的党战斗过来的,参加革命前,我只不过是旧社会的一般青年而已,我的觉悟,我的成名,我的一切,都是党给的,人民给的,我愿把最后的精力和生命贡献出来,作为对自己的母亲——党和人民的一点报答吧!

这就是我的心情。

十一月三日

上午参加党小组会,宣读了我的入党登记表,大家一致通过,并鼓励我将长征写出来。看样子大家是赞成我的发言的。

下午进城。晚饭老总请我吃涮羊肉,我欣然而至。显然老总对我感情很深,这也是第三次请我了。老总也很喜欢吃涮羊肉。管理员还特意买了法国面包来。法国面包房今天开张,是排了半天队才买来的,法国面包确实不错。饭后,老总又约我谈了一阵,问我长征准备怎么写。

十一月四日

上午云南文山县杨照昌来,他们成立了一个柯仲平诗会,让我为他们题签,我题了"发扬柯老诗风,引导人民前进"。柯老是我参军后最早认识的前辈诗人,一个异常热情的长者。我曾是他战歌社的一员。

随后又来了一个朝鲜族女人金英花。她是民族学院教研究生的。《东方》的朝文译者李哲俊托她来索取新增部分。她说这人译文很好,现在患癌症,仍工作不辍。我说有时间去看看他。

下午四时半进城洗澡,并去看马英,可惜马英同张平出去了。这是我的两个老部下,现在都已休息了。

十一月五日

竟日写回信,至夜十二时复信二十封,计有当年小鬼杨春、老朋友王墨溪、安徽铜陵摄影家周家齐、贵州凯里军分区杨正豪、吉林烈士隋金山之子隋凤喜、志愿军老兵周欣等,还有晋察冀诗人邓康、《长春日报》文艺部王海南、上海杜宣、毛儿盖中学小蒲涛、黑水县文化馆周礼富、历史研究所张侠、华南师大罗琦、文学研究所现代室编诗选的李葆琰,还有各编辑部等。其中重要的有同意邓康建议,感谢《长春日报》全文连载《东方》新增部分,对周欣等老兵的情绪作了解释。

晚上散步时,忽然想到"时间就是金钱"这句当前流行的时髦口号,这个口号已公然写在厦门的摆渡口令人瞩目的地方,深圳则流行得更早。这不是一个资本主义的原则吗?如今按这个原则行事,一切公益的事情,凡是不能得到金钱的,就没有人干了。但这种口号几乎没人制止。还有"不当元帅的士兵,不是好士兵"等这句连名人也这样说了。真是呜呼哀哉!想到这里就觉得有写杂文的必要,但到哪里去发表呢!

十一月六日

准备今晚请马英夫妇和张平夫妇来吃晚饭,秋华一早就坐车去买东西,中午也没有休息。预定了两只烤鸭,解决了问题。

下午二时半参加支部大会,通过了我的登记,是一致通过。

晚四时,马英夫妇及张平来。还有个不认识的李艺之,在中央文献那里工作。

十一月七日

为了写纪念柯仲平同志的文章,竟日读他的短诗集。

晚看苏联电影《莫斯科不相信眼泪》。着重写了一个女工受欺骗最后成了一个厂长的故事。

今日给黄英夫同志打了电话,托他去给上面讲讲《中国文学》的事,他分析有困难不愿去说。同样两个刊物,一个能出版,另一个则不予批准,遭到重重困难。这因何故?

十一月八日

上午阅柯老的诗。在诗歌艺术上他是古典诗歌与民歌结合的模范,在行为上他是与群众相结合的模范。但后期的诗,应景朗诵的诗较多,而这类诗往往政治性强而艺术性弱。这也会影响到诗的生命力。

乔羽同志携郭兰英的女儿郭影儿来,谈了些郑律成的事。

下午黄英夫同志来,他劝我为《中国文学》事不要再请示了。其他问题,他不愿多谈。

明日作协书记处开会,讨论四次理事会提出修改章程的问题。其中最重要的是将"为工农兵服务"的口号去掉,不知为什么就硬是不喜欢这个口号,我决定明天请假,现在的事很难办。

接着老红军钟仁标同志的三女儿来,她名玲玲,已二十八岁。她丈夫和农机局长也一起来了。还带来四瓶酒和一些黄豆。

晚看《人生》电影。在现在来说就是一个较好的片子了。

十一月九日

上午进城,将玲玲母子带进城。如约与小惠相见。胖子也有了儿子,把儿子也带来了。小惠主要通知我,一个职工中学的课本,选用了《邓中夏传》"走出书斋"一段。还说,我们共同起草的纪念邓中夏同志的文章寄给《中国青年》和《中国青年报》均被退回。小惠只想发表文章,不看行情,也不问对象,难怪碰了钉子。

今日上午因事情太多,用了二十分钟洗了一个澡。然后到聂办将聂总亲笔签字留念的精装本回忆录取回。

同三叔一起到北苑看了双营。

晚继续阅读柯老文章。

十一月十日

上午军区作整党总结，讲了很多收获。而收获究竟多大，则要在今后工作上看。随后傅政委和秦司令先后讲话。秦讲了十二届三中全会精神和最近军委会议精神。一是改革，二是部队要砍掉一百万，三是大军区干部要年轻化。他还作了些解释，要干部们不要怕，现在万元户中就有不少复员军人，将来可以当专业户。并说：如果我处在这地位，我就这么干。他说，他已代表傅政委在军委会上表态，准备随时下。军区全体常委也在最近几天表了态，叫每个人都掂量掂量。

在这种情况下，我当然更要下了。

十一月十一日

在罗马尼亚相识的大学讲师于丛杨夫妇到文工团。我去看了他。他说罗马尼亚日子仍不好过，路过苏联，苏联的乡村还是土路，城市轻工业品仍很差。建国七十年了，仍是这个样子。看来苏联的模式是不行的，中国的搞法还好。我最后送了他聂回忆录，他送了我一支一尺长的罗马尼亚铅笔，祝我大笔如椽。

晚王正芳来，他最近回新乡一趟。说专业户买一辆汽车牌价一万多元，但请客送礼得四五万元。送礼请客少了已经不行。送彩电甚至也不行了。一路火车上脏得厉害，一碗面条得七毛钱，引得旅客与车长吵了一架。这都是一切向钱看的结果。

石油战线巡礼

(一九九〇年九月三日至十月四日)
(一九九〇年十二月十五日至十二月二十三日)

一九五五年，北京石油地质学校（江汉石油学院前身）第一批毕业生出发勘探的前夕，我曾到该校为他们送行，并作了《祝福走向生活的人们》的讲话。从此我与石油战线结下了持续数十年的友谊，直到今天。为了报答他们的热情，遂有一九九〇年两次石油战线之行。西抵天山塔里木盆地，东至黄河口，实现了我的部分心愿。这里就是两次行动的日记。

一九九〇年

九月三日

下午二时启程赴机场，与秋华同赴兰州。赵陵龄陪同我们访问石油战线。

飞机晚两小时，六时半起飞，经两小时十五分抵兰州机场，有人来接，住西北宾馆一号楼。

九月四日

曹广桥夫妇、赵戈夫妇来看望。

兰州军区赵副主任来看望。

下午参观兰州博物馆。是东汉古墓发掘的出土文物铜车铜马及马踏飞燕等罕见文物。还看到巨大无匹的黄河剑齿象，比普通象高得多。

晚兰州军区宫副政委和赵副主任设宴款待。

至曹广桥家。他仕途不顺，到离休仍是个正师，心里不畅。

九月五日

晨出发赴武威。曹广桥来送,以言语抚慰之。军区派出画家李坦克陪同。沿黄河走了一段,后沿祁连山西行。山是黄的,房舍也是黄的。这里刚刚麦收,有的麦子还在地里。问老百姓生活如何,答粮食够吃,惟花钱不方便。

西路军九军受损失的古浪峡极狭仄。古浪城如一大村庄,周围是几个土山,很荒凉。当年九军在此拼杀,已无遗迹矣!

过了古浪,地势平坦辽阔,马路笔直。一路与赵陵龄闲谈石油战线故事。她说有一个姑娘参加勘探,山里发水,她无经验向下走,被巨墙一般的洪峰推入水中。冲至山外十余里处始找到她,一身红毛衣被水撕扯得只剩下一半。将她捞出时,手腕上的表还在走动。我忽然想到石油战线应发起"石油战线一日"的创作活动,以表彰这些普通劳动者的功绩。

下午始到达武威56师师部。见到该师骆政委及师长、副主任等。稍休息了一下,由一科长陪同看了本城的擂台、汉墓(某姓张的将军)并看了庙中的西夏碑。晚骆政委陪同吃饭。

师部所在为新武威城,一平方公里,为一七二八年修。当年马步青的师部即住此。红四方面军妇女团的被俘战士王泉媛、李开芬等都关在这里。他们种的白杨树快有一抱粗了。奇怪的是将杨树的干枝折断,里面即露出红五星的断面,且整齐得像刀切的一样。忽然牵动我的诗思:"她不管遇到什么环境,心里总是红的。"据说此杨树当地称之为"红军杨"。

九月六日

此处天亮较晚,七时许刚刚亮。早晨在营房院内转了一转,出发时骆正平政委来送行。

由武威出发一段后,不断看到荒滩。南望是一带光秃秃的祁连山,北边不断看到断断续续的土长城。长城已倾颓不堪,像通常的土墙,已无长城的风姿了。

过永昌时在县委稍停,曹长庚书记等热情以西瓜招待。他说西瓜在全省比赛是第一。农业上交粮一亿二千万斤,近处的金川是镍都,处处充满自豪感。我也鼓励了他。我发现许多地方主官都有这种自豪感。

下午一时抵张掖,即甘州。赴55师师部。一副主任杨大勋(中校)接待。下午还有作训参谋带我们到四十公里外倪家营子参观。此为西路军失败前的血战之地。看了惟一的遗迹汪家墩,也就是人们所说的土围子,墙很厚,已残破,墙上弹痕累累。此处有一七十岁老汉,名汪世金,为汪家墩主。据说此碉为祖传,不知何年所修,红军据守此碉与马匪对抗,守了四十余日,每次由一个排驻守,轮番作战。碉前有他的房子数间,扫清射界时为红军拆毁。汪家即同红军团部一起吃住,并为红军送饭。后红军离开,他们逃到外面,十余年后方归。他说还见过徐向前、李先念等。我们在此处留影为念。

随后,我们又到了六公里外的梨园口。此处南面一侧是刀山,北面一边是红石崖山,山沟作铁矿石般的那种暗紫色,中间是一道梨园河,两边是白花花的烂石滩。山道、荒滩,都给人以极荒凉惨烈之感,给这场战斗更增加了一种悲剧的气氛。作训参谋往刀山的口内指了指说,那就是妇女团出没之地。还说这是郑维山来时告诉他的。

接着我们又往前走了一截,梨园河水从祁连山的一个口子流出来,河水很清冽,是雪山上下来的雪水。据说这个口子就是李先念率队进入祁连山的口子。他曾带了近千人进入祁连山,最后到星星峡时只剩下四百人。中国革命是多么艰难。

今天看了此处,心里有一种沉重的悲凉之感。

汪世金老人说有封信托我们带给李先念。我慨然允诺。他说:革命成功了,我们要感谢他。我们到他家看了看,有电视机和沙发,很整洁,确实革命为人民赢得了幸福。

55师的政委也姓骆,表示对我们欢迎。

九月七日

昨夜有雨,今天特别显得秋高气爽,天空蓝得可爱,我真有点喜欢这地方了。

早晨,55师副主任杨大勋(河南人)带我们看了大佛,把我们送走。此佛比北京的卧佛要大得多,高约三十五公尺。但上下一般粗,仅大而已。

行四十公里抵临泽,由一个团副主任领我们参谒了烈士陵园。此地为近几年所建,从倪家营子、梨园口各地拣采烈士的遗骨,至此合葬。园子颇大。满园的波斯菊,在灿烂的阳光中开得极好。我采撷了一束波斯菊献给烈士,与秋华同向烈士行了三鞠躬礼。

旋即离临泽赴高台。约六十公里。先拜谒了高台的烈士陵园。看了几幅我被杀战士的残酷照片,及董振棠、杨克明将军等人头的照片。

旋赴坦克12师装甲步兵团,受到团长张荣堂、政委邓长宇及政治处副主任孙义武欢迎。吃饭中间他们公然提出:我们欢迎老作家,不欢迎现在的青年作家。他们对近年来的文艺意见颇多。稍息后,邓政委又陪我们至县委,索要高台血战的材料一本。最后还送我到要道口,送了一口袋水果才分手。

晚七点半抵酒泉,饭后游酒泉公园,原来是霍去病征匈奴有功,武帝赐酒,酒少人多,遂将酒倒入泉中,与将士共享。酒泉之名由此而来。

今天,还看到了祁连山的积雪。心情特别愉悦,充分领略了高原之秋的风味。

九月八日

晨离开坦克12师返回清水,乘20基地的专线火车前往基地。沿途二百七十公里,全是戈壁滩和一片荒沙,间有零零星星的骆驼草。人类总有一天会要征服它。

基地在金塔之北,取名10号,因地图上没有名字。路上走了六个小时,到站时有基地司令和政委来接。经过三十多年的艰苦经营,此处已俨然一小城市。

晚饭前洗了一个热水澡,有一个礼拜没有洗澡了。

此地与北京时差一个半小时,九点钟天还没黑,据说夏天十时半才黑。

与一个秘书谈话,得知此处的干部战士有的不安心在这个被沙漠隔开的小天地中工作,是受了近年来"价值观念"变化的影响。

九月九日

今天是礼拜天,秘书处说处长给我们安排了两个人谈话。上午是场史办的郑旭东同志。他介绍聂帅来此参加试验的情况。他当时没接触,只谈了听到的材料。我也未问什么技术问题。

下午与左乃元谈话,他是山西左权人,是十三岁入伍的老军人,性格直爽,已离休,明后天就要走了。他对聂总的事谈得也不多。他过去是发射中队的指导员,对现在的风气不满意。他说,他们过去只挣五十几元,工作完成得很好,现在"小年轻的"一穿上军装就是五百多元还不满意。他说他们在试验场每礼拜只回基地一次,甚至几个礼拜不回,现在的干部每天中午都坐几十公里的车回家吃饭。他对现在的文艺、电影更是看不惯。说《老井》是在他家乡拍的,他家乡的人骂:"这些导演们,怎么拍出这样的电影?"

晚上看了几个发射资料片:第一个是国产导弹的发射,向太平洋的发射;还有第一颗人造卫星的发射。

九月十日

上午十时,由李司令陪同赴一号发射阵地参观。我们坐在高达四十多米高的发射塔和脐带塔前听他介绍。他六二年毕业于哈军工,现在已是将军,讲得井井有条。接着我们又登上高塔,观望了四周景色。全是一片荒漠。北面不远即是中蒙边境,南面是一带不高的小山名青山头。还有一个更小的敖包山,据说聂帅就在那里观察发射。据李说,此处两万五千年前是大海,曾与地中海连成一片。他向我们介绍了发射过程,说向发射的导弹就是在这里发射的。第一颗人造卫星以及此后的二十几颗卫星也在此处升天。随后我下到地下室观看。此处坐了些男女工作人员,有一些控制仪表。技术部主任又向我们作了讲解。我这个科盲也似懂非懂地点头。

临走时,我向技术部主任表示了我的敬意,让他向战士转达。此处有一个守备营,住在附近的营房里,四外都是荒漠,也是够辛苦的。

接着我乘车走了十几里路,来到技术阵地。此处有两个大厂房,我们先看了三十余米长的导弹。面对着这个庞然大物,由技术副主任作了讲解。它的名字叫长征二号,也叫东风五号。在此处还看了将于十月五号发射的军事卫星。五院院长也在这里。

随后在一个五八年修建的厂房里看了战术导弹,此弹不过十米以内，比起那个大家伙真是小巫见大巫了。

下午由政委及贾副主任陪同看了场史展览，了解了他们的发展过程。此场由一九五八年创建，经过三年困难和中苏分歧，撤退专家等难以想像的困难，硬是表现了中国人的志气，使两弹上天。这是中国人民值得自豪的一页历史，参观后要我题字，我题了如下的话："你们是神剑的铸造者，捍卫了伟大的祖国，你们是天梯的架设者，开辟了宇宙广阔的未来。"

参观后，与政委聊了一会儿。了解到此处突出的矛盾，是人员不安心，技术力量维持不住，高级技术人员仅有××名，只及需要的五六分之一。原因是对老年技术人员安置的问题没有解决，使技术人员存在着后顾之忧。此外还有子女就业等问题。他们流传的话说："献了青春还要献儿孙。"我说，这些问题并不是太难解决的。在外面一些较好的地方盖上一些房子，设点干休所，能花多少钱？据说前几年分配来的大学生连三分之一也来不了。现在的情况还好些了。

九月十一日

上午参观计算机中心，多是一些年轻的知识分子，一些大学生和中学生在工作。随后参谒了沙荒中开辟的烈士陵园。有聂帅题写的三棱形纪念碑。此处埋葬了牺牲和病故的人员五百余名。其中有第一任司令孙继先（指挥十七勇士强渡大渡河的英雄营长）的骨灰和为救人牺牲的英雄王来。这些人都是为我国的国防事业而付出生命的。我和秋华向他们行了三鞠躬礼。

随后在十余公里外看了当年修的水库，这条有十余里长的大坝拦截了水量不大的弱水。可想见当年工程量不小。靠这条水的灌溉养了几百亩稻田。有一些战士在劳动。我们在归途中看到红柳相当艳丽，下了车照了几张相。

下午开座谈会。一个中校副校长，一个女医生内科主任，一个燃料处的政委，一个高级工程师。大家谈的都是技术人员的后顾之忧的问题。医生说，转业太晚到了地方就没人要了，而留在外面的人技术水平提高得快，有的写了论文，在广州工作的有人一个月能拿到一千元。另一个突出的问题，是担心自己的孩子在此处受不到好的教育,将来没有出路,这是"献了青春献儿孙"。那位燃料处的政委则谈得很好,他那个工作危险性极大,又有毒。但他们仍热爱自己的工作。最后我给他们作了一些解释。我说四中全会前赵紫阳是满脑子的生意经,哪里会关心这些问题,今后可以是有希望的。

晚李司令、王政委宴送我们,要我们向聂帅问好,并送我们上了火车。这是过去周总理等中央领导人坐的车,我们是第一次乘坐这样的车。

九月十二日

一直在火车上睡至八时,在清水基地招待所用早餐后,仍乘小面包车前往玉门。一路上又看到祁连山的积雪。至十时许抵嘉峪关。远远望见雄关有三座城楼,一段土城墙隆起在一带高岗上,南达祁连雪峰,北面连接马繁山。我们在城墙上转了一周,照了几张相,此关是两个瓮城,很坚固。多年慕名,这座雄关总算到了。

继续西行。仍是一片荒滩,仅有骆驼草和乱石。据陵龄说这样的土层至少有十几公尺。不要说没水,有点水也漏掉了。

至下午一时半抵玉门。这是闻名的石油城,街头有一石油工人的塑像。过去是一个小小老君庙油田,现已发展为十八万人口的城市。下午由李志新书记以及工会主席高树盛、宣传部长李友弟、办公室主任岳学芹等汇报玉门油田情况。我的印象是此处保持的传统作风究竟多些,离内地也偏远些,政治工作也较好,受到外面的坏影响似乎少一些。但是毕竟不是真空,影响还是有的。这里突出的问题和20基地一样是技术力量保留不住,都想到内地去。连这位书记也说,他也有这种思想。

该管理局赵局长(陕西大满人)来陪同吃饭,菜很丰富,不过我的胃口已倒,吃什么也吃不多。我向他们石油职工表达了敬意。

晚饭后在街上稍转了转,公园里有一座油田的发现者孙建初先生的石碑,"文革"时毁了,现已恢复。

九月十三日

上午,由李志新书记陪同参观老君庙油矿。先看了矿史介绍,随后至老君庙现场。这是从祁连山中延伸出来的一条深沟,下面有一条石油河,漂浮着浓黑的石油。对岸是一条弓形的陡岸,陡岸上有几十个破窑洞,据说是解放前工人居住的地方。当时为防止工人逃跑,晚上都把鞋子收走。这些旧社会的印记不禁使人触目惊心。老君庙原来是一个很小的小庙,今天重修了。我们在这里看了矿上的第一口油井。随后又参观了工人的宿舍,单身宿舍很整洁,三人一个居室,墙上还挂着吉他。此外还有游艺室、图书室、乒乓球室等活动场所。比封建官僚资本家统治下的工人生活,真有天渊之别!而有家室的工人则有一半以上已住上楼房。家家有彩电。据说,工人还有许多福利,规定每户多少度电,如果节约还可以领到钱。医疗设施也很好。这些社会主义的优越性,是很明显的。我们还看了图书馆、俱乐部等。

下午看了玉门炼油厂。此厂设备能力能炼一百五十万吨油,此处的油还吃不饱。他们得过两枚金牌,三枚银牌。

参观老君庙展览馆时,要我题词。我写了两句话:

老传统开新花力量无穷,
老母鸡下金蛋再展雄姿。

晚接受记者访问。

九月十四日

上午,参观玉门机械厂。此厂主要是生产抽油机械——磕头机的。工人只两千多人,但却生产了质量相当高的产品。最后为他们题了"结物质文明之果,开精神文明之花"的字。今天还看了一个模型班,班长是个老工人,名叫李维屏。他说:我就搞不通为什么要人读黄色小说,不号召人读毛著?他这个班对政治学习抓得很紧,每周半天的政治学习,每月一次民主生活会,因此风气搞得很正,把两个曾被拘留的青年也教育过来了。

下午座谈会,到了马武林、赵殿琰、孔繁瑾、马刚、赵秀萍五人。马武林是个退休工人,回收的废油超过一口油井的正常量,因此被称为"祁连山下一口井"。他的思想是那种深深领受过旧社会苦味对共产党无限感激的传统思想,非常感人。人表面似乎很拙笨,但却有一颗赤红的心。从他使我想到老工人孟泰,我们的心是相通的。我作了一番发言,发现他都能理解。会议结束,我握着他的手一直把他送到门外。

晚饭后我和秋华、赵陵龄沿着石油河散步。串了两个门。一个是退休工人朱耀华,六十多岁,神情愉快,问起他的健康时,他摸摸自己的肚皮,笑着说:"你看我膀大腰圆,多壮实!"他五十年代初来,现在退休每月拿二百多元,妻子一百多元,子女也都上了班,家里有一个大彩电,一个小彩电,还有一套音响设备,三间房,房内还有沙发等。

另外还串了一家名张登有,他是武威人,四十一岁逃至此处,在杨子公司做临时工,住在土窑里。那时,每月挣一角五分钱,吃一角六分钱,还欠一分。吃的是有老鼠屎、沙子的小米饭,住的土窑没有门,进去是斜坡,一进来水就把人淹死,跑都跑不及,室内没有床,只铺点烂草。发一件单皮袄,白天穿夜里盖,阴天下雨毛朝外。里面连衣服也没有,只有个裤衩。终年不洗一次澡,有个澡塘,不准工人进去,说工人是臭工人。进办公室,职员不许靠近并捂着鼻子。工头拿皮鞭,一鞭下去一道紫印。人病时,不管什么病,吃一样的药汤。人死了,往里移一移,不弄出来,活人死人住在一处,苍蝇有手指头肚大。等到死的人多了,才弄出来,装上牛车拉到万人坑里扔掉,狗因吃死人惯了,见活人都敢扑。厂里发的工资,是杨子公司自己的条子盖上章,拿到外面不能用。为了防止工人逃跑,睡觉时没收鞋子。临时工到每年十一月就辞退,由警察带着赶到门外,所以下雪时老发现一堆一堆冻死的人。因为此地距酒泉一百六十里,是无论如何走不到的。等到第二年再到外征集临时工。他讲的是完完全全地狱的图画。今天的访问给人的印象十分深刻。

九月十五日

上午到局党委会议室参加本地新闻宣传和业余文艺作者的座谈会。我提出三个祝愿:第一,祝愿玉门油矿东山再起,重振雄风,成为中国西部的社会主义明星;第二,祝愿玉门文艺繁荣,出现更多像李季那样热爱石油事业的作家;第三,祝愿玉门社会主义建设节节上升,人民一天比一天幸福。随后让他们提出问题。他们多围绕《谁是最可爱的人》提出一些有关写作的问题,只有一个人提出对近年来文艺的看法，问为什么现在的文艺作品不能同群众结合。有一位作者还提出"深入生活和高于生活"和"源于生活、反映生活"两个提法哪个更对。我答：事实上存在着两种理解和两种实践，我不敢否定那一种。关于意识形态的失误和反自由化，我自然也提到了。此处似乎显得拘谨。

下午四时，以李志新书记为首的局党委成员与我座谈，听取我的意见。我主要表彰他们坚持老传统，坚持政治思想工作，进一步坚定他们的信心。

会后为他们写大字。给局党委写了"东山再起，重振雄风"，给招待所写了叶帅的诗，给文化宫写了"李季的诗《玉门》并附记：庚午秋抵玉门，忆老友李季英年早逝，诗歌仍流传不衰，特录诗人旧作以示崇敬之意"云。

为各人写字直到七时，有点筋疲力尽了。

书记李志新设晚宴欢送，并送夜光杯一对作纪念。晚与赵陵龄观玉门夜景。玉门之行至此。

九月十六日

晨由玉门油矿管理局宣传部长李友弟伴送我们赴敦煌，李书记来送行。

沿途仍是一片荒漠，间或有绿洲。经赤金——王铁人故乡。据说，王也住过老君庙那样的窑洞，这里也就可以知道他的积极性的来源了。

车行甚速，至十时半已走完二百公里的路程，抵安西。参观了西路军最后一战纪念碑。与一老红军谈了话。他说当年在祁连山极艰苦，衣服已破，光脚走雪山，吃点糠皮子，挖点树根，没有人家，这样走了四十三天。

县委书记马××接待很热情，立刻端出西瓜、铁皮瓜、白兰瓜，都要我们一一尝过，确实又香又甜。午饭又端出了酿皮子、羊肉、鲜鱼，大家吃得人人满意。中午休息后，要我题字，我留下打油诗一首：

瓜州瓜，甜如蜜，

难忘今日到安西。
愿安西,再努力,
不惧风沙狂,
举步登天梯。

下午,继续西南行,又走一百三十公里,到达敦煌——青海石油管理局的基地。这座沙漠中的城市,已颇有点现代化的样子。晚随赵陵龄串门。访问了青海油田的顾树松总工程师。他已在柴达木三十六年,颇有贡献。他说:我已想开了,准备干到底了。他今年已五十七岁。他说:地质这东西有地区性,再改个地方,还没有搞清楚就到时间了。人一辈子实际上干不了多少事。我问到柴达木的地质情况,他说东边是油,西边是气,石油年产一百万吨,能开几十年,气也能搞几十年。我再问他身体状况,他说由于长期缺氧(海拔二千八百公尺)心脏已变位45度,准备再干几年。

另又看了赵的同学李明,李在柴达木也有三十余年,并评为局劳模,但谈起当初同学中有一些人被打成右派,流露出伤感。这确也是严重教训。

九月十七日

上午,纪委书记刘阳寿陪同我们去游览阳关旧址。阳关距此处约四十公里。沿途仍是荒沙茫茫。祁连山已变得甚为低矮。远处阿尔金山的积雪如天际的白云。经过一两处绿洲,刘书记说是他们的农场。还有北方的几棵绿树,说是猪八戒招亲的高老庄,《西游记》本来是虚构,此仅添一趣闻。至阳关旧址,不过是土丘上的一座残破的烽火台而已。烽火台下立了一个文物保护的石碑,上书"墩墩山峰燧"几个字。日本人有十余人翻来覆去地拍照。敦煌管理处人员向我们介绍,此处为汉代长城,南端以水为界有六七个残破的烽火台,北端七十里处为旧时的玉门关。唐代时才后撤将长城修到嘉峪关了。我才明白这段历史的来历。举目望阳关外,只有荒凉平沙,传说是古战场。沙土中据说常常能捡到古代的箭镞和生着绿锈的钱币。这里修了一个简单的平房,陈设着一些古物。我们在此处照了几张相留念。

一个日本老妇要秋华与她合影。

随后我们在归途中来到渥池。现在是一个不大的水库,有两株奇形怪状的柳树。据说汉武帝的天马得于此地。

归途中我还看了路边一道漫长的土墙,仅有一尺多高,像通常的土坎,如果不经人提醒,谁还能看到是古代的长城呢!

午饭后休息。下午与副局长兼总工程师杨秀东及顾树松、刘阳寿座谈。他们为了给柴达木的石油职工以安息之地,以巩固这支队伍,在敦煌修了一座新城。经过两三年的努力已完成了一百八十六座大楼。顾树松并领我们参观了这些住宅区,楼顶均修有太阳能,以便利用此地充足的日照。街道两侧已经绿树成阴。尤其突出的是一座完备的职工子弟中学,内有一绿色的七层试验楼,甚壮观。我问这座中学上什么课,他们答和普通中学一样,我说为什么不讲些热爱石油事业呢。因此在他们要我题字时,我写了"热爱石油事业,为祖国培养优秀人才,增强石油队伍的后备力量"。

昨天,此地连续发生两起车祸。据说,冯牧亦负伤,我去看了他。

九月十八日

上午游敦煌莫高窟。院长段文杰接见,并谈到一些工作人员不安心的问题。随后由赵小姐导游解释。最深刻的是一个睡佛,为见过的卧佛中的奇美者,另有一初唐与中唐交替期几个佛弟子像,特别是一个苦行僧甚佳,其他走上爬下看了十个洞子。最后为他们题写了"艺苑宝库,万代生辉"八字。段院长送了我他的著作一册。

下午为他们写了一九八五年歌颂石油战士的诗一首。还题了"强化思想战线,巩固精神长城"等字。

下午五时,由刘阳寿书记等陪同游鸣沙山及月牙泉。我们六人骑了三匹骆驼绕过鸣沙山进入月牙泉。在四围沙山中的月牙泉,水终年不干,亦不为流沙所湮。遇一道姑,说沙鸣早晚才有。今天骑骆驼也是平生第一次。

为了节省一天时间,晚饭后即赴柳园车站。刘阳寿等人为我们送行,直到深夜二时送我们上车。我很有点过意不去。

九月十九日

在火车上睡了一宿。整个白天与赵陵龄谈心。

晚八时半抵乌鲁木齐。一路上灰黑色的戈壁滩和奇形怪状的地形,给了我深刻的印象。

石油部原部长焦力人来看望。

九月二十日

这里的时差比北京要差两个钟头。九时才吃早饭。我和秋华在明园(过去盛世才的别墅)走了一走。外面小摊上的西红柿两角钱一公斤,肉很厚的鲜辣椒五角钱一公斤,物价比内地(此地称口里)便宜多了。

十时二十分出发赴克拉玛依。开车的是一个有趣的青年,膀大腰圆,性格活泼坦率,虎头虎脑。他称赞克拉玛依是真正的共产党,新疆是真正的社会主义。他说他们留守处的工作搞得很好,每个工人每月可无代价地给一只鸡,两公斤鸡蛋。他说:上海、北京人不喜欢新疆,可是到了内地我却住不下去。他的名字叫李建刚,二十八岁,我很快就喜欢他了。

沿途是广漠无际的平原。耕地只有一片一片,其他还是未被开垦的荒地。将来中国越来人越多,不移民是无法解决的。路上李给我们买了个西瓜,奇甜。卖瓜者是国营农场的职工,他们每年每人可得两千多元的工资,另外每人分得三亩自留地,种瓜所得万余元。两个河南人说起来欢天喜地,他们都是一九五六年来此支边的。

下午,油田管理局的谢志强,以及电视台的负责人陈皋鸣、文联常务副主席傅滦滨来。他们谈的最令我感兴趣的是此地人都安心工作,不愿调到外地,调到外地的还希望回来。主要原因是此地在福利上为职工、知识分子解决了一系列的问题。学校也办得好,人们的后顾之忧解决了。吃饭时还谈到,他们坚持政治教育,每个工人都要参加政治学习,学习政治经济学、社会主义等,看来他们保持着优良传统的东西。

这里在一九五八年前完全是一片沙滩,现在已成为一座现代化的城市。

本日行程三百二十公里。

九月二十一日

上午由克拉玛依文联副主席等陪同访问克拉玛依下属之百口泉厂，因电话事先未打通，故先去看魔鬼城。是由风腐蚀的独特地貌。远望一丛黑乎乎的乱山，近看，有的像城堡，有的像烽火台，有的成黄色圆柱，有的像狮子、老虎等多种动物。据说早晚看时更有神秘感。尤其晚间风来时，鬼哭狼嚎。我们在此摄影留念，也算是地球的一种特殊景观吧。

下午回到百口泉，厂长丁玉甫设宴招待，他是个爽快人，据说还写点诗歌之类。他对克拉玛依也充满自豪感。他认为别处不如这地方。饭后稍息，即又去看采油，同两个采油姑娘作了简单谈话。她们一个二十岁新参加工作，每月一百五十元，另一个二十一岁的姑娘每月二百多元。随后又去看了一个钻塔。我上了钻台，机器轰鸣，震得钻台发抖。参观了移动式宿舍，里面还有空调，比以前的钻井工人幸福多了。钻塔旁是过去的地窨子，棚已拆去。开始连指挥部都是住在这里。

晚仍回克拉玛依。饭后有赵陵龄的同学马金贵、金志娴、关子康、杨仁宝、潘鑫、谈中玉、王坤其、王宝文、彭治华、张金山、赵新猷、朱维琴十二人采访，坐了满满一屋子，谈到他们对这里很满意。只有一人杨仁宝过去被划成右派叫我要写"现实"。我最后讲了一段，称赞他们对克拉玛依作了贡献，说他们的人生是有价值的。也劝了杨仁宝几句。

九月二十二日

上午参观黑油山。此山在并不太高的成吉思汗山下。山顶的油池仍不断冒泡，像是一个人在呼吸似的。据说油田最初就是从此处发现的。我们在黑乎乎的油池边留了照片。还看了一九五五年第一个喷油井，看了厂史展览和石油公园。公园主任说，这里的土碱性大，种树都是从别处拉土来，种活一株很难。

下午开座谈会。我一醒已经四点半了，结果人还没来齐，来了五个人。只有一个工程师谈得较好。一个铁道兵转业的谈买猪运猪就占了一个半小时。

晚饭前副局长谢宏来。我问了他的未婚妻杨拯陆在此地冻死的事。他对我们讲述了一遍,后来他同拯陆的姐姐结婚了。杨拯陆是杨虎城的女儿,在野外勘探时牺牲,牺牲时还紧紧抱着她勘探的资料。事迹极感人,具有典型意义,完全可以写一个中篇小说或电影。

九月二十三日

上午应邀参加克拉玛依的文艺作者会议,到者有十余人,我首先讲了石油战线的成就,希望他们能反映出克拉玛依从无到有的伟大变化过程,然后让他们提问题。广播电台一女记者提出写阴暗面才会受欢迎。我以刘宾雁为例讲了立场问题。显然邪风也吹到了这里。约一个半小时结束。

然后给石油公园的碑林写了首克拉玛依的诗:

> 不是昔年战风沙,
> 哪有今日城如花。
> 愿君再借东风力,
> 播送芳草到天涯。

午饭后离开克城,有宣传部副部长等二人送行。感冒有加重之势。至晚七时抵乌鲁木齐,住地质研究所——塔里木指挥部办事处。

九月二十四日

乌鲁木齐北去一百一十公里,有天池。今日由塔里木指挥部小张陪同前往。乘"巡洋舰",甚颠簸。最后三十七公里处进山,地势渐高。最后沿之字山径逶迤而上。得见"高峡出平湖"的天池。湖面不大,远处山势高耸,终年有积雪,是天山的第二高峰,名博格达峰。惟周围树太少,仅一侧有些柏树,使天池显得不够丰满。我们乘游艇在湖中转了转,照了几张相,已觉尽兴。在车中吃了些东西,遂回返。在昏昏欲睡中,又开始了颠簸。

晚无他事,看亚运会电视。中国昨今两天已得十余块金牌。从这种情绪也可看到形势似在好转。前年汉城大败,情绪的不稳定是有很大关系的。

九月二十五日

上午由外事科张兆克陪同与秋华、陵龄同游乌市南之白杨沟。经过六十公里的奔波才进入天山一个沟口。倒是有一些白杨,杂有一些灌木的红叶,秋色是有的了。但杨树并不多,入内山沟愈窄,有些松林,这里算是很难得了。沟尽处有一瀑布,约有五六丈,不大也不小。我们在此留影为念。

此处无甚可观者,遂拨车回返。

至市内之红山嘴公园,树颇丛密,在山顶观赏了全市,可看到原迪化旧市区及新市区,新市区已大了几倍,旧市的老房子(平房)已所剩无几。

下午休息后,访问了一位高级地质师。他在新疆十六年,又到涿县地探局呆了十六年。四年前要求调回新疆。我问他为何要回新疆,他说:我们搞地质的就是想找出油来。河西走廊虽有几个盆地,但都不够大,现在新疆库尔勒的希望最大,自己现已五十八岁,已经再干不了几年了,能在晚年时再参加这次会战,找出油来,自己心里也心安理得,说得过去。至于说地方偏僻一些,要研究什么不方便,现在交通也方便,很快就到了。他也谈到库尔勒的会战采用的是轮番作战,在那里工作三个月,回来还可休息三个月,工资照发。凡是进入会战区的工资即上升一级,加上多种补助,差不多提高一倍了。一个钻工可拿到六七百元。在那里每天七元至十元的伙食,加上饮料、瓜果、衣服都是免费提供,工资可以全节省下来。

晚上,办事处处长、经济师王忠华请我们吃饭,塔指的副指挥钟××出面。他是锡伯族人,是最初的组织者之一。席间谈了些零星情况。王处长谈到现已发现三个大的构造,其中沙漠深处的塔中已发现的构造能顶上三个大庆,真是令人振奋,我向他们敬了酒。

九月二十六日

晨由办事处外事科长唐守兴和张兆克送行至机场,乘八点五十分的飞机往库尔勒。从飞机下望,不是沙原就是灰黑色的山峰。飞机飞越过天山,越过博斯腾湖,至十时多到了库尔勒机场。有塔指李万堃来接。李是几月前由大庆调来的,四川人,甚谦和。上午由塔指顾问组长王炳诚介绍库尔勒会战情况。他是班子中最年长者。

他颇有晚年作最后贡献之意,还为我念了他接受任务后的一首诗。

库尔勒城颇大,有不少近代楼房。城外还有一条孔雀河,在这里能看到这样碧绿的流水,真是难得了。

下午,先访借住在铁门关水电厂的胜利油田钻井公司。有苏仁堂副书记等干部谈该钻井队来这里参加会战的情况。他们都很想为胜利油田添点光彩。谈到这里物资传递及轮换制等措施得当,人的情绪很高。这次几个大油田都来了,大家都暗里憋足了劲。

谈完后还同我们看了一九五一年王震将军领导下修的水库,及王震题写的"铁门关"。楼是新修的,而周围的山却显得荒凉而苍老,一片灰黑色。据说此为古丝绸之路必经的咽喉之地。与这几个干部合了影。

接着又到库尔勒市内访问了大庆钻井公司,与两位干部谈了话。两个人都为大家争相学大庆而感受到压力,他们怕记者采访,想暗地里作出成绩再外露,可见大家都在暗地憋劲。这里的比赛气氛已经形成。

晚塔指设晚宴招待。有王炳诚、李万堃及副指挥朱虹昌出面,我向他们祝大会战取得全胜。我忽然想到如果这次会战搞得好,是否可以影响全局呢?我希望是这样。

九月二十七日

上午九时由塔指于总工程师陪同赴机场,准备进入塔克拉玛干大沙漠之腹地塔中一号地区看钻井现场。这是一架双塔式加拿大式轻型飞机,只能乘二十一人。飞机先沿塔里木河航行。我俯视这无尽的沙丘和沙山,有的是鱼鳞状波纹,有的呈漩涡状的沙窝。塔里木河由于漫流不定,现出许多干涸的河道。地平线是看不见的,只是昏黄一片,像是混沌的黄雾。只偶尔有一点红柳林。飞机向西南飞行了一个半小时,才到了目的地。飞机将接近地面时,才看到沙窝里有一个小小的钻塔。接着飞机在六百公尺长的钢板跑道上着陆。下了飞机一看,钻机设在一个小小的盆地,四周都是沙丘。我问于总钻探队住在哪里,他用手一指,我才看见钻塔不远处有不小一片车厢式的凹地。他先领我们进入凹地参观,里面有厨房、洗澡间、更衣室、娱乐室、会议室以及队员们的卧室。卧室中是双层铺,每室四人。里面还有空调设备。这些房子都是活动的,可以用汽车拉走。我在里面稍息,听两位甲方监督汇报了进展情况。我向钻井队员们道了辛苦。

随后又上了钻塔的平面观看。这是美国机器。高约四五十米。旁边还有一些处理水的设备。这里沙漠中挖水并不难,掘土机掘一两米深就见水了。只是水中有氟,不能食用,不得不经过处理。

我们在沙上留了影,作为纪念。按我的想法本来想找几个钻探队员谈谈,因为还得乘这架飞机回去,不得不结束。又飞行了一个多小时返回驻地。

下午五时,经赵陵龄提议,访问了石油部的地调处。由地调处负责人林振刚接谈,他送了我一些材料,还找了一个名叫夏义平的二十九岁的青年为我介绍了塔里木盆地的地下剖面。

九月二十八日

上午,由塔指党办的郑守南同志陪同,乘日式越野车赴轮南前指,路程二百四十公里。一路仍显得荒凉,至轮南附近稍好。陆游诗中曾提及此处。并有"铁马冰河入梦来"之句,这位爱国诗人在中原失守的景况下,难得他还想到这辽阔的边疆呢!

一路上郑守南颇健谈,还谈到某教授为找石油不得,曾嘱后代将自己埋葬在天山边,以企盼塔里木的开发。颇感人。还谈到一九五九年四百头骆驼横越沙漠的事。历年来为开发此地六上五下,三个勘探队分十九路横越沙漠都是壮举,这些如下功夫是可以写一个较大的报告文学作品的。可惜抗日战争的题材在手,没法再从事这方面的写作。

将到轮南塔里木石油勘探指挥所时,已看见远处出现了不少的钻塔,还有一口井正在燃烧,如耸起一支触天的火炬。所谓前指不过是在荒地上修建的一小片平房。房子前面停了许多汽车、吊车,近处有几个钻塔日夜轰鸣,表示钻探正在紧张进行。

我们在此住了一个有卫生间的房子,大概是临时挖的地下排污地。房间内气味不大好闻。据解释此地只有三个这样的房子,也算很难得了。

下午,召开了一个座谈会,同几个模范人物见了面,但谈得都不是很理想。

晚上,在门前走了一走,不远处的天然气火炬更为鲜艳夺目地燃烧,几部钻塔仍在轰鸣不已,显示了会战的战地气氛。

九月二十九日

今日此处举行"轮南整体解剖第一战役总结表彰大会"。到会各模范集体代表及个人二百余人。会上由两位地质师和工程师作了报告。然后由英模们发言。有的材料非常动人,表现了革命的正气和优良传统在此处占统治地位。

下午由王炳诚副总指挥作总结发言。此人是建国后的第一批大学生,二十八岁就当克拉玛依的总工程师,大庆会战时也是最年轻的党委成员之一,现已六十二岁。他以石油事业而自豪。他讲话后要我讲话。我念了昨天起草的发言稿《再上一重天》,算是对大会的祝贺。

晚饭后,同秋华、赵陵龄、郑守南一起去塔里木河边,因路不好没有到,但却看了胡杨林。此处有些地方和魔鬼城类似,有红柳、胡杨或索索草得以固沙的地方,一团团、一簇簇地顽强地固守着,而周围则被掏得空空的,因而地面显得凸凹不平,奇形怪状。在这些地方生长的胡杨,显得歪歪扭扭,全为疾风扭曲,像是忍受着巨大的痛苦才活了过来,使人惊叹它们特有的顽强的生命力,也不免使人感到它们挣扎的艰难。

晚此处要题字,为他们写了短诗一首:

　　石油钢铁汉,
　　鏖战在荒原,
　　誓夺塔里木,
　　再上一重天。

九月三十日

上午访问了中原油田的一个钻井队,在他们营房中坐了一坐。因井上正忙,只有黄保安等两三个人,负责人也未出面,我们谈了一会儿即告辞而去。

随后到大庆油田钻井公司3010试油队。他们正在向油管中灌盐酸准备试油。我们看高大的吊车正叼着油管一个个放下去。要放五千多米。平台经理李守祥和少白头的支书张吉林(一个转业军人)向我们介绍了该队情况。他们谈到大家都学大庆,对大庆的压力很大,岂知大庆老一代的人越来越少,年青一代有的看不起大庆作风。他们谈到一个个体商贩的儿子,一次能喝十几瓶啤酒。这次来大庆,他妈妈还给他四百元钱专门买酒喝。

在返回乌鲁木齐时拟顺路看看21基地。因时间来不及,就在厨房车中吃了一碗多面条,然后上路。司机安健民仍负责送我们。他是长庆油田党委书记的儿子,是抱着出来"闯荡闯荡"的目的来库尔勒的。他的车拉过许多负责人,他以此自豪。

今日到21基地(马兰基地)共行了近四百公里。路经库尔勒、马耆、塔什店等地。开始越过天山余脉,这里的山不是灰土一样的白色,就是面目狰狞的灰黑色,就像是火山爆发后被烟熏火燎过似的。还不如华北的山好看。我经过这里时不免皱着眉头,有一种不愉快的心情。经过马耆、塔什店后,看到树愈来愈浓密,杨柳和白杨整整齐齐地立在水渠旁边,有点类似内地了。向远处看也不再是一无所有凹凸不平的荒野,而是一丛丛绿树交错成的地平线了。这都是农二师所开垦的。他们打了一辈子仗,最后解放了新疆,就在这里扎下了根,很不容易地成了家,在此生儿育女,最后变成了这里的居民。看到了他们在这里创造的家业,改变了边疆的面貌,使我特别感动,我默然地看着这些树行,不禁想起了这些兵团战士。他们默默无闻,但将永垂青史。

十月一日

昨晚住马兰基地一招,招待所所长解释,一楼较好的房子正在为接待美国客人而准备,因此将我们安排在没有澡盆的单间里。司令员曲来也没说什么,只说新来的政委不在家,故托一王副主任和宣传处长接待。今天又是两顿饭,我们过了一个清冷的国庆节。

中午十二时半,已离休的老司令张志善和刚被免职的副司令沈玉谈聂帅来此参加试验的一些细节,还有些收获。

晚饭他们派政治部张主任来接待。

看了原子弹爆炸等试验的录像。

十月二日

晨九时半起程返乌鲁木齐,行程三百五十公里。

本来还想到博斯腾湖看看,但新派来的司机小段情绪不高,说"没什么看头",等于否定了。原来他前天才从乌市回来,是不愿执行这一任务的。

启程不久进入天山。特别是中间有一段八九十公里的天山干沟。这山实在太苍老了,像蒙了一层灰色的尘土。山下也堆着尘土像是从山上流下来的。山不是灰白色就是灰黑色,干得一点水分也没有,压也不会压出一滴水来。更没有一点绿色。好容易出了干沟,又是一片茫茫无际的戈壁滩。至中午十二时才看到前面的绿洲,这就是库米什。我们在加油站吃了两个饼子,然后继续前进,途经托克逊(距吐鲁番十五里处),北去乌鲁木齐。至乌市时,林阴树黄绿相间,正是秋色灿烂,点缀得乌市相当漂亮。城市和乡村间的反差太大了。

我们仍住塔指的招待所。晚上洗了一个热水澡,观看亚运会中日排球赛,颇为惊心动魄。

十月三日(中秋节)

今天竟日休息。秋华与陵龄上午出外买葡萄干、杏干等东西。我在家看了模范人物王光荣的事迹与杨虎城的女儿杨拯陆为找石油被冻死的事,甚感人。杨拯陆的事可以写成小说。

晚同秋华一同在院中赏月。

十月四日

早晨仍由唐守兴科长送我们上飞机。九时起飞。沿途从哈密、河西走廊之北及内蒙古上空经过。多为沙漠。经三小时飞抵北京。猛子来接。

此行历时一个月整。到家时仍满院绿色,爬山虎还没有红。满架葫芦。只有后院柿树挂着十多个金黄的果实,表示着秋色。

信件、杂志、报纸已摆满书案。开始看信。

十二月十五日

下午一时半石油部樊廉欣同作家李若冰来，和我一同去胜利油田参加石油文联成立大会。此次行动由聂帅传记组秘书王红云陪伴我。行了将近五小时宿于大港。大港姚副书记招待我们。他今年四十五岁。还见到白发苍苍的已退职的张部长，他们都很热情。

十二月十六日

晨八时自大港启程赴东营胜利油田。与张文彬前石油部副部长两车同行。经黄骅、头云、沾化等地，在距目的地十公里处，汽车与一骑自行车的妇女相碰。妇女弹出三尺以外，幸无大伤。因处理此事路上等了三个小时，至五时许始抵东营。

见到油田局长兼党委书记陆人杰及王副书记。石油部副总经理金钟超也见了。

晚上参加晚会。

散会后，一志愿军女文工团员现在总工会的孙佩华来坐甚久。她十一岁参军对部队很有感情。

十二月十七日

上午正式开石油文联成立会。名誉主席张文彬致开幕词，副总经理金钟超作报告。来了许多贺电，我才知道各产业文联是一支较强的力量。

中午睡得较好。

下午参观胜利油田文化宫的画展。为《中流》选了两幅。

晚上去看了李季的夫人李小为同志。

与作家韶华闲谈。他是个安心做作家不愿参与斗争的人。他说，别的事咱也管不了。

此地作者周洪城来。我是在一次文学评奖会认识他的。

十二月十八日

上午，看一个采油队的文化活动表演，有占领文化阵地的意思。我把准备的发言稿又看了一遍。下午接受了聘我为石油文联顾问的聘书。我作了发言。中心谈石油文联成立后干什么。除了抓创作、抓方向、抓队伍之外，又将东欧苏联剧变的教训再次唤起人们的注意。讲话后,玉门油矿的书记王鹏说他同意我的看法。

接着,石油大学领我做了一个快速参观,并说要聘请我当名誉教授。我给他们题了"桃李满天下,油香飘八方"的词。

晚参加各油田歌手的晚会。很不错。石油总公司负责人王涛、周永康等走过来看我。王涛见到我说:"非常感谢你!你的四篇东西我都看了!"周说:"我全看了,写得很好,是给我们鼓气。"

大庆宣传部部长来,邀我访大庆。辽河油田宣传部长也来了,说我是第一次集中写了石油战线的文章。

十二月十九日

晨八时出发参观海上6号钻井平台。在空旷的海滨原野上奔驰了两个小时约一百二十公里,才到了海滨名叫桩西的码头。码头有四十五公尺宽数公里长伸进海内,据说为前胜利油田书记刘晔领导所建,但可惜未建成。

在这里遇到浅海公司经理郎宪超,这是一个山东大汉,一个极为豪爽的人物。他接待我们到一只拖轮上,沿途向我们介绍了他的工作,不一时就透露了他的"野心",要在浅海拿下几亿储量,并说明年要完成一个人工岛的计划。

船只在黄河口昏黄的水面上航行了一个多小时,已经远远望见胜利6号平台像一座铁塔矗立在海上。船只接近时,才看见胜利6号有四根巨柱直径三米、高六十米深深地扎在水里,中间托起了高大的钻塔。上面有"胜利6号"几个大字。郎宪超立刻说:"这是我写的。"这个钻塔因冬季来临已经停工,据说已出了油。

我在这里的新鲜事,是乘坐一个由吊车撒下的绳索编成的吊篮,然后高高吊在空中。上面可坐八个人。大家问我行不行,我说行,站在绳索兜兜里。郎宪超说:不要紧,我来保驾。说着就飘在空中,飘飘摇摇,真有点"我欲乘风归去"之感。俯视滔滔黄流,颇为快意。不一时即平安地落上平台,大家都为经历了人生所未经而感到新鲜愉快。

在船上我们看了工人作业处、经理室、电炉厨房餐厅、锅炉房等都很现代化。据说大风浪时微微摇撼。平时器械、给养都是这样吊上去。

归来时已经下午二时。在桩西前线吃饭，由郎设宴招待。宾主都兴奋异常。郎宪超喝了几杯酒，性格完全放开了他，再次说起他的"野心"，也说他的艰苦，一年没有几次回家。说到他的心时时刻刻关心着气候风浪，一次刮起了11级大风，他的一只船遇到了危险，那只船顶着浪回来时，他捧着酒，一杯一杯地给船员喝酒，船员和他一起都哭了。他说，他大哥哥是三八式干部，他的二哥也参加革命，他自己也是吃助学金才大学毕业的。像我这样还有什么说的！他端着酒杯，要我喝酒，要我用我的声望呼吁，要注意争夺海洋的石油。他说：南海的石油有十几个岛，我们只占了两个，越南和菲律宾占的比我们还要多。我敢肯定我们的海洋上石油的产量是丰富的。我们光注意陆地不够，我们一定要加强海洋的意识。他说：人工岛的计划是一个创举，明年底就要完成，将来完成时我一定请你们来痛饮一杯！他还说：那次胡耀邦和张廷发来，张廷发说，没有石油我那些飞机就是一块废铁，说着向我们鞠了三个躬，我的泪立刻流下来了，我这辈子干石油干到底了！他还要为浅海公司的职工写一支歌，让孙佩华谱曲。说着又同孙喝了一杯。海军的一个工程团的政委来了，他说：咱们像黄河水流到海里分不清了。他又拉着他喝了许多杯。这个人的性格很是豁达可爱。

饭后，要我给他们题字，我给钻井胜利6号平台题了"不怕风浪高，但盼油香飘"，给胜利232船题了"乘风破浪，所向无敌"，为浅海公司题了"踏破渤海千重浪，常怀报国一片心"，又给郎宪超题了"海情"二字。

晚抵孤东采油厂，工会主席杨书善接待，并谈了半日。当晚宿于孤东采油厂招待所。

十二月二十日

上午，由《中国石油报》驻胜利油田记者站记者刘东昌陪同赴孤东采油厂访问。接待者为该厂厂长吕连海同志。他是一个山东大汉，四十余岁，极干练。他就孤东地面作了介绍。原来这是一百三十五年以来形成的六十万平方公里的土地，其中孤东更是四十年由黄河的泥沙淤积而成的共和国最年轻的土地。十年前在此围堤造出一片油田。我们先看了联合站（即处理水、油、气机械处理站），登上准备海潮来袭的救命台观看了一下四周景色。随后就由他带我们看了人工建造的三十八公里长的长堤。这是用四十五万元给山东民工建立起来的。堤上有女儿墙可挡巨浪的侵袭。我们的汽车在堤上行驶了一段，即进入孤东采油厂的驻地仙河镇。此镇四周为水沟环绕，并栽种着浓密的树木，现已成阴。此处还看了幼儿园与小学，设备俱甚完善。幼儿园基本免费，只拿伙食费。小学三年级就学微机了。采油厂书记王作然出来了，和吕连海厂长两人都是大高个，年纪也相仿。王心直口快，他说：四中全会后，加强思想政治工作，上面的话和我们碰起火花了。前几年我们不知道讲什么，报纸上净是万元户、企业家，好像他们成了救世主了。知识分子住的房子也比工人大，老实说工人是有意见的。现在我们觉得气顺了，话好说了，工作也好做了。这是他对我讲的心里话。这些干部很可爱。我觉得胜利油田有一批很好的中层干部，使我很高兴。他们谈话屡次谈到我的作品教育了几代人，充满着热情。他们将桌上没吃的苹果倒在我的皮包里。

　　中午仍回到孤岛。中餐吃涮羊肉，每人一个酒精锅。由书记蒋洁敏陪同。他是农民出身，才三十九岁，也是由工人逐级提起来的，很用脑子，指导思想总结了五句话，如：穷不能穷了孩子，苦不能苦了群众，缺不能缺了科研，紧不能紧了教育，难不能难了基层。作为指导思想当然是对的。

　　下午我们开了座谈会。一个总地质师，一个副总工程师，一个采油女班长徐凤梅。晚饭后还串了两个工人家。他们家庭都布置得很好，有沙发、收音机、彩电，高大的冰箱，甚至还有地毯。因他们每月都有三百元以上收入，双职工六百多元，自然是每月都有积蓄了。一个司机说：原来来的时候不行，现在叫回去也不回去了。因为这里工资高，住房宽敞，不要钱，还有许多福利，真是太高兴了。离开这里干什么呢！我问工人情绪怎么样，他们说工人情绪很高。他还特别称赞了厂领导每月三次接见群众的制度。几个负责干部轮流接见，能解决的问题当即解决，不能马上决定的由党委讨论，保准一周内答复。群众对此是极为满意的。这是该厂民主管理的内容之一。据说厂以下则是每月一次这样的会。这样工人的心情怎会不舒畅呢！

十二月二十一日

今日开始同预定的七个人谈话。上午是同钻井四公司的副经理张富新谈话。他是一个由贫苦农民培养成的干部,对党、对社会主义感激不尽,创造了类似铁人的事迹,如风雨中攀井架,跳入泥浆池等。至今他还不把妻子接来,怕的是影响工作。第二是李吉锡,他是采油厂的副总工程师,本来是个中专生,但解决了许多生产中的技术难题,为国家节省了大量资金。他还把挣来的咨询费一万元捐给了中学。

下午同本油田总地质师,一个个子矮小的四川人,人称帅老总(德福)的谈了两小时,他是胜利油田的"活字典"。还有一个叫廖永远的青年知识分子,一心在基层,是一个与工人结合的模范。

晚上还来了李东山,他过去因打架被拘留,现在转变后当指导员了。

给孤东的厂长吕连海和书记王作然,还有记者李特等写了几张字。

十二月二十二日

上午与两名女同志谈话。一名是大学生出身的农副业大队副大队长叶洪涛。她因为办事特别认真多次拒绝贿赂而被她的丈夫称为马列主义的老太太。第二个是一个二十岁的采油女工张桂兰,是石油世家。因为油稠须掺药,经多次试验才得出每次加八滴为宜的经验。

中午饭后即乘石油部小龚的车返回。副总经理金钟超前来送行。同车的有樊廉欣和王红云。当晚宿于大港,受到热情接待。

十二月二十三日

中午回到北京。毕竟有些疲劳,睡至下午五时。秋华惟恐我这次出去感冒,没有感冒真是万幸。

读积压信件。其中有邓大姐秘书赵炜寄赠的她的《纪念与回忆》一书。并说"邓大姐问你好"!邓大姐两次将《周恩来选集》(上、下)寄赠我,是表示深切的关怀。准备回封信给她。

图书在版编目(CIP)数据

魏巍全集 / 魏巍著. —郑州:河南大学出版社,2020.8
ISBN 978-7-5649-4440-7

Ⅰ.①魏… Ⅱ.①魏… Ⅲ.①魏巍(1920—2008)-文集 ②中国文学-当代文学-作品综合集 Ⅳ.①I217.2

中国版本图书馆 CIP 数据核字(2020)第 159078 号

责任编辑	张玉梅　时　海　胡玲霞　纪庆芳　赵海霞
责任校对	李　云　王照岩　张亚如
封面设计	马　龙

出版发行　河南大学出版社
　　　　　地址:郑州市郑东新区商务外环中华大厦2401号　邮编:450046
　　　　　电话:0371-86059701(营销部)　　网址:hupress.henu.edu.cn
排　版　郑州市今日文教印制有限公司
印　刷　北京联兴盛业印刷股份有限公司
版　次　2021年1月第1版　　　印　次　2021年1月第1次印刷
开　本　710mm×1000mm　1/16　印　张　314.5
字　数　5000千字　　　　　　　定　价　(全十卷)960.00元

(本书如有印装质量问题,请与河南大学出版社营销部联系调换)